1977年6月23日,程千帆、沈祖棻在上海留下最后一张合影

位于武汉大学九区30号的沈祖棻故居（右起第二个门及两扇窗户）

1975年3月17日，沈祖棻一家在武汉东湖留影

1977年，程千帆、沈祖棻与章荑荪（左一）合影

辟疆師座道鑒兩中拜讀雅州諄諄
手諭及詩感戴第汪時病體未复上書
佳倩含昌代達下懷諒記室受業此次
在象庚前後慶時三月勤手術一次經大
厄一次幸得免於七月中旬返樂小住東
曾本閒以愚垂念遍疾已念悟傷口內
外卻尚未能完復時感傳復頻少勞勤
動操作醫云例項二年始得恢復未兑
多營養照即此亦未易言也樂鄉安靜有
江山之勝用誌步履未先探奇門外
□□□
不能遽於祥乃迅避近诗手詞賦懶今頌少作
如貴師友之高清亦自何□食飲飲雖不
能負者之樂尚幸尚無芋足告
您全大師友弄三起請
師受業病後不克任教追錄愛者固不能
如雖兩摠暫在樂小住也主璋住傑行素
母校敦叚大佳小諸四章儀主刊詩敬請
道安
                                   受業 沈祖棻叩
前寄絕句詩二十首如蒙
賜書賠貼得扇之壁開先賜感戴

上汪辟疆先生书

蛰存尊兄：

奉函欣慰，读陵君词卷，知亦系伯沆、瞿安二师门下，故词作书法之妙如此，不胜钦佩！蒙兄代求，得以服日捧读，展玩诚乐事也。兄所交友词人书流，往来自复突致，可羡也。以兄年岁及成名之早，于吾等当为前辈，然如此则不免拘束，因本十年以长，则兄事之之义，同辈相处，期更能随便亲近耳。

多与青年往返，今昔不同，言谈必须慎之又慎！不骸相对默然，则又以少来为宜，嫂之言，诚有见也！幼在相知，故直言如此。

周君处竟未修谢忱，甚歉！惟未能专函致意，终觉歉然！拟待明春来沪州寺诚拜访，以补吾过。兄以为如何！

周君同乡某公，推许拙作，竟不辞誊写之劳，分赠友好，厚意盛情，骸无知音之感？！惟拙作既不值如此，而文字贾祸，殷鉴不远，虽旧作不涉时事，但毫强附会之风盛行，仍不宜多所见付也。前武大弘度文精于词，拟印行旧稿未成，而运动中竟因此一案牵连多人，昔被批斗，至刻死而犹未已，可畏也。辜某自来武大，未尝以词示人（除刘公外），有问者辄以旧稿无存，今已不作为言，幸无此方面错失，而旧作小说及新诗，为人所知，即为此受累不少。前事之不忘，后事之师也，虽今非苦比，一切总以谨慎为宜！此必嫂之所同意也。

抄呈打油诗四章，以为笑乐。千帆别有书，诗不具述。近来俗务太忙，又天寒手僵，虽欲长谈，亦不耐也。专复即颂

俪禩！

祖棻上 1月21日

此间近月更全无蔬菜，对冰冻黄芽菜艳羡不置。

致施蛰存书（左为程千帆附笔）

介眉老友：

　　前承赐书惠寄大作，佳章妙句，美不胜收，两情真意挚，尤足见故人之谊，岂何可言?!

　　知病甚念！幸即好转。而病后健饭，闻之尤为欣慰！此间谚云："人是铁，饭是钢"，饮食最是根本，胜于药补多矣。弟之久病日衰，即由于饮食太少之故。幸入冬以来，服食蜂乳，又注射VB₁B₁₂十馀针，似觉差胜，体力、精神、面色较前稍好，饮食每餐每日三殳，每殳一两或两许。惟仍不耐劳，稍患疲累，即仍发肠腹痛阿旧疾，又复影响饮食。现续服蜂乳，而打针山路奔波过劳，早已停止。拟待春暖人健再打，作为锻炼。念日本拟寄服雪耳，因不能多进饮食及易胀气，故未及服。而寄雪耳，得运游重泽，胜于主人多矣。一笑！

　　承远念形诸费寐，感激之情，久难平静。亟拟作一掌帜报答，近来扰于生务，殊无诗思，且语言文字，亦不足罄此情怀也。

　　老友佳儿佳妇，内外孙儿女满堂，亦足以慰老怀而多喜悦也。尤其二孙同在一城，假日来归，逗孙为乐，足以解岑寂而复疲劳，乃老之乐事。弟外孙女春晓，小名早々（因其早产），近亦渐事能言，颇逗人爱，因忆及姊言老人惟逗幼孩为乐之言，洵不虚也。每每周归城一次，颇得喧、静、劳、逸调剂之宜。惟其母则颇为辛苦耳。

　　来示谓所惠各茶已进射，嘱查茶蛋吃，弟及女儿两别见之均大惊！因一向视为珍品名产，非大时大事一切候宜，不轻尝试。近干帆归曾饮几次，尚留细吃，赞美不绝。承兄制香糟法，原亦非难，仅此地天气，夏日制酒成，故一日即发酵苦味，恐不能过夏制糟？且即能制，亦无多鱼肉可供烹调也。当记其法，以为他日之图。

致游寿书

日记笔记本

沈祖棻全集

沈祖棻 著

张春晓 主编

书札拾零 子苾日记

广西师范大学出版社

·桂林·

SHUZHA SHILING　ZIBI RIJI

书札拾零　子苾日记

书名题签：周小英

图书在版编目（CIP）数据

书札拾零　子苾日记 / 沈祖棻著. ——桂林：广西师范大学出版社，2024.3

（沈祖棻全集 / 张春晓主编）

ISBN 978-7-5598-6184-9

Ⅰ.①书… Ⅱ.①沈… Ⅲ.①书信集－中国－当代 ②日记－作品集－中国－当代 Ⅳ.①I267.5

中国国家版本馆CIP数据核字（2023）第121021号

广西师范大学出版社出版发行

(广西桂林市五里店路9号　邮政编码：541004)

网址：http://www.bbtpress.com

出版人：黄轩庄

全国新华书店经销

中华商务联合印刷（广东）有限公司印刷

（深圳市龙岗区平湖镇春湖工业区10栋　邮政编码：518111）

开本：880 mm × 1 240 mm　1/32

印张：21　　插页：4　　字数：490 千

2024年3月第1版　　2024年3月第1次印刷

定价：103.00元

如发现印装质量问题，影响阅读，请与出版社发行部门联系调换。

编辑说明

一、书札编次，以收信人为单位，以前辈书札为首，其他以收信人所得首封书札时间为先后顺序。

二、日记依手稿录入，为首次整理出版。部分书札未见手稿原貌，均以2000年河北教育出版社《微波辞（外二种）》中的《书札拾零》为底本，所附诗词凡可见于《涉江诗词集》者，依河北教育出版社版从略。其他书札所附诗词，则不避重复，全文辑录。附诗未见者，不再另注说明。

三、本卷基本采用现行标点符号，未保留部分书札原有的空抬、平抬等格式。原带标点的书札、日记，尽量保留标点原貌，仅酌情增加书名号、词牌号。

四、繁体字、异体字、二简字均按现行通用规范修改，非推荐词形、通假字仍予保留。方言用字或有按读音拼写者，皆予保留。少量用字仍保留时代风貌。讹、衍、倒字径改，辨识不清的字加〔 〕。

五、书札中的旁注、带括号或不带括号的夹注等，均以括号小字的形式插入相关文段之中。天头注及个别置于信末的旁注，不另做字体区分。日记的日期、星期、天气等顺序前后不一，不做统一处理。

六、酌加简注。书札、日记所涉人物注释一概从简，仅注与行文内容有关联者。个别注释已见于书札，而与日记背景相关，仍予保留。部分注释参考《涉江诗词集》程笺。

七、个别书札未睹手稿全貌，有所节略，缺文处以［……］和□标示。日记行文略有删节，偶有不尽合现行语法之处，均尽量保留原貌，个别地方酌情微调标点或以［ ］补字。

八、除统一日记各篇抬头的日期数字以利翻检外，其他数字皆遵原貌。

目次

书札拾零

3　上汪辟疆先生书之一（1937年）
5　上汪辟疆、宗白华先生书（1937年）
7　上汪辟疆、汪旭初先生书（1940年）
10　附录　汪辟疆先生答书
16　上汪辟疆先生书之二（1940年）
19　上汪辟疆先生书之三（1941［1942］年）
20　上汪辟疆先生书之四（1942年）
21　上汪辟疆先生书之五（1942年）
23　上汪辟疆先生书之六（1942年）
25　上刘弘度先生书（1945年）
27　致吕亮耕书（1938年）
29　致孙望书之一（1938年）
33　致孙望书之二（1941年）
35　致孙望书之三（1950年）
37　致孙望、霍焕明书（1957年）
39　致卢兆显、宋元谊、刘彦邦书之一（1946年）
42　致卢兆显、宋元谊、刘彦邦书之二（1946年）
45　致卢兆显书（1947年）
47　致刘彦邦书之一（1973年）
49　致刘彦邦书之二（1975年）

51	致刘彦邦书之三（1976年）
53	致刘彦邦书之四（1976年）
55	致闻在宥书之一（1946年）
56	致闻在宥书之二（1947年）
57	致闻在宥书之三（1947年）
59	致沈甲宪书（1950年）
61	致沈辰宪、汪文英书（1972年）
63	致王淡芳书之一（1973年）
66	致王淡芳书之二（1973年）
68	致王淡芳书之三（1973年）
72	致王淡芳书之四（1973年）
76	致王淡芳书之五（1973年）
79	致王淡芳书之六（1973年）
81	致王淡芳书之七（1973年）
84	致王淡芳书之八（1973年）
87	致王淡芳书之九（1974年）
90	致王淡芳书之十（1974年）
94	致王淡芳书之十一（1974年）
96	致王淡芳书之十二（1974年）
99	致王淡芳书之十三（1974年）
103	致王淡芳书之十四（1974年）
105	致王淡芳书之十五（1975年）
107	致王淡芳书之十六（1975年）
108	致王淡芳书之十七（1975年）
111	致王淡芳书之十八（1975年）
114	致王淡芳书之十九（1975年）

116	致王淡芳书之二十	（1975年）
119	致王淡芳书之二十一	（1975年）
121	致王淡芳书之二十二	（1975年）
125	致王淡芳书之二十三	（1975年）
129	致王淡芳书之二十四	（1975年）
131	致王淡芳书之二十五	（1976年）
132	致王淡芳书之二十六	（1976年）
134	致王淡芳书之二十七	（1976年）
136	致王淡芳书之二十八	（1976年）
138	致王淡芳书之二十九	（1976年）
140	致王淡芳书之三十	（1976年）
142	致王淡芳书之三十一	（1976年）
144	致王淡芳书之三十二	（1976年）
145	致王淡芳书之三十三	（1976年）
147	致王淡芳书之三十四	（1976年）
149	致王淡芳书之三十五	（1976年）
150	致王淡芳书之三十六	（1976年）
153	致王淡芳书之三十七	（1977年）
155	致王淡芳书之三十八	（1977年）
158	致王淡芳书之三十九	（1977年）
159	致施蛰存书之一	（1973年）
162	致施蛰存书之二	（1973年）
164	致施蛰存书之三	（1974年）
166	致施蛰存书之四	（1974年）
168	致施蛰存书之五	（1974年）
170	致施蛰存书之六	（1974年）

172	致施蛰存书之七（1974年）
176	致施蛰存书之八（1975年）
178	致施蛰存书之九（1975年）
180	致施蛰存书之十（1975年）
183	致施蛰存书之十一（1975年）
185	致施蛰存书之十二（1975年）
187	致施蛰存书之十三（1975年）
191	致施蛰存书之十四（1976年）
194	致施蛰存书之十五（1976年）
196	致施蛰存书之十六（1976年）
199	致施蛰存书之十七（1976年）
201	致施蛰存书之十八（1976年）
204	致施蛰存书之十九（1977年）
206	致施蛰存书之二十（1977年）
208	致施蛰存书之二十一（1977年）
210	致施蛰存书之二十二（1977年）
212	致吴白匋书（1973年）
214	致吴白匋、柳定生书（1974年）
216	致萧印唐书之一（1975年）
219	致萧印唐书之二（1975年）
222	致萧印唐书之三（1975年）
225	致萧印唐书之四（1975年）
227	致萧印唐书之五（1976年）
229	致萧印唐书之六（1976年）
231	致萧印唐书之七（1976年）
233	致萧印唐书之八（1976年）

235	致萧印唐书之九	（1976年）
239	致萧印唐书之十	（1977年）
242	致萧印唐书之十一	（1977年）
246	致高文书之一	（1975年）
247	致高文书之二	（1975年）
257	致高文书之三	（1976年）
260	致游寿书	（1976年）
263	致刘君惠书	（1977年）

266　后记 / 张春晓

子苾日记

271	1975年（3月21日至11月23日）
431	1976年（1月1日至12月31日）
613	1977年（1月1日至4月24日）

657　后记 / 张春晓

659　沈祖棻简明年谱

书札拾零

上汪辟疆[1]先生书之一

（1937年）

辟疆老师函丈：

自违训诲，敬念殊深。曩者京中传警，实中被毁。受业恐府上受惊，曾于八月廿八日专诚走谒，比至，则见门已加锁。据弄中人云，阖府已早返江西矣。去危就安，受业为之一慰。惟以不知江西地址，未克笺候，又不得与伯璠[2]姊畅谈一切，怅怅何似！受业因京中情势日急，仆佣星散，空屋深宵，不无惴惴。不得已，遂偕千帆率小婢共奔屯溪。因南京安中迁此，印唐（萧奭荣）[3]先在也。旅途备受困苦，又因流转之际，难别内外，孤身青年男女诸多不便，遂于九月一日在屯溪逆旅草率结缡。曾有柬寄晒布厂，未知能转到否？即请安中校长及印唐为证婚人。因念吾师屡有为受业介绍之美意，即空留介绍人之地位，以待吾师及仲年[4]师他日签署，谅不却也。困居旅舍将近一月，斧资告罄。幸得印唐之介绍，受业等各在安中任课一班，后增至二班。虽校方百般剥

---

1 汪国垣，字辟疆，号方湖，江西彭泽人，中央大学中文系教授。
2 章璠，字伯璠，一字瑟若，江西南昌人，中央大学中文系毕业，王晓云妻。
3 萧奭荣，字印唐，四川垫江人，金陵大学国学特别研究班毕业。"印唐"在沈祖棻手稿中有时也写作"印塘"。
4 徐仲年，原名家鹤，字颂年，江苏无锡人，中央大学西语系教授。

削，幸得住食无忧，免于冻馁。惟近来战事不利，杭警又急，学生陆续有散去者，恐亦不能维持长久矣。而此间四面皆山，交通不便，一旦有警，惟有束手待毙耳。印唐即将返川，受业等亦颇思入川暂住，并得重聆诸师长之教诲。惟恐生活不能维持，不敢冒昧。请吾师留意及之，有否受业等能任之职位。今际此乱离，不敢有奢望，但求能维持最简单之生活即足。则受业等能幸免流离，重侍清辉，幸何如耶？受业等二人同有小事亦可，一人能有维持最低限度之二人生活之职业亦可。生活为先，兴趣又其次也。知弟莫若□□，受业等能力可及者均可。教课方面二人均可，不论何人能成均好，或二人分任之。如旭初[1]师方面有法可想，则书记之事千帆能胜任也。中国文艺社方面，自诸师有入川之说，即行另聘沙雁、石江等为编辑，受业受留职停薪之处置。然人事既改，背景不同，受业他日返京，尚不知能再度入社工作否？即得再入，恐亦不能久安于位也。故如吾师方面能有法想，不但为避难计，亦可为异日地步也。千帆卧病半月，百事俱废，彼课现亦由受业代任。班大人众，文卷堆积，亦殊辛苦也。伯璠姊近况若何？极念，望转言致意。如在川，即请其来信，不在川，则请示通信处为感。敬请

道安！

乞覆为感。

受业沈祖棻敬上
十一月十七日

仲年师已入川否？前乞为致意，异日当另笺问候也。

---

[1] 汪东，字旭初，号寄庵，江苏吴县（今苏州）人，中央大学文学院院长。

上汪辟疆、宗白华[1]先生书

（1937年[2]）

辟疆、白华二师尊前：

久违清辉，敬念何似！前在屯溪上辟疆师一书，谅达左右。呈白华师函，则托印唐面致。而因交通不便，印唐刻始由屯至此，未能返川，当与此函同呈执事也。受业故乡失陷，田庐尽毁。京师沦亡，辎重悉弃。屯溪又不可居，学生纷散，学校解体。受业万不得已，一人亡命来湘。风云紧急，交通困难。初几困陷于安庆，后几流落于汉皋。其间艰苦危险，笔难尽述。幸达长沙，宛如隔世。本拟投奔湘潭瞿安[3]师，或湘乡曾氏[4]处。刻知吴、曾二家均行止未定，不便遽往。幸无意中得遇旧同学龙沅[5]，暂寓其家。惟此间风声紧急，迁者日众，龙府恐亦难安居为长。则受业将何往焉？会昌[6]因经济关系及生活问题，未克同来。隔绝两地，安危莫卜，言之可伤。受业进退维谷，狼狈万状，其惟有束手待毙乎？

---

1 宗白华，原名之櫆，字白华、伯华，江苏常熟人，中央大学哲学系教授。
2 书札云程千帆尚未至长沙，推测约写于1937年底，暂系于此。
3 吴梅，字瞿安，号霜厓，江苏长洲（今苏州）人，中央大学中文系教授。
4 指曾昭燏，字子雍，湖南湘乡人，中央大学中文系毕业。
5 龙沅，字芷芬，湖南攸县人，中央大学中文系毕业。
6 程千帆原名逢会，改名会昌，千帆是其笔名之一，后通用此名。

吾师其亦能加以救济否？流落异乡，转辗沟壑，恐不得再侍清辉，重受教诲矣。死生阔别，怅怅何如！专肃敬请

道安！

阖府均此问安！

　　小词数首谨呈以求诲正。

　　　　　　　　赐示请寄长沙沙河街三十五号孙望[1]君转

---

[1] 孙望，原名自强，字止畺，江苏常熟人，金陵大学中文系毕业。

上汪辟疆、汪旭初先生书[1]

（1940年）

方湖、寄庵师座道鉴：

　　前上数禀，谅达记室。千帆转来寄庵师论词手谕一纸，亦已收到。教诲殷殷，不啻绛帷聆讲时也。方期常列门墙，增进学业，孰知病入膏肓，此志恐不能竟，有恨如何！初受业在界石得疾，经医诊断为慢性膀胱炎，医治亦见效，惟时反覆。来雅后亦然。迭经治疗检验，所患日渐减轻，至今年三月二十日，人已渐复常状，经医检验，膀胱炎已告痊愈。方深庆幸，并拟不日赴乐。[2]而至四月初，复觉病痛转剧，因疑为另有他病，请医详为检查，始断为子宫瘤；[3]为时过久（已病十一月矣），为病已深，瘤已长大，不易治疗，除手术外，已无他法。医令东走成渝，遍访名医，详为诊断，在大医院施行手术。姑无论手术之有无危险，及受业体弱（现极贫血），久病不胜刀圭，即施行手术时，须全部麻醉，将

1　1939年，沈祖棻在巴县界石场蒙藏学校教书，因患膀胱炎，久之不愈，暑假后，决定离职去雅安养病。次年初，始确诊为腹中生瘤，4月，决定到成都做手术。这封信是赴成都前所写。
2　程千帆时在乐山中央技艺专科学校任教。
3　做手术时，始知为卵巢瘤。

子宫完全割去。全部麻醉,则于脑力有损;子宫割去,则不但生育有碍,且成为一残缺不全之人。受业致力文学著作阅读,悉本脑力,一旦毁之,情何以堪?受业向爱文学,甚于生命。曩在界石避警,每挟词稿与俱。一日,偶自问,设人与词稿分在二地,而二处必有一处遭劫,则宁愿人亡乎?词亡乎?初犹不能决,继则毅然愿人亡而词留也。此意难与俗人言,而吾师当能知之,故殊不欲留躯壳以损精神。此其一。且受业平生爱好,于一切事物皆然,为师友所深知,又安能为一躯体不全者苟活于世乎?此其二。因之此病治疗既不易,而受业复无意于此。家国残破,人民流离,生命草芥,原不足道。惟平生几人师友,数卷书帙,一束词稿,不能忘情耳。所遗恨者,一则但悲不见九州同;一则从寄庵师学词未成,如斯而已。与千帆结缡三载,未尝以患难贫贱为意。舍间亦颇拥资财,过于十万,受业未尝取一丝一粟,而千帆亦力拒通用。平居每以道德相勖勉,学问相切磋,夜分人静,灯下把卷,一文之会心,一字之推敲,其乐固有甚于画眉者。受业生平待人最宽,而律己至严,于出处进退,尤所不苟。每念今世政治之混乱,教育之腐败,其由虽多,而士大夫之不讲气节,实为主因,故平居亦自勉励,惟恐或失。尤严于义利之辨,家居以此自勉,在校以此教人,求能独善其身,而弗负师长教导之苦心也。千帆亦以道德自励,行动言谈,一丝不苟,孤介自好,刻苦自勉,尤过于受业,而好学深思,亦较胜也。虽受业有时或病其迂,而未尝不敬其志也。故我二人者,夫妇而兼良友,非仅儿女之私情。此方湖师所以许为不慕虚荣,寄庵师所以称为婚姻之正。如一旦睽离,情何以堪?届时伏望吾师以大义相勉,使其努力事业学问,效劳国家,勿为一妇人女子而忘其责也。是所至盼!兹有恳者,前千帆请寄庵师代受业作一词序,死生一诺,望吾师志之，勿忘。受业病如不起，二师能为诗词哭我乎？惜受业不及见耳。此外亦何所求何所恋哉！惟追忆秦淮旧游，巴山小聚，不禁凄然。更忍令吾师共挥老泪为我招魂乎？念吾师之于受业，不仅教诲异于侪辈，而平日相处，关切备至，视同子侄，受业又何能忘师之恩德与情谊乎？伯璠、淑兰（楠）、淑娟[1]辈情如姊妹，何堪永别？而于素秋[2]则尤有知己之感。素秋病甚，境复不佳，今方力疾教学，急不能支，深恐其蹈受业之覆辙也。望吾师及早劝慰之。至受业之消息，暂秘弗予知，免重其忧而增其疾也。其地址，为万县河口场县立女子中学，望吾师拨冗赐书，慰其病苦，劝其疗养，则受业亦感同身受也。盼之！盼之！病榻孤凄，如处空谷，日惟小鬟相守而哭耳。方湖师当节饮养生，寄庵师当填词遣恨，忧能伤人，酒足戕生，望以为戒。此为受业年来深以为念，每以为忧者也。望师纳受业之劝告，尤所盼祷！已函千帆，明日即可抵雅，或同赴成都，以作万一之望耳。近日病痛更剧，精神不支，勉力作此长函，以当面谈，受业天性，淡泊寡欲，故于生死之际，尚能淡然处之。然平生深于情感，每一忆及夫妇之爱，师长之恩，朋友之好，则心伤肠断耳。受业病或不致即死，但恐至病革时，又未能握管，故草此函，畅论衷素，吾师亦勿过为忧急也。寄庵师视政黔省，已行否？专此，敬请

道安！

受业沈祖棻上
4月11日

---

1 赵淑兰（楠），江苏人，翟某妻，沈祖棻在重庆时友人。杭淑娟，安徽怀远人，中央大学中文系毕业，杨德翘妻。
2 尉素秋，江苏砀山（今属安徽）人，中央大学中文系毕业，任卓宣妻。

附录　汪辟疆先生答书

祖棻贤弟：

　　叠奉手毕，迄未函复，非恝然也，盖相知者不以形迹拘，亲厚者难以言辞慰，故每诵来翰，神魂飞越，及伸纸握管，反无一辞，且不知所以为慰者，稽迟之咎，仆实负之。前日由徐仲年转来一札，今日又得十一日手简，展诵数过，抑何言之凄婉而情之敦挚也！置书怀袖，悒悒累日。窃念南雍旧侣，清才丽藻，无过吾弟，又以盛年，得偕佳偶，兰苕翡翠，相得益彰，复何所憾？即偶婴小疾，善自调护，亦易痊可，慎勿过信医言，自致沮丧，此于心理影响至大，非细事也。窃以养病莫善于养心，心强则病祛。忆仆年甫二十馀，右腹痛楚，呼号彻夜，如是者累日，已愈而复发，因走沪求诊断，医者断为盲肠炎，非割治则危殆。时体力瘦弱，决不胜刀圭，自改服中药，痛楚遂减。但尔时仆方醉心科学，雅不信中医，所恃者，私心甚信此非不治之症，故无恐怖。痛时则呻吟不绝，痛减则伏案校读，若无事者。此后非惟不求医，即痛时亦不告人。年馀以后，亦不复发，恐亦心理坚强之效也。弟流转馀生，备受艰苦，体力荏弱，自在意中。子宫瘤症，前人亦有患之者，如别有他术诊治，即不施行手术为佳，否则神经以麻醉受伤，亦不可不顾虑也。此事望慎之！前闻弟在雅安，填词甚多，千帆所寄者，恐不止此。弟小令骎骎追古作者，而幽忧沉痛之语，使人读之，回肠荡气，家国之痛，身世之感，亦不宜过于奔进。仆意固非如前人诗谶之谓，实以文字过于悲伤，发之至诚，有伤心气，习之既久，则觉天地间皆呈一悲惨之境，力不能自破，则身亦甘之矣。即以身世论，弟以美才，腾踔词场，凡所造述，罔逊前哲；又以家世青箱，抗心希古，人世所竞逐之声华，在弟则弊屣而不屑一顾，此固不可求之于今世者。千帆行谊学术，亦自卓绝，取俪吾弟，适成双美。今人所患，政惟不迂，惟迂，则不失为诚笃谨厚之士，脱今人果有毫末及吾千帆之迂者，则尸祝之矣。凡此，皆他人必不能得，而弟得之者。此大好光阴，当细细茹之。吾家小蕴女士，梁楚生之女甥，陈云伯之冢媳，而裴之司马之室也。才华照世，不后长离，所业诗词，沉博绝丽，卢牟众有，视漱玉、鸥波，蔑如也。中岁，忽翻然弃而弗为，叹曰："名士牢愁，美人幽怨，都非究竟，不如学道。"今籀其所定明诗，究有明治乱之源，衡一代得失之数，固卓然有关世运之书也。此所谓务其大者远者。弟才视小蕴不远，而千帆之学或过裴之。词姑少作，曷移其力以事当时之务，则所以辅翊千帆者，不既多乎？仆自任教金陵大学时，初见千帆，即许为美才，为之延誉。其时弟虽在研究班，与千帆固未稔也。沪杭归来，仆始知弟等过从之密，私心窃冀其婚事之谐，而又恐不无顾虑，脱有波折，则仆甚愿函请穆庵[1]先生力成之。忆尔时，弟亦微露其意，口虽未言，然仆固已心许矣。今果相得益彰，此为仆平生第一快心之事，而弟又何所憾乎？仆莅渝三载，忧患侵寻，赣宁旧业，早陷虎狼，坟籍全失，林间荡然。每诵那孟贞"烧罢林间残趾在，战馀茅屋几家归"之句，真有瞻望乡关，何心天地之感矣。发虽斑白，然精

---

[1] 程康，字穆庵，程千帆的父亲。

神尚佳，诗书至味，盎然在胸。去年取汲古阁本《史记》，以南宋黄善夫本，重校一过，手加句读，一字不苟，今早已蒇业。近则校读《水经注》，就所自信者，加以笺识，细行密字，丹黄粲然。前有论杨守敬《水经注疏》一文，约万二千字，布之《学灯》[1]，不知弟与千帆曾寓目否？酒已不进，客来，则偶一饮之，然亦不逾量也。知注并闻。旭初早赴牂牁，[2]来札当转示之。日内别有函询素秋。昨日见弟书，郁郁不怡，适案头有《后山集》，因集句成二十绝句，已写存拙集中。今将此卷抽出寄上，不别写副也。匆匆作复，手候

俪福百益！

四月二十一日，汪辟疆

得沈祖棻雅州书，凄断不可卒读，适校阅《后山集》，因集句成二十首寄之，以广其意，兼示千帆

卧听丛竹雨来时，千里河山费梦思。更欲置身须世外，世间能有几人知？

经年不作一行书，万里长驱在此初。剩欲展怀因问疾，不随时事向人疏。（祖棻由渝赴雅安时，屡有书来，极道所苦。余无语以慰之，迄未作复。前闻圭璋[3]言，知在雅卧疾矣。）

---

1 《学灯》，《时事新报》的一个副刊，中央大学许多教授均曾为之撰稿。
2 汪东先生时任监察委员，自重庆赴贵州视察。
3 唐圭璋，江苏江宁人，中央大学中文系毕业，曾任职于中央大学。

晚岁逢春意未穷，不因新句觉情东。正须好句留春住，已足人间第一功。

东阡急雨不成泥，著物还消不待晞。一枕西窗深闭阁，沈侯可更不胜衣？

一帆秋色下江滨，文采传家世有人。闻说妙年心尚在，镜前含笑意生春。

旧游宁寄浙西东，又见新花发旧丛。二父风流皆可继，时因得句寄匆匆。（千帆为程颂藩、颂万[1]之侄孙。伯翰、子大皆以诗名，有集行世。）

不辞儿女作吴音，三楚风流秀士林。信有神仙足官府，未堪归路马骎骎。（千帆近从嘉州走雅安，视荣疾。）

花随人意作春妍，此去无端久疾瘁。定力不为生死动，晚妆它日看娟娟。

英词从昔动修门，百念皆空结习存。分我刀圭容不死，冷窗冻壁作春温。

少年为句不须哀，且置穷通近酒杯。纵使百年终有尽，好怀

---

[1] 程颂藩，字伯翰，程千帆的伯祖父；颂万，字子大，程千帆的叔祖父。

百岁几回开。

　　了知句法更新清，不复人间后世名。知己难逢身易老，此怀端复向谁倾？

　　白下官杨小弄黄，重梅双杏巧相将。含毫欲下还休去，准拟归来古锦囊。（曩携小女碧城、祖菜、瑟若探梅孝陵，时花事甚盛，远望如轻绡雾縠，菜约为词记之。时菜正悒悒也。然词竟未就。）

　　梦想西湖十里春，马蹄声里度芳辰。遥知更上湖边寺，此后宁无我辈人？（丙子三月，偕淑娟、祖菜作西湖之游，时春雨如丝，匆匆返沪。此行至可念也。）

　　人来肯作数行书，玉版云英比不如。别后未忘三日语，此生断酒不须扶。（来书每戒余节饮养生，有"忧能伤人，酒足戕生"之语。曩菜在渝州，每见必劝余少饮，素秋亦然，皆可感也。）

　　倚壁看云足懒回，愁边不复酒相开。已知涉世蘧蘧梦，路别东西意自哀。

　　东风作恶不成寒，剩欲登临强作欢。一饱有期吾事了，自携云月泻潺湲。

　　绕郭溪山接四邻，晚风初日乍相亲。未能与世全无意，急作新诗报答春。

多情于我独山川,南渡相忘更记年。未忍一身闲处著,镜中当有故人怜。

握手侵寻出肺肝,立谈相信古人难。老来才尽无新语,只借君诗细细看。

故将羁旅到愁边,笔下源源赴百川。旋作七言供一笑,藏家不必万人传。

上汪辟疆先生书之二

（1940年）

辟畺师座道鉴：

　　病中拜读雅州转来手谕及诗，感激涕泣！时病体未复，不克上书，仅倩会昌代达下怀，谅登记室。受业此次在蓉疗疾，前后历时三月，动手术二次，经火厄一次，幸得获免，于七月中旬返乐小住。亦曾奉闻，以慰垂念。痼疾已愈，惟伤口内外部尚未能完全复原，时感涨痛，不克多行动操作。医云例须二年始得恢复，须少劳动、多营养。然即此亦未易言也。乐乡安静，且有江山之胜。困于步履，未克探奇。门外波光如镜，烟岚明灭，朝夕晴晦，时有佳景。平居亲操井臼，幸有小鬟料理，尚不过劳。然病后疲惫，遂觉心力交瘁。家事之馀，仍以吟咏自遣。虽结习之难忘，亦若有所不得已。盖无慧根，不能逃于禅，乃逃于诗耳。词赋从今须少作，终负师友之高情，奈何奈何！箪食瓢饮，虽不如贤者之乐，亦尚无不堪其忧者，差足告慰。金大师友再三邀请受业夫妇为文系讲师，受业病后不克任教，遂辞不往。会昌亦因家庭关系，拟暂在乐小住也。圭璋、任侠、行素均返母校执教，大佳。小词一阕、诗四章录呈训诲。敬请道安!

受业沈祖棻叩

前赐绝句诗二十首,如蒙赐书横幅,俾得张之壁间,尤深感激。

余卧疾成都,三月,印唐、素秋旧约来会,而音问间阻,久待不至。追余去,二君始来,怅然赋此分寄[1]

期君不至久凝思,犹自临行故发迟。我去君来太惆怅,锦江烟柳万条垂。

罗衣长仗药烟熏,天外归鸿隔暮云。差喜刀圭容不死,秋风秋雨一相闻。

旧梦清游不可寻,一灯风雨十年心。当时相见愁难说,别后沉吟况至今。

酒痕旧杂泪痕新,京洛征衣更涴尘。犹有薄魂销未尽,不辞辛苦作词人。

---

1 诗见《涉江诗词集·涉江诗稿》卷一《庚辰初夏,余卧疾成都,印唐、素秋旧约来会,而久待不至。追余返嘉州,二君始来,怅然赋此分寄》,词见《涉江诗词集·涉江词稿》乙稿〔宴清都〕(未了伤心语)。

宴清都

　　庚辰四月，余以腹中生瘤，自雅移蓉割治。未瘥而医院午夜忽告失慎。仓皇奔命，几濒于危。千帆方由旅馆驰赴火场，四觅不获，逮晓始知余尚在。相见持泣，经过似梦，不可无词。

　　未了伤心语。回廊转、绿云深隔朱户。罗裯比雪，并刀似水，素纱轻护。凭教翦断柔肠（割瘤时并去盲肠），翦不断相思一缕。甚更仗、寸寸情丝，殷勤为系魂住。　　迷离梦回珠馆，谁扶病骨，愁认归路。烟横锦榭，霞飞画栋，劫灰红舞。天街月沉风急，翠袖薄、难禁夜露。喜晓窗，泪眼相看，搴帏乍遇。

上汪辟疆先生书之三

（1941［1942］年[1]）

方湖师座道鉴：

　　前与千帆叠上数书，谅登记室。每于圭璋书中得悉起居，佳胜为慰。寒假中作何消遣？前奉寄庵师谕，有春间拟来乐一游之说。吾师放情山水，其亦有联袂偕游之意乎？俾得重接麈谈，追陪杖履，幸甚幸甚！此间既无友好，复不愿与世俗相往还，往往经月足不出户、口不交谈。乡居风物虽美，而踽踽独行，久之亦无趣味也。千帆课尚清闲，除与朋辈聚谈外，亦惟闭户读书耳。前有蒋元卿《中国图书分类之沿革》一书存师处，现千帆为校中图书编目，亟需应用，甚盼检交圭璋兄寄下。专叩
道安！

受业祖棻叩上
三月一日

---

[1] 此信写于1941年或1942年，暂据前者系于此。

上汪辟疆先生书之四

（1942年）

辟疆师座道鉴：

久不奉手谕，时深敬念！惟从圭璋函中，得悉杖履绥和，为颂为慰。系务馀暇，谅多新什，便中寄示一二，以便奉为圭臬。新岁何以消遣？空山寂寞，时念昔日京渝师友文酒之会，此乐不可再得。大壮[1]先生想常过从，能有新词见示否？贱躯壮健，粗堪告慰。敬叩
新禧！

受业祖棻拜上
二月廿二日

师母大人暨诸兄姊均此不另。

---

[1] 乔大壮，原名曾劬，字大壮，中央大学教授。

上汪辟疆先生书之五

（1942 年）

方湖师座道鉴：

前上芜笺，谅达左右。日昨得静霞[1]姊书，谓返渝曾谒师座，丰采如昔，闻之欣慰。兹有恳者，同学龙沅女士，其品性学问及处境，为师座所深悉。毕业之后继续研究，日益精进，博览群籍，胜受业远甚。历任湖南各中学教职多年，富有经验。其母家复遭兵燹，急须出外任职。想母校文系甚为缺人，务请师座为之安置。想母校文系对于他校毕业者尚兼收并蓄，对本校本系毕业之同学，当必更尽力，一切自无问题也。如图书馆有位置，亦适合龙沅姊之工作也。惟吾师图之。受业体力已完全复元，足慰垂念。惟家居闲适，亦不愿出外工作。金大虽屡约，武大、川大亦有提议，而于粉笔生涯亦复厌倦矣。专肃敬请

道安！

师母大人以下均此。

---

1 盛静霞，字弢青，一字伴鸯，号频伽室，中央大学中文系毕业。

务请回示。

> 受业祖棻敬叩
> 五月二日

上汪辟疆先生书之六

（1942年）

辟罾师座道右：

　　昨今连奉旭师及圭璋兄函，得悉有人图谋中文系。闻之不胜愤慨。母校文系廿年之根基，一旦为他人所斩，不但吾师及在校诸君痛心，即毕业校友亦不能不忿恨惋叹也。千祈吾师及在校诸君，共同奋斗，扩充本系，以图恢复，以培实力，则母校师生、天下学子之幸也。如能请旭师返校，虽一时不上课，亦可以大大增厚势力。惟师图之。旭师如能返校，又可请尹默先生来任课。老将出马，当无敌不摧矣。拟请寅恪先生，极佳。惟武大方面先已接洽，且登恪八先生既在武大任课，而刘弘度[1]院长兼系主任，又系卅年老友，并闻母校延聘之事，月薪旅费亦均探知，拟格外优待，竭全力以期其必至。母校如聘，必须重金礼聘，此点望师注意及之。师院国文系曾聘受业往授词课。窃念受业受吾师训诲多年，自愧学业荒陋，未能追随左右，有所襄助。虽他人甘言厚聘，亦何敢为人所用耶？千帆下季拟就金大聘，以武大挽留再三，故迟至今日始成行耳。倚装待发，草草不恭。敬叩

---

[1] 刘永济，字弘度，湖南新宁人，武汉大学中文系教授。

道安！

受业祖菜叩上
九月十四日

上刘弘度先生书

（1945年）

弘度世丈道右：

自别杖履，积念日深，唯以浅陋无文，不敢时以琐屑上渎清听。比两奉新词，复蒙关注，欣感何极。棻以未能与世浮沉，同流合污，致遭忌害，而鸡虫得失，正亦无所萦怀，但求上无负于师长，下不怍于诸生，则于心已慰。[1] 吾丈前寄新词，未改旧贯。昔谭仲修评后主词谓"雄奇幽怨，乃兼二难"。移赠尊作，尤为恰当。后数词作风又变，纳奇崛于平淡之中，而以自然出之，如力士举鼎，意态舒徐，若不经意，而固任千钧。拟之于诗，其惟渊明之襟抱与境界乎？夫子之墙数仞，宫室之美未易窥见，猥蒙下问，略申所感，不敢谓有当也。旅蓉二年，所奉手亦多巨人长德，而求如吾丈之冰襟雪抱，刚直不阿，正学以言，至老不懈者，实未尝见。每与千帆言及，深悔在乐时侍座犹疏，未能多受教益也。棻至蓉以后，体质日弱，入夏以还，困顿益甚，虽晏居言笑，亦感精神不支，幸功课较少，可事休养。惟学问无进，良足愧耳。

---

[1] 程千帆夫妇1942年自乐山去成都金陵大学任教，不久学校发生贪污行为，程等起而抗争，遂被解聘，函中所云即指此事。详见《涉江词稿》丙稿〔鹧鸪天〕"华西坝春感"四首程笺。

前授词选及清真,似稍能理解。偶作长调,虽欲模拟,而仍不能得其仿佛。录呈数首,即乞诲正。[1]蓉市近出信纸一种(即此函所用),似尚雅致,拟寄赠数札,以作词笺,惟该店离寓所较远,须得暇往购,或稍迟耳。前闻臂痛,时深敬念,刻不知已痊愈否?金大诸生,近刊《风雨同声集》,以为纪念。曾命寄呈乞教,不知收到否?又有陈生荣纬,本期考入贵校,该生品学端正,志在文艺,家庭令习经济,非其愿也。景仰明德,如趋前请益,望赐接见为祷。伯母大人福体如何?女仆当意否?生活日高,想更辛苦,平居仍以节劳为宜。东归之期不远,望自珍重。连日疲病,恕未专函敬候起居也。专肃,敬请

道安!

世晚祖菜百拜
九月廿六日

---

[1] 附词四首:〔琐窗寒〕(袅尽炉烟)、〔夜飞鹊〕"和清真"(重寻旧游路)、〔拜星月慢〕(旧迹迷尘)、〔解连环〕(此情谁托),皆见《涉江词稿》丙稿。

致吕亮耕[1] 书

（1938年）

亮耕兄：

很久很久以前曾接到过你的信，我们很欢喜，但是因为没有文章应命，连得不好意思给你回信，可是时时记着点挂念和歉意，现在又看到孙望兄转来你的信，真是喜从天降！承你这样地怀念我们，使我们更宝贵我们的友情，感到更大的安慰，同时那点歉意也更在我们心中扩大了。你同时办报和杂志，这倒是对你很合适之事，我们听了也很高兴！可惜的是我们未能帮你的忙，多寄点稿给你；原因是千帆有复古的趋向，对于新文艺不大感兴趣了；而我则终天上街买米买油，下厨烧饭做菜，以及一切家居生活杂事，忙得很，也没有写作的闲暇和心情了。此地一无朋友，生产烦琐呆板毫无兴趣，诗人的心情，何从而升，我想这还是更重要的一点。我如能有作品，当然会寄给你，可是连我自己也是毫无把握的。寄上一点旧作小词给巴君，请告巴君真姓名。祝

---

[1] 吕亮耕，诗人。1938年夏，与孙望等合编长沙《抗战日报》副刊《诗歌战线》，发起组织中国诗艺社，出版《中国诗艺》月刊。

撰安！

燕
三月三日

致孙望书之一

（1938 年）

止匮：

久未作长谈，甚念！上次寄诗时本想写一长信给你和亮耕，但因怕信过重和急于寄出的原故，终于取销了。刚才又接到你的信，就此一并作覆吧。但千帆的信是附在家信中寄去，我的又附不下了，只好另寄，也好，让我慢慢地和你谈谈吧。可是太不合乎你的"够本主义"了。

第一件要说的是你的糊涂，你的糊涂原是我们深知的，但像这样的糊涂却未免太过分了一点。我们的地址连开给你三次，你却三次仍寄青年会章小姐转，我既搬出了青年会，章小姐也早已离开了那里，总算是意外的幸运，三次信都转到了。但是我们每次接到信总是要骂你糊涂的。现在索兴书面骂你一次了。

仲年的译作立刻逼出寄出，总算帮忙了。白华先生却有点滑头，稿子则说太忙，钱则为我们另想一办法：叫我们可以做文拿到《学灯》去登，他多给我们稿费，用以贴补诗刊的费用。此"假公济私"、"一举两得"之妙策也。但我们亦何乐而不为？但《学灯》上刊载学术思想之论文（最好与时代民族有关者）或评传等性质之文字。我不善作此种论文，又无多时间参考一点材料做文，因此有"望洋兴叹"之感。千帆送了一篇去，尚未登出，不知下文如何？且待下回分解。你和亮耕、白鹤[1]如有兴可寄些作品来！令孺[2]我有信去，但迄无回音，大有置之不理之意，我也不愿多理了。

阿Q卷逃，你的损失很大，真是不幸。可谓"知人知面不知心"也。大概你流年不利，交了被卷逃的运，既有女仆卷跑于先，又有男工席卷于后，真是先后辉映，而你却大倒其霉于其间。我很为你的不幸叹息，但你是达人，却无需我为这事向你殷殷劝慰的。不过时局日紧，手边的确须多留些钱，赶快重新积存起来吧！

今天看报见大炸长沙，不知受惊没有？念念！你随机关走，那是很好的。白鹤兄行止如何？甚念！千帆的父母也由我们设法弄钱请他们出来。

你的诗日进，兴趣也极好，我对于你在中国新诗方面是有着很大的奢望的；希望你有更大的决心永远继续努力下去，亮耕、白鹤都是你携手前进的同伴。至于我和千帆，怕是要在半途中被淘汰了的。千帆是为了兴趣的转移，我则是被公务员的环境销磨了诗的心情，并且[现]实生活的压迫（物质的和精神的）又消灭了我一切的兴趣和幻想，身体的疲病使我精神困乏，时间的匆忙又使我没有写作的闲暇，回思当日之高谈阔论，曼吟低唱，真有隔世之感了。

此地的熟人极多，舍间也颇有"座上客常满"的气概，但是

---

[1] 白鹤，姓吴，复旦大学学生，抗战初曾流亡长沙，从事文艺活动。
[2] 方令孺，女作家，时在夏坝复旦大学中文系任教。

少可谈之人，尤少可以谈诗之人，千帆是更没有谈谈诗的温柔的心情。回念长沙的胜友如云，不胜其迢遥之感了。

诗刊何日出版？倒底是什么名称？如时局不佳，亮耕移筑，则在贵州出版最好，移渝出版也很好，但可恨的是我们二人太不行了，我是时间太匆促和身体不很好，千帆则兴趣太差和太不负责了。多慈[1]小姐的信，我因为太没有空，并且千帆自告奋勇担承下这份差事来的。但他至今还未写信给她，你可谓"托了王伯伯"，快写信来骂他吧！

你的胃病没有发吧？亚猛！身体还是要保重的！不宜过劳，尤不宜少睡也。铭竹[2]常通信吗？何以他总没有信给我们？是何原故？他的地址没有弄错么？你写信是寄到何处的？他们的近况如何？均盼告！真奇怪！就是铭竹发一下诗人的懒劲，俞姊姊也不会不给我们几个字啊，她会知道我们是怎样记挂他们的。

我近来因放暑假的缘故，补习的小孩子已加至三枚，并且有增至四枚之可能，[3]程度不一样，格外费时间和精神。下午办公又总得到六点半，七点钟才得回家，一天整个的完了。晚上精神很疲乏，还要料理一些家事，写账，洗澡，会友及一切杂事，简直没有看书的时间，这是我感到很着急和悲哀的事。幻想的时间和心情都没有了，创作也无从写起了。我这个人也许就此完了，想起来不免惭愧而感伤。

你的胃病好了，铭竹的心脏病也没有发，而我却大发其心脏

---

1 孙多慈，女画家，徐悲鸿弟子。
2 汪铭竹，诗人，《诗帆》半月刊主要作者之一。解放后隐居台湾。有诗集《自画像》、《纪德与蝶》。下文的"俞姊姊"，指其妻俞俊珠。
3 沈祖棻当时在重庆贸易局任职，又奉命兼教局长的小孩。

病（时作时辍至今十馀日未愈），自己感到身体日趋衰弱了。人也日趋消瘦，瘦到平生所未有过的瘦，而使一切老友们熟人们吃惊。大概也是身体不好的缘故吧？千帆的身体倒意外的康健，不过近来常常吃过饭肠胃痛，我要他节食服药，不要弄成胃病才好。

　　诗歌工作社的诗刊，至今未收到，想是丢了，请你再买一本寄给我们吧！诗艺社诗刊出版后速寄一份来为盼！

　　我们日在窘乡，一直挪东补西地过日子，因此诗刊费还未能寄上，容再设法，这也是我心里很难过的事。希望能在最短期间寄上就好了。

　　今日印唐从北碚来，下榻舍间，乱谈一阵，殷孟伦[1]君亦来谈，因此小室之内又有吹吹之声了。精神略为舒快。

　　这一封信写了六天，还未写起（一半忙一半病），真闷人。几时能有完全属于我自己的时间，并且没有一些俗事俗念来打扰我，让我随兴之所至地看看书，写写信，我就高兴了。

　　信封上又写了地址，不知你能否记得？不然，就记住"四川省贸易局"吧！这是比较简单易记的地名，写信不会忘了吧？祝快乐！

　　附黄、吕二信，请速转寄

菜
七月廿二日起廿七日止

---

[1] 殷孟伦，字石臞，四川郫县（今成都郫都区）人，时在中央大学任教。

致孙望[1]书之二

（1941年）

自强：

　　昨奉手书，欣悉清恙转佳，惟此病乃系慢性，端在休息营养，望勿忽视，益加珍摄为宜。承嘱为徐君撰稿，迩来意兴都销，诗情苦涩，幸有箧中存稿，略带海洋气味者检录径寄辰溪矣。勿念。川中春早，元宵前后桃李盛开，惜无寻春俊侣，空山寂寞，奈此韶山明媚何？米盐烦琐，井臼操劳，并翘首云天、作遐想之闲暇与心情亦无之矣。印唐兄不乐湘居，[2] 三月初已动身返川，想抵渝必至兄所，渠有来乐之约，作小诗以坚之，并录呈雅正，且以示印兄也。此颂

吟安！

　　　　　　　　　　　　　　　　　　　　　　　　　紫曼
　　　　　　　　　　　　　　　　　　　　　　　　　3月21日

---

[1] 孙望时在重庆资源委员会任职。
[2] 萧印唐1941年曾自成都应湖南蓝田国立师范学院历史系之聘，但到职不久，即因生活不习惯返川。

悲凉生事乱离年，巫峡湘波路几千。沽酒待君同一醉，昨朝新得典衣钱。

致孙望书之三

（1950年）

自强兄：

前于医院病床上曾寄一函告慰，想达左右。菜于三月二日出院休养后，复因饮食不调，寒暖失宜，致腹痛泄泻，幸与伤口无关，惟因之体气益弱，幸近渐好转。而小婉[1]已从托儿所领出，又不免费力劳神。近日彼又咳嗽剧烈，不思饮食，时常呕吐，精神委顿，虽医言受寒伤风无关紧要，但见其病势不甚轻淡，亦令人心焦。幸其自动知要看病服药，一切甚乖，尚不过分费神。菜急于返山养病，但路途困难，病妇幼儿无法行走，恐须千帆来接，江行较不安全，且为日过多，又须日日上岸。千帆意不如坐火车较为妥善，刻尚未商定。菜意无论舟行乘车，均可先至南京小住数日，再直达武昌，藉与兄及诸师友欢聚一次。惟不知千帆是否能多担搁，及届时事实上有无不便，并经济情形如何，是否能如人愿耳。千帆近久无信来，故菜行期行踪均不能定。近上海方面或有便人，则菜或结伴同行，以省费用，则亦不能在京勾留矣。菜本思返苏小住，然后至京与兄等小聚，再行返汉。但于财力体

---

1 小婉，沈祖棻之女程丽则小名。

力均多耗费（携幼儿尤多不便），不知来得及否。又千帆事忙，恐亦不能如此从容耳。一切聚会似皆前定，不可强为任之而已。兄近来校事忙否？身体健否？焕明姊近况如何？均在念中。暇盼示知一二。专此即颂

教安！

妹祖棻上
三月三十日

伯父母大人前叱名请安！
诸师友前均此问安！

　　　　　　来信请寄上海北京西路张家宅路十九弄六号

致孙望、霍焕明[1]书

（1957年）

止匮兄

焕明姊：

  兄之论文收到，考证精严是兄特长，兄在百忙中犹能作此，益令人佩服，而自顾惭愧矣。棻近亦作一文，以应需要，惟因偷懒，题目已改为"关于词的比兴的几个问题"[2]。盖返后偶于旧箧中觅得十年前收集之材料，写时可较为省力省时耳。意思尚为多年体会所得，行文则殊欠佳。将来印出后当寄呈请教。兄姊近来忙得如何？尚望保重身体。工作及系中组中开展情形如何？想必蒸蒸日上，惜棻不能躬逢其盛也。此间同事相处和平周到，但除公事外极少往还，安得如南京、苏州两地老友之畅谈大笑乎？星期日亦不能到天竺路、玄武湖或新街口[3]矣。棻喜观剧，在此又不能有文娱之乐，益觉闷闷，在南京时之逸兴豪情复归消失矣。不知兄姊兴致如何？焕姊亦写作否？望兄亦尚进行他作否？"淮水东

---

1 孙望、霍焕明夫妇时在南京师范学院。
2 此文后定名为《清代词论家的比兴说》，载《文学研究》1957年第2期，现收入《诵诗偶记》。
3 天竺路，孙望南京住宅所在。新街口，南京最繁华的街市。

边旧时月"、"苏门四客"有新解否？亦愿一闻也。菜本期极为闲空，仅一毕业生来谈两次，开教研组会两次，听学生报告会一次，新年团拜一次，工作活动仅此而已。但因天时地利起居饮食种种不宜，三天两头时有小病，或发旧疾，或添新病（如胃病），或受感冒，遂致大好光阴反在痛苦中虚掷，为可惜耳。又因生活太刻板，身体精神不能调剂，工作效率反低，终日足不出户，口不谈话，看书则头昏脑胀，写作则文思滞塞，伏案则消化不良，睡眠则环境不静，出门则地多坡级，访人则语须谨慎，看电影则夜受风寒，做饭菜则市无肉虾，生活殊枯燥无味。回忆在南京时之活跃欢乐，不可复得，殊为怅惘。惟有期之于寒暑假来宁小住，与兄等作十日游，以抒闷怀耳。丽则来后则觉家中有小姑姑，邻近有众老友，较胜于苏宁。对于苏宁一般小友不甚忆念，惟犹思二孙哥哥[1]及苏州一二老友耳。兹寄上彼入队后之照片一张，给两位哥哥，彼思长大后仍与两位哥哥作朋友。彼来后本较为活泼壮健，最近感冒一次，遂又瘦弱。菜近亦感冒两日，今早初起作书，精神尚不甚好，故多落字误字也。寒假有暇，盼告知近状。专此，即颂

俪安！

馀详士复[2]兄函中。

祖菜上
1月21日

---

1 二孙哥哥，孙望之子原平、原安。
2 徐复，字士复，一字汉生，江苏常州人，金陵大学国学特别研究班毕业，曾任教于金陵大学、南京师范学院等校。

致卢兆显、宋元谊、刘彦邦书之一[1]

（1946年）

兆显、元谊、彦邦贤弟同鉴：

别来倏逾两月。每念锦城朝夕过从切磋之乐，曷胜怅惘！抵沪后曾寄一函，谅早入览。迄未得复，岂远别遂相疏邪？抑昔者寄庵师每赐书札辄以病稽迟裁答之报邪？一笑。士别三日，便当刮目，想近来学业当更猛进，并多新作，望寄示以慰病怀。《正声》副刊[2]，想仍继续，亦有所改进否？元谊、彦邦两弟不久即将卒业，尤当爱惜寸阴，及时努力，是所至盼！兆显弟教学甚勤，谅必忙碌，亦望能抽暇温理旧业也。

葇自来沪后，以环境不宜，生活改变，心绪恶劣，遂致旧恙复发，日益增剧，腰痛尤甚，浸至不能起坐及行动。经医诊断，主要仍在本原亏损，所言与蓉医相同，治疗方法亦相同，只有耐心调养。经岁淹滞床席，了无生趣，不知何日始能恢复健康，亦

---

1 抗战胜利后，沈祖棻自成都飞往上海省其堂兄。此信是在上海写给她的学生们的。卢兆显，广东三水人，金陵大学中文系学生，1943年第一批加入正声诗词社的成员。宋元谊，四川富顺人，四川大学中文系毕业，徐溥妻。刘彦邦，四川兴文人，初肄业于金陵大学中文系，后转入四川大学毕业。
2 《正声》，沈祖棻在成都指导各大学中文系学生所办诗词刊物，有杂志及报纸副刊二种。此处指《西南新闻》副刊。

无甚希望也。

苏沪一带，生活之奢靡犹昔，而风气之败坏加甚，道德沦亡，秩序混乱，有不忍言者。民族前途，不堪设想！贪污之风尤盛，事无巨细，莫不有弊，在内地犹以为讳，此间则以能舞弊、揩油为有才能，有志气，亲戚夸耀，朋友艳羡。奉公守法为无用，为亲者所痛，疏者所笑，此又观念上之"进步"也。可为浩叹！棻闭门卧疾，不问世事，凡所闻见，犹不能堪。近且由愤世嫉俗转而为厌世，不但悲观，且消极矣。当今之世，凡一切理想崇高之情操与道德、人格、学问，均成为毫无意义与价值之事物，有价值者惟金钱耳。沪上人家普通食用品已均为美国货，工商业之破产迫于眉睫矣。兆显弟望仍暂留成都工作为宜，来沪非所能堪。青年人处此，除自杀及发狂外，别无出路。即以实际情形论，生活亦不易维持。此间人各有其生存之道，非吾辈所能也。慎之！慎之！

来沪后因舍间屋少人多，环境喧闹，日夜无一刻之宁静，遂致不能把卷，已两月不亲书册，荒废如此，殊觉愧对弟等也。上月孟伦兄曾来两次，畅叙甚欢。数日前寄庵师亲来视疾，得侍麈谈；师并为讲词半阕，十年来无此乐矣。师曾言："我的学生不如你的学生。"弟等益当自勉。元谊弟应多读北宋作品，勿徒注意雕琢，以免辞胜于情。兆显弟作，情意深刻而不免流于生硬晦涩，有辞不达意之病，又觉情胜于辞。彦邦弟入手甚正，则须力屏粗俗、熟滥、轻绮诸病。昔孔子有才难之叹，今日尤甚。弟等当自强不息，勿负余望也。

彦邦弟想已转入川大，与元谊弟同学，更可得切磋之益。川大功课忙否？两弟选读何种科目？闻石禅[1]兄已离川大，确否？继任何人？系中情形如何？仲陵[2]兄学问精深笃实，并世所希，弟等可常请教，当能得益也。国武、文才[3]两弟亦常晤否？近况如何？亦时在念，并望致意。

菜定于明晨飞武昌，山居静养，不知能有起色否？医言首须心情愉快。居今之世，又何能愉快邪？暂时过隐居生活，亦不知能安静否？千帆已于五日抵汉，刻已将上课。今日作此书久坐，腰痛，不克多及矣。此颂

吟祺！

祖棻手启
11月11日

---

1 潘重规，字石禅，黄侃女婿，时在四川大学中文系任教。
2 杜仲陵，亦四川大学中文系教授。
3 刘国武，四川中江人。王文才，四川崇庆人。均为沈祖棻在华西协合大学的学生。

致卢兆显、宋元谊、刘彦邦书之二[1]

（1946年）

兆显、元谊、彦邦贤弟同鉴：

　　来函均先后收到，知沪信未遗失，甚慰。空山岑寂，得故人书，亦如闻足音而喜也。弟等近作，颇见进益，阅之殊慰。〔鹊踏枝〕五阕，揣摹《阳春》颇能得其情韵，可喜也。惟第一首之"终古人间世"的"终古"二字及第五首之"烟水月"未妥，应改。第三首之"无觉处"，"觉"或是"觅"之误。第四首"多"拟易"都"、"关"拟易"波"，于上下文较有关联，以为如何？"梦华如月"似作"月华如梦"较稳妥，或作"梦痕"尚可。〔鹧鸪天〕诸阕仍学小晏，亦能不失规矩，偶有可斟酌处，适近患头痛，未能细阅指出，容后告。望能循序渐进，持之以恒，须志大而心虚，精勤不倦。修辞本于修身，植其根本而敷其枝叶，庶几日益能与于作者之林。此事甚难，尚待毕生努力为之，望弟等加勉！美言不信，信言不美。余期弟等大成，故所言如此。荣山居多暇，亦颇有所作，惜病体不耐伏案，未能寄示弟等一商榷之。

　　前返沪，因环境不宜，旧病转剧。来鄂后山居安静，注意休

---

[1] 此信是沈祖棻从上海回武昌后复成都诸生的。

息，针药兼施，逐渐好转，病日除而人日胖矣，足以告慰。惟往往中夜烦扰，不能成寐，入睡亦魂梦不宁，以至日夕头脑昏痛。此则由于不能息心屏虑，故非药石所能奏效也。山居生活极为宁静，而内心则至不宁静，亦无可如何。然近来头昏梦扰日甚，虽本非病而竟致病，正拟竭力排除一切思虑烦扰，以达宁静也。

　　病虽渐愈，但仍不能劳动，无异废人。衰弱至此，思之增叹。然生当此世，能不遭灾难而死，不被杀害而死，不受冻饿而死，不发狂疾而死，久病而又不死，亦可谓顽强矣！一笑。国事已不可说，一切已临总崩溃之前夕，其危殆不堪设想，来日大难，方兴未艾也。棻等抗战八年，未制被褥，坚硬如铁，不复温暖。因棻贫血畏寒，家人拟为制一丝绵被，千帆欲为购一鸭绒褥，均为棻拒绝，但以稻草取暖而已。盖非矫情，正以来日艰苦当倍于往昔，丝绵鸭绒不易得，稻草则随时随地可取用，庶不致因生活环境之影响而改其节操耳。近年为病所累，已不能合于余刻苦耐劳之标准，每用怅恨。饥寒遍野，温饱已不能安，况奢华乎！迩来意气消沉，百无一是。即对于教学写作之信念亦觉动摇。"师者，所以传道授业解惑也。"初虽忝为人师，勉力于此，尚觉无所愧怍。及今思之，所谓道，所谓业，传之于青年，仅使之饥无食，寒无衣，无补于国，无益于民，为社会所摒弃，为乡党所不齿，不容于当世，精神物质均受终身之痛苦，去欢乐而就悲辛，以此授受，不亦可以已乎?! 至于当前一切事理，余方大惑不解，又何能解人之惑邪？素不敢误人子弟，愧对人之父兄。今方知误人子弟之甚。为父母者方期其子弟之富贵，而吾辈乃使之守穷困，令彼父母怨恨，子弟愧歉，宁不内疚于心乎？至于写作，但供覆瓿耳，"可怜无补费精神"，此言最当。故后者无补于世，徒损一己之心力；前者则且有害于人矣。然则吾将何为邪？思之爽然。当今之时，不苦在"苟全性命于乱世"，而苦于已无任何一种崇高之理想、纯洁之感情，能使人供献牺牲其生命也。

兆显弟大病初愈，尚望节劳为是；平日尤须注重食物营养，不可蹈余覆辙也。切盼！切盼！元谊弟近来多病，亦勿以身强而忽视之。惟彦邦则需少进杂食，以免伤胃耳，一笑。同学中彦邦最少（包括生理心理年龄），余所宠爱，望兆显、元谊二弟视之为幼弟而时加监督焉。

此间住房虽仅二间，亦甚简陋，为住宅中等级之最低者（较川大宿舍已好），住者数十家均致不满。棻于生活享受要求不高，故觉其清洁整齐，已甚满意。老树当窗，殊饶画趣；山色入户，亦助诗情；草原空旷，红叶满山。棻时于屋外晞阳，惜不能多走，难以探胜耳。惟购物不便，普通蔬菜亦有卖者，而猪肝牛肉，则须在早晨八九时以前，往往不能购得，于营养方面稍觉欠缺。承念特闻。月馀以来，已大雪三次，朔风怒吼，而砖墙钢窗足以御寒，有时围炉，颇觉暖意洋溢，不似在光华街[1]之瑟缩也。棻东返后有二事最为满意者，即气候之佳及电灯之明是也。专此，即颂吟祺！

祖棻启
12月31日

诸同学见时均为致意。国武近作词否？如继续努力，可望有成。请转告之。

---

[1] 光华街，沈祖棻在成都寓所所在。

致卢兆显书

（1947年）

兆显贤弟文几：

前寄弟等一函，谅已入览。久不得来书，未知近况奚似？玉体康复未？校课尚不感烦重否？殊念！比来读何书？作何研究？有新词否？前作〔蝶恋花〕诸阕，大有进境，阅之心喜。昔孔子有才难之叹，棻及千帆素抱爱才之心，吾弟既具天分，复能勤学，棻等期弟大成，甚盼能及时奋发，光我师门也。

秋冬以来，心绪烦苦，蒿目时艰，忽忽若狂。入春以还，力图排遣，究心典籍，流连山川，得以稍解殷忧，归于平静，病躯亦因之较胜矣。前在华西大学授诗，于嗣宗《咏怀》，粗通其章句；近加研读，稍稍能心知其意。尝与千帆论及古今第一流诗人（广义的）无不具有至崇高之人格，至伟大之胸襟，至纯洁之灵魂，至深挚之感情，眷怀家国，感慨兴衰，关心胞与，忘怀得丧，俯仰古今，流连光景，悲世事之无常，叹人生之多艰，识生死之大，深哀乐之情，为天地立心，为生民立命，夫然后有伟大之作品。其作品即其人格心灵情感之反映及表现，是为文学之本。本植自然枝茂。舍本逐末，无益也。此吟风弄月、寻章摘句，所以为古今有识之士所讥也。因共数自灵均、子建、嗣宗、渊明、工部、东坡、稼轩、小山、遗山、临川等先贤，不过十馀人，于是知文学之难，作者之不易也。取法乎上，仅得其中，弟等当知所勉矣。

前此间徐天闵[1]先生亦尝言及文学之事，修养为难，技巧甚易，聪慧之士，用功不出五年可以完成矣。蕙风亦言当于词外求词，所谓修养与学力是也。吾弟性情深挚，能思善感，已有根基，时加培植护持，当能卓然自立，不致华而不实。惟于文学技巧方面尚未能运用自如。此虽末事，亦非数年之功莫办。且情意亦非辞不达，此文学作品赖乎外形之完整及作者表现之方法手段亦极重要。望多揣摹古人作品及其表意达情布局之法，先求通达，进事润色，此一般之次序，而为吾弟所尤当注意者也。

棻迩来于人事灰心已极，对人对事已由热诚而转为冷漠，一切付之沉默。恐此种心情与日俱进，异时即对弟等亦懒于多说，故力疾作此长函，以为勖勉。愿美材勿自弃而徒令人惋惜也。千帆曾书棻近作付元谊弟，见之否？前在蓉见寅恪先生所为诗及集联，以为过于悲观，曾言于先生，先生谓"此乃五十馀岁人与三十馀岁人之差异"[2]。棻东还以来心情，已与先生无复不同。此一年可抵二十年，余亦老矣！一叹。专此，即颂
吟祺！

祖棻启
3月24日

---

1 徐天闵，武汉大学中文系教授。
2 《涉江词稿》丙稿〔减字木兰花〕"成渝纪闻"四首之二，程笺对此事有记载，可参看。

致刘彦邦书之一

（1973年）

彦邦同志：

接读详信，知别后一切，既慨且慰。现落实政策，情况已自好转，问题不久当可解决，必有正确结论，不必多所忧疑。平时思想当开朗乐观，绝不可往窄处想！许多人因此自误，当引以为戒也。元谊自轻其生，殊可惋惜。[1]至于子女受影响，乃必然现象，不久当亦可解决。青年人多受锻炼，问题不太大。只要能上来，迟早总一样。望大家耐心等机会。遭遇不顺，家人当互相多原谅，不可多责难，增加愁苦，亦无益于事也。

你思重理旧业，志甚可嘉。文教工作，问题颇多，难于处理，许多人视为畏途。我们经过"文化大革命"，感受甚多，年老多病，自不免消沉，反觉在某处工作，能成为可有可无之人物，实极难得可贵之机会。此乃不正确之思想，不足为参考，当予以批判也。

所示〔临江仙〕一首甚佳，足见未忘旧业。我则近二十年不作词了。

陈老所作及酬和，均未之闻见，有暇盼抄示为感！

---

[1] 宋元谊在"文化大革命"中自缢。见《涉江诗稿》卷二《岁暮怀人并序》程笺。

最近落实政策方面，工作进行如何？你的问题已近解决否？念念。祝
春节全家欢乐！

祖莱
73年旧历正月初三日

致刘彦邦书之二

（1975年）

彦邦同志：

　　三年无音信，情况多变化，不能不使人时时远念及忧思也。前误以为与王淡芳[1]君（旧川大学生）相识，曾托其探访，因不识未便，乃托文才同志，蒙其时刻在心，多方设法探听，终得复书，即先寄下以慰我心，并约相晤，面告我等情况，殊可感也！

　　自得文才转来书，殊感欣喜。昨日更得华函，尤慰积想。大作反覆吟咏，殊足娱情。足下于奔波劳碌之馀，不废旧业，以诗写其见闻，觉山川之雄伟，胸襟之开阔，兴致之豪逸，如在目前。至于格律微有不协处，则自旅途匆促成篇所常有，以后有暇仍可改定。诸作清新俊逸，兴会飙举，犹胜少年时，可喜也。惟历来对东坡似无称苏郎者，然菜见闻浅陋，亦不足凭也。刘伶以酒而不以诗名，似可用刘桢？菜寄千帆一首蒙赐和相慰，尤觉感谢。

　　得悉太夫人高年安健，殊慰下怀。夫人不知何病？喜已痊愈。儿女们均已成立，此身无累，尤觉轻松。诸事皆可喜，闻之引以

---

[1] 王淡芳，字雪邨，四川酆都（今属重庆）人，四川大学中文系毕业，程千帆学生，中学教师。

为慰。而足下诗兴，殊觉不浅，因更录呈近作若干，乞为吟正。其中数首或在文才处已见；其馀皆最近所作。老来偶为诗，懒于用心，殊率易无足取，聊以见近来生活及心情耳。足下年过五十，登临跋涉，望善节劳及注意！

菜等无善状可述，一切谅文才已告。千帆仍在乡劳动，菜病近益加重。喜得二三知好，常来书以慰病中岑寂耳。此颂
阖府安吉！

祖棻手复
8月16日

湖畔杂咏[1]

飘飘衣袂拂凉飕，独步长桥有所思。日落不辞归去晚，听风听水立移时。

---

1 《湖畔杂咏》共四首，前三首见《涉江诗稿》卷三，题为《湖桥》。所附《山居近事，赋寄故人》共四首，前二首见《涉江诗稿》卷三，题为《近事寄友》，后二首见致王淡芳书之二十二。所附《山居夏夜纳凉，独坐无俚，每有吟咏。因忆前友人来书，曾以顾梁汾"词赋从今须少作，留取心魂相守"之语为劝。新秋雨夕，感成此篇》，见《涉江诗稿》卷三。

致刘彦邦书之三

（1976年）

彦邦同志：

　　旧年初接来信，诚新春喜事。反复诵读，如获晤谈。得悉川中农田收成、水利建设情况，扩大眼界，甚为欣慰。足下参加实际工作，虽不免辛苦，而对人民作出贡献，收得实效，亦远胜于本行教学矣。[1]惟年过五十，渐入老境，山川奔驰，须加注意，各方面多保重为宜。

　　川中农业落后，复连遇天灾，有形成春荒之虞。但只要领导得人，群众努力，尚可人定胜天。湖北去夏亦数县水灾严重，全省亦受影响。去夏以来，蔬菜奇缺，春节尤甚。其他供应亦紧，连酱油亦于久缺之后，凭票仍需抢购。千帆申请退休，虽已批准，因户口未办妥，仍以探亲假返家度岁。沙洋供应尚好，沿途景况亦佳，故带回一些物资；农村亲友亦稍支援，故春节物资甚为丰富。

　　大作甚为庄重，感情真挚，并无溢美，比拟亦甚恰当。惟事涉政治，不易措辞，此贵友所以以为不妥也。棻等亦感悲痛悼惋，

1　参见《闲堂诗文合抄》载《得彦邦书，却寄》。

但未敢形诸笔墨。即平日所作写景抒情个人生活之小诗，除三五知友外，亦不以示人也。

去岁一年多病，冬季稍胜，春节前后尚好，惟仍不能多进饮食及易感疲劳。千帆归来，生活相照料，疾病相扶持，待春日晴暖，湖山佳胜，多出外游赏，或可转安健乎？请勿远念。

千帆除伤脚外，身体尚好。脚亦较前渐好，请放心勿念。

川大同学王淡芳君，旧从千帆受业，亦从荼游。不知昔年诗酒之会，曾相晤否？其人清醇诚笃，深于旧谊，与足下性情为人，颇有相类之处。与荼等常有诗札往还。彼与国武、文才皆旧识。足下如有闲暇，不妨相访结交，亦佳友也。祝
喜禧！

祖荼复
1976年2月29日

致刘彦邦书之四

（1976年）

彦邦同志：

 五月底来书收到。因多病未再通问。想疮疾早愈，时在念中。六月中接淡芳来函，云成都有地震预报，情况危急，殊为足下及王、刘诸君忧惶不安，正拟一一奉候，复接淡芳信，谓已转缓和，仅将波及而已。稍释忧念，遂未作书。而终为远虑也。后北京因地震波及，虽一切安好，但惊惶辛苦，亦殊不轻，更以成都诸故人为念！惟近数月来，旧恙转甚，疲困懒作书耳。

 今日听广播，知松潘地震，波及成都，虽知此次地震级数，较唐山为轻，松潘于成都距离亦远，想必亦人口平安，房屋完好。但不知当时及以后情况究竟如何，仍为之忧念不置。未卜当时受惊未？是否如北京须搭棚街头暂住？眠食受影响否？其惊惶奔避，来往辛苦，可以想见。不知阖府身体均安好否？近日生活如何？一切生活供应是否如常？或能迅速恢复。一切日夕在念！

 千帆最近暂时请假返家小住半月或一月，以待解决退休后户口问题之办理。不知能不再去沙洋否？知念特告！

 荣病最近亦大有好转，勿劳远念！

 专此问讯，即颂

阖府安吉!

祖菜
8月18日 1976年

　　书成未及封寄,接淡芳信,知先有预报,颇受惊恐辛苦,更为远念。

致闻在宥[1]书之一

(1946年)

在宥先生左右：

别来忽已两月，伏维动定咸宜为颂。昌夫妇月初分于沪、渝飞鄂，即来山中布署家庭，颇极烦镰。顷幸毕功，已上课矣。菜前在沪奉教，以适困顿，未能作覆，殊为歉仄。承询其近作，所得无多，俟暇再录上乞正。华大研究所在上海所印集刊，如有剩馀，不识可见惠数册否？以昌廑见其目，渴望一读也。专上，祗候

箸安！

会昌、祖棻同敬上
十一月十八日

---

1 闻宥，字在宥，号野鹤，江苏娄县（今属上海市松江区）泗泾镇人，曾任华西协合大学中文系教授兼主任、中国文化研究所所长。致闻在宥书三通均为程千帆所书，影件载《落照堂集存国人信札手迹》，台北"中研院"中国文哲研究所2013年版。

致闻在宥书之二

（1947年）

在宥先生左右：

　　前书作就，值新年假期未发。忽奉廿八日手书及诗一章，沈哀在骨，殊令人不能为怀也。蒙赐集刊（尚未递到），至为感激。山屋孤陋，深幸时获嘉贶一开启之也。吴雨僧先生顷在此间《武汉日报》办一《文学周刊》，不审能以较为通俗之论文见寄以光篇幅否？不尽。祗复，顺颂
道安！

会昌、祖莱同敬启

一月四日

致闻在宥书之三

（1947年[1]）

在宥先生道案：

　　前上一笺，计尘左右。山居孤寂，弥念清辉。不审比来意兴复何似也？菜前送教部审查各件证件，皆已发还。惟著作品未交下。又证书例须贴印花五元，前在蓉时曾专函华大文书组，除附款足用外，并请其于证书取得后寄至武大，不悉此事刻已办妥否？敬乞便中一查。小词三首呈正。迩日体力少佳，惟仍以不能伏案为苦耳。不尽。即颂
撰安！

　　　　　　　　　　　　　　　　　　　　　　　　沈祖棻拜上

---

[1] 书札正文与"（民国）三十六年元日"词稿所用笺纸相同，当为同时所寄，故系于此。"小词三首"，目前仅见一首。

鹧鸪天[1]

镜里蛾眉只自看,花飞叶落损华年。春风卷幕难通顾,修竹凝妆独倚寒。　　情似茧,恨如环。秋听殷地逼哀弦。人间那有相逢事,极目苍茫一惘然。

在宥先生正律

三十六年元日祖棻呈稿

---

[1] 见《涉江词稿》戊稿。

致沈甲宪[1]书

（1950年）

甲宪侄如晤：

自前岁上海别后，时在念中。初犹常在家报中得悉旅况安吉，足慰远怀，并知与陆小姐结婚。陆小姐贤德温柔，诚为佳偶，尤为吾侄庆贺。姑自侄去后，于次年春间又动大手术，截去肠子尺馀，且一切内脏均为该庸医弄乱弄坏，情形极为危殆。初，裘医认为危险太大太多，已不肯动手，后因人情，勉为其难。有数十种死亡之可能，病危通知已送寓中。幸得安全渡过危险期，且一切甚好。医亦认为奇迹。惟截肠后时易腹泻，并有黏液。迭经在院详细检查，并无病征，遂于约二月时出院，回寓休养，渐好。又月馀回武汉，路途辛苦，腹泻又小发，经休息转好，但消化不良，大便不十分正常，经数月始完全恢复。而返武昌月馀，创口又发炎。在武汉医治五月不愈，遂再度来沪，复求裘医诊断。幸在腹腔外部仅动小手术，取出线结两个，现已痊愈出院，返寓休养。（惟回寓腹部又时有涨痛，略有腹泻，或消化不良所致，想不致再有问题。）小婉于姑住院时送托儿所，但不习惯，且非其所愿，故在

---

[1] 沈甲宪，沈祖菜堂兄沈祖模（楷亭）六子。

所对先生小友一切不理，亦不说笑游戏，仅独自呆坐哭想，人已变成呆木。新年领回亦大非昔比。日前姑返家后，领其回寓一宿，渐恢复活泼说笑如前。惟因医云姑伤口尚嫩，需休息两星期，故仍暂寄托儿所。彼过于不惯，日夕忧郁亦不佳，只好仍旧领回。路途困难辛苦，姑丈因校事过忙未同来，一时无法回汉，且创口屡发，亦令人不敢即离沪，只好稍缓再看情形。嫂嫂逝世出人意外，姑在武得信犹悲泣累日，来沪后亦触景伤情。吾侄骨肉至情，且禀性素孝，其悲痛可以想见。惟死者不可复生，尚望节哀顺变，保重身体为要。自解放后，独侄信息不通，极为悬念。前数日得港电，喜慰莫名。不知一切旅居详说如何，想续有信来？小宝宝现已多大，已会行走说话否？不知象侄幼时面貌神气否？极为想念！小婉现已懂事甚多，甚会说话，有时故作一种笑容，甚象吾侄幼时面貌神情，有时神气活现亦与侄小时仿佛，惟终不能及吾侄幼时之可爱耳。小婉最记得及最多念说六哥，现晓得六哥在台湾吃大西瓜。此次来沪，侄与济侄[1]均他去，午侄[2]亦不常来，七侄女又住会中，不常回家。姆妈去世，爹爹、九九在苏，三五哥均忙，寓中大为冷清，迥非昔比矣。昨日落雪，今晨极寒，作书手冷，久坐亦累，不多及，此颂

旅祺！

六侄媳前代为致意，不另。

姑菜手泐

三月十日

---

1 济侄，沈祖菜堂兄沈祖模四子沈壬宪。
2 午侄，沈祖菜堂兄沈祖模二子沈午宪。

致沈辰宪、汪文英书[1]

（1972年）

[……]粉子（很象可可粉，但色黄淡耳）。细看加以研究，恐仍是肉松？明天小婉拟想法碰买一鸡回，则香肠等留待她们去安徽时，无人买菜送菜时给姑夫吃为好。也可先送点尝尝。总之营养、好吃而方便，真谢谢你们了。共款若干，望一算记，将来和木器一起算结可也。先记下款数，怕忘了。上周小张买一大甲鱼炖汤给姑夫送，因多，我们也从不做，先尝一些，鲜美而有些腥气。吃时尚好，闻时较腥。是否做法不善？你们吃过没有？会不会做？如何做法才不腥腻？如会望详告！主要现在无葱。

刚才接到你23的信和姑夫医院来信，均悉。姑夫告知他已提前上了石膏，经过很好。但因医院人满，医生令其本星期五（即后天28日）出院，适小婉小张假日，可去接他为便。惟要用拐杖，武大卫生科本不多，近又都借出无还，故亦不能借用，为不便耳。且奶奶已于前日迁走，我一人家务又更忙累，姑夫回来，病人不能动，一切照料更为难了。腿又不能多走动。但他吃菜送菜问题倒解决了。26日写到此

---

[1] 沈辰宪、汪文英，沈祖棻的堂侄、堂侄媳。此信前后均残缺。

今早小婉做深夜班回,看了你信,说独脚桌太低,决定不要买这种的了。

带鱼松前仁英[1]自己做过送寄给我,很鲜好吃,[……]

---

1 祝仁英,沈祖棻堂侄沈斌之妻。

致王淡芳书之一

（1973年）

淡芳同志：

屡奉手书，欣慰无似！吾等离群索居，每念成都旧游之乐。近年故人亦少通问，得君书札，娓娓清谈，犹仿佛晤对时也。惟近来为病所苦，疏于裁答为歉耳。

承念为感。前闲堂信言及荣就医归来，疲惫不能作书，自此卧床颇久。感冒虽愈，但以体本衰弱，经久烧及长期不甚进食，加之诊疗路远上坡，往返劳累，故虚弱异常，形容枯槁，心慌气促，头晕目眩，无力站立，久坐亦不能支矣。见者皆以为危殆，好意劝告，吾等始加注意，即用药补食补之法，及完全休息，安心调摄，经半月有馀，渐见起色。如能继续如此，当可恢复；奈近学期结束，任务未能完成，又赶编教材二十馀天，虽在家编写及注意休息，仍不免劳累，精力又少差（几又病倒）。最近经休息，一切尚好。知关注，特此奉告，望释远念！

屡赐佳作，读之尤喜，虽久不作，仍不愧作手（持论亦精当），同辈中实属难得，荣自入大学以还，因师承关系，专力于词，诗不常作。从事教学以后，更少研究与创作，于古人诗，实未尝窥见门户，殊可惭愧。解放以后，则词亦不作。69年文科各系下乡，老弱病残师生留校，成立大队留守班。老病者看守门户，轮班值日，打扫清洁，分发报信。每逢喜庆佳节，运动批判，则出大字报，文科教师，尤其中文系，撰写诗文，为必不可避免之责任。吾每贪短小省事，则以诗相应付，绝句太少，则以律诗，校中过路行人，见对仗工整，声韵铿锵，则以为诗矣。辄随意立成，求快不求工也。其油滑自不待言。近一二年，家居养病，闲中偶有所感，亦复写出为诗，病疲殊懒用心，以为此种现已不值一钱之学，聊以自遣，或寄示至友，知我所怀，达意已足，何必"颇学阴何苦用心"耶？（年老，爱好之心亦大减矣。）每诗成，闲堂以为信手拈来，过于随便，余每戏谓，勿小看我诗，我诗纵不佳，但油水[1]极足。值此供应困难，枯肠辗转时，能作出如此有油水之诗，岂不大佳耶？君川人，当知水字之义，油则尽人皆知也。此实吾诗确评，奉告以博一笑。君所云云，则不免阿私所好也。（附寄四诗：二首为病中所作，第三句因当时亲友熟人皆以为我即将死去，故云；二首则数年前旧作也。阅后即付丙为宜！）

　　来信云饭店内应有尽有，不知仍是昔日风味否？承告刘彦邦情况，待精神稍好，当与通信。此颂
吟安！并问全家好！

祖菜
73年1月2日

1　四川方言，谓敷衍塞责为"水"。

山居病甚，寄石臞曲阜，启华、拱贵金陵[1]

齐鲁荆吴各一涯，离居不觉鬓成丝。风号山木寒来早，霜冷江天雁到迟。多病未愁泉路近，有情终与故人期。东湖夕照秦淮月，待唤游船载酒卮。

寂寂闲门长绿苔，瘦筇风帽暂徘徊。相怜吾辈天涯老，不见孤舟江上回。著述君犹豪气在，登临谁与好怀开？旧游零落休重数，愁绝空山赋八哀。

得彦邦书及近影，赋寄

当时裙屐尽翩翩，同学班中最少年。展影忽惊君老瘦，不知对镜已华颠。

交游经岁断知闻，缄札殷勤赖有君。欲说别来无限事，几回搁笔对斜曛。

---

[1] 殷孟伦，字石臞，时为山东大学教授。金启华、张拱贵，时为南京师范学院教授。

致王淡芳书之二[1]

（1973年）

寄淡芳成都，兼问国武

当日诗名属少年，王刘翰藻继前贤。只今对酒挥毫处，老去新篇孰与传？

一别成都三十秋，草堂花市记前游。文章旧业飘零尽，相望江湖各白头。

屡得淡芳书及新诗，聊答四首

习静空山里，偷闲老病馀。难逢乡国信，喜得故人书。辛苦寻方药，殷勤问起居。卅年千里隔，交谊未相疏。

岁暮多风雪，红炉煮药瓯。清寒欺病骨，残梦数交游。旧业仍黄卷，流光渐白头。浮沉烟浪外，湖上羡沙鸥。

---

[1] 此诗札为程千帆代书，毛笔竖行。封口处沈祖棻补题："复恐匆匆说不尽，行人临发又开封。"《屡得淡芳书及新诗，聊答四首》见《涉江诗稿》卷一《答淡芳》四首。

楚蜀风烟接，频劳双鲤鱼。沧江同卧病，蠹简伴闲居。年辈徒尊老，诗篇每起予。成都沽美酒，终叹后期虚。

扬帆出三峡，乘兴意何如？鄂渚停车问，东湖近水居。久无江浦蟹，难得武昌鱼。待剪西窗烛，盈尊酒有馀。

既答四篇，复戏媵一绝

老懒心情只自知，怕寻细律缀浮词。新篇带有东湖水，寄与骚人洗恶诗。

近作七首，寄呈淡芳同志聊发千里一笑。

壬子嘉平月祖棻未是草

致王淡芳书之三

（1973年）

淡芳同志：

　　得年前书，知返府度春节，想见阖府团聚之乐，老人安健在堂，尤为难得也。侄辈想亦均回家度岁？你爱人（来信望告姓名！）身体转健未？念念！

　　从来书知折得梅花一枝，书案相对，如此清福，不胜艳羡！三年前新春，闲堂去沙洋，小女又由学校集体去红安劳动[1]，由小女折来梅花一枝，姿态绝佳，朝夕相伴岑寂，寒夜归来，藉此为慰。今则老病不出，小女亦忙于工作，无人□□寻梅矣。惟羡君之一枝相对耳。

　　（你少交游，有时亦不免孤寂？刘彦邦、刘国武二同志，均性诚实而喜诗文，似可交往？彦邦笃实，尤所深知也。）

　　来书对我病所作诊断，极符病情。脸腿浮肿，曾经多次检查，非心脏肾脏等病，中医所谓虚肿，乃虚弱所致。我贫血亦甚，乃低血压，近更低至上80下50。所谓气血两衰，极是。

---

[1] 当为记忆有误，程丽则于1969年冬随学校班级到潜江周矶某军垦农场劳动，到红安农村劳动的时间则是1968年夏。

(数年前曾作心电图,亦无心脏病,惟心力衰弱耳。)

自服参须银耳后,头已不昏晕,心慌气促亦大为减少减轻,(来信谓"心累"极精确!我每觉说心慌、心跳均不足表达症状。)精神亦稍好,最显著之效,则为原来每夜起四五次,近则一二次(二次极少)或竟终夜不起矣。

前服上二药多加红枣(健脾),同时服蜂乳,胃口较开,消化尚好,但后又肠腹胀气,胸膈饱闷,饮食减少;同时(在先)脸肿,故停止参须蜂乳,加之新年食多火忙,银耳亦未能每日按时服食,红枣亦因之减少,而脸肿及胀气饱闷,不但未好转,且反加甚,则不知何故?近日食银耳,亦拟恢复参须红枣及蜂乳。文才寄来当归、党参、黄芪等中药,(彼农村有熟人,购买方便。)炖排骨汤服过二次,因胀气黄芪放极少,其他亦不多,不知相宜否?近日连服此间西医曾开过服之尚有效之中药简单方药:焦神曲、焦山楂、焦谷芽,与你所开建曲广香等药;服后稍好。你方尚只服了一二副不到,刚服后即觉胸腹舒畅,并打呃,但下半夜仍胀气,胸间不适,想须多服数副。刻又重合看你前数信,云参、枣、蜂乳二药对于消化不良、□胀发闷,可以好转,前误以为补药刺激心脏脸肿及闷气而暂停,故反加剧,今当续服。本早拟服你所开助消化药方,因近便处无中药店,即小女等外出,亦须特意单独至其处,故至迟迟,而又忘买麦冬,近记忆益坏矣。鸭尚未购得,老鸭尤难碰巧,而去毛亦难。去年曾买一鸭,三人共同忙了大半天,尚未能弄得很好,故此后未再买,偶买鸡炖食。近舍亲言,有肝炎,宜食鸭而不宜多吃鸡,大概因鸭性清凉,但不知鸡性是否属热?

近由上海及东北寄来,鹿茸精片剂(二瓶)、滴剂(四瓶)各数瓶,闲堂服二瓶后,即觉暖而不畏寒,夜起由三数次而减至一次。

我因有肝炎未敢服，近问医云，肝炎如功能不正常，即不可服，如正常则不妨服用。故拟至卫生科打联单至医院抽血检查（前几年均正常），惟须出外三次，稍觉畏难，故迟迟尚未去，拟待天气晴暖再去，好在你云夏亦可服，则不妨稍缓也。拟留二瓶滴剂待服。

所买银耳，亦如红参，乃人工培植，故价便宜，当然不如自然野生者之好，想系程度差别，服之既尚见效，且本不宜大补，则虽力量□差，可以常服。此间亦有价四元多，七元多一两者，同系人工培植品，惟体质稍大稍整齐，根部黄黑稍少一点点，则殊不如二元三之划算也。价便宜则可以常服多服，亦一利也。

你自学研究医药，殊有心得；小女曾读来信，认为你医药知识丰富，医道亦颇高明；对我们病苦，极有补益，殊为感谢盛意！此后仍望能对此研究并指教也！

郭书承寄观，颇破岑寂。吾等均已读毕。郭老时有新解及胜解，惟读后似使人觉有与杜甫故意为难，及对今人气意用事之感耳。今寄还谢谢！

我等今年春节，家人团聚，物资充分，颇为愉快！特以告慰！合府安乐！

祖菜上
73. 2. 23.

学校已开学，待天气晴暖，即到系工作。

山居近事

铅华丝竹已全删，剩有风光伴客闲。不道坡前起新屋，当窗遮却旧湖山。

无限风光去不还，眼中湖水梦中山。差堪娱老天犹妒，收拾闲情且闭关。

自知心力逐年衰，倦把书编懒举杯。老病关心亲友在，连朝药裹远邮来。（亦包括君之医案药方在内）

懒随儿女趁□光，休沐新正暂举觞。阴雨吟诗晴晒药，近来□□□偏忙。

偶忆白下成都旧游之地，存殁之感，因成十绝。今选录其中之二，为锦城故交，君之所知，寄呈一阅

花市青溪旧酒垆，故交零落几人馀。三年楚客魂销尽，喜得山东一纸书。

当日曾夸属对能，清词漱玉有传灯。浣花笺纸无颜色，一幅鲛绡泪似冰。

致王淡芳书之四

（1973年）

淡芳同志：

屡奉手书，情意殷切，以病懒作书，迟迟未复。仅闲堂偶一作答耳。殊歉！

今病起作复，所怅者闲堂已于本月十三日重返沙洋乡间分校。劳动固亦佳事，但其脚伤不能恢复，每逢阴雨寒冷或走动劳累，辄红肿酸痛，卧床难兴。前我病甚时，医嘱须卧床休息，仅四五日，彼做简单之饭菜家务，脚即发作，卧床休息两日始转好。一年多以来，领导照顾在家养伤，今亦将派作轻微劳动，予以照顾；但其脚伤太不能动作，仍恐不能胜任耳。且乡下生活，动须行走，其脚不便，即吃饭、饮水、用水、洗澡、洗衣、上厕所等，来往、携取，困难甚大。故于其去，殊觉悲伤忧虑也。想君闻之，亦必为之不安。惟近来执行政策，与前大不相同，较之往日，殊足欣慰矣。（信未发，接闲堂来信，知领导于工作、生活各方面多所照顾。脚虽有些不好，但不甚。知关念特告，请放心！十七午后）

我自去冬以还，几乎日在病中（又记忆极差，易误事多劳），近两月来，又两度卧床，一人在家，亦多困难。盖居处僻远，生活不便，房屋设备简陋，卫生环境不佳，又增加不少困难。（屋后高山，每大雨冲下，水易进屋，又近安装水管，经常爆炸，大水成灾。前几年大雨，屋淹水三次，后闲堂经常修理沟渠［学校修了一沟，但经常淤塞］，这几年尚未被淹。而近水管爆炸，又淹一次，幸闲堂未走，小女适回，抢救，尚未成灾。但沟已完全淤塞，泥土堆高，据报今天中雨，明天大雨，水必进屋，忧心不已。17又及）年馀以来，二老弱病残互相依赖，疾病相扶持，家务同料理，有事共商量，困难同克服，病苦忧烦互安慰，互助两利，以度暮年。今人各一方，又皆多病，更觉为难。且居处冷静，一人独处，形影相吊，亦感孤寂。小女近每日奔波往返，以慰寂寞，并助劳苦。但彼亦体弱多病，近亦在诊治中，每日奔走多劳，亦不宜于病体；且来去匆匆，时间仓促，减少睡眠，故劝其不必日返。彼不放心，故仍回家省视，亦少慰孤凄也。

　　我两度所患疾苦，以病名不雅驯，故含糊其辞，未以奉告。今蒙诚恳相询，且彼此均系老人，言之亦无妨也。我于四月九日，忽患急性炎症，医言恐系肾盂肾炎，次日检查及复诊，断为尿道炎，言此病难好易发，打连霉素。云肾盂肾炎、膀胱炎、尿道炎均同一种细菌，惟症状略有不同，因而诊断何种，而治法亦相同。连霉素为其特效药。每日须打针二次，山高路远，我本体弱不胜，加之两腿风湿，举步维艰；又逢多雨，泥泞石滑，每日来往，其艰难困苦，不可言喻。但仍坚持一周多打针，又自服中药六一散，幸数日即好转，旬日后检查已正常，检查员初不信能即好（因医护人员言，非数十次针不能愈也），后忽问曾服中药否？想系服中药所致。即停打针，仍服药（亦特效者），医亦不能信，命待再检查，后又检查两次，为近于正常无妨，仍服药三日，至月底告一结束。而不料半月后忽又复发，且较前为甚，殊为痛苦。其日适倾盆大雨，不能到卫生科，即至隔壁疗养院求诊，本不肯为外单位疗治，因近邻年老，且值大雨，故给药二日，并详告其它洗薰、饮水、卧床休息等事，即照办（并服六一散）。稍好，即自买药照服，并依最好的效果坚持二周。因医云此病须卧床休息，不能劳累及营养不好，否则易发。因思每日两次打针，劳累不堪，不如在家服药多休息也。所服乃西药，名"呋喃咀啶"，为治上述三种同类病之特效药，唯对肠胃有伤害耳。（本拟去看中医，因种种不巧，未成；后又好了。）约一周转愈，仍医治到二周，始停药，有时仍药洗。但有时似仍微有所感觉，不知是否能完全断根，不再复发耳。据医云此症由感染细菌而得，逢人劳累或营养差而发。我认为乃身体衰弱抵抗力差而致。因前数年无卫生纸，一切纸极缺，仅用废纸与旧报纸，废纸亦系各处丢掉而检得者，甚不卫生，而从未感染。年来均用消毒卫生纸。前住宿舍，脚盆别人拖用，水亦不净；近则盆、水均清洁。反致感染。又劳累及营养，亦前劳累近休养；前极差而今甚好也。惟今在此体弱力差之时，当注意休息与营养耳。肠胃胀气，不思饮食，前经电疗大好，而患尿道炎服药后又转差矣。我尚每次坚服此药至十日及二周，有人吃三天即呕吐不能再服矣。我尚无反应。因同时服护胃药。

因君关注贱恙，深为感谢！故不嫌繁琐，细述如上。

前在病中，卧床休息，屡得来书及他友信札诗篇，间中曾成六律，因病后疲累，未能抄录附呈，候他日稍健多暇，再为写寄。尊照收到，君已不似旧时，但仍显年轻。（吾等全家均认为侄女极为漂亮，侄亦清秀。）

素琴[1]同志及侄儿侄女，何以会同时患肾炎？此症较严重，必

---

[1] 梁素琴，王淡芳之妻。

需多休息,宜静卧少走,望勿忽视!不知现仍继续治疗否?服西药抑中药?极为悬念!

武汉节约电,家只一灯,因下无桌几,手持而书,极不便而潦草,不再多叙。祝
阖府安健!附闲堂一纸

祖棻
6月16夜

印唐处去信已无法投递而退回,又证之他事,恐其已不在矣。殊为悲怆!

你处地址是否要写红旗拖拉机厂,还是写原西南物资学校即可,又记不清了。写下的地址,又怕写错了。望再告知!

致王淡芳书之五

（1973年）

淡芳同志：

　　两信均收到。因两周来旧疾复发，而腹痛迄未停止。两次就诊，因中医病入医院，服西药后仅稍轻减，未能止痛。虽不剧烈，而殊感不适，诸事无绪。加之沟渠淤塞，大雨雷暴，时刻有水进屋内之势，虽经小婿屡次修拖，因工程浩大，一时未能恢复，近又多雨，且时有雷阵暴雨，日夜防水，眠食不安；有时且需将后门口积水倾至前门小沟，并填泥垒石，抵挡一阵。腹痛不止，茶饭亦觉为难。而闲堂去后，领导虽多照顾，但走动较多，终觉不胜，每天下午，脚仍肿痛，惟睡后次早又能恢复耳。尊意已转告，彼甚感动。故为病心烦，又复念远，情绪亦大不佳。各处友人信，均未能即复。

　　高校脱节缺人现象，各处皆然。但老病教师虽已不胜教学，而名额仍在，故添人亦有问题。且添聘人员（多并校及缺额互调），均由上级决定分配，系中不能专主，而党外系主任更无权力也。川大中文系情况，不知究竟如何？足下思重理旧业，有所成就，尚有壮年气概，亦属可喜之事。本当即行探询推荐，奈在六十年代前后，曾与陈志宪（孝章）[1]先生通信，并因武汉烟草奇缺，请其支援，均未得复；"文化大革命"中又曾去函探问情况，且附诗有"飞鸿若趁东风便，两字平安抵万金"之句，亦未得复。后王文才来访，托其面告孝章吾等近况及致意，询其前信收到未？文才来信，云已晤及，陈云前信收到，亦别无口信。因此似未便再去信相托？杜君则解放后某次运动中对殷孟伦先生大肆攻击，并及吾等，指为殷党。曾君则一般相识，出川后亦未尝通信。缪君我不熟识，闲堂亦文字泛泛之交，现彼又不便与外人通讯。然君既有意于此，吾等自当竭尽全力协助，以望能有成。当即致函殷先生（现在山大），问其川大有无熟人，可以相托？可否写信给陈先生一问？知否川大情况？足下可托国武进一步探明情况，中文系是否缺人？尤重要者，是否要添聘人员，并是否拟向中学教师中选聘？并托其转托王文才一探情况，文才似有熟人，颇悉川大中文系情况也。如各方面了解确切，实有很好机会，则我当抛除一切顾虑，再致函陈君一试，如何？且学校廿一号放假，如旧病转好或较轻减，颇思至宁沪一游，拟与殷先生约晤于南京，届时当共商君事，以谋进行。君了解情况后，可用复本写一式二信，一寄武汉舍间，一寄"南京香铺营红巷30号吴白匋[2]同志收转"，当再为进行也。吾等老朽无能，人微言轻，凡事无能为力，殊负知交厚望，思之歉恨。近有熟人思来武大，小女同学思上调，均蒙深托，亦有心无力，付之叹怅而已。务望即探询来信告知，必为尽力一试也！惟现任教学，与前不同，文史方面教材教学均极难搞，

---

1 陈志宪，字孝章，四川酉阳（今属重庆）人，在中央大学中文系与沈祖棻同年级，曾任四川大学中文系主任。
2 吴征铸，字白匋，江苏仪征人，金陵大学中文系毕业，曾任南京大学教授。

偶不留意，即犯政治性错误；说法亦无定论，往往矛盾，不能自圆其说。而辅导繁重，尤须体力支持，不知尊体能否胜任？凡此种种，亦须事先考虑周到为宜！近落实知识分子政策，学校教师待遇转好。但以后运动仍多，学校必首当其冲，而工厂则比一般机关更好，居安思危，亦可预先计及也。

  舍侄辈家居上海，相邀至沪养病；而少年同学，今之老人，有本在南京者，有他处拟往访旧同游者，均纷纷函约至南京同游。故思一往，以散心胸。初步拟于廿三日动身，但不知届时病能好转否？如病痛较甚，不能成行，迟则作罢。

  此信共写两日多次，因腹痛时较甚，又忙于生火做饭（天雨潮湿，火亦难生易灭）及一切杂务也。腹痛不适，馀不多及。此复即颂

俪安！

  素琴同志及侄辈病已痊愈否？望坚持针药及休养，勿忽视为要！

祖棻上

7月15日

致王淡芳书之六

（1973年）

淡芳同志：

到沪不久，即奉来书，至慰旅怀。因8月7日至沪，后两日即患流行感冒，幸甚轻微，但以年老体弱，亦迁延一周，经旬始得恢复。遂致未能及时裁答，而一搁置，几近一月矣。亦因病愈后又至另一舍侄处小住，各处侄辈及侄孙辈时来集会，屋少人多，难得闲静，益懒握管。迟复为歉！昨得小女丽则信，云四川有信来，不知是否又蒙惠书？近况何如？时在念中！

我在南京逗留十一二日，诸老友欢叙同游，三十馀年无此乐矣！因心情欢畅，精神兴奋，兴致极好，身体亦转健，百病消除。惜与殷先生仅聚二日，为时过促，因彼有事去沪，再回宁时，仅得于车站匆匆一面。彼返山东，先去济南，复至北京，不知现时已否返校，尚未通问。在宁晤时，因足下已不拟进行教学工作（并已知川大情况），故未再向其探问川大情况，想其亦未必知悉也。

现在从事教学科研，诚如来信云云，菜亦深有感于此，故凡事退后，以得退休为幸也。临行前校中宣布一批病休教师，全休工资八折，菜亦在其中。据校中旧时情况，等于退休；而闻此间大学情况，则为半休、全休、退休三部曲，全休为退休之前奏。

在沪仅家人团聚，逛商场买物及代人办货，无可游览，惟访旧友熟人，一散心胸耳。亦颇思作苏杭之游，因无伴侣，且少居停主人也。本拟月初返汉，因侄辈及友人再三留过国庆，琐事亦未完成，恐须节后始得成行耳。

　　足下行止如何？时已开学，不知已否调工作，念念！全家安乐！

祖菜上
9月13日

致王淡芳书之七

（1973年）

淡芳同志：

屡承惠书，并关心闲堂情况，示知所闻，以旅居人多事杂，归期不定，故未作复，殊歉！想能原谅？

所示消息，宁沪未有所闻。因宁沪及杭州山东等高等院校，此问题大多数已在六一二年解决，很少数亦于"文化大革命"中全部解决，故不再注意此事矣。闻闲堂情况，均为之诧异也。闲堂未返乡前，已由小组及群众做出鉴定，同意解决，沙洋分校领导亦已批准，转呈总校，久无下文。传说国庆将解决一大批，节前开会，群众肯定优点，政工科长亦加表扬，并言有些人可解决问题，当转报总校云云。但国庆过了，毫无消息。近沙洋来人谈，近开一会，由领导将大家表扬一通，敷衍了事，不再提了。沪友言如错过这次机会，一时搁下，又不知何年月了。因此殊为闷闷。闻闲堂在乡，思想开朗，情绪舒畅，人反胖了。惟脚到天冷，又渐作痛了。承注特告，不足为外人道也。

工作能暂不调动，为个人计，种种方面，俱为有利无害，鄙陋之见，当为足下贺也。闲堂之意，近年亦如此。

在沪时，宁沪均忙于批孔，乃系政治运动。惟我于其现实性及针对性意义尚不明确（沪友亦然），苦思不解。因似未见闻林有尊重及宣扬孔孟之道，或推崇孔子。林贼叛国叛党叛人民，万恶不赦，处处可深批，似不必大事牵涉孔子及儒家思想？老年知识分子，有儒家思想，亦在批判改造，安敢宣扬孔孟？青年人则未受孔孟思想教育，甚至不知孔孟一切。且孔家店已于五四时即被打倒。何以来一全国性之大政治运动，以批判几千年前对现实无多影响已久被打倒之死人？先验论、天才观点，固与孔子有相同之处，但似乎亦不需如此大张旗鼓？因疑或别有所指？亦疑不能明。足下亦有胜解，以启愚蒙否？

我于上周由沪返汉。在沪百病消除，而上船次日即病倒，幸有亲戚同船至宁，当即蒙其补票送至武汉，并留小住。初到一二日尚甚好，行动精神大胜于前，而三日后即又渐逐百病丛生矣。不知何故？不免烦闷。

在沪本想去苏杭一游，因无游伴，更少居停主人，现旅馆住不到。

你腹泻人疲，现已恢复未？极念！诸望保重！身体实为主要，身心互为影响。故我能在宁沪时身心愉快也。

石曛在宁仅为一日之欢聚，彼即匆匆去沪，我等至沪时，彼又返济，即将去北京。现想已返校，尚未通信联系，日内当去信一问也。

武大批孔高潮已过，据说近系中无多事，尚未与接头也。专复即颂全家安好！

            祖菜上
            10月31日

此信阅后即付丙

致王淡芳书之八

（1973年）

淡芳同志：

久思寄书，以忙倦拖延；奉来函，喜慰之至！重理旧业，原大佳事！惟以每有运动，则学校不如机关，机关又不如工厂，为老年平稳安闲计，则以工厂闲职为妥。今既屡辞不得，则中学又胜大专学校，厂属学校，则又更好。然此皆个人主义，明哲保身之当批判之思想也。至于多年荒疏，则现在学生注重，不在智育，而基础程度亦浅，不必以为虑也。惟现在上海中学，正在大贴大字报，批判注重智育，当渐及各地，政治方向，则需多注意耳！今后教学工作自必较忙，心情亦不能如前闲散，望多注意休息，保重身体！勿使清恙增进为要！

我自返汉后，身体精神气色胃口，又大不如在沪时，诸病复发，而以天冷腿风湿痛为甚。近除腿疾外，它病较好，胃口虽不如在宁沪时，亦尚可，总之，大不如在宁沪时，而较未去宁沪前为好。惟不幸回来又三次扭伤肋部筋骨，每次须二三十天方好，有时剧痛，转动不便，则属无妄之灾，亦老年行动易出毛病之故也。第二次伤，现尚未痊愈，今日又重伤左肋，两边俱痛，更不便且苦，惟过之自愈，无关紧要也。亦贴伤湿膏及伤痛药。请放心勿念！近又得王文才同志寄来当归、雪山大豆，因念前当归、黄芪、党参等未大吃，尚均存有而房地潮湿，百物易霉坏，适值冬至，故拟将三药共服一冬。（大豆则为早夜点，尤佳。）前日炖一鸡，平日则用红糖煎水服耳。不知每服以分量若干为宜？前炖鸡则用一枝整当归，党参亦仿佛略少，黄芪则稍少，因易胀气；但不知二气是否一种？或各不相妨？一切望便中示知！

宁沪亲友，了解情况后，均认为我之多病体弱，主要为饮食营养太差之故。故近略注重，似有补益见效也。而家务过劳，亦一原因。每稍多休息，则病体转好，勉强连续忙劳疲累，则体力精神，两俱不胜，而诸病多发。但因居处种种不便，家务繁琐，无人为助，近来因离家日久，各事堆积，遂更忙累，而复多意外麻烦，如自来水管爆炸，淹水、断水；煤质坏，难燃易熄等，遂更多事多劳，至今诸事未毕，故友人亦少通问也。石臞兄亦仅一度通问，彼心疾有增进之势；拟再奉函，又数周未就也。

闲堂天寒脚伤又甚；且右脚因用力过多（左脚伤），负担过重，亦痛甚剧。乡下生活不便，劳动困难，虽予照顾，而年老残废，天寒脚痛，殊可念也！七号文件，竟无消息。春夏间亦似即将解决，而今又无望矣。71年学校令搬家，地点更为不便，后经系说情未迁。当时曾有一律，记其中一联云：燕垒蜂房俱可羡，乌头马角总难期。后句即指闲堂事，不料至今犹然也。一叹！如能回，则彼此较便。

各校多进入教育革命高潮，有的已过高潮，武大则因下乡下

厂始回，尚未进入。病休打折者一切，均未叫参加。得偷闲远过为幸。大作清新而多情韵，蒙远念为感！夜寒坐久，即颂

全家安好！

祖菜上
12月27夜

致王淡芳书之九

（1974年）

淡芳同志：

　　来信收到。承详示一切，甚为感慰！知亦患脚腿风湿，不胜远念！望抓紧治疗，此病虽不易根治，但初起坚持治疗，较易见效。所述症状，与茱前两年发作时同，故尤望能速治也。治此种病，有一良方，简便而有效，即于入伏日起，三伏中每天以生姜擦患处，坚持一夏，冬即不发，稍注意保暖，且可永不复发也。茱61、2年时曾患肩臂风湿痛甚剧，即擦姜三伏而愈，迄今未发。十指骨节下冷水痛，伏天亦然。亦擦姜三伏，十月可下冷水，入冬则多下冷水夜晚仍痛，惟亦比前不剧不久。腿本亦拟用此方，因连年夏季买不到生姜，去夏好不容易碰巧买得，又去宁沪，未能擦用。又有人告以用尖红辣椒二两、胡椒40粒、生姜一两、樟脑粉（药用，非放衣箱者）一两，浸入斤半到2斤白酒中，两星期后擦用，知将痛或轻痛时，茱试之亦有效，惟不能根治耳。近有友人来书相告以生姜烤热，烧酒热后擦，擦后用棉花裹姜包患处，一月见效，永不复发。以上诸方，可先后一试，总之有益无害也。前茱用姜擦手指，同时亦擦烧酒，并用西医开给樟脑酒擦过，至少当时止痛，且亦有效。惟三伏擦姜，则须记入伏之日勿忘，且须坚持，不可间断，以每夜临睡时为便，他时亦可。

流光迅速，似才过炎夏，即又严冬；元旦后又届春节，虽去旧迎新，自吾辈老人言之，则不免"今年老去年"矣。犹记去冬得来书言折蜡梅一枝插瓶，书窗相对，颇有幽趣，曾心驰神往，想象疏影横斜，暗香浮动也。又记谓新年家人团聚，为侄辈读解吾等之劣札恶诗，春节得来书，殊快慰也。旧事如在目前，而又一岁矣。去岁尚与闲堂二老病残相对，犹鼓馀兴度春节，今则两地病痛，兴致更减矣。近得来信，谓彼处春节供应甚好，学校食物颇丰，但一人旅居，亦不易搞也。

此间大〔前天〕囗下雪转寒，昨又大雪更冷，菜腿痛突然变剧，想闲堂脚疾亦必加甚。成都地暖，不知贵恙如何？亦以为念！望多保暖为宜！

昨日买一鸡炖药，照所示份量（亦大约，或多了？），但似太苦，或鸡太小（连毛一斤八两，此地无大母鸡可买，即此亦难得也）之故？当可吃三四日也。今冬服此，似颇见效，近来身体较好，无多病；精神亦稍好，且可稍耐劳累，足以告慰！本每晨湖边散步及做简易体操，后因入冬湖边风寒过甚（常致胃痛腿痛），又两月之内，不慎扭伤左右肋部筋骨三次，不便动作，且甚痛，遂而停止。肋痛将愈，但尚未全好，须待来春恢复锻炼矣。承以贱躯为念，极感！近《参考消息》亦载"生命在于运动"一文，想亦见到。亦不望长寿，惟求馀年无多病痛，能耐家务劳作，及行动自如耳。足下恐得腿风湿后，将来不能作漫游之计，此亦无大妨碍，即不能根治，暑假天热，往往能不发也。菜此次在宁沪时即能行步自如，有时走路亦不少也。惟不知吾等能否待足下退休出游相会耳？

"学习与批判"见到,亦以为尚好,现托舍亲在上海每期买寄一阅,《北大学报》与山大《文史哲》,亦多方托本地师友设法,但恐难买。武大亦出学报,但质量甚差。虽病休家居,亦不可不知学术界动向也。批孔文章亦多学习。此事各地亲友仍多所猜疑,近见《参考消息》,知外人亦多揣测。不必多猜〔测〕,不如多学习,足下所谓,真宏通之论也!

风雪岁暮,益增怀人之思!诸友散在四方,四川尤远,雪夜红炉,安得一杯相对,细与论文耶?近想已在寒假中,尚搞运动否?武汉则日前大考时,外专及工院一夕贴满大字报,反复旧,而以考试为主。邻家少年,归来大乐,云今年考试,完全不必用功费事也。武大则尚未?

川大师院动向如何?已出学报未?便中告知一二!春节能有远书,以慰离索,尤所欣盼!恐开学事忙,鸿雁遂稀。前数日主任来谈,棻亦下期恐将与老教师在半休养病情况下,编选注解唐诗选,则亦将稍忙矣。祝

春节阖府欢乐!

祖棻上
元月17日

致王淡芳书之十

（1974年）

淡芳同志：

　　正思奉书，忽接华函，喜可知也。知工作顺利，学习认真，暇时读书写字，颇有兴趣，喜慰之馀，又艳羡不止。

　　武汉运动，亦大致与成都相似，惟初时颇热闹紧张，较为激烈。集会游行，宣传辩论，宣传车高音喇叭不停，电、汽车一度全部停开（仅汉口），工厂停工，敌人流氓，趁机活动；后因省委、中央有指示，渐趋冷落平稳，近则两派、各方均等中央专对武汉运动之文件，意存观望，按兵不动。且大方向已明确。幸不致重演67年之情况。以后想亦无大问题（有人看法相反）？近接北京友人来信云武汉运动情况，显系错误，恐川中或亦不免？盖中央肯定一批二清方向正确，惟稍扩大化，个别人事有错误而已。你厂仅重在批林批孔，自正确无误也。武大较之他单位亦稍好，盖尚未发展至某种程度也。

　　得悉与国武、文才相聚，其乐可想。文才同志，去春虽得良晤，但甚匆促，未能尽欢，以慰多年离绪也。君与国武如能有机缘过汉，从容欢聚同游，其乐当更胜于与文才相叙时，盖荣自去夏返宁汉后，身体稍转安健，已可于天气晴暖，腿痛转好时，偶作东湖之游，亦可偶进城渡江，大胜于文才来叙时矣。何时能来，盼之盼之！亦时念及国武，惟病忙疏懒，不思多作书耳。文才亦久未通问。见时望均致意！

石帚[1]先生，菜与闲堂亦常怀念哀悼，每念于光华街夜饮长谈之乐，辄为黯然。而于君之尊师念旧，尤觉为今世不可多得，殊可佩也。

前系中分配任务，注释唐诗选，盖亦集体工作，而吾辈老人所为，例经青年鉴定修改，吾等世界观（尤其学术思想）改造，远较青年为慢，恐犯错误，亦觉如此为妥。惟人多意见不易一致，又为时日所限，往往质量不高。而此次则尚未上马，即忙于运动，又完全搁置，吾等亦得偷闲矣。

知君入春后腿疾已愈，极慰！趁初起速治易好，望仍加注意，并需保暖为要！三伏擦姜，此时买好，似嫌过早，因须新鲜带有汁水擦之，而姜不能久放，虽置沙中，亦易霉烂或干缩也。如成都易买，则届时如已不堪用，可更买过。令堂老人，此疾亦常有，恐较剧，更不易好？另有一方：为尖辣椒2两，生姜一两，胡椒40粒，樟脑粉（中药店买，非放在衣服中装箱用者）一两，泡入白酒斤半至二斤中，半月后，倒入手掌中少许，外擦患处，亦可大为减轻痛楚，并可预防大发及疼痛，例如冬天大冷将大痛，预多擦可轻减；偶天暖脱衣后觉有凉意，将发，立擦此酒，往往可免发作。不记前曾告此方否？老年人不易痊愈断根，可以此治标，减少痛苦。每晚睡前一擦，亦不费事也。菜今冬腿痛未大剧，有时不痛，即赖此也。又有人告着氯伦衬裤保暖，且有静电作用，

---

1 庞俊，字石帚，重庆綦江人，四川大学教授，淡芳之师。

对风湿关节痛有疗效，对老人相宜，不知成都有出售否？大致似棉毛裤，约四五元一条，亦不太贵，或为太夫人购二条冬日着之。君已过五十，堂上有老母，实人间难得之幸福，令人艳羡。

前言当归炖鸡味苦，恐份量过多，故以相问，非怕其苦，反之，当归苦味，食之毫无难吃之感，反觉其芳香宜人。现存文才及舍侄寄来之当归尚多，此处地气潮湿，未入霉天，甚至秋末冬初，亦百物潮霉殊甚。现有之当归党参，今春天寒长晴干燥，而已在烈日中晒过二三次，现不少食用品已大霉，又将晒矣。保过霉天夏季，实属不易，故请君万勿再托人购买寄赐，至嘱至嘱！因买来霉坏，何等可惜！去冬服当归党参有效，今年入冬当再服，现存可够用，待将吃完时当再托买不迟，则可免霉坏损失。不久前舍妹寄来党参一包，因事忙未收检妥善及忘晒，即已生绿霉，晒刷二次，不知服食尚有效否？请来信告知！总之今年万勿买寄为要！

闲堂问题，前在分校已解决，惟须总校批准，而因运动搁置。（暂勿为外人道，恐有碍耳。）"文化大革命"前，有已批准一搁多年者。岂亦唯心主义所谓命运乎？惟闻沙洋分校在运动中被认为不合理及有阴谋存乎其间，据说将撤销，则闲堂有回家之望，惟仍需时日耳。本拟五月份回家探亲小住，又因班长负伤全休，人少事多，不能离开。一冬脚痛，近来春耕忙碌，多做多走，脚痛不堪，又不能多休息及治疗，更为狼狈，亦可念也。如能全部撤返总校较好，但住处与办公处相距极远，伤脚亦走不动。本拟买一上海女式轻便型凤皇牌南零杀（又名包杀）带链盒、软坐垫之自行车，上下班骑用，取其轻便为伤脚所胜任耳。而现在上海买车须凭单位发票，又极严，且不准携出外埠，故无法想。闻他处常有上海牌之自行车，有需票或不需，许出口或不许出口，不尽相同，不知成都有无上海牌之女式轻便型自行车？是否需票？能否出口，望代探听相告为盼！

　　二月馀未通问，因小女丽则于二月中旬产一女婴，既系早产一月，又属难产，幸仅动小手术，大小安健，一切良好。小孩虽不足月瘦小，但二月来愈长愈胖，且胜足月者，甚为健壮乖巧可爱。惟丽则虽一切甚好，而在医院时因受凉腰腿痛，打针不见好，后服中药有效，基本差可，后又至医院打穴位水针及针灸，连跑五天，反大痛久不止，又再服中药渐见好转，现已大为好转，惟前次就诊，医云内有热，不宜连服，须暂停耳。奶水亦足，故毛毛愈长愈胖，亦一大好事。惟难产假期已满，将携孩到厂上班，而因厂中不能分配到房屋，所允住入母子宿舍，亦尚未办妥，故尚未去耳。厂离家远，又两头走路甚远，且武汉抢车挤车无纪律秩序，故抱毛毛决不能如前时常往返跑月票也。故两月馀我亦忙劳疲累不堪，旧恙亦常发矣。后幸有远亲来相助较好，否则不堪设想矣。惟家中一切，仍显忙乱状态，久不亲书卷矣。安静常态生活，亦破坏无馀。祝

阖府安吉！

祖棻上
四月三十夜

致王淡芳书之十一

（1974年）

淡芳同志：

奉读手书，欣知近况安吉，工作顺利为慰。

足下可谓善颂善祷，来信15日下午四时许收到，闲堂已于一时左右休假抵家，见来书甚喜且感。自行车事偶而远问，如此之难，不必设法，因初以为远处较近大易，故随便问及耳。

闲堂伤脚不胜劳动，因之好脚用力过多，亦患病痛，右臂亦痛，右手指关节肿痛，手神经亦发生毛病，写字握物，均发抖无力，如手足均废，则益苦不便矣。今休假一月兼治各病，尚未检验完毕，此间交通不便，加之我等腿脚不便，搭车秩序混乱，就医亦极为难。惟彼回家后休息二日，即感痛楚大减，以后如不劳动多走，或可无大苦，但一时做不到耳。我身体尚粗安，惟仍胃口不开，饮食过少耳。丽则腰腿痛服中药后亦见大好。因厂中房屋尚未办妥，不能抱儿上班，故尚暂住家中待命也。适闲堂返，有弄孙之乐，丽则亦得抽暇陪侍就医也（为喂奶所限，出外亦极不易）。

尊恙姜酒并用为佳。近有同学示方，则每晚将酒、姜同时温热擦抹，再用棉花包姜裹患处，云一月痊愈不复发，想效力或更

好也？专此即颂

全家好！

            祖菜上

            5月20日

  刻检阅四月底来信，并未开列新地址，或临书偶忘乎？所记录尊处通信地址，不记是否四月卅日所示，请再告知！

致王淡芳书之十二

（1974年）

淡芳同志：

　　五月、七月两次手书均已收到，时欲作答，而迟迟不果，想劳远念久矣。歉甚！盖闲堂返汉，忙于去医院检查医疗，六月中旬又匆匆回沙洋。而荣则数月以还，大病未生，小病不断；加之小女外孙女亦时有小病，又须照料。且武汉夏季天气酷热，虽亦未较往年为甚，但热时较长，直至九月十四日，始夜雨转凉。白天忙于家务，夜晚屋外乘凉，往往至午夜始能入屋，灯下作书，亦不可能。但时时念及，君必远望，以吾等老病为虑，而每欲伏案未果，光阴迅速，不觉已将四月矣。现天气已凉，近数日亦无多病痛，灯下书此，以慰远念，又不胜歉仄也。

　　暑假得休息，则教员之优越处，小女每羡之。盖彼喜作远游，苦无时机，对于四川，尤所羡慕也。不知足下假中峨嵋之游能如愿以偿否？羡之羡之。想今已开学，尊法反儒运动正深入开展，必更忙劳。身体转健，闻之喜慰。

　　小女因喂乳不便，且武汉交通困难，已迁居厂中，多年老病相依，今如失左右手矣。本即因居处僻远，生活极不便，现更多困难。惟向来不嫌寂寞，且耽闲静，亦不畏荒旷，尚善于克服困难，未如他人想象中之困苦也。望勿远念。彼亦因不放心我一人独处，每周假必返省视，但汽车拥挤，抱毛毛难于挤上，又车中无人让座，一手抱儿，亦甚为难，下车后又须抱儿走半小时。女婿则须骑自行车买菜物等带回，有时又工作班次不同，不能同行也。故亦奔波劳累。

闲堂在汉医疗休养，稍为好转，而去乡劳动则又转剧。且近来分校人少事多，放牛路远，更觉劳累。秋收复忙一阵，且小病数次。近来一切尚好，望勿远念。其问题分校已于春间解决，闻总校近亦批准，惟待省委批下，如无变化，则仅时间问题。知注特先告知，惟不足为外人道也。分校拟全部撤销，似已在进行，但迟迟不知何时实现耳。渠返武汉，则必待分校撤销，全部回汉，始得家居治病耳。

孟伦兄近作论唐代碎叶城的地理位置一文，有助于郭老之说，为适时之作。现正筹出版之《历史研究》将刊此稿，如能出版，足下可一读也。荄得书及文稿后，喜而赋诗一首，迟迟尚未寄殷兄，先录寄一阅，聊见故人情事耳。乞为商讨改定之。随兴吟成，复懒于深思修改。

石臞书来，寄示近文，喜而有作。[1]

当年翰苑声名在，健笔凌云更绝伦。三峡江山助文藻，六朝烟水忆风神。传经旧业藏高阁，淑世新篇仰故人。却羡清游寻胜境，何时载酒逐车尘。

---

[1] 此诗后有定稿，见《涉江诗稿》卷三。

石臞兄旧喜与青年交游，足下有暇去信，必受欢迎也。

菜仍全休养病，闻中央有文件，将退休一批老教师，当在其列。惟仅传闻，未见文件。近来无事，惟暑假前学校忙中人手少时，亦一度参加商讨审查修改法家著作注释工作耳。不久或亦将部分协助组中审看注释。惟仍继续全休，以待退休耳。

一夏经秋，时在小病中，而常腹泻食少，精力愈差，书此已觉甚疲，馀待后续。此祝

安健！

全家好！

祖菜上
9月21日夜

致王淡芳书之十三

（1974年）

淡芳同志：

上月23号曾复一信，托人代发。十月二日又接读9月27日来信，知远劳悬念吾等安健，情意殷殷，欣感莫名，而益以迟复为歉！近二信似在途中相左，或我信竟为洪乔所误耶？不知现已收到否？

暑假曾游青城，欣羡不已！惟近来名胜之处，拥挤喧嚣，往往使人头晕目眩，则各地皆然也。

三伏擦生姜治风湿，大概初患不久，年在青壮，姜又新鲜可多用，可以治愈。某今夏坚持不断擦50天之久，亦未能痊愈断根。大致大为减少发作并大为减轻痛楚及抽筋，而患轻之处，则几至未发。一夏经秋，仅小发作二三次，随擦姜酒遂止。两手十指，因下冷水，每晚剧痛，有二三指尤痛至变形，急多擦姜酒转好，逐渐轻减至于不痛（形亦复旧）。惟最近天骤寒，阴雨潮湿，水又渐冰人，恐不免易发，已微有征兆矣。今夏虽托亲戚买到鲜姜一次，不数日即干、烂(尚埋沙中)，虽曰擦之，亦愈来愈无效力也。(只能带象征性，靠心理作用矣。辅以药酒。) 后更买不到了。足下年龄比我轻，患时亦无我之久，成都想易买新鲜姜，继续坚持，或可治愈也？又近服前岁友人代致之健步虎潜丸，似有效力，惜一瓶仅能服三日馀，二瓶服完，不可再得。否则可多服几瓶，或能见效也。虽太贵（只六角多，但仅三日），只求病愈，当非所计也。如成都有出售，君可试服两瓶。其主药以龟板、黄柏、熟地、当归、虎骨、羊肉、炼蜜等为之。君知药性，可一研究之。又似记前曾告知泡药酒，擦亦有效，惟不能根治，亦可减少减轻发作与疼痛，亦不妨用以为助也。秋冬渐寒，望及早注意！而保暖尤为重要！太夫人年高，尤望多加注意！

　　闲堂前在沙洋，秋收忙累，脚又转剧，并有他病，后一度松闲，又一切好转，前函已及。近因同放牛之一人，回汉开刀。另司积肥之二人又均病休，未得补人，故忙累不支，脚又大痛。刻接来信，节前病休（不知何病），想节日休息后又可转好。惟独力抵四人，终难为继，殊可念也！

　　棻将近一月，肠腹旧疾，基本上未发，亦大致无他小病，胃口又较转好，惟仍时感疲倦，精神甚差，则不知何故？或营养较差（难买懒做，又吃不下），生活较闷之故与？最近天凉，一菜可放二三日，缓步亦无日晒之苦，当注意偶出买菜烧做，以增加营养。惟排长队亦不易买到；偶碰巧则可买到剩馀。且近来一人生活简单，又无病痛，颇能读书为乐，心情为之愉悦。但恨家务仍烦琐费时。棻素性爱整洁，又年老动作缓慢，故更耽误时间。偶快动作，则反出差误，如扭伤肋筋骨，打碎碗匙，泼翻水等，反因欲速而须治疗、收拾善后，更加缓慢。年老举动不灵，殊可笑也。家务永做不完，舍亲屡言之，想素琴同志亦知此意也。人生"衣食固其端"，敢嫌庸俗烦劳，但以妨碍读书为恨耳。近多年（前则在运动中）不亲书卷，近得稍读书，尤觉诚人生之至乐。惟愿事简身安，天假以年，能多读书，以自娱悦耳。

武大学报，质量甚差，当代询问购买。足下除语文外，又兼任两班历史，想见忙劳，望注意休息，保重身体为要！现在教学，依课本报纸立论，想无大误。反儒尊法，应看作政治任务，不可认为学术讨论，此点最须注意！当为俊杰，勿抱书生之见也。

秋冬天凉，拟服当归党参等补药，不知一冬能转健否？前文才及舍侄辈所寄过多，以致多数霉蛀，未免可惜之至！尚有好者，当亟服食。懂医药者云，因未晒干透之故。幸君未再寄，否则损失更多矣。

总结经验，莱体似不宜多走动、多劳累，能多安静休息，从容不迫，则旧疾少发，他病亦少；尤其稍感疲累，即当立时休息，不能带勉强，硬支撑。饮食则须富于营养而不大油腻易消化者，以平素喜食者为宜（向不喜吃大荤，喜新蔬、鱼虾、炒肉丝等），但现多缺乏，又懒费力（如切肉丝），起早远道排队买肉，一回又须做出。因如觉疲累，则又不适，反得不偿失也。有时一天中午下一面，晚饭吃一馒头，炒腌菜吃数日，则觉闲适舒服。（自做，味鲜美。有时开水冲一紫菜汤，加酱、麻油、味精、胡椒粉，面亦然。）但长久则缺营养矣。且素性又不喜食牛奶及蛋，虽亦难得，而勉强食之，反不能口腹舒适，似尚不及吃中药也（罪过罪过）。蛋尚可，近则将奶粉冲咖啡饮之，甚好。奶粉亦因有毛毛始得买。新鲜牛奶则须极早极远去排队自取，故自迁居后多年未能订饮也。

今日得闲堂信，知节日沙洋物资，尚比此间为好。今年中秋国庆相连，而连汉口亦买不到月饼。节鱼则已腐臭。板栗多烂或干甚，烧肉不烂。黄花每户一小包，且潮霉，葡萄酒亦少数一抢而空。罐头、点心、饼干、糖果，亦一如平日。沙洋则尚买到豆

致王淡芳书之十三　101

沙月饼，罐头凤尾鱼（二三年不见），好大苹果，卤肉等，闲堂国庆夜饭，约一熟人同吃，尚办有五碗荤菜也。亦饮葡萄酒，惟质坏耳。

彼中秋国庆，夜晚独对孤灯，枯坐斗室，意绪不佳，诵摩诘："独在异乡为异客"，少陵："惟将迟暮供多病"而有感。我则小女、女婿带毛毛回家，小妹（闲堂之妹）、妹丈亦来，在忙乱过去。亦做数菜，并做一八宝鸭，惜鸭太瘦，毫无一点油花，致味亦大减耳。彼等于二日晚均去，我数日来亦独对孤灯，枯坐斗室，惟读书为乐；并为闲堂及足下写信，如叙家常，如对故人，心情亦佳，惟以闲堂病、劳、悲、闷为念耳。

（久未得刘彦邦书信及消息，便中望代一探询之！）

因足下十分关心吾辈之身体及生活，雨窗无人，少事（今日中午吃面，晚吃剩面及剩饭，故省事、省时不累，且为剩鸭汤所煮，又有烧好之鱼，均甚鲜美也），精神尚好，故琐琐奉告，不嫌烦琐，君可知吾等近况，以释远念！专此即颂

俪安！全家好！

祖荚上

10月5日灯下

致王淡芳书之十四

（1974年[1]）

淡芳同志：

　　10月9日函已收到半月左右，因中间小病数日，又俗务猬集，未能即复为歉。来书详述游山之乐，令人神往。环回诵读，仿佛见足下烹泉品茗，娓娓清谈，与儿孙笑乐时也。棻年老腿脚既不便，又无素心人为伴，登临之乐不可再得，思之怅然。惟盼足下能早来东湖一游，则扁舟容与，尚可相陪耳。移居湖边，已有八载，初则忙于运动，后则苦于足疾，东湖近在咫尺，亦极少至风景区游览。惟今春曾由小女小婿带毛毛相陪上海亲戚同游，殊觉心神一快。前者小女拟晴暖陪往，以事忙人疲，匆匆未及，今又腿痛风寒，不宜出游矣。

　　拙作蒙细读，所论极有见地，切中其病。前曾寄闲堂，云太随便平淡，要不得。棻经搁置再看，亦觉其不好矣。可见足下眼光之准确也。大抵棻少年中年专致力于词，诗则少作，未知门径，遑论堂奥；老来久不作词，即兴为诗，亦懒再刻苦费心，故所作

---

[1] 此通原系于1975年（见河北教育出版社版），今据所云游山事与1974年10月5日书札呼应，又云"移居湖边，已有八载"，与1966年夏秋搬至九区相合，且1975年11月1日的日记未载写信事，暂改系于此。

随便不佳,偶有尚可者,则吴谚所谓"碰着法"也。作诗本无功夫,又加之随便吟成,懒于用心及多改,故往往太"水",如闲堂所云也。旧寄数诗,媵以一绝,即此之谓也。近重九曾作一绝,更未用心,闲堂以为尚可,录呈以博一笑。

纵佩茱萸岂避灾,重阳廿度不衔杯。今年空望龙山会,依旧秋风菊未开。

仍未见佳,而闲堂以为甚好者,或为所感相同所蔽乎?

闲堂今日有信来,谓天冷手脚又不好;幸今年秋耕已用机械,牛多为附近生产队借去,故得轻闲一阵,知注并闻。此间纷纷盛传沙洋分校将于年底全部撤回,不知能实现否?

既多病痛,终日家居;又俗务粟六,且少闲暇;寂寞孤独,无人与语。如此送日,实觉无聊。既未能为人民服务,又不以诗书自娱;忙劳病痛,身心交瘁,亦何为哉!祝
全家好!

祖棻
11月1日夜十时半

致王淡芳书之十五

（1975 年）

淡芳同志：

新正来书收到。伤指现想已好？念念！川人皆善烹调，想足下当亦精于此道，惜道远不能一尝佳制也。昔陈志宪先生，精于饮食，所制佳美，每邀共享，今已三十年未尝美味矣。

承欲令侄辈助理吾等生活杂事，虽难实行，意极可感！故人交谊道义，于此可见。

所论诗句，本想代为推敲，以久病精神疲倦，未克如愿。即怀人诗[1]拟抄寄亦不果。前病中休息，亦得诗若干，均待以后身体转健，精神佳胜时陆续抄寄，以便商改。此次旧疾，将近两月，久久不愈。近服中药虽见好转，但亦未能痊可，而精神反差于前，则想因久病多泻，身体更加衰弱之故。

未致书又将一月，恐劳远念病体，特书此以宽远注。儿辈疏懒，尤甚于我，不能代笔也。况现有乳婴占手，更无论矣。

---

1 "怀人诗"见《涉江诗稿》卷二《岁暮怀人并序》。

闲堂拟春节前返，故足下律诗未寄去，待其返时再斟酌函告。彼书札勤快，待其返时再致函足下可也。

　　青城七律未寄来，下次附寄为盼。专此即颂
教安！

祖棻上
1月18日

致王淡芳书之十六

（1975年）

淡芳同志：

近偶作小诗寄闲堂，附上乞正。另有千帆手书近作《挂冠后寄江南故人》四律[1]寄足下者，亦并附呈。专此，即颂

近安！

祖棻上
1975年1月31日

岁暮寄闲堂

一灯风雪夜，两地岁寒时。伤别多因病，传书每论诗。河清终有待，头白誓相期。会向龙山见，归来莫恨迟。

---

1 《挂冠后寄江南故人》，见《闲堂诗文合抄》。

致王淡芳书之十七

（1975年）

淡芳同志：

屡读来书，情意殷切，环回展诵，殊感欣慰。以病懒于作书，且有千帆奉复，故久未寄函，想劳远念为歉。

3月14日手书到时，因千帆续假半月，故仍得见。所论吾二人诗，殊合作时心情，可谓知音，不胜欣喜。大作推敲之处，愚意以长吟……二句为胜，问之千帆，亦以为然。

怀人诗录呈者仅一部分，全部中多为少年同学，老而情谊弥笃者；其后同事中亦得二三知己。而其中知交密友，不少死于非命；复有生离即如死别者；有遍访不得消息者；有因故音问断绝者；有远别重见为难者；故感怀万端，而有琴弦绝响之悲也。君若仅就所见者而言，其悲怆自不至此。

菜于二月下旬，曾患炎症，检查为四个"+"号，医护均以为严重，即针药兼施，每日打二次针，翻山行远，疲劳万分！加之心跳过速；春雨连绵，道路泥泞；困苦万状！幸归来有千帆在家，炉火不熄，饭菜现成，菜即可卧床休息，否则更不堪设想矣。惟千帆终岁在乡劳动，难得返家休息，复使之操劳家务，照顾病人，未免于心不安耳。幸菜艰苦奋斗，长期坚持，誓对细菌作彻底之歼灭，免留后患，终得于半月后愈可，但尚须服药数日，多加休息，以求巩固。且于后期复加服中药，中西并进，以清根本。故得于千帆走前痊愈，使其略可放心，且于行前全家一游东湖也。游湖后曾有一诗，录之于下：

东湖风物与人宜，娇女携雏侍酒卮。乍见晴光波胜锦，最怜新绿柳初丝。远书犹约花开日（殷孟伦先生前有书来，约春暖花开时来汉相访同游，恐因事不果来矣。），迁客难留春好时。稍喜芳游逢病起，聊将佳景慰临歧。

诗殊不佳，聊以记一时清游耳。诗中"迁客"本作"归客"，千帆以为意似不明显；改"迁"字，又觉有刺激性；均不妥。贫于一字，君其有以教我乎？望之望之！

兹有喜讯奉闻：盖前日忽得萧印唐先生来函，似彼久居成都，与刘君惠[1]先生常相过从，而吾等均不知悉。棻72年寄书电力学校，以无此人被退回，大为惊疑忧惧，曾告足下，亦为悒悒。后于73年至南京，闻友人言其健在，惟已退休，为之大慰，亦即告君，惟均以不得其地址及消息为恨，而不知即近在足下咫尺间也。此次乃从简阳来信，在其女家中就医，因患动脉硬化也。即复一信寄简阳，并告以足下相念之殷切，及足下学校地址。据云此次乃君惠先生以千帆事传告其次女知，其女至简阳省疾而得悉，喜而来信也。早知君惠与之往还，则可通信久矣。足下至君惠处可一

---

[1] 刘道龢，字君惠，四川乐至人，四川大学中文系毕业，曾执教金陵大学，后为四川师范大学教授。

询其详，以后当可相晤也。

　　足下所寄示之诗，另纸录者均珍藏，而杂于信中者则多散失或毁去，甚望将所寄各诗，连同未寄者，用墨笔另抄数纸见赐，以便时得展玩讽咏，既吟清词，复观书法。盼暇时写寄如何？即颂春祺！

　　　　　　　　　　　　　　　　　　　　　　　　祖棻上
　　　　　　　　　　　　　　　　　　　　　　4月12日灯下

致王淡芳书之十八

（1975年）

淡芳同志：

接读廿四日来书，知旧疾复发，不胜远念。既在病中，何以又夜行堕沟折骨？似过于不重视病情。内外交瘁，其何以堪？幸及时诊治得宜，均已逐渐轻减转好，稍慰忧思。希望继续积极治疗，多加保重。心脏方面疾病，须以静养为主，不可稍劳多动。至于精神心理方面，则勿以病为虑，更不可成为包袱。足下之既重视又不怕，保持乐观情绪，实对付疾病之最好办法。犹记棻昔为庸医所误，九死一生，卒得夺回生命。但因受伤过甚，医言一二年以至五六年，至多不过十年八年，仍要出危险。棻完全未将此言放在心上，甚至忘却，不觉今已近三十年，犹然生存。尤可笑者，58年旧病发作，住院治疗，共三月馀。医生根本认为我这人已更不可能尚存在，故坚不信我尚在工作，与我争辩，实为可笑。经三月观察，然后认为我当时尚能生存及工作之故，归纳为三点：一、乐观，不以病放在心上；二、对病少思虑，故能安眠胜常人；三、饮食能节制，虽好不多吃。而彼时至今又十七年矣，居然尚在。

君病中尚为我商定诗句，极为感慰！所言余初意亦如此，但未能自信耳。前写寄千帆一阅，亦告之，彼意亦与君同，以为一二字重复，不改亦可，不必以辞害意也。后又有所改定，拟将十首中第五首删去，因与第四首意复，而又与第二首矛盾，且又加入一首在最后，仍为十首，似较先稍胜。加入最后一首如下：

闻道沱江接汉皋，离情春水共迢迢。何时夜话巴山雨，剪尽西窗烛万条。

后又接印唐来信，知君将葇怀人诗寄示，彼且有和章。如此甚好，省我再寄。

葇近来旧疾虽已好至七八分，但终不能痊愈。幸近来喜事重重，有时为之振奋忘倦，欢乐不尽。印唐之重通消息，其喜慰之情，足下最能体会。刘先生亦系旧交老友，久隔音问，今得重通书信，亦快事也。而近得消息，好友高君[1]一人远在河南，忽得半身瘫痪之症，友好均为忧念。葇最近去函慰问，忽得其亲笔来书，病已痊愈，照旧工作，此尤喜出望外者也。人逢喜事精神爽，故最近病体亦觉较胜。

千帆返沙洋待命，一无消息，而总校、本系又毫无召还之意。同辈中有解决问题已年馀，迭经交涉，一无结果者。至于职员中则更有解决多年而至今未派工作。有他处来调而又坚决不放走者。故前途甚难乐观。幸近来沙洋经一度有撤校之说后，人心浮动，一切松懈，牛少人多，工作轻松，力尚有馀。且沙洋供应好，营

---

[1] 高文，字石斋，江苏南京人，金陵大学中文系毕业，曾任金陵大学中文系主任，后任河南大学教授。

养可较好，则亦不妨暂时安居，近于养病矣。闻上海出问题之人，均降二三级，工作如旧，名义仍为教授，则各处不同也。再叙。祝早日痊愈！

祖棻上
5月3日灯下

近又有寄君惠、孝章诸诗，他日录呈。

致王淡芳书之十九

（1975年）

淡芳同志：

　　前奉手书及惠诗，极为欣感。近以病久食少，时易头昏心慌，神疲力倦，凡此均非病症，乃长久饮食过少之故。以此缄札纷来，均迟裁答。足下复书，遂亦搁置。因即将大札转寄千帆，诗亦望其商酌。棻记忆极坏，书诗既已寄去，遂不复忆，惟似记大作之第三句及第五句之第五字平仄似有可改，以求更为协调耳。不知是否？

　　今先将千帆转寄之诗信转上，亦已半月有馀矣。彼久困沙洋，杳无下文，彼此闷闷。知注并闻。祝

俪安！

祖棻上
6月7日

病中戏作，答南北诸故人问[1]

盘飧病后朝朝减，衣带新来日日长。饱吸山光饮湖渌，自应肠胃厌膏粱。

薄粥酸齑亦已捐，空厨偶袅药炉烟。天教久向人间住，辟谷依然未得仙。

凤饼龙团未足夸，清明雷雨采新芽。连宵肺腑清虚甚，许品南中一盏茶。

重检神方久病馀，加餐珍重故人书。桃花流水江南远，初向金盘脍鳜鱼。

近有友人自哈尔滨寄赠其家乡福建雷鸣茶，乃清明日雷鸣时所采，难得之珍品也。

1　参见《涉江诗稿》卷三。

致王淡芳书之二十

（1975年）

淡芳同志：

　　两次来信均收到。并蒙赠诗甚感且喜，诵读数次，如对故人。诗以改稿为胜，"蓬心"似可用，容当再仔细研究。接前函及赠诗后，亦拟奉赠一首，适去看病，排队等号之时，率尔成章，以无纸笔，默志而已。回来疲累，亦未写稿。次日接千帆信，作复时即将此诗寄阅，后得来信，云起二句稍平易，但我已不记，今苦思记起第二句，首句终不能记忆，不知千帆尚记得否？恐更不记。而我作时乃一气做成，今亦难补。故未能写呈也。容缓二人凑合思之，得全稿当奉寄以博一笑也。

　　茱自重服中药，后因看不到中医，又服一种稍有效之西药后，胃口渐开，饮食稍增。而因天气梅雨连绵，百物潮霉，桌椅皆生绿霉，床垫单或毯如水中捞出，床绷生白霉甚厚，晒刷不掉。其馀可想。天晴不免将床铺及眼面前橱屉换洗及不久尚穿着之衣物及霉坏过甚者晒之，颇觉劳累，遂又发肠腹痛泻之疾，故虽饮食稍增，而日泄多次，得不偿失，故仍体力疲乏，精神委顿，至今未愈，亦未去诊，因天热劳累，反更甚也。多休息可转好，但又往往未能好好休息耳。故久思作书而疲懒未就也。承示食鸭，天热吃不进，又买做均极困难，待秋凉再议。关切极感！

贵体入夏甚健，闻之喜慰！武汉近酷热，头更易昏痛，人亦不适，但无大碍，勿劳远念！

千帆一切无消息，暑假亦不能回，因之心情不佳。且近牛房又有二人病倒，故工作加重，殊感劳累，身体亦欠佳。

天气炎热，丽则抱孩，回家路途来往，亦更辛苦。大人小孩均易受暑，将令其减少回家矣。天热生活方面，亦增加不少困难，唯有努力克服耳。

伏案握管，汗如雨下，手臂须以另纸相隔而书。头昏痛不适，方连泻三次，人复疲倦，故不多及。因恐劳远念，匆匆先寄数行，恐一搁置，遂致日久也。专复即颂

全家百福！

祖棻上
7月20日

武大又大搞运动，不放暑假，幸我已退休。

前函所谓高君，是石斋先生。

又及

千帆来书有四十年文章知己患难夫妻，未能共度晚年之叹，感赋此章[1]

合卺仓皇值乱离，经筵徙转遇明时。廿年分受流人谤，八口

---

1 参见《涉江诗稿》卷三。

曾为巧妇炊。历尽新婚垂老别,未成白首碧山期。文章知己虽堪许,患难夫妻自可悲。

　　此篇曾寄千帆,来书云次句意不明显。不知足下看来是否明确?理解为何意?如看得清楚,则不想重改。否则当改定。望来书时便中详告!(将君所理解之意告知)

致王淡芳书之二十一

（1975年）

淡芳同志：

昨日接读7月30日手书，知因久未奉函，复劳忧念，感歉交并！近因病疲酷热，各地亲友多未通信；惟恐足下忧念，及文才两次来信久久未复，挥汗作二书耳。京中老友亦以菜多病为忧，来信嘱速复数字，以告平安。复书来到，又来信封面注明："无法投递，退回原处"，盖以为菜或随校迁徙矣。致劳各处友人远念，皆菜病懒之故也。

千帆在沙洋人少事多，工作加重，身体心情不佳，前函已告否？近来记忆愈坏，故为之忧念，而一无法想。以目前教学及学术情况及其过去之问题身份，仍以退休为最好。但户口问题之困难，又决非成都人所能想象也。武大一向严刻，而问题解决后如此，则尚非初料所及。虽须批判"天命论"，而又不得不听天安命也。

足下寄诗，散在各书中，或者又寄沙洋，一时难于翻检吟咏，而菜又记忆不佳，不能成诵。每思讽咏或相讨论，不易排列重读。思欲足下将历来所惠诗，另钞二三纸寄下，以便暇时诵读，如对故人。前曾言欲君墨笔缮写，藉赏书法。而能事不受相迫促，此当有暇时闲心，兴到为之，尽可以缓。今所欲者，即以钢笔稿纸，随便写一清稿可矣。此则暑假中优为之，因寄诗亦不太多也。

近复有所作，另纸录呈乞政!《湖畔杂咏》四绝，不知前已否寄上？如未，下次再抄寄一阅。棻病弱原不欲费心，然此皆乘凉独坐无俚，偶然得之，初不用心推敲也。故诗率易而少佳者。奉酬一律，前告乃诊病挂号排队时偶成，故益不佳。仍寄上者，聊以见意耳。且两"相"字须改，今先寄呈。足下以为改哪一"相"字为好，且较易，可告知。

昨今一雨稍凉，故尚可灯下作书。因连日腹泻更剧，明早拟去就医，书成可投寄，居处寄书亦不便也。明日须起早，不再多及。即颂

暑祺！

祖棻上
8月7日夜十时

致王淡芳书之二十二

（1975年）

淡芳同志：

八月廿二日及九月十一日信及赐赠诸诗，均早收到。欣喜与感谢交并，环回诵读，如对故人！拙作更蒙加评论，尤为欣感！惟不免谬赏过誉耳。本拟即复，畅论一切，初以武汉秋热殊酷，尤胜三伏；后以腹泻人疲，是以延迟至今，恐久劳盼望，歉仄殊深，望能谅之！

尊体病弱，时为驰念。幸领导照顾，未多教课，望多休息摄卫，以求康复。营养方面亦加注意，不可多用脑！老年尤须身体健康也。

荣月馀以来，病渐好转，主要是胃口已开，能进饮食，每顿能吃饭两许并蔬菜适量，且不闷胀，亦较前大胜矣。本想过一段时期，健康可复。不料于本月七日半夜，忽又上吐下泻甚剧，次晨亦然，似为急性肠胃炎。幸一二日即痊愈，然人又大为疲软矣。今但得休息营养，注意饮食，病可痊愈。冬令再加以药物清补，当可恢复健康耳。此足以告慰者一。其二则武大近将退休二百馀人，凡到年龄者，皆可申请。千帆亦已申请，可有希望。明令退休，家在武昌总校，当可迁回矣。

因病后疲软，思以一段时间休息营养，以期恢复，故拟一切通信从缓。印唐、文才、国武诸函均未复也。拙作已寄印唐。两日来风雨送寒，真满城风雨近重阳矣。专此，即颂
近好！

祖棻上
10月12日

昨夜仍为鼠闹不得安眠，甚苦。早起昏昏然，枯坐无聊，忽忆今日重九，遂成一律（中秋亦有二首）。又念书信疏间，再寄又隔时日，仍强录最近数首寄上，乞为商定。其中重九一首，则草草吟成，尚未及推敲也。诗均不佳，录呈可藉知近况耳。

10月13日上午重九又及

赋答淡芳

锦城回首感流光，相望天涯鬓渐苍。犹爱苦吟耽旧业，每忧老病寄良方。他年一面相期久，远道千书故谊长。尚有东湖好风月，待君雪夜访闲堂！

得翔如书，谓独居乡僻日久，近因病弱不胜担水之劳，仅以小桶汲取少许，以供炊濯，百计节用，恐习久移性，将成鄙吝之徒云。读之感叹！既伤君遇，行复自念：余闭门独处，无人共语，果如君言，日久成习，其将为喑哑之人乎？赋此以示翔如，并寄

诸故人[1]

穷乡书一纸，展处感偏深。相吊灯前影，独行湖畔吟。未愁无与语，却恐久成喑。远札千回读，忘言契素心。

山居近事，赋寄故人[2]（8月7日）

一春犹自步欹斜，连日匡床掩帐纱。不惜投闲消岁月，那堪抱病作生涯。东游期在舟难买，北国书来饭可加。却忆故国风味好，并刀如水破冰瓜。

诗札堆床懒未酬，明窗笔砚暂时收。纵铺冰簟难成梦，欲近银灯且待秋。百犬吠声花影动，千蚊成市艾烟愁。朱门空锁闲风月，面对高墙类楚囚。

居处四邻稀少，皆早睡，余独爱遥夜灯窗把卷。旧屋两间，面山对湖，日出星沉，当窗可见。夏夜屋外纳凉，则明月高照，清风徐来。近邻忽扩围墙，更起朱楼，湖山风月，悉被遮断。而建楼亦不成。

近事偶书

柴门长闭砌生苔，却喜诗筒日日来。蜀国篇章争藻翰，江南词赋费清才。琼瑶恰似交情重，珠玉能令倦眼开。自笑雨窗还寄北，待吟新句更倾怀。

---

1 参见《涉江诗稿》卷三《得翔如书》，小序未收。
2 此题共四首，前二首"云树烟波"、"黄卷青毡"见《涉江诗稿》卷三，题为《近事寄友》。

致王淡芳书之二十二　　123

久病初愈,忽又得疾,邻人谓余尚可支持,必能寿过七十,因成此篇

灯火明时开旧卷,湖山佳处寄闲踪。区区几案粗能净,草草杯盘强自供。但使衰年堪料理,不求高寿到龙钟。无端一夜添新病,九月寒衣尚未缝。

再病有作

漠漠阴云四野荒,薄寒凝露未成霜。加餐逢节鱼陈市,妨睡连宵鼠绕床。扶病强炊新稻粥,添衣怕检旧筠箱。朦胧午梦凭高枕,冷雨敲窗清昼长。

乙卯重九(10月12日)

山居不用更登高,懒插茱萸叹鬓毛。漫想菊开堪对酒,但馀诗俗可题糕。风前落帽人何处?老去逢辰兴不豪。遥忆江南风物美,东篱应有客持螯。

"区区"二字似不好,屡思不得佳者。"风物美"重上"风"字,改为"饶节物"是否好?或任其重?二字意尚不犯,望代斟酌。

又及

致王淡芳书之二十三

（1975年）

淡芳同志：

　　正思久未通信，恐君远念老病，拟修书以报平安，以病懒因循。昨日傍晚忽奉手札，喜可知也。然仍蒙先施，不无歉然。

　　此间退休顶职之风甚盛，各工厂机关皆然。武大此次退职二百馀人，中有一百馀系顶职。如系顶职，本人不到年龄，身体多病，亦可申请退休，不似以前作退职论也。惟先此退休者，不得顶职。故足下宜稍待勿躁，中央文件传达后，自会办理，且将动员，各单位必将落实也。

　　千帆此次申请，既系动员，现虽尚未批下，当可获准。且因此放宽尺度，家在武汉而不需另派房屋者，户口可以迁回。今仅等批下欢送，便可归来。勿念！

　　千帆所作读庄子诸作，当转嘱抄寄，惟勿以示人，并阅后即处理为宜。

　　大作甚佳，次联尤好。惟第五句"思"字失粘，此字似易改。结句"几日"，似改"几"为"何"，更为自然。

　　荣病十月下旬本已愈可，不应过江看菊花展览，感冒风寒，又卧病数日，复引发旧病。懒于作书，盖由于此。而天寒岁暮，雨雪载途，生事艰难，家务堆积，亦少暇时闲心。惟病稍甚时不得不卧床完全休息，百无聊赖，反作诗自遣耳。现服成药，缓缓自愈，勿劳远念。专复即颂

冬祺！

祖棻上
12月17日午

赏菊归来，偶感寒疾，因赋

寒疾朝愁起，泥炉宿火销。老翁他县隔，娇女一城遥。药碗凭谁问，羹杯懒自调。端居闲卧病，回首愧渔樵。

冬日山居杂咏[1]

泥途车马少，邻日掩蓬门。密雨凝寒重，玄阴压昼昏。残年盼归客，久病守孱魂。四壁孤灯夜，惟馀残卷存。

早起寒侵袖，开帷雪渐飘。病多难料理，岁暮更萧条。废食闲尘甑，无人倚石桥。围炉兼拥被，晨夕亦逍遥。

风雪泥途阻，闭门水一涯。朝盘添野菜，夜盏喜清茶。床暖新禾草，衣寒旧絮花。重衾耽午梦，庭院静无哗。

---

[1] 第一、第六首见《涉江诗稿》卷三。

病较聊闲坐,新愁反自饶。年侵羁容老,寒袭女孙娇。雨雪衣难寄,怡怆望亦遥。一堂何日聚?欢笑度长宵。

一室围炉坐,无营意自宽。炭薪初积灶,蓿苜尚堆盘。娇女因风阻,衰翁隔雪寒。不因多疾病,亦未感幽单。

新来慵更病,一食似高僧。静坐真如定,清谈未有朋。沈阴垂四野,寒意逼孤灯。喜对红炉火,茶汤正沸腾。

阴积山馀雪,寒凝夜有霜。病多沉睡少,梦浅短宵长。掩幔遮凉气,回灯替月光。何时开霁色,早起向朝阳。

春病秋难较,一冬多卧床。亲朋疏信札,儿女作羹汤。千里望乡远,孤灯觉夜长。待看杨柳绿,健步趁韶光。

闻千帆将休致,赋此寄之

容易岁月暮,空山夕照沉。青春随梦去,白发逐年侵。那得长生药,难为久别心。归来定何日?尊酒共清吟。

得印塘书,谓将东游,约过汉相访,喜赋三首[1]

开札浑疑梦,欢惊寝更兴。论文寒夜酒,话旧雨窗灯。惟望成行定,还期除病能。老翁归有日,下榻待良朋。

---

1 参见《涉江诗稿》卷三。

十载音书绝，卅年离别馀。行程真可计，后约竟非虚。梦绕梅开日，情温雪霁初。翻愁居远市，供给少盘蔬。

幽居邻胜境，云树映山光。唤棹湖当户，行沽酒满觞。惟愁衰老日，难续少年狂。一面生前见，犹过书百行。

印塘来书有能重温少年欢，平生愿足之语。

余前得印塘消息，曾寄诗有云："漫说百书输一面，一书犹望及生前。"

致王淡芳书之二十四

（1975年）

淡芳同志：

　　三书先后收到。两月来全家不断患病，一切殊为狼狈。承详告炖药鸭，因难买到鸭，又今年秋天燥热，故先未服补品，今则胸胀腹痛，更不能补矣。承念至感。今冬棻及闲堂腿脚风湿关节痛，因早注意及治疗，均较往年为好，请勿忧念。

　　赐和绝句，足见深情，韵味尤永，所谓情文相生也。惟结句中"题"或"酬"均平声不协耳。可改一字。下三字亦似有凑合处，不如全句改定如何？三绝句情韵极佳，惟第二首较差，稍嫌生硬，辞未尽达意。曾将三诗寄闲堂一阅，来信意见亦大致相同。七律甚佳，一气呵成，全章稳妥，寄慨自然。再三诵读，其味无穷。惟第五句"楚客泪"三仄不协，须改。结句意甚好。暇当为寄闲堂评之，我仅门外语耳。

　　近得高足勤奋好学，闻之甚喜。惟方今培养青年，责任重大，宜于政治着眼，庶无过愆。对于学习古典文学方面，尤须谨慎从事，望多于此注意。所需诗词书籍，惜言之已迟，吾等书籍已极大部分于今春出让矣。因既不教学，又不能作研究，年老多病，不如及生前处理，以免身后散失可惜也。棻曾为此不怡者累月。

闲堂虽力主几乎全部出让，但夜梦亦有叹惜之呓也。仅留极少数大字本诗集，以供娱老悦目而已。虽李太白集，亦因我力争始留得一部也。故无以奉寄。闲堂手稿珍藏惟恐或失，恐不放心寄来寄去，当问之。

  腹痛不适，恐劳远念，故力疾书此，专复即问近好！

祖莱上
12月25日

致王淡芳书之二十五

（1976年）

淡芳同志：

  节前两函及法书均收到。年底病体精神略好，久因病废，家务堆积，稍事清理，又不能多劳，以此稽迟裁答。春节前后复有二处亲戚来舍小住，亲友亦多来欢聚，外孙女亦随父母返家小住，杂乱相聒，无一刻宁静，更无法握管，想劳悬望，殊歉。

  千帆已于元月廿二日返家度岁，亦因年事及招待亲友，忙碌疲累，未能作书。昨晚诸亲友始返乡，外孙女春晓又返舍小住，稍得空闲，即书此以报平安，免劳远念。连日疲劳，暂不多及。馀由千帆别书详论，专此即颂

阖府春禧！

祖棻上
农历正月初九

致王淡芳书之二十六

（1976年）

淡芳同志：

　　手书奉读，二绝句绝佳，殊饶情韵，环回雒诵，不忍释手，可见诗功之日进也。棻自岁暮以还，不复吟咏，亦无诗思。并以朋友劝告，颇拟再度断手不作矣。千帆亦有此意。去岁自春至秋，朋辈中颇多以诗相寄，今亦不作。盖情况不断变化，思想感情兴趣生活亦随时有所变化也。

　　吾等二人均得退休，愈思愈觉其好；多数友人亦以为然。惟不近书卷笔墨，又无交游，且一春阴寒多雨，日惟蛰居斗室，经营尘务，亦殊闷闷无聊耳。

　　前函谓成都运动早入正规平静，闻各地亦近尾声。不料忽发生天安门事件，幸即平复。传闻南京亦一度不安。此间尚大致平静，不知川中如何？想近来学习必更忙碌，身体近来健否？劳累时须加注意。

　　千帆户口问题，迄今已四月有馀，尚未解决。家在武汉者，准许返回，但手续迟迟未能办好，以致尚不能正式回汉。今续假将满，如目前户口不能解决，恐须重返沙洋。工作既已有人接替，住屋用具均成问题，反更多麻烦与困难矣。

菜自千帆返后，可料理家务，得放心出外就医打针，回家既无烟消火灭之虑，且茶饭现成，爬山走远等候时久，每感劳累甚时，回家亦可即时休息。多服中药，近来胃口已开，饮食增加，同时打针，有补血作用，体力精神转好，面色尤佳。千帆注意增加营养，又可出外购买，故对身体大有帮助。但如千帆返沙洋，则菜病体更难好转矣。知注特详告。

千帆伤脚亦年年见好，去冬今年尤大好，足以告慰。专此即祝

阖府安乐！

祖菜上

4月9日

千帆附候不另

致王淡芳书之二十七

（1976年）

淡芳同志：

上月28日信收到。知眼病甚忧念。学习工作忙碌，亦望善自摄卫。棻因病转甚，心绪不佳，故稽裁答。今仍体倦神疲，一切简告如下：

千帆已于上月23日复返沙洋，因户口手续未办妥，而又不准多请假之故。此去工作既已有人接替，故与另一同样情形之老人，共同轮流担任一些临时性轻劳动工作，有时竟无事可做，但又必须在彼等候户口办理毕，始准"光荣"返里，而户口又甚难办，故未知何时始能回家。

棻病千帆在家时曾一度转好，临别前又反复，初则仍胀气不能进饮食，五一后又腹泻不止。人遂更为疲惫不支。而千帆既走，病痛及饮食起居，无人照料，益感困苦。丽则等近来又常加班，假日亦不能回家。因思君言腹泻或系年老体虚之故，故仍勉进饮食，并服蜂乳、牛奶、麦乳精、鸡蛋等高营养价值之食品，且多休息，最近一周大为好转，惟人仍疲惫耳。请放心勿念。

武汉地区尚属平静，惟今年供应更差耳。

近偶有所作，录呈指正，亦可聊见生活及心情之一斑耳。祝好!

祖棻上
5月20日

重寄二首[1]

寂寞衡门下,闲阶生绿苔。米盐重自理,襟抱向谁开。到岫浮云住,投林暮鸟回。雏孙望去路,犹唤速归来。

宿疾新稍减,药茶勤自煎。残灯拥卷夜,晴日曝衣天。归栅鸡无恙,添薪灶有烟。平安堪作报,客里莫愁牵。

答黄荪[2]、白匋、自强,问印唐东游行踪,兼示印唐

寒梅开日约同行,飞尽杨花阙寄声。黄埔秦淮频问讯,布帆未到武昌城。

豪情欲理少年狂,便买扁舟出故乡。漫忆当时湖海气,天涯老病各相望。

---

1 所附诗还有:《余与千帆同获休致,而小聚复别,赋寄》,见《涉江诗稿》卷四;《得焕明书述自强近况,却寄》一诗,见《涉江诗稿》卷四,诗题为《丙辰春,得焕明书,述止盦近况,因寄》;《偶成》七绝一首,见《涉江诗稿》卷四,诗题为《答问》。
2 章黄荪,安徽芜湖人,正风文学院中文系及金陵大学国学特别研究班毕业,曾任上海师范学院教授。

致王淡芳书之二十八

（1976年[1]）

淡芳同志：

奉读来书，已将两月，因旧恙稍甚，心情复恶劣，遂疏音问。水浒资料，亦于十日后始寄出，想早已收到。

君于诗为作者，故能领略深微。对拙诗颇能悉其作时情景，但过于夸大抬高其艺术，殊属不称。此则并非世俗应酬之言，或出于尊重老人，谬奉为前辈；或出于阿私所好耳。池塘春草，平畴远风，更何能望及，拟于不伦矣。至于论拙作于哀惋之中，尚具生意，乃旺健之征。此点荄亦自觉尚非过于一味悲伤哀飒，一经指出，感觉明晰。惟最近则似悲飒日多，生意日衰矣。

近来情怀颇恶：一则闲堂退休后犹不能返。近户口事仍杳无消息。二则旧恙久久不愈，且日加甚。三则生活日益困难；天气渐热，更多不便。加之屋漏成河，沟水浸漫；蚊蝇鼠患，均非常状，更多烦扰。而最近又有更使人心情悲伤恶劣者，则陈孝章先生已于两旬前逝世。以前多年不通音问，足下所知。近始通信，

---

1 此通原系于1975年（见河北教育出版社版），今据信中言及陈孝章去世一事（1976年6月），暂改系于此。

而于六月十四日与君惠先生约定于秋间东下访旧，不料即于当夜得病不起。四十年老友，不及一面，遽隔死生，其悲痛震悼，如何可言?! 病惫不多及。即颂
近好!

祖棻上
7月1日晚

致王淡芳书之二十九

(1976年)

淡芳同志：

　　七月一日曾作一书，而昨日奉手札，亦为7.1所写，可谓巧矣。亦可见两地系念，彼此相同也。

　　六月下旬，曾闻传说成都地震，当时极为震惊忧念，即追寻究问，据云谣传不确，传者并恐被指造谣而忧急，再三更正。故颇放心，前书亦未及之。

　　近年地震预报甚多，乃政府关心人民安全，作出预防妥善措施，亦未必皆实现也。如去春北京预报将大地震，人心惶惶，后即成过去。去冬今春，东北又预防地震；今春安徽又有地震预报，有亲戚已来武汉避难，据云已出现种种预兆；二地均至今甚安。故一方面当在市防抗领导之下，作好预防安排；一方面亦望宽心勿过忧急，并望善于安慰老人！足下亦非青年，一切行动亦须注意安全！不知足伤已愈否？念念！不但黑夜行路须小心，即风寒亦须注意！令堂年老，一切尤须珍卫，且勿忧急为要！如能早日成为过去，即望函告，以免忧念为盼！

　　水浒资料编写，乃千帆参预，编纂一切材料，并修改或重写文字，惟后部分未改写，故文体不一例云云。详情待其返家通信时可详告。

　　棻病疲甚，昨今似略有好转现象，不知能自此有转机否？所幸尚能少进饮食（此比一般人而言，在棻年来则已大增矣），则近服食蛋白酶片及维生素 B1 与 C 片之效也。如能好转，则当更注意饮食休息；如转甚，则当就医查诊，老病想无妨，不必远念！

　　成都故人多，惟望能平安也！君惠、文才、国武、彦邦，均在念中！专此奉慰，即颂

安吉！

祖棻上

7月6日夜

致王淡芳书之三十

（1976年）

淡芳同志：

　　昨奉7月7日手书，知成都已为地震波及区域，不致成灾；足下目疾未再发展，均感稍慰，略减忧思。但据云震期约在7、8月份，而7月10日左右可能性最大，仍不胜远念，亦不无惴惴也。今日13号，不知成都安全否，晨夕在念，不免忧焦。足下奉太夫人如何避免惊恐？素琴同志及诸侄幼孙，如何安排？均在念中！成都诸故人谅亦均作好安排，亦为忧念！望足下一询刘崇丽同志，彼二老及全家作何安排？老人体弱多病，尤宜预避惊恐。为安宁起见，二老是否来舍间暂避？且本有东游之计也。君惠先生以孝章先生卧病至去世，多所劳累悲伤，以致旧恙复作，不知近已康复否？均时在念！望问知后来函便告！君惠先生病中可勿作书。国武文才近会见否？亦极系念！惟望成都安静如恒，诸故人平安无恙，幸甚幸甚！

　　荣病近二三日来似略有转机。但年老体衰，旧恙时好时坏，亦难望病有起色也。

　　千帆近正申请先退早回，照顾病人，不知能谅情酌办否？渠此次去因工作已交代，居处饮食一切不便，时发胃病为苦。亦请或先病休，不知如何？

　　武汉夏季酷热，菜住处尤甚。但今年天气异常，至今未热，时阴雨甚凉，着二三厚布长衣裤；夜犹垫褥及盖一二毛毯也。天时不正，亦易得病。偶热则有夏意。但极潮霉，床绷白花，布鞋放床下一周，则生白绿厚霉。米、面须每一二日吹晒，仍霉蛀，地尽湿，人之多病，亦其宜也。尚时恐山雨或水管爆炸，泛滥成河也。天热又须每餐作饭菜，及洗澡洗衣晒物等，益觉劳累不安。承赐书长卷固喜，但必须不妨目力始可！祝
一切平安！阖府均此！诸友晤时便中致意！

祖菜

7月13夜

致王淡芳书之三十一

（1976年）

淡芳同志：

　　廿三日及廿九日两函，均已收到。蒙触热访君惠先生了解情况，殊感！君惠先生已先有信，知病体已渐恢复为慰。今得君书，更知近状。惟望成都平安，老病之人，不受惊恐劳累耳。花圈事前已告知。荣正感不及致奠为恨，而君惠先生能体贴人情如此，感何可言！前去函曾询及所费，而君惠先生未作答复。虽老友可勿斤斤于此，但各对死者尽心，不可委之他人。且闻花圈价昂，君惠先生经济亦并不甚宽，代办情已极可感，不可更相累。故思托君代为打听一下：最大的十四圈的花圈（代送若此）其价若干，来函便告！以便可汇还君惠先生也。

　　关于成都地震预报，初闻尚不甚为忧，因前北京、安徽、长春等地，均有同样情况，均已安然度过。后得来书详述严重情形，始增惊忧，万分挂念。旋闻渐已转移，恢复平静，心中稍安。而近又闻北京已经一年多时间，仍复受波及，又不免忧虑不置！不知以后情况如何？会随时发生否？望随时注意，妥为安排，不可大意也。

　　半月以还，武汉酷热（又苦于蚊蝇鼠蚁等为害）。三大火炉，南京重庆均不足比也。蔬菜生干熟馊，饮食愈增困难。代为每周洗衣被之相熟女工，又每夏卖冰棒，一季可净得数百元，五月至十月均不再来。幸夏衣易洗，但终稍多事耳。(尤其食用品须日日吹晒稍劳。)饮食本喜清淡，近更只吃冬瓜汤，煸炒辣椒及苦瓜而已。另吃绿豆汤，则掺陈豆及沙石稗谷甚多，淘洗煮烂麻烦耳。天太热，暂不多作书。病近渐减，勿念！此问
暑祺！阖府致候！

祖棻

8月3日

千帆一时仍未能返。一般胃病。

致王淡芳书之三十二

（1976年）

淡芳同志：

　　今晨听广播，知松潘地震，波及成都。虽鉴前时北京情况，且距离较远，程度较轻，想必人口平安，屋宇完好，但恐受惊受累，极为系念。尤其令堂老人，诸孙幼小，想必一切安好，仍令人忧念不置也。

　　震后未卜仍安居原屋或临时搭棚居住如北京，则殊辛苦不便矣。一切生活是否能如常或迅速恢复？均在念中。

　　棻病体今有好转，能不再反复即可，知念特闻。千帆最近亦请假暂回家，以后情况如何尚不知。胃病已愈。

　　专此问讯，即颂

阖府安吉！

祖棻上
8月18日清晨

　　武汉仍酷热。

致王淡芳书之三十三

（1976年）

淡芳同志：

　　前得来书，详述成都警报情况，幸仅虚惊，未有伤人倒屋等事。令堂以年老住入帐棚，以防万一，甚妥。一切稍慰远怀。惟近来较久未接来信，未知近况如何？目疾有无变化？令堂年高，屡受惊恐凉冷，身体安好如常否？一切深为念念。

　　上月不幸伟大领袖毛主席逝世，令人震惊哀悼，悲痛忧虑。近复有"四人帮"之事，想彼此同感。学校开会学习，想必更忙。街道市面尚安静如常否？亦在念中。

　　此间八月下旬，亦有四五县市报警，纷纷迁避或就地防震，汉口亦一度紧张，而吾处山村僻远，安静如常。九月中旬以还，未闻消息，谅归平静矣。江苏一带，亦曾传警，均属虚惊。惟南京至今尚未完全解除警报，据云一二年内，仍有地震之可能，是以人心不安，未知最近有无转好。

　　菜病仍未能瘥可，惟较前一切方面似均差胜，望放心勿念。千帆续假在家，忽又将满，不知能再续否？全国有大故，一切小问题，当更搁置矣。不知何时始能返家安居，其健康亦不如前，是以心绪不佳。此次返汉，各处亲友皆未通信，每觉无话可说也。

菜亦为之闷闷不乐。惟女孙在家,一为笑乐耳。专此即问
近好!
令堂暨阖府安吉!

祖棻上
10月20日夜

附上近作数篇,乞正。因抄录及天雨不出门,迟至今日始将此信发出。

23日

唐山地震,松潘继之,北京、成都均被波及,各地先后纷纷告警,金陵、申江、吴门亦在其中。荆楚间虽亦苍黄,山村尚属安谧。予与千帆既久作江南访旧之计,印唐、君惠亦约相携出峡,过汉小住畅叙,东下同游,皆不果。感赋[1]

梅飘荷败桂香残,吟兴游情已渐阑。蜀棹巴帆劳想象,北书南讯报平安。秋来春去前期误,地动山摇行路难。为问三吴东道主,几时对客酒肠宽?

---

1 共二首。《涉江诗稿》卷四仅见一首,题为《地震》,今录其第二首。另有附诗《锦城怀旧,寄诸故人》,见《涉江诗稿》卷四。

致王淡芳书之三十四

（1976年）

淡芳同志：

 十月廿三日寄上一信，即接廿二日来书，知一切安好，至以为慰。近来国多大事，忙劳可想，一切游行集会，不知体力尚能胜任否？

 来书云所写诗卷已完成寄出，于防震声中，目疾之际，作此相寄，足见深情厚意，感谢殊深。惟至今已及两旬，迄未收到，未知何故？窃恐遗失，则可惜万分，因之殊为焦虑。不知是否挂号？可否持收据向邮局查询？多年来即一般平信印刷均从不遗失，何以此卷独未寄到？殊令人怪诧。

 千帆户口尚未解决，但已蒙领导批准可长期病假，工资八折，在家静候矣。知注特闻。

 葇病亦有起色。较前胃口稍开，略能进饮食，因之体力精神亦较前差胜。千帆近感寒疾，兼发胃病，医药不便，仅服成药而已。幸均轻微，顷已转好矣。勿劳远念。

 今重九已过，丛菊想已盛开。惟近当忙于游行集会，工作学习，恐无闲情相对赏玩耳。葇九日有诗，和其他小诗数首，另纸录上乞教。即颂阖府安健！

祖棻上
11月11日夜

附千帆书一纸。

偶成[1]

残卷昏灯不自聊，萧森秋气入疏寮。雁过欲寄天涯信，未必高楼正寂寥。

---

1 信中尚有附诗《客岁中秋，千帆尚居沙洋，余尝赋诗二章，录示蛰存海上。今年中秋，千帆已返。蛰存书来，谓当为诗志喜，因复成长句寄之》，见《涉江诗稿》卷四。

致王淡芳书之三十五

（1976年）

淡芳同志：

　　前接十月廿二日信后，以诗卷久未收到，唯恐遗失，遂于十一月十二日上午发出一信，言及此事，并请查询，而于今日（11月13日）下午，即收到诗卷，欣慰何如？！展观赏玩，久久不能释手。诗书双佳，实为难得。律诗对仗工整而复能流利变化，此难到之境，足下时复得之。全篇亦能一气呵成。绝句亦擅风神，均合作也。书法更见功力，起手处似稍拘谨，愈后愈见流丽，有挥洒自如之妙。闲窗时出赏玩，如对故人，亦一乐也！棻于诗、书均未尝研究，千帆于此较有钻研，暇当为君论之。顷因恐足下挂念诗卷，查询费神，急于将此信发出。千帆适为俗务所羁，不及另函矣。特此奉闻，以免远念！并致谢忱！不知书此长卷，觉费目力否？谅未致有妨眼疾，不胜悬念。此颂
冬祺！

祖棻匆上
11月13夜

致王淡芳书之三十六

（1976年）

淡芳同志：

读上月21日来书，清谈娓娓，极慰离怀。近函每多劝勉之意，尤所感谢。朋辈来书，亦多此意。奈近年老病愈甚，身体心情遂觉衰退消沉，安于退闲，未能振作，殊负老友期望也。粉碎"四人帮"，形势大好，一切将出现繁荣昌盛之局面，教育、科技、文艺、知识分子政策等方面，被其歪曲破坏者，必将恢复放宽，但亦有限度，不可过分奢望也。以为如何？

蛰存姓施不误，即三十年代之有名小说作家。彼成名较早，棻等中学时即读其作品。约长吾等六七岁，已过七十矣。后爱好研究旧文学，学识及爱好甚为广博，能旧诗，爱好词，尤精于金石碑帖之学，近年孳孳于此。为人平易诚恳，极为爱才。彼此知名甚久，又先后与千帆及棻同事，故此往还。彼治庄子多年，颇有所得，故能逍遥于老年也。前久在华东师大任教，去年已退休矣。

大作落花一联，棻亦喜爱之，知有所托兴也，昔闻人言，老年临帖最宜，足下能以此自娱，极佳。

秋冬以还，足下屡惠书札，并赐诗卷；文才亦寄诗札，因成七律四章，聊以奉答。现另纸录呈，并乞指正。[1]

前与千帆均患轻感冒，久久不愈，亦无他苦，惟身体不适，胃口不开耳。老人易病难好，各症皆然，可叹也。幸近皆痊愈。菜旧恙且日渐转好，饮食亦较前大增，惟望一冬能康复耳。千帆亦能以长期病假在家，似可安度晚年矣。然生事艰难，惟日忙三餐，夜图一宿，人生至此，又有何意义可言。尝戏言近过猪的生活，惟吃饱睡足耳。且即过最庸俗之生活，亦不易得，衣食住行，无一不难。聊举几例：菜年老畏寒，拟缝制新棉袄裤，三年未成；千帆拟买两份每月凭票配给豆渣所做之豆腐干，出外五次购买不得；每年难得至汉口一二次，日前因事至汉，千帆及早早均未看过熊猫，全家拟至公园一游，而换车连丽则亦无法挤上。倒回至起点站搭车，等至六部，始因司机熟人来乘车，照规章停，而得挤上。故日常生活亦费时费力不少。

近日天气晴暖，人亦稍觉适意。

千帆近整理抄录旧稿，又忙于俗务，买菜购物，出外奔走甚累，且排队尤时久人疲，故暂时不另作书，嘱附笔问候，此致

敬礼！

祖棻上

12月11日

"偶成"一诗，就诗论，似觉寄托遥深，当时亦偶有感兴，然亦无多深意及确有所指。盖前一时忙于俗务及感冒疲倦，于宁沪

---

[1] 所附诗《丙辰秋冬，淡芳、文才数惠诗札，赋答四章》，见《涉江诗稿》卷四。

友人较少通问,因知彼等皆忙于注释法家诗文集及开会学习,千帆偶谈及可与两地友人通信,莱认为不必于彼等公忙之际,无事相扰。当时索居寂寥,心情不佳,偶有所触,感兴无端,遂成此章。君能于诗内诗外看出感兴,可谓巨眼,诚是诚是。然究无多深意,似风过云行,一去无迹,不可执着也。近已通信矣。

忘答又及

致王淡芳书之三十七

（1977年）

淡芳同志：

十二月廿九日手书，早于卅一日下午收到，极为欣慰，并以为新年佳兆。同日京友亦有信到，而三十年不见之舍侄亦于是日来汉相晤，一时喜气重重。而以俗务烦劳，屡思作报未果，固知君之相念也。一月廿七日又接国武诗札，且前函告彼尚有近作诗待抄寄而迟迟未就，故即录近作若干首寄呈三君春节联欢时传阅，并寄一书，皆因忙偷懒，于君及文才处不另作书呈诗矣。今奉一月卅一日手书，得悉近况，并蒙垂念，为慰为感。

闲堂户口近得解决之后，竟未告知足下，师丹年老善忘，可叹孰甚。盖知君最为关心，而以为已函告矣。今始知实未尝奉告也。大概此事一得解决，即拟函告，而临书忽又忘却，事后又以为已告也。老来糊涂颠倒，常有此种情况，殊可笑也。此事能彻底解决，免去心上牵挂，亦可喜可慰。

屡赐佳作，清新自然，对仗流丽，起结完整，合作也。惟结句甚佳，而意外不符事实，盖日为生活琐事，忙劳疲累，烦难困苦不堪。近来供应日缺，即煤柴不但量少质坏，买运困难，且至无法买运。如一月份定量分配煤，千帆连跑五六次，排班站队，连煤条亦未能领到，更无论取煤托运。后由邻人托其单位设法借车，蒙其顺便运来，大半煤屑，尚须自做煤球也。

近来忙于生活琐事，千帆日奔走于外，菜则操劳于内，盖一物难求，三餐不易，拙作纪实，可见一斑。但情况不断变化，诗中之蔬菜无多，已变为市场绝迹；舆薪上下坡，已变为无法买运；豚蹄斗酒，亦属有名无实矣。[1]

今年武汉自秋末冬初即较往年早寒且甚，十二月下旬即严寒异常，时有中小雪，一月廿七日起又连下大雪三日，最高温度零下三五度，东湖结冰甚厚，门前积雪七八寸。乍晴更冷，晴一周后，东湖冰犹未化。菜拟制新棉袄裤三年不成，幸于此次大冷前，拆破旧棉裤，换新花一斤，胡乱做起，穿之大暖。千帆亦多穿，故未感冒。因外孙女在家，做不成事，故前寄国武致三君信，匆匆不及详谈。今晚彼早睡着，而天气又转暖，故得写此详函，以当面谈。祝

春节欢乐！

阖府均此！

祖菜上
农历一月五日夜十一时半

---

[1] 《涉江诗稿》卷四《漫成》六首中，有"新蔬侵晓已无多"、"山路舆薪上下坡"、"豚蹄斗酒自为酬"等句。

致王淡芳书之三十八

（1977年）

淡芳同志：

二月十一日信，农历除夕收到。印唐适于前一日来汉度节日，代拆共读，喜可知也！荣以为双喜临门，乃新春佳兆，以卜今年之运转春回，病除心适。虽不免涉于迷信，亦足以自慰也。

印唐于春节前两周由成都乘车至南京，路途辛劳困苦，抵站已不能行动，由其戚扶持至家，来信云非经多日休养不可，而数日即已恢复，四出访友，可见老而尚健也。本约天气稍暖，荣等至南京相聚同游，然后来武汉小住返川，不料彼忽因家事促返，遂于农历腊月二十九日由宁来汉，由千帆至船埠相接，抵舍尚安好。卅年阔别，一旦重聚话旧，其乐不可言喻。惜彼因儿辈事属重要，又购票乘船之种种困难，于初三即行返川。江干握别，殊难为怀，老来一面，非易易也。印唐虽容颜苍老，枯瘦更甚，而谈笑风生，行动飘忽，胸怀坦荡，兴会飙举，毫未改少年时情态，惟阅历深沉，洞察事物，今大胜昔，甚为难得可喜。惟彼于船上曾寄一诗来后，返川至今无信，不知身体安好否？殊为念念。

君等初三日之聚，想见欢乐。君与国武为小学、中学两度同学，尤极难得，交谊之深，又非一般可比矣。[1]前于初三日送印唐上船，怅怅惜别，而又以遥想君等之欢聚为慰。其后久盼来信及新诗，得三月一日来信及大作，殊为欣慰。新作四章均佳，情韵不匮，情文相生，足供反复吟咏也。前寄闲堂一首，为精心之作，以改本为胜。惟"纷李"之"纷"字，似尚未十分妥贴，不知以为如何？此联寓意，亦可于言外得之。

闻印唐言，君于教学之馀，以作字藏书自娱，洵高雅可羡也。印唐在此亦为作书二幅，虽笔力恣纵，挥洒犹昔，然过久抛荒，亦不如昔日之纯熟自如矣。老年习字最佳，但亦苦于无纸笔耳。

府上人多热闹，老母儿孙团聚，亦人生难得之欢乐也。春节复去草堂看梅兰展览，亦复雅兴不浅。兰花之香，至为幽静，非他花可比。忆昔年在苏州，曾与同事夫妇共看兰展，幽香之醉心沁骨，至今难忘，而同事夫妇均已逝世，可胜感叹！

上课无课本，实属为难。忆抗战初期菜与千帆、印唐同在安徽中学避地教学，亦无课本，当时年少，犹能强记，各凭背诵古文，自写钢笔油印教学，转瞬四十年，不料太平盛世，复发生此事，"四人帮"之罪，其可胜数邪？

自春节后，一切情况，已先后多少有所转，一切歪风，已采取大刀阔斧办法严治，交通方面，已大有改善矣。大治可望，可待，人心振奋。惟受"四人帮"破坏过甚，亦不可过于心急耳。

刘衡如师，抗战时期在成都为金大文学院长，解放后在北京图书馆，后又在北大教学，治哲学。菜等在金大读研究班时，曾受其教。现在北大养老，年高多病，今年七十九岁。盖在当时诸

---

[1] 参见《闲堂诗文合抄》载《淡芳书来，劳动节与国武文才会饮……》。

师中为青年也,今则一老巍然独存矣。老辈凋零,可胜感叹!专复即颂

阖府安乐!

祖菜上

3月12日

致王淡芳书之三十九

（1977年）

淡芳同志：

　　前接四月三日函，知素琴同志忽患炎症，殊深系念。足下课务既忙，复须照顾病人，料理饮食，想见劳苦。亦须注意身体，勿使过劳，而饮食增加营养以作本钱，亦属需要也。

　　菜等拟于本月廿五日左右动身至南京，再至上海，为时约一月至一月半。君忙于照顾病人，准备课务，得暇当稍事休息，可暂时少来信。馀不多及。祝
素琴同志早日康复！

祖菜上
4月16日晚

致施蛰存书之一

（1973年）

蛰存先生：

多年不得消息，时以为念！近数年来，友好均隔音问，自去秋以还，渐得来书。今春得上海友人信，曾托其探告先生及许杰、徐中玉、周煦良[1]诸君近况，盖旧时通讯地址，均早遗失矣。回信仅告许、徐情况，想未知尊况也。今得来函，其欣慰为何如耶？近日尤时时相念话及，不料先惠佳音也。

获悉先生安健如昔，工作仍旧，尤为欣喜莫名！鄙句蒙久尚记忆，足见旧谊。近年更经大风浪，见大世面，千帆已白发盈头，棻亦两鬓苍苍，想先生亦老矣？彼此尚健在安好，较旧句云云，更属不易；但所望相见江南，则年老多病，行旅艰难，亦不如当日之便矣。

运动中中老年教师均受冲击，棻等自不能例外；但较之同人，已属大好；盖冲击轻而为时短也。千帆因其问题，已定性质，故除一般性全校大冲击外，后即未参预矣。惟于初期即迁至校中僻

---

1 施蛰存于1952年起任华东师范大学中文系教授，信中提及的许杰、徐中玉、周煦良、罗玉君均为华东师范大学教授，王西彦亦曾在该校短暂担任教授。

远之区，生活不便，今则老教师亦纷纷迁此矣。

菜自前年秋冬以来，所患两腿风湿关节神经痛日剧，渐至行动艰难，全休数月，至去年春夏始渐好转，适武大中文系亦由襄阳分校迁回，遂回原教研室工作；盖前全系下乡时菜及极少数老病教师，被照顾留守总校故也。去冬偶患感冒，以居处路远，医药不便，小病因循，致久烧少食，身体大为虚弱，至今不能恢复。而近转又旧恙新疴，急慢性诸病，一时并发，就诊打针，体弱腿痛，路远山高，疲于奔命。幸最近稍有好转，仍日去治疗，尚未及至医院检查也。工作为编写教材，近适告一段落。且照顾老人，在家工作，不常至系，病则完全不去，故尚能治病及休养耳。

千帆于70年随干部下放，至沙洋分校劳动，不幸于71年底为牛车压断脚骨，遂回武汉住院治疗。至72年夏，大骨已接合愈可，惟小骨稀疏，碎骨在内，血管筋络断损者，以年老无生长力，不能复原，并留有创伤性关节炎后遗症，阴雨寒冷即发作，僵痛难行，红肿变甚；天气晴暖，又渐好转，出门扶杖而行，只能走短路，在家可弃杖缓步。微跛，好时尚不太显；未至畸形。以当时伤势及年龄而论，疗效可谓极好，出于意外矣。蒙领导照顾，至今在家养伤。去冬发作较甚，不能外出，近则至武大卫生科电疗打针，希望或能稍有助益。知悉关注，特详告。

小女早在工厂工作。

罗玉君先生近况如何？尚会面否？如晤请为致意。煦良、西彦二君，仍往还或知近况否？

先生近年情况，亦望告知。上海熟人情形，便中均望略为示知。

先生健康状况，想必尚好？现在作何工作？须否每日上班？

自己尚搞何研究工作？暇日作何消遣？上海朋友之间，尚如旧往还否？一切甚念，便中随时示知一二！

　　回忆江苏师院任教时，此乐已不可再得矣。久想于暑假返沪一行，但久病不愈，恐难如愿矣。

　　武汉长久以来，供应困难，闻说上海情况，如在天上矣。

　　菜等近年所苦者：一为身体衰老多病，一为居处僻远，生活种种困难；但如身体转好，能走耐劳，则后者亦可克服；（二人均已过花甲。）奈愈来愈衰弱多病何？思之悲叹！

　　现趁空治病，逐步一一医疗，有的已见好转，请勿远念！

　　上海诸熟人，见时均请代为致意！馀后叙。即颂

春祺！

祖菜上

73.4.24.

千帆附问不另

来信请寄武昌武汉大学9区30号

　　老年朋友，未能见面，书信往返，慰情胜无，亦暮年乐事也。但彼此简札，阅后即作处理，不必留稿，以作将来材料也！以为如何？

致施蛰存书之二

(1973年)

蛰存先生：

前奉手书，适在病中，曾由闲堂复一函，想早收到。鼻炎症初愈又复发，继之以旧疾，常在病中，颇以为苦。舍侄辈来信相邀至沪度假养病。南京诸友复约至宁小住。以病及家务，久久未能决定。今努力克服困难，决意一行。已去买廿三日船票，未能买到。今明再去买廿四五者，稍延三数日，终可成行。

本拟作书告知将来沪奉访，检阅来书，见有附条云暑假将去南京，遂赶写此简信发出，以便在宁相见，免失之交臂也。

棻到宁后，拟先住上海路191号附1号黄君[1]处（北秀村对过）或找杨家（女儿姓杨），后住玄武门昆仑路10号柳定生[2]家。找南师中文系教师，亦可知棻行踪也。

此信明早发航空，不知先生已动身未？希望不至同在南京而不相见也。

---

1 指黄果西，杨白桦妻。杨白桦，胡小石之子，曾与沈祖棻共事于苏州、南京两师范学院，交往甚密。1968年自沉于句容。
2 柳定生，江苏镇江人，中央大学历史系毕业，在南京图书馆工作。柳翼谋先生之女，章诚忘妻。

愚园路1018号离愚园路口江苏路303弄47号近否？
馀面谈，不多及。祝

健好！

祖棻上
7月21日

闲堂已于上月重返沙洋劳动，脚仍未好。

致施蛰存书之三

(1974年)

蛰存先生：

两函均早收到。知令郎手术后甚好，且无后遗症，极慰下怀！先生足疾未愈，又以为念！电疗据云须数十次始见效，而亦极难根治也。医云腿神经痛（风湿性）三伏天针灸有疗效，未知然否？此系上海医生所说，此间不知。先生身居上海，不妨今夏一试也。又方三伏天日擦生姜，则棐前十馀年患肩臂痛试之有效，且不复发。腿疾则以连年伏天买不到生姜，故未能一试耳。此无害，亦不妨一试。惟须注意入伏之日耳。

承示白凤事，至感！恐各处情况不同？闲堂事，前者似龙山在望，而近来仍黄河难清也。亦惟任之而已。承关注极感！彼亦来信时问及尊况，并感厚谊也。

归后友好少通音问，盖由离家日久，诸事堆积，家务琐屑，终日碌碌；加之又多意外，一月之内，自来水管爆炸二次；两月之内，不慎扭伤左右肋部筋骨三次。上海住舍亲处，闲居游散，毫不用烦心劳神，故身体精神转健。在家烦劳，时感疲累，易发旧病耳。且在宁沪有朋友之乐与营养之品，亦对身心有利也。近虽不如宁沪时，亦较前为胜。暇时亦稍注意营养，油水稍丰，则先生与嫂夫人之赐也。家务劳人，又复琐屑庸俗，少亲书卷，难得闲心。每念先生得优游著述，则当归功于嫂夫人之辛劳治家，令人增伉俪之重。

光阴迅速，才过炎夏，又值严冬，转瞬即将春节，风雪岁暮，益增怀人之感！想先生有寒假二周，可与家人有围炉之乐。闲堂元旦春节均不回山，或待之春夏间。天寒脚疾转甚，自在意中。

近来得四川昔日学生觅寄当归黄芪等草药，入冬日煎服少许，似颇见效。

以目前形势论，老年教师以退为佳。惟住屋问题，亦须解决。先生体力尚健，稍缓亦无妨也。

前闻各校均大搞教学革命，大贴大字报，反右倾及复旧，不知师大上次已算搞过否？现有何情况？总之，虽落实政策，知识分子不可有回潮之感，更万不可拣旧货也。此点菜与先生均有一致之认识，倘不致犯错误乎？武大近因下乡下厂始回，即考试放假，或延至下学期开始。但近闻邻家外专学生回，云该校一夜贴满大字报，主要为反对考试，华中工学院亦然，则武大或亦响应。不知师大如何？

许郝二老退休，是否仍容居住校中原屋？望便中探听告知为盼！

武汉一冬晴暖，故贱躯少病，近两日来北风飞雪，天已转寒；现仍阴沉欲雪，必将大冷，腿疾已甚。

俪安！令郎早愈！

祖棻上

元月15日

致施蛰存书之四

(1974年)

蛰存尊兄:

　　岁暮曾上一函,又久未通问,不知近况如何?时在念中!屡思奉书,以小女丽则于二月中旬,产一女婴,遂至忙乱异常,未能伏案握管矣。犹幸上海江苏路舍侄处之亲戚,远来相助,否则更狼狈不堪。今虽小女难产假期已满,但因厂中未能分到房屋,将为安置之公共母子宿舍,亦未办妥,故尚留家中,未能上班。一切尚在忙乱状态中,不亲书卷久矣。

　　不知尊恙腿麻情况,近来有好转否?是否仍在继续治疗中?令郎想已早复健康?嫂夫人谅必安健?一切时以为念!复不知兄校中工作忙劳顺利否?校中运动情况如何?问之舍亲,云自菜返后,亦未遇兄。沪上诸友情况,便中亦乞示知一二!

　　菜自作宁沪之游后,身体较为转好,惟近因稍忙累及生活不安静,旧恙复常发耳。大致尚好,请勿远念!

　　工作运动方面,则因已列入实际退休行列,亦得偷闲。闲堂仍脚病为苦,近春耕忙碌尤甚。其问题本在分校已解决,例须总校讨论,省委批准,因运动又搁置矣。岂真有命运存乎其间耶?本拟五月份探亲假回家小住,而其班长忽头部受伤,病假全休,一时难愈，事多人少，又不得离开一返矣。总之，大小事均不顺利。

　　武汉运动，一度似超出常规，近渐趋冷静，等中央指示，意存观望。但大方向已有明示，或不致似67年情况重演矣。惟生产已受不小影响，今年5.1节，一切供应奇缺。想上海一切，均掌握甚好。

　　五一放假，作何游散消遣？龙华桃花，亦曾一赏未？棻则于四月中曾陪舍亲一游东湖，亦往年所不能也。上海节日想供应更好矣？

　　今年暑假，小女带领毛毛，厂、家相距远，交通又不便，不能如前跑月票，家中无人看守，居处又荒僻不慎，邻家稀少而多老弱，恐不能再作宁沪之游矣。友人彼此老病，又能几回欢聚耶？念之怅然！

　　专此即颂

俪安！全家好！

祖棻敬上

五月三日

致施蛰存书之五

(1974年)

蛰存尊兄：

复书拜读，知近况安吉，工作顺利，殊为喜慰。不知嫂嫂感冒已否痊愈，疲劳已否恢复？甚以为念。年龄渐大，平日望注意多休息！但家务累人，亦非易易也。

兄腿疾亦宜及早治疗，恐日久难于断根，倘致行动不便，则殊为受累。茱即以此为苦。望加注意！

蒙关注闲堂近况，甚感！兹已于本月十五日休假返家，小住一月，休息兼治病，盖伤脚之外，好脚亦因用力过多及受风湿，疼痛难行；右臂及手指亦痛肿发抖，写字不能自如矣。知注特告。蒙转托陆君[1]赐书条幅，甚感。问题则因运动推迟，又不知何年何月矣？岂有命运存乎其间乎？唯心主义可笑。

翻译在兄不成问题，游刃有馀，唯限以时日，不免稍赶也。如得暇，望趁闲堂在家，多通音问，以慰多年离索，想彼此同感也。

令郎病得平稳，暂可放心。以后一方面注意观察，一方面尽

---

1 当指陆维钊，原名子平，字微昭，晚年自署劭翁，浙江嘉兴新仓人，书法家。

量休养，或无问题也。

近日冷暖多变，摄卫为难。望兄嫂多加珍重！

专此即颂

俪安！

祖棻上
5月20日

致施蛰存书之六

（1974年）

蛰存尊兄：

前上一书，想先达左右。近来忙劳何似？嫂嫂清恙，当已痊愈？念念！

前在沪时，兄曾询及家藏有无《词源疏证》，当时不能记忆，返汉后略事搜寻，亦未见及；盖因箱橱积压，又无印象，力所不及，无法遍觅，函询闲堂，亦难确记，时时在心，并以为歉。今趁闲堂在家休假闲暇，倾箱倒柜，终于底层觅得，亟以寄上，即以奉诒。《乐府指迷笺释》一册，并以相赠，亦宝剑赠与烈士之意。望查收为盼！

闲堂医院检验结果，风湿病较甚，服保泰松，恐不能根本解决问题，而激素多服且有副作用也。近复忙于诊补牙齿，亦老人不免之事。跑医院之费时劳神，兄之所知，且往往得不偿失。惟在家多休息时，反颇见好。一月假期，亦殊易过耳。

菜近来尚无甚病痛，惟腿足仍不能多走动，时仍微痛。而饮食大减，胃口不开，精神大觉疲倦，终日昏昏似病耳。

天时冷暖，殊难注意保摄。不知上海如何？

俪安!

祖棻上

5月23日

致施蛰存书之七

（1974年）

蛰存尊兄：

六月中旬，闲堂即返沙洋。不久奉大札，彼已未能拜读矣。十发翁是千帆叔祖，前告或未听清。顾诗集已捐献。家舅诗功夫极深，所作一卷，实为精妙，惜于心情恶劣时烧去不留，当时吾等皆不知也。至今叹惜！

钝翁问过闲堂，亦不知何人。易君情况，将闲堂来书详述，裁存附上一阅。

奉读前书，本拟即复。奈一夏经秋，大病未生，小病不断，加之小毛头亦小病多次，小女丽则亦患流感，全家忙乱疲惫不堪。且武汉天气酷热，难于伏案。而茱经初夏一次连泻月馀后，精神尤为疲倦委顿，久久未复。因此种种，各处亲友，皆音问暂断。惟江苏路因舍亲返后来书，及托其买物托便人带等事，偶一写信，曾托彼等便中奉告病懒作书及近况，想彼等亦忙中忘之？致劳远念，益增歉意！望谅之！

嫂夫人一夏安健，闻之极慰！何以入秋又复不适？似可与医研究其原因，以便对症治疗。茱则近三五日犹感不适，喉痛、头痛、咳嗽、四肢酸痛，浑身不适，胸腹胀闷，不思饮食。（似此类病,反复多次。因有寒流飓风过境。昨下午尚汗透衣服如水中取出也。)昨夜转凉,今日大有秋意,各症似颇转好,拟烧饭做菜供两餐,而伏案作书,又寻闲堂前信,竟忘之,水已百沸,火尚未熄,一人饮食,仍易为也。书之以供一笑。不知秋凉以后,能少病否?

闲堂在分校时,春间本解决三人问题,一人不须呈报省委批准,已解决。闲堂与另一人,因教授级须省委批准,故又迟迟,时间尚无关系,尚不知有无变化耳?分校早传说全部撤销,似亦在进行,惟极慢耳。而因此彼处工作反更困难劳累也。天气渐凉,其伤脚必更为难矣。

兄腿症近如何?望仍以及早治疗为宜。腿脚不便,至为苦闷,吾等有此经验也。

夏公被批斗,前已闻确信,拟告尚未及作书,不料已先知之矣。

退休事,前系中曾有人来问病,似有动员退休之意。当即亟表夙愿,但以居住为虑。云代达可无问题。似已达到两相情愿解决退休问题。而两周之后组中来人,则将安排下学期半工作,云及退休,又以前人所言为不对。又一周后,则全校又安排一度实[1]击工作,弄得莫名其妙。据组长云,现不退休,早经再三申请之二人,仍未批准。而近有闲人来云,其二人已获批准。不知究竟如何?现大力培养工农理论队伍,已著成效。知识分子退休,早晚皆意中事。吾辈自以退为佳耳。武大不久前亦退休一批,惟皆职工耳。(信写好未能即发出。晚间组长来谈,问其退休事,仍未知,云

---

[1] 原文如此,或为"突"之讹。

彼二人乃自己坚欲退，力求迁户搬走，而实际并未批准也。大概文件尚未发到武大。)

　　武汉供应近更紧更坏，小女迁厂。天热路远人多病，最苦无蔬菜，懒于烈日下奔驰（且远市亦常空），幸有自腌酸菜（颇觉有味而美。）及咸菜对付，且常吃面更简单，但缺乏营养耳。罐头花样太少，肉类嫌油，且天热一人吃不完即坏，故亦极少吃也。小女厂距家甚远，又两头跑路。车极难挤，抱婴儿亦不能先上及有人让座，（上海总有人让，此间无论青壮少年，均无让者。）天气又酷热，故嘱其少返。但彼记挂老人，仍每周一返，则带来荤（彼厂近郊时有农民卖鱼等）素菜，可供餐，惟天热无论生熟菜均不能放藏也。彼抱儿来往奔波，亦极困难辛苦也。

　　居处极为荒僻不慎，故小女迁厂后，棻反不能行动自由，出外旅行，与兄所想，恰相反也。

　　南京友人亦久不通问，蓂荪兄处，亦久无信去矣。前彼索小毛毛照片，亦尚未寄。诚意里亦从未去信，数月来慵懒可想也。

　　多年来与小女相依，其于庶务尚可，（进城过江办事买物，皆能稳妥合意。）今分居两地，棻如失左右手矣。一人生活虽简，但亦具体而微。且家务繁琐，永无完结，惟嫂嫂能知此意耳。住屋及武汉地区潮湿，物多生霉虫蛀，高处不免，须时时晒，亦多一麻烦也。人好则困于俗务，（久不亲书卷为恨。天热夜晚不能进屋。）人不适则虽极简生活，亦有为难之感，想嫂嫂亦会有同感也？近时头晕眼花，久不作书，颇感疲倦，馀不多及。此祝

双安！

令郎已痊愈否?

祖菜上

9月14午饭后写毕

人健事闲,盼时赐书!

致施蛰存书之八

（1975年）

蛰存尊兄：

前两奉手书，即复一函，倏又数月；一年容易，又更新岁，益念老友，想新年如意，尊体健好，嫂夫人安善，令郎病愈，为颂为祷！

译稿已完成未？是否又投入两批运动？近得各地友人书，均忙于注释法家著作，任务繁重紧迫，劳碌异常，不知兄是否亦已参加此项工作？棻则仍病全休，实即变相退休，得以偷闲，甚佳，否则将不胜矣。芙荪亦久无信来，兄曾晤见未？周煦良先生曾见过否？近况如何？想平日亦少与人来往？著述之暇，作何消遣耶？房屋能稍得宽敞未？甚为兄之居处过于局促为念也。近得山大友人来信，谓上海已实行老教师退休，不知规定如何？兄在其列否？

棻前数月安好无病，而不知何故，精神日疲，人日消瘦，经人及自己研究试验，或系营养太差之故。近月馀复发肠腹旧疾，迄今未愈。惟最近连服中药，已颇见好转，且老病无妨，勿劳远念！

残年新岁，益增怀人之感！书此寄远，不尽所怀。

专此即颂

新年百福！阖府安吉！

闲堂仍在沙洋，二事均无消息，闷闷！

祖棻上
1975年元月三日夜

致施蛰存书之九

（1975年）

蛰存尊兄：

　　岁暮闭门，病中无绪，得故人书，喜可知也。前函始发，得闲堂家书，戏作调瞿老一绝，嘱录呈尊兄（切不可使瞿老知之！），以博一笑。另纸录上乞正。

　　承故人时相怀念，感激何如。恨乏善足陈，以慰远望。一年又过，闲堂二事，均无消息。菜则静待退休，而此次旧疾复发，又久不能愈。女儿抚婴，颇少返家，生活艰难，相助无人。幸尚耐得寂寞，未觉凄苦耳。

　　菜腿疾近打 B1、B12 针，似大轻减；而保暖尤为第一重要。兄亦不妨试之。嫂夫人安健，闻之喜慰。令郎所患，则尤宜时时注意。

　　近各校教师，为注释法家著作，忙劳之甚，不可尽述，武大老中年颇有拖垮者。兄与菜得免为幸。老年教师退休，乃必然趋势，亦自然之理。承详示一切情况，俾知大势，至为感慰！自无必要向人宣传，承嘱更当遵守。菜每以阮嗣宗为师法，兄尽可放心也。以后情形，仍盼续告！此间似尚未发动。但说来即来，或慢或快，均可随意也。一切听任自然。

72年冬，曾作《岁暮怀人》诗若干首，后续有所咏，随而录之。其中亦有兄在。所以久未录呈乞正者，以病懒，作时稿既零乱庞杂，作后又迄未加以清理缮录，搁置遂经年月。且棻又常怀龚诗避席之虑，遂未即多示人。今适闲堂嘱录其近作呈教，情势亦稍异于前，二三知友，私相传阅，不复留稿，当亦无妨。故亦将前奉怀尊兄，以及棻所知与兄相熟或可能相识及知其名者，一并附录纸尾，以当补白，乞予指正！

令媳迁入校舍，兄嫂可稍宽敞，为之欣慰！未知是中间一大间，抑旁边一小间？总之，较兄昔日之局促于顶楼，回身不转者当胜多矣。

闲堂拟就春节探亲假及寒假时间，加请半月病假，返家休假及诊病，方拟打报告申请，成否不可知。待其返时，当以兄函示之。彼亦时念兄也。

兄腿疾可以生姜及酒摩擦，颇能止痛，治标极有效，特告！嫂夫人安健时仍不可大意！祝

俪安！

祖棻上
1月16夜

此信系棻自拆而复封，加嘱瞿老事，勿致疑也！近书成往往无便即寄。

17夜

致施蛰存书之十

（1975年）

蛰存尊兄：

　　承寄《蒹葭楼诗》一册，字条一幅，及大札，均于三日前同日上下午收到，感谢不尽！本拟立即作复，乃读《蒹葭楼诗》爱不能释。茱近病较好，总结经验，主要在多休息，方思每晚提早睡眠时间，而一连三晚，读诗至过午夜。茱于诗未尝研究，仅爱其佳，而不能论之。每觉其七律对句变化之妙，比之古人，何多让焉。故遂未能作答。今方重读二遍，仍不思释手。盖近年脑力大坏，读书思想不能集中，过目而不存心，殊费时而无所得，聊读时享受耳。因恐兄远念，遂辍读作书，并需报告好消息：即千帆已于数日前在沙洋分校正式宣布省委复文批准"摘帽"，想为兄所乐闻。兄对千帆问题，向极关怀，故立奉告。前虽早有消息，但吾等惊弓之鸟，不见正式明文宣布，不能放心也。一十八年时深日久，然尚能及生前解决，则亦了一件心愿耳。兄言《文论要诠》，为其力作，此十八年中，如能从事著作，则成就当不止此。今年老残废，所学又复无用，尚何言哉。

　　奉怀兄之诗，第二句接首句来，指兄于每次风波乍过，即先写信来相问，故旧交深可感。而吾等多所顾虑，每未能早写信奉候,自愧不如耳。吾兄当事人看之,犹不能明,可见辞不达意之甚,容再改定。又如改为:"故旧交深我不如",是否明显?望有以教之!

克木[1]解放前曾在武大,与菜等及煦良夫妇,朝夕过从甚密,克木每娓娓清谈不倦,故诗云云。菜于61年东下,于南京苏州耽搁稍久,至沪仅住四五日,即开学返校,而犹辗转访得煦良所迁新居,未遇煦良,其子牙牙适在家,甚为懂事有礼。去夏至沪,遂未相访,诗意自明。然念旧之情,终未能忘,每于相识处问其消息。及今思之,悔未于去夏至其单位一晤。

怀人诗本不过怀念旧友,不关政治,不涉时事,有何问题。但如加罗织,则怀孙望诗第三句"金陵旧事难重理",本指千帆与其同学时之交谊及与菜在南师时之往还,但不管此,即可成为大问题也。怀克木诗,则说鬼谈玄,非宣传迷信而何?不加批判,又从而赞之,其意云何?等等。经验教训如此,兄亦以为然否?可畏、可叹,亦可笑也。故不存为妥。

奔星[2]久不通信,闻患心脏动脉方面不治之症,但多年来尚好。想仍在徐州。闻去春或前夏曾游太湖,尚健好,其病之严重,医生未令知之也。

兄言千帆反正请假,半月不如一月。而不知即因加请半月病假,因时太长,未能即批准也。春节大概总回家一次,兄函当均留待其阅读。今日情势,暂留无妨也。以为如何?

兄手、腿均可用姜、酒摩擦有效,不妨一试,又不费事。原

---

[1] 金克木,字止默,安徽寿县人,曾任武汉大学哲学系教授,解放后转教北京大学。
[2] 吴奔星,湖南安化人,北京师范大学中文系毕业,时任徐州师范学院教授。

西医给药有一种樟脑酒，更好，不知现在有否？西医能开给否？

连夜少睡，精神疲倦，不再多及。

千帆有诗，云即直接寄上矣！

兄过年七十，不知何月生日，能碰上拜寿否？棻颇想一年一度来沪宁，恨居处荒僻，不能无人守屋为苦。否则今夏能与千帆同来沪宁，与故人叙旧，其乐何如！去夏因与兄两处皆房屋狭隘，人事不便，未能多聚畅谈。当时兄又须到校，且有任务。以后彼此退休，更可闲游畅叙矣。专此即颂

俪安！

祖棻上
1月27夜灯下

棻前有一诗，录之纸尾。

岁暮寄闲堂

一灯风雪夜，两地岁寒时。伤别多因病，传书每论诗。河清终有待，头白誓相期。会向龙山见，归来莫恨迟。

诗虽不佳，适成为佳谶也。

致施蛰存书之十一

（1975年）

蛰存尊兄：

四月廿一日曾上一书，发出后即奉来函，作书日期亦为四月廿一。岂声气相感，千里有同心耶？继复接廿五日书，蒙详告贵校情形及兄之近况，作为千帆参考之资料，甚感！兄意千帆可再过几个月看情况，认为将来可重定级别。已将兄之盛意于家书中转告之。为特别谨慎起见，未将兄书附寄，不辞详叙之劳而转达也。复书谓在武大，证之过去及现在一切所有例子，绝不可能。即分派工作，亦遥遥无期。有问题解决已年馀以至三年者，现仍在沙洋放牛看狗，亦不改生活费为正式工资，且自去年起，连原来加的20元也不加了。中文系，尤其古代文学教研组，人手奇缺，亦毫无召回千帆之意。欲申请退休，则退在沙洋，户口只能仍在沙洋，不能迁移矣。故此为难。至于生活，尚不成问题。菜亦5级，惟武汉要比上海少20元左右耳。二人合计，尚可比兄稍多也。兄退休亦不成问题，闻之大慰！初原以为兄解决问题后即恢复工资，认为全国惟武大特殊耳。最近知他处亦有单位减后不恢复者，故忽为兄嫂忧虑，而一问也。不知他处学校如何？兄亦知之否？如有所知，亦盼见告！

兄重行工作，且系重新整理旧编鲁迅年谱，既属专长，可作出成绩；又系旧稿新编，较为省力，亦力所能及，自不妨为之。编写年谱，不知是须每日到校抑可在家中工作？如需每日奔波则未免过于辛劳，不仅腿不能胜也。总之，望多保重！

　　棻对教研组之建议已辞谢，并于次日即将表格送去矣。棻自前年夏季以还，即作为全休打八折至今，中则断续做点短期或突击工作，学习亦未叫去。今则只等批下而已。

　　现千帆工资是否调整，工作是否恢复，亦觉无甚紧要。惟退休后户口地点问题为大耳。今不知如何为好？兄亦有以教之乎？！

　　兹托打听一事：即闻现在各校均感缺人，皆拟向外请调教师，不知贵校如何？武大历史系教师，有思调宁沪一带者，托为打听一下情况，故便中托兄，省得再函蒉荪矣。中文系亦请打听一下，有北方友人思南调者，亦顺便一问。望兄探知后即来信告知，以便答复前途。棻亦受人之托，极愿忠人之事，故转以烦兄也。

　　千帆如能先调回本校，再请退休，则可以解决户口问题，但恐遥遥无期耳。故吾等近亦闷闷。

　　棻肠胃仍不好，不能进饮食，研究乃系前患炎症服药伤胃之故。当时服药多而久，故受害特甚，一时不能恢复，病久食少，则人无力而精神疲倦。天气又复恶劣，亦有影响。此颂

俪安！

祖棻上

5月15日灯下

致施蛰存书之十二

（1975年）

蛰存兄：

五月廿日复书早收到，承详示所询情况，甚感！欲调宁沪工作者，意实在宁，沪既种种为难，当即作罢论。而人物却合于要求，不过年龄大十岁，而专业亦较好耳。

早年别署，仍蒙记忆为感。少年同学中，亦仍应用，黄荪即其一也。至于怀旧，则方力求排遣，以免感伤。兄乃欲令我怀旧何耶？

兄所谓海内知己，确令人感激不尽！今亦不复问询姓名，以保存兄之理论与事例如何？

兄曾游杭，并能翻山越岭，为之艳羡不已！暑假将近，蒙沪宁诸友，屡次相邀，颇有出游之意。家累牵系，奈何奈何？前夏游沪宁时，黄荪曾邀游杭，以天热不欲，今甚悔之。

兄至杭访旧，老人多病，亦各地皆然。岁月催人，殊可慨也。

兄到校奔波，亦甚辛苦；幸身体尚健为慰！天气已炎热，烈日逼人，出外望多注意！一切均望保重！人老则每易病而难好，预防为宜。工作进行如何？荼退休已办妥。

荼自三月初旬患炎症，兼旬而愈。而不数日肠腹旧疾复发，病亦不甚，惟久久不能进饮食，至今二月有馀，未能恢复。经研究证明，乃由于患炎症所服西药特别对肠胃为害甚烈，而茱炎症较严重，又服甚久之故。最近服中药渐有好转，本拟续服以求痊愈。而医药困难，最近两次就诊，徒劳往返。又懒于再奔波矣。戏作四绝，另纸录呈，以博一粲，并以求政！诗稿不写上下款者，免为人见注意耳。

千帆事仍无消息，亦只有在乡耐心等待。至于归家，则又需明年矣。即一年一度归来，尚出于去年以来之恩赐也。

奉来书后，以近来久病少食之故，时常头昏晕，心慌跳，目昏眩，神疲力倦，不耐伏案作书，且以为无甚事，不必亟亟，今忽忆及兄问武汉市事，恐人等信，故立即作书，而写来话亦不少也。

武昌、汉口、汉阳三镇为一市，故名武汉市。武昌寄信至汉口或汉阳，皆为本市，四分邮票。茱写信特别写明武昌，而不写武汉者，因其分发信件时可直接而较迅速；写武汉市亦照样收到，惟先至汉口再分发耳。

茱亦顺便再询一事，不忙作答。即上海现在有无如寄上诗稿式样之较好稿纸？所谓较好者，亦即质地较细密不浸水，光滑不滞笔，以及较白净耳。因见上海来信之信封及纸张较此为好，故有此问。至于茱所用之信封，则尚从沙洋带来，始得稍不浸水耳。

嫂夫人近来身体如何？天热家务增多，望节劳多注意！
俪安！

祖茱上
6月7日上午

千帆来信问前寄兄诗，收到未？

致施蛰存书之十三

（1975年）

蛰存尊兄：

前得复书，知兄正忙，故一时不再奉函。昨晚又奉16日手书，及致千帆一纸，当即于今晨转去，勿念！

彼寄兄近作七首，末首尊见极是，我前接读时亦有同感。且次首亦不妥。二篇均比拟不伦。二顷田则为大地主矣。如何而可？六印阴符亦不类也。以为如何？惟兄直言，足见老友之深情高谊！感佩莫名！

千帆退休，尚无下文。观此次情势，似皆一律得退？惟时间问题耳。而棻之退休，本以为无问题，已批准四五月之久者，据大家分析，似尚未批准或未办手续？因六月中由系中动员及办理退休之干部告知，已经批准退休。并急不及待取去四张照片贴退休证。而至今关系未转至街道，工资仍八折，亦未开会及有一切欢送表示。棻以为已退者，乃据两干部及组长六月中所告，及知已办有退休证。工资则因女儿告知工厂传达（或传闻）云现退休一律八折；又以为教师关系近或不转街道，棻并在暗示动员，主动申请时表示关系愿仍在系不转街道，答云无问题。而未有开会欢送等，则以为武大向来对人对事冷淡也。今据此间人分析及兄来函所云，似至少尚未办好手续也。或因前退只我一人，等此次退者同一办理耳。只要已定局，手续快慢任之可也。邻人云：反正在家不上班，管它去！我意亦然。但必需争取退休之名耳。

贱恙屡承关注，甚感！近来可算大有好转？一则饮食（最主要）增进；二则时好时坏，大致多休息及一切得宜，则无腹泻及腹痛之症，惟难一帆风顺耳。如连日完全不做饭菜（吃包子或下面）及无其它劳累；不出外奔波，饮食口味较好而富营养，食量稍多；又多睡多休息，则可无病痛，恢复正常。惟精神体力，仍极差耳。且此种情况，每难持久，时有打扰及生活必需诸事，则往往稍感疲劳（其实也不能算劳累），即又发腹泻腹痛，但立注意休养，又可渐好转耳。惟近来天气渐寒，又易受凉腹痛矣。近数日尚好。（惟腹常阴阴痛，或寒冷之故？）勿劳远念！此间居处生活条件极困难，且愈来愈甚。请走做帮忙，亦绝不可能。往日有一旧识，讲老交情，（出于惜老怜病）以极大之面子来为一周洗衣一次，近两年则去卖冰棒，仍讲大人情，每年十一月至四月仍来洗衣被耳。煤请人买挑，一担另点煤，煤价二元，挑费一元一角，亦人情也。

前连续四五日无病痛，女儿邀往看电影一次，归途经小餐馆，吃面，并买二三菜带回吃数日，以增营养及免买购烧做之劳；而排队、挤轧、站立久等，至一小时多，归途已走不动，回来疲劳万分，次日即腹泻多次，得不偿失矣。幸休息一二日又好。此间熟人每劝增加营养，至餐馆端菜，而以路远懒于往返劳累，今更排队久站，益不胜矣。从此再也不想端菜以增营养矣。不如白水下面，吃之尚不致腹泻腹痛也。近发菜卡，每人三天可买蔬菜半斤，菜亦尚未去买，因路远也。女儿回偶带来蔬菜，近天冷，生熟皆可供数日矣。且食量少，需要不多也。诸蒙关切，故琐琐奉告。

最近闻千帆退休，亦有一诗寄之。录于下请教正！

容易岁云暮，空山日影沉。青春随梦去，白发逐年侵。那得长生药，难为久别心。归来定何日？尊酒共清吟。

俪安！

祖棻拜上
11月19夜

千帆通讯地址：湖北沙洋武大分校五七连养牛班程千帆收

　　昨夜精神不佳，师丹老而善忘。兄前附寄大作二篇，九子石前已蒙寄赐，而今得重读，犹爱不能释手也。此诗极佳，百读不厌。惜新稿装入信封时，过于靠边，以致剪信时不慎剪为两截，怅惋不置！因思此诗既佳，若能得吾兄法书佳笺书写一通，可称二美并矣！望于明春暇日，风和日暖时为之。能事固不受迫促也。如何如何？能有兴否？
　　咏史读之感慨万端！但尚微有何至于此之疑？兄见闻较广，或竟至于此乎？
　　千帆在沙洋，饮食方面较此为好。近为闲季，故得暇吟咏耳。近因荑荪集宋词见怀，曾寄答五律四首，待兄闲我健时，当录奉请教也。近拟体力精神双方完全休息，（惟饮食营养方面，仍感困难，亦当设法改善。）以求于冬季恢复健康，故竭力驱去诗思，（虽未尝深思苦吟，率意为之，终多少用些思想，不如不动天君也。）更便静养。兄言76年将大作诗，当拭目以待！得读佳什，自胜乱吟矣。盼之盼之！

　　兄工作至一月始结束，而十二月份即向街道领工资，且属一年将尽之时，抑何小器乃尔？可笑也。

20日上午又及

隔壁铁路疗养院近将铁门关断，以后寄信不便矣。

致施蛰存书之十四

（1976年）

蛰存兄：

　　前奉手书及大作，环回雒诵，欣佩无已！退休大事，以诗纪之，殊有意义。而当时稽迟未答，近复得大札，知劳悬念，殊歉！近来邮政可得保证，极少遗失；而所居来往信札，尤保绝对安全！此点可释垂注！以后亦可免忧念也！

　　来书云十一月廿日后未有音问。棻似记十一月廿四日至汉口看菊花展览后曾有一书？未知何人记错？记书中言及此事否？

　　近来稍久未奉书者，盖有三因：一则赏菊归来，偶感寒疾，虽属轻微，而缠绵经旬，复引发旧疾，稍愈，又因所买农村白米，系受欺发过水者，煮粥饭粘成块，搅按不松散，病好思食，致不消化，又致肠胃胀闷，不思饮食，最近始稍进食，每日二三餐，每餐一两，偶或稍多矣。（但食后仍胀不舒。）此米丽则及春晓食之，亦均肠胃胀气，不思饮食，初未知耳。二则因兄前书告知虽已退休，但工作须忙至一月底始完。近想必忙于结束，做完了事。故无事暂不以书信相搅。此乃主因。三则一年将尽，家务堆积极多，稍事料理，颇费时间精力。加之千帆事亦悬而未决。故一时未作书耳。前数日接信本拟立复，复以新年放假，小孩在家，亲友往来，终日忙乱，未暇执笔。昨日女儿领幼儿归去，今晨始得安静裁书耳。歉仄之至！

前日得千帆书，知退休已批准。惟户口问题尚未解决，须待办理，归期或略缓耳。知注先告。

退休由子女顶职及工资八折事，此间久知。前者确系中央文件，大会传达执行者。各工厂及某些单位，已实行半年。武大传达执行略迟，年前亦已实现。去年十一月退休二百馀人，即有一百数十人系由子女顶职。惟有两点，不可误会！一则子女必须系上山下乡及社会青年（因病下乡后返家或未能下乡者）无职业者，已有工作者不可调换；二则子女顶职，既非原职，更非原工资；仅在所在单位安排一工作。或能在原部门，亦可在其他部门。如武大中文系资料室职员某退休，其女则因需要可在资料室或中文系（少数）。他校系教授之子女有为炊事员者。工资则照初毕业资历待遇。如营业员，其父四十九元，女顶替则照初来时十八元计。工厂老师傅五六级者，其子女亦以一级工计。工资八折，未确知是否中央文件？早闻如此，谓系规定。工厂均然。武大则七八折不等。闻外人言，系照工作年龄计算，如年龄长而中间未间断，解放时在职者，可以八折，作为特殊贡献栏加一折。菜中因开刀间断，又系初解放时，故仅能七折。千帆虽可八折，但系犯错误身份，恐不便添入特殊贡献栏，最多七折耳。

女词人丁宁，抗战时曾闻其名，未能相识，不知今尚安健否？在何单位工作？想亦属老人矣？

近虽久未能进食及少食，精神体力似较前稍胜，或服蜂乳及打B1、B12针之效。但打针奔波过劳，数针后亦不拟续打；惟蜂乳拟服一冬耳。但稍好后家务栗六，又殊劳累（则仍腹痛泻）；盖自春久病，一切堆积过多，似觉愈做愈多，无法做完或告一段落。此意惟嫂夫人能知之耳。女儿工厂去年至今任务特忙，又为婴儿所累，蛰更如失左右手。此处因所居偏僻，亦不能有临时帮忙之人也。

（饮食稍好，新年供应，合家有排骨二斤，鱼二斤。惟蔬菜全无，幸儿辈在郊区得萝卜数斤［二角一斤］耳。商店副食品全无，酱油亦无。水果糖限每人二角。今年更差矣。上海当不至此？）

学校工作已完成未？现已进入76年，乃兄大做诗之年，不知已开始否？大作盼随时赐示为盼！蛰最近未再吟咏矣。

专复即颂

俪安！

祖蛰敬上

1976年一月八日

近来运动渐紧，幸吾辈已退矣。

致施蛰存书之十五

（1976年）

蛰存兄：

16日76年一号信，18日亦即收到。知兄将信编号，甚喜且感！料今后必将多赐书也。

十年来信件极少遗失，虽"文化大革命"中亦然。惟前年失落寄北京一信，今为第二次，甚觉诧怪！

近多服蜂乳确有好处，今后当照兄及一相熟医生之劝告，常服（本仅冬服二三盒）。打针本为两腿神经风湿痛，而打后觉精神胃口均有好转，而面色亦转红润。去年如此，今仅打数针，已见小效如前，但到卫生科翻山奔波太劳累，往往一暴十寒。医生又不肯将针给病人带回请熟人打。以后或自费买针，前医药部门亦买不到，今闻已有矣。如兄一年打60—80针，棻对之不胜羡慕！蜂乳以无锡苏州出品为胜。棻所服乃如针药之玻瓶，一盒廿四管，近减价为三元六角。此间常有。惟热天则缺货，有本省他县出品。

得读陈诗甚喜，千帆见之，当更甚也？

最近得千帆来信，云已请假获批准，拟于22日返，不知果能成行否？如返，稍事休息后，当有书寄兄也。

丁君孑然一身，是孀居无子女？抑独身未婚？图书馆任何职位？才人飘零，可念也！然有兄为之写录，亦足慰矣！其在图书馆工作，经兄说及，忆及旧亦曾闻也。拟抄赐一份极感！

赏菊曾有劣诗，归来得寒疾亦有诗，均不值一观。近忙于杂务，亦懒抄录。

一冬晴暖，今日大雪转寒。近来天气，似各地一律，上海当亦不例外也。得信无事即复者，一因响应兄之编号；二因即近春节，年前更奉一书，思于春节得二号信，以为新春乐事也。祝春节阖府欢乐健康！

祖棻上
1月20日 76/1号（效颦）

76诗年，已开始否？

致施蛰存书之十六

（1976年）

蛰存兄：

　　三月十八日（76/4）手书拜读，蒙详示一切，极为喜慰！因兄谅吾等病懒，令勿急于作复，遂亦以懒搁置。兄言作书之勤惰与心情有关，诚其一因。然吾辈得闲居优游，因当知足常乐；于此知息交绝游、遗世忘情之难。闲堂言，兄犹有碑可玩，聊胜于吾侪。然耶非耶？一春以还，几乎无日不在风雨阴寒中，日处斗室，不能出游，殊为闷闷。且拟废吟咏，亦少观书，益觉无聊。惟偶一弄孙为乐耳。

　　沪上想已春暖花开，正龙华赏花时矣。恐或无游兴。菜等本拟来宁沪春游，已不克如愿。不知今年何时始能东下？一切情况不断变化，做到才能算数，以为然否？此次如来上海，兄已退休在家无事，当住江苏路与兄多来往畅叙。可惜现在上海已无茶馆及咖啡室，不能久坐清谈。

　　菜自闲堂返后，为料理家务，得日出就医打针。看中医须极早挂号，又须久等，极费时间；打针则须每日奔波。而不辞翻山行远，每日风雨无阻，坚持一月之久者；一来趁闲堂在家，疲极归来，既无烟销火灭之虑；且有现成茶饭；回家即可休息饮食。

二来登山走远，藉此锻炼身体。在家既少炊事之劳，复得心闲之乐，差近休养之实。近多服中、西药后，胃口已开，复得闲堂注意饮食营养，身体精神渐较前转好。而打针后复面色大好，见者皆以为病去身健。而根据经验，针停则红褪。古人云："儿童误喜朱颜在，一笑那知是酒红。"此则药红耳。最近医药打针暂停（共打二十针）。暂作早操。惟医药以来，仍经常腹泻及时胸腹胀闷耳。稍能进食大好。此间谚云："人是铁，饭是钢"诚然。棻自觉确已稍胖，但尚未能为人公认耳。知注特详告。请勿远念！

闲堂去冬今春以来，脚亦较前大好，想所乐闻。惟食量大减，身体精神则较前衰弱矣。

近得北京退休友人书，谓已久不学习，亦自不知其详。不知兄仍在里弄学习否？棻则由小组长自动代为请病假，因棻多病及闲堂伤脚故也。故乐得暂时不去，以后再说。

近来学习复忙，不知沪校如何？街道平静否？

闲堂以探亲假返度春节，其后又以棻病续假，亦将期满，而户口仍杳无消息。虽有家庭关系在武汉者准许迁回，而又必待一切手续全部办好，集体迁送回武汉，则恐假满仍须重返沙洋，为日亦不多矣。

夏初如兄嫂游宁，棻等亦能来宁同游，其乐何如！南京以前灵谷寺、明孝陵、玄武湖、莫愁湖、雨花台均足游览，解放后修葺更好。惟闻明孝陵已破旧矣。中山陵则登高而已，无甚胜景。大桥壮观，亦须一游。燕子矶极佳，惟较远耳。棻建议兄嫂如至南京，更不妨至镇江、扬州一游，亦便。既与止置有约，即可小住，并邀其作响导也。至于公共汽车亦甚便，记得有车至中山陵，在新街口乘车，路数则不记矣。玄武、莫愁二湖，亦有汽车可达。

致施蛰存书之十六　197

至于鸡鸣寺、扫叶楼则已成禁地矣。所知仅此大概，不能为拟计划也。一切可问止畺。兄既年老退休，当多至各地游览，以娱老怀。亦可去苏杭。不知北京去过否？近身体及情怀何似？殊念！

奔星兄仍在徐州师范学院，闻病转好，去岁尚因公至南京，与旧友酒会。菜等前因其病重，不欲多所烦扰，故未通信。近则懒于重检旧事，握管迟迟，不思作书矣。

雨夜灯下，书此聊当晤谈。甚盼能早日相见也。信箱望能设法保障信件！

俪安！

祖菜上
四月十日夜
闲堂腰扭痛，精神疲倦，不另。

致施蛰存书之十七

（1976年）

蛰存兄：

　　5号信收到。到时闲堂已去沙洋。户口既未办好，退休又不能回家。工作既已交代，而又必须留沙洋。家人有病，亦不准请假。申请续假，云须证明；证明既寄，或未完全合要求；准许与否，又不置答，而径扣工资不发。经济事小，但即表示犯规示惩之意，故不得不匆匆而去。到后告云不准请假。另给住屋，另派轻微劳动工作。近闻户口迁回武汉有困难，而人又不能先回，则又唯有久留沙洋矣。记得以前见过一集联云："佛云：不可说，不可说。子曰：如之何，如之何。"不知兄曾见过及记得否？容或记忆有小错之处？

　　三周以来，前二周胸腹胀气饱闷，完全不能进饮食。近一周稍能进食，量少而不能沾油荤，而又复大泻，近三数日尤甚，疲惫不堪，茶水饮食，料理为难，多休息稍胜，故更不思爬山走远，来去看病，况又不能见效。适闲堂又去，诸多困难不便，殊非孤寂二字所可尽也。

　　百咏收到，暇时讽诵，足慰岑寂；惜于碑帖无所知，示以大作，不免有对牛弹琴之感矣。一笑。闲堂不归，东游延搁，不胜怅怅！

  百咏当什袭珍藏，不轻示人。蒙以第一册相赠尤感！油印本如此佳胜者不多见。身疲神倦，心绪恶劣，不多及。祝日祺！嫂夫人早日安健！

祖菜上
5月6日

致施蛰存书之十八

（1976年）

蛰存尊兄：

自接国庆节来信后，不觉月馀。因兄云：先复此信，容后再谈，故拟待兄再来信，一时未去信，久不通问，未知近况何似？身体安康否？天气骤寒，诸维珍卫！腿疾更宜注意！嫂夫人想早返家，健康何如？亦在念中！兄前忙于家务，今当稍暇。近来国多大事，不知街道开会学习亦较忙否？

兄中秋未能赏月，并只吃到一个椰蓉月饼，以后只有豆沙月饼。此间今年凭票亦买不到月饼，而豆沙月饼，则向来极难买到也。幸丽则寄来八个，多年未吃此好月饼矣。

今年国庆加一斤肉（本来月份一斤，四人共八斤），鱼半斤。（尚有蛋，蔬菜增多，）另外买到两个瘦小鸭子，亦忙了一阵，小妹、女儿两家来，尚够大吃二三顿。

前示及拙作〔薄幸〕之四平声句，偶与千帆记忆诵得方回名作，知不误。"罗带轻分"之误，所示极是！此盖棠自学词时起，即误解，"销魂当此际"，则解为分别，取《江赋》"黯然销魂者，唯别而已矣"之意，罗带香囊为赠别留念之物，以"轻分"为轻别，其误殊甚，可笑也。此误直至经兄指出，并与千帆研究后始知。他处尚有误用者，必需改正。真贻笑大方也。至感！至感！

千帆户口问题，尚未解决，但已经领导批准其长期病假，八折工资，在家静候矣。此为德政，足以奉告。惟年来身体精神，大为衰退，而实由于饮食大减之故。近偶患寒疾，兼发胃病，医药又复不便，饮食亦难适合，虽均轻微，亦不易速愈也。菜病则颇有起色，体力精神，较前差胜，则由于稍进饮食之故。如能一冬加餐饭、增营养，或易康复。但一切条件差，甚难做到耳。知注特告。

千帆前代人询购之书，能否购得？望示知便告其人，即购得一种亦好。友人所需白集，彼已购得，可不必再代买矣。如已代购，亦不妨。

近来上海游行集会，想大热闹，不知市面繁荣，物资供应，有所好转否？此间蔬菜供应，稍有好转；橱中饼点，亦已有劣货供应，不似前之空橱。惟此类点心，虽两岁多之女孙，亦不欲食之也。丽则自上海带回之饼干，则彼喜食，并言我要吃好饼干，要吃高级的等等，即菜与千帆亦觉久未吃此等好饼干矣。实则亦七角多一斤之普通牛奶饼干耳。

菜等近来生活为日忙三餐，夜图一宿，其无聊可想。人生至此，有何意义？既乏善状，亦无好怀，只能用外交辞令："无可奉告"了之耳。

遵命中秋作诗一首，并近作数章，另纸录呈，务请指正批评！

宁沪诸友近来殊少通问。大事既多，忙劳可想，故不欲无事相扰。吾辈退休之人，幸得偷闲耳。

近时所居附近，桥边堤下，每日有上百人来此钓螃蟹，青年眼明手快，所获不少，中老年则偶得一二耳。吾等无此兴致，亦少耐心。且湖风殊凉，水寒石冷，非所能堪，但羡人钓得大蟹耳。句中"羡渔竿"，盖实有所指，非泛言也。

一年又将尽，兄所谓大做诗之年，亦需稍为点缀！如何？孤寂中以得读佳作为快。

寒窗无俚，灯下拉杂书此，以当对面闲话。此颂

俪安！

祖棻上
11月10日夜
千帆附候，以小病慵懒不另作书。

致施蛰存书之十九

（1977年）

蛰存尊兄：

奉函欣慰，读陆君词卷，知亦系伯沆[1]、瞿安二师门下，故词作、书法之妙如此，不胜钦佩！蒙兄代求，得以暇日拜读展玩，诚乐事也。兄所交多词人、书家，往来自多兴致。可羡也。以兄年岁及成名之早，于吾等当为前辈，然如此则不免拘束，因本十年以长，则兄事之之义，同辈相处，期更能随便亲近耳。

多与青年往返，今昔不同，言谈必须慎之又慎！不能相对默然，则又以少来往为宜。嫂嫂之言，诚有见也！叨在相知，故直言如此。

周君处蒙转致谢忱，甚感！惟未能专函致意，终觉歉然！拟待明春来沪时专诚拜访，以补吾过。兄以为如何？

承周君同乡某公，推许拙作，竟不辞复写之劳，分赠友好，厚意盛情，能无知音之感？惟拙作既不值如此，而文字贾祸，殷鉴不远，虽旧作不涉时事，但牵强附会之风盛行，仍不宜多所流

---

1 王伯沆，名瀣，一字伯谦，号酸斋、无想居士，晚年自号冬饮。曾执教于南京高等师范学校、金陵女子大学、中央大学等院校。

传也。前武大刘弘度丈精于词，曾拟印行旧稿未成，而运动中竟因此一案，牵连多人，皆长被批斗，至刘死而犹未已。可畏也。幸棻自来武大，未尝以词示人（除刘公外），有问者，辄以旧稿无存，今已不作为言，幸无此方面错失。而旧作小说及新诗，为人所知，即为此受累不少。（且今年老体衰，已禁受不起矣。）前事之不忘，后事之师也。虽今非昔比，一切总以谨慎为宜！此必嫂嫂所同意也。

抄呈打油诗四章，以为笑乐。千帆别有书、诗，不多述。近来俗务大忙，又天寒手僵，虽欲长谈，亦不耐也。专复即颂

俪祺！

祖棻匆上
1月21日

此间近日更全无蔬菜，对冰冻黄芽菜艳羡不置。

程千帆旁注：

今后当称兄为健庵，以表尊重关汉卿不伏老之意，于意云何？

与维钊先生书时，希先致谢，稍暇要专写信以表微忱。山谷诗实在不贵，好极好极。嫂夫人所见极高，兄慎勿轻视老婆禅也。

致施蛰存书之二十

（1977年）

蛰存尊兄：

久未奉来书，时切远念。尤以天气寒燠不时，深恐贵体违和耳。得信知大嫂患感冒，反复迁延，卧床多日，亦老年人常有之现象也。大概过节多劳，加之风寒外感，老人受病，最易反复。菜等每有感冒，亦必迁延反复，难于速愈也。未知近日已痊愈否？尚望多注意休息保重，以免反复为盼！

今年新年春节，均极欢乐，为多年所未有。盖新年舍侄来访，春节老友驾临，各小住数日，共度佳节，且均三十年未见矣。亦人生难得之乐事也。

两书示知各种新闻，足破岑寂，殊为欣感！菜等闭门不出，息交绝游，颇有与世隔绝之感。轶事逸闻，无从知悉。

兄处多青年来往请益，可破寂聊。培养青年，原为老年乐事。惟恐事与愿违，仍须出以审慎。青年爱好诗词，向来如此。即在"文化革命"中，以及作法家注释时，仍有青年愿学求教，悉坚拒之，心中亦殊感不安。但尤其在当时武大情况下，于人于己，皆有害无益，不得不慎之又慎也。

书画诗词文物近似稍注意及此。然一松一紧，一张一弛，亦向来如此。但菜意认为现在一切，总要看总方向、大方向，枝节及具体部分，时稍松紧，无关大体。古典诗词，必须批判继承；青年必须引导其向前看，不可向后看，旧诗老人可偶而自作，但青年不可作；四旧必须批判，不可复旧等等大关键处，必须时刻在心，不可忘记。愈是松时，情形似转好，尤须切记勿忘。菜每以紧时为当然，松时则一时例外，更须安分守己，以免忘其所以。友人每以前事之不忘，后事之师也相戒；旧日学生亦皆以老年不问世事，安度晚年，老年更受不起风浪为劝。因之益加谨慎。当今日情势似好之时，尤其望兄勿以拙作示人，并请于便中致意周君及杨君，并转告杨君诸友为幸为盼！至于诸青年前，更望勿偶及贱名也。兄当笑其过于小心及迂阔矣。琐屑奉读，尚祈谅之为感！或亦妇女之见耳。

春节过后，千帆亦以疲累及受风寒，感冒咳嗽，至今未愈。菜亦发旧恙，幸尚轻微，但亦至今未痊愈也。本拟奉书候起居，迟迟未作，亦以此也。近来乍暖还寒，更难将息，惟仍多保暖耳。

菜等初步决定于四月中、下旬来宁沪小住，届时可得良晤畅谈，乐何如之!？专复即颂

俪安！

嫂夫人多加珍卫为祷！

祖菜上
3月14日

致施蛰存书之二十一

（1977年）

蛰存尊兄：

奉来书已二旬，未早复为歉！盖因二人皆在病忙之中，（为黄荪寄来师大词选提意见及行前各事准备、安排，）以致稽迟。本拟待稍闲健，再作长篇笔谈，而不料愈来愈甚。一周来竟至更不能进饮食，又如前年去年春夏情况，初尚吃一碗稀粥或半个面包，几片饼干，牛奶可可一杯，最近三四天，则全天仅能吃面包一二片，或饼二三片而已，连饮料亦吃不进。即如昨日一日，（两顿）只强吃了小半个面包。今早起连一杯葡萄糖水亦吃不进。故日来人更疲软。千帆近则忙于办理迁移户口，手续繁多，相距遥远，连日骑车奔走，连饭亦不及回家吃，傍晚归来疲累已极。吾等时时念及作报，（尤念嫂嫂病体，今当大愈矣。）而迟迟未果。今恐兄嫂盼望已久，努力作此函以告行期，以便兄嫂放心并作准备也。

自奉兄3月19日书，即阖家商量安排，行期自四月十一日移至四月廿五日动身到南京，以便等兄嫂五一节后来宁同游。（黄荪亦拟来会，惟不知工作能安排凑巧否？）嫂嫂能来极所欣盼！能有一年轻人同来最为需要！望即决定同来为便！兄嫂到南京极便，但亦三年而后成行，可知老年人出门不易，今且得作伴同游，尤增兴趣。孙望兄既有旧约，闻之必更欣喜。不知兄有函相告未？惟吾等此次因无人守屋，几至不能成行。现设法由吾二老携带外孙女早早同行，以便丽则跑月票回家看门。扶老携幼，出行亦殊多麻烦也。

　　虽病日加甚，而行期不改。因此会难得。以后出行尤难，故决抓紧当前时机，与老友欢聚畅游也。（多活动谈笑，心情高兴愉快，或反易好。美馔又可引起胃口。）惟吾二人均脚力不健（帆足曾伤断，棻两腿风湿神经痛多年），同游或妨清兴。闻丽则言，施伯伯腰脚殊健也。盼即来信告确期！（近信件甚慢，舍侄四日信至十二日始接到）祝

俪安！

祖棻上
四月十四日上午

　　如于棻等行后有信，寄南京天竺路二号孙望可也。

致施蛰存书之二十二

（1977年）

蛰存尊兄：

两奉手书，屡欲作复，迟迟未就，盖白昼出外，夜归桌背灯光，不能作书也。

前知兄将来宁，正拟让舍以居，又示以已有住处，并与令媳同来，则一室亦不够住。惟静待驾临，疑天雨延迟，而不知情况变化，仍未能来。怅怅何如！幸到沪后犹得欢晤畅叙，惟望令郎令媳清恙早愈，兄嫂得宽心晤谈也。

兄叹缘悭，棻等亦运气不佳。自到南京起，十日中惟一日半晴及多云，其馀皆雨，且多中大雨，未能出游，惟终日在止疍及他友家畅叙闲谈，遇彼等有事，则枯坐而已。第十一日始放晴，而次日复雨，其后多沉阴或微雨，抓紧时间，始得一游玄武湖，牡丹已谢，月季甚多，惜亦为雨打而憔悴矣。复得于晴日于白鹭洲漫游茗话一次，尚为欢畅闲适耳。餐馆亦菜少而劣，市场蔬菜紧张，副食品、用品亦缺，惟已大胜于武汉而已。

黄荪来此同游一周而返，幸多阴、晴而少雨，彼除上二处外，复独游雨花台，与他友游中山陵，兴致极佳。

棻等既困于雨，复仅带春夏衣，而寒冷如冬，幸止疍夫妇之衣，恰合菜等二人之身材，借衣着至今。又为小孩借得棉袄一件，足以御寒，尚不致冻病耳。

此次携带三岁女孩，未便远游多出，而近周忽又患病，复须日至医院看病打针，更以为苦。幸医院来去车便，又秩次好，工作效力高，尚不太费事耳。

圭璋兄近病衰殊甚，见客为难，亦未便多谈也。闻段君亦年高多病，惟精神尚佳。此次尚未会见。止罿兄虽向病弱，近尚安好，惟编讲义及开会极忙耳。专复即颂

俪安！

止罿兄、千帆均此致意不另

祖棻上

五月20日于止罿家

地图已为购得，笔阁无处买，文物古旧商店只收不售。

致吴白匋书

（1973年）

白匋兄：

多年未得消息，无从探询。以前尊址已不记，亦无从转问，时时极以为念！近年沪宁友人，取得联系，转辗探问，亦久久不能得兄近来详细状况与地址，近惟闻曾至胡师母处，料仍在南京安健如常，殊以为慰！日昨得宁友书，转辗得知兄近在博物馆，但不常去。见书欣慰万分，不可言喻。盖旧日师友，凋零星散，能联系者无多，老年心情，益觉少年交谊之不可多得，倍足珍惜也。诸老友同有此感，想兄亦然也。

近日虽各病均作，忙于看病打针，并须至医院检查，甚为疲困。但急欲与兄取得联系，仍先写此信寄上。因兄既不常至馆，恐信件久置失落，不知能达左右否？故别后情况，不多叙。如兄能见此信，望即赐复，详告别后一切，并府上地址，便以后通问，当再详叙也。

吾等近年一切尚安好。惟会昌前冬脚被牛车压断，幸及时治疗得法，尚可扶杖缓步短距离，亦未甚畸形，惟因年老无生长力，不能恢复，并留有后遗症耳。现在家休息。菜则亦从前秋以来衰弱多病，于今益甚耳。年来仍在原教研室工作，亦在家编写教材时多，不常到系也。

菶荪安好如常，亦以兄为念。兄至胡师母处消息，即彼所告，闻来自圭璋兄，立即致函圭璋兄询问，但又除此无所知，不知兄之地址。

近与衡如师取得联系，师极以兄为念，欲悉近况，亦无从也。云只知兄前在文化部学习，又不知在何地何时，近况何似也。

孙望兄因暂不与外人通问，故又无从函询也。

女儿丽则已于70年毕业后即入工厂工作，去年已与同厂工人结婚。幸在近郊，假日回家。先此奉告，馀容后叙。专此即颂双好！阖府安吉！

祖棻上
73.4.13.

衡如师地址：北京北京大学十公寓208号
章菶荪兄地址：上海桂林路师范大学分部3舍10号

致吴白匋、柳定生书

（1974年）

　　凉风天末至，江上首重回。驿远书难寄，山深客不来。渐看桐叶落，见说菊花开。安得同门友，持螯共举杯。

　　今秋武汉忽有蟹可食，想建业或未必能得？惜不与诸老友共之。因成小诗；不惭鄙词，用写离思云尔。录呈
　　　白匋兄
　　　定生姊
　　　正之！
　　若以诗论，固不值方家一哂也。

　　定生老友眠食安否？骨伤想已愈？头风未作否？远念为劳，诸维珍卫！
　　白匋兄教学忙劳何似？牙齿想早装好，可供大嚼否耶？一笑。
　　棻近来安好无病，而精神日疲，身体日瘦；最近儿孙多病，亦不免碌碌也。
　　闲堂仍在沙洋，天寒手足病痛为苦。
　　诚忘兄想安健如常？任老师身体如何？均在念中！南师诸友

常晤否？便中乞代致意！祝
健康愉快！

祖棻上

74.12.1日

致萧印唐书之一

（1975年）

印唐兄：

　　多年不通音问，系念之忱，彼此同之。每忆旧游，为之惆怅！七二年来，旧友均重通音信，棻曾奉函重庆电力学校，以无此人被退回，当时惊疑忧念不已！惟以兄或他调以自慰。黄荪兄及学生王淡芳闻之，亦为忧念！七三年夏重游宁沪，探问兄况，知已退休，大慰下怀！惟以不知尊址为恨！而念念于心，未尝或忘，思得一通音问。前闻黄荪言，王沛然尚笏或知兄址？但棻又素未与彼等通信，亦不详其地址。一周前曾函黄荪，嘱其设法一探兄址，思在生前一通音信，以慰平生，勿令遗憾也。前日得回信，云亦正想与兄及石斋介眉[1]一通音问，当去函王君一询也。如此函得达尊前，望兄致函黄荪，以慰其远念。若早知兄在成都，与君惠往还，则通信久矣。王淡芳最近来信，犹以兄为念。彼现在成都天回镇成都红旗拖拉机厂第二生活区子弟学校，兄返成都，可

1　游寿，字介眉，福建霞浦人，中央大学中文系、金陵大学国学特别研究班毕业，哈尔滨师范学院历史系教授。陈士诚妻。

令侄辈去函约其来兄处一叙，因其时时念及兄也。自置介眉亦甚念兄。彼二人亦多病。

荼自为庸医所误，多年来疾病缠绵，幸尚能勉力工作。而最近二三年更复衰病侵寻，则由年老故也。（已病休近二年，不到系，兄信幸邮递员知而直投寓所，否则不知耽搁多久矣。）最近又复旧病复发，而较前稍甚，一周来未进粥饭面条等主食少许，初三四日尚可食面包或蛋糕一、半个，牛奶可可等一小碗，而近二三日则流质亦不能进，一日只吃饼干数片或蛋糕半块。故近二日觉头晕眼花，手战腿软，则非病状，由于不食之故。昨晚似略好，能食面包半个，今午则饮麦乳精一碗。而傍晚忽奉兄函，大出意外，岂止空谷跫音，实是喜从天降也！乐何如之！顿觉宿疾若失，陈琳之檄，枚乘之发，不过是也。胸腹胀气消散，晚餐能进半个面包及炖蛋半碗矣。食后亦无不适。信乎精神影响物质之力，殊非细小也。因进饮食后，尚能有力作书，然亦疲软甚矣。故暂不多叙，待康复后，当与兄作长谈也。

千帆仍返乡校劳动，其脚腿不幸为车压断，虽接骨已愈，但未全复，且留有后遗症。人亦衰老，久已满头白发如雪矣。彼已无他望，惟苦念旧友，思得一晤耳。于兄尤念！一二日病疲稍可，当即以兄函转寄，彼当大喜也。据云待分配工作，但不知在何时，且因伤脚，有些工作亦不能做，思能退为佳耳。荼则正在办理退休手续，以病尚未能填表上交也。

兄动脉硬化，是否心脏毛病，望加紧治疗，以求康复，聊娱晚年。能与君惠孝章同来，则平生之愿足矣。

一女丽则，已婚生女，住工厂，千帆久在乡，荼一人独居，

且地段荒僻偏远,生活殊不便也。专复即颂
病愈!

老友祖莱上
75.4.4夜

致萧印唐书之二

（1975年）

印塘兄：

　　来信收到。兄手战眼昏，犹勉作书相寄，故人情重，亦可知矣。前书已转千帆，昨得复函，云欲作书寄兄，别久话多，不知从何说起？故仅作诗一首，今为寄上。棻亦有同感。前书匆匆，不能尽意。欲详叙别后情况，亦不知从何说起？且旧事重提，令人不快。而久病初愈，亦无精力作长函也。乃亦效千帆，作诗代柬。另纸录呈乞正！因得君惠兄书，谓兄近将去成都小住，匆匆不及点定，草草寄呈，不免贻笑方家也。

　　兄病就医后有所好转否？极念！此病须静养，旅途奔波，亦非所宜。往返望令侄女辈接送为妥！复君惠信中，曾略述及旧友及帆棻近况，并嘱其留待兄去时一阅。

　　贱恙已基本好转，近已加餐，惟尚未能如常耳。饮食寒暖，必须益加注意。勿劳远念！

　　春风多厉，春雨连绵，寒湿中人，望加意珍卫为宜！棻近年除旧疾之外，复患两腿风湿神经痛，前亦恃杖而行。去年冬暖好转，已去杖矣。千帆腿骨被牛车压断，大体治愈。不记前函已告否？匆上即祝早日痊愈!

老友祖棻上
4月17日

得印塘书却寄[1]

十年消息总茫然,远信惊疑雁不传。漫说百书输一面,一书犹望及生前!

缄札真从天外来,卅年襟抱一时开。少年同学今多在,还望东来共酒杯!

重逢尊酒论文初,却念巴渝赋索居。多少故人齐引领,白门黄浦望君书!

黄垆故侣骨成尘,楚客招魂独怆神。挥涕欲吟思旧赋,解吹邻笛已无人。

一时旧好几人存,难遣巫咸叩帝阍。愁绝思君更西望,巴山犹有未归魂。

秦淮诗酒意飞扬,楚蜀流离未足伤。一别成都经岁月,故应销尽旧时狂。

---

1 参见《涉江诗稿》卷三。"一时旧好"首未收入,诗稿第十首此处未见。

朋侪秉性异温严，侠骨柔情君独兼。老去江湖求药物，空馀草圣闭尘奁。

别君哀乐近中年，少作铅华不自怜。欲说人间桑海事，白头犹自隔山川。

眼昏手战难书字，拂纸灯前奈病何。自会临池无限意，不须惆怅墨无多。

当年青鬓早成丝，老病销沉百不宜。惭愧旧交相问讯，江郎才尽已多时。

致萧印唐书之三

（1975年）

湖畔杂咏[1]

湖桥凝望思茫茫，懒向汀洲更采香。春尽花飞流水远，石阑空自倚斜阳。

儿女渔舟桨自操，浅滩新涨水痕高。闭门几日潇潇雨，开遍沿堤夹竹桃。

三两行人静不哗，最怜春晓趁朝霞。小车转毂推孙女，解指堤边索野花。

飘飘衣袂拂凉飔，独步长桥有所思。日落不辞归去晚，听风听水立移时。

千帆来书有四十年文章知己、患难夫妻，未能共度晚年之叹，感赋此章

合卺苍黄值乱离，经筵徙转遇明时。廿年分受流人谤，八口

---

1 参见《涉江诗稿》卷三《湖桥》三首，无"飘飘衣袂"一首。

曾为巧妇炊。历尽新婚垂老别，未成白首碧山期。文章知己虽堪许，患难夫妻自可悲。

得翔如书，谓独居乡僻日久，近因病弱不胜担水之劳，仅以小桶汲取少许，以供炊濯，百计节用，恐习久移性，将成鄙吝之徒云。读之感叹！既伤君遇，行复自念：余长期闭门独处，无人共语，果如君言，日久成习，其将为喑哑之人乎？因赋此章，以示翔如，并寄千帆及诸故人

穷乡书一纸，展处感偏深。相吊灯前影，独行湖畔吟。未愁无与语，却恐久成喑。远札千回读，忘言契素心。

山居近事，赋寄故人[1]

云树烟波路几层，远书清梦两无凭。五风十雨三春病，万木千山一点灯。独恨难追锦囊句，未惭相问玉壶冰。明时倚席沾馀禄，早退恩荣已不胜。

黄卷青毡旧业荒，闲居逸兴未能长。奔洪暴雨侵茅屋，朗月清风隔粉墙。岂敢衰年怯幽独，但馀孤咏立苍茫。故人莫问新来病，那有当归入药方？

一春犹自步欹斜，连日匡床掩帐纱。不惜投闲消岁月，那堪抱病作生涯。东游期在舟难买，北国书来饭可加。却忆故园风味好，并刀如水破冰瓜。

---

1 参见《涉江诗稿》卷三《近事寄友》二首，后二首、小记未收。

诗札堆床懒未酬，明窗笔砚暂时收。纵铺冰簟难成梦，欲近银灯且待秋。百犬吠声花影动，千蚊成市艾烟愁。朱门空锁闲风月，面对高墙类楚囚。

居处四邻稀少，皆早睡。余独爱遥夜灯窗把卷。

屋后高山深林，每遇暴雨，山洪奔泻，时有泛滥之患。

旧屋两间，面山对湖，日出星沉，当窗可见。夏夜屋外纳凉，则明月高照，清风徐来。近邻忽扩围墙，更起朱楼，湖山风月，悉被遮断。而建楼亦不成。

印塘兄方家教正！

祖棻呈稿
75. 8. 7.

致萧印唐书之四

(1975年)

印塘兄：

奉前书，欣喜之馀，即复一书，因欲呈良方，已兄痼疾，匆匆未及其他。且精神疲倦，草草结束。信发后又思及有数事须与兄先期接洽者，以行期尚远，故未即再奉书，仅将兄书转与千帆，彼谓已复兄函。今晚复得手书，敬悉一切。思及会面在即，喜极翻疑梦寐。因成小诗三章，聊以志喜，不尽所怀。昔有印章，刻前人句："言情不尽恨无才！"往日填词每用之。今亦然也。另纸录呈教正！

所谓数事须先接洽者：即兄嫂年老多病，且脚腿不便；而吾等居处又颇难找。如携带行李物件，更属困难。故思请兄嫂确定行期后，即写信告知确期：何日何时趁何船到汉，并附兄近照一张，当令女儿女婿到江边码头相接，并由彼等将行李物件等送至附近舍妹妹婿家，以免携带麻烦，行时又可方便。然后由彼等陪同照料（武汉谓乘公共汽车为练杂技，非宁、沪之比也）至舍间。本当亲自迎接，因近来多病，益形衰弱，冬日殊不胜江风也。兄自能谅之！虽如此。因荣笃信情况是不断变化的之说，恐彼等或因工厂春节前赶任务，请假不准？或兄因船票难买，临时行期有变动？或天变雨雪？或人有小病痛等等，为防万一，菜将住处绘一详细路图，以便按图寻找不误。惟今晚人已甚疲，复时晏寒重，不耐久坐，待他日再画好奉寄。如千帆能早归而身体腿脚尚好，菜复病愈恢复健康，则由吾等来接，一切更不成问题矣。总之望兄早定行期，来信相告，并附照片为要！不可怕吾等及儿辈麻烦，不要相接。须知吾等并不麻烦。兄嫂如无人接，则麻烦甚大矣！至交讲实际，不讲客气！小女所要竹篮是圆形的。口同嗜豆豉已无，不知有其他普通干豆豉否？如有，亦望带少许！
俪安！

祖菜上
12月16日夜十时半

得印塘书，谓将东游，约过汉相访，喜赋三首

开札浑疑梦，欢怀寝更兴。论文寒夜酒，话旧雨窗灯。惟望成行定，还期除病能。老翁归有日，下榻待良朋。

十载音书绝，卅年离别馀。行程真可计，后约竟非虚。梦绕梅开日，情温雪霁初。翻愁居远市，供给少盘蔬。

登临多胜境，云树映山光。唤棹湖当户，行沽酒满觞。惟愁衰老日，难续少年狂。一面生前见，犹过书百行。

致萧印唐书之五

（1976年）

印塘兄：

　　数日前奉读惠诗，感谢欣慰之至！未知兄及贤侄、侄孙女均已痊愈未？极念！

　　前时久晴暖，今又大雪转寒。望多保重！嫂嫂以前亦体弱多病，不知老来转健否？儿女家务，想见劳苦。亦望能节劳保健也！

　　兄嫂待春暖东下为宜。最好能在春夏之间，盖宁沪友人，近年极忙！迄无少暇。惟暑假略有一二周能抽暇相聚。故如兄于春末去南京小住，好在至亲方便，可过暑假再返川，退休无事，不妨多盘桓也。届时帆菜亦当同时或先后去宁沪小住。介眉言如旧友聚金陵叙旧，彼暑中亦可南游也。菓荪久极念兄，兄可至沪一游相会，亦可约其至南京相晤。彼亦极忙，惟暑假或空耳？

　　兄迟来甚巧！千帆至今未能返家，至最近始请假获批准，将于二三日内返汉。

　　菜近来连续就医服药，并因腿疾打VB1、B12针，一切均稍见好转，尤其体力精神面色均较前为好。现仍服中药及打针，春节或望好转？请勿远念！

诸友均老而多病，亦自然之理。惟白翁身体为健。黄苏孟伦虽亦有病症，而健好过人。孟伦因编《商君书》各地奔跑征询意见，开会讨论，前在胶东开会，且脱袜卷裤，横渡数十丈阔之大河急流，真可谓老当益壮矣。

　　复有一事相询，前年在长江轮中，见出川旅客各带藤椅甚多，云川中易购得，价亦便宜。闻近稍涨价（原六七元，近或需十元），不知仍易买得否？又兄嫂上船有侄辈相伴否？如易买而有青年相送照料，不要老人费事，则棻拟托买一张可靠背之圈圆藤椅。此间近年虽高价亦不可得。家中仅一旧椅，如能再有一张，则千帆归来，免得争座位矣。如能买而便，则请来信告知，当汇款托买。吾等情谊如兄弟姊妹，原不必斤斤于此。但兄早退休，家累又重，且旅行多费用，故必需汇款托购也。但一切仍以不费事为主，万不可勉强费事为要！！棻乃思趁便，亦非绝对必需也！惟兄嫂斟酌后来信告知为盼！

　　将近春节，久病家务堆积，须稍事料理，馀不多及。此颂

俪安！

侄辈好！

祖棻上
1月20日

致萧印唐书之六

（1976年）

印塘兄：

　　顷奉来书，甚喜！惟兄又有事返乡，一时尚难东下，虽觉春暖同游，得趁宁沪诸友暑假闲暇为佳，但不能早日晤谈，又不免怅怅耳。

　　代购藤椅或竹椅，以兄选择为宜。菜等无一定主见，悉听尊裁！自不会错。惟烦兄老病奔走选购，殊觉不安耳！

　　菜近来身体尚可，惟饮食仍少进，又常腹泻耳。近旬日复患伤风咳嗽，幸未发烧，盖轻感冒，日来渐愈；而千帆又复患此。春风多厉，老年人体质不胜寒燠变化，殊可叹也！

　　承拟购寄灵芝糖浆，极感！闻君惠言此药甚佳，有效，惟不常有。近亦承彼寄灵芝仙草一株，已去信问其服法。如能得制好之糖浆更佳。菜但求却病，不望延年。盖见老人之龙钟胡涂，殊可怕耳。

　　孝章近亦有约君惠于暑假中同作东游之意，然近来运动甚紧，恐各校未必放暑假？如能来，则诸友大会，更可乐矣。菜等亦以退休为佳，深自庆幸也。馀面谈。此颂俪安!

祖棻上
2月26日

致萧印唐书之七

（1976年）

印塘兄：

诗函拜读，神韵悠远，情生文也。未知近来清恙经治疗后，已康复否？极以为念！嫂夫人以前体弱多病，想老来或转健好，时在念中！侄辈均已得解决工作问题，闻之欣慰！唯望兄嫂老健，能于秋高气爽时，过汉小住，同至宁沪，与诸老友欢聚畅谈，重游旧地，其乐何如?! 不幸有噩讯奉闻，日前得川大及君惠书，孝章于5月14日与君惠商定，秋日约兄同来武汉，偕游金陵，一切安排妥当，二人心情愉快，不料即于当夜得脑溢血入医院，于6月10日下午逝世。四十年老友，未及重叙，一旦永别，其悲怆痛恨为何如耶?! 连日情怀极恶，悲思难排。想兄闻之，自亦同感。唯望兄与君惠兄善保贵体，维持健康，得践秋日东游之约，亦望千帆能先期返汉，棻病能有起色也。虽然，人事多变化，此一共同愿望，未知果能实现否？自置近亦病甚，犹力疾从公也。

棻近两周来，病又加甚，日泻三五次，殊觉疲惫。幸近来尚能进饮食，略胜以前，两两相抵，亦仍可支持耳。总之衰病日甚，惟望能与旧日诸友作一次欢聚，恐亦须趁早耳。

千帆在乡待户口解决，至今杳无消息，又不能先返家，来书谓得孝章中风消息，情怀极恶。此问题又不知拖到何时？一叹！

病痛不愈，生活艰难（非经济方面），心情恶劣，无善可述，不多叙。专此即颂

俪安！

祖棻上
6月23日

君惠兄于孝章自得病至逝世，日日视疾，送终送葬，辛劳悲苦，亦致发病。君惠兄为人多情重谊，对友竭尽心力，古之人也。想如病不甚，亦当有书告兄。

又及，兄近拟去成都否？

致萧印唐书之八

（1976年）

天头程千帆补录：
　　君惠想晤。子苾有挽孝公并寄君惠四律，可就索观，不另抄矣。

印塘兄：
　　来信及大作收到。诗殊佳。何用谦词。承念贱恙，甚感！近渐好转，但不稳定。稍劳仍易反复。因天气仍酷热，人倦事多，千帆初返，小婿又因民兵训练，试炮压断手指，给假返乡养伤，丽则同去，沿途一游，女婴留我处，故稍忙累，未能静养痊愈。千帆奉书，亦未更作，致劳远念。
　　成都地震，仅属波及，得淡芳信，知未有人受伤及房屋倒塌，兄可放心！
　　兄近来身体如何？时在念中！重庆炎热已减未？武汉最近亦似有转凉之趋势，惟仍日夜挥扇。
　　君惠兄已至重庆，有信来，想已晤谈。秋凉本可早结伴来游。兹请与君惠兄暂缓东下！因自南京至上海一带，均有地震预报。南京已戒严棚居，不准过宁船上旅客上岸，亦无法买到西上船票矣。湖北亦有四县有预报，武汉则可能波及，问题不大，惟近来亦忙预测。欢叙又须延缓，殊为怅怅！念宁沪老友，忧虑不已！匆匆先告，即颂

秋祺！棻亦有哭孝章诗四律，他日录呈。

祖棻上
九月一日

君惠住浮图关口"重庆大坪医院口腔科刘崇伦大夫（其三儿）处"。

致萧印唐书之九

（1976年）

得书后成一律，并近作录呈乞正！尚有馀纸，复补以旧作。结习难忘，殊可笑也。

印塘兄：

接来书及赐和大作，欣喜何如。惟旧约又复延迟，不免怅怅！知天寒支气管炎复发，极念！当治疗服药，以保暖为主。望能早日瘥愈也。此间天气，今日亦骤寒，衰病之躯，已重绵矣。

武汉供应亦未胜于重庆，最近稍有好转，可有蔬菜供日食。商店副食品橱中，亦已有劣质饼饵出售，虽两岁女孙，亦不欲食也。

千帆户口仍未解决，惟领导已准以长期病假八折工资在家静候，实大好事，足以奉告。

荣病亦有起色，较前略能进饮食，故体力精神稍胜。若能一冬加饭增营养，或可康复。但供应缺乏，购买困难耳。知注特闻。

衡师地址为"北京北大十公寓208号"。高年多病，生活枯寂，念旧伤离，颇多悲感，于同门诸子，殊惓惓不置也。

君惠夫妇何以亟亟返蓉？出峡延期，他日又多费周折矣。承转寄诗及告沪宁情况，甚感！可省懒人多抄写矣。（沪宁诸友，亦未通问，因想见忙劳也。）荣等近亦畏寒闭门，千帆偶感寒疾，并发胃病，幸均轻微耳。此颂
俪安！

祖荣上
11月11日

得印塘书却寄，兼示君惠[1]
　　远札开时意惘然，眼中二妙隔山川。曾圆几度西楼月，空过千回下水船。盛世欢游犹避地，浮生离合岂关天？老怀馀兴能多少，约到东风又一年。

客岁中秋千帆尚在沙洋。予尝赋诗二章，录示蛰存海上。今年中秋千帆已返，蛰存书来，令赋诗志喜，因复成一律寄之
　　书来何止报平安，离合关心墨未干。犹喜流辉千里共，那堪游兴一时阑。酒杯曾对清光满，衰鬓还惊白露漙。为说空山明月夜，独看双照总无欢。

衡如师来书问讯故人，因赋
　　风霜北国早惊寒，秋晚江南枫叶丹。海内知交殊进退，天涯

---

1 《偶成》、《乙卯重九》、《介眉来书念灵谷寺旧游，伤子雍、淑娟之逝。赋寄此篇》未见录于《涉江诗稿》，馀诗参见《涉江诗稿》卷三、卷四。

相望各悲欢。班行想逐群僚集，著述应披万卷残。却笑汉皋衰病客，东湖偕隐羡鱼竿。

丙辰九日

佳节登临兴已残，闭门卧疾失清欢。龙山人老空吹帽，虎阜乡遥漫挂冠。那有白衣来送酒，更无黄菊对凭阑。避灾稍胜京华客，高枕方床梦自安。

京友来书云：北京近来防震已转室内，支床盖板，卧于床下；每有声响，一夕数惊。

偶成

残卷昏灯不自聊，萧森秋气入疏寮。雁过欲寄天涯信，未必高楼正寂寥。

乙卯中秋风雨夜晴，有作

佳节多风雨，耽闲远冷庖。团圆付离别，游赏隔朋交。娇女无休沐，邻家自酒肴。心魂暂相守，诗句莫推敲。

嫦娥亦幽独，相望莫相哀！岂洒伤离泪，还倾对影杯。得窥金镜满，终喜碧云开。饼饵前村买，犹馀老兴催。

乙卯重九

山居不用更登高，懒插茱萸叹鬓毛。休想菊开堪对酒，但馀诗俗敢题糕。风前落帽人何处？老去逢辰兴不豪。遥忆江南风物美，东篱应有客持螯。

介眉来书念灵谷寺旧游，伤子雍、淑娟之逝。赋寄此篇

昔游灵谷寺，回首共伤神！孤塔残阳冷，羁坟宿草春。惟将思旧赋，寄与有情人。不用闻邻笛，年年涕泪新。

致萧印唐书之十

（1977年）

印塘飘忽仍如昔，报道来兮又告吹。黄鹤迎春申契阔，白门欢聚盼佳期。高文久不通消息，游寿闻曾怀旧诗。四十年前年俱少，老逢大治及时为。

印塘兄：

以上乃萤荪所寄新诗，到时兄已离汉，遵嘱转抄寄上，以劝兄再来南京大团聚，亦棨等所切盼也。其结句棨再三诵之，认为极有现实意义。昔年同学，现皆成六七十岁之翁媪，来日无多，后会难期，老逢治世，安得不及时行乐乎?!萤荪发动金陵大团聚，并寄诗札于石斋介眉，则恐未必来。萤荪欲同游山东，棨等恐体力不胜，故拟约孟伦先来金陵大团聚后再说，孟伦重故旧而性好动，喜漫游，如教学任务能有暇，当可来会。吾等皆极盼兄能于四月间再来南京接大嫂回川，小住畅聚，如何如何?!

汉皋小叙，足慰平生！惟离长会短，未尽所怀。而又无游燕之乐，殊觉慊慊于心也！如能秦淮再聚，重寻旧游，庶几尽欢。惟兄图之!!自兄别后，怅怅如有所失，多日无欢。又时复追悔，未多谈共游，注意饮食，时间一去，不可复得，可胜怅恨！

得船上寄诗，极佳！殆所谓情生文者。菜等离思虽多，而诗思不属，亦不勉强奉和。养息心力，遵兄之教也。但对于黄荪发动之大团聚，大感兴趣，竭力赞助。故和二章，以劝诸友，更速兄驾！另纸录呈乞教！意虽甚殷，诗则不佳，蜀语所谓"水"也。

自得赐诗，迄无信来，计抵渝已兼旬，日深远念，惟恐旅途劳顿，小有违和也。帆则以为船中得多休息，不致疲病，当归后为侄事奔走劳累，无暇握管耳。然耶否耶？但得无病，为祷为慰！闻兄言侄事须待暑假解决，帆以为不然，如能解决，不需多待，兄四五月仍能来南京小住也。切盼切盼！

自兄别后，天渐转暖，但仍凉燠不时，殊难将息。千帆风寒感冒，咳嗽较剧，至今未能痊愈。菜亦春来发老病，幸甚轻无碍。又幸似将发前年之炎症，即服中药单方制止，数日如常。前年即为此症，服西药消炎剂过多，致病肠胃不能进食，至一年半有馀。今幸及早稍服凉茶药即未发。吾等将注意摄卫，养精蓄锐，以备金陵大团聚一尽欢也。初步拟农历清明后至三月初之时，（距今约一月左右）动身至宁。再看诸友，尤其兄，约期早晚，亦可移动。黄荪虽雄心大志，但其学校任务甚繁重，不知能如愿否？但宁沪小聚当无问题。

兄接信，望来一简信，仅告三点：一，身体健康状况；二，侄事情形；三，能重来南京否？

兄如能来，亦可早日来汉小住同舟东下，船上可不寂寞，又可互相照应如何？

令亲久已将烟寄来，勿念！专此即颂
春安！

祖棻上
3月15日

近此间蔬菜稍有好转，但肉食更形紧张，至今二月份票尚未能买鲜肉，挂牌无货。餐馆亦仍无荤菜。不知重庆近日如何？

岁暮漫兴[1]

桥无人迹渡舟横，冰合东湖万顷平。寒到江城春已近，雪漫山野夜先明。花开沽酒迎佳客，风暖扬帆作远行。稍喜岁除人病起，安排良会计游程。

奉和莪抶新诗，兼答石臞来书，因寄白匋、自厪

新诗邀旧侣，佳约屡商量。山左花将发，江南草正芳。何妨垂老日，重理少年狂。共醉莺啼处，繁香覆酒觞。

江海多年别，相期作胜游。篇章传北徼，问讯到中州。日出随行辙，猿啼送过舟。金陵东道主，词客旧风流。

---

1 此二题并见《涉江诗稿》卷四。

致萧印唐书之十一

（1977年）

天头程千帆补录：
　　近为原安写一卷子，五言古诗一首。字画奇劣，但是一张高丽发笺，纸极佳，看纸的面子可矣。（弟误以为此函乃致自强者，故胡乱批数句，不知乃与兄书也［祖棻注：非不知，乃老胡涂之故］，然亦不更裁去。）

印塘兄：
　　接来书及大作，知途中受苦得病，归后转剧，久久不愈，后服药得宜，始见好转，不胜挂念，亦感老年之可悲。既为兄忧叹，复自念也。吾等行旅困难，欢聚不易，亦见一次是一次也。当兄此次出川，棻等拟作东游时，尚未感到行旅之如此困难，后会之如此不可期也。故尤望春间金陵之老友大团聚兄能参加。座无巴人，确大减欢乐矣。且后会难期，棻意欲谓此次南京之老友大团聚，或为最后最好之欢聚。吾等皆老，日益衰病，复为工作或家事所牵，行旅不易，尤难毕至。经此次兄之来去皆病，（自兄去后，二人亦皆病，千帆已愈，棻旧恙仍缠绵。）而棻等因无人守屋，几不能成行，介眉孟伦亦各为事牵，孝章之逝，君惠之病，而益知聚会之难也。今距兄作书时将近两旬，想早痊愈。经休养后已康复否？极念！如能复原，尚望能鼓其馀勇，与诸老友作最多人一次之欢叙，如何如何？

顷得孟伦来信谓仍去福州，但先至宁沪一行，时在月中。介眉书云，退休恐不准批，彼志在必退，即不可，亦将请病假回南，（当至南京）与诸友一聚。惟其因天寒感冒引起老肺病，虽见好，又恐旅途不胜。今待其侄女办理迁移户口手续，望能早日办妥，则于五一前来南京聚会（亦殊难必），彼来不易，以后会面更难。兄如能再来，亦可谓群贤毕至矣。菜等则于四月廿五六动身到南京，已去信望孟伦稍缓行期，否则其归时或可一晤。前得黄苏白匋自强诸人书，均惋叹兄之匆匆归去，盼能于再来接大嫂时畅聚欢叙也。大嫂一人长途旅行亦不便。

前得兄函，本拟即复，因前见市上有一种"灵芝精"出售，对兄诸病均特效，拟买数瓶寄上。不料千帆再去，已不可得。因思至城内汉口各大店访购，天又多雨，隔时始能一出，至今已遍去各地各店五七次，卒不可得。故迟迟至今，始奉书问疾并促驾也。想时经二旬，当已康复如常矣。

千帆身体已大不如前去年，稍忙累即疲病，又易受外感。菜则自前年春初因服西药不宜肠胃，引起旧恙复发稍剧，去年秋冬转好，尤其新年春节前后，兄及舍侄来时，几于康复。不料近又发作，一来春天易发老病，二来年老日衰，亦自然规律也。仍决力疾前往宁沪，一换环境，心情愉快，病反易愈也。以前经验亦如此。惟此次出游，须携带早早，始能换出丽则做白班时起早摸黑，排队等车，跑月票回家守屋。小婿近调厂中民兵队，长做夜班，不能回家睡，且无法照管早早也。丽则做夜班时尚无法看门，

致萧印唐书之十一

另作打算，偶间歇无人尚无大碍。但行旅游玩，带早早不无多麻烦劳累耳。以后早早再有弟妹，益难有人守屋矣。

近得君惠信，不能成行，盖为病体及工作所限，对兄病甚念，云将奉函询问，不知已有信否？淡芳亦以久不得兄消息为念。已告知兄卧病。彼爱人亦病甚剧，幸已转好，彼调理照护病人，甚忙劳也。

近复因病疲为黄荪看稿进行较慢，亦拟在行前赶毕，行前各事亦须安排。动身前不再奉函矣。但望兄来一信，示知健康情况，以慰远念！并盼能再度于金陵欢叙也！望之望之！专此即颂
早日康复！

祖棻上
四月10日午
写于烧火做饭菜之间歇中

行后有书，寄自强（天竺路二号孙望）可也。

千帆最近忙办户口及退休手续，不及作书。（今天且不及回家吃饭，甚恐其累病也。下午五时始返，云更在城内寻觅灵芝精未得。）

此信写好未及发，下午得自强来信，知大嫂已突然返川，想系知兄病而提前归家，则兄再来为不可能矣。怅恨何如？！信如自强来信所云，"惟有各自珍重，后会庶或可期。"但望彼此身体转健，明、后年再求一会耳。

下午五时又及

寄酬印塘[1]

乍见还轻别,重来客路赊。无情武昌柳,旧赏锦城花。春水归帆远,离愁病枕加。秦淮良会近,西望一长嗟!

东游缓期寄金陵诸故人[2]

春来如社燕,旧约误年年。江汉水相接,楚吴山自连。卜行寒食节,共醉杏花天。惆怅牵尘事,烟波望去船。

别久相逢近,临行复缓程。林花恐凋落,风雨过清明。春色留江夏,云山望石城。扬灵三月半,犹趁乱飞莺。

卅载年光速,兼旬日影迟。暮云江自远,流水意先驰。传语春相待,来看花满枝。倚装新病起,不用酒盈卮!

孝标发高兴,白下共深杯。北客方多病,巴人去不回。历城期自失,汴水讯空来。更作西园集,伟长信有才。

春日偶咏[3]

寂寞清明后,离居惜岁华。残灯犹把卷,馀火偶煎茶。小枕听春雨,闲衾梦落花。朝来望庭树,已觉绿交加。

---

1 参见《涉江诗稿》卷四《印唐自宁返渝,过汉见访,小聚复别》。
2 前三首收入《涉江诗稿》卷四《丁巳暮春,偕千帆重游金陵,呈诸故人》十八首。
3 参见《涉江诗稿》卷四《寂寞》。

致高文书之一

（1975年）

石斋兄：

　　一别近三十年，其间各以事牵，音问间阻。偶从南大王公、政校吴君处，得知消息。六四年教育经验交流会上，得遇贵院教务长，悉尊况佳胜为慰！

　　最近传闻兄患高血压风痹之症。旧友无不远念。今特来函奉候。但隔离多年，人事变迁，不知此书得达左右否？如能入览，望令侄辈代复一函告以病况及别后一切，容当再叙也。黄公、望公、印公、惠公均以为念。此讯系黄公传出，彼云将致书问候，但彼又认为兄在郑州，未知孰是？先试此函，任其浮沉可也。千已解决问题，并告。专此即颂

　　病愈！

　　　　　　　　　　　　　　　　　　　　　　老友曼上
　　　　　　　　　　　　　　　　　　　　　　75. 4. 23.

　　通信处：武昌武汉大学9区30号

致高文书之二

（1975年）

石斋兄：

承惠赐大作，早已收到。雒诵再三，如对故人。厚谊深情，不胜感谢！即不自量，欲有以奉酬，藉答盛意。而诗思久不属，只得作罢。棻亦二十馀年来，未尝写作。71年冬至72年春，家居卧病，旧日川大学生王淡芳时以诗来，乃偶一作答。"文化大革命"初步结束，怀念故旧，遂有《岁暮怀人》之作。自后暇时偶亦作诗，而因未尝学习，率尔操觚，仅用以遣日写怀，抒情代简，不复计其工拙，老来已不爱好，亦懒用心。且此等旧诗文，现仅能复瓿，尚嫌其篇幅狭小，又何必用心哉？况原藉以消闲解闷，更不欲深思苦索，以费心神。因此常有所作，千帆每笑为："大笔一挥，平平仄仄"；又戏作打油诗嘲之曰："做诗不肯用心思，幸有摇来笔一枝"；虽系一时戏谑之词，而实为不易之确论也。但对于老友，每有酬唱，不以为嫌。与白匋、自置、介眉、印唐、君惠等旧交，每得书札篇章，辄寄拙作，未尝留滞；今得来诗寄赠，且立意奉酬，而竟不能摇笔即来，且诗思久久不属。岂诗真有神，于真正诗人前遂不敢露面乎？遂决意不作。而于寄千帆信中，告以兄寄信及诗之事，后彼来书，作一诗寄兄，拟转寄上。

但思彼尚有诗，我岂可无。故复胡乱奉和八首，亦聊以写意，或胜于无乎？且四十年老友，岂怕丑乎？诗成，适萁荪寄来李白诗选目，嘱提意见。荥于李诗向无研究，且因病脱离教研工作经年，不知最近行情，何能提出意见？但恐老友认为偷懒，则亦勉力为之，近复病疲，头昏目眩，精神倦怠，故工作时作时辍，进行较慢。而本周来天复酷热，故寄出选目后，又迟迟始作书，诸维谅宥！然想劳远望久矣。歉甚歉甚！荥诗皆率易平浅，兄诗人，到眼自辨，正不必阿私所好，曲为之讳也。另纸录呈请正！（寄闲堂诗，彼谓次句意义不明显，不知兄看来清楚否？望告以便改！）

兄多年来，因大嫂贤惠能干，家务子女，悉仗主持教育；今侄辈又均已成立。兄真可谓福人！闻之艳羡不已！且为兄致祝贺之忱，向大嫂申钦仰之意！承约到府小住，大吃西瓜，丽则闻之，向往不已，而惜母之不能成行也。荥最爱吃西瓜，惜未能来大唉也。而故人话旧，则其乐尤胜于食瓜矣。惜相离过远。继思亦不必多所来往，以免以后贻人口实，反致麻烦！兄多年息交绝游，实高见也。宁沪诸友，近亦屡约暑假东下，亦未能往。只能在此受热，可叹也。

闲堂仍在沙洋劳动，既不能调回，复不能退休（因在该处退休，则户口不能迁回），以致进退维谷。欲老弱病残，互相照应，共度晚年，亦不能得也。

丽则育婴辛苦，产业工人，体力劳动甚重，渠体弱，殊感劳累，又离家既远，交通复极不便，故每来家省视，抱孩远行，亦殊劳苦。女婴小名早早，学名春晓。今一岁又五个月。附告。

荥近来胃口稍开，饮食略增，而又多日腹泻，故精神体力仍极疲困。武汉天气，又复酷热不可想象。住处平屋，方向不好，故更热闷。且房屋潮霉殊甚，家务颇繁剧而不便。丽则近亦未能多所帮助，然尚赖有彼等，否则更不堪设想矣。生活方面之困难，只有克服。棻认为尚无不能克服之困难，故尚不以为愁苦也。有时人太疲懒，或一意做诗写信，则吃面包一个，清茶二杯当饭，亦省事也。

暑假作何消遣？岂畅睡午觉，饱啖西瓜乎？

荑荪言曾有信寄兄，不知曾收到否？君惠来书索兄地址，已早告。彼性疏懒，不知曾奉书未？印塘患病，奔波就诊于成渝道上，但闻淡芳言，其精神体力尚健旺也。彼目昏手战，不能作书；而棻亦病懒，一度诗札往还后，亦少通信矣。专此即颂

俪安！侄辈好！

祖棻上

7月22日挥汗书

闲堂嘱转致意不另

棻近每早作轻微体操，早先常易间断，得兄指示后，注意坚持。早晚常至湖边散步，今酷热减少。

岁暮怀人[1]

壬子玄冬，闲居属疾，慨交亲之零落，感时序之迁流，偶傍孤檠，聊成小律；续有赋咏，随而录之。嗟乎，九原不作，论心

---

[1] 参见《涉江诗稿》卷二。

已绝于今生；千里非遥，执手方期于来日。远书宜达，天末长吟；逝者何堪，秋坟咽唱；忘其鄙倍，抒我离衷云尔。甲寅九月。

尊酒论文思远道，琴弦绝响怆今生。那堪风雪空山夜，不尽人间感旧情。

锦水青溪旧酒垆，石交谁似老相如。三年楚客魂销尽，喜得山东一纸书。　殷孟伦

闽侯才调旧知名，口角锋铓四座惊。牢落孔门狂狷士，一编奇字老边城。　游寿

湖边携手诗成诵，座上论心酒满觞。肠断当年灵谷寺，崔巍孤塔对残阳。　曾昭燏

离乱重逢忆旧容，酒杯茗碗接高踪。廿年不报平安字，始信嵇公老更慵。　陈孝章

翠袖单寒挹泪多，璧台金屋误湘娥。燕京老去依娇女，谁共黄尘惭逝波。　龙沅

零落蘅芜梦里春，对床风雨最情亲。江南河北空相访，不见池亭扑蝶人。　章璠

解吟辛苦贼中来，少妇当年亦擅才。雾散渝州人不见，酒楼

空忆白玫瑰。　　赵淑兰

悲风飒飒起高台,云鬟摧残剧可哀。空与故人留后约,江南魂断不归来。　　杭淑娟

真堪传业继中郎,典籍蓬莱日月长。记共临濠羡鱼乐,江湖廿载未相忘。　　柳定生

秦淮明月巴山雨,汉口斜阳送驿车。卅载交游谁得似,见时杯酒别时书。　　曹逸峰

声党刘班数若人,词坛毛郑亦功臣。半塘已殁彊村死,犹喜江宁接后尘。　　唐圭璋

情亲童稚更谁同,聚散无端类转蓬。一曲池塘清浅水,白杨萧瑟起悲风。　　杨白桦

天际重云乍卷舒,雁来先得白门书。酒痕浣尽青衫破,犹记当年绿柳居。　　金启华

高步词坛三十秋,风情垂老谱红楼。歌云散尽无消息,纵得重逢早白头。　　吴白匋

早筑诗城号受降,长怀深柳读书堂。夷门老作抛家客,七里洲头草树荒。　　高文

巴峡畸人忆旧狂，千金散尽始还乡。匣中草圣依然在，何处春风问讲堂。　萧印唐

早侍蕲春治典坟，晚从荊汉亦精勤。释名解注刘成国，转语还追扬子云。　徐复

少年按曲醉琼钟，老病申江几度逢。八载沧桑离别意，书来失喜未开封。　章荑荪

元白交亲迹已疏，万金未抵一行书。秣陵旧事难重理，空向旁人问起居。　孙望

赌酒催诗夜宴频，草堂花市趁良辰。锦城一别交游散，长忆风流旧主人。　刘君惠

年少翩翩问字初，樊南文采更谁如。老来心力归牛背，挂角犹能读汉书。　刘彦邦

淮海风流绝妙词，温柔恰称女郎诗。微云衰草愁无际，何处荒坟吊故知。　杨国权

仲宣诗赋早知名，垂老重逢慰别情。卅载沧桑一杯酒，暮云回首万重城。　王文才

铅华扫尽笔纵横，少作惊人已老成。闻道别来新制少，可教

政绩掩诗名？　　刘国武

当日曾夸属对能，清词漱玉有传灯。浣花笺纸无颜色，一幅鲛绡泪似冰。　　宋元谊

脱手新诗如弹丸，殷勤旧谊托书翰。阿翁已自教孙女，犹作当时年少看。　　王淡芳

巴山自碧蜀江青，千里枫林入杳冥。莫拟乘舟上三峡，鹃啼猿啸不堪听。

板桥流水碧萦回，十载秦淮两度来。漫想他年重访旧，黄垆冷落笛声哀。

石斋寄诗见怀，并约游梁，依韵奉和[1]

故侣金陵迹未疏，梁园楚泽各离居。忽传风疾惊朋辈，喜展云笺认手书。

群彦同游忆往年，输君酒圣与诗仙。比来旧好多新咏，更待佳章有续篇！

漫游常与病相妨，极目中州道路长。莫怪豪情非昔日，镜边双鬓已成霜。

1　参见《涉江诗稿》卷三。

天外冥鸿成远举,江边孤雁怅离群。廿年休道无书信,开卷新诗每忆君!

望中远水接遥岑,别恨应同岁月深。却喜东湖曾识路,情亲犹见梦相寻。

攀条涕泫十围柳,送别情深千尺潭。何日相期同命驾,回乡访旧到江南?

破屋三椽便是家,喜邻山水远纷哗。从今愿作青门隐,只恨无能学种瓜。

不恨神方病未降,最伤日月去堂堂。当年师友空期望,到老无成旧业荒。

病中戏作,答南北诸故人问

盘飧病后朝朝减,衣带新来日日长。饱吸山光饮湖渌,自应肠胃厌膏粱。

薄粥酸齑亦已捐,空厨偶袅药炉烟。天教久向人间住,辟谷依然未得仙。

凤饼龙团未足夸,清明雷雨采新芽。连宵肺腑清虚甚,许品南中一盏茶。

重检神方久病馀，加餐珍重故人书。桃花流水江南远，初向金盘脍鳜鱼。

介眉近自哈尔滨寄赠其家乡福建之雷鸣茶，乃清明日雷鸣时所采，难得之珍品也。

湖畔杂咏

湖桥凝望思茫茫，懒向汀州更采香。春尽花飞流水远，石阑空自倚斜阳。

儿女渔舟桨自操，浅滩新涨水痕高。闭门几日潇潇雨，开遍沿堤夹竹桃。

车马犹稀静不哗，最怜春晓趁朝霞。小车转毂推孙女，解指堤边索野花。

飘飘衣袂拂凉飔，独步长桥有所思。暮色不辞归去晚，听风听水立移时。

闲堂来书有四十年文章知己、患难夫妻，未能共度晚年之叹，感赋此章

合卺仓皇值乱离，经筵徙转遇明时。廿年分受流人谤，八口曾为巧妇炊。历尽新婚垂老别，未成白首碧山期。文章知己虽堪许，患难夫妻自可悲。

山居近事，赋寄故人

云树烟波路几层，远书清梦两无凭。十风九雨三春病，万木千山一点灯。独恨难追锦囊句，未惭相问玉壶冰。明时倚席沾馀禄，早退恩荣已不胜。

黄卷青毡旧业荒，闲居逸兴未能长。奔洪暴雨侵茅屋，朗月清风隔粉墙。岂敢衰年怯幽独，但馀孤咏立苍茫。故人莫问新来病，那有当归入药方？

居处四邻稀少，皆早睡。余独爱遥夜灯窗把卷。

屋后高山深林，每遇暴雨，山洪奔泻，沟渠不浚，屋复破漏，时有淹浸之患。

旧屋两间，面山对湖，日出星沉，当窗可见。每当盛暑，屋内溽热，于门前空场纳凉，则明月高照，清风徐来。新来近邻朱楼，忽起围墙，湖山风月，悉被遮断。

附录闲堂奉寄一首

读雨尝溧麦，歌樵略近狂。寇深同窜蜀，齿暮独游梁。会合嗟何日，交期故不忘。喜闻效熊鸟，却老得仙方。

致高文书之三

（1976年）

石斋兄：

自去年春夏间曾通音问，倏已半载有馀。想贵体日臻康强，为颂为祷！

前书寄后，又续得《山居近事》之三四两篇，并寄君惠诗，录毕拟寄呈乞正。而值河南大水，交通阻断，书札难达，用是搁置，遂至因循。盖灵机一逝，慵懒复来，光阴不待，已隔岁矣。

第三篇结尾一联，本欲赋梁园瓜，以兄不欲以赐诗告人，故改为故园风味耳。寄君惠数章，欲思为之画一肖象，以才力浅薄，不克如愿。不知尚能有一二分仿佛否？

近来诸老友纷纷赋诗，惟兄为真正之诗人，尚望不吝常赐佳章，以资启发！

近日作何工作？想必忙劳？尚祈注意身体，长保康强为盼！

棻病时好时坏，未能完全康复。去岁一年为病所苦，最近始略转好。惟亦无大碍也。祈释远念！

千帆近返家度岁，丽则亦得假数日，舍亲复来小住，舍间顿形热闹矣。专此即颂阖府春禧！

祖棻上
丙辰人日

山居近事，赋寄故人之三、四

一春犹自步欹斜，连日匡床掩帐纱。不惜投闲消岁月，那堪抱病作生涯。东游期在舟难买，北国书来饭可加。却忆故园风味好，并刀如水破冰瓜。

诗札堆床懒未酬，明窗笔砚暂时收。纵铺冰簟难成梦，欲近银灯且待秋。百犬吠声花影动，千蚊成市艾烟愁。朱门空锁闲风月，面对高墙类楚囚。

得君惠书却寄

风雨连江迹暂疏，偶逢远客问离居。雁来蜀道青天外，珍重刘公一纸书。

华西坝上接经筵，曾借园亭住四年。座上朝朝有佳客，招邀喜得主人贤。

东晋风流挥麈馀，过江名士几人如。清谈痛哭情难遣，醉卧文君旧酒垆。

老幼移家暂避兵，比邻词客易伤情。良宵中酒归来晚，留得清茶与解酲。

檀板新声动客愁，有人风韵压歌楼。梁州一曲行云散，前度刘郎已白头。

卅年岁月苦相催，别后重逢能几回？今日欲为东道主，东湖风月待君来！

得翔如书，谓独居乡僻日久，近因病弱不胜担水之劳，仅以小桶汲取少许，以供炊濯，百计节用，恐习久移性，将成鄙吝之徒云。读之感叹！既伤君遇，行复自念：余闭门独处，无人共语，果如君言，日久成习，其将为喑哑之人乎？因赋此章以示翔如

穷乡书一纸，展处感偏深。相吊灯前影，独行湖畔吟。未愁无与语，却恐久成喑。远札千回读，忘言契素心。

近得友人书札诗篇，每有涉及少年情事者，因成一绝[1]

镜里久销残黛绿，尊前偶剩醉颜酡。春风词笔飘零尽，白发抱孙称阿婆。

---

1 参见《涉江诗稿》卷三。

致游寿书

（1976年）

介眉老友：

　　前承赐书惠寄大作，佳章妙句，美不胜收，而情真意挚，尤足见故人之谊，感何可言?!

　　知病甚念！幸即好转。而病后健饭，闻之尤为欣慰！此间谚云："人是铁，饭是钢"，饮食最是根本，胜于药补多矣。荣之久病日衰，即由于饮食太少之故。幸入冬以来，服食蜂乳，又注射VB1、B12十馀针，似觉差胜，体力、精神、面色较前稍好，饮食亦能每日三餐，每餐一两或两许。惟仍不耐劳，稍感疲累，即仍发肠腹痛泻旧疾，又复影响饮食。现续服蜂乳，而打针山路奔波过劳，早已停止。拟待春暖人健再打，作为锻炼。冬日本拟亦服雪耳，因不能多进饮食及易胀气，故未及服。前寄雪耳，得远游重洋，胜于主人多矣。一笑！

　　承远念形诸梦寐，感激之情，久难平静。亦拟作一章相报，奈近来扰于尘务，殊无诗思，且语言文字，亦不足罄此情怀也。

　　老友佳儿佳妇，内外孙儿女满堂，亦足以慰老怀而多喜悦也。尤其二孙同在一城，假日归来，逗孙为乐，足以解岑寂而复疲劳，乃老人之乐事。荣外孙女春晓，小名早早（因其早产），近亦渐懂事能言，颇逗人爱，因忆及姊言老人惟逗幼孩为乐之言，洵不虚也。彼亦每周归家一次，颇得喧、静、劳、逸调剂之宜。惟其母则颇为辛苦耳。

来示谓所惠名茶已过时，嘱煮茶蛋吃。菜及女儿丽则见之均大惊！因一向视为珍品名产，非天时人事一切俱宜，不轻尝试。近千帆归，曾饮几次，尚留细吃，赞美不绝。承告制香糟法，原亦非难，但此地天气，夏日制酒成，放一日即发酵味苦，恐不能过夏制糟？且即能制，亦无多鱼肉可供烹调也。当记其法，以为后日之图。

菜退休本去夏已批准，因人少未办正式手续。于去冬十一月底始与最近一批退休二百馀人者共同参预大会，光荣退休。千帆亦此次批准，惟因户口未办妥，故未正式公布。此次仍以探亲假返家度岁。如户口不久办妥，则可不再去矣。彼脚伤已较去岁稍好，身体甚好，惟脑力亦渐差矣。知注特告！彼亦时念姊也！

如千帆一切手续办妥，颇思春夏间赴金陵一游。近得孟伦来书谓姊如能作南游，颇愿今夏诸友于秦淮一聚叙旧。惟彼年来编《商君书》极忙，恐亦难如愿耳。萁荪亦时念及姊，彼处人好，但情谊亦颇真诚也。白匋胖翁亦常念姊孤处北疆。近得印塘信，谓将游金陵。菜同班同学陈志宪（不知姊尚记其人否？），亦谓思于暑假东游（彼在成都四川大学）访旧。如菜等能成行，诸友亦均来会，则姊南来一聚，其乐何如?! 南京有胖翁、孙望、启华、徐复、章诚忘、柳定生诸老友，萁荪亦当来会。惟"情况是不断变化的"，现学校大忙，往往不放寒暑假。复多运动。其紧张忙劳，直无寸暇，则殊难有时间作文酒之会耳。

老友本期工作忙闲如何？年老多病，不宜过劳！近教育革命运动，开展大辩论。复将重行批孔。教师必大忙矣？望多保重！

　　此间一冬晴暖，春寒反甚。想北国春寒，当犹冰天雪地也？春节想贤侄女携儿归来，有数日热闹欢乐?! 此间去年各工厂均不断加班加点，春节稍加补偿，得六天假，二妹又携幼来小住，一时顿形热闹。而诸儿喧闹，有时亦觉忙乱烦扰也。今则二老相对，围炉话旧，又稍胜于去年之孤寂。

　　前于东湖摄一影拟寄呈，以一时缺胶卷未能添印，后印好又忘却。近复摄一影，拟并寄。记前寄信时封后始想起，认为下次再寄可也。不记后曾寄上否？望告！如未寄，当再寄上。师丹老而善忘，可笑也！此颂
春节愉悦！

老友祖莱上
二月十六日

致刘君惠书

（1977年）

岁暮天寒，闲居多病，念远伤逝，凄然有作[1]

一晌凭阑对落晖，汉皋久客意多违。蒹葭霜冷人何在？枫树江寒魂不归。南浦绿波长怨别，北邙翠柏渐成围。十年多少存亡感，岂待牛山泪满衣。

岁暮漫兴

桥无人迹渡舟横，冰合东湖万顷平。寒到江城春已近，雪漫山野夜先明。花开沽酒迎佳客，风暖扬帆作远行。稍喜岁除人病起，安排良会计游程。

奉和羨苏新诗，兼答石臞来书，因寄白匋、自匷

新诗邀旧侣，佳约屡商量。山左花将发，江南草正芳。何妨垂老日，重理少年狂。共醉莺啼处，繁香覆酒觞。

江海多年别，相期作胜游。篇章传北徼，问讯到中州。日出

---

1 参见《涉江诗稿》卷四。

随行辙，猿啼送过舟。金陵东道主，词客旧风流。

君惠兄：

　　春节前曾寄一函并附拙作，特航空欲求春节到达，想早入览。印塘来舍同度春节，乐可知也。惜匆匆复别，益增惆怅！久未奉来书，时以为念！想因工作忙劳，不致贵体违和？寒燠不时，诸维珍卫！

　　沪友近发动春季南北老友在南京大团聚，拟约印塘再来接其夫人，未知可否？兄与仲玙[1]能否东下，先在武汉小住，同舟至宁，再游沪？闻印塘言，兄等拟于五一节抵沪，时间正好。惟印塘言兄之健康状况及工作情况似难成行。闻之曷胜怅怅！关于健康状况，菜等亦未敢十分劝驾。惟望日益转健，行旅无妨，则仍盼能与仲玙兄联袂东下畅叙耳！惟兄嫂及侄辈斟酌之！

　　初印塘约春暖来汉小住，再同回宁，后改变计划，因儿辈有事促返耳。孟伦初亦约春暖花开时来汉小住，后又约往济南，同游泰山或青岛或牡丹乡，初亦心动，继恐体力不胜。沪友亦欲同游山东。现初步拟于农历清明后，三月初之间动身至宁大团聚，看身体情况，或再至山东，或即至苏沪，一游杭州而已。

　　春来复发旧恙，但此疾并无危险及严重性，仍可至宁沪一聚。千帆亦感寒小病甚久，近始见愈。待春暖动身无妨。吾等忖度及儿辈相劝，或不宜再至山东青岛等处耳。

　　沪友以诗札相约诸友，菜虽病，亦兴致勃发，故和诗云云。前诗已不佳，近作益"水"，所以寄呈者，欲兄知吾等之忆旧及游

---

[1] 当指李仲玙，四川什邡人，任职于四川省文史研究馆。

兴耳。盼兄及仲玙兄能参加此盛会！自罍等亦甚盼之！乐为东道主也。此颂
俪安！
侄等好！

祖棻上
3月21日

后记

《书札拾零》原收于河北教育出版社版全集第二卷《微波辞（外二种）》，收录书信三十六通。其中上两汪先生书原有底稿，上刘先生书，在刘先生逝世后，由其女茂舒寄还。其馀与友朋、学生的通信，均由受书人保存而以复印见寄。

此次增补六十九通，遂和《子苾日记》合为一卷，书信与日记多有相互印证之处。增补来源主要有两种。一种是补遗，如致王淡芳书十四通，为原全集未曾录入。一种是新收，其中有的来自受书人后代，如致孙望书一通、致萧印唐书十一通、致高文书三通等，有的来自藏家的慷慨提供，有的据网络拍卖图片辑录，如部分致施蛰存书。在此特别感谢沈建中、李经国、陈晓维、王鹏、赵明诸位先生的热心帮助和大力支持。

散落四方的书简终于得以部分汇聚，使沈祖棻的行谊生活藉此存十一于千百，这是我们所深为欣幸的。

张春晓

于杭州之江浙大高研院

二〇二三年五月

子苾日记

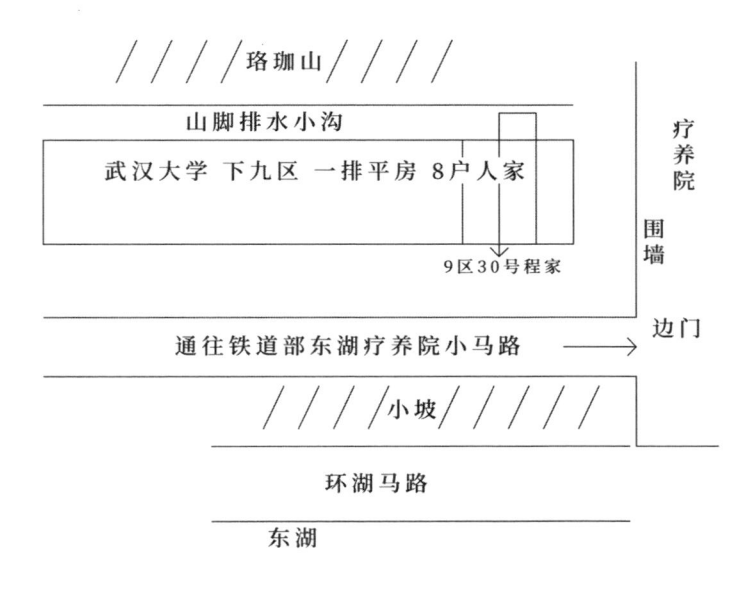

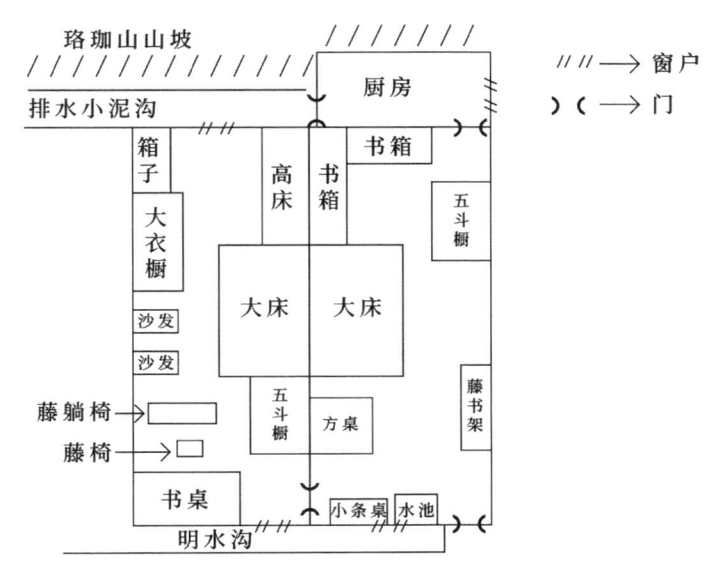

```
////  /珞珈山/ / / / /
─────────────────────────────────
        山脚排水小沟                    疗
  ┌─────────────────────────┐      养
  │ 武汉大学 下九区 一排平房 8户人家 │      院
  └─────────────────────────┘
                    9区30号程家          围墙

         通往铁道部东湖疗养院小马路  →    边门

         / / / /小坡/ / / / /

              环湖马路

              东湖
```

珞珈山山坡　　　/ / / / / /　　　　　　// // → 窗户
/ / / / / / / / / / / / ／厨房＼　　　　)(→ 门
排水小泥沟　　　　　　　　书箱
　箱子　　　高　书
　大衣橱　　床　箱　　　五斗橱
　沙发
　沙发　　　大床　大床　　　　藤书架
藤躺椅 →　　五斗橱　方桌
藤椅　 →
　书桌　　　　　　小条桌 水池
　　　　　　明水沟

沈祖棻武汉大学珞珈山九区故居示意图

1975年[1]（3月21日至11月23日）

1975年3月21日（农历二月初九日）星期五　阴

早七时欠10分出门，乘15路车过江，送千帆[2]至小佳[3]处，次早返沙洋。九时廿分至冠生园买豆沙包，进早餐。至百货公司及绸布店，未买成一物，至小佳处，略息至回民餐馆午餐甚佳。回小佳处午睡，下午由木生送至车站返家，已五时馀。晚饭后觉冷清，看《青春之歌》，大足消遣，稍迟睡，眠尚好。

3月22日（二月初十日）星期六　小雨

早五时即醒，夜甚燥热，初醒朦胧间，犹以为千帆在家，拟

---

[1] 1966年夏秋，程千帆、沈祖棻一家被红卫兵勒令从原居住二区搬到偏远的九区。其中下九区住房由车库改造而成，连排十二间平房，东西朝向，居住八户人家。自北数第二户即沈祖棻所居两间，先后邮政编号为九区29号、30号。排屋最北紧靠铁道部东湖疗养院的第一户是一间单间，自1966年起先后住过孙嫂、陈淑珍、陈早秀、小蔡诸家，前三家先后移入排屋中间。第二户即程沈所居两间。其馀平房为每两户人家分住三间房。1975年时，住户从北往南为陈早秀家、程沈家、张婆婆家、孙嫂家、陈淑珍家、余婆婆家、唐学敏家等。
[2] 程千帆，沈祖棻丈夫，时在沙洋农场（武汉大学沙洋五七干校）劳动，很少回来。
[3] 程小佳，程千帆三妹，丈夫任木生，长女瑾瑾，时住汉阳。

问其夜嫌热否。后知已走,殊觉凄然。起后须自管火,[1]说话无人,殊感冷清,心中酸楚。即自出门至湖边散步,空气新鲜,景色幽美,心胸开朗,精神爽适,排去悲感。回来添火,洗茶杯、抹布,又整理厨房门后柴竿等物,将门开大。舒[2]来,心情平静。中午吃包子。午睡早醒,仍感无人冷静。夜间更甚。睡床悲酸,即看《青春之歌》,迟眠入睡。

3月23日(二月十一)星期天 大晴

早醒不见千帆入房说话,仍未习惯,颇感酸楚。早起看火甚好,加迟又熄,不再生。即晒舒洗多衣及皮、棉衣裤,出外寻李涵、石泉[3],同至潘耀瑮[4]处借小说消遣。李下乡,石至学生处。自去看了席太婆[5],认得人,并记旧事,很清楚,已能翻身,偶起坐,唯不能下床走,及人老瘦耳。见其情况大慰。坐谈有顷,至潘处,不愿借翻译小说,大失所望。本想借此遣日排闷也。回已十二时过,人尚不累。生煤油炉吃包子。午睡较久而好。四时多生煤炉,做菜饭,刚好囡[6]一人回,因不放心我也。早早吃、走甚欢,我们晚间热闹,早早睡后又谈笑,不觉冷静寂寞了。写了给殷、游、

---

1 当时国家经济困难,生活物资紧缺。购买家用蜂窝煤饼,不仅需要按月凭票,且供不应求、质量低劣,不是燃烧太快就是容易熄灭。日记中,经常为生火、封火、熄火而忧心忡忡。
2 舒婆,常年在武汉大学多位教授家里帮佣,这段时间每周六上午来帮助洗衣。其弟舒弟,曾帮助买煤等。
3 李涵、石泉夫妇,皆为武汉大学历史系教授。
4 潘耀瑮,武汉大学外文系教授。
5 席太婆,武汉大学教授席鲁思之妻,沈祖棻一家居住二区时的邻居。
6 程丽则,沈祖棻女儿,爱称囡囡,小名小婉。丈夫张威克,长女张春晓,小名早早。夫妻二人时为武汉汽车标准件厂车间工人,该厂位于关山,以下简称为武汉关山汽标厂。

吴[1]三信。

3月24日（二月十二）星期一 晴

早起至湖边一转。与囡共弄早饭吃。十时蒸囡带回大蟹六只，及饭一缸。适威克回，共吃蟹后，大做清洁。威克做，我也擦了玻璃门窗及善后，并未觉累。囡先做了前面的纱窗门等。下午威克回厂，囡做中班，独留一夜，并早早伴我寂寞也。写了给黄荪[2]信，囡写了给娘娘[3]信。

3月25日（二月十三）星期二 晴

早起写了申请退休的报告，因前晚赵托胡[4]带信来催也。十时与囡和早早同至广埠屯，早早也时要下地走，故更慢。转百货公司，仍无适合绸布，买稿纸二刀，白木耳二两，拟寄介眉也。发四信。同吃午饭，带回二菜。囡乘车到厂，我回并不觉很累，才一时许，即睡很熟，三时许起，收衣弄饭。晚孙嫂[5]来坐谈，又铁疗[6]一人来，因同病问医药情况，谈很久。夜睡只好仍看看《蒹葭楼诗》，即入睡。接东湖照片。

---

1 殷孟伦石臞、游寿介眉、吴白匋，俱大学时代交游。时殷在山东大学，游在哈尔滨师范学院，吴在南京大学。
2 章黄荪，金陵大学旧友，时在上海师范学院工作。
3 娘娘，上海远亲，姓恽。曾在程丽则生孩子期间前来帮助照顾。
4 赵，疑指当时的武汉大学中文系党支部书记。胡，指胡国瑞，武汉大学中文系教授，时居铁道部东湖疗养院内，经常路过九区。
5 邻居孙嫂，时在武汉大学食堂工作，其夫在乡下供销社。子牛儿（学名孙平），女春荣、善华。
6 铁疗，即铁道部东湖疗养院，位于珞珈山下，与武大九区宿舍一墙之隔。

3月26日（二月十四）星期三　晴转阴

睡很好，六时闹钟，又睡着一刻，六时廿分醒起，看火，梳洗毕，封火即出，七时还差一点。至李格非[1]处，交其申请书，闻周幼幼言，始知教授四级以上不退休，五、六级均退也。后一探李健章[2]病，已转好，亦告其事。二李均不知千帆"摘帽"[3]事，可怪也。健章问帆身体情况甚详，又问年龄，大概有些想法。回来十时半，得帆信甚慰。已渐渐稍习惯，恨无小说消遣也。下午睡熟，一时至三时始醒，仍倦思睡，未睡着，觉疲累，至四时半起，火已将熄矣，幸救转，已六时，不想吃面食及饭，仍煮粥，不饿可迟吃，吃粥亦较舒服也。

这几天多出外，又早晚湖边散步，觉步履较前大轻快，且亦不觉累。今下午始觉稍疲累，但亦正常之疲累，不象以前之情况。大家说营养太差，要加强，大有道理。近来精神亦好多。以后须注意及设法多吃营养品。火添迟无底火，仍欲熄，又添未熄，七时半晚餐，九时半上床，只好仍看蒹葭楼及苍虬诗。

3月27日（二月十五）星期四　雨，夜晴月圆

早起写千帆信，缝寄介眉白木耳包裹。得自疆[4]信，仍谓我词为得孙当前快事，往昔生活琐事之回忆，亦衰年趣事。人之感情之相通，诚非易事，宜乎知心之难得也。腰微酸痛，恐肾盂炎，

1　李格非，武汉大学中文系教授，其妻周幼幼为武大卫生科护士。
2　李健章，武汉大学中文系教授。
3　据邻居陈早秀回忆，程千帆"摘帽"后，沈祖棻高兴地与邻居们说起，又不免叹息道，可惜摘了帽还留了一顶。即指程千帆"摘帽"后，仍被称为"摘帽右派"。
4　孙望，字自疆（自强、止疆），妻子霍焕明，时在南京师范学院工作。

遂多休息。午吃面，极简，午睡不好，人倦。因停水储水，晚饭蒸馒头，因端大蒸锅满水用力，即觉腹部胀坠，多卧床，休息看如何？下午至小店买炼乳二瓶，京果半斤。夜看佘诗，甚佳。二三十岁所作，愧煞今人矣。下午得逸峰[1]信，谓前信未收到。近年从无信件遗失，可怪也。托孙嫂子代买肉。

3月28日（二月十六）星期五　雨

早起腹部坠胀，恐病复发，甚忧急。续写帆信。上午洗蒸腊肉，因一挂门后不通风，已绿霉，先吃，大刷洗。又弄花菜、蒸饭，未能休息。腊肉味极佳。午睡不甚好，人疲倦，头微痛，小腹胀不适。随时添写帆信。昨夜看诗，偶成寄顾[2]一律，早写出。晚又成游东湖一律，夜得吃蟹一绝。晚、夜多睡躺椅休息。帆信下午发出，交邮递员。

3月29日（二月十七）星期六　多云

早胸闷不适，头亦微痛，似消化不良所致。或此数日不大活动之故。六时不到即醒，换衣起床六时半。七时开火，半小时烧开二壶水，洗净大蒸锅油，倒入放火上，胸愈饱胀不适，且有阵作呕，故不吃任何早餐及药。拟多饮茶水。今日舒来洗衣，上午躺椅休息及与舒婆闲话，唯胸腹饱闷，其馀尚好。早餐未吃，午腹甚痛，稍觉饿，烤面包五片，吃四片，咖啡加少许牛奶一碗，

1　曹逸峰，中央大学学友，时在北京某中学任教，丈夫姓程，儿子程明。
2　顾学颉，字肇仓，笔友，时任人民文学出版社编辑。所寄一律见《涉江诗稿》卷三《寄肇仓》。

焐热水袋午睡。接帆及文才[1]信并附诗甚佳。睡一小时，尚好。醒后腹甚痛，至夜睡不止。[2]晚饭托春荣买面包不得，只得用炖好之排骨汤下面少许吃之。腹痛不能做任何事，看诗亦看不大进。九时半上床，仍甚痛。午饭后一直热水袋焐，亦不见好。

3月30日（二月十八）星期日 多云

昨夜腹痛一夜，比平时较甚，不能走动做事如常。热水焐及爬床用手压，均不轻减。早醒后尚好，早餐未进，十时吃一小片剩面包，及麦精牛奶一碗。托小晏[3]买面包仍不得。中午用大半小菜碗去油排骨煮二嫩蛋当饭。午后又较痛不止。午睡不到一小时，醒后又甚痛，惟较昨稍轻，又完全水泻一次，泻后一直痛。勉强开火蒸饭及拣洗青菜，因威克或回也。上午写好寄介眉银耳包裹，下午拟写信未能，因腹甚痛也。因明日可令威克寄出，夜晚好些即写信。还想写帆信未成。病了更觉凄凉不便。且连面包亦买不到。胸腹胀闷，拟吃易消化物。想吃冠生园豆沙包，何可得邪？一叹！傍晚想起吃藿香正气丸，看能否转好？晚饭吃二蛋糕，咖啡牛奶一碗，晚间只有时隐隐痛，有时不觉痛，头微昏痛，端竹椅出外一小时，未痛，入内，或吃正气丸转好，临睡再吃。威克、早早未回。写了给介眉信，明早威克出外，可寄白木耳及信也。仍有时不痛，有时隐隐痛。写信忘看火，将熄，可起，但慢，须

---

1 王文才、刘国武、王淡芳、刘彦邦都是沈祖棻、程千帆在四川时的老学生，时与萧印唐、刘君惠、陈志宪等皆在四川。
2 沈祖棻因1947年冬生产遭遇庸医剖腹产，并将纱布留于体内，其后历经大小五次手术，终致严重的肠疾无法治愈，常年腹胀腹坠、腹痛腹泻。
3 邻居晏永武，与其妻陈早秀皆程丽则华师二附中低班校友。时晏永武在武汉大学印刷厂工作，陈早秀娘家即在九区旁边的小码头（地名）。

等起来再加煤封火，因病懒早上重生火，又早上因等回要吃早餐也。故不能早睡休息，但即卧椅休息。十时多封火，十一时熄灯。

3月31日（二月十九日）星期一　晴转阴

昨夜腹仍甚痛，睡不安，醒即痛半天，有时睡着又痛醒，一夜都不好，故早起即封火至卫生科看中医。减棉衣裤坐定甚冷，回来又热。回家十时半，仍买面包不得，买二馒头及一蒸饼，路上吃半个饼，中午饭吃半饼，即至夜饱闷不思食，且胸顶胀。因等回，买肉回，蒸汽水肉，炒莴苣等，并将排骨给吃掉，留二块及汤少许，并剩馀上菜，留生蔬菜。下午早吃晚饭，炒剩饭及下面吃而回厂。早早又痢疾。早早一直未喝牛奶，又苦劝一阵，须多吃牛奶或奶粉，不知听从否？亦尽心焉而已。因等走后，即熬药。七时半熬好，火将熄，加一煤，熬二道药，即吃药，不料火起后极大，熬干二次，加水重熬，至九时多，又炖水及熬咖啡，十时封炉，十时一刻上床。肚子未痛，唯因病及寂寞，又觉生活无意义，情绪甚恶。看《读雪诗钞》[1]，过目而已。至十一时许始睡，因伤感心烦也。

4月1日（二月廿日）星期二　大晴

夜睡甚熟，肚子未痛，至天将亮始略醒又睡，醒已七时一刻矣。火仍好，不加，热好药吃，仍可烧咖啡。腹虽不痛，但仍饱闷。早饮咖啡牛奶一碗，中仍饱不思食。本想吃面，但热好菜面

---

[1] 即《读雪山房唐诗钞》，日记中多简称为"读雪"、"读雪诗抄"、"读雪唐诗钞"、"读雪诗钞"等。

仍不想吃，后吃加盐辣酸莴叶数口，觉稍开胃，吃面二三筷子，肉末莴苣少许，即罢。上午晒被毯、大衣等。午睡一小时许，洗头、收衣被，晚仍不思食，尤不想吃油汤面。至六时半做，吃烤馒头二片，肉末莴苣小半碗吃完，酸辣莴苣少许，又想吃肉末少许，比前为好，尚想吃，吃过亦尚舒适，吃后复饮咖啡半碗，以助消化。接王淡芳信。晚写帆信未完，熬药吃，已九时半，火好，拟熬好二道，明早即可吃。恐须十时后上床矣，胸腹仍稍饱闷，吃药后或可转好？

4月2日（二月廿一日）星期三　大晴暖

昨夜盖4斤被犹热，或因晒后发热。醒二次均胸腹胀闷，早起尤甚。早餐、中饭均完全未吃，仅早吃药时吃饼干几片，连牛奶咖啡亦不想吃，饱闷之极。午后思饮水较多。上午晒出毛毯、大衣及鞋帽手套。小晏代买来面包，亦不想吃。傍晚仍不饿，至湖边走很远，仍不觉饿，反人软疲心慌，回来腿酸人累，卧椅看诗。至七时蒸一面包并肉末，炒热白菜、酸辣莴苣。忽想吃花生米，本拟油炸少吃一点，适火将熄，将就热了菜加火，未炸。晚餐吃了大半近一个面包，酸辣莴苣少许，夹些肉松，并吃一点肉末，仍嫌油，吃了几块青菜，算几天来最好的了。不知能否转好，否则严重了。因怕油及不消化，仍饮半碗咖啡，又饮茶。心中忧闷，看旧作诗及友人旧信消遣。想填表，因神倦及有些头昏心跳，疲软无力，作罢。写了帆信及囡信，均当日发出。排骨汤及蒸蛋送了早秀吃。夜煎药，服后上床。接淡芳及羹荪信，已转寄帆。读张春桥《论对资产阶级的全面专政》一文。

4月3日（二月廿二日）星期四　晴

早起走湖边一转，归热药吃，吃饼干数片。中午十一时有饿意，即拟蒸面包、莴苣吃，早午睡。不料舒弟买煤来，因在卓刀泉买，未顺路取箩筐，用粪箕慢慢搬，又代堆好，我临时又腾出地方，弄好已十二时，又打扫厨房，扫大门口，然后蒸吃，面包夹肉松，吃莴苣肉末，已觉甚饿，故吃得下，一个面包只剩下一小块，和平时差不多了。吃后亦很好。接帆信。午睡一小时，躺至四时起，火已熄矣（盖饭后睡时未加煤，忘须早添）。即不生。至湖边一走，回整理旧信，30封留8封有材料者，馀均待生火用。用煤油炉蒸面包及莴苣，腹又胀气，仍吃，后又转好些，唯无上午好。但不闷，肚胀而气还活动故通转，故人稍舒适一点。夜略理诗稿。起大风，九时半上床。

4月4日（二月廿三日）星期五　多云夜雨郁热

早起临时决定看中医，但仍小于看。回家十时不到，去来皆山路。回来疲软不堪，想起前买有葡萄糖，连日忘吃，中午即冲饮一碗，并加麦精牛奶，营养较好。回时稍有饿意，即吃银耳一碗，恐其坏也。下午睡起生火，看《参考消息》。傍晚忽得印唐[1]信，喜出望外，乐不可支。晚蒸二蛋及吃半个面包。又饮鲜桔汁半碗，冲两匙，淡而无味。夜煎药服，今日似较舒适，惟时胀气耳。夜勉作印唐复书，复煎二道药，迟封火，明日舒来洗衣也。天又雨。十时多始得上床。得与印唐通问，甚喜，暂不觉伤感凄

1　萧熙群，字印唐。1939年曾与沈祖棻同在巴县界石场蒙藏学校教书，解放后在四川工作。日记中时书为"印塘"。

1975 年　279

凉。明日要填表了。上床将睡着，忽大风，疑水声，起视后，一时未能入睡，又感凄凉。

4月5日（二月廿四日）星期六 小雨转多云
早舒来洗衣，熬药忘记，连罐焦裂，匆忙中又烫焦桌子，很可惜。又用旧熬坏之罐熬，幸又不漏了，仍服了二次药。张婆婆[1]送鲜莴苣三根，吃一日，正想吃蔬菜，食之极鲜美。每顿可吃半个馒头矣。惟夜仍有点胀气，天亮时稍甚，起后又好。写小佳信，傍晚托陈老师[2]弟带信发出。傍晚转湖边，填表。

4月6日（二月廿五日）星期日 小雨转阴，夜大雨
早起填申请退休表未毕，毛治中[3]来，意欲我同胡共编唐诗选，暂勿退休。云退休事彼等皆不知，且不合。仍辞谢。下午续填表。因晚回，亦以仍退为宜。因回即吃晚饭，吃春菜头及孙嫂子送鲜莴苣甚有味，加餐。早早吃馒头极喜爱，吃大半个之多。我亦吃半个，并菜稍多。威克买给广柑，与早早共吃之。早早玩笑甚欢，已订牛奶，但不爱吃。因夜看《参考消息》，睡甚迟。又劝我游北京，有点动心。但以逸峰之四楼不便为虑。又甚悔未从冀荪同游杭州。早及下午五时许转湖边二次。

---

1 邻居张婆婆，其夫张爹爹为武汉大学退休职工。孙子平平、红红。
2 邻居陈淑珍老师，时为武汉大学物理系青年教师。其夫何定雄，时在武汉化工学院工作。
3 毛治中，武汉大学中文系同事。

4月7日（二月廿六日）雨　星期一

夜仍有点胀气，天亮胸胀闷，五时半醒，起解手，即未能入睡，六时过即起看火，因昨夜封得早也。早事毕即将表填好。中午来做饭，因昨晚蒸好，威克未回也。烧粥，做莴苣头及叶二碗，蒜苗腊肉。午后睡，因加煤无把握，起已熄。我睡起头极痛，威克用煤油炉做饭，吃了先走。我又生起煤炉，吃止痛片后好多。晚因吃饭，早早吃馒头，我吃粥，我吃了一碗又大半碗粥，甚舒适，已渐恢复。而不久又蒸二个牛奶糖水蛋，同早早二人吃，以资营养，而早早不爱，坚不肯吃，我多吃，吃后胀闷不舒，即吃酵母片及茶，又好转，并又吃豆蔻五小粒，不觉胀闷了。接帆信，想复及附去萧信，头痛未果，夜饭迟，因烘尿片及须封火，十时多始得上床。夜精神甚好，头不甚痛了，也不觉胀闷，不想睡。今日填表毕。

4月8日（二月廿七日）星期二　晴

夜仍微胀，早睡至六时半始醒，起看火，因昨浇水太潮，已熄，重生。八时廿分因去广埠屯买菜，我陪早早在家。早早坐车椅中，喂她吃米泡[1]，又喝葡萄糖水半杯，后又喝糖水半杯，不但肯喝，且自要喝，吃玩说笑极乖，未哭一声，叫一下，闹一会，一直维持了一小时又五十分钟，极可爱。惟我精神太差，虽她未吵未动，只陪她坐玩，也很疲累了。因一回，她就哭吵要妈妈抱了。后哭闹睡，一下就睡着了。中午一吃过饭，因、早早就走了，我也午睡，因神疲，睡较好较久，起来火又熄了。因买了肉炒酱，

---

[1] 米泡，湖北方言，指用大米或糯米炸出的膨化食品。

又重生火，洗斩肉，甚累，共费一小时半，冲了开水瓶。后又收尿片，然后炼油炒酱，下面条半菜碗当晚饭，吃完弄清已八时矣。本想写信给帆和蕒荪，因迟未写。更想早早了。一晚上都想到早早的乖和可爱，笑容神气，如在目前，又想到囡和威克辛苦，我又无力帮忙。请一人带，麻烦太多，得不偿失，无人有精神照管，也不行，且对小孩又未必好。种种为难。现在青年人有了家，有了孩子，真辛苦。但不带孩子，恐他们也别无精神寄托。夜冲水洗脚吃药封火，已十时矣。今天也未能到湖边一转。又无信来。上床仍睡不着，想着早早，半夜和天亮醒来，也想着囡和早早好象就在外房似的。清醒知不然，又感孤寂。自千帆走后，囡回来比前稍多，近又常做中班，在家有一天半，有时有两夜。故自千帆走后，常常，起初差不多天天，每早乍醒朦胧之际，总觉千帆和囡及早早就在外房一样，一清醒知均不在此，每感孤寂无味。夜上床本看《我的前半生》[1]消遣还好，后正抛书欲睡，忽起风。后窗忘拉窗帘，吹入甚有凉意，又起拉帘，忽又觉甚凄凉，觉既不能家人团聚，又无朋友往还，生活寂寞无聊，甚至无好小说看，也不能有以前在苏州南京时之戏曲歌舞可看，即象武大以前之请剧团来演及组织去汉口看戏，亦不可再得矣。退休亦无意义。出游则无论远近，脚力精神不行。愈想愈觉一切无意义，亦无趣味。想以前教学和研究时，劲头颇大，今一切皆空矣。迅速不想，入睡甚熟，二时许醒，胸又胀闷，幸仍睡着。

---

1 时简称"前半生"。

4月9日（二月廿八日）星期三　阴

早醒又想早早，起床后已七时，看火尚好，即稍早加，极好。近日车多又开窗门，灰极大，即细掸抹两房一遍，略洗抹布，已七时三刻，即出外至湖边散步，在铁疗墙外石级上立有一刻钟，眺望湖山，觉烟波浩荡，景色无边。近山平野，青翠笼葱，远山遥树，烟雾迷濛，湖波渺渺，远处白帆缓驶，景色如画。近日常朝夕至湖边散步眺望，觉百观不厌，且朝夕阴晴，又各有不同，而皆极其美。惜无东坡咏西湖之才，能道出东湖之美也。因思东坡以西子比西湖，以淡妆浓抹比阴晴，实为妙喻。每思世上事物，其最美而令人百看不厌者，为湖山胜景、春花秋月、美好诗文、精美艺术及美人。山川之美，虽有大小高低之不同，但各地皆有，可以赏心悦目，骋怀怡情。纵亦有陵谷沧桑之变迁，千载以上，目不及睹。春花秋月，虽有繁盛零落、阴晴圆缺之不同，使人易生感慨惋惜之情，而四时往复，光景常新。人生虽促，亦可及时欣赏。美好诗文，则古人远矣，而作品千古流传，一编在手，百读惬心，恨未能起作者于九原一论精微也。精美艺术，其惊心动魄，荡气回肠，心醉神驰，亦百观而不厌，但一时难屡遇耳。惟美人则不世出，千古以来，寥寥可数，虽艳容惊目，秀色可餐，而青春短暂，美人迟暮之感，古今所悲。如花美眷，似水流年，古诗人所谓"昔日美少年，今日成老丑"；前王婆所谓"少似观音老似猴"也。可不痛哉！惟山川之美，随时可遇，千古常新耳。

回来早餐，冲可可牛奶加葡萄糖泡炒米，情绪仍不佳，休息，忽见出大太阳，即晒出尿片衣裤及破棉大衣，开火烧开水，下面热菜，酱因无辣酱，照旧加盐，太淡，又加盐烧过。先去小店打油，买糖、肥皂等，见偶有麻糖，仅馀二袋，即全买了。午睡弄

1975 年　283

清，因多开水，洗油沙罐、油盆碗等，毕已一时许。不合上床看《前半生》，有兴趣不释手，已二时半，遂不睡。三时起床，倒痰盂，在垃圾堆上看望湖山，晴日下又是一番景色，与早晨所见不同，山野青翠鲜润，明丽眩目。湖水波平如镜，似练似锦，光彩照人。

先晒出衣片，太阳即阴，午睡恐雨，已干者均收入，睡起又大太阳，重又晒出。并将早早所用围胸者，虽不脏，以及所用面巾脚布，均用开水烫洗后晒出，又想早早不置。心情仍不甚佳，望湖景后稍好。半封火煮咖啡。记日记二段，休息，吃麻糖。想写帆、章、王信，均懒不写。五时开火烧粥，收衣，炸花生米少许，过焦一点，因泡过仍无把握，但甚脆。粥水多过薄，吃二碗半。晚饭后五百步走，又到湖边小立，暮色苍茫，灯火闪耀，又是一番景色。归来张婆、余婆[1]、孙嫂邀坐，谈街道学习心得，回屋已快八时。洗脚，加火烧开水。想到退休归街道，殊不习惯。夜又吃麻糖，因趁松脆也。惜囡等不在家同吃。心情益不佳。读报上"限制资产阶级法权的思想武器"一篇。仍写萸苏信，告印唐消息也。但开水多烧时间，空费火，写信时忘去看。十时上床，因排遣思虑，看小说至十一时过始睡。

4月10日（二月廿九日）星期四 大风小雨、阴晴倏变，夜雨

早醒已近七时，起看火极好，不用加煤。昨夜十时始加一自来水淋湿之煤，只不对眼，因底火尚大故也。故早起未烧过，且甚好也。早事做清，已八时矣，胸腹仍饱闷不思饮食。亦不能至

---

[1] 邻居余婆，其夫余爹爹是武汉大学退休工人（此时已去世）。

湖边散步，益闷闷。九时吃一蛋糕，咖啡牛奶一碗。写帆信，二页即甚疲累。无信来，章信亦未能发出。看小说解烦闷。甚想因及早早，亦想到千帆、威克。中午摊二薄面饼，炒二蛋，及炒酱卷食尚佳，惟第二饼食时已不热，酱又未热，冷的。因一难洗锅，二来饼更冷。吃后惟觉冷、干不甚舒，即烧热咖啡一碗饮之，但太淡无味。吃后略看小说，午睡。睡不着，三时起，头昏胀，胸腹饱闷较甚，人极不适。看小说更甚，出至小店买面包不得，转至湖边，回仍不适，搬竹椅坐于门外，略好。回屋洗切莴苣叶，因饱闷，六时多始开火炒一莴叶，热青菜及酱，昨剩一小碗，吃晚饭，仅吃了莴叶半碗，馀未吃，吃薄粥一碗，尚好。又出外五百步走，复至湖边，因风太大，即回。略看小说，已八时矣。腹又胀气不舒，胸尚好。写给赵信，为家具事[1]，同表送去。九时三刻，封火上床。看小说，不觉已十一时，即睡着。娘娘来信。

4月11日（二月三十日）星期五　雨转阴

醒方六时，起床看火后，方6时半，火已须加。昨夜十时始封，反即要加，盖底火不好，又未敢浇湿煤故也。仍不思食，胸腹饱闷。因雨又懒去看病，亦不能至湖边散步。托小晏买馒头面包。早事毕七时三刻。今日天雨，房间掸后用湿、干布细抹，或可维持稍久之清洁矣。惟铁疗车仍多。无事又想念家中四人。又愁下雨明天不止，不能洗被褥，舒婆下月又不来了。

写王淡芳信，时写时停，有杂事及免累也。上午烧粥及做莴

---

[1] 家具事，1966年夏秋被红卫兵勒令三天之内从原居住二区搬到九区，匆忙之中借公家的一张书桌未及时处理，被人拿走，因此一直拖欠，成为一桩公案。

苣二样。午睡一时许。中晚二顿各吃粥一碗大半碗，菜半菜碗。泡晾花生米炸，成功。吃麻糖二次。夜觉饿，吃麻糖三片，卷饼一角，花生米三十多粒。九时半用二新煤封火。十时半上床，十一时睡，共到湖边走三次。

4月12日（三月初一日）星期六 阴转晴，有风。

早起火好，送表格及致赵信言家具事至胡处请带系交赵。回来换被单，将压的二床四斤棉胎取出放箱，换原垫六斤絮。铺床。舒来洗衣。接帆信言要赵解决家具事取来收条后再交表，此无用，办不到的。况表已交去。据我想附信亦无用。至东湖村，成绩甚佳：买到面包五个、蛋糕二个，稍好糖九粒。莴苣十一根，买卖双方均不知时价，卖者约取一角五分钱。归问何爹，云五分至七分一斤市价，回家秤二斤稍旺，约合六分一斤，两不吃亏。刚从地里割下，极鲜，惟较细小耳。中午吃大半面包，仅剩一小角，吃莴苣及酱夹面包，后又饮咖啡加少许牛奶及糖一小碗，极热而较浓（尚不如帆煮者，惟不似平时之淡耳），喝时甚舒适。午睡仅三刻钟，醒后欲再睡，睡不着了。起倒痰盂及垃圾，又翻晒衣服。看小说。铁疗大卡车往来甚多，既吵闹而多灰尘。很想去看囡、早，又恐才好点又病，还是在家多休息好。无事很闷，心绪不佳。环顾屋中，忽第一次感到有空洞以至空虚之感，为以前所无，以前虽风雨静夜，四壁一灯，反觉安静，看书愉悦，自己亦觉有点怪。近来不知怎样心情总是郁闷不畅。后剥花生米解闷，尚平静。五时二十分做晚饭，五时三刻吃薄粥二碗。出外坐一阵，回屋看小说，叠收进来的衣被，续看小说，觉饿，吃牛奶泡炒米一碗，又吃花生米一小碟，面包二小角。火六时半将熄，已无用处，开水洗脚水都有了。封火要加二煤，明天一早也无用，故不加让它熄掉，明天需要时再生吧。临睡心中又烦闷，看小说至十时才上床，仍续看解烦，以便倦了熟睡。夏录送《参考消息》来。

4月13日（三月初二日）星期日 多云

早起暂不生火，弄清仅七时半，本想出外看赵树宜[1]及郑若川[2]，而今日特感疲倦，如以前，不知何故？遂不出。躺藤椅看小说，心绪不佳，看了较好，但又头昏，遂不看。吃麦精牛奶葡萄糖泡米泡一碗，疲倦稍好，因心情闷闷，至湖边一转。细思近来心情不好之故，未得根本准确之由，似非千帆走后寂寞所致。因前彼脚愈返沙洋[3]，初时虽有欲哭出来之意，乃由于初妈妈[4]尚在，小佳、小婉常回，千帆归后，又在家年馀，别后第一次一人孤独过活，殊感寂寞和不便，故初时特感不习惯，而觉凄凉孤零，后因多回，遂渐习惯。上海归来[5]，由热闹而冷静，亦很快习惯。后一人在家，反觉安闲清静，夜晚四山岑寂，邻居闭门，空屋一灯，虽风雨凄冷，风雪夜寒，每移躺椅至灯前，读古诗文或写信，亦从不觉寂寞凄凉而伤感也。去年因生早早，在家四月有馀，威克亦每日回，娘娘又来四月，后千帆亦归一月，数日之间，先后各走，亦不觉如何冷静伤感，看书消遣。夏日多在外乘凉。秋冬多

---

1 赵树宜，武汉大学中文系教授缪琨（当时去世不久）之妻，子缪平。
2 郑若川，武汉大学数学系教授李国平夫人，时在武大图书馆从事图书资料管理工作。
3 1972年1月，程千帆在沙洋干校放牛时，因二牛斗殴拉架，被牛车压断脚骨，回武汉住院治疗，在家休养将近一年。1973年6月13日始重返沙洋。
4 妈妈，程千帆继母洪瑛，亦即程夕佳、程晴佳、程小佳生母。
5 1973年8月，沈祖棻游于宁沪。

看古诗骈文，前未大看过者，更觉可乐，心情愉悦。均不似此次之既感寂寞，更多烦闷，且觉伤感，而时感生活之空虚无聊，殊无意义也。其故安在？虽诗书不足解忧，而故旧诗札频来，多年无消息之好友故人，均有书来，虽当时觉喜，而亦不能完全改变近来之郁闷心情也。亦可怪矣。惟时至湖边，欣赏大自然美景，得以一散心胸耳。因此必须安排生活，驱逐烦忧，以减病苦，养好身体，得多游散，保持以前之乐观达观，以娱暮年，万勿陷入一般老人之消极悲观也。戒之！慎之！

中午吃大半面包，剩凉拌莴苣，炒蒿叶，吃炒酱带几粒肥肉丁，还吃了二片腊肉，对油荤稍好一点。

午睡仍只睡着四十分钟，躺了半天也不能再睡着了。起来烧粥，拟切莴苣丝，孙嫂子来坐，走后粥烧好了，莴苣尚未切，赶快切未毕，威克、早早回，未准备晚饭，临时又忙乱洗切青菜，加火烧水下面。幸火尚好，不多时吃晚饭，但饭后很有些累。早早睡上床还大叫笑，因让她睡，未和她多玩。晚饭后看完《我的前半生》，以后更无聊了。苦无好小说看，也无处借阅。本可早睡，但须等封火，以免明天威克、早早在家，囡又回，须用火也。八时三刻即封火，不知能否到明天？因趁火（再加等起来又加煤封，则太迟太费矣）及早点睡，故封了算了。九时一刻上床。今天想写王文才信，未写。南京尚有三信要写。

4月14日（三月初三）星期一 晴

早起火好，威克8时即返厂，我带早早在屋外站椅中坐，吃馒头，喝水，看景，看鸡，和小孩玩，极乖不吵。囡九时许即回，早早未注意。囡切春菜头莴苣，我陪早早坐拣绿豆芽。至十时多，早早有些哭吵，囡抱之，好一下又哭吵，要睡了，即陪其睡着。小佳、木生送千帆留物来，为我代买25个豆沙包，极好。幸吃饭有蔬菜，又有前蒸长沙腊肉极好，我吃过一次，即病未吃，又蒸顾香肠及威兄寄来咸猪舌，菜尚可。木生谓我烧的菜味不如千帆。我豆芽炒太淡了。饭后一会他们即走，因要在水果湖买书。不见了毛线，又回来找。先木生未找着，后小佳又回在大椅几后面地下找着了。大家甚慰。

　　囡和早早晚饭后先回，威克送至车站复回家，因囡买晒了春菜带回，午又洗晒已干，威克回来做。适停电至八时，始揉做，晒太干难揉，放盐又无数，前年陈嫂告以十斤放三两，后又告菜场人说三两太咸，只放二两，后千帆做时，记得好象约五六两？正好。去年是娘娘约放的，无数，后发现太淡要坏，又重取出加盐，仍稍淡较酸，尚好。这次问何家说要十斤菜一斤盐，恐太多。揉放时也不好确算，腌好计每十斤约四两盐。33斤约一斤二两，不知咸淡如何？揉时看觉似不少，算时似少，威云此次菜根长、多，叶少，故不吃盐，亦是。再看如何？33斤装满坛，只剩下一小棵。菜干难揉透，做至十时多，十一时多才睡。煤尚甚旺，加一淋水湿煤封之。今日甚累。

4月15日（三月初四日）星期二　乍阴乍晴有时小雨

　　早起火极好。威克吃了稀饭出去办各事，十时回，买柴未得。买回茶叶三两，就回厂了。写二页信纸给囡，带二包给早早，甚想念之。上午接君惠[1]信，写一信给王文才。中午吃用剩馀发酵之

1　刘君惠，程沈夫妇在成都时曾租住其岳家，相从甚频。

桃酱废物利用发的一大馒头大半个，不料意外甜美，惜不知，未带给早早吃，她喜吃馒头。以为不好，昨晚即蒸好，大家未吃。又吃小半豆包，未敢吃完。吃了几片腊肉和猪舌，仍觉油腻不甚舒，决定夜饭不碰了。中午将一棵腌春菜炒吃，入口太咸，惟里面尚淡，因盐在外面未透入也。或放盐正好？过些时再看尝。下午睡一小时半，人稍适。想写信亦懒动笔。结账算账清，找出粮票，接印唐信。晚饭至五时半始开火，六时吃。吃一个半豆沙包，一碗半剩薄粥，腌菜炸花生米烧春菜各一点点。饭后至湖边，归遇小孩问卖鲫鱼，送三条半大的，死的。即剖洗净毕，挂吹，明天烧，弄清已8时矣。七时差5分即封了火，虽用水淋煤，但太早，不知能到明早不，现看已起，恐难保？想给君惠及帆信，均懒，拟早点睡，明天再写。今日心绪似稍好一点。连日腰痛，今日起吃蜂乳。今晚心情渐趋安静，稍似前，想与身体有关，病痛减少，饮食渐增，生活渐正常；而故人多来书，情谊深长，久别如旧，亦使人喜慰，不至一切皆无意义也。惟临睡又想早早，其说鸡之神情笑貌声音均如在眼前，极可爱，故介眉屡云惟孩子天真可爱，足慰老也。腰甚痛。上床仍将十时矣。

4月16日（三月初五日）星期三 雨

早起火熄，重生，早餐。上午写帆信，封后又接二信，云以解决家具事再交退休表格。表格已交，此事难办，心绪昨起似稍有好转之望，今为此又复烦闷。看信菜热焦。中午吃一包小半果酱发的馒头。下午睡较好，醒二次均又睡着，睡二小时。起后至五时半始开火，炸花生火候正好，盖较好未洗泡者，火候较易掌握也，久未吃好的，以前均太焦或太硬，以至无花生本味。今较有花生香味。惟终不及孟伦寄来之花生米所炸者。门口买得莴苣，做一莴叶，极新鲜。吃二豆包及剩粥大半碗。夜吃牛奶冲米泡一碗。写给君惠复信。因帆信家具事，又心情不佳。十时半始上床。

4月17日（三月初六日）星期四　雨

醒已七时，不饿，未生火。十时生火拟即早吃中饭，天雨煤潮，火起迟。作寄印唐绝句六首，十一时半吃二个半豆包，新熬咖啡大半碗。十二时睡，因想诗，一时许始睡，五十分即醒，再睡不着。下午又作诗二首。五时开火，不好，六时多始起，六时半吃三包之多，吃后微胀饱，不久即消。复作诗二首，又斟酌排列，至十时半始上床。昨今得刘、萧信，忙于作复又作诗，心情转好。惟家具事横梗胸中不乐，否则可恢复原状，安闲愉快矣。夜读未读过之《唐诗解》七绝部分，甚喜，兴致颇好。看诗不觉至十二时半。

4月18日（三月初七日）星期五　雨

早起一下加火正好。早吃面包咖啡牛奶，上午抄诗十首[1]二纸，一稿，一寄印唐，并信一纸，发出。即同时接帆信，又作一诗，共二首寄萧，但已发出。孩子来卖鱼。上午写信讫，又杀鱼、削莴苣头及春菜头，鱼又二红烧小鳜鱼，一中小鲫鱼煮汤，甚忙，稍累，至快一时始吃午饭，吃得很好，吃豆包及鱼、菜。上床看诗二时始睡，二时半醒又睡，三时醒，稍息起视火已熄，又重生，柴火大，就生了蜂窝煤，但一下须二个，火极大，蒸包热菜烧开

1　参见《涉江诗稿》卷三《得印唐书，却寄》十首。

水，也需要。下午及夜又抄诗清稿四份，草稿次序乱，不要了。以一份寄淡芳，并告以印唐即将至蓉，小住即返重庆，及早访晤，免致错过。上信误以为印唐住成都而告之，恐其以为随时可晤也。并将千帆致印唐二诗先寄与一阅，即令其转呈，以免才寄了诗信又寄，令其女诧怪，而又恐其即将去简至蓉，君惠来信云然。信封未发，明日上午发。九时半封火，洗脚，上床，看诗。晚饭吃三豆包，未胀。

4月19日（三月初八日）星期六　雨
　　早起迟加火，将熄又起，舒婆婆来火尚未大起，先烤了舒买来的包子作早点，又热咖啡，然后烧开水，幸已快开，衣极少，因天雨未洗被及多衣，即先用了。写一信复帆并附寄印唐十绝，由舒代发。淡芳信交邮递员。接游信，二信同寄，言长意深，富于感情，读之喜慰，反复阅看，老友交谊，固自不同，连日得诸老友信，无论长短，均旧情洋溢，具见交谊，非泛泛之比也。下午懒倦悠忽，本想烧粥，省事未烧，多云有风，将衣拿出挂吹，五时许收入，小半干，吃烤馒头片近一个，剩鱼及剩莴苣，剩鱼及春菜头汤加水作一汤吃完。换春菜水，尝一点似太咸，应不至于，或最后面上的，恐盐少加多及未化之故？过几天再看。现天潮湿，咸点也好，不易坏，也免以后太酸。晚早洗脚。本想早睡，因等封火，悠忽随便看看《参考》[1]及《文选》。等九时封火即上床，看点诗睡。盼望因及早早明天能回，不知天气如何？

1　此下日记多将《参考消息》简称为"参考"。

4月20日（三月初九日）星期日　晴

早起晒衣及潮干棉单尿片，共三绳。看《文选》，弄菜，莴片、莴叶及凉拌丝，连晚因回吃。陆汝常[1]来，另蒸香肠及剩腊肉，又开一烤麸，一样莴苣分三种做，临时他自做饭，吃得尚好。饭后陪走湖边，回来因小孩吵要回家，就走了。已二时，才睡着，毛又来送证明，并闲谈二小时，劝仍可从事诗词科研，云萧涤非仍做刘禹锡诗论文。并言中文系亟须添人，校已允，近并添一63年毕业在邮电局做事之学生。现不论老、中、青，只要有人，对方肯放都要，难在无人及对方不放。因思顾现又病，否则现在倒或可，岂非两好，就解决了他的困难。菜只剩一点，本想再做一大碗凉拌莴苣，并烧粥，而忽肚连泻四次，遂一切不做，将就一点剩饭、菜及馒头吃了。早早吃馒头，坐站椅自玩很久极乖。忽电灯熄，哭了。囡又要挂帐，我收衣未折，又添火盖火烧水洗脚等种种不便。九时半封火，十时仍未来电，上床睡。

4月21日（三月初十日）星期一　晴

早起忙早早，极乖不哭吵，吃东西，坐痰盂，坐站椅玩。威克回，挂厨房纱帘。午饭蒸香肠。午睡未睡着，早早时来玩。晚饭做鱼，甚累。肚泻下午四次，晚饭后还做一次鱼，人很累，又清整房间，休息封火睡。早早发烧，晚饭后即回厂诊看。本图拟次日回。

1　陆汝常，苏州老邻居陆仰苏之子，时在武汉工学院工作。

4月22日（三月十一日）星期二　大雨

夜大雷雨，终日雨。早起弄清，人疲倦多休息。写顾信，蒸饭二顿，有剩菜。下午做凉拌莴苣，凉拌豆干，想吃粥，做了二顿的，吃二小碗。夜九时多甚饿，吃牛奶炒米一碗，又吃花生米三十馀，仍饿，又吃麻糖三片，仍有些饿，不敢再多吃，十时馀睡。天亮时饱闷。夜又写了雄[1]、施[2]、帆信。顾信下午发出，馀信待明日发。闻席太婆死。

4月23日（三月十二日）星期三　阴

早起饱闷不想早餐，弄清即至湖边，一直走过桥到转湾处始走回，已九时，约一小时。即将三信交邮递员，正巧遇见。中午仍不大想吃，即吃粥一小碗半，尚适。午睡尚好，近二小时。晚饭时仍饱闷，初吃少许饭，后不饱再三添，仍将大半缸吃完。上午写给石斋[3]一极简试投，待回信再叙。接帆信及诗，诗给刘、陈[4]，又引起我诗兴，亦想做给刘、陈，刘先有此意，陈本不想。下午至小店买炼乳二瓶。惜肠胃或饱闷不能进饮食，或泻，不能增营养以滋补身体而转健康，但连此不吃又会更坏。晚饭后本想至湖边，因火不好，加在上面烧一下，人不能走开，等按下弄好，天已黑，只好作罢。九时半封火，十时上床。夜看《读雪》，神思不属，精神不济之故。

1　沈雄，沈祖棻堂侄孙。堂侄沈辰宪之子，时为上海知青下放在黑龙江。
2　施舍，字蛰存，上海松江人，时在华东师范大学工作。
3　高文，字石斋，时在河南大学。
4　陈志宪，字孝章，在成都时相交甚笃。

4月24日（三月十三日）星期四　多云转阴大风

早醒见房中晒到大太阳，认为舒将来，即换衣裤，起后即开火烧水，开后又用大蒸锅烧火，并先用肥皂粉洗净，而天又忽阴忽晴，至九时全阴暗起风。舒不会来了。空忙一阵，幸尚未拆被。衣裤换早了。想至湖边散步亦未能去。早餐后，理信件重看一遍，已复及无事须留者，均理出生火，好邮票剪下，诗稿留出，毕已九时半矣。加一煤饼仍先封盖，稍休息即将做饭菜矣。做好菜饭，偶开门（因小孩闹关起），见插有帆及顾信，不料顾此时来信，病仍未愈，又添一病，退休事在拖中，云最后不免退或调二途。但其病如不愈，则调亦为难，退又生活有问题，亦伤脑筋事也。帆所望工作，恐亦无希望也。晚饭烧粥吃，此次米不如前，夜间看看诗，也未看进，悠忽而已。因封火，仍十时上床。不知早早好否？甚念。今天又胀闷不想吃，还稍泻，人也头痛，电话太难打，也难[1]打了。那天看其情形，似无大病，就会好的。只好以此安慰。晚饭后至湖边走到堤转湾处，景象开阔。

4月25日（三月十四日）星期五　昨夜睡中闻大雨

今仍终日中雨不止，天极阴暗。早起胸腹仍闷，不甚舒适。早餐仍吃牛奶咖啡，半个面包。中午吃剩粥一碗半，剩菜外，切一莴苣丝凉拌，甚费时间。午睡较好，近二小时，但起则火已熄，救不起了。剥花生，亦不能炸。用煤油炉，热一下剩粥即可，均凉拌菜，一点剩莴苣叶及一筷子鱼，均可凉吃。惟明舒婆要来，如天好，需早起生火，而今晚又需将一壶热水烧开，以便先用。

1　原文如此，或为"懒"之误。

天阴沉郁闷，风雨飘摇，幸心情安静。极简吃过晚饭，即以瓶水洗脚，夜间做寄刘、陈诗各六绝[1]。不如寄萧诗。九时半上床，一直牙肉发炎，很痛。

4月26日（三月十五日）星期六　晴

早不到六点即醒，起来先生火，烧开一壶水，又烧大蒸锅大半锅水，因恐舒来。太阳出大，趁早吃了咖啡牛奶面包，而舒已来，我又临时换衣，因星期四换了未洗，怕天不好，不能干，故先未再换。又临时拆二床被，又怕牛奶冷，搞得手忙脚乱。才弄好，囡中班又回，早早是打预防脑炎针反应，不是病，故已好。囡带回四条小鲤鱼及蒜苗，囡剖鱼，我又弄莴苣蒜苗，水池又被舒占，不便。弄好菜又淘米蒸饭，很累。囡因少睡睡了，但仍未睡着。我搞菜又很忙。吃好饭已二点，囡弄清看了《参考》，三时多走，我也未睡了。人忙累又未午睡，象害病一样，不舒服，过了四点半转好。五时起收衣被、开火、蒸花卷。中饭很吃得下，饭吃完，还吃一碗剩稀粥，一些菜，故晚饭时又不想吃，就只吃一花卷算了，故亦饱闷胀。饭后本想到湖边，因蚊子数十扑门窗，故开而放出，不能出去了，只在屋外坐了一会。回来本想抄诗写帆[信]，又觉疲懒，故随便看了清人绝句，九时半封火，十时上床。施下午来信，是廿二写的；我也是廿二写给他的，真巧。似乎有些感应相通。半夜胀气，起吃药转好。

1　参见《涉江诗稿》卷三《得君惠书，却寄》六首及《孝章闻君惠得余消息，欣然过访，因寄》六首。

4月27日（三月十六日）星期日　阴雨转中大雷雨

早起想至石、李处，因帆来信要找节日大字报诗，寻找，又看旧作，找出一看无用。已迟，恐雨，不去了。即写帆信，未及交邮。中饭只吃一小花卷。午睡二小时，起续写帆信，并附刘、陈诗，又各添了最后一首作结。下午巧交送信来的邮递员发出。印唐来信及和诗。上午淡芳来信，发心脏病，又跌伤肋骨，幸俱好转。拟明日写信慰问之。并作诗一首。下午因写帆信，忘了，迟添火，火熄救不起，七时用煤油炉蒸花卷，吃一个半，夹肉松，吃一点鱼。饮咖啡牛奶一碗，又烧开水一壶。风雨夜窗，幽静看诗，未感孤凄。十时一刻上床。还不大想睡，或午睡多，吃咖啡及吃晚饭迟之故？

4月28日（三月十七日）星期一　雨

夜睡沉，早起倦，稍晏。下床事毕已七时，弄清快八时，人觉疲倦，休息。九时用煤油炉早餐，弄菜及做酒酿作一切准备，10时半生火，天雨起来迟，烧好一壶开水已快12时，已饿，即蒸馒头炒莴苣吃午饭，饭后弄清已一时，仍感倦，即午睡，睡二小时多，仍倦思睡，怕火熄，即起开火，已四时过，火起蒸糯米做酒，吃晚饭已七时多，吃二花卷，尚未觉饱闷，尚适。弄清快8时，想写信觉倦，即补书、洗脚，加火烧开水，已九时多。冲好开水封火即上床。下午接施挂号信，言退休事甚详。他又工作了。因校方要编订鲁迅年谱故也。他校似亦校方与教研室意见不一，而恰与我处相反。

1975年

4月29日（三月十八日）星期二　阴雨

早起人即疲软，大概近吃物太少而无营养之故，想去买肉不成。取出所补书，未大妥，又重修补，翻看一下，又压。写帆信，未成，下午续写，夜添补，将顾、施、萧之意均详告，尤其施告之情况及意见。因写信忘去李婆买莴苣，去迟她已做饭无空割。因无一点菜，即蒸香肠三根，腊肉掉下，挂时不慎，滑跌一下，幸慢而低，无伤。但走到李婆处回，腿腰膝均酸痛，手腕亦然，因撑扶一下也。想贴伤湿及镇痛膏，已均无。又将药酒渣加点酒各处擦，后未痛。中午吃了半根香肠，胸腹又饱闷胀不适，夜不想吃。后又吃粥碗半及新鲜莴苣尚好。人仍疲软。添写帆信，烧开水，洗脚，已将九时，等九时多封火。明天不知能否有点精力勉强出外一次，免肉票、豆腐票过期及看看节日有无好物。

4月30日（三月十九日）星期三　雨　梁世平[1]送表、纸来

早起加一湿煤，到二区买肉及其它，投帆信。归途遇雨，至缪家[2]，放物出至粮店，买4—5月白筒面8斤，放缪家待取，借伞而回，已十时半，尚不太累，还斩肉炒酱，又将大半多肥者烧红肉，洗沙锅砧板等，午饭仍吃馒头，睡二小时不到，即起开火，蒸饭切莴苣伤指。饭刚好，因等三人回，又小孩送鳊鱼来，晚饭后，杀好吹晾。石斋来信，半身不遂痊愈，照常工作。附照相，反比少壮时稍胖，精神甚好，亦如介眉。因念朋辈中，唯千帆、自亹最显老，次则我，再则白匋、孟伦。荑荪亦不甚显老。得信

1　梁世平，梁百先女，程丽则中学同学兼好友。
2　即缪琨家，参见前4月13日注释。

甚喜，知其病痊愈，尤大为喜慰。念旧日好友，以前不通音问，不知消息以至不明踪迹者，今俱知情况，皆得联系，乐甚。

5月1日（三月廿日）星期四　雨

全日抄怀人诗[1]及烧节日菜。小孩复送活鳜鱼三条，黄鱼二条。晚饭做鳜鱼，及写给石斋信，和早早玩，睡已近十二时。因夜出玩，回谈笑，故睡迟。

5月2日（三月廿一日）星期五　雨

起极早，因昨夜谈笑，封火过时，先恐不能燃，放在上面，又忘及时封，煤已烧红大火，复用水浇湿封之，恐不能燃，又恐烧过，故早起视之，甚好，尚烧开咖啡，又封了下，他们起后炒了饭，下面后才加火。因本想去汉口未去，即下中雨。我一早写了点信，他们起后，我领早早，因大补破帐，威去摘菌，只摘了一点，吃中饭，饭后大睡。四时吃晚饭，他们吃了走。我吃不下，待他们清理，七时半才吃，夜写石斋长信，共薄纸密行细字五页，且多添注，盖详告别后诸友情况也。写后又写一信告冀荪，接帆信，未暇即复。夜饮咖啡，又不大想睡，看《世说》至十二时。此次威克铲去厨房后沟积泥，并买了柴。

5月3日　通夜很大雨，早起不停。星期六

舒婆雨不能来。看火尚好，即仍封住，烧咖啡亦甚开，烘花卷黄焦。吃早餐。已八时，始加火。稍休息。舒婆仍来。上午写

1　参见《涉江诗稿》卷二《岁暮怀人并序》四十二首。

帆信。午睡二小时。下午及夜写王淡芳信。早睡。

5月4日（三月廿三日）星期日　阴　午后偶有阳光
夜睡熟，早醒已七时，起已七时半，火昨又封早，已熄。只好重生，吃早餐后已九时半，做菜蒸馒头吃午饭。午睡，屋外小孩吵，将朦胧，又被张爹大声喊吼红红惊醒，心跳，又眯了一下，即起，看火剖鱼，尚早，写孟伦信，并做诗一首。又洗上海腊肉及猪舌，与饭同蒸。今天手洗冷水多，不知关节会又痛否？又无姜泡酒。囡到七时后才回，等急，怕早早又病。吃好晚饭已八时了。十时封火睡。上午又接帆信，商退休事，要与囡共商，囡陪早早睡了，不及看信商量。后起商量。

5月5日（三月廿四日）星期一　多云
半夜狗叫甚，天亮又喇叭吵，未睡好，早起看火，尚好。囡等未起，即写帆信。早早起，即开火，共囡吃酒酿冲蛋，早早冲奶糕。又写下信。威克买蚕豆回，即与囡共剥豆，做饭烧菜。饭后烧开排骨汤，封小火炖。午睡，起即开火弄饭，汤已烧好，我不想吃。他们早吃，早早先哭吵，我喂她很多馒头花卷及去油排骨汤，大喜笑跳跃欢呼，共吃了三块饼干、半个馒头、半个花卷。大了食量增大，不能照小时了。她极乖，吃饱睡足，从不哭闹的。早回厂，我想弄饭，火又忘了加迟，起甚慢，七时半过才吃晚饭，弄清，屋外稍坐，已快九时了。又添写好帆信。十一时才睡。

5月6日（三月廿五日）星期二　晴
昨日早早等回，做饭菜多，又写帆信，很累。今早甚倦，广播吵又怕火熄，勉强起，已七时过。加火，晒出棉被、衣服、棉片、各种手巾洗烫后晒出，又晒霉了的棉鞋（已晒过四次，天雨又霉），更疲累，休息一阵，又补写帆信。剥豆弄午饭，吃一咸蛋。午睡二小时，起大刷棉鞋又晒。收物做晚饭，吃一片猪舌仍觉油不适，仍吃豆及一咸蛋，此蛋有油而嫩，极佳。一点排骨汤及更少的红烧肉汤，均不敢吃了。现仍一点不能吃油荤，总算昨晚吃半菜碗海带排骨汤（去面上油），今午吃半饭碗，尚无一点不适，晚上不敢，也不想吃了。下午去小店打油买皂，并买蚊香，春荣所告也。原以为尚有三盘，不知是那天算的，昨夜只剩一盘了。即威克买回送来，亦来不及。这两夜蚊子无法抵挡。幸在小店买到。本想多买，又怕潮霉，先买四盒，也可对付一时了。因又写信给囡，不须急于买送了。托小晏明日发出。殷、帆信交邮发出了。晚饭后弄清并加火，出转东湖，走至转湾处始回。算结买物账，已八时。渴极，茶已倒洗，待泡，火封盖。即开火，幸即上来，开水泡茶，冲水瓶。泡茶冲水毕，人仍疲倦，想写游信、翔侄[1]信均懒，待烧水洗脚上床算了。还拟冲酒酿蛋吃。游信云彼每早吃一酒冲蛋，云白匋言，每夜吃一酒冲蛋，彻夜美睡。今夜拟效彼等。九时半做酒冲蛋食之。仍写游信二页未毕。十时一刻封火。弄毕十时半，吃花生米廿粒，洗脸点蚊香、理桌、铺床，11时睡。

5月7日（三月廿六日）星期三 雨

夜因口渴，临睡饮新泡茶四五杯，又写游信，思念诸友，上

---

[1] 何翔如，程丽则中学同学兼好友。1968年底在"上山下乡"运动中下放到湖北建利县。1975年抽调到武汉车辆厂。

床久久不能入睡，也不知何时始睡着，总之过夜半矣。三时半醒起床一次，后睡较熟，而六时许又被吵醒，头觉有些昏胀，起已七时，火甚好不用加。昨夜临睡前吃一碗酒冲蛋，夜似稍闷。早起不想吃，舌苔变厚腻，胸腹饱闷，实无吴兄之福也。棉鞋本想将底再晒一天，又雨，即一早将面又刷一次，底霉刷净包好写明，也做完一事。弄好一切已八时半矣。尚未开火。写游信五页，连昨七页，甚累。剥豆大半碗炒之，蒸花卷咸蛋，一口排骨汤热了吃掉，沙锅洗泡。吃一个半花卷，吃了汤和豆，咸蛋就未吃了。弄清一时半睡，即睡着，甚熟倦，醒已四时，仍倦欲睡，起看火已熄。至小店买面包未到，云后天有。五时四十分用煤油炉做了二小饭碗酒冲蛋，因饱胀不想吃，又省火省事也。烧一壶开水，洗脚弄清，已七时矣。接王淡芳来信，以我病为忧，又述与印唐相见同游及与文才、国武同饮等情。附萧和诗。

这两天又时时很想早早，因过节以来多与玩笑也。其声音笑貌，如在眼前。

下午至小店仍很疲倦无力。晚饭后精神稍好一点点。又回了淡芳一信，又觉倦累。已九时二十分矣，即欲睡，又想到吃一苹果，否则坏了可惜。睡十时矣。

5月8日（三月廿七日）星期四　阴雨

早五时三刻醒，闻人敲窗，小孩来卖三小活鳜鱼。已养盆中，一死二活。淘拣糯米，早事弄清，写吴一信，八时三刻，生火，火起九时半过。想剖鱼怕腥手，做酒酿不好。遂拟先做酒，洗锅、米、箕、布等准备。烧水蒸锅，剥豆、洗包菜。蒸锅上气已十时三刻，蒸米至十一时廿五分。冲冷开水，拌药，焐好，然后剖鱼，蒸花卷，烧好鱼，已一时半，豆菜未烧，吃剩豆，就进午餐，弄清上床，已将二时，幸即睡着，至三时醒，还想睡，小孩太吵，又怕火熄，四十分起床，看火甚好。拟四时三刻开火。写赵国璋[1]信，5时过才开火，等加蜂煤上，炸花生米，炒包菜，烧粥，炒蚕豆，热鱼，吃晚饭已七时，吃毕洗锅碗，又大抹桌，洗抹布，弄好已八时，甚累，休息，洗脚，烧开水。十时封火上床。天气不好，一天头痛，晚稍好。发出游、王、吴三信。

5月9日（三月廿八日）星期五　阴

昨夜上床看《宋诗精华录》[2]，读至后山之"不惜卷帘通一顾，怕君着眼未分明"，"一枝剩欲簪双髻，未有人间第一人"等句，仍令人如少年时之荡气回肠，掩卷沉吟，惆怅久之，恨不得与千帆共论之。不觉至十一时半，急抛书熄灯睡，幸即睡熟。今早虽被广播屡次吵醒，而倦极思睡，又屡次睡去，醒已七时半，仍懒洋洋一阵，起床已近八时，急看火尚好，早事弄清，就馀火冲煮牛奶鸡蛋吃早餐，餐毕已九时矣。始加较湿煤封住。小孩送大小鳜鱼共三条杂鱼一条，云打起还是活的，因来敲门我未醒也。至李婆处问卖莴苣，已外出未遇，遂至湖边一转，大风吹浪，水声淙淙，绿浪鳞鳞，小舟颠簸于波中，又是一番光景。水声时而清越，时而洪壮，随风之大小。古人"听风听水谱霓裳"，有以哉。归已九时半过。稍事休息看书，即可剖鱼矣。中饭吃剩粥或下面，再看情形。仍饱闷不甚思食。昨夜腹胀气，揉按后转好。今仍有

---

[1] 赵国璋，其时在南京师范学院中文系任教。
[2] 时简称"精华录"、"宋诗录"等。

点胀气。本想再看姜医一次，因起晚了。午睡至三时半过，起已四时，火尚好，即去小店买面包五个，蛋糕四个，见有蛋卷，买半斤，只17个，回来吃极酥松味好，大不同于前，细观乃出口的。惜买少了。即开火已五时，火上烧鱼，六时亦吃晚饭了。吃半碗剩粥后，似稍想吃，鱼及鱼杂味好，即又吃半个新鲜面包，腹胸仍胀。洗锅碗烧开水洗脚坐水后，已八时矣。烧咖啡，晚点封火，明早舒婆来。一周真快，一瞬即到了。发出赵信。吃二蛋卷，咖啡少加牛奶大半碗，稍后，又吃花生一小碟，看如何？十时上床。很久睡不着，或久未饮咖啡，又晚饮之故与？

5月10日（三月廿九日）星期六 多云

早醒五时半，因舒来，卖冰棒将提早，又昨晚就煤加火早，故不敢睡着，倦略闭目，将六时即换衣起床，看火尚好，未即添，舒婆七时即来，立加火，先用水瓶水，水壶一夜已快开，并洗了褥单。天有些日光了。晴了就好。只好等其洗毕，再洗脸，进早餐。舒洗衣毕，吃早餐牛奶半面包，已十时，加火后，又去买蛋卷一斤半，三袋，拟以一袋给威囡早早也。并又买炼乳一瓶。午睡一小时，二时半醒，思再睡，小孩大吵，后不吵又睡不着了。三时半过起，至李婆处买莴苣，分豆二斤半，回剥豆开火，接殷、萧及文才信。晚餐。餐毕极累，收衣铺床单。写完孙、霍信。思写帆信，累不支。因上午接帆［信］，因事须写也。休息，吃一小碗咖啡，太淡，加泡米少许，仍不可口。十时封火睡。人这两天特倦，因日久少吃故也。

5月11日（四月初一日）星期日 晴到多云

昨夜因帆信不快，十二时始睡着，又屡醒不安。早五时醒，即起，火极好，一时不用加。做一切早事，又洗了几块抹布，牵绳晒未干透衣裤及早早单棉各片，弄好已即将七时矣。写帆信，又抄寄刘、陈诗，毛来送工资，略坐不能多谈，忙极人少，所谓学生还不知对方肯放否？请人极难，因向其推荐顾，未告姓名，彼甚愿，云问系中看。威克回，送回蚕豆及米，因明日到汉口也。未吃午饭即去。我本弄了莴苣，又弄豆子，还有一点剩包菜及剩鱼，午餐菜很丰富。午睡二小时。初刚睡着，被小孩敲窗惊醒，买白、鳜各一条，又从一时睡至三时。剖鱼，蒸馒头，六时晚餐，饭后弄清，散步至长堤湾处，回稍休息，已七时半矣。写刘信附抄刘、陈诗，又写柳[1]信，因寄来资料也。晚餐吃新鲜鱼及剩鱼，菜稍多，多吃茶。睡前又腌白鱼，一点不想睡，看书至十二时始熄灯睡。发出孙、赵、帆信。晚餐吃一个馒头，吃后尚好。胃口转好，亦鱼味好。

5月12日（四月初二日）星期一 阴

今天阴甚好，因早过汉口不致受热。早起火已熄，大概因新煤本极潮，又加水，而用力压下，煤眼多塞入碎煤屑，故不燃。近来极少熄了。弄清即生火，因纸及细柴枝均潮湿，不易燃，又多烟。九时火大，本想冲酒蛋吃，因酒极甜好，米又不生了，即生吃一匙带汁，不煮吃了。烧一壶开水，旧尚剩一瓶，倒入锅中冷，因等回必多吃冷开水也。即盖好火，等午饭开火。已九时半。

---

1 即柳定生。

发现又有老鼠，蛋糕被吃掉一点，威克床上有瓜子壳及老鼠尿，夜当用毒药药之。想到早早回，很高兴！又想到帆事为难，顾事不知有望否？今早起仍饱闷不思食，只吃一匙浮滓酒，不闷亦不饿。剥豆甚多，自中午拟炒小半碗，留一浅大碗她们晚饭吃，中午即蒸好饭，以便午睡及早吃晚饭也。想写沪信甚累。下午再看，又想和早早玩。今天上午邮递员未来送信，刘、柳信均未发出。中吃馒头，剩鱼、剩莴苣及炒蚕豆。弄清午睡。三时起，洗切包菜毕，至门口望，适囡抱早早回，即与早早玩，4时三刻开火蒸晚饭，炒菜，5时威克回，五时半吃饭，囡等主张熏蚊，即作种种准备工作，食物不能藏者，暂移早秀家。7时半熏，全家至早秀家，8时开门窗，8时半回，已无气味，仍有极少蚊。清理善后，十时睡，因囡说话冲我，不知体贴；又帆事困难；病复久不痊愈，饮食过少，精力日益不支，益需人帮助；心中不快伤感，至十二时始入睡，仍时醒。酒成极甜有酒味。共食。

5月13日（四月初三日）星期二　多云到晴

早起头痛，仍不思食。火早加未淋水，认为会熄，倒特别［好］。早早醒，与玩，即喂其豆沙包，甚乐。我亦吃一个多豆沙包。一早起我和囡均吃了两匙酒，酒味已渐浓了。上午全与早早玩，及削切莴苣。10时开火，用冷水先煮咸蛋，蒸饭包。中午吃一个半包，一碗半多水酒冲蛋，已酒味大，回味有一点苦，冲食放糖尚不觉。囡10时吃一满碗饭，午后又为之冲蛋一碗，留冷吃。10时多囡和早早睡了，12时囡醒吃午饭，早早未醒，吃毕我午睡，要囡亦再睡，初看书未睡，后不知如何？我睡梦听囡进房，仍睡。二时半醒，想囡等当已起来快走了。起视已走，甚感凄凉。即洗锅碗，倒痰盂、污水等，看火很好，又移眼使不对更封好。头痛甚，人觉不适，想沐浴又懒动。写日记如上。昨天药了老鼠，药只微动，不知药死未？以前一阵情绪甚好，闲静愉快，有时甚乐，今又烦闷凄楚，抑郁不乐。当须自排遣。但头痛不适亦使人不舒。天气不好，今更闷热了。头痛有关。

下午李来，谈甚久，彼等恐调襄阳，闻各校均缺人要调请人，托我探问南大，云法家著作选注，已告结束，仅继续未完成者而已。现重在限制资产阶级法权，具体任务尚未布置下来。李走后即蒸包吃晚饭，因谈话多，较不觉饱闷，吃了二包，还忘了，以为只吃了一包，又去拿，忽然想起好象已吃了两个，一数果然，即停不吃，可见稍吃得下了。饭后睡前又吃酒二次。晚饭后弄清即写信给吴、柳、孙探问南大、南师一切现状，并历史系是否请调教师？并及中文系情形，顺便为顾一问。写好已十时多，封火洗脚弄清，已十一时过矣。上床少歇，睡即着。李主张托胡问帆事。

5月14日（四月初四日）星期三 晴

早起看火未大起，下面全塞满，恐熄，即稍去灰，又上下打开，一刻去看，火苗已起，本想蒸包，因饱闷一点不想吃，又赶忙上下封盖住。清洁洗抹布，牵绳晒尿片，一切弄清，已将八时矣。头甚痛，精神亦不佳。酒已苦味，又昨依孙嫂法加冷开水，夜尚好，今反变淡变酸了。只能吃一天，至多两天，不能搁久。以前大概焙得少，药少，能放二三天。晒尿布等，发吴、柳、孙信。午餐仍只吃豆沙包。午睡。下午写顾信，收一早晒的八斤、六斤棉胎，晒、收均尚好，稍凉用塑料布包，一人不好包捆，反复包好，又搬放好，忽心跳厉害，又心慌头昏作恶，只能即卧床不动。一刻钟转好，蒸包吃晚饭，未弄菜，吃一咸蛋，饭后全好。又写了下信，即睡，但睡不着，半夜始睡着。

5月15日（四月初五日）星期四 大雷雨

全夜雨阵雷雨，早起仍大雷雨，厨房大漏多处，用多盆接，仍不够。厨房后门外，砖堆小沟冲垮，又原来砖堆太偏外，即冒雨重整理好，用铲挖泥重堆，易倒，堆几回。衣履尽湿，又小棉袄及衬衣均溅泥，又换衣濯洗，因均抢赶，更忙累，又心慌头晕，即休息，不想吃，就也未弄菜了。休息转好。午睡较好，大雨无小孩吵也。但火熄了。晚饭只蒸包，就未再生火，用煤油炉蒸好，冲了一瓶开水，旧水半瓶洗脚。一天空时均重看吴世昌红楼梦文，虽系胡说，甚有趣。接王淡芳信。写好顾信，论龚诗。又写施信。较早睡。

5月16日（四月初六日）星期五 多云

一早起，六时三刻出门，到卫生科，等挂号，无凳坐，至后院坐。本排在第11，七时半挂号，误以为8时，去看号都挂了，还算好，挂号人已代我挂了，不过已变成14号了。遇吴志达，告中文系已普检过，嘱和叶医讲，可补查。我想反正来了，就检查一下为好。叶医允许，检查了心脏、血压、心肺，心脏医生略踌躇一小下，仍画的正常。到卫生科后觉心跳一阵，后好些，大概还稍跳得快一点。皆因不吃多走之故，亦无妨。血压则130和80，近正常，不低了。上次检查即不低了。一向多年只100和60，甚至90和50，近一年忽变正常，不知何故？或近来多吃蜂乳得到调整，如仿单所说乎？但64年冬吃了六盒，血压也未变高。是不是有点高血压倾向了？因原来过低，故尚好乎？要注意！到修缮组催修漏、修沟、配玻璃，不知何日来？回卫生科看病。出来到财务科领帆4、5二月工资，到邮局发顾、施信。买邮票信封，理发。百货公司买墨水、浆糊、航空信封、钮扣，回已12时过，极累，用煤油炉蒸包吃，即睡。睡二小时，醒疲极不能起，至五时始起，本拟生火，遂不生，仍用煤油炉蒸包，菜也不做了，将热水烧开，即熄火。饭后精神稍好，写账、算账、看诗，即睡。

5月17日（四月初七日）星期六 多云夜雨

早六时不到即起生火，而舒婆六时即来，用瓶水。舒去后，饱闷不思早餐，烧开水。中饭吃二小馒头，做了酸辣包菜及酸辣莴苣少许，稍下饭故也。但吃后午睡起又饱闷不思食，走至湖桥湾处回，仍闷胀一点不想吃，即不吃晚餐，饮茶多杯。8时小孩送来一大活鳜鱼，即刻杀，脊刺伤食指。做好已九时半过，适稍饿思食，即吃一小馒头及半条鱼，吃后尚好，至十一时半过始上床，睡已过十二时矣。接孝章及帆信。煎吃二次药。

5月18日（四月初八日）星期日 大中雨转多云

早起大雨，接漏，想囡不能回，甚想早早。早起仍饱闷不思食。吃一满碗中药，因过蛋卷二，即当早餐。写帆一简信，看《世说》。邮来发帆信。见天转晴，甚喜，囡、早可回，拟做饭做菜准备了。淘好二缸饭，一缸留明日早餐。后想起囡此周做中班，要明天才得回。米已淘好，天气不好，生、熟都不好放，只好做成稀饭我吃，但馒头、面包还多，更吃不完了。记忆太坏了。只想早早回，就不多想了。主食太多，又太吃不下，真无办法。久不吃粥饭，有菜，吃粥好，但有不少馒头面包吃不了，要坏。面包本是早餐吃的，因一周不吃早餐了。中午吃半小馒头，大半碗极稀的粥，后又添一口。饭后弄清，又换伤指药，已一时过，睡上床略看《世说》即睡着，醒已四时，犹不想起，起看火，尚很好。五时半蒸腊肉馒头廿分钟，热稀饭一碗，而囡等三人又回来了，临时又下面，加稀饭。我吃小馒头半个，粥饭一碗未吃完，早早吃了。饭后威克挂蚊帐，即睡。已近十时了。上午写了一简信给帆，因指伤不便也。附高、王信。因蚊多，威克和早早睡外间大床，囡和我睡。威、早早睡后，囡入房又要我帮绕毛线，十一时过才上床，又略谈，我又未能立刻睡着，已十二时多矣。

5月19日（四月初九日）星期一　阴雨

早六时醒，甚倦略躺，七时看火，已熄一半眼，幸加不久即大火。我仍未早餐。早早吃蛋糕面包后，吃牛奶，我也喝了一碗。张、囡下面吃。上午我带早早，推坐车至湖边，累时略停，本甚好，但小孩围闹，一时心情甚恶，即推回坐于屋外，玩甚久，不吵，后欲起行，又给其米泡坐食。故囡得淘米洗土豆等。早早极乖不闹，亦从不哭，但一见威克就哭闹要其抱，太多抱惯故也。午餐喂早早汽水肉拌饭，我尝觉颇有味，等其吃毕，亦照样子小半碗饭，似尚想吃，又添一点，共约有大半碗饭，多日不吃矣，又拌有蛋肉，稍有营养，或服中药二帖后稍有好转乎？午睡三时起，即共做晚饭，五时多吃。我还吃大半个小馒头，一些烧土豆及土豆汤。饭后我带早早出外玩，让囡等理物返厂并做好家中一切善后事。六时走。即烧水煎药，忽无电，一时又有凄凉感，灯来后看《世说》、记日记,即转好。今天取来介眉寄包裹,巧格力糖大小四块(各二),茶叶一小袋,装果酱瓶恰一整玻瓶。故人深情,极可感慰!即给威克、囡一小块吃。药煎好服之,即又煎二道,趁火好,且迟封明日有火,可不重生,因柴煤潮,不易生,又人久食少力疲也。八时半吃药,九时四十分封火,已煎好二道药。微觉饿,久无此感矣。吃二蛋卷,看《世说》,不觉十一时矣。即速睡,挂帐后,上床不再看书矣。但上床熄灯后,很久才睡着,又常醒,不知何故?

5月20日(四月初十日)星期二 阴雨

早六时醒,倦而不能再入睡,六时半起,火好。做早操,七时半至湖边一转,回8时。疲倦休息,看《世说》,头昏晕。十时开火做饭菜,中午吃一小馒头剩一小块,吃洋芋汤一饭碗,煎、咸蛋各一,较前好多了。一早喝了药。午睡半小时即醒,仍睡,过了一会又只睡了半小时,即起,头甚晕,剥花生米,剥土豆,五时炸花生米,蒸馒头,做土豆泥。小孩送来一更大之活鳜鱼,吃饭时,乱蹦乱跳,饭后已死不动,诧其快,想未放入水盆之故。即去鳞剖腹,不知后忽跳动,仍被脊刺伤了一点小指。都剖洗好挂在绳上还在动。早秀家打DDV,送鸡娃来暂放,帮斩去脊刺,云不可多洗,腹中血莫洗净,否则不鲜不好吃云云。弄好已8时,洗脚,烧水冲瓶,9时有点饿,并心慌跳头晕,即吃牛奶泡炒米一碗,又有点饱闷。9时半热中药吃。9时三刻热好,即煎二道,明天热即可吃。但时已迟,烧开算了,反正是二道,明天再煎一下即可。今晚甚冷,也好,鱼可不坏。明天看能打通电话要囡回晚饭吃鱼否?早秀寄存鸡一小时,而臭气大开门透近二小时犹未散尽。她只是小鸡娃，而我们养的大鸡都一点不臭，无一点任何气味，鸡娃更干净。大概鸡笼不清扫收拾之故。十时吃药，封火，吃花生米一二十粒过药。十时半睡。放帐后，有蚊子，打了好久，头屡昏晕，打死四蚊。十一时睡。下午接吴信，知南大历史系需人。

5月21日（四月十一日）星期三　阴雨

夜睡甚熟，早醒已六时半过，起看火甚好。七时做早操十多分钟，后至湖边散步，归七时半，盥漱吃西药蜂乳维生素等，仍饱闷不思早餐。加火夹碎，仅存一小角，三个火眼，即仍一浅煤试试。至铁疗打给囡电话，费半小时，才打通，三连电话坏了，无法可想。本想叫其回吃大鳡鱼也。如我象去冬好时，即可送给她吃，今不行。今早还心跳头昏，不过头晕无昨日之甚。回看火三眼在起来，不过很慢，而且做饭还要再加一煤。本想早做鱼吃午饭，饭后早，可至李处告吴信，商下步进行也。现恐又不行了。因已九时，第一煤的三个眼尚未全上。疲倦悠忽。饮葡糖半碗，算账。火才起三眼，又换对三眼，不知何时才能有大火，现已九时半矣。十点过，火仍未起，再看，出外打电话时匆忙间，下面铁盖未开，故不起，开后已迟，不起，即又重生，起大火，蒸面包，烧药，又忘吃，烧好鱼，又冷了，加开水成一大碗吃之，又等过快半点钟才吃饭，幸鱼菜尚未冷。鱼红烧，烧时间少，肉鲜嫩，非一定大即老也。但不及糖醋好吃。因一直吃糖醋换换品味耳。思夜热时再加点糖醋。仅烧了中段一大块，头尾炸好未烧，夜烧。因一条甚大，子多，共二斤四两也。中饭吃了一个大面包剩一小块，中段鱼块一半剩一些，鱼子肝一些，剩土豆泥一二匙，小半咸蛋，多天来吃得最多的一顿了。午睡一小时半，三时醒，仍疲倦甚，四时起，四时二十分至湖边，五时差10分回，开火烧粥，烧鱼头尾。今天煎得都好，又不甚，因煎太焦黄，则不入味也。烧时本来作他事，因头恐不煮透不卫生，只好多煮一下，翻身加多水，进房一下拟吃药，去看水尚多，但火太大，已巴锅，有点焦味，幸只巴焦了一大块皮，即加糖醋盛起，皮另吃掉，焦苦了。鱼和汤尚无焦苦味。起锅时似觉太酸一点，后吃甚好，反下饭有味。晚餐吃稀饭二浅碗，二种鱼和鱼子肝等。鱼子吃完，中段鱼吃不多，尚剩近一半。头尾只吃了一二小块碎的。头尾烧久散碎了，肉也稍老了一点。因恐头不透也。新鲜鱼不能久煮，王婆千煮豆腐万煮鱼非也。少煮则熟，肉嫩好吃又好看，不烂碎。饭后大洗锅碗，洗脚刚毕，已8时，孙嫂来写家信，去已十时，看火将熄，还剩数眼，肚饿头昏心慌，即煮开一碗牛奶咖啡，吃二蛋卷。封火，未浇湿煤，或尚可？弄清上床，将十一时。

5月22日（四月十二日）星期四 多云

早起火未熄。早操后至湖边。煎药，上午吃一次。中午吃剩稀饭大半碗，面包半个，鱼及土豆。午睡醒极倦，四时始起，下面吃大半碗，一点剩炒肉下在面里了，吃鱼及咸蛋。饭后至李、石处，适先遇詹[1]爱人邀入坐，詹亦回。略坐即至李处，示以吴信，甚喜，嘱其开履历，甚细慢，又找论文，回已九时，由石伴送回，幸火尚未熄。借了二本《历史研究》，即看了一下，封火睡。今天奋勇取下洗晒香肠腊肉，又挂高。

1　詹伯慧，语言学家，时武汉大学中文系同事。

5月23日（四月十三日）星期五　晴

早五时半闹钟即起，弄清及准备完全六时一刻即去卫生科，匆匆忘加煤。到时七时差几分，挂了第二号甚难得，甚喜。不料等到七时半，姜医来，又有事不看，可气恼，改看西医，开了针B1和B12甚好。但一后来护士硬不给带回，后因商说吴明芳[1]人情始带回，买肉，到邮局买一角邮票，商店买了茶叶，见新酥饼样子还好[买]二个，买了一馒头一烘饼，吃半个。至耀老[2]处稍坐，百货公司买香皂针线回，一路忘用包遮肉免日晒，将到家才想起。回来极累，又饿，火又熄了。用煤油炉，加油过多浸出满地，怕引火，又用煤灰盖地吸干。午餐将就吃一点剩面，又半个干剩面包。即睡，醒极疲倦起不来，四时起，火本熄，就未即重生，先洗斩肉，晒一路，又放七八小时，有些气味了。天气本不当放，但上午实在人不支了。洗多次，又无葱姜，只好放一点酒。蒸一碗汽水蛋肉，馀炒出。汽水肉有点酒味不大好吃，炒的不觉，炒得很久，又煮，也未放生粉，但还很嫩。又炒了新鲜四季豆，极佳，威克送来未遇。还有土豆泥。晚餐吃半个馒头，很多菜，吃后尚好。夜饿，仅吃二三十粒花生米，吃药过半个酥饼，仍想吃物，不敢再吃了。看《历史研究》论文，十时封火睡。接芟荪信，并嘱提李白选目意见，甚为难。

5月24日（四月十四日）星期六　晴

五时半即起，舒婆即来，洗衣。我拆被换床单她带回洗。九

1　吴明芳，武汉大学卫生科护士。
2　黄焯，字耀先，黄侃之侄，时为武汉大学中文系教授。

时去生产队医务室打针，未开门，至湖边，无力多走，近处走立欣赏景色甚久，回见开门，即打了针。回家疲倦休息，十时半开水煎二通药服，蒸半个馒头及面包，并剩汽水肉，吃了半个馒头，弄清十一时半。写日记，十二时上床。即睡，加了一煤，便久睡也。一时四十分、二时半各醒一次，又睡至四时过醒，睡了整四小时，象以前了。但中醒，不酣熟，且头甚痛。起看火才起了大半，幸加煤也。即换边，底下稍通，又掉下，幸一下全起大火苗，即盖住。头痛甚，天气极蒸郁闷热不适，头痛当因此，又睡多更甚。即出外至湖边。气候仍坏不适，头仍痛胀，但稍好一点。归已五时多，即拣豆、洗土豆，蒸锅略煮土豆好剥，拟炸片块。即同时蒸剩汽水肉一点点。面包本可蒸，但太久烂干不好吃，照石说切片烤较好，故拟另烤。接印塘信和诗，甚热情。帆信收到已照嘱。收晒衣服。六时半吃饭，吃烤面包大小五片，约大半个，四季豆炒肉末半碗，炸土豆小十二三个，蘸广东嘎汁[1]，甚佳。吃后很舒服，而特蒸汽水肉又忘吃。饭毕洗锅发现，恐坏，仅两匙多，吃掉，似觉太饱，即又至湖边一走，不觉饱闷，头痛亦较好，回洗脚，已8时过，火不大好，拟将很热水烧开，不料未开大已即将熄，急加煤，恐已不能起矣。反正随它去，等下再看。想钉被，疲懒不动。火全熄，热水瓶又倒空，又用煤油炉将将开之热水烧开。又煤捻忘蘸煤油，数点不燃，天又雨，潮划不燃火柴，费半天事才想起，后点燃了，一下水就开滚了。又烧热一点水洗脸手。熄火开门出煤油气半天。抄萧、刘、陈诗清稿，未完，不想抄了。看一下《历史研究》论文。十时半睡，中雨不停。明天

---

[1] 即为唫汁。或为吴方言转音，写作"嘎"字。

要还下，早早不能回了。今天一天几次，错记囡、早要回，幸发现错误早，未蒸饭及多做土豆，多等开水无碍。近寄出信，均已回信。惟顾、柳、孙无信。

5月25日（四月十五日）星期日 雨

早起弄清即生火，柴纸皆潮湿，幸生着大火，尚早，又盖了。早操，雨未至湖边。昨夜临睡甚渴，饮茶数杯，又午睡太多，久久不能入睡，戏成四绝，其中一首未能定。后睡亦时醒。早起头昏人倦。未做事。九时吃牛奶、面包二片，吃后雨停，去打针，未开门，湖边一转再去仍未开门，只好回来。写出四诗初稿。十时半又去打针，仍未开门。上午大概不会来人了。下午再看一次。中午吃面一饭碗，四季豆及土豆。午睡起蒸饭及土豆。烧咖喱土豆，四季豆，做好囡、早早回，即吃，觉菜甚好，吃少许，吃面半菜碗。接柳信，云未探听，无用。和早早玩，早早九时睡，囡即陪睡了。我也封火后即睡。

5月26日（四月十六日）星期一 阴雨

早起和早早玩，早操，推早早至小店，买面包蛋糕。回来路上遇威克买菜回，回家分头带早早及做饭菜。午饭吃多，晚饭不够，蒸一大馒头，够了。早吃晚饭，饭后威克回厂，我和囡推早早至湖边，一直过桥转湾过到湖边，采黄野花，大家甚高兴。归来我极累，躺藤椅上在屋外甚久，等天黑关门，因放蚊出也。早早甚欢，玩得高兴，不肯睡，到快十时才睡着。囡写信给娘娘和三哥，睡已十二时矣。我替早早烘尿裤。

5月27日（四月十七日）星期二 阴雨

五时一刻即醒，未能再睡着。起看火，见早早完全光屁股两腿睡在被外，岂不要大受凉？也不知睡了几久了？叫囡多做一条夹裤放在家，总不肯，尿湿无换，不穿受凉，叫围扎一大尿片，又不听。早操，收拾，早早、囡七时起，大家吃牛奶麦精或可可一碗，早早加泡面包，未吃完。早餐后又共推早早至湖边，将近转湾处，有小雨点，即回做饭，后即发现早早不想吃饭，发烧，拟即去厂，适其睡着，又下雨，我说不可发烧时睡着抱在风雨中吹风受凉，天又转冷。即睡一觉，醒二时多，囡打电话叫威克代请假并送药来。早早睡醒，欢笑甚好，惟仍有一度烧。晚饭也吃了一些。不料威克走后，快八时又量烧至四十度。囡大怒埋怨，说该上午去的，因本拟十时半就下面吃了去的。因早早睡着了，我说不可冒雨吹风，后来下午下雨，囡也因雨不去，叫威克取药来，也未想到又烧到四十度的。八时一刻冒中大雨黑暗中抱早早到厂，我也不敢再拦她，只让她穿了棉袄，裹了旧雨衣布衣，扎了手巾，心中很难过，觉孩子遭孽！本来不足月，抵抗力弱，又总是让她受凉受热生病，又一点点不好就吃各种药，身体不能健康。多乖的孩子，真可怜！想着早早，心酸要哭了。也不知一路风雨中去后怎样了？囡近来对孩子对我都不好，想来无味。囡整天发气，迁怒吼早早，又各种怪我，埋怨。幸而不常住一起，又未替她带早早。这个老主意拿得好。因早早病，要回厂，未留意火，熄了。十时半睡。心情恶劣。三天也未打针了。生产队医务室总不开门。刘寄信及诗来。近寄出信回信均来了，惟顾无信。上床心情不好，一来记挂早早病，二来囡态度语言不好，三来觉囡也辛苦憔悴。因自己才开始有点好转，怕影响身体，一切要看

1975年　317

开，即看《读雪诗抄》至倦入睡。睡尚好，惟仍有二三次醒来牵挂早早。

5月28日（四月十八日）星期三　阴雨

早醒六时过，看姜医已迟，且天雨路泥泞，又前昨二日均累，思休息，故不去，拟星期五再去，且可取针药。起早操，至湖边散步半小时，回做清洁，又擦洗痰盂，已累。今天又觉疲累心跳，连日较累又心情不好，且少睡故也。胃口也不如前两天了。早餐用煤油炉烧开水大半瓶，冲牛奶麦乳精一碗，因昨夜火熄，未烧开水，尚昨早者，已冲不热了。吃半个面包，尚不干，又可蘸泡牛奶吃，吃后心跳较好，去铁疗打电话问早早病。本想去看她，又恐太累发病，好了就算了。早醒又有些饱闷，吃早餐尚好。两天已无此现象，昨晚心情不好所致。要注意休息和排遣。今天到湖边走时，大不如前昨轻松愉快了。电话好容易打通，威克又不在，不知早早怎样了？想去又实在累。九时半去打针，等到十时过才打，回来已十时半，路极难走，滑溜粘烂不堪，要在以前，早跌倒了，幸记带了手杖。回来很累，躺椅休息。也懒于生火做饭了。煤油炉下面，先均碎断，因加点长条的，又多了，有菜碗满碗，作二顿吃，夜晚也可不生炉做饭了，做了生拌黄瓜。但吃得不舒服，只一点点豆汤下面无味，面又是断的，不好吃。因留了一些肉末给我炒豆，但昨天未重热，已坏，连一口剩饭，均倒了，以免肠胃吃坏。饭后烧了半壶开水，十二时一刻上床，看向早秀借来的看过已忘的惊险小说，以便倦即入睡。拟五时图上班后再打一电话问问看，一直记挂早早！午睡上床，将要睡，又连泻二次，睡上床已一时一刻了，幸不到十分钟即睡着。但二时半被风吹冷醒，加盖毯睡不着了。又泻一次，又上床卧一时，三时一刻起，腹仍微痛。腹痛泻乃吃凉拌黄瓜所致，不易消化。不拟生火了。写帆信，四时半至铁疗打电话，即打通接通，而囡又不在。接电话人似与囡识，又旁一人似知早早已好些，不发烧了。我也放心一些。今天人特别疲累，一天都未生火做饭菜。下午都不想至湖边了。明天本想去看早早，好了就也不想去了。实在太累。并又有点饱胀，后天还要起早看病，明天一去，又会太累了。午睡又想到囡钉被之意及一同散步同游共话之乐。虽因其态度及说话不好，又不知体贴老人之病苦无力少神，但总是自己亲生，又念其好，怜其劳苦，谅其劣处。念其黑夜大雨中抱小孩行走，甚觉不放心。今早早好了还好。想写一信，也感太疲倦了。接孙信，叙近况，及答我问情况，彼不知其详。游沪杭，做诗数首，较前好，有的稍有点《主客图》味道，帆前言不虚也。惟顾不来信，甚怪！写好帆信，已将九时，看惊险小说。十时上床睡。

5月29日（四月十九日）星期四 晴

早起早操，至湖边散步，回家生火，写囡信。早餐。续写囡信。泡洗土豆，拣四季豆，蒸饭，打针。午饭弄清已一时半，午睡，到四时始醒。起看火已将熄，添小煤可起，收晒柴入屋，适晴佳[1]来，琼琼先捉大鱼来，匆忙中未审视，以为小孩卖鱼，太大不要。后见晴佳，说就留下，晴佳说你看是谁，始知琼琼，老糊涂了。一时又未想到之故。等很久火才起，又加蜂煤等起，现做

---

[1] 程晴佳，程千帆二妹，时为黄陂滠口小学教师，丈夫叶连生，子叶凯，女琼琼、青青。

饭做菜，8时半始吃，弄清已九时多，洗脚抹身洗脸封火弄清一切已十时多，等吃一杯新茶，又写日记，已十时三刻矣。上床睡。今天中晚餐皆吃饭粥一碗，吃后皆胃痛。早起即胸腹闷胀，又不好了。本拟明早看姜医，晴佳她们来，又不行了。整天皆疲累甚。

5月30日（四月廿日）星期五 晴

六时起，看火，早操，湖边散步。回洗洗碗布抹等，做清洁，弄清已8时，晴佳及小孩始起。我吃早餐。她们下面，火已不太好，下面久，火又掉下，又重生，火大起即烧饭。晴佳讲木生意见事，甚气流泪。午餐后已快二时，卧床，晴佳续讲与木生呕气事，后睡一小时，起，打电话给囡叫其明午回吃鱼，未通，带小孩买糖果饼点，绿豆糕一份只二两半，仅四块。幸家家[1]告知，带六号票买了二份，买者甚多，已快完了。七时多夜饭，饭后带小孩到湖边，一刻即回，坐屋乘凉，八时后回屋，九时半封火，十时睡。今天晒了枝柴一天，晴佳并为折断收检。下午晴佳及小孩洗澡毕，我也洗了一澡，天气很闷热。

5月31日（四月廿一日）星期六 晴

五时三刻闹钟响，即起，五时五十分舒婆已来，罩衫又忘给她洗，虽不脏，但洗了好收。水开冲热水瓶，早操。七时半打电话，不通，又回，晴佳带小孩去买菜，8时又去打电话，半小时始打通，叫威克去叫囡回吃鱼。回8时三刻，觉无事可做，因如写信抄诗等，一下小孩回，又不能完成，清洁杂事又做了。只好

---

[1] 邻居唐学敏的妈妈，随其家小孩呼为家家（湖北称外婆为家家）。

暂时休息。枯坐无聊，又洗头，未毕，晴佳回，洗头毕，十时即焖饭，想因回早吃。饭好，晴佳炸鱼，做肉片汤，因未回。中饭吃原来旧饭碗一满碗肉汤烫饭。吃后恐多，服酵母片及维生素C，午睡二小时，尚无饱闷。起，小孩洗澡，晴佳讲因气恼一夜未睡等。我即蒸中午未动之饭。六时热菜晚餐，饭后洗碗抹桌，晴佳洗鱼。我坐屋外乘凉，先洗脚抹身，冲满开水。晴佳炸鱼。入屋已8时过。看《读雪诗抄》，晴佳浴后，等小孩睡着，来房谈至十一时半，各睡。吃多盏浓茶，无睡意。上床至十二时过始朦胧入睡，一刻又醒，至二时始入睡，犹燥热不安。头痛。

6月1日（四月廿二日）星期日　晴

早六时醒，仍倦，心慌头昏，少睡之故，又睡着一小时，较好，起看火尚好。开烧冲开水，梳洗做清洁，晴佳做早饭，我做早操，早餐毕，已将九时，加煤火即起，炖排骨汤。晴佳洗衣裤单等。囡回，做菜饭，我和晴佳去打电话给小佳，约明日来。午饭后，囡去厂，我午睡，睡着约一时，至三时醒，起，与小孩玩、话，晴佳睡着。炖排骨汤，四时半洗澡，天气闷热不舒。浴后五时许至医务室，又已关门。晚餐，威克带早早回。晚餐后，至湖边散步，回时半途遇威克推早早带琼琼、青青在桥边玩。同玩一阵，推车回。玩一阵，8时半早早吃奶糕后睡。本和我在大床玩笑大高兴，后见威克至小床即大哭不止，硬要去小床。九时半封火十时睡，连日无信来。游、陈、沪、王信均未写。

6月2日（四月廿三日）星期一　晴夜雨

早起稍迟已七时，火尚好，早早起，煮牛奶泡米泡，吃饼干，

1975年　321

均食欲不好，推车在铁疗一带玩。威克到二区买炕发饼十个回，作早餐。早餐后又推早早至湖边，过桥至湾处，又停途中玩，至九时半始回。因十时多始回，小佳十一时过才来。午餐后又讲话，时已二时半，始各午睡，才睡着一刻，早早三时醒，自己爬起，伏我身上叫醒，即起，二佳亦起，惟因大睡。两日来天大热不舒服。晚餐后因等回厂，小佳留住，乘凉洗澡，后下雨，进房闲谈，睡已十一时。早早上次发烧回厂后又肺炎住院，尚好。惟瘦多了，接张守义[1]自新疆寄帆信。

6月3日（四月廿四日）星期二　阴雨

早起亦七时，仍做操，稍待彼等起，即加火，做午餐菜饭，十时吃。二佳及小孩十一时走。我稍收拾清洁，煮咖啡，因肚胀饱。倒痰盂，不料一□，幸未跌倒，但□了一身粪水，又脱下衣裤洗净晾出，补写日记，吃咖啡浅碗，已十二时三刻，即午睡上床。适大风雨，有凄凉之感，忽又想起屋漏是否盆能接准及够否？又小孩在窗下玩，曾将沟砖弄垮否？即起看，将盆接好，沟未弄垮，但将一砖放在中间，阻了水流，即取出；又将滴檐水处泥铺平斜，引水向外，免积流向厨房。再睡下，更不能入睡，又腹微痛泻二次。三时起，将被小孩扯散塑料布棉絮包重新包扎好，又腾整理棉絮大箱顶，将棉包放上；将囡垫棉絮及六斤棉被放回囡大床上，早早棉单尿片及衣裤等同时暂放囡床，因小床临窗沟，怕雨飘湿及易潮也。弄好后，腹微胀坠，即泡六一散待吃，因恐连日疲累发尿道炎也。上次亦晴佳去后，又至汉口时发。陈医云

1　张守义，曾任金陵大学中文系教授，时于新疆生产建设兵团农一团工作。

此病极易发，就是一点不能累。此次败胃亦因此，故需积极预防也。弄清已四时半，微觉饿，留三块绿豆糕又忘给早早吃，怕霉坏，即吃一块。想打针，大雨医务室门前一带泥太粘溜难行，不想去了。晚饭五时许即一很浅碗蛋炒饭，几块拌黄瓜，盛一小碗给了善华。剩一口洋葱，忘即用炒饭，不用蛋，要馊，只好倒了，可惜很多油。接高信诗8首，仍甚有故人之情。夜晚孙嫂来诉家庭气恼，劝慰一番，去已九时，休息至十时半封火睡。

6月4日（四月廿五日）星期三 多云

早五时半即醒，再睡未着，看火尚甚好，即到卫生科看中医，到仅六时四十分，排第二号，等至七时半，知听报告，不看病，也未出通知，冤枉等一小时，即由二区回，商店又尚未开门，即买馒头花卷而回。已过小店，遇一铁疗住之家属老人，告知小店有苏打饼干，即又回头买了斤半，早早、囡均要吃，本想买二斤，因轻而多，无处装放，故买斤半，回来一尝，不松脆，就差多了。正好放一饼干筒。火尚好，即加煤等起，吃咖啡牛奶及面包三片，当早餐，但已九时多了。这次咖啡，放稍多，熬不太久，较浓香好吃。昨午晚吃二次甚佳，吃得甚舒服，今早稍差，但比以前仍好些。吃完弄清，已十时一刻矣。拟休息。接曹信，记挂我病体，等复。同时接帆信，嘱写信至上海问车事。蒸锅下煮土豆，上蒸糟鱼、蒸花卷、做咖喱土豆。吃饭已即将一时，饭后煮开剩饭，一时半睡。午餐吃一小花卷，一小碗汤水薄饭泡粥，极烫，等稍冷方能吃，天已大热，湿衣已晒出，棉衣被褥裤等未晒，因回迟且累，又地下昨大雨仍烂，潮气大。买回生粉一袋。代囡同事买味精无货。一时十分吃完午饭，洗锅碗手脸毕一时二十分，调整晒衣裤、巾、袋一时廿五分，一时半上床午睡，又吃药。上床看唐人绝句[1]，不觉已二时近，即睡，三时半醒，四时起。收衣、绳。翻看前日记病状。五时半开火，蒸土豆及花卷等，热泡饭。六时吃晚餐，半个小花卷，一碗薄泡饭。弄洗清六时廿分，至湖边，因风大衣单，未过桥。在铁疗一带走眺廿分钟即返。点蚊香放蚊，至黑入房，洗脚抹澡冲水，已八时半。写帆信，附章信及选目，毕已九时半，冲开水一瓶，煮咖啡饮，休息看诗。咖啡加少水太淡少味。但夜饮亦不宜浓。咖啡要多，不要煮太久，浓而香好吃。十时十分封火，关窗漱口熄蚊香，十时二十五分上床。仍看诗不觉至十一时过，抛书即睡着。两点钟醒一下即又熟睡，直至早晨。近来睡眠甚好。

6月5日（四月廿六日）星期四　晴转阴

早起后已六时半，早操，收拾，七时半早餐，加煤。已8时，柜上钥匙，匆忙放错，遍寻不得，幸后想起找到，晒棉衣裤，威克回洗被。8时半抄诗。写章信告知选目寄帆阅。十一时三刻午饭，蒸花卷馒头，做一酸辣包菜，吃一个半小花卷，未毕，吴思聪[2]由沪带物来，即先吃三花卷，开一红烧鸡罐头，后下大碗面吃。小孩来卖虾。吴饭后三时走，我极疲累，想腾白糖亦不成。惟临时写一简信给沪，三信均由其带去发。躺椅一刻，三时半起剪虾，

---

1 据沈祖棻《唐人七绝诗》课程讲义，《唐人万首绝句》、《唐人万首绝句选》、《唐人绝句诗钞》、《唐绝句选》、《唐诗别裁》均是其重要唐诗读本。日记中诸如"唐人绝句"、"唐绝"、"唐绝句"、"万首绝句"等盖指此类。
2 吴思聪，远亲，时在宜昌工作，家居苏州木渎。探亲时常受上海亲戚委托，中转武汉，为沈祖棻捎带物资。

极勉强。至四时半，殊不支。至五时开火蒸馒炒虾晚饭。剩罐头鸡加工始有味，鸡、虾、包菜及剩咖喱土豆，均甚有味，胃口为开，吃完一馒，亦未觉闷胀，精神亦转好，疲劳较恢复，饮食大有关系。夜乘凉散步，回屋后仍写一信附诗给介眉，十时许封火睡。

6月6日（四月廿七日）星期五 晴
早起操后至湖边转较久，回早事毕，加火早餐，写复曹信，邮递员来时，即与游信同交发。午餐用鸡汤及土豆剩油汁下面连汤一浅菜碗吃完，吃虾及新炒酸辣包菜，胃口尚好。午睡二小时，起洗头，稍忙累，不想做饭，即至五时三刻烤早餐剩半个面包，剩面汤及剩鸡汤合做一汤，包菜虾子，吃一顿晚餐。饭后至湖边，走至转湾过对湖少许始返。放蚊乘凉，回屋抹澡洗脚，已八时，人觉甚疲倦，想写陈信及施信均无精神气力，后勉强抄四绝三纸备寄，开火烧开水一壶，十时封火。想起昨晚饭后精神反尚好，今特别疲倦，乃系昨晚吃主食副食较多，后又吃咖啡牛奶及苏打饼干，今则只吃三片面包，还一片极小，菜亦少之故。夜晚又未吃点心饮料之故，拟吃苏打饼干数片补充再睡。十时半吃饼干，十一时睡。下午写发吴信。

6月7日（四月廿八日）星期六 晴热
早起操毕，早弄事清，写施信。九时始早餐。写信毕，焖饭洗包菜，中午有剩的，未烧。饭后勉强几次才睡到一小时三刻。三时起，写陈、王二信，将帆给王诗信均附去，并附戏作四绝[1]。

---

[1] 作于1975年5月25日。见《涉江诗稿》卷三《病中戏作，答诸故人问》四首。

陈信亦附四绝与刘、萧同阅。三信均交邮发出。晚餐吃泡饭二碗，尚添二匙。陈、晏代打各家DDV灭蚊，搬出即盖好食物，关窗门，人坐屋外，后至湖边转湾处，回已天黑，开门窗出气，搬回东西，抹澡洗脚后略乘凉进屋，已将九时，抄给刘、陈诗及四绝，拟寄自置，四绝并寄南师诸友也。拟明日写信。觉饿，吃麦精咖啡牛奶一碗，蛋卷一个，苏打饼干四片，十时封火，十时半睡。吕邦兴来取照片，办理退休手续。我早交赵之表格，不知何处去了。吕又为我重填好，签字而已。可笑也。向其言家具事，言好办，托其向蒋言，亦应允，恐不足持也。拟明早自去找蒋，但恐亦无用也。今与吕谈及帆事，听言揣意，似有可退休之意，但告之沙洋户口事，又似恍然之状。天大热，至十时半尚穿圆领衫及绸短裤。接晴信，非伤。

6月8日（四月廿九日）星期日 晴、夜雨

早睡倦熟，醒已七时多，起仍极倦，未能早操，欲去蒋处，已太阳甚热，又疲软不支。休息亦不能去湖边，很久以来，第一次二者均未能照做。早餐吃一碗泡饭后，较好，晒三床被胎铺床单，写孙信二页，焖饭，吃一满碗，又添一口。近吃稍多，亦未闷胀。弄清一切，已二时，仍睡着一小时半。四时起，腹又稍痛泻，五时过开火，煮泡饭后，冷水下煮咸蛋，上蒸饭一碗，备早早吃，囡或吃一点。收棉胎。托孙嫂代买面二筒。饭菜做好，等囡、早到七时才回。早早只要囡抱，否则大哭，喂饭亦要囡，否则不吃，很不乖。电灯大风坏了，到八时半始来，折放棉胎，开箱取换夏衣，又理囡床，洗澡毕已九时半，早早忽与我大笑玩不止。让她睡，故后即不睬她，她还大叫大笑不止，和以前一样了。

回房已十时，倒浴盆水，封火毕，已十时二十分，思凉快稍坐休息一下再睡。上午接顾信，知已退休，亦不另找事了，病仍未好。十时四十分上床，因进房看上海带来东西，谈论，已十二时，我肚痛。睡至二时半，痛甚，起吃藿香丸，忽要吐，不停作恶呕吐，但吐得不多，极酸苦。又肚泻数次，吐二次，肚甚痛，至三时半渐轻减，后即睡着。

6月9日（四月三十日）星期一　大雨终日
早醒肚仍阵痛不太甚，未起，早仍泻一次。后稍好。早午餐均未吃，后吃苏打饼干三四片，又觉饱闷不适，且肚又不停痛，愈来愈稍甚。吃桔汁半碗，亦不见舒适。焐热水袋亦不见好，因写给帆一信，无邮票，去买，并打油买肥皂面包蛋糕等，邮票八分的十个。晚餐吃半个面包，一饭碗土豆泥蛋汤，红烧土豆三四块，不知以后如何？喂早早吃，和她玩。她吃饱极欢笑玩乐，并不哭闹及认人要抱，威克因总是怕她吃多，故而她有时肚饿哭闹，又以为她娇。因等晚饭后同走，已近8时，我放蚊，点香，收拾，躺椅休息一下，洗脚，冲开水，吃桔汁半碗，较舒适。已九时矣。孙信未能发。肚痛好些了，拌鼠药，九时半即封火，拟早点睡，不料小麻油拌药浸透书桌，擦洗好久，又关门盥口，已十时矣，上床。肚只隐隐微痛，做事即不觉。病反更不好，风雨静夜，有点凄凉之感，看书即不觉矣。又很想早早。上床一下，十时十分即熄灯入睡矣。

6月10日（五月初一日）星期二　阴多云
夜睡甚熟，早醒已七时过。起床后七时半，火已熄。弄清一切已8时过，生火，人极倦，未能做早操及到湖边。九时过吃麦精牛奶一碗，面包二片，十一时许仍做早操，蒸剥土豆，做一加蛋红汤，吃烤面包二片，晒出尿片尿裤手巾等。午睡二小时多，三时三刻醒，四时起。重写孙信，因叙病有重复与评诗有不甚恰当处也。又添写湖边散步风景心情一段。五时一刻开火，已不好，又加一煤，等起热土豆汤烤面包吃晚餐。汤油太少而稍咸，不好吃，宜稍加油水。大火，煮土豆加油水，水又煮少，仍微咸，只好添出半加水，但仍不好吃，想因土豆少水多不浓之故？吃面包二片，一咸蛋，亦不觉好吃，或口中无味之故？饭后又加水热开剩大半碗汤，不动，或不致坏，或明天再加土豆，看身体、精神、胃口情形再定。明天约陈婆婆[1]拿竹叶菜、洋四季豆来，不知来否？恐半途被人截了。今天陈婆菜即在路口被人买完了。晚饭后弄清至湖边，因时晚人倦，而穿夹衣恐人笑，未过桥，即在铁疗路边，走廿分钟即回。点蚊香熏蚊，休息，洗脚，关后门，毛送工资来，即关窗门开灯。毛即去。已8时半，想写帆信又懒倦。肠胃尚适，惟人稍软倦，不想装白糖。休息看诗早睡算了。惟太早封火早起又熄，重生麻烦。昨晚九时半封，今早七时半就熄了。觉帆似久未来信，检阅翻找到最后之信，是31号写的，约2、3日到，今已一周矣。看信后，已九时差十分矣。晚上时间最好，清幽闲静，而又过得特别快。看诗至十时，封火，关窗，吃茶二杯，看诗，拟自今晚起，日诵《读雪唐诗钞》三四首。看毕十时35分即睡。晚餐后一直肠胃甚舒适，似空虚清舒，为久所未有，似可吃

---

[1] 陈婆婆、梅爹爹、杨婆婆、张婆婆、李婆婆、沈爹、罗爹爹等，皆柯家湾、东湖村一带村民，因种有自留地，沈祖棻经常去购买少量蔬菜。

点东西，但不吃任何一点东西，仅饮清茶数杯，更清适，希望自此转好。但如仅因一日仅吃烤面包数小片及一点土豆汤咸蛋，不吃任何他物所致，则亦不能久支，身体更坏了。这两天且少吃为好，因前夜吐泻腹大痛也。临睡又倒去热水袋水，吃茶吃药，已十一时差十分矣。上床诵所读诗，入睡较迟。

6月11日（五月初二日）星期三 阴转多云

早醒六时半，尚想睡，起床后看火极好，即仍封住，盥洗毕，倒过痰盂，至湖边一转，因天阴，无事，走至转湾处始返。日出，夹灯心绒外套已热，脱单又冷；毛线裤尤热。回家已七时四十分，做房间清洁毕，已8时十分，做吃早餐，一碗麦精牛奶，一个半烘蛋糕。火仍好，仍盖封。已8时半，写诗目，九时差十分，休息看诗，十时后开火，洗煮土豆，剥土豆，以一部分添入剩汤中，做炒一酸辣包菜小半碗，以便当天吃完。陈婆未来卖菜，约杨婆拣豆亦未来，也好，菜够了，否则吃不完。接帆信，寄回章的李诗选目，寻李诗边箱未得，待搬桌寻。午餐吃面包三片，午睡醒仍胀闷，又有些腹痛，仍卧床半日，四时起，人极倦闷不适。四时半至小店买回四个面包，二盒蚊香，回已五时过，人倦软，躺椅休息，五时一刻开火加煤，看报，六时蒸面包、土豆泥汤一口，烧土豆，六时半晚餐，弄清已七时许。饭前甚饱闷腹胀，先吃小半面包，因今天一直头昏人倦，连日吃太少，又勉强再吃小半个，吃过尚好，剩一口土豆汤及包菜吃完，又吃新烧土豆小半碗，反不胀闷了。弄清后因人软倦无力，又已迟，天阴，要放蚊，故未到湖边走了。等天黑进屋，已八时一刻了。人倦，精神极坏，四十分开火烧水，冲热水瓶，洗脚、脸，无精力搬桌开箱找李集

1975年 329

看及装白糖了，拟早睡，惟须等封火，太早则明早熄了，人不好，重生费力。铺床、开钟、漱口、吃茶、理房、关门窗，一切做好，十时封火，即睡。才诵一首诗，即睡着。

6月12日（五月初三日）星期四　晴

夜睡初胸腹胀闷不舒，十二时半醒，后即熟睡尚好，惟多梦，早五时醒，勉强又睡着，至六时半，口微苦，舌苔发腻。看火未熄，尚可得简单早餐。做早操有时需扶椅背，而心跳气喘甚急。头又昏痛，胸腹仍饱闷不适。且太阳已大，遂不到湖边了，做一切早事毕，加火已迟，初因见火好，故迟加，想到九、十点加了做午饭，不料8时半看上去很好，加后渐熄，又重生。吃早餐，二片面包，一碗咖啡牛奶。吃毕九点差十分，即装白糖，瓶不够，又洗瓶抹瓶，装好，又临时清理外房放瓶罐之藤书架上二层放糖，积尘多，又瓶罐外面都要洗抹，里面东西，有的坏了，要倒掉大洗抹，有的东西要晒，有的要腾，书架要撑抹换纸。有一层角上有鼠尿，要用皂粉大洗抹等干，共费二小时，到倒垃圾处来往奔跑多次，甚累，但尚可支。至十一时廿分始做午饭，只好烤面包和吃点剩土豆算了。听小店老爹爹话，油炸面包，仅四片，一片掉地用水冲洗，不吃油，二片透吃油，一片锅中已无油，油锅炕的。吃一片［无］油的，一片有油的，已腻，即又另烤两片白的，吃了一片，仍怕太油，又饮咖啡一碗，饮后甚舒服。一时午睡，睡前又理瓶、收物半小时。一时一刻入睡，二时过即被小孩尖声叫喊吵醒，不能再睡着。觉心跳，乃睡未足之故。躺至快三时起，三时半洗头。门口买苋菜，一角钱三把，张婆婆来斥其人，说太贵了。陈婆婆来卖菜又不来了，恐亦此故。更不便了。晚饭烤新面包二片，剩二片，炒完苋菜烧完洋芋，油锅烤之。油的一片，只吃半片，已腻不能吃，亦觉很好吃。油锅烤热的一片也嫌油，又吃二片白的。大半碗苋菜吃完，甚鲜嫩，惜放咸了，又加一些水冲淡，仍好吃。土豆吃了一小半，油多尚不会坏。因吃得觉油腻，仍饮咖啡一碗，觉即好了，且甚舒适。弄清即去湖边，至转湾处，伫立欣赏稍久，因湖面开阔，风景更美也。回望一轮落日，极红且大，衔山未落，丛树碧绿，捧在中间，极美。湖中山下，日影金红，长条闪光，四周红色，四散渐淡，半湖深红至浅红，半湖淡碧至青白色，因忆诗半江瑟瑟半江红，正此景也。回走至桥畔，遇叶医，谈一阵，大说我退休好，又问帆回未？回屋已快黑，赶快开门窗放蚊，点蚊香，不到半小时，已黑，关窗进屋，已8时多，开火烧水洗澡。坐屋外时，忽一阵头昏心作恶，幸一刻即好，进屋吃藿香丸一包。九时洗过澡，洗好九时三十五分，出外坐乘凉，春荣同坐谈，张婆婆学歌回。十时十分进屋，封火，漱口，吃茶吃藿丸，心又有点作恶，或吃太少，胃空潮翻之故？已漱口，也不想再吃点苏打饼干之类了。稍凉息，即睡。明天想早起看中医，但现已十时25分了。弄清十一时上床即睡着。

6月13日（五月初四日）星期五 晴大热

早五时半闹钟响醒，仍倦思睡，稍息即起，弄清，封好火，已将六时，即到卫生科，走路极软无力，慢慢拖去，六时廿五分过，排了第五号，本又排了西医第二号，但挂号时未能掌握，病人乱抢，仍挂了第九号。幸小于同看，尚快，8时半即看好，见西医处亦人多，病历也排后了，人极疲倦，天太热，也不想打针，故即抽回未看。等取药，即去修缮组催修漏。回取药后，至财务科去取帆工资，则人请假不在。九时回，买了三斤土豆，见米豆腐极想买，又忘带票。忽想起订报，又未带订单。即回，到家已十时，吃四片苏打饼干，休息看《参考》，拣洗苋菜，下面，热土豆，午餐吃了一菜碗面。十二时多即弄清午睡，床上看《参考》至十二时三刻睡，二时一刻醒，不想睡了，三时起床。晒出毛线裤及背心，因下午始能晒到太阳也。天热人不适。看《参考》，清放食物藤书架第二层，想找出李集看，因人极累疲，又天热不适，且头昏痛，故亦不找了。看看《参考》，五时十分开火，蒸面包蛋糕土豆，煎蛋，热菜面，六时晚餐。下午仍有点腹痛。舒弟上午送煤来，并代借卡多买一百四十斤，垫款，幸恐囡回，门钥匙交张婆婆，得进屋并代放好。五时三刻晚餐，因面菜烫，天热，等很久才吃。已六时多，吃毕六时半，因有些事先做了，如洗锅及一部分碗，烤锅，灌水壶等，故只洗一二碗筷，六时三刻即到湖边，七时多回，开门窗点香放蚊，即利用暗时洗脚，天黑关窗上灯，仍八时过五分矣。休息躺藤椅灯下看《参考》。九时半做好一切临睡准备，并吃藿香丸一包，酵母片二，九时三刻封火，洗脸抹澡睡。十时一刻睡着。

6月14日（端午节）星期六 晴

早起火甚好，即至湖边，因风大早凉，仅穿一单衣，即未过桥，在铁疗一带徘徊伫望，七时差十分回。一切早事毕，误记为星期日，早早夜回无吃的，剩一面包二蛋糕已陈，想至小店买新鲜的。走至半途想起才星期六，但已走出，就去看看小店过节有无好物，均无。云绿豆糕明日起就不要票了。找陈婆婆买菜不在家，去找张婆婆，过梅爹爹门口，见择豆，分了一角钱的。回来疲累，未及早操，休息了一下，看《参考》，拟煎药，适木生送两地代买物来，不觉共九元六角。囡又带早早回，因过节也。适杨婆婆送来韭菜苋菜，菜够了。新买煤亦松，不经烧，添已碎散，连添二煤，火起迟，囡早先睡，因又用木生送来绿豆糕做了八宝饭，蒸又稍久。适小孩又送虾来，前昨均不要，因懒煎弄，今因囡回，威克又晚上回，故买之，共一斤八两，我和囡各煎了些，尚馀小半。囡三时走，早早留下，我陪她玩，甚乖不吵，玩笑甚欢，但仍觉费神费力。近五时有点吵要妈妈，陪她出外即好，但乱跑跟走累，待太阳稍下，即推车到湖边，桥上仍有太阳，即在铁疗一带推走。五时多回，威克五时半后回，已蒸好饭，我仍带早早在外玩，威克煎虾，饭蒸好，即炒虾热菜，我先喂早早饭，她吃很多很好，她吃毕，饭已不热，我又重蒸热，并吃糯米饭一满匙，很好，无太腻不适之感。又吃半碗饭，小半小碗苋菜，小半个咸蛋。饭后放蚊洗碗，洗盛虾二脸盆多次，始少腥味。天已大黑，威克早早玩回，即关窗开灯，早早洗澡睡，又大喊家家要玩不睡，睡着已九时。

我晚饭后冲二瓶开水，又烧一壶热水洗澡，不料又开，即换一瓶洗澡，多者冷开水备吃。洗好澡，又倒四次水，封火灌壶，收拾一切，已近十时，又出汗，复抹身毕，躺藤摇扇至凉爽睡，不想动，也不想看书报，静躺休息，今天太累了。十时四十分睡上床。不思睡，看唐绝至十一时一刻，熄灯即睡着，二时为早早哭醒，一时睡不着，鼠又闹，起拌药米，后仍闻出，早看药米未动。

6月15日（五月初六日）星期日　阴雨

威克五时起去厂，唤醒我，睡甚好，即起，看火已熄，心慌，略躺一刻，起生火，才着，六时早早即醒，遂为其穿衣起床，蒸包早餐，冲牛奶，先吃一蛋卷，吃玩甚乖。囡七时半回，吃过早餐，我同时吃，囡洗衣，我推早早至湖边，半途即返，后归途早早睡着，到门口又醒，不肯再睡。同择菜豆毕，九时，我疲倦，躺床即睡着。囡带早早去三、二区，我又睡着至十时十分，起开火添火，蒸剩饭，冲开水，炒菜，下面，后临时因已差不多够吃，即不下面了。我吃半个面包不大够，吃了不少四季豆和虾子，早早吃糖包子，已硬，亦不甚喜，挖点糖心，吃了不到半个，仅喝了一些牛奶。午后睡仅半小时。因先睡不着，后早早醒。早早醒后甚乖欢，在床玩蚊香，欢笑甚，后起亦不要妈妈。囡起在帐内打蚊，三时去厂，临走，早早在外，自坐小凳，见妈妈走亦不吵，自和我玩笑。遂陪之直到五时威克回，亦不哭吵，有时我做事，她自玩亦不吵。小佳送晴佳粽子来，一刻即走，因安莉约至其家也。即开火蒸饭，因已淘好米；蒸粽12个。五时三刻，先喂早早吃囡旧小饭碗一满碗苋菜汤咸蛋黄拌饭，极高兴，吃完。后又在陈老师家吃一饺子。我六时晚餐，本拟吃粽子二只，后因新鲜香糯，遂吃四个，未吃饭了。威克来吃，我又去替换，推早早在湖边玩，回又在陈老师门口玩吃，至七时多，威克换我回家熏香放蚊。七时半早早又洗一澡，威克遂带其睡，她不想睡，拼命叫家家，又大声叫喊招呼，欲与我玩，我去看她一下，就隔帐与我碰头亲脸握手，后不睬她，仍叫不已，至八时一刻才睡着。我等热水洗澡，已九时矣。将剩粽用冷水浸了。吃四粽后，并不胀闷，胸腹甚适，九时反还有一点饿。接帆信，仍未写复，亦无甚事可写。开火热药，半炉火，拟即加蜂煤封火了。九时一刻吃药，九时半洗澡，十时上床。临时记起忘拌鼠药，共放三房六处，且看如何？十时半上床。十一时入睡。

6月16日（五月初七日）星期一 雨

夜睡极熟，早醒已七时一刻，即起，似仍未睡足，七时半看火尚好，早早已起，吃饼干牛奶，不想吃，后煮泡饭，威克早餐，我喂早早吃小碗一满碗泡饭。九时始吃早餐牛奶咖啡一碗，绿豆糕一块。中午十一时半吃粽子三只，饭一匙，甚适，记起吃囡带回之蛋白酶药水。昨今始抽空煎吃中药，只吃了三道。威克送帆表托人带，又去采菌，十二时半回，早早亦醒。我记得为早早蒸一蛋，起来玩，蛋好即吃拌饭连蛋一囡碗。饭后玩甚欢，不过到处乱拿东西，乱跑，要人看。囡未回，我恐其病，或甚至工伤撞车等祸，甚为着急不放心。威克亦饭后各事做毕即走。给一写好贴好邮票之信封，空纸一张，嘱他们即写一简信回，以便放心。也可能前晚昨天睡少，今天昏睡起迟，又下雨，省得短时间来回奔跑，故不回了。威克以为如此，我也觉可能性很大，故又不太着急。今天未午睡，甚疲，尚不太甚，因早早走已二时半，略弄已快三时，晚饭还须做菜，做菌，故不睡了。略躺息而已。夜晚如精神好，写一帆信，否则明天再写。先不觉，睡下一会觉心慌跳，太累未午睡之故，即静卧不动，居然睡着半小时，四时半起，四十分开火熬菌油，临时发现洗好之菌仍有泥，又洗，洗好即与油同时熬，大火先热药吃了，小火熬，不知为何，总是多沫熬不清，熬至二小时之久，仍去沫盛起，甚鲜微咸。又将另一多半油炒盐、酱油烧，极鲜美好吃；又用几片及根煮汤，加一蛋花，先略咸一点，后加水，又略淡，不甚鲜，想因菌太少及较淡之故。又烧小碗半碗孙嫂摘送四季豆，也新鲜可口。汤及豆吃掉，烧菌吃好几块，菌油尝二小片。吃绿豆色碗大半碗，吃后太饱，但尚未觉闷胀不舒，即吃蛋白酶、酵母片及咖啡。又蒸了绿豆糕，过于枯干无油，恐更易霉坏也。弄清已九时半，烧开水，略躺椅休息看诗。尚未看，水已开，即冲瓶，复烧热水洗脚脸，因今天未烧开水，二瓶均已空，无水洗脚了。十时封火，洗脚脸，忽想起鼠药，又将已拌之蛋糕加蛋糕拌匀，因恐药多不吃，又加小麻油香味引之。拌半天，十一时始上床。今天囡未回，威克、早早早去，又天雨阴暗，殊有凄凉之感，幸事忙略好，但又累，淋巴起核，过累体虚所致，必须好好休息！孟伦下午寄《文史哲》来，风雨凄凉之中，殊感安慰。夜晚虽觉囡多数因睡迟时短及下雨不回，但仍牵挂不放心。上床略看诗，又被鼠闹，十二时始入睡，后又被闹醒一次，幸仍即睡着。

6月17日（五月初八日）星期二 阴

早醒已六时十分，仍觉心慌跳人困倦，稍息起看火，时对眼未淋水，居然很好。疲软不能早操及到湖边，早事毕，即卧躺椅休息，加火煎药，先吃蜂乳胎胞片，药煎好后，即吃药，蒸粽子三只当早餐。不知囡如何？仍记挂，又想早早。诸事待做，均暂搁置，只弄吃与休息，因吃得好些多些，精神体力亦即好些也。多样菜及好菜也想吃些，多吃些，同样一菜，多天顿顿吃，更无味不想吃了。近来从上上星期夜六月8日吐泻以后，接连四整天每天只吃六七片面包，以致软疲无力，精神不济，并时头昏心跳，体质更弱了。星期五六月十三去看病，来去都只开始走就走不动了。回来更是拖回来的。自那天起，能吃点面饭菜，就精神体力略转好些，头昏心跳也减少些，本想接连好好休息，但次日上午木生来，因带早早回过节，因饭后去厂，我带早早，夜威克回，次早威克上班，我带早早等因回，又忙做饭菜，不但未能好好休息，且有时不能午睡，又起早，且太累，精神紧张，幸饭食渐增，尚可支持，但等昨天下午早早一走，精神松懈下来，休息之后，就感疲累软倦了。淋巴也起核了，表明过累体虚弱之证。故想这三四天完全休息，等星期五早起看中医。但也要做饭菜，以便增加饮食，恢复体力。上午择豆和竹叶菜，下面，用菌油拌，吃烧菌及豆菜，甚有味，只菜碗大半碗拌面，吃后似不大够，又吃点菜，后又太饱，有点一般的饱胀，没闷和胀气不适，即吃蛋白酶和酵母片，午睡二小时三刻，四时半起，五时一刻开火烧粥，才开火即不好，急加，未熄。上午接王淡芳信和诗。下午头痛，上午阴凉，下午转晴热，或午睡太多太热之故？晚凉或即会好？四时四十分火红，即重烧粥。今天早餐午餐均吃得好，亦较前为多；午睡又多；不知为何人仍疲累软倦殊甚，或连日太累少睡？抑头痛不适？未早操及到湖边之故？天气亦郁热不好受。六时稍过吃晚餐，一碗又大半碗薄粥，尚剩大半碗，还嫌烧多了。剩豆菜吃完，似不够，吃了剩咸蛋。烧菌吃了些，还剩些，又加点盐热沸，或不致坏？夜还可用冷水冰起。晚餐后匆忙弄清，已七时，即至湖边，本因人疲累及时晚，即在铁疗走走，走过有兴，又过桥到近转湾处始回，已七时三刻。即忙开门窗放蚊，点蚊香，趁黑洗脚，关门窗抹澡毕，已8时20分矣，即躺藤椅看《参考》，原定每日诵《读雪》唐诗数首，因思身心同休息，亦未实行。九时冲开水，九时半热药吃，煎二道药明早热吃，拌鼠药，十时封火，十时半上床。上午11时做早操。

6月18日（五月初九日）星期三　多云

夜睡甚熟，惟做梦。早醒六时一刻，甚软倦，六时半起，火仍好。做早操，须扶椅，做一段即心跳气喘，仍做毕。早事毕，早餐薄粥一碗，先吃中药，未及吃蜂乳。微觉饱闷，吃蛋白酶。休息看《斯大林时代》[1]。拌黄瓜择辣椒，切竹叶菜根，洗土豆，淘糯米及饭米。十一时煮土豆咸蛋后，蒸绿豆糕糯米饭及饭。蒸较稀烂，又油糖少，大不及上次好吃。临时略加油糖，略好；吃小碗半碗，又添一匙，后吃白饭一满匙。吃后觉饱，又吃二道咖啡一碗。弄清睡已二时，二时一刻睡着，三时即醒，再睡不着，至三时半，人仍昏倦，拟再睡，仍不着，四时起，开火煎药，拟又加些辣椒入中午所炒辣椒土豆中，洗切毕，仍看《斯代》。上午接囡信知一切好，放了心，惟仍时想到早早。下午觉头昏人倦，天气郁闷潮热不适，胸腹亦觉饱闷，晚餐不宜多吃了。但少吃总不能将此病损补上，奈何！且一直少吃，拖下去要垮，现已不大能支得住了。六时一刻晚餐，先吃小半碗糯米饭，又添一匙，后因有油糖，用半块绿豆糕拌吃，干而冷，不适，又添半匙热饭吃之。白饭未吃了，将辣椒土豆大半菜碗居然吃完，饭少吃略欠，也不再吃，胃腹甚舒。洗油锅碗，又重蒸剩饭菜免馊，弄清已七时，天亦快晚，不及到湖边，即先放蚊，后点香，洗脚抹澡，屋外略坐即天黑，关窗开灯，已8时过了。烧开水，火不开，又加火，烧开冲水，煎药吃药，看《斯代》，吃药弄清，已十时半，即上床。

---

[1]　日记中多简称为"斯代"。

晚饭后精神略好，惟多看《斯代》，较费力头昏。

6月19日（五月初十日）星期四 晴热

早起即非常疲倦不支，勉强早操，仍须扶椅，而不到三分之一时，即心跳气喘。早餐仅吃麦精牛奶及蛋卷苏打饼干各二，九时过加煤煎药，而威克、小袁[1]来取米袋，忘记，几乎干焦。他们未吃饭，走后精神更坏，幸未弄饭。中午蒸剩饭，仅吃了糯米饭，但小半碗后，又加三匙，较前又多，吃辣椒土豆及辣椒竹叶菜根。睡已一时三刻，但睡至四时十分始醒起，但仍疲倦，头又昏痛。晚餐吃剩的糯米饭完，约小半碗，又吃白饭半缸及菜，剩烧菌吃完。弄清已七时，蚊极多，即点香放蚊，托春荣、小晏照看，乘凉人多，开门窗尚无妨，仍至湖边一行，不久即回，略坐屋外，已黑，即关门开灯，已八时矣。脚已先洗，即煎药及看《斯代》，九时吃药，又准备明早去看病及订报等一切事，临时又想起寄殷莲子，即装袋缝包磨墨书写，弄完封火毕，已十时半矣。即准备上床。临时又清洗药瓶，明早带去退，又抹澡洗，毕已十一时矣。昨夜上床偶又作七律一首，迟睡一小时多非本意也。觉尚好。

6月20日（五月十一日）星期五 晴热

早五时一刻起，卫生科看中医，姜医未来，小于看，现二人轮流。7号，8时多即看完，又看西高医，取蛋白酶药水及维生素C，并给B1及肝膏丸。将积馀8药瓶退了，尚有六牌，不知为何无瓶了。

---

[1] 袁长生，武汉关山汽标厂同事，张威克校友兼战友。

取帆工资，寄给孟伦莲子一包，费六角，甚不合算。订报已迟，7月份无，要在17号以前订。即7月改订《人民日报》一月，8月至12月仍订《光明》。

大好番茄，排队仍未买得。买一份米豆腐回，多，即分一半给了张婆婆，照张作法，尚好吃。因微有馊味，不宜凉拌也。买一麦乳精二面包及茶叶回。到家亦十时半。中午吃菌油拌面，有二红碗，约三号菜碗一满碗，实足的，吃剩约饭碗半碗。很饱，因很饿了，一早未吃。但并无不适。一时即睡，立着，三时三刻醒，极累而疲，甚热，即起洗脸，倒渣等，稍好。晚餐仍下点面，又稍多，即油拌点留大盘一薄层，拌吃约菜碗半碗强，似少，因要多吃掉菜，故不多拌，吃了甚觉不够，又吃完米豆腐小半碗，一些苋菜，就正好，不觉饱，也不觉饿了。洗油碗甚多，不及去湖边，放蚊稍早，后点香，坐屋外。天黑洗脚大抹身，甚适，惟无力洗衣，仍不能换衣耳。抹后又出乘凉一会，回已8时半过，洗脸，收拾，即九时，开火烧水冲瓶煎药吃，十时一刻封火，吃茶，觉饿，吃苏打饼干二片，十时三刻上床甚热。约毛来取选目提意见，极愿而未来。

6月21日（五月十二日）星期六 晴大热

写日记已三月，本为记事便查阅及回顾生活，今觉过于烦多琐屑，反不便查检，亦太刻板雷同，琐屑无意义。思改简要。

早五时半即醒，睡半小时仍未能再入睡，即起，梳洗毕即至湖边转湾处，六时半回。甚疲倦，清洁毕睡藤椅休息，七时廿分早操，仍扶椅，气喘心跳稍减。

拆用帆带来之卫生纸包，始发现日历及铁梳，可谓病懒疏慵矣。带送来已五十天。

中午吃一碗拌面，甚饱不胀。晚餐吃一浅碗凉面，竹叶菜小半碗，土豆。面略嫌少，吃毕菜正好。夜吃绿豆糕大半块，均不胀闷不适。饮食胃口渐复，要注意勿使再反复。要继续吃药，今日天太热未煎药。午睡二小时多。下午精神尚好，至陈婆处买菜，晚餐吃小半碗新鲜肥嫩竹叶菜，绝佳。现她有菜卖，须早晚七时后去买，送来有时被截。晚洗澡乘凉，与早秀、春荣闲谈，精神甚好，肠腹胸胃均无不舒。洗内小衣，外衣未洗。十时许入屋封火后，已十时半，天热，尚不想上床。又吃点咸核桃仁甚佳甚适，惟太贵。十一时上床。热睡不熟，时时醒。

今天购货卡不见，在报纸书堆中找出，趁此清理了数月的报纸及书籍，又开书箱归书。数月拖拉之事，一时做好，甚佳。惟仍未能多休息耳。

6月22日（五月十三日）星期日 晴

早醒已七时，铺平褥单，已甚累，只能躺藤椅上，不能早操和到湖边了。晒衣，换衣又污，重洗。火加迟迟上。九时过吃麦精一碗，面包小半。即做菜饭。九时半火仍未上，此次煤甚坏，松散易破碎，极不经烧，火很好时即散裂掉下，烧一下就成灰，极不经烧，多费。这次舒弟还借了卡多买的，真不巧。但不知以后如何？

中午吃大半碗糯米绿豆糕饭，小碗小半碗辣椒土豆及竹叶菜，吃后甚舒，惟弄清已二时，太热不能上床，躺藤椅睡不着，三时即起，三时半开火烧开水后，煎药至四时一刻，后又熬咖啡，因糯米较难消化，且多油糖也。五点廿分开火，先蒸十分钟绿豆糕，恐坏，又加点油。蒸好，拟先吃一块，未吃完，嫌腻人，即剩下一点，并吃浓茶及咸核桃仁数小粒。

晚餐吃小半糯米饭，又添一匙半，饮咖啡一碗，饭后推车接早早，至高坡相遇，推回，车上睡着。回家睡不久，即热醒，故有些哭吵，饭也未好好吃，天太热，不能睡，时时大汗热醒哭。我和囡浴后在外乘凉，十二时始入屋睡。

6月23日（五月十四日）星期一　晴大热

夜睡太热，又早早亦因太热时哭醒，故大家未睡好，六时醒亦即起，因拟去陈婆处买些新鲜菜吃，至外房早早已醒，爬起，囡仍倦睡，即为其穿衣鞋等，推车至陈婆处，囡亦已醒起，但可让其洗衣，我亦积有外衣多件。至陈处又等其回割菜，甚久，早早亦乖不吵。来回推车，又陈处一带路不好，有些累，回又即择菜。火加后不好，下掉火久不起，盖此次煤太坏也。下面拌菌油，但一斤面太多，水很多尚不宽，下成糊状，胡乱吃了。早早一面吃一面打瞌睡，即睡了。我吃二号碗大半碗，约三号碗一堆满碗，又是纯干面，差不多恢复了，惟早餐未吃耳。

晚饭威克要吃绿豆粥，豆陈，又时间少，不烂，我和早早均未能吃饱。吃新鲜竹叶菜、根炒辣椒，茄子番茄辣椒、辣椒土豆，均佳。

令囡等走前清理一番，走后我仍小收检。又大洗油碗，大洗抹油、灰、饭桌及二房清洁，极累，略迟关后门，又放进老鼠。进屋已8时半，洗澡毕九时半，已凉，而回屋洗衣，尚未过清，即大汗，即停又出，快十时回洗毕又汗，又出坐一刻，一天疲累忙乱极，始躺藤椅摇扇休息，觉大清静闲适，惟太热不思上床，至十一时多始上床，亦扇扇热不能入睡，后稍凉方欲睡，又老鼠闹，又起拌鼠药食物，睡着已一时，仍热时醒，至三时后始熟睡至六时。给威克十元过三十整生，因天热懒出外吃或家中，并他可置点东西，比吃掉好。本想替他做生，请其姊姊、姊夫及小袁（亦同月三十岁），但精神体力不济，天又太热，故不能。晚饭后至睡，大喝茶水。

6月24日（五月十五日）星期二 多云

早六时醒，天热不宜睡迟，又须生火，因昨晚加煤时火甚好，但一按即散碎了。

早起晒出衣服，二屋复大做清洁，大掸抹后，又大洗抹布，因昨日全天大风，灰沙极重也。毕已8时多，补写昨日记，已将九时矣。生火起，极慢，柴纸虽多而煤潮之故，十时半起，烧水下面，煮土豆，择竹叶菜，洗土豆、辣椒。早餐仅吃苏打饼干二片。因无火懒又烧煤油炉，且不觉甚饿，亦不料火起之如此迟慢也。至十一时始烧开半壶水，已大火，即煮土豆。中午吃凉拌面一碗，炒竹叶菜，青椒土豆，番茄土豆泥汤，甚佳。午睡已二时，幸即睡着至四时。写帆信，晚餐如午餐，惟多吃点汤，甚适。但面菜均有点剩的，又重热一道留过夜。开水吃用完，火不好，至九时多始烧开一壶水，又烧一点，九时半小孩送来白鱼五条，留三。续写毕帆信，又剖鱼。弄好鱼十时廿分，煎药已好，菜冷吃；大雨，又忙接漏，略有凄凉之感。十一时上床。听大雨，颇凄凉；且有自然威力恐怖之感；又恐沟淹水，睡不安，鼠又吵。后半夜雨小，睡沉乱梦，梦遇孟伦，盖连日寄物并想写信故也。

6月25日（五月十六日）星期三 雨

早仍六点欠十分醒（近两月每日如此，甚准时，但有时酣睡至七时），又睡着至七时过五分。起即疲倦，不能早操。添写帆信少许，写给囡一信，附肉票带肉回，并商做色拉事。均上午发出。上午除写简信外，即忙早餐及做中午饭菜，无闲空。三鱼一蒸二红烧，已甚腥，惟未有臭味，洗净尚无多腥味。昨晚买来即已不甚新鲜了；幸天尚凉；以后天热不能买放隔夜了。接帆信，交叉发出，好在无甚须答复事。来信告杨李新闻，并附寄石斋诗一首。

中晚二餐吃饭均少，吃鱼不可口舒适，惟吃土豆泥番茄汤极好，青椒土豆及竹叶菜亦吃不少。饭米不好，多沙稗谷难淘且不能尽择，又多细碎米，煮烂变成粑坨，不好吃。二顿饭吃一个半缸未完，一缸送了善华。夜大雨。一天做饭菜甚累，又吃得不饱适，觉劳累烦忙，夜看《万首绝句》，觉稍清闲舒适。封火底火掉垮，又等添一个，睡已十一时矣。下午晚间，又帆诗引起诗思，忽得一些诗句，但未去做成之。

6月26日（五月十七日）星期四 雨

早六时半醒，做早操，勉强能不扶椅，但中间仍心跳气喘。近几天平时不大心慌跳头昏晕了。饮食增多之故。九时过即开火做饭菜，但火又垮，十时三刻始蒸上绿豆糕糯米饭，炒剩馀一点已干坏择出之竹叶菜及菜梗青椒尚好，昨留热透之一碗番茄豆泥汤及少许青椒土豆均未坏，汤如新。吃了一碗糯米饭及菜，甚饱无胀闷不适。一时半睡着，四时醒。煤已灰裂，即加煤封盖。已五时多矣。五时半蒸饭菜，六时吃，仍吃饱糯米饭，又吃鱼及汤，似饱胀，一刻即不觉。今天蚊少，未熏香，一快黑就关窗门，省事省时多矣。洗脚毕煎药，看绝句，开水未开，火即垮掉，一点馀火热药吃，只好明早生火，真烦人！开水差一点，又用小柴烧开冲瓶，十一时上床。写出诗初稿八首，尚有腹稿及未定与未完成稿未写即睡。天转凉，已穿灯心绒夹外套及毛线裤，一度穿小棉袄。两手腕及十指酸痛殊甚，酒擦微好，前两天洗衣及抹布下冷水多之故。抹布脏，在龙头上大冲更坏。以后须注意。姜和药酒又都没有了。

6月27日（五月十八日）星期五 雨

昨夜大雨，半夜起看沟及厨房，沟尚好，厨房多处大漏，大篮枝柴及大缸煤均漏湿，即移盆接及大搬动。回来久未睡着，早醒甚倦，即起生火，烧开水、烧粥、煎药，煎药因加煤未起放在上，入屋做写诗，一刻去看，因火大起，已烧焦，幸是二道。中午吃剩一点糯米饭，粥一碗半。午睡二时多。起弄一青椒土豆，肉松未瓶装，还潮，炒一下甚好。晚吃二碗粥。今天觉肚中时饿，又剐，想吃物及油荤，又无。今天吃得无前两天菜多而好，又多油水，吃得又多，故头又多昏，精神又差，人很疲倦。现吃得下，想吃，能多吃点好的就可恢复，但做不到。下午及晚上做写诗连昨晚共十七首，还有八首腹稿未改定写出。共有廿五首，仅一个半晚上，半个上下午，可算很快，真如帆所说的大笔一挥了。夜烧开水及热水，煎药吃药，十一时睡。

6月28日（五月十九日）星期六 雨

早起胸有些闷，未吃蛋白酶之故。即去卫生科，学习仅一医，人已多，须看至下午，即未等，买捡烂剩番茄，少数尚可，及米豆腐，罐头排骨烧饼馒头而回。幸有点剩菜，炒米豆腐，开罐头，吃小半馒头及一碗粥，因早餐回来吃较迟。午睡二小时多，人极疲累又睡及躺藤椅甚久，开加火，煎药吃，六时晚餐，吃粥二碗尚适，未弄青椒土豆，菜亦够了。大半碗米豆腐吃完。又记得吃一蛋，极简，仅热一下粥菜，火极大极快。放蚊坐外面看唐绝句，又走五百步，晚又煎三通药。做诗抄诗，吃番茄，十一时睡。得游信甚高兴，以久无来信故也。彼言南京学校事，及诉诉麻烦。

6月29日（五月廿日）星期日 大雨

早起添煤，即至陈婆婆处买菜，惜无土豆了。回早餐毕，抄诗，择洗菜，想打电话，而从陈处回即大雨，未能外出了，连痰盂也未倒，稍息即开火做饭。十二时即吃饭，吃半个馒头，罐头排骨少许，多骨少肉，一罐一点点肉，甚不上算。米豆腐水浸毫末，仍烧酸辣吃；炒竹叶菜，竹叶菜梗炒青椒，馒头略嫌少，吃菜多正好。午睡一时至二点多醒，无事大雨又睡，正好，詹爱人来叫醒，亦已三时，坐谈一会才去。开火加煤，晚饭半个馒头，又炒点竹叶菜，仍剩一点，米豆腐亦未吃完，竹叶梗更得少，菜还是吃了不少，甚饱而适，二顿皆然。盖蔬菜新鲜，油多，样数又多，微吃一点荤，故有味思吃，多而饱且适也。夜抄诗及定写和高诗并抄出，均拟寄帆也。火八时多已不行，加又太迟而完全无用，故即加煤封了，不知能到明早否？抄诗至十时，吃番茄及料理一切，遂睡。今日未早操亦未饭后五百步走，盖软懒无力之极，就算了。一天大雨不止，未知明早如何？囡及早早能回否？

6月30日（五月廿一日）星期一　阴雨

早睡至七时过始醒，仍倦，躺床稍息，而威克已返，买了二斤肉，不大新鲜，肥的炼油，瘦的切肉丝。火已很不好，即加煤，居然很快起大火，即炼好油，炒好肉丝，甚累，又择竹叶菜、青椒，囡、早回，亦无早餐吃，我极累，肉还都是威克搞的，我仅熬油炒肉择菜。即由囡淘米蒸饭，并弄茄子。饭好由囡做菜，早早睡了。我吃饭少许，吃菜甚多。午睡未足，早早睡我床已醒，用脚打床，我醒，她仍躺甚乖，仍发呆，恐其要尿，即为穿衣鞋，不尿，甚乖，我即喂其吃饭，吃得很好，但一见威克起出来，即哭要抱，饭也不吃了。后叫威克走开，又吃完饭，剩一口威克来，要他抱喂，不好好吃，就算了。囡起，即开火弄晚饭。我推早早至湖边，让囡将一二星期之衣裤洗掉部分。早早到湖边来回甚乐。有小码头男女二较小之孩，同推车捡花与她玩，更高兴。晚饭给她很多冬瓜及肉丝番茄茄子汤泡饭，吃囡碗一满碗，即高兴嬉笑，自玩甚乖，六时半回厂。我又重洗威克洪山端菜[1]回之食盒，极忙累。又清理一切，弄好已八时半，又大抹身洗脚，稍休息看诗，更大觉清静安闲，惟疲累，九时多即封火，吃番茄，十时多睡。

7月1日（五月廿二日）星期二　雨

早起早操仍扶椅及心跳气喘，已两日未做了。六时三刻加火后，即去陈婆处买菜，均被水淹无有了。幸想到梅爹爹地在前面稍高处，即往买青椒、竹叶菜各一斤而回，稍息即做饭菜，因太

---

[1] 程丽则夫妇或程千帆在家时，偶会去广埠屯小餐馆、洪山素菜馆等端菜回来改善伙食。日记中常以"端"字表明这种外买食物。

累,蒸糯米饭忘放水,幸火未大起,又有油糖,又发现,急加水,蒸好尚好,惟中间底下有些生硬,晚又加水蒸,尚无多关系。中午吃糯米饭饱,青椒肉丝太咸,未能多吃,竹叶菜小半碗。晚饭吃糯米饭一满匙及一筷子,小馒头一个,青椒肉丝加青椒及水,正好,菜碗多半碗,吃了一半。又炒了竹叶菜小半碗吃完,竹叶梗未大吃,吃了番茄土豆泥汤大半碗,吃好已七时半,洗锅碗放蚊等弄清已八时半,烧开水一壶半,烫做番茄,用洗衣盆冰菜,大抹澡洗脚,火不好早起,弄完已九时半过。冰番茄,稍躺椅看诗亦未安定而时间极少,吃番茄,因放红糖不好吃,十时多上床即睡。

7月2日(五月廿三日)星期三　阴转晴

早醒五时三刻,仍想睡,至六时半,又至七时,仍倦欲睡,怕火熄即起,已很不好,即加,幸不久起大火,晒出衣片,仍极倦,再睡又不着,即熬咖啡牛奶吃半个蛋糕及蛋卷,补写前昨两天日记,因、早早回忙乱及疲倦故也。这几天夜睡稍早,醒起又迟,午睡多二小时以上,不知为何反更疲累不支?今天有剩菜饭,可不做,较省力。惟番茄多,又还有茄子及新鲜竹叶菜,坏了可惜,须做吃之。总结经验,做饭菜比做诗写信累多了。但多做几样菜,即开胃吃多些,太简,吃得不舒服。这是矛盾,但吃得好,刚一吃过,似加精神,但随后更疲累。拟十时开火,做一烧茄及竹叶菜,蒸剩饭,热剩菜,多吃不完,剩的先吃完,新的留晚饭吃。写抄诗写信均无时间。尚未开火,小佳、木生来,帆信亦到,共看之,即蒸饭,做了竹叶菜,茄子,蒸一大块湖南腊肉,两日来已大霉,及一切剩菜,留一点茄子给我,腊肉剩一点点,馀均吃完，糯米饭亦吃掉。小佳上中班，吃完即走，我洗油碗甚多，弄清一切，上床睡不着。四时抄诗后，写帆信，晚饭即吃一剩小馒头及一点点茄子又加点番茄，吃尚适，惟不饱，九点不到又饿，亦无甚可吃的。写好帆信九时半，吃番茄，封火，十时上床。舒弟傍晚送煤来，下午接衡如[1]师信。

7月3日（五月廿四日）星期四 阴

半夜一时半起看火，因不放心，又加一煤。早放睡至七时醒，但仍倦，稍躺起，勉做早操，早事毕，想到湖边及买菜，均倦懒未去，添写帆信及诗。十一点即吃面作午餐，无菜，剩一点竹叶梗青椒亦懒做，面后烧咖啡吃，十二时不到即上床午睡，而连泻二次。做诗四绝，幸二点还睡着一小时过，因之人尚好，但起又泻二次。五时过开火，仍吃面，菜梗等仍懒做，因亦无甚营养而不消化，即送善华，牛儿回来了。六时晚餐，七时大雨，关门窗开灯，看唐绝句，吃番茄，九时三刻封火，十时睡。

7月4日（五月廿五日）星期五 阴转晴霉潮大热

早七时始醒，半夜噩梦，幸未魇住，开灯一会，又睡。早勉做操。加煤封火，抄诗二首，因皆未改定，故不能多抄。托牛儿寄出帆信，买菜无有。来坐谈一小时多，开火煮咸蛋，烧粥，倒各种渣皮，泻二次，共倒四次，连渣六次，人稍累。烧粥吃二顿，每餐二小碗，吃肉松咸蛋及糖粥。下午大热，九时始洗澡，乘凉

---

[1] 刘国钧，字衡如，江苏南京人，曾任金陵大学文学院院长、北京大学图书馆学系教授。

一小时，做寄介眉诗十绝[1]，仅二句未成，十时半进房足成，太热至十二时过始上床。

7月5日（五月廿六日）星期六 雨

早醒已七时，大雷雨，已凉，倦思睡，但一点菜无有，决起买菜，加火后出门，雨已停，至梅爹爹处买菜三种回，即又大雨。写帆信，抄诗附寄，未留意邮来，接文才信附彦邦信，帆信未寄出，又添写。午饭吃剩粥碗许，菜甚好，一番茄青椒烧茄子，一竹叶菜，均极新鲜。午睡二小时，醒后仍疲倦，添写帆信，发出。晚吃白汤面一浅菜碗，茄子吃完，竹叶菜吃不完了。晚饭后补裤，大抹澡，洗衣甚累，手下冷水又痛，长裤大衣均未洗。十时封火。锁门时将匙掉入蜂煤中，一直到底，要搬太多，不好取了。真麻烦！十时半睡，夜晚肚饿，先吃半饼，后共三次吃完一个，不知夜间天亮时会胀闷否？

7月6日（五月廿七日）星期日 晴 老虎[2]来信

早起天晴，但地尚潮，各家均晒衣被，本地潮及人疲倦，不想晒，但因床垫单湿如刚洗出，棉胎亦潮湿，早早及囡回睡不宜，奋勇将其垫单及褥又棉被一床晒出，请牛儿牵高绳，又将早早棉片及棉夹衣裤鞋子单片及早早站椅坐车等晒出，这些均不久时常晒过，但均潮了。弄菜做饭，将晚饭及大部分菜做好。虽累但似尚可，较前为好。但先忘记，只烧连囡、早早晚饭吃的，我尚欠

---

1 参见《涉江诗稿》卷二《得介眉塞外书，奉寄》十首。
2 沈祖棻堂兄沈祖楸之子沈斌，小名老虎。后文所称斌、斌侄、虎侄皆是。

一顿。因米太多稗沙难淘，故即又蒸一糯米饭，而二种大概均放水嫌多（因比向来的米均太不涨饭），蒸了快二小时，还稀，吃迟又不饱，午睡尚二小时，四时多起，即择出竹叶菜，洗好，正切梗腌，李来，谈甚久，并自带回借书，免我送了。现又搞运动，教师多受批判，幸已退为好。走已六时过，幸饭早蒸上，梗续切一些一腌，即炒菜弄好，正好囡回，收被已稍迟，即同将被等收入。与李谈精神尚好，晚餐亦较舒适，夜并和囡谈至十二时始睡，因早早十时多才睡，天太热之故。但我精神比前好多了。文才来信，为探询彦邦，并附来信，可见热心。

7月7日（五月廿八日）星期一

早起看火对表，睡眠不足，又心慌头昏。等囡未起，即自将我床垫褥及毯由孙嫂帮忙晒出。囡起后，又晒出棉被，同晒出五斗橱抽屉二，帆藤箱一，及我和早早几件棉衣毛线裤鞋子等，共五根绳满，尚晒张家半根。其馀衣箱未开动，因人力地方均有限也。晒褥后，发现我床绷已长满白霉，等威克回时抬出晒。但今天初即是多云，后转阴，下午四时多忽洒雨点，三人迅速抢收未湿。囡洗我衣及自衣一盆，晒到他处。晚饭威克做一番茄蛋汤，一点竹叶菜根。我和威克收放入了一切晒物。今天我就疲累不支，下午已不大能动了。早早好玩，乖，但满处乱跑，乱动，十分淘气，一人都看不住了。故大人难做事。晚饭早，饭后囡洗一澡，我亦抢洗一澡，衣服由她一起洗掉，虽只一件短内衣，人太累不行了。她们走后，我收拾晒烤焦乱的蚊香，桌椅上一切，放蚊乘凉，回房也八时半了，火已不好，即加封了。本可早睡，但太热，不停扇，不能入帐，看清绝句不进，因太累精神疲倦，不能集中也。至十一时过始上床仍热，后睡着亦时热醒，天亮又稍凉。接施信。

7月8日（五月廿九日）星期二　阴雨

早五时三刻醒，一时睡不着，即起对表未成，又回躺，想起昨夜封火早，即起来看，尚可，但亦须加了，即加封。早稍凉，拟穿长衣裤，均脱线须缝补，而天色阴暗，即坐屋外缝补，不知脱线之处太多，又袖口破了，须拆缝尚可，做到七时多，甚烦，因之心情不大好，觉甚凄苦，因各事为难及无味也。八时多吃一简早餐，又买不到面包，也不想吃面，又懒做饼。即吃奶粉麦精及三蛋卷，晾出洗的湿衣，收拾房间清洁，又下雨，立刻收进衣服。心情不佳，头又昏痛，窗案阴暗甚，不能做事。休息亦心情更烦。要同早早玩笑就可解闷了，不过要有精神。早七时对了二表，明早七时能对成就可确知每天快慢多少了。算结家用账，天完全黑暗了。因米难淘，九时多即淘米，洗择甚烦。天又大雷雨，所晒物仍要潮霉，棉胎又无物包，无处放了，必回潮，樟脑丸又一直忘买，忽心中凄楚，有想哭之感。九时三刻，开火太早，缝衣袖。尚有许多东西未能晒，恐都要霉潮或已霉了。绷子亦无好太阳多晒，霉刷不干净，天潮还会霉，人在上面睡，无病也会病，况本风湿？厨房、外房地上生水，里房前半地尚好，但箱橱亦霉。而且绷子也霉了。囡绷虽潮而未霉。十时廿几分蒸上饭，十时半已上大气了。因新开火故也。无甚菜，仅一点茄子，咸蛋也无有了，自做的忘先煮。十二时午餐，仅一番茄青椒烧茄子，又烧得不十分有味，又煎二蛋，一小盘肉松，仍觉吃得无前一阵想吃时饱足舒服。肚子也饿，也想吃，但觉不大好吃，不能满足。忽想吃火腿。火将熄，又加而等稍起然后封盖，水沸泡建茶一杯。前拟泡而仍未泡过也。故仍至十二时三刻始上床，看诗一刻午睡。三时醒，又缝补外长裤。吃简晚餐，饭吃了半缸，茄子冷食，反觉有味，大半碗均吃完，洗澡乘凉洗衣，十一时睡。

7月9日（六月初一日）星期三　阴雨

早起至梅爹爹处买菜，回已八时多，早事一切毕，早餐后，即开火蒸饭做菜，梅爹并让三条小白鱼，均蒸吃，甚新鲜，惜刺太多。午吃一条稍大一点的，及茄子竹叶菜，午睡二小时，晚餐吃得下，饭大半缸本可吃完，想多吃菜，剩下一点。两条鱼，一浅碗番茄青椒茄子，半碗竹叶菜均吃光。写给章和囡信，附帆信，令其买衬衫也，但未能见邮员发出。夜外凉屋内热，十二时始睡。

7月10日

早起做早操，好些天未做了。写帆信，才毕，邮来，三信一起发出。方拟做饭，正看帆来信，囡忽回，在广埠屯买了送饶钟及人托买花包，自己及早早花布，不去汉口了。共同弄饭菜吃午饭，饭后即回厂。我午睡一时三刻钟，起后至小店看面包，未到，回来后忘看火，看李选目，至五时开火，已熄，仅剩饭菜，有开水，不想生了，即用细枝柴一下将剩饭及一点点剩番茄炒蛋一起热吃，茄子、竹叶菜及梗均冷吃，吃得甚舒服，惜未大饱。饭后较早，即至湖边散步，从容而回，放蚊，坐屋看李集，凉不用洗澡洗衣，空闲多了。灯下续看李集，吃一核桃饼。九时半吃番茄，十时上床。吃蛋白酶后想吃知饿吃得下，能停药后仍如此就算病好了。惜吃得下时又无好的吃以营养滋补恢复身体。

7月11日（六月初三日）星期五 雨

不看煤火，早上放心睡，七时始醒，从容起床，早操，清洁，并将放威克小床上之晒好又回潮发霉味之棉胎、被褥、棉毛毯等分移放好，暂堆待晒收。早餐，一切毕才8时，看李选目。九时生火，煤湿，连生二次，用多柴，始燃，起仍慢，上加蜂煤，十一时半始蒸上饭，午餐已一时，吃半缸饭。一时半午睡，三时醒尚未起，翔如来叫门，甚喜，及知已调上来入武昌车辆厂，更大喜！略谈，四时半即去，我亦未多留，因无菜，又别有一女伴同来，我又腹痛泻故也。幸晚餐极简，蛋炒剩饭及咸水毛豆，剩茄子，吃尚好。饭后天尚亮，即先洗一澡，后放蚊乘凉，天不大热，浴后尚凉适，又不用洗衣，因早凉未穿内衣也。惟心情忽又不佳。今日的肠胃不好痛泻及心情不好，均未明其原因。下午买到白面包一斤。屋外坐久凉适，头昏痛渐转好，诵诗、想诗，心情亦稍好。因心情不佳，想写帆信，但精神疲倦，又不想写。翔如拿去我得其书所作诗一首及寄帆一首，共一页诗稿，遂补写一页。又写《得翔如书》一首并序[1]，添加数句，拟再寄帆，看其能明其意否？翔如带送好小蛋糕六个，苏打饼干半斤，亦较此间好。夜吃饼干二片。下午吃了一蛋糕。今夜晚极疲倦，平时晚饭后精神均较好，今殊不同，想或下午连泻四次之故？拟封火即睡。

7月12日（六月初四日）星期六 晴

早起六时不到，梳洗加封火毕至卫生科看西医。威克、囡各为取得一瓶蛋白酶，吃一馀一，本可不去，因手臂被毒蚊（或虫）

---

[1] 诗见《涉江诗稿》卷三《得翔如书》，无序。

咬后，日益红肿硬大，极痒，自擦万金油碘酒等无效，故去一看且取帆工资，且近问清陈老师胡福安[1]系办公处离卫生科极近，思一访问也。看医九时半回，访人不遇。回已天热，甚累。即擦身躺藤椅看《读雪诗抄》，觉大舒适。十时半吃二蛋糕，十二时吃半面包，炒毛豆米，加肉松，喝咖啡奶粉，甚适，一时半午睡，又肚作痛，遂不能睡，四时起，又泻二次，人极疲。六时晚餐吃半面包，半个烧饼，面包白面鲜软，烧饼烘后葱香，夹肉松甚美，剩有毛豆米，想吃煎蛋咸蛋都吃不了了，即未做吃。吃饭甚适。洗澡乘凉洗衣，8时半后，写帆信并论诗，未完，十时封火上床睡。连夜甚凉，作诗四。

7月13日（六月初五日）星期日 多云，中午晴

早起已七时，做早操，仍扶椅心跳气喘，惟略轻减。清洁毕，见太阳出大，即牵三绳，晒出三床棉胎，两毯，而天又转阴，真气人，较累，吃早餐半面包，一碗牛奶咖啡后，稍好，补写昨天日记后，已九时，拟速补添帆信寄出。帆信写好，出外房，见帆来信插门，邮员已来过矣。又拆封添写一页作答。来信告分校办专业事，并附寄萧、刘诗嘱咐寄刘师。午餐吃烧饼一个，咖啡牛奶一碗，茄子及煸拌辣椒。饭后因裤子溅酱油及油，又即换洗，一时半始午睡，一觉沉酣，至三时三刻始醒，亦未再泻，精神甚好。门前略散步闲谈，收折晒被毯，尚不甚累。寄出帆信。火将熄，居然又起，晚餐，加煎二蛋，吃面包近一个大的，二菜吃完，

---

1 胡福安，沈祖棻女婿张威克的姐夫。时在武汉钢铁公司工作，作为工宣队员抽调到武汉大学物理系领导"文革"工作。

甚舒适省事，洗澡乘凉洗衣，外多凉风，坐至九时半始回。夜晚又反疲倦，想抄诗都懒了。十时封火睡。想到李处亦未去。洗沟。

7月14日（六月初六日）星期一

昨夜临时忽又抄诗写信给拱贵及南京诸友，至十一时十分才开始封火及一切，十一时半始上床，即熄灯睡，但很久睡不着，后睡着，半夜三时左右又醒很久睡不着，胡思乱想，后才睡着，五时半醒，幸又睡到七时起。去梅爹处买菜，回已8时，加煤，火起早餐，已九时，囡等回，带回油条，即食大半根，甚好。午餐甚早，十二时半午睡，但早早不睡哭吵，后替她洗澡，不肯起盆，玩很久，极笑乐。后又在我床上玩至二时，后到外间，又哭吵，略睡不到一小时，起火已熄，又重生，幸上来快而大，六时十分就吃晚餐。早早吃很好。囡因要明天去看鼻炎，威克中班，故未回厂。夜洗澡，下雨未能乘凉，九时半封火睡。

7月15日（六月初七日）星期二　多云晚雷雨

早五时半即醒，因与我同床睡，六时起去水果湖医院看鼻炎，我亦即起。威克一刻也起洗衣，刚洗，早早又醒，我即看管早早，并开火加煤煮牛奶泡面包早早吃，吃一点即不吃。又烧开水下面威克吃，早早也吃了一点。8时即回厂，我甚累，休息一刻，清洁收拾，囡8时半即返。我择洗各种菜至十一时，开火煮面，二人合做菜，十二时吃面作午饭，菜吃不少。饭后午睡，我因用辣椒多擦手、膝，二膝烧菜时火又烘热，极辣痛不能入睡，后睡约一时，又辣痛醒，又腹泻痛，未能再睡。起见太阳好，又就空绳将棉毯晒出。草纸放棉胎大箱中，上压重囡亦取不出。囡三时四十走，我用头顶棉胎包将小箱移向旁边，居然用力打开，取出三刀纸，另只剩三刀在箱中了。以后草纸成问题。今天睡眠少，又劳累连泻，故人又疲倦昏昏似病，一切不适，心情又不佳。下午天又热，故躺藤休息，仍拟看李集。略看李集，收衣毯，做夜饭，六时半吃，洗碗稍多，又大洗铁锅，洗澡已快黑，洗毕即放蚊，不久关窗，乘凉洗衣，已将九时，外面风凉，进屋甚热，又乘凉至九时三刻，进屋吃咖啡牛奶一碗，苏打饼干二片，茶二杯，封火，十时上床。入夜晚仍疲，不想看李集及写信，抄诗，一半亦今晚房中夜间甚闷热之故。发张信。

7月16日（六月初八日）星期三　阴晴雨不定

早起早操，看李集，接帆信，作复。中晚两餐均吃面包烧饼，一点剩竹叶菜及梗，煮咸蛋，夹肉松，吃茶，饮咖啡。晚吃一个烧饼，并煎一蛋。二顿均极简，而仍饱适。午睡二小时一刻。晚乘凉甚久，九时始入屋，封火，看李集，十时半睡。

7月17日（六月初九日）星期四　晴

早起至梅爹处买菜，路上遇赵。在梅等摘菜，成一七律。上午又接帆信，已接到我13日信，这次来往信又快了，如最先时，中间有一度慢。择洗做三菜，一上午就完了，且至一时才吃饭，吃三菜，大半多馒头，二杯茶。午睡一时半至三时三刻。但睡前后仍痛泻数次。看完李集，写章信，并附四绝。晚饭吃小半馒头及一炕发饼，三菜加一咸蛋，甚饱，饭后至湖边湾处始回，即放蚊，至黑始洗澡，今晚较热，乘凉久，九时半始回洗衣，十时又出乘凉，回封火后，吃花生米及茶，略看诗数首休息。甚热，十一时二十分始睡。今天晒了二床毯子及换洗衣，饮茶极多，两餐吃干的故也。下午及夜间又做半首七律，未完成。

7月18日（六月初十日）星期五　晴

早起早操，晒衣帽腊肉。上午写帆信未毕，中午吃馒头。下午写附寄帆信诗，邮来未完。晚餐下面。夜乘凉至近十一时，十一时半上床，十二时睡着。泡了糯米。

7月19日（六月十一日）星期六　晴

早起火熄，生火，晒出衣帽、面、糯米，烧开水，冷开水，蒸米做酒，煮面等冷凉拌。饭后弄清已一时多，一时半午睡着，三时醒。起开火烧开水，煮面拌好，收拾各物，五时四十分吃晚餐，洗澡洗衣乘凉，九时即回，写曹信，附诗四组，写完十时多，写日记，补昨。下午至小店买面包已完，买蛋糕饼子回。吃一瓶汽水，坏极，下再不吃了。十时三刻弄清，上床睡。

7月20日（六月十二日）星期日　晴

早起牵绳晒出帆藤箱全部衣物及箱子，很累。即休息。门口买到餐饮推销之包子馒头炕饼等，可省做饭之劳，极佳。接到淡芳信。曹信附诗，上午与帆信同发出。又即复淡芳信，下午又给文才信，收衣，做菜，留茄子已全坏，即煸辣椒，并早做出一大碗凉面。我两顿吃炕饼夹肉松及辣椒少许（太辣），清茶多杯。极省时力，吃得尚可而不好。衣物早收入，想等図回帮整理装箱，而図未回，至八时始装箱，洗澡毕已九时，天极热，汗流不止，洗衣后又出外乘凉，共孙家母子一起，入房已十一时矣。火八时将熄即封。十一时半睡上床，扇至十二时后始入睡，热醒数次。今日做出事很多。

7月21日（六月十三日）星期一　多云

早操稍好，火未燃起，因恐囡等回，即生起大火。又将被面里未干透并回潮者晒出。唐学敏[1]来告囡电话云因天太热不回，母女均好。威克兄来，同至武钢，如来家，可叫至厂。如来，其姊夫同来，可便询帆事，免再去找了，甚好。早餐毕九时多，写复帆信。两顿均可不做饭菜，极省事了。但凉面虽冰了，天太热了，恐坏？馒头饼亦然，辣椒也易坏，只好临时再说。中午吃凉面。午睡自十二时廿分至三点过。起抄诗寄石斋，晚将面及馒头均一蒸，免坏也。等凉吃晚饭，收衣服，取去床垫褥。知小店有白面包，复匆匆去买。回洗澡毕已天即将黑，放蚊乘凉，天热汗流不止，十时十分进屋，写好诗注，写日记，十时三十五分，封火，上床。十二时入睡。连晒了两天威克卫生衣。

7月22日（六月十四日）星期二　晴

小码头广播又搬回近处，五时即被吵醒，甚倦，睡不沉熟，六时半起，早操稍好。今天不知为何一切动作慢，弄清已八时，尚未早餐，先看火好，后已脱下去，又加一煤等起。天太热，面包新到新买已干，须略蒸。早餐毕写帆信。酒好太辣，对水加糖吃，仍浓辣，且愈来愈甚。二餐均各吃一个半小面包，蛋及咸蛋

---

[1] 邻居唐学敏，时在武汉大学印刷厂工作，丈夫陈延中，时为武汉大学机械厂工人。

各一，酒一碗。吃酒竟觉微有醉意。夜甚凉，房中仍热，十时半睡，写好高信，但或因临睡前又吃一碗酒之故，甚晏才睡着，又狗大叫不已，后又梦魇，一夜未睡好。今日连痛泻多次，疲累亦甚。

7月23日（六月十五日）星期三　晴多云

早醒七时欠十分始起，甚疲倦思睡。早操时仍腹痛。加火，做清洁等一切早事，毕已近9时，早餐仍吃面包及酒，因囡等未回，酒多将坏，太辣不甜，又未便送人。腹仍痛，拟悠忽休息，但又仍将垫褥及毡毯晒出，因昨单垫席觉凉，晒好备用，苦无处放，张床地潮也。因牵了绳，又将盖过未拆之四斤棉被晒出，恐被里霉坏洗不掉，新买的可惜，均自己一人牵绳及晒出的。当时尚不觉太累，但恐仍有影响。可恨晒出后太阳又不大好。不想吃早点，且吃亦不用火，故加火稍起后即封盖住。已八时半，不想做事，休息。威克同其安徽五哥及三哥之两个侄女来，略坐，威克与哥各吃酒一碗，女孩吐掉了。他们去东湖，囡条叫给五元代招待。去后我吃碗剩之一碗酒，面包大半个，仍躺藤椅休息。无事闷。想写斌信懒，取出《唐宋诗举要》一本看之。此书帆取出放书桌给我看的，至今始取看。天已阴，悔晒被褥，风又大，反脏。十一时开火，蒸面包及蜜，因前蒸一小瓶给早早清亮甚好，未蒸者混浊有沫，久恐发酵易坏，故亦蒸之，蒸廿分钟，一瓶一大碗放不下，共蒸二次，尚有一瓶，倒出一些，以后尚须蒸一次也。结果只蒸了一碗，水已烧干，锅底稍焦，尚好，因火大而幸随时看也。吃一个半面包夹肉松，大半咸蛋，一碗多酒，十二时一刻上床午睡。睡着方半小时，威克同兄等略坐而去，上床未能再入睡，后又腹痛，睡着约一小时，起收折褥单。开火烧二瓶开水，接印塘自渝来信，装好蜜瓶。蒸面包、蜜，作晚餐。收褥毯棉被，恨无放处，又无包布，仍会回潮，又须重晒。今天太阳时有时无，晒得也不好。五时半蒸好，等稍冷取出，五时三刻，仍吃面包夹肉松，前煮整蛋一，酒一碗加蜜糖。天转阴，或有雨可凉。又错过邮递员，高信一天未能寄出。晚饭吃甚饱，饭后至湖边，回洗澡较迟，开门放蚊已快黑。乘凉洗衣又乘凉，封火铁盖掉入煤隙，取出费力，又出一身大汗，只好再抹身乘凉。今晚稍凉，浴后乘凉未出汗，衣干燥平挺本很好，又冤枉出大汗。十时十分回屋，吃酒对蜜对水，甚佳。写日记，十时半后上床。半夜三时半大雨，又起接漏，关窗，用威床狭塑料布包裹褥毯，捆、放好，幸又能入睡，完全醒已七时半，起火将熄而可慢起，早事毕，等火起封盖，至梅处买菜，回吃早餐，又红红来告停水，忙接水，又洗切腊肉，开火，已十时多，吃麦精牛奶一碗，饼一角。

7月24日（六月十六日）星期四 阴

早起迟，梅处买菜，托沈爹交邮发高信，洗蒸腊肉，接帆信，做菜饭。中饭吃甚好甚饱，弄清已一时三刻，上床即睡，至四时半始完全醒清楚。头痛，人不适，不想吃晚餐，即洗澡放蚊乘凉，夜较凉，人不舒适，即未洗衣。火将熄，试加居然起来，即封盖。九时半入房吃正气丸一包，共进房找三次始得。因凉适及吃药后稍好，觉肚饿，近十时吃一面包，茄子尚不少，剩丝瓜蛋汤半碗冲开水加酱油味精成一碗吃完，但过后又心中即胃不大适。吃蛋白酶及正气丸，十一时睡。

7月25日（六月十七日）星期五　多云

早六时被广播吵醒，甚倦。六时二十分起，看火好。早操至一半即腹痛人倦停止，坐椅休息。这次情况不大好，天太热，人太累，又不想去看病。腹痛卧床，十一时始起烧粥做菜，十二时半吃二碗多粥。一时午睡，二时半即醒腹泻又痛，卧床至四时多才起。做竹叶菜及梗，六时二十分吃粥二碗，菜汤一碗，肚甚胀，人又疲，坐屋外休息未即洗澡，又放蚊，至八时多始入屋洗澡，下午头昏痛甚，夜凉稍好而仍不轻松舒适。外面较凉可无汗，屋内仍闷热。乘凉至九时三刻进屋，头又痛较甚，抄刘、陈诗寄刘诗至十时半。吃正气丸。收拾，封火，十一时睡。夜凉，抄诗完全未出汗，亦未扇。

7月26日（六月十八日）星期六　晴多云

早六时被吵醒，眼涩人倦，起看火极好，仍封。大抹书桌，做早操，仍气喘心跳，今又转大热，早即热，出汗。舌苔极厚腻，未即早餐，弄清七时二十分，即坐略抄诗，亦休息而解闷也。十时过即开火，热粥吃掉，腾锅下面，火已不好，加火等起，起又煮咸蛋，洗衣晒出，下面二顿，拌凉面。一时弄清即睡，三时醒，又睡着半小时，起渴饮多茶，倒垃圾、煤灰、痰盂多次，今下午至晚夜，精神较好。惟又热甚，下午又做七律二首，夜二次乘凉至十时半，又努力抄诗一首合寄刘诗。封火，拟饮冷咖啡牛奶一碗，已十一时一刻，因热，睡迟。漱口时，忽发现大批蚂蚁，满墙满地，鞋脚爬满，急找DDV，一急将大半瓶均倒筒内，记起对水，装好打不出，只好只牙刷蘸洒，又不能洒中，反弄得满处，又冲洗消毒，洗脚拍鞋换鞋，身上仍留有不尽，脚已被咬痛。弄得一身大汗，十二时多才睡，又疑心有蚂蚁，很久才睡着。囡打电话不回。

7月27日（六月十九日）星期日 晴多云

五时三刻醒，因须买菜不敢熟睡，六时起，又将水池小桌瓶罐水洗消毒，梳洗毕，六时三刻至梅爹爹处去买菜，买皂粉一袋回。分些竹叶菜与何家。回家清洁加煤出灰等火起，已八时半，弄早餐，吃毕已九时，弄菜，蒸馒头当中饭。午睡一小时半起抄诗，又做寄帆诗。夜六时晚餐，腹大痛，未吃即浴，未洗衣，十时半睡床仍痛，后稍好，睡不着做帆诗。

7月28日（六月二十日）星期一 晴 多云

五时半被吵醒，不到六时起，腹痛略好，稍梳洗看火，六时半至湖边，七时采野花回。弄清早餐毕已九时过，看诗做改诗抄诗，抄完寄刘、游及帆者。中饭吃大半馒头，昨剩丝瓜蛋汤一大碗及竹叶梗均坏了。一天两餐，中吃咸蛋肉松，晚吃茄子大半碗，咸蛋一，极薄稀粥三小碗，仅米汤带米而已，但吃茄子不少，吃下还舒服。十时进屋，封火，上床。下午写好刘师信附诗，及帆诗，均封好待发。

7月29日（六月廿一日）星期二 晴

早起火未着，即肚痛，早事从简。写囡信，又忘告买蛋，肚愈来愈痛，整理诗稿及修改数处。囡信及刘信、帆诗发出。生火烧粥，詹送报来。粥烧好，稍厚，加水等开，进房暂忘，急去已将浓汁溢出，可惜！又加水等开及用灰扫地。等凉，写游信一页，

1975年 363

附诗，封待发。午睡上床已一时一刻。吃肉松咸蛋过粥，似已厌剧。吃二小碗。腹仍痛。乘凉外亦无风不凉，头痛人不适，九时入房写囡信及章信，封火，十时半上床。极郁闷热。一夜太热，时醒。

7月30日（六月廿二日）星期三　晴多云雷雨阴多云

早起仍肚痛，愈来愈甚。写囡信，才毕，威克送苦瓜回，信即未发，并带去。抄给吴诗数首，做苦瓜，烧粥，两顿吃粥甚舒。下午睡三小时起洗头，吃晚饭甚好，饭后仍肚痛，渐轻，隐隐不甚觉，乘凉，有北风较凉，浴后未出汗。竹椅忽垮，人跌倒，手掌撑痛，又出一身汗，抹身再乘凉，九时多入屋，洗二日衣毕，已十时过，稍休息。思食物而无物可食，少许饼干类又均皮软不想吃。咖啡牛奶又恐睡不着。只好算了。封火上床。今天吃得舒服，人即觉好多，同时又睡三小时。因此明天想去买菜。收拾时，见威克带回梨，吃一，外表极难看，乍上口酸，食之甚甜，但不能解决微饿。

7月31日（六月廿三日）星期四　晴

早起至梅处买丝瓜茄子，小店打油买奶糕蛋糕。回来早事毕，做粥二顿、丝瓜苦瓜。午睡十二时至四时，被叫门唤醒，乃翔如来，另烧小锅粥，做茄子一大碗，晚餐后浴，翔如将积衣均洗尽，未在外久，在房间谈，翔如看我近稿甚久甚感兴趣，外床霉气太大，翔如又来同睡，谈诗，十时过即睡着，夜甚凉，二人睡不热。又肚痛。

8月1日（六月廿四日）星期五 晴

早五时多即起，六时与何转湖边后，又至梅处买菜未遇，至小店买菠汁一瓶，蚊香二盒而回。十时多即下面吃，何吃后即走。我弄清十一时睡至二时醒，还可再睡，因恐火熄起看，已熄，因临睡未加煤。因留有凉面，只有苦瓜、丝瓜一点，可冲开水吃，故未再生火了。一壶热水，将就留洗澡。五时半吃完，六时浴，即洗衣乘凉至八时四十分回房，夜甚风凉，入房无风，亦不大热，饮菠汁大半碗。补写二日日记毕，九时十分。下午写了斌侄信，了一心事。抄好寄自强诗十八首，已十时半，收拾毕十一时上床。今天仍全天时肚痛。

8月2日（六月廿五日）星期六

做早操一半肚微痛，仍做完。肚一直微痛。早事毕已七时多，晒出衣及莲子花生。七时半抄诗。至八时半。早餐。九时休息至九时半生火，因添二蜂煤，起迟。威克、小袁来，取二尺针织票，即走，买来藿香丸与鸡罐、桔原汁。烧粥，鸡罐加工，一时吃粥二碗，虫蛀淘太多，散不粘，不好吃。午睡一时半至三时半，移花生莲子，洗脸吃菠汁，算账结账，休息，五时开火。六时晚餐，不想吃，勉强吃一碗粥，馀一碗倒入沟鸡鸭吃。乘凉不热。洗衣后乘凉至九时过，封火已欲熄，加等稍起，而炉条坏，煤球用铁条板取不出，弄得一身大汗，又抹澡乘凉，稍久，所加煤已上大火，铁仍取不出，只好将[上煤]抬出，将下煤通下去，又再加一新煤，封盖。铁板可暂任其在内。火大，多费煤，也无法，不然明天重生忙累。明天还要买菜，鸡罐已吃掉，只四块，且有一块是一长颈子，无一点油，多汤。现在的罐头都大差了。乘凉至十时三刻始清凉无汗归，又看火吃茶。乘凉时得诗二首，写出，已十一时过。细品雷鸣茶，似不宜太冷，拟对一点开水，外屋未开灯，失手将一杯茶汁打翻倒尽，可惜之至，剩一点全对水吃，尚嫌稍浓，又倒出对水吃，似无先香，也无心品了。可惜不置。平常不舍得，今日方第二次，且放茶叶稍多，都浪费了，因坏茶叶吃完才想到泡的，太可惜了！十一时三刻上床。

8月3日（六月廿六日）星期日 晴下午雨

一早起晒囡床及床中所放各物，共三绳。毕已七时三刻，即去梅处买菜，有事须等，隔壁婆婆引去罗爹爹家买苋菜二斤三两，照牌价6分。回在梅处买小南瓜一，丝瓜四，五角。小店买面包蛋糕各二。回提菜甚累，到家已8时半，重梳洗清洁，九时半加火，拈出幸尚未散，将铁板好不容易取出，炉内铁丝推边，但以后仍需留心。十一时开火，蒸馒头做苋菜及丝瓜。上午全弄了菜饭，未做他事，亦未休息，吃尚好。一时睡至三时，太闷热不能再睡，起亦热不能做事，出屋调整晒衣，日下极热，头昏心恶一阵，入屋阴凉休息即好。脸亦烘热。上午接帆信，因想其在大太阳下五六小时，诚难受也。四时天渐变，即收入，刚好收毕飘雨点，收绳毕即大风雨一大阵，须关窗门。还算及早为好。五时雨已止，不知囡、早回否？晚饭吃馒头，弄半日才清，正拟洗澡，小晏骑车回告囡已回，仍洗澡，未毕即回。早早极欢笑亲热，不久即睡。囡吃丝瓜汤，又觉饿，下一大堆碗面食完，乘凉边吃边谈，至将近十一时始回房，又吃梨，睡，我不思睡，上床至十二时过才睡。

8月4日（六月廿七日）星期一　多云晚雨

早起早早已醒，笑玩高兴，吃牛奶奶糕，推车至湖边，未及桥即因风太大而回，在何家门外玩，囡得下面早餐。火熄又生，幸很快起，十时已蒸上饭，囡带早早去取上海寄裤，威克回，又去接她。我肚甚痛，勉强生火淘米蒸上饭，他们回，威克洗切菜，太阳出，囡即牵绳晒大橱靠下面一部分还潮衣物。中饭后天甚阴，即收入。又吹晒了米和米坛。早早甚欢乐好玩，但调皮捣乱不止，费神得很。午睡二小时，四时不到即开火将饭蒸上，威克添弄菜，囡将衣物收入橱，早早捣乱不得，但甚可爱有趣，但太令人费神。五时吃晚饭，囡洗澡洗衣毕，六时走，我重新将二房大清洁整理，甚累而热，仍至快黑始洗澡，一直汗未干。大家说凉快，我乘凉汗仍未干。下雨，八时半进屋，衣已先洗好，吃茶休息并将近作三首抄一清稿，九时火已不好，即封，十时抄诗毕，写日记，收拾一切，十时半上床。

8月5日（六月廿八日）星期二　多云阴大风

早起想到湖边，晒衣后，已出太阳，不能去了，想早操，又肚痛，未能做。生火，早餐即蒸面包及莲子，写吴信。切冬瓜做汤，煸辣椒。十二时吃中饭，蒸锅十一时即取下了。吃一个大面包，一碗冬瓜汤。一时一刻睡到三时一刻醒，又泻二次。刨丝瓜，剥莲子皮，六时晚餐后，又剥莲子，洗澡较迟，未洗衣，乘凉，早秀、孙嫂共闲谈，我还先进屋，已十时一刻，吃茶，煮莲子，已十时半，封火，弄好上床。

8月6日（六月廿九日）星期三　阴雨

早起火将熄，幸加煤后久久仍起。早事毕洗衣晒出，切地瓜丝，辣椒炒作菜，吃二顿，中晚皆吃近一个面包。一时上床一时一刻睡着，二时半即醒腹泻。接孝章信。上午写吴、孙二信，下午即复陈信。又接王信。傍晚李来，将去北京问带物，即托其带巧格力。本想早吃晚餐，反迟，吃饭弄清洗澡毕已8时半过，弄清九时，尚未洗衣，抄诗数首，拟复萧信附寄，未毕，已十时过，遂不再抄，封火，吃莲子汤，弄清，十时三刻上床。

8月7日（七月初一日）星期四　雨

早起大雨，上午略抄诗，写萧信，切烧南瓜。中午吃面包南瓜。下午午睡很久，又痛泻多次，夜亦泻。晚饭如中餐。夜写淡芳及附诗，睡已十一时。

8月8日（七月初二日）星期五　多云转雨

早五时即起，弄清添火衣晒出，五时四十分至卫生科，到六时一刻，已挂第六号，拿到第九号，许多人都拿后号码，盖留号开后门也。幸看尚快，取药系成药亦快，八时即毕，取工资尚未发，找胡又因家人病回家去了。发信，想买邮局信封，老刘不在，亦无他人。菜场全空大洗地，商店无奶粉麦精、面包及其他较好之物，买馒头、烧饼、果酱而回，过李家略坐，又托其买豆酥糖二盒。彼送丝瓜一根，苦瓜三条，又让奶粉一包。回累极又热，不能动了。十时息至十一时开火弄菜，蒸剩近一个面包，吃完睡，十二时半，二时起泻，又睡至三时半，仍极累不能动，至四时过，慢慢做饭，煮丝瓜汤，热南瓜丝，烤半个烧饼，又吃半个炕饼，大碗汤。洗澡洗衣乘凉，下午暴风雨侵入屋，厨房又大漏数处，抢救善后，忙乱一阵，故本思早吃晚餐，仍至六时半才吃。因雨后较凉，8时三刻即入屋，略理诗稿成一律，烧开水后，又烧一锅开水，备明天做酒用，因霉糯米晒好，放厨房桌，被雨淋入，不吃掉更霉烂不堪了。两日来对肚泻生疑，恐系服补血药丸，吃茶相克之故。今问萧医，云此药吃了易肚泻，且写明忌茶。以为可补，反害肠胃，真冤枉。十时吃药，吃莲汤，封火，十时半睡。

8月9日（七月初三日）星期六 晴

早操，心跳气喘歪倒等均好转，想近日饮食稍增故也。早事早餐毕，加大火欲蒸酒，囡送西瓜回，烈日下来去热，真可谓酵母片[1]也。即改蒸饭，与囡共食西瓜。做一南瓜丝及苦瓜，囡炒，我即忙蒸酒工作，不料蒸好后临时酒药虫多不能用，而已蒸，向小晏借酒药，纸包粉无数，不知为何？做好睡时，囡已先睡我床，即睡藤椅，幸尚能睡一小时，但不足。囡醒略闲话，即去厂，更晴热。我又切南瓜丝，先收衣抹席倒痰盂等，然后炒菜烘大半个烧饼吃晚餐，六时稍过，吃甚饱适，又休息一阵，洗衣头遍，洗澡，乘凉，洗衣，乘凉，吃瓜，乘凉，今夜又热，汗大流不止。十时过始入屋，无汗尚凉，吃药，抄诗四首，已十时半，吃瓜，吃药，封火，十一时睡。昨停西药，今服中药，未泻，但腹仍有时痛。

---

1 方言中"酵"音同"孝"，意即孝母。

8月10日（七月初四日）星期日　晴

昨夜睡胃胀作恶，恐吃瓜过胀所致，但睡后即好。今早起后，又心中作恶，欲呕吐，不舒稍甚，火又昨夜吃瓜忘封，早熄。心中不适，即未生，一直卧床，吃胃舒平后，稍好，十一时又吃藿香丸，似稍适，起动，晒出衣帽。但仍不思食，腹又时微痛，至十二时复睡，睡着二小时，因小便未再睡着，至三时起，瓜子泡水大馊味难闻，清出倒掉洗三次。收衣帽，想起略坐，吃胃舒平，胃仍不适，不饿，但有点心慌，今天未吃一点饮食，除吃药外，亦不思茶水。抹席，动心跳。天又郁闷欲雨，头昏痛。下雨一小阵，稍凉饮桔汁大半碗，抄诗数首，已五时。休息。托小晏买到二面包，以防饿吃。洗澡，用极少及仅微温之水，不用肥皂，洗毕未洗衣，乘凉，吃一碗牛奶可可，四分之三面包，尚适。乘凉，8时一刻进屋。抄诗至九时十分，精神不济，多次抄错。吃药，吃菠萝汁，九时半上床。

8月11日（七月初五日）星期一

早起早操，又气喘心跳倾斜欲倒又肚痛，勉强做十之八九，躺藤椅休息，生火，因煤潮，几欲熄，后拈出留少许着起，随时少加，始燃，而稍慢，早事毕，等火起，肚痛不止，幸尚不甚，吃药。已八时廿分矣。写辰[1]信，火起又盖，忘弄早餐，肚痛又甚。写完辰信，已九时过，囡尚未回，煮咖啡，宜多吃牛奶，有面包作早餐。未吃囡回，忘吃，至九时半始吃。肚痛，躺椅，与早早玩。本不想做饭，但威克切洗肉菜，囡管早早，又不适人倦，我

---

[1] 沈辰宪，沈祖棻堂兄沈祖模三子。

只好又熬肥肉油，又炒肉丝，又淘米蒸饭，均肚痛强支，做后休息益痛。饭后午睡不着，久未如此，岂吃咖啡之故？三时即起，烧两冷热开水，蒸现饭，因威克又临时添菜，仍五时多才吃，菜吃不了，送一碗与早秀，倒掉半碗，实浪费，尤其油不够。上午看酒未好，下午肚痛甚，又忘看，六时多因等走后，理床一看尝，已好，甚甜，送一干满小碗与早秀，并托小晏电告因，看何人回吃带。自吃薄多汤小半碗，甚好。吃后渐不胀，痛亦减轻。一早写辰信，下午及夜抄给殷诗毕，十时，封火，收检，十时半上床。吃藿香丸，止泻香连丸剩一小瓶，未吃了，因已不泻，而反胀，又痛甚也。

8月12日（七月初六日）星期二　阴晴不定，多云小雨

早操，想至湖边时觉晚，仍去，因本阴，至桥边大风飘雨而回。想吃酒当早餐，本还想蒸面包，均吃不下。至中午十一时多，才吃酒稀薄大半碗，已多酒味，且细味微苦，大不及昨夜之甜了，又添二匙汤。加煤，其实昨夜加煤淋湿，今未用，还甚好，下面较久，恐午睡稍久，会熄，故加一煤，放心睡大觉，希望夜晚能进餐饭也。连日无信，甚怪。十二时十分睡上床。四十分睡着，肚仍胀不舒，中醒二次，至三时一刻醒，出太阳，又晒出衣裤，今天已几收几晒，此次约可干矣。火好，仍封，不知晚餐能进否？三时三刻，休息，接孙望信诗读之。收衣，小晏电话打不通，送一碗干酒给孙嫂子，筛虫面粉甚久，六时过洗澡洗衣一半，乘凉，又洗衣，吃薄稀大半碗，酒味益浓辣，剩一点还加了一大半水糖吃完。肚仍一直胀气饱闷，除二大半碗薄酒外，任何饮食未进。不知明日如何？但精神尚好。晚8时半进屋吃酒后，还抄诗数首。

九时半铺床漱口封火收检，十时多上床。吃藿香丸一包。

8月13日（七月初七日）星期三　阴雨
　　早五时多醒，即起，弄清，加煤，大风关窗门，冲酒很薄大半碗吃后，准备一切到卫生科，出门已六时，到已六时三十几分，但挂了第一号，久尚无甚人来挂号，似不看，问皆说有中医。今天挂号人少，又晚，看后即去修缮组催漏，回取药，才8时，去财务科，又忙他事要等下午，即至二区理发，等半小时，理半小时，才9时一刻，去菜场商店均无物可买，且家存尚吃不了。即回，已十时过。舒弟来送煤，堆门口。累极，躺藤椅休息，中又查《佩文韵府》[1]一典。十一时后冲酒水糖大半碗，吃后即睡。十一时半睡至三时。四时后搬放煤一半，极累，开火，蒸面包，虽不想吃，但已霉，多蒸一会，又搬完煤。煮酒冲蛋，因水放多，加酒成二薄碗，吃一碗，本想夜吃一碗，但仍胀饱不能吃。洗澡洗衣均已迟，因饭迟等放蚊也。下雨，略乘凉。亦未做事，煎药好，已九时半过，等稍凉吃，十时封火，吃药漱口收检，准备毕睡。

8月14日（七月初八日）星期四　大风雨
　　早操，早事一切毕，才8时，饮葡糖二匙。抄诗十馀首，煎药，蒸面包，十一时多当午餐，吃小面包大半个，涂果酱，吃昨馀酒冲蛋花加多水大半小碗汤，吃后尚未甚胀，倒洗各物及用具，近十二时上床，十二时四十分睡至一时四十分，再睡不着，二时半起，写帆信，休息，待邮递员，抹席铺褥，仍错过发信。五时半

1　时简称"佩文"。

后始开火蒸面包。几次开门唤早秀鸡,去开她门,大雨淋全身湿,门锁,后渐快黑,鸡叫,拟唤其暂入我家,开门三次,俱不肯入。晚餐冲一酱麻油汤,面包夹肉松,吃了一个多,夜晚腹稍适。写孟伦信,附诗十一首。煎药吃,烧开水,九时半封火收拾一切,十时睡。

8月15日(七月初九日)星期五 雨

昨夜大风雨,十二时起看沟,因长满草恐水不流通而进屋也。见风大雨小尚好。早四时四十分醒,听清是大雨,遂睡不着,五时四十分起,一开厨房门见地下开河,以为进水,开后门见非是,乃屋漏更大更甚,电线亦均湿,甚危险。今早天[凉],起又早,穿二件长布衣裤,新穿上身,卷裤脚近膝盖,换套鞋,用新畚箕扫舀水倒前门沟,无插脚转身处,甚不便。先舀倒廿九次,然后将箕洗净烤干,不料又汪水甚多,盖高处流至低处者,又舀倒六次,又洗又烘,后惟凹处稍有水,大致可以了。托小晏打电话到修缮组,不料早秀昨已进医院生了。又托陈师傅,大雨又淋湿,二新换裤又被倒水时碰上泥。回房躺藤椅,又累又热,但休息一下又好。此次三四天不吃,精神气力比以前为好,不知何故?已8时多,饮葡糖,早起腹胀略松适。早餐一小面包,后又渐胀,吃二道药。孙嫂送一丝瓜。补写帆信一页,重抄涂改的欲寄人诗一页,重抄自留诗清稿一页。中午蒸吃一小面包,大碗大半碗丝瓜蛋汤。一时过上床,一时半才睡着。解后肚痛,既不能再睡着,又不能起,而愈来愈痛甚,至五时半始起,接读刘彦邦信及诗。晚餐吃一小面包,抹果酱,饮咖啡牛奶一小碗。又炸了上次未炸透且回潮之花生米,又嫌稍过,及核桃仁数小粒,吃甜后吃了几粒花生米。吃晚餐甚适。烧开水，煎药，九时半吃药，准备收拾一切，十时半睡。千帆已十二日无信，为从来所未有。虽前信云天热懒写多话，但会有简信，且已天凉数日。前云精神不好，怕病了，甚念！甚忧！晚餐后胀气，吃威克取回蛋白酶药水，尚未坏，与卫生科的不同。吃后渐好。煎药封火时不慎跌翻，剩馀一点吃了，又吃藿香丸一包补足。此乃头道，可惜了。

8月16日（七月初十日）星期六　多云

早起至梅处买菜，回弄菜，抄诗。帆仍无信，可怪！甚忧念。恐病倒也。中晚皆吃苋菜，胃口转好，又吃丝瓜汤。中吃二号碗大半碗近浅碗面，晚吃一碗，甚饱。两顿饭后皆吃蛋白酶药水。晚临睡吃药后并吃花生米误倒多三十粒，未不适。全天只微痛一阵。夜略看《参考》，十时半睡。梅借15元。

8月17日（七月十一日）星期日　阴

早操，至铁疗武大宿舍打电话给囡，令带回蛋白酶药水，转三连不通。徐鸿[1]原屋住化学系教师，屡邀上坐，还摆糖点，闲谈还问起帆。回家适威克送菜油（其兄带来）回，并告因河南、湖北多县水灾，加班加点，明天不休息，不能回，但拟抽空送药水及拔沟草。小晏友言各工厂加工，北京火车不通。曹无回信，刘师亦然；顾亦久无信，或均因此乎？抄诗一首，择苋菜。早餐吃一炕饼，馀一，昨面已坏，就吃炕饼及果酱、咖啡牛奶算了。夜晚

1　徐鸿，上海纱厂童工出身，后参加革命，曾任武汉大学中文系党总支书记。

再下面。早吃昨馀早烧三通药（因水多未吃完），又熬头道新药，饭前吃了。中餐虽略欠，营养亦少，但尚舒适而省力。十一时三刻即弄清，稍息，十二时后上床。今上午仍腹微痛二小阵。甚念早早及囡！上床看《参考》五天，十二时四十睡，而一时四十即醒，睡不着了，仅一小时。二时起，至小店买一面包二蛋糕及肥皂回。近午睡时久，今较少，人倦眼涩，不便做看书写字等事，亦不想劳动。无聊，写施信，忘加煤。写毕四时三刻，幸尚未全熄，不知能救起否，起亦夜饭迟了。邮员已来过，无信，报亦无，恐路阻之故？不知沙洋通车否？惟望其是路阻！晚餐吃一炕饼，但吃了大半菜碗苋菜，一菜碗酱麻油汤，亦甚饱，吃后且胀，转气，但洗碗后即渐好，又去湖边至湾处回，遇飘雨，速回，幸又止。回后放蚊，适雨下大，后又转小。洗脚抹身后，已8时多，想写复刘彦邦信又懒写，精神稍倦，想系午睡少，又写了施信之故。看《唐宋诗举要》，十时一刻先弄清一切，十时半封火即睡。甚忧念帆，因陈言沙洋仍通车。

8月18日（七月十二日）星期一 多云

早起至湖边，又至小码头买骑车来卖之小店馒头二个，写刘信，才开始，威克返，买包子八、冬瓜而回，拟拔草，才到，胡二孩来，我还以为是小码头孩来问买虾鱼，张婆婆后来说亦以为小码头孩。幸威克在。他们以为星期一都回，来和早早玩。要他们吃包子吃不下。大孩帮威克拔沟草，但将小沟踏翻，好不容易才弄好。威克拔了草就走，将孩带至武大。写好刘信，正好邮员来，即与施信同发。北京、河南信件，正用四个飞机陆续运来。中午即吃二包，冬瓜汤，炒辣椒，晚同。午睡勉强一小时许，小晏做木工，钉锤不已，睡不安。起一下开火，烧水一瓶，又盖，写小王信。五时一刻开火蒸包，热菜，四十分吃，汤太烫，先吃了包子，又倒痰盂，关后门，六时又到湖边到湾处回，点香放蚊，天黑才洗一澡，换衣烫而未洗。乘凉至8时三刻进屋，烧冲开水，九时一刻，吃桔汁半碗，花生米少许，饮游茶，略看诗，九时半封火，十时睡。

8月19日（七月十三日）星期二　多云
早五时过即起，至卫生科，出门已六时十二分。至挂2号，但中医停诊一周，看西医一号，取蛋白酶药水，至邮局取德济[1]二次汇款百元。菜场商店无可买，即回，很累，躺休息看诗，因即回，幸早去早回。因带回苦瓜辣椒。稍息生火，幸顺利，即蒸饭包，因切弄苦瓜，烧二碗，生苦[瓜]辣椒带厂一半。饭后午睡，因二时起回厂，我睡至三时。晚饭炒一碗苦瓜，剩冬瓜汤及一点炒辣椒，吃掉。晚停电，乘凉，孙嫂捉住一小猫，给关捉鼠，关在外房，夜似闻房内仍有鼠动？早六时猫叫不已，起放出，甚困倦，但已睡不着。六时半起，停水忙接，加火，清洁，一切弄好才七时半，开半火烧剩咖啡，早餐。

8月20日（七月十四日）星期三　阴夜较热
早六时起，放猫。忙接水。早餐咖啡极淡冲奶粉，烤半个馒。中餐吃苦瓜辣椒馒头，午睡三时起，四时烧粥好等凉，五时半吃，洗澡洗衣乘凉，八时半觉饿，烤面包二片，出汗，又稍乘凉，被

1　杨德济，沈祖菜堂兄沈祖模二子沈午宪之妻，曾是上海某医院护士长。

孙嫂叫去同坐，至九时多始回吃面包，仍饿，又吃一片，复吃花生十馀粒，因本不想点油灯，待电不至，反至十时三刻才睡。今日得帆信无病甚慰！附转章信。夜铺席睡。作寄帆五律一首。

8月21日（七月十五日）星期四 晴热

早起人甚疲倦，无早餐，软不想至小店。后吃早早奶糕一块多，勉强为章翻书箱找书，囡带半斤肉回。拟早做饭，适前政校[1]同学之财务科沈老，偶来访谈甚久始去。囡切肉，我弄辣椒，仅只下面吃，炒一辣椒肉丝，已十二时过矣。吃后十二时半睡，至二时多起，囡去厂，我又稍腹泻，倒盂收衣，头痛，吃茶休息，又查一典故，补写日记，四时看火加煤。作七律一首，并帆五律抄一初稿。五时半晚餐，吃面大半碗，发糕半块，乘凉洗衣，九时入屋，写章信并抄诗二页附去，十时一刻毕，吃茶封火睡。今日下午及夜晚甚热，十时后转凉。看诗至十一时半才睡，甚安闲凉适幽静舒畅。

8月22日（七月十六日）星期五 晴大热

早五时即醒睡不着，六时起，早操，看等小店卖馒头来，一直未见，不知是未来抑错过？晒衣一切早事皆毕，写帆信，早餐，抄诗，查辞。休息看诗。做一丝瓜汤，中午吃剩米发糕半，酥饺一个多，吃得下，不敢太饱，吃后果有些胀，吃蛋［白］酶。午睡一时，又被孙嫂子叫醒看信，一时半睡至三时半。倒盂收衣，换衣去小店，遇沈言刚去拖物，遂不去，回屋烧粥。晚餐吃粥二

---

1 沈祖棻曾于1965年下半年在湖北省政治学校学习四个月。

碗，饭后去小店，云须明日去拖，遇梅爹，无菜，后采数小茄子。夜热，至九时多始无汗，回屋洗衣，十时半睡。

8月23日（七月十七日）星期六　晴大热
早起六时，久望小店卖馒头未来。云因小码头总说之，故气不来了。早操，人甚倦累，躺椅看诗休息，又抄诗清稿。午蒸不大粘之糯米饭二大半小缸，茄子多坏，强烧半碗不好吃，炒剩辣椒小半碗，尚好。吃拌糖饭。午睡十二时至三时一刻，三时半起看火已将熄，急加难起，总算未熄，着三四眼，勉强烧开泡饭粥，及重加酱油煮烂茄子，火极小，吃饭已七点四十分，吃完弄清，洗浴毕已九时过，乘凉流大汗不止，十时过始无汗进屋，未洗衣，火仍只三四眼，且不红大，加一煤，也只起三四眼，封盖看能着否？十时半睡。

8月24日（七月十八日）星期日　晴大热
早六时半始醒，看火尚好，洗衣已近七时，廿分洗毕晒出，弄清一切早事，已八时廿分，熬咖啡。洗了茶杯。人仍疲倦，起即甚热，头昏痛，昨前下午亦昏痛，皆热闷所致，今天一早即蒸热，故即昏痛不适。近几日甚吃得下，但早起总饱闷不想吃。早餐吃一蛋糕，一碗牛奶咖啡，吃毕已九时一刻。烧开水（昨夜火不好，未烧）冲瓶，拟即煮面拌凉面吃二顿，因无一点菜，托小晏买冬瓜未买。上午中午作五律一首。两顿吃拌面，无一点菜。午睡十二时过，而连泻三次，至一时半始睡，三时半醒。晚饭后至湖边一转，洗浴后即冲开水，大汗乘凉，孙嫂来读信，火又将熄，看信后弄火，仍熄。乘凉大汗不止，九时多进屋，衣亦未洗，饮果汁半碗。连日眼昏糊，以为太热之故。又连查细字书，今晚忽左眼痛，须注意！十时睡。

8月25日（七月十九日）星期一　晴

早好睡，广播吵，六时已全醒，六时半后始起，弄毕一切早事已八时半，因生新火也。早餐吃蛋糕牛奶咖啡，火只一煤，因无多用未加，起慢而低，煮烘甚慢，九时后始吃。囡回。晒大篮花生，已多霉蛀。又剥坏好相参之剩馀小花生一洋磁盘，甚累。囡至小店买一猪肉罐头回，只七块，中午吃面，留晚一碗。饭后二人午睡，而我连泻四次，坠痛殊甚，久未如此，似又严重。躺藤椅休息，天又极蒸热不舒。囡仍去厂加班。明天试令威克买白面馒头，看能得否？略坐算结账，写日记。甚想早早！晚五时即炒花生，等滤油，吃凉拌面，未加油，用盐、普通酱油、醋拌食，尚适，罐肉未吃。早洗浴乘凉，大热汗不止，8时洗衣，火将熄，急加，吃茶，又出大汗，再乘凉，九时半进屋，今日又作七律二首，即写一稿，并写昨日七律五律各一首，已十时半，吃茶吃药，放帐，漱口，熄香睡。此次病一直未能好。闷闷！

8月26日（七月二十日）星期二　晴大热

早起看火尚好，七时过始加。早操，晒衣，早事毕，牵绳晒被毯。七时半火渐起，煮咖啡，蒸蛋糕吃早餐。六时即已流汗湿衣。威克来，买十包。中午吃二，肉是臭的。恐放不得，即送于二个。去肉心吃尚可。带回二条黄瓜，令其带回一条大的。因肚泻暂不吃，恐放坏也。十二时睡至二时，太热即起。买冰棒二，因系牛奶，不能冲果汁，即煮二道剩咖啡，开火只剩几眼，放上，

1975年　379

忘记，烧焦，咖啡本是一点渣，勉再熬，不可惜，纱布袋亦然，可惜小锅烧焦，幸不太甚。上午苏者聪[1]来探望，谈甚久，似颇同情老病孤独，借《水浒全传》而去。五时后开火蒸包，衣已早收，被单拟等在外稍[2]，恐房中太热也。闲看《楚辞》。接萧信，知重庆亦大热。晚餐吃二包，肉又不臭，吃罐半块。看《楚辞·天问》，乘凉8时洗衣，又出，九时半入屋，吃小蛋糕半块，桔汁大半碗，太淡，看完《天问》，8时半已封火，不知能到明早否？十时三刻上床，仍热出大汗。

8月27日（七月廿一日）星期三　晴大热傍晚大雨

早起即加火，晒衣，早事毕，早操，抄理诗。8时半肚觉空，早餐蛋糕一个，牛奶一碗，抄近作诗清稿，威克又送馒头花卷菜来，带二馒头夹果酱给早早，又送二包给余婆。抄诗毕，休息。中晚均吃包、馒各一，拌黄瓜一条，晚加肉松少许。午睡十二时至二时四十分，尚为张婆叫醒，精力较好，擦洗焦锅、水壶、蒸锅盖，甚费力颇久，尚不甚累。忽大雨，看厨房，前二房靠窗又均打湿，威克送回新米袋子雨点打湿，幸未透。又搬一切东西，忙而未太累。接施信，《光明》报办文学创刊，论水浒，故苏来借《水浒全传》，批判投降主义也。幸一阵大雨过去，厨房地湿不多，不知夜晚如何？现仍雷响小雨。火做饭时已将熄，将就蒸熟包馒，又烧热水，加煤，看情况能否封到明早。上午接帆信。洗浴洗衣，小雨在门口檐下乘凉，8时半进屋，躺椅休息，吃茶数杯，查书，

---

[1] 苏者聪，沈祖棻的武汉大学中文系同事。
[2] 此处或有脱。

抄近诗一纸拟寄施。十时睡，两天来均早餐一两，中晚各二两，早蛋糕，中晚包馒，惟吃菜甚少，因无菜或极少也。因亦未去诊，希能从此好转。两日较多休息，但今晚火熄，明早要生。

8月28日（七月廿二日）星期四 晴热

早起早操，事毕七时一刻。无多用，暂缓生火，抄诗，共四页，拟分寄施及南京诸友，已九时过，休息。看诗，十时生火，起慢，又只加一煤，火低小，又将所有包馒卷好坏蛋糕均一锅蒸，炒一辣椒，烧一南瓜，火小慢，十二时三刻始吃，吃一个二两花卷，弄清一时过，又等先烧半壶开水，火低极慢，还好，廿分即烧开，冲一热水瓶，盖火睡。忽肚大痛，剧痛数阵，至二时始睡，四时多醒，仍痛累，五时多始起，幸火好不熄，六时晚餐。不大热，未有汗，但先衣仍汗湿，仍洗一澡，水不热，还稍凉，洗后仍出汗，乘凉半小时始止。洗衣，又乘凉，8时半进屋，查一书辞，久未得，后想查处，仍不全，记古乐府，但已无书，只好算了。已过九时半，以致火将熄，急加稍等。还是中午十二时半后加的，还算好。只好略等起后加煤再睡。饮桔汁半碗，花生一些，封火，仍觉饿，吃半蛋糕，仍微饿，不吃，吃茶睡。

8月29日（七月廿三日）星期五 晴热，夜更大热

早操，泡糯米，切南瓜，威克送来一小鸡，烫、杀鸡毕回厂。我开火烧水，肚痛，拟烧南瓜，煎油，火未起，稍坐外间大木椅，不料火起快，又暂忘，油烧干，冒火，幸在外间，又未做他事，即端锅，既烧焦，而尤在油味大，故洗多遍极费事而累，又烧南瓜，炒咸菜，蒸馒头，更累。饭后已一时多，又蒸淘米做酒，未

午睡，更疲累，做时杨翊强[1]又来，更忙累，彼自动带去帆衣及白糖，装糖善后，匆忙疲累。鸡汤亦未能烧好。晚餐早吃，浴后因太热，仍未能早睡。

8月30日（七月廿四日）晴大热 星期六
早操，转湖边，炖鸡，中午吃馒头，南瓜，鸡汤。午睡起，烧粥一锅，而等囡至晚六时半先吃，七时半未回，洗澡略乘凉，后热开稀饭，火已不好，勉强将就，热开，鸡汤已不能热，加煤仍熄，鸡汤九时半对水吃完。十一时睡。

8月31日（七月廿五日）星期日 晴大热
早起因夜鸡太吵，四时半后始又睡着，醒稍迟，出外买筒面，不及生火，因太阳太大及恐囡回也。忘多带粮票，问赵借三斤，买四筒及二斤绿豆回，囡等已回忙弄菜，我带早早在头家乘风凉玩，免其捣乱。威克生了火，午饭后睡，杀一鸭，红烧，弄了好几菜，除鸭旁观指点外，均威克烧之，因太累及肚痛也。小袁约来未来，囡二同事来，并买带一小鸡，囡托也。未饭而去。午饭不早，睡近二点，至三时半起，添烧绿豆稀饭。替早早洗二澡，生痱子。搭绷三人在外睡至近十一时入屋，仍极热扇扇睡不着。

---

[1] 杨翊强，时为武汉大学中文系青年教师，1957年被划成"右派分子"，此后长期和程千帆一起劳动，关系密切，详见《闲堂书简》。

9月1日（七月廿六日）星期一　晴大热

早均六时即起，添煤太迟，火熄。用煤油炉，彼等三人过早，我推车带早早玩，威、囡大做煤球，威更做菜生火蒸饭，早早现会站起出车，又乱跑，看管甚累，自六时半至十时半，已极疲累。十时半后，囡等做毕煤又带之。午饭吃鸡肉不烂，汤不鲜，未大炖好。午睡一时半至三时醒，甚疲累，至四时起烧粥，翔如来。无菜，花生米，辣椒，苦瓜，吃粥，彼等走已快天黑，我善后收拾及清洁（早未及做，又大风）毕，已8时过，浴后九时，烧开鸡汤，剩粥，并炒剩饭，又洗衣乘凉，复拌鼠药，至十一时半始上床。一夜均闷热。

9月2日（七月廿七日）星期二　晴大热

醒已六时，疲倦，拟起忽又睡着五十分钟，仍疲，躺二十分钟始起。看火仍极好。早事毕，又热开鸡汤及粥，补写三天日记，已九时矣。肚微胀痛不饿。躺椅看书，起吃茶，忽杯水翻满五斗橱上，稍浸《唐宋诗醇》[1]边一细条，面一点，而去搬抹时又洒流椅扶手，湿透《读雪》甚多页，即忙晒压，不知能复旧否？余书犹爱惜，亦一痴也。《诗醇》毫不显，无损！十时半开火，烧鸡汤，炒剩饭，热剩粥，吃一顿。蛋炒饭，鸡汤鸡肉，粥，花生米，可不弄菜。下午再做苦瓜辣椒，不吃不做出要烂坏。苦瓜做出不馊，尚好。否则亦吃不了。查《佩文》一下。午睡十二时半至二时半，起去床褥，已三天日夜嫌热，因想已秋即会转凉，故将就。昨夜今午太热受不了，故去之。做苦瓜，洗头，又洗一切剩锅碗，五

---

[1] 时简称"诗醇"。

时开火，蒸馒已霉、蛀、馊，临时下面，吃白面、鸡及汤、苦瓜，甚适。晚无电，电池又坏，点煤油，做事不便。浴后乘凉，衣亦未洗，拌鼠药，十一时才睡。傍晚雨。下半夜嫌凉。

9月3日（七月廿八日）星期三　阴雨

早起擦煤油灯罩二个，甚费事，又加满油及糊一纸套，弄清已七时半。药死一小鼠，大鼠仍在外间。收拾死鼠及鼠药大扫地，已八时半，开火吃早餐，又铺上床褥，先连褥铺，不平，又重分开铺，出二身大汗，弄好已九时一刻，衣尚未洗，已很累。理收昨压湿书及其他书报，十时二十分即开火煮绿豆好，再烧稀饭，弄苦瓜、辣椒，晒装芝麻，炒一点拌烧辣椒，不知为何弄到一点过才吃午饭，吃二满碗半干绿豆粥，还不很饱。吃完又淘洗炒好瓶装所馀一点芝麻，热粥和所留绿豆汤，封火，洗锅碗，一切毕已二时半，人极累，午睡觉困倦甚，四时半勉强醒，极疲累，五时差十分起，看火尚好，洗脸吃绿豆汤，休息一刻。午睡前觉大累，后又再泻，要注意休息。但夜晚要洗两天衣裤，未免又累。晚餐吃一碗又大半碗绿豆粥，洗好锅碗已七时多，洗澡乘凉，洗二日衣，晚本雨后较凉，洗衣多，仍出汗，又出外乘凉，进屋封火，已九时三刻。今天人极疲累不支。吃花生米、绿豆汤，拌鼠药，检物，略看《楚辞》，心亦未定。十时半睡。文才来信及诗，以为帆有信，未至。

9月4日（七月廿九日）星期四　多云转晴

早起生火二次始着，自做煤不好，不知是不是潮的？捏太松？抑前煤原坏？仍用蜂煤生起。已九时，先已热了绿豆粥一碗半吃。煮绿豆，下面吃中饭，因粥极干，又吃了半碗绿豆汤，不饿，十一时半吃了二号碗小半碗拌面，留一浅碗夜吃。十二时午睡至二时半，拟再睡，不能了，三时多起。上午接帆信，极简，拟买雨衣。做七律一首，结二句未定。今天一天头痛，不知何故？或雨夜受凉？抑白天受热？拟不看书做诗。近胃口似已完全恢复，帆叫吃好物，恨无可吃。五时开火，热面菜，五时半吃，面半大碗，苦瓜有点厌了，且一菜单调，煎二荷包蛋，因菜少，蛋又散黄了。弄清仅六时。饭前一生物系学生李敏带王俐[1]的两瓶刺梨酒给囡，彼住生物系22楼15号。并写好帆信。六时三刻洗澡，洗上内衣头遍，裤未汗湿未换。洗浴后乘凉，无风，至马路东南角，有风，与孙嫂、何奶同坐，8时一刻即回，有大鼠食莲子，即拣莲子，好者收起，坏者拌药留其续吃，洗衣，毕吃绿豆汤一碗，已九时，又冰一碗待吃。锅中尚有一碗，怕坏了可惜，一起吃了。一时共吃三满碗另二匙。恐吃多，后吃蛋白酶一匙。十时四十分上床，因吃多稍迟睡，更略看诗。

9月5日（七月三十日）星期五 多云转晴大热

早起去小店买面包蛋糕过早，无有。这二三日一早觉饿。遇梅爹，地中一无所有，得一极小南瓜而回。生二次火始燃，即下面，十一时即吃，但到十二时欠十分始弄清，虽洗锅碗稍多，亦做事太慢之故。因生的火，故加煤后又下面加灰，稍费事。帆信交邮。十二时上床午睡，甚热。看报评水浒等一刻钟，睡至三时五分，起看火洗脸。既吃得下，又不痛泻，大概病已好，消化已

---

1 王俐，程丽则"文革"大串联途中结识的贵阳好友。

恢复？再注意能多几天不反复就好了。趁此吃好补身体就好，但供应更难，连普通蔬菜也没有，一切为难。四时开火煮绿豆，因下面少，只剩小半碗，差点，添补绿豆汤一碗，夜快睡时饿再吃碗馀。此次将绿豆新鲜吃掉，免一放忘了又霉蛀，且难得想吃又吃得下也。五时一刻拌凉面、煎蛋，热苦瓜。先补破绸裤，未完功，五时三十五晚餐，弄清六时，继续补裤完，吃绿豆汤一碗，因面只三号碗半碗略多也。惟今天绿豆少汤多，很稀，亦不能饱，幸尚不觉甚饿。洗浴乘凉，洗衣再乘凉，夜晚大热无风，汗流不止，九时半过始进屋，吃绿豆汤一碗，翻书查辞，十时半又吃绿豆汤碗半。十一时睡。八时火将熄，即封，不知明早如何？泡淘糯米，明天做酒。

9月6日（八月初一日）星期六 晴大热

早起火尚好，早操甚累，早事毕，加煤，无早餐吃，仍封盖，淘米准备做酒，饮奶粉葡糖半碗。八时三刻囡回，带回汉口买之罐头荤素四个，蛋糕三块，即吃一块。开火蒸米做酒，善后洗一切，甚累。即烧水下面，十一时即吃中饭，开一带鱼罐头，无味。弄清十一时半，看《参考》，快一时睡，太热，二时即醒，热未能再睡。囡二时半起，回厂，我去看张婆婆被自行车压伤脚。停水，想开火烧粥不成。大热，睡少，头痛不舒。算账结账。五时半水仍不来。毛送还所借《龙川词》，云屋中霉气甚大。即写给章信，问要此书不？邮已去，未发出。用少开水下白面条，罐头带鱼加工，放不少酒，仍较腥，不大好吃，也不大难吃，仍五时三刻即吃晚餐，点香放蚊，昨未放蚊，即有蚊并多虫，今点香放，看较好否？故至七时一刻始关窗门，又等水重开一下，冲水瓶，洗澡已八时半，乘凉洗衣，九时半进屋，吃花生，饮茶，想足成以前一律，仍一句未成，已十一时矣，收拾睡。

9月7日（八月初二日）晴大热　下午发帆信

早起加火收拾毕，已七时，去二区买一份票菜，六角几，藕和洋葱，另小白菜一把，不需计划。又买豆票二份素火腿。到小店排队买油饼四，馒头3，误以大为小，多了。到耀老处休息，吃油饼喝茶，并将藕暂寄放，实在拿不动。到三区粮店，已无糯米了。还赵粮票，路过石家，知石也已去京了。回已十时过，极热而累，幸火甚好，十一时过，烧一南瓜，烤一油饼吃了，白菜亦懒弄且不及。午饭已一时，饭后一时半午睡至三时半，火已熄，重生二次始燃，费柴费力，因煤潮也。五时半火始起，即馒头、蛋糕、素鸡一锅蒸，小白菜弄得快，炒了一浅碗。吃半馒一蛋及半大碗南瓜，半碗小白菜。饭后弄清六时半，放蚊后洗澡乘凉洗衣复乘凉，火勉强烧开一壶水，已将熄，急加敲烧，也救不起了。十时半睡，流汗不止，热甚。坐床扇久才睡。

9月8日（八月初三日）晴大热　星期一

半夜犬吠大声不停，早鸡叫甚久，倦睡至六时过醒，六时半起，七时生火，幸一次即生着，七时半毕。早事毕八时，早餐酒半碗。写德济信，未毕，囚等回，绿豆汤未大好，即取下炖排骨汤，炖好始蒸饭，吃好已快二时，午睡至三时半，起炖绿豆汤，即蒸剩饭，晚餐后弄清已快天黑，囚等即回厂。因一天刷抹生虫核桃仁寄杨，回厂寄出。我写毕杨信，又给娘娘一简信，均为寄胡桃事也。早早今天常常发脾气撒赖撒泼，习惯极坏，必须注意

1975年　387

才行。乖时仍甚好。我天黑又清理善后，洗澡较晚，火又熄了。乘凉至十时过始有风凉无多汗，进屋。夜吃酒大半碗，绿豆汤三碗，十一时睡，太热。

9月9日（八月初四日）晴 星期二 大热

早吃酒半碗，已较辣。生火一遍着，但扇很久。吃酒大半碗。人仍甚累。做豇豆、藕，蒸馒头蛋糕后，做菜，烤二片馒头午餐，已一时半午睡至二时半，烧酒冲蛋三碗，送张婆一碗，自吃一碗，冰一碗夜吃。补破裤，汗流不止，衣透湿。晚餐吃馒头二片，蛋糕一小块。游来信。张婆送丝瓜二，收一，水泡，夜大热，洗澡后乘凉，至九时进屋洗衣，汗流湿衣，时停扇，洗毕复出乘凉，十时半进房，仍出汗，十一时始上床，吃酒一满碗，亦未胀闷。上床大汗不止，打赤膊扇扇，仍汗盈把，至十一时半始睡，幸一觉熟睡至四时一刻，亦未凉，但已不热，即穿短衣再睡。

9月10日（八月初五日）星期三 晴大热

早起早操，近日做腹部运动时，肚痛。生火甚久，大火扇很久，火苗直冒，后又将熄，幸悉照料，勉强渐着，早事毕已八时过。火已着，惟不大，即烤馒头二片早餐，复蒸剩菜干馒，因昨晚蒸过尚未坏。馒头吃一片，即不想吃了。菜蒸好，酒已剩无多一点，但更辣不香甜，细味微苦，又小虫飞入，即拣出虫做冲蛋。尚好。舒弟送煤来。接帆信二封同到。正计算帆信何日可到，见二信甚喜。不料因雨衣及户口大怒骂怪人，不讲情理，不念恩义，大为气恼伤悲。继思病才有好转之望，大不必为此种人悲恼，以后随他去好了。也不必再写信了，倒省些事。等因替他买了雨衣裤寄去就完了。附言他以后一切自作主张办理，不必与我和囡商量。尽量不想此信，优游生活望病好转。拣淘绿豆及米，拟做粥。快十时加煤，十时半尚未起，又不能早吃午餐，早睡。做丝瓜。剥花生。烧粥，午餐二满碗，弄清十二时半过，又煮烂绿豆汤，热开粥，因天太热了。否则晚餐就会馊坏。又无开水了，想烧开一壶，不睡到一时半，未开，火将熄，只好等火起封盖。早知水不能开，早加火封，好睡了。现迟睡，还不知火能起否？下午天热，生火更麻烦了。现汗流不止，衣裤均湿透如水中取出，不是病疲，象前早换洗了。现想将就至洗澡，少洗一身。火幸起，封住，但已二时五分矣。上床扇不停，热不能睡，垫囡篾簟亦不凉。二时三十五勉强睡着，三时一刻即醒，热不能睡。想吃掉早餐未吃而冰之蛋酒半碗，热时毫无酒气，冷了又有些酒辣味，还不重。冰棒来，因腹痛不敢买吃了。仍极热。收所晒单被毛巾毯等，衣已先收了。肚微阴阴似痛，不甚舒，休息一阵再吃晚餐。一下午虽不去想，仍因帆信气恼伤悲。五时三刻晚餐，先饭俱冷食，后觉粥稍嫌冷，又热略热吃两碗正好，又多小半碗，也吃了，微饱不胀。夜酷热，大家说如何好？叫热叫苦不置。乘凉进房吃二次绿豆汤，先一碗，后九时半吃大半碗近一浅碗，封火，仍大热，又出外，先有两阵风，就觉大为凉快，后又无，仍热甚。十时半甚倦进屋，吃酒冲蛋菜碗半碗。甚热。今夜恐不能放帐了。蚊虽少而虫极多，不知点蚊香行否？还要等一会，吃掉大半碗绿豆汤睡。十一时吃绿豆汤一碗，一刻睡。

9月11日（八月初六日）星期四 晴大热夜阵风雨

夜热睡少，挂帐打赤膊一夜，不停扇，蚊虫尚不觉。早睡已过六时半，早事毕已八时，写囡信，十时多开火下面，做辣椒炒藕二菜，吃已十二时半过，弄清一时一刻，较疲累，午睡太热，不停扇，只睡不足一小时。下午煮绿豆汤一碗，点香放蚊，浴毕未及洗衣，忽起大风，电熄，无电池，煤油灯风太大吹熄，火又快熄，一切十分狼狈。大风满屋灰土。后阵雨不大。加煤封火。九时后风渐熄，吃绿豆汤一碗，十时过风雨全停，十时半又吃绿豆汤一碗多。夜泻一次，因太忙乱之故。十时四十分睡。

9月12日（八月初七日）星期五　阴雨

　　昨夜大雷雨，恐屋漏积水，不能入睡，半夜起看二次，至一时半始睡，二时半后睡熟至天亮，又睡至六时半，恐火熄急起，看尚好，及早加仍熄，此回煤又不大好。昨大风到处积灰，大费做清洁，至九时多，先至小店买二蛋糕，吃一及奶粉大半碗。人倦，至十时生火，起慢，本想做饭菜，仍只好下面吃，只吃三号碗半碗，加酱油麻油开水味精作汤面，吃点藕和辣椒。一时半睡。开火烧粥，做一洋葱，五时即好，稍等粥凉稍迟吃正好。而梁百先[1]忽来坐谈，要借《诗韵》及《唐宋诗醇》，《诗韵》说明不能借，《诗醇》不知帆带去否？要他图书馆去借，六时，才吃晚餐，饭毕又雷雨，电仍未修，厨房桌上及缸盆漏满。里房威克床又打湿，外房前窗又湿，一时甚狼狈。烧开水，洗澡，至九时三刻封火，十时一刻睡。幸大雨已早停。

1　梁百先，沈祖棻住二区时的邻居，武汉大学教授，空间物理学家。

9月13日（八月初八日）星期六　阴雨

早起已六时半过，火尚好，早加。早事毕至湖边一转，回头时日出，返已八时，早餐，餐毕正写诗，威克送鸡回，杀鸡，即开火煮绿豆汤他先吃一碗，因我本拟小火煮好烧粥吃午晚二顿也。威克带回十个小馒头，即不做粥了。威克杀洗好鸡即走，开火炖鸡，十一时甚饿，而鸡至十二时仍未好，即烧一南瓜及一洋葱蒸馒头吃，吃馒头两个，觉大饿，饿得手发抖，记得幼年感冒发烧一两天不吃后有此情形，久未有了，蒸了三馒，但吃两个不到已饱，将两个吃完，做好已一时过，封火将鸡汤加水烧开放上，一时半睡，甚好睡，三时三刻醒，仍倦思睡，恐火熄汤干，起看极好。又睡一刻，起加火蒸馒热菜，又大雨，三窗入雨，又忙关移，天将黑，又无电，不来修，一时忙累不堪。且下午又泻三四次，一时甚狼狈。吃馒头一个，鸡汤一大菜碗，鸡肉二块，剩菜吃完。赶趁微亮洗锅碗，整理床铺。烧开火，加煤，热鸡汤，洗脚，煮绿豆，做诗写出，吃绿豆汤，封火，收拾，十时半睡。先很久睡不着，后鼠大闹，一夜不能安睡。因电灯黑暗，故鼠进入里房也。

9月14日（八月初九日）星期日　阴雨

早六时半醒，还想睡，恐火熄起看甚好，再上床睡不着，即起，梳洗毕，即趁先烤一小馒头，冲奶粉用蜜，吃后想到肚泻不该吃蜜。清洁，加火后，已8时一刻。今天凉，已穿小棉线紧裤在内，毛线衣，外均加厚布衣裤矣。火甚好，烤馒头见渐不好，即稍热即加煤上面，已久不起，盖此次煤较上次又差不少了。抄前昨新做六律，弄南瓜洋葱，热鸡汤，息一刻，淘绿豆蒸。十二时午饭，先吃一个半馒头，因昨肚痛，想多吃干软之物，即吃完

1975年

二个，亦未胀。吃鸡一菜碗，鸡腿一鸡肉二块，肺一小块，小蛋二及南瓜洋葱，饱而不胀，绿豆汤蒸过又煮开，封火放上，因尚好，未加煤，及早点加，不知起来会熄否？要一醒即去加。十二时半睡至二时半，仍想睡，但恐火熄，急起看，甚好，暂不必加。三时半煮绿豆，四时半烧粥，热汤，蒸馒头，五时多做好，五时三刻吃，毕六时，囡、早早回，囡吃馀汤，吃粥，我吃了一馒头，又同吃粥二碗。早早哭闹不已，因忘加火，后看已熄。幸一壶水已很烫，三人洗脚脸有馀。早早八时半睡着。因翻箱，我九时半上床，未睡着，等囡十时半上床睡着，我久久未能入睡，后又鼠闹，又早早咳嗽，至下半夜始熟睡。因天忽冷，因床无垫褥及被，高处不好拿，又无电不便，故三人一床，二人均未睡好。

9月15日（八月初十日）星期一　阴雨

早六时早早睡醒，我起生火，早早喝牛奶，吃馒头，我们吃剩粥。舒婆代买柴送来。威克买回乌龟、排骨，即忙弄菜，囡钉被，我带早早至湖边，后因风大，未多耽搁，先九时半即蒸上饭，好后炖汤，至中午仍未好，用煤油炉炒菜吃饭，十二时半午睡，我一时半即醒，起小便，睡不着了。囡二时起，吃汤一碗，威克吃二碗，即回厂加班。我善后至四时，因未多睡，昨夜又少睡，人疲累似病，五时半煮面热汤，六时吃。幸电已修复，弄清一切七时半，本想写信给小佳、翔如、明侄[1]，均疲不想写，看看《读雪》，亦看不进，躺椅休息过目而已。8时肚饿吃月饼半个绿豆汤一浅碗，后又吃花生米二三十粒。十时睡。

1　明侄，即沈祖棻堂兄沈祖棫之子沈明，沈斌兄弟。

9月16日（八月十一日）星期二　阴

上午写三封信，小佳、翔如、帆均买雨衣裤事，又囡一封，则买鼠药，写至中午，饭后又写一点毕。中午吃半缸饭，一碗汤，有微腹痛。午睡一时半至四时一刻，五时至湖边，返五时半，开火先烧水开，即用瓶水大洗脚抹身，甚舒快，然后炒冷饭，用蛋，热汤及冬瓜。吃了冬瓜及豆干，不想吃油汤了，热开留明天。洗油锅碗多，又洗手脸抹身，火将熄，此次煤又极坏不经烧，只好再加一煤，才七时多。抹好身脸，已七时半过了。今天转稍热，不知又会变热否？早晚总不会太热了。不该又垫五斤褥的。四信分上下午均发出，上海施寄来薄纸及稿纸，均不适用，不该托他，又用挂号，反多费钱，欠他情了。夜晚抄诗数首清稿，又足成及修改好三诗，甚惬意。近作诗多，惜无人共论、商讨及改定也。怅惋何如？！十时半睡。九时饿，吃花生，仍饿，无物吃。后查书改诗忘之。今日写四信，下午极疲倦，幸午睡多，夜晚精神好。下午睡起大概盖、垫稍热，因天转热了，头昏痛，仍不清爽，亦午睡太多。

9月17日（八月十二日）星期三　晴

昨夜一夜为鼠闹到二三时始入睡，仍时醒，早起不适，火又熄，生起火，接施、金[1]二信，方阅，囡买各物回。本想早烧饭，而此次煤又甚坏，新生火煤已烧过，又加，稍迟起。我本如病，甚疲累，又做饭弄菜，疲累不支，而囡又为我洗衣及自钉被，不及弄饭菜，又要早吃回上中班，故我极勉强不支，睡一刻，囡起

1　即金启华。

又醒。因去后，我又泻三次，并如大病难受，不想吃晚餐。后居然将一菜碗多排骨冬瓜汤吃完，吃小碗小半碗饭，又洗油碗稍多，精神稍好。饭后理报，看吴信及诗词，算账，理信，又接了九信未回了。信债又堆积，并还想写一信给曹，就需十信了。还要写上海信，十几封信要写，只好拣急需先写。8时过肚又饿了，无可吃。甚饿。九时封火睡。

9月18日（八月十三日）星期四　晴转热

早事毕买红苕，即当早点，油少煎不熟，切出的即做菜，烧时加水煮，进房看施信对诗，一刻已烧焦。尚可吃，但不好吃。因明日过江，故南瓜未开。上午写施信未毕，中午吃蛋炒剩饭、罐头剩鱼、焦红苕各一半。下午热，铺席睡，半小时凉醒，再睡不着，三时起洗头吹发，五时半开火，六时吃面及剩菜完。洗澡，略乘凉，回房冲开水及准备明日一切衣物毕，已九时，即吃茶写日记收拾睡。火七时半即将熄，8时前封，不知能到明晨五时否？开闹钟明早五时起身，六时出门乘车。

9月19日（八月十四日）星期五　晴热

夜睡甚好，未闻闹钟，五时过五分醒，各事仍做毕，加封好火，出门六时过一二分，七时05分即到武昌江边车站，稍待，又至轮渡，七时一刻，等至三十五分因始到，同过江至小巷店，烧卖已完，至冠生园，又无豆沙油饼，亦无豆沙包，等廿分钟，始买得包子十六个。至百货隔壁最大副食品商店，各物皆无，惟有月饼，因带错票，未买成。至百货公司，买了袜子、毛巾、塑料袋、牙刷等物。至六渡桥吃热干面，已九时半，先吃了冷饮菠萝汁及酸梅汤。二人吃一三两面，质量大差，一点不好吃了。至大文具店，亦无前买之稿纸，亦仅有横二十一格者，抄诗不能分段落，未买。至绸布店，买棉裤绸面及布里，坏布减票罩衫布一。至回民餐馆吃午饭，已无高级特有菜，吃一炒牛肉丝及炒子鸡，而炒子鸡又给了烧鸭块，鸡已无了。普通菜仍高价，惟牛肉丝尚嫩，油多而已。二荚及饭面，共三元一角五分，可谓贵矣。天大热，不想吃，吃得也不舒服，出来吃冷咖啡一杯，始适。即回，到家已三时，甚累又热，幸火未熄。内外衣皆汗透，休息到四时半，又洗外衣裤，蒸包，吃夜饭，洗澡，洗衣，乘凉，天热，仍快十一时始入睡。夜大雷雨，起视漏。

9月20日（八月十五日）中秋节　星期六　先雨后晴

早起一切毕，雨止，去小店买月饼，出门又有小雨，仍去买了广月果仁的一份半，小豆沙的半份。今年数量稍多，共三个广月二个小月，但广月小多了，价仍旧。做诗二首。午饭吃包及南瓜。午后雨止，晚开一烤麸罐，炸点花生，月出，独饮刺梨酒一小杯，久变味，又改吃白酒半小杯，仍剩了一点。吃包。饭后独坐门外赏月，夜凉，人皆进屋，幽寂之至。久坐亦凉，遂于九时半进屋，吃半个月饼，续写上一天未写完之施信，并改定抄写中秋二首五律[1]，并近诗附寄之。十一时半睡。接淡芳信。

9月21日（八月十六日）星期日　晴热

早多休息，因回，又临时做饭菜，已稍累，饭后又因卖破烂，迟睡不支，又睡不着，泻后有点痛，更未能睡着，精神疲困。因

1　参见《涉江诗稿》卷三《中秋日雨夜晴，有作》二首。

走，我后稍好，抄近诗拟寄顾，未毕做晚饭，晚后又居民开会，回抹身，拌鼠药，吃月饼半个，吃茶，查书，写三天日记毕，已十时半，准备睡。今日接帆信，仍为雨衣及自行车事。

9月22日（八月十七日）星期一　晴
　　早起略晏，火已熄。早操，早事毕，早餐已九时过。上午抄诗寄顾，稿纸完了，否则还不忙抄寄，因纸将完，先已抄了一部分，一样好些。纸正好抄完，第一页改二处，想换一张也无有了。中午生火，剩一包，即同蒸二小山芋，切块，一锅蒸剩南瓜，剩一小碟烤麸，乱吃一顿。一时半睡至四时，詹送报来。邮递员劝寄北京信挂号，从之。顾诗挂号寄出。接翔如信，夜复。晚餐洗脚后，即忙炒米拌油做鼠药放各处，近来鼠日益猖狂。写何信后写日记，已九时，先已觉肚饿，夜饭吃烧粥二碗，不久即饿了。现吃月饼饮茶，从容收拾睡。本拟为帆写明侄信，时间精神均不及了。昨觉劳累，又未午睡。今下午又泻三次。以后必须注意！夜月仍佳，夜凉时晏，未再出外了。今日接夕佳信。

9月23日（八月十八日）星期二　晴
　　早操早事毕，抄近作诗，威克回杀鸡做清洁，我早蒸饭，整理善后。饭后威克回厂，我下午及夜间又泻四五次，精神不佳。厨房灯又坏了，鸡午睡放火上，小火炖烂，夜又炖，无火多炖，太烂了。因无多要，看水开否，就划火柴一看，用力猛飞上衬衣，烧焦痕，虽当时未破，一洗就破。做清洁代价大，电灯坏，衣破。今早一起，在厨房见一大鼠毒死。后威克做清洁又发现两中小鼠。夜仍拌药，外房药均吃掉，当仍有鼠被毒死。而里仍有鼠闹一夜，药似未吃，看明夜闹否？如无，即已吃药毒死。

9月24日（八月十九日）星期三　多云

早操毕，送鼠药到各家。九时熬咖啡早餐，写小佳一信。中午吃昨剩饭及鸡汤及鸡二块，饭尚未吃完，胃口又不如前几天了。午睡只一小时，但极倦，又泻四五次，人精神气力极差，睡床休息二小时，但又成律诗三首未写出。晚餐吃鸡汤下二号碗连汤一大碗面，又洗一澡，精神较恢复。略乘凉，洗衣头道，八时多，已饿，吃半个月饼，已吃完。明天饿时无可吃了。中秋节下午月饼即不要票，我想多了吃不完要坏，未买，现不知尚有否？写两天日记，抄出三诗稿。拌鼠药，因昨夜又拌了，外房吃掉，里房鼠仍闹未吃，别用炒蛋拌。封火，十时半睡。火已熄。觉三诗甚坏，不可留。唯其中送别囡去庐山[1]一首似尚可？暂留再看。里房鼠仍闹一夜。

9月25日（八月二十日）星期四　阴雨

早操，生火，至小店买二蛋糕。写明侄信，做午饭，南瓜，热鸡汤，吃半缸饭，鸡汤一菜碗、鸡二块半。一时半午睡至二时半，再睡方着，又被外边吵醒，不能再睡，人仍感疲倦不适，睡床，仍泻一次。起写帆信极简，附施、游、金、吴四信。晚吃半缸多饭，汤一碗，鸡四五块。八时半又吃蒸红苕小的大半个，茶二杯，十时封火，抄三诗清稿，一诗不要了。接孙信，劝诗勿寄人传观，因此将关于翔如一诗不要，以免彼给人看。夜又成七律

1　参见《涉江诗稿》卷三《丽则偕婿游庐山，病中赋此为别》。

二首，极速成。封火后睡。夜鼠仍闹，大雨，又起至厨房观察，用盆接水二次。少睡。接孙信。

9月26日（八月廿一日）星期五　雨

早操，雨仍不小，威克未能回了。上午写孙、金信，蒸饭，午餐吃鸡汤及一点剩南瓜。午睡仍仅一小时，精神不佳。发孙信，扫净鼠药，人疲，想剥花生米，时晏人倦未剥。找电灯泡未找到，厨房无灯不便。熬咖啡吃一碗，精神仍不振，蒸剩饭，热鸡汤，已无鸡肉了。一点剩榨菜，明日已全无菜，不知威克能回否？要紧在买灯泡，大洗脚抹澡，冲水泡茶毕，七时许，休息。找逸峰信未得，看火多次，拌鼠药多处，甚久。腹稍饿，无物可吃，饮新泡茶一杯。自接孙信后，心情不佳。近日胃口已不如前一阵，进食亦减少，二顿之饭可吃三顿。幸今日腹泻已止。八时一刻封火，不知得到明早否？写条买物，理报纸，收拾一切，九时上床。不知睡得着？能否较早起看火？

9月27日（八月廿二日）星期六　多云

早起火熄，未生，早操，早事毕，威克回送一南瓜，代洗衣裤，我先将衣料下水，一起晾出。威克即回，找出旧好电灯泡安在厨房。写上海信，十时半生火，十一时午饭，即吃点剩饭及红苕，共菜碗多半碗，加点鸡汤煮吃，但弄清已十二时多，午睡至二时多，二小时似仍未够，人倦，不知何故？起剥花生，又至小店，回吃一面包鸡汤当晚餐，炸花生米吃一点，无他菜。饭后收衣洗脚抹澡，孙嫂来坐谈一小时多，扫衣理物，又泻一次，幸铁门未关，即倒掉。8时三刻封火，吃茶写日记。人特疲倦。孙嫂云我几天不见，又瘦得眼陷坑。我今天看手臂也觉大瘦了，不知何故？或连天腹泻之故？以前常病而瘦，无此之甚。怕不久人世了？九时半睡。

9月28日（八月廿三日）星期日 多云

昨夜睡早，睡得又好，不知为何早醒极疲软，醒六时半过，疲软略睡七时始起，看火已熄一半，即加仍慢慢起，未熄。昨封早今加迟，未熄为幸，故中午即下面吃，同时因无菜。人疲倦，补裤甚勉强。接帆信，有可能退休，甚好。午饭菜碗拌面一浅碗。十二时半睡，不知为何睡不着？同时闻徐鸿逝世甚悲感！又腹泻，故二时半即起，熬咖啡，剥花生，余婆来写信，张婆代诉说甚久。中午绒布下水，下午后收入。晚餐吃下好之面，烧开水再一下锅，只菜碗小半碗，又加吃面包三四分之一。下午曾吃一蛋糕并咖啡牛奶也。今天一早到晚疲倦，本拟去二区买节物，自早到下午均未能去也。夜晚找帆照相底片要添印，甚久，照片均霉黄了，可惜！未想到中间抽屉日开多次，也会霉。疲懒未做任何事，想起昨夜睡虽未多醒及沉，但梦魇甚久，自大叫得醒。今夜望能安睡。八时半封火，九时睡。今天仍泻四次。

9月29日（八月廿四日）星期一 阴

早起加煤封火，做好清洁，七时至二区，买节物，肉票、鱼票、豆票俱带错，仅买蔬菜一元，拿不动，放一半在黄家。粉条黄花买了。意外买了十五个咸蛋，甚佳。回九时三刻。写账，开火，午饭吃馒头一个，酱瓜半条，炸花生，咸蛋。午睡一小时后，就仍睡不着。洗煮芋头土豆，晚餐吃馒头剩一点，咖喱土豆，咸蛋，酱瓜半条。煮红糖芋头，洗脚，烧开水，因火将熄，又加一煤烧，开较晚。夜晚回帆信。冲开水已九时半，热糖芋头吃一小浅碗，稍歇又吃花生米，因火太好，十半[1]封火，收拾睡。临睡吃新泡茶二杯，精神提起，毫无睡意，至十一时半勉强上床。

9月30日（八月廿五日）星期二　多云

早起想到广埠屯为帆印照片并买物，吃午饭带菜回过节，又见出太阳，午睡太热，故不去。遂洗头，毕，待干天又阴，正思尚及去，又觉洗头后微累，出恐加累，未决，适翔如来，因不能多请假，未同囡去庐山。带来卤猪肉牛肉，点心及火腿罐头。即开火蒸饭，烧翔如带来之小白菜，土豆咖喱牛肉，蒸卤肉，吃饭甚有味，大半缸饭吃完。午睡一小时多，腹微痛，躺至四时起，四时半后同翔如至湖边，走到转过湾甚远，并在湖边石堤坐谈并不觉累。到家后觉累，躺藤椅休息一刻，开火蒸剩饭，已七时小孩送一条大活鳜鱼及一中小白鱼来，尚未吃饭，即买下，翔如剖烧，极鲜美，饮酒一小杯。小白一堆碗，两顿亦吃完，翔如烧法甚好吃。我吃大半缸饭及一块剩馒头及鱼和卤肉小白菜甚多，有二两多一点主食，菜亦多，还吃了酒，吃的极有味可口，且饱而不胀。后又各吃糖芋头半碗，并一点不饿，因恐坏可惜吃掉，幸亦未胀闷，不知夜睡如何？九时封火，因恐吃多，稍迟至十时十分上床。

1　即十时半，后同。

10月1日（八月廿六日）星期三　晴

早五时即醒，六时起，加煤封住，六时半送翔如至车站，上车秩序好，不大挤，我要上去甚易，且可坐，颇动心；恐回时困难无办法，不敢去。至餐馆，油饼队长，买包子馒头而回。酱肉包味好面松，惜买少了。至黄耀老处取菜，甚重，背甚累。买鸡蛋一元五而回。愈走愈累，思至赵处，放叫缪平骑车送来，又不在，背至石、李处，叫留彼石送来，即不客气了。李为带豆酥糖二盒，惜有些潮了。巧格力一斤，未取出，取后送来，便带送菜，谈一阵而回，火将熄未熄，仍慢慢起来，正好午饭，吃一包及鱼尾、卤肉等，接帆信。午睡半小时即醒，再睡不着，起又头昏心慌似病，开火煮洋芋，三时后又睡，仍睡不着，闭目静养略朦胧一下，四时后起稍好，陈老师、余婆来坐，洗切青菜、洋芋，火加迟将熄，仍渐起，稍迟，六时多火起烧菜，蒸一包一馒，饮桔子酒一小满杯，吃鱼、花生米，咖喱土豆牛肉，吃一包已够。慢慢饮酒，饭后已七时半，弄清八时，洗脚，烧水泡游茶一杯，先饮二杯，休息，看书不进，九时半复思饮茶，封火，饮茶二，十时半睡。又饮二三杯。

10月2日（八月廿七日）星期四　多云

上午十时囡回，小袁伴送物来。威克回厂。小袁亟欲回家，囡又饿，即下面吃皮肉，我吃一包，十一时多，食毕，袁即去，我与囡弄清午睡，我睡二时多，囡睡至五时一刻，起五时半吃饭，囡饮半杯酒，我饮一杯半，吃一小馒头。囡带回大批罐头，我下午清理了里房书架一层，并前买存及翔如买的放满一层。晚上二人精神均好。十时睡，鼠大闹不已。十二时起拌药饵，依囡言破

1975年　401

碗叉放油半匙拌药，又拌油粉条，早见均食，或可药死了。此鼠闹数周，各药不吃，今仍吃了。故夜睡不甚好。

10月3日（八月廿八日）星期五　阴雨

昨晚因看火加迟，熄了。我早起生火，烧开水，因煮烫饭同吃。上午因忙写游记，我做菜甚累，下鱼汤面吃，芋头弄好亦未烧，无菜，但面很鲜。饭后因即去厂上中班，我午睡三小时，精神较好，又躺至三刻起，看火欲熄，加火甚好。写帆信，接翔侄信并相角。晚餐烧芋头，吃剩面，六时半即弄清，续写帆信，洗脚吃豆酥糖，七时三刻，休息。将帆去后所作诗看一遍。饮茶，冲水，热糖藕吃，封火，准备明日去二区一切，十时睡。鼠闹未睡，十二时起拌药，无用。

10月4日（八月廿九日）星期六　多云

早起封好火，去二区，买鱼及豆类已无，肉剩少许不好，买蛋一元而回。买了五个苹果。馒头无人卖。回吃面包作午餐，累未做菜。想开沙丁鱼罐未开开。吃后仅十一时二十分，弄清十二时即睡，至三时醒又睡至四时一刻，共睡着四小时另一刻钟，可谓多矣。初起似犹倦不足，后即精神好舒适。五时半开火，开鱼罐，极费大力。五时四十分即吃面包，弄清后，将鱼加热加咸。热水洗脚，烧开水，写曹逸峰航空信。早发帆信。晚早秀叫小晏替买肉，极好！本想明早去买肉，又怕太累，这样好极。想这一阵休息营养，以求恢复才好！九时半封火睡，吃一苹果。一最大而坏、蛀、烂、伤的先吃掉。看《宋诗精华录》，十时半看火，即将全熄，因下面灰太不通气了，即拨去一些，并上下打开，看能起否？半夜去一下，火起即再封盖。四十分上床。鼠大闹，至二时半始睡熟至天亮。

10月5日（九月初一日）星期日　多云

早起生火，早事毕，早餐，小晏未买到肉，殊麻烦！明天是自己起早去买，抑等威克回出去买，踌躇不决，只好明早看时间及身体、精神情况，主要一夜能安睡？晒出被、褥、毯、单被等，洗切芋头、萝卜，蒸饭，写章信，二信均一天错［过］邮员，未能发出。十一时半吃午饭，十二时三刻睡至四时半醒，饱毫不思吃晚餐，即收被褥铺床，至早秀处闲谈，六时半后始开火，煮汤饭，炸花生，滤油，洗脚，煎蛋，又热饭，等稍凉，七时半才吃。吃好八时欠十分，又热开汤饭，洗碗，烧冲开水，整理蜂煤，腾出地位，以便送煤时放。毕已八时廿分矣。休息，看《精华录》。这两天午睡多，起后至夜晚精神好而心情愉快。能多吃吃好，多睡睡熟，多休息则身体可渐恢复，但环境条件难做到耳。又想到明早还是不能出去买肉，要早点烧好饭，囡等回早吃，则可午睡，晚饭早吃早走也。九时半封火，下午睡多起晏，不想睡，看报文学刊评水浒，宋诗，十一时睡。

10月6日（九月初二日）星期一　阴

早起火好迟加，威克八时即回，买肉，即去接囡，热粥吃早餐，早事毕，即冷水蒸饭，囡九时多回，威克切肉，肥者炼油，瘦者切肉丝，饭十时半即好，等弄菜，先熬油，得一浅瓦缸。又等烧菜，仍十一时半午饭，换一种米，涨饭硬，我吃少。饭后午睡，早早先在床上吃物玩，不睡，后睡至二时半，仍其先醒，将大家弄醒，起即开火烧水蒸饭，后至小店买油肥皂面包等，三人同去，回已五时过，即吃晚饭，后因等走，我善后清理二小时至七时半。未吃晚餐，至八时水开，泡油条很多吃了。拌鼠药，又烧水洗脸及冲满瓶，看宋诗，吃糖、花生等，因鼠闹不能睡，且思吃茶不思睡，故至十一时半始睡。威克临走扫地，又在外间发现一死大鼠，已腐，寻里仍不见。今晚油条中藏药，不知会吃否？昨夜通晚闹不能睡，真伤脑筋！今夜亦未必吃。

10月7日（九月初三日）星期二 晴

昨夜十二时半睡至二时，被鼠闹得不能再睡，起看已吃掉一处油条，因又用药拌油放破匙中，即未吃，尚有油条搬动二次仍未吃，至五时过仍闹，仅朦胧至六时半即起看火，一刻就加。厨房二处油条昨夜放了不久即吃去，后至厨中仍见一小鼠跑，又将外房油条放入，再进厨房即已吃掉。今早找不到死鼠，里屋也找不到。昨闻放痰盂处似有臭味，怕死鼠烂了不卫生？恐房中不止一个，故二次吃掉药饵仍闹。恐有死鼠在房。早起找死鼠甚久。早事毕，弄苦瓜辣椒，煮芋头，人倦，时不早，即不做饭，蒸面包，炒苦瓜，芋头即不及剥皮做。吃饭已十二时，接帆信。十二时三刻上床。中午饮酒一小杯中大半杯，思可多睡，但饮后弄久才睡，也无多睡意了。但仍一时一刻睡至三时一刻，未能象前昨多睡，但起后头痛，系饮酒之故，不久即好，精神尚好。即洗澡换衣，洗衣，吃晚餐，洗衣毕甚累，休息，看诗不进，接章信附集宋词。做一绝句，烧冲开水，吃苹果，烂的多，划不来。九时半封火，睡，亦懒搞鼠药了。到半夜醒，忽心中不适，思呕吐，即起，吐后不难过，漱口吃茶又睡。鼠仍闹。

10月8日（九月初四日）星期三 晴

早起急于水泻，吐亦甚急甚多，人极狼狈软疲。思托唐打电话唤回囡，又想种种困难之处，同时吐泻停止，亦不难过，恐亦不严重。就诊亦无力，且恐服霉素类药，又引起败胃，中药亦无力煎。看医册，似急性肠胃炎，有一方可服藿香正气丸，日二三次，即服此。又勉强倒痰盂，倒垃圾，晒出所洗衣，极疲软，卧床休息。饮葡糖一碗。十一时向何婆婆讨得浓米汤一大碗，吃一小饭碗，即睡。托何老师城中买饼干一斤，十二时回，又被唤醒，吃饼干一片，又泡洗二饼干筒晒出，又睡二小时，下午睡起，收进一切，又装好饼干，并吃四片。晚餐仍吃一小碗米汤。下午甚累，夜晚较好。九时封火睡。向何婆婆讨得彼药死老鼠之炒米粉，拌药放三房，夜未大闹，一方面我极疲思睡（四夜未能安睡，又大吐泻），一方面鼠未来爬床架，故得安睡。共吃藿香丸三次。

10月9日（九月初五）星期四 晴

早起人甚好，惟疲软。坐、卧闲荡。接帆信。九时许开火煮新买米粥，开后揭盖，至早秀处闲谈一刻，回即已烧焦，幸只黄未黑，尚可吃，锅亦未坏。见上面粥雪白甚酽，可惜了。加水一煮，均焦黄。再煮一时取下。因粥少及火好，估计不足，故迟回烧焦，以为昨夜之火未加煤，必不大也。煎蛋，热苦瓜，洗切酱瓜，吃一小碗多粥，弄清十二时，即睡至二时三刻，三时多起，休息闲荡一回，想到湖边未去。五时半吃粥一碗半。弄清略休息，拌鼠药。里房昨药曾动过，不知吃了没有？又不知死否？不知今夜闹否？厨房未动，外房又有鼠吃辣椒，故仍拌药，用前用过之旧油条，不知有用否？洗脚烧水。今早早秀谓我可活过七十岁，因成七律一首。洗脚冲水毕，已八时半。晚饭后搬桌开箱取书查书，两餐甚适，病已愈矣。抄出诗稿及清理次序，毕已九时一刻。九时半封火，收拾一切，十时睡。

10月10日（九月初六日）星期五　雨

鼠仍闹一夜未睡好，仅三时半睡至五时半，后又朦胧至快七时，七时廿分看火已将熄，急加，一小半后仍起。早餐吃葡糖奶粉及饼干数片，知饿，肠胃如常，惟慎食耳。休息至十时半烧粥，十一时半午饭。孙嫂子送扁豆炒吃甚好，吃二满小碗干厚粥，午睡稍觉饱胀，起后即好。睡二小时另三刻，晚餐二碗粥（稍薄），休息至八时多，写囡信，十时封火睡。上下午稍抄清诗稿数首。夜拌鼠药，人仍疲。

10月11日（九月初七日）星期六　雨

上午写帆信，烧粥，切炒萝卜。午饭吃三碗粥，打四蛋均坏。下午一时半睡至三时，两顿粥一次吃完，又重烧，煮咸蛋，续写帆信毕。六时半晚餐，无甚菜吃。冲水洗脚七时廿分。添补帆信，八时多想写章信懒，躺藤翻《精华录》休息。九时半收拾一切，九时三刻封火，十时睡。接照照[1]寄来稿纸及父子附信，发囡信。未拌鼠药。

1　沈照，沈祖棻堂侄沈寅宪之子。

10月12日（九月初八日）星期日　雨

早起发帆信，知早秀二鸡被药毒死，必鼠饵被食，极不安抱歉！拟要威克买二鸡予之。上午刚发信后，又接帆信，知已运来包裹。上午写淡芳信。中午煮饭，费事而不好吃，太烂又成块。菜吃剩咸萝丁加姜粒、炒酱瓜丁姜粒，均有味而不易消化，又嚼不烂，细嚼甚慢。饭菜均吃得不舒服。午睡二小时，牛儿来送代买糯米和筒面，坐谈一阵，未能倒痰盂，雨更大。去后一看，四筒皆二等面，不见过节上等白面，问之亦不知。回，大雨，又肚痛，天将黑，满痰盂一天未倒，急甚，等一刻只好去倒，而雨适一时极小，真天无绝人之路也。因近坑边皆烂黄泥陷人，一黑更不能倒。肚痛稍晚吃饭，本想吃点烫的白烂如薄粥的汤饭，不料饭成粘块煮不开，不能匀薄，有烫有不热，甚不好吃，吃得也不舒服，菜又不敢多吃，一天皆吃得不舒服，大不如昨天。中午四蛋皆坏，均倒了。晚三蛋，二好，一不大好，放错，只好一起炒了，还未坏，吃了大半。下午接曹、施信，曹因去宁、沪、杭、福州玩了，故无信。北京两天即到，我去信到她写信，也只五天。顾无信当是未写。施劝勿二人都退。本想复，仍有点痛泻，故即完全卧床随便看书不动，至九时半起封火，拌鼠药，吃饼干、茶，十时半睡。风雨凄凄，心情不佳。早秀鸡死，心上亦不舒。下雨又增加困难。而要睡一想到鼠闹，尤为烦恼，长期不能睡，如何能支持？

10月13日（九月初九日）星期一　多云

昨夜仍鼠闹一夜，益猖狂，不能入睡，爬床头帐杆、电线，跑帐顶，手敲、口叱、开灯均已无用，半夜起坐藤椅上握手杖守击，求其不在床头闹，则尚略可安眠。夜寒殊甚，后用毯盖，守三刻不出，才上床又出。至三时后疲极，始朦胧睡去，睡中仍闻大闹，睡不安，仍数醒开灯。至早六时半过醒，人疲，躺至七时过才起，今日重九，卧床成一律。起看火尚好。问小晏安好，因昨吃药鸡也。早事毕，开火热粥，火已不好，已八时过矣。火微，热甚久。鼠药仍未动，每将药移动放其经过路线中，彼即改变其路线。现房已收净尽无食物，仍不吃，可怪也。早与孙嫂谈，其家鼠亦日猖狂略相等，药亦不吃。见到乃一大鼠。早秀家亦鼠夜响动。早餐毕，思抄诗，余婆来坐甚久，余走后抄诗四首附王信寄去，皆最近所作，邮员似已来过，下午看能寄出。稍息做午饭。十一时半午饭，吃粥三满碗，吃剩萝卜丁，酱瓜丁，咸蛋，开一烤麸罐头，饱而不胀。十二时三刻弄清，一时硬睡至四时，起精神已好，但睡中觉胸胃饱闷，睡不安适。王信一天全错过，只好明天寄出了。晚餐见剩粥一碗，本思饱闷晚少吃，已好，又只大半小碗，又下面一满菜碗，恐太多饱闷，挑出小半浸冷水中明日早餐，剩连水多半碗，吃时似不够，吃后正好，舒适。知吃时不能尽饱也。弄清，拌鼠药，洗脚，烧水，七时一刻，写日记，休息，抄诗，抄近作七首及旧稿二首，皆施信中所论及与或帆所喜及可知最近情况者，录附信寄，本拟写信，而已甚疲，故不写信了。今日午睡三小时，起精神甚好，又未做饭菜及它事，晚饭后亦仅抄诗六七首，而已颇疲累，似精力更不如前了。休息，收拾，封火睡。但恐仍不能入睡，烦闷之极！今晚不知鼠饵能吃掉否？本以为图今日或回？卒未回。明日不知回否？

10月14日（九月初十日）星期二 阴

早起早操，多日未做了。早事毕，拟写帆信，未写，抄诗数首拟给施，复信后可附寄帆，囡回即停。做菜蒸饭。后始知囡手指被机器弄伤，给假一周，今天不回厂了。甚心痛，幸未伤骨，亦不太痛，未发炎。先不知，仅做了一顿饭。午后我一时半睡至四时半，囡在早秀家玩，未午睡。夜即下面吃。夜睡鼠仍闹，我午睡多而醒迟，晚又吃新茶，故更睡不着。至十二半后睡着，但鼠闹仍睡不安，药饵仍不食。心烦之至！

10月15日（九月十一日）星期三 晴

早五时醒后鼠吵睡不着，六时半，火极好。囡起后七时半同至广埠屯买排骨，我拟拍一照和吃油条。适不炸油条，吃一油饼及一包，买排骨及咸桃仁及藕罐头、熏鱼罐头、包子、卫生香而回，回家已极累，火又将熄，急加仍慢起，又洗炖排骨及发洗切海带，累不可支，排骨炖上已十一时过。囡手不能做事，而又去二区买霉千张，已无，买臭干子回，已十二时过，一时多始吃排骨及蒸包当饭。睡已二时半，极疲累，又稍泻一二次，急睡不动，尚未甚。我沉睡至四时醒，仍闭目睡不着，四时半醒躺在床，囡至五时十分始醒，起热汤蒸包，我仍躺不动，后起做臭干。我完全不想吃饭，泡一茶，盖一因太累，一因吃汤觉油。稍后饮茶数杯。囡去看电影，我八时多饮奶粉可可一杯，饼干数片。看报评水浒，累稍好。九时多封火，囡十时回，收拾一切后睡。本约好星期六同至汉口吃烧卖及小吃，今觉出外太累，汉口更甚，不拟去了。

10月16日（九月十二日）星期四　晴

早起事毕，晒花生，剥花生，做饭，十一时吃饭，弄清十二时多，因去厂，我腹痛泻，本不思午饭，后仍吃一碗饭。一时睡至二时三刻，三时起，加煤起仍封。接小佳信，即复一信。六时多吃泡饭，久煮不粘，吃仍嫌干，索兴加开水，吃了一碗多一口，吃酱瓜臭干及剩罐鱼少许，尚稍适。饭后写施信及帆信，因施嘱转帆也。小佳信未及发出。已八时过。洗脚，烧水，休息，看《参考》"沙漠谍影"连载，未看完。九时火即将熄，加煤封。十时收拾准备睡，十时半上床。

10月17日（九月十三日）星期五　阴雨

夜睡尚可。早操，收拾一切，写刘国武信，与帆、小佳、施信同发出。先吃剩薄粥一小碗，九时半又饿，冲奶粉可可吃饼干数片。十时做酒，十一时过添火下面热菜午饭，弄清，又烧开水冲满两瓶，备囡回吃用。接帆信。一时上床，看"沙漠谍影"至一时半，睡至三时，再睡不着，起又疲倦甚，似睡未醒。四时开火，炸花生，四时三刻加煤，火起蒸饭，炒一生姜末酱瓜，囡尚未回，不知回不？因此未开整个南瓜。五时半饭菜好，等至六时欠几分，拟吃，适囡等回，吃过面，一缸饭，威、囡合吃掉。我吃二浅碗饭。饭后与早早玩甚久，很疲倦，早早九时后始睡。十时封火睡。临时又抹身换衣十时三刻上床。

10月18日（九月十四日）星期六

早起囡出外买肉，我先推车带早早湖边玩，因风大未过桥，在靠铁疗一边路上略转即回，看早早似要睡，即令其上床，肯睡自要脱鞋袜，将睡欲睡，要吃饼干，连吃七八上十片，愈吃愈有精神，玩得好而乖，但不睡了。后甚久才起床，囡十时始回。蒸饭做菜又洗衣，囡剥栗。午饭后洗烧肉，加水煮开，封火炖。一时半睡至二时多，博老[1]来，被喊醒，二时半彼去，看肉已快好，略加水，加糖，烧好封盖，已三时，睡不着，躺床看《参考》，囡、早四时半醒，起开火即熄，掏灰后似又转有红光，加煤一试。三人同至小店买糖点，回已起大火，水烧开，即封住，五时半开火蒸饭，六时许晚餐，弄清七时多，囡带早出外玩。孙嫂来坐谈，八时多去，冲水洗脚，洗洗袜及早早裤、袜，囡早已回。闲话饮茶，吃桃酥，饮茶闲谈，算账，十时三刻睡。

10月19日（九月十五日）星期日 晴

早起火急救起。本说去吃油条，后因与二陈闲谈已不早，即作罢。早餐毕，写章信，洗二长绸裤、袜一双，晒出，蒸包，热烫饭，无一点菜，想弄南瓜，一来囡不吃，二来时不及，三来开了易坏。幸早秀送炸米粉咸菜极好吃。又开一江西带回油焖笋，嫩而少油，量多而价廉，甚好。饭后十二时半午睡，我至二时一刻为鼠咬皂木箱闹醒，唤囡起掩捉，囡要睡不起，我已睡不着矣。三刻起，看火加火，囡起搬箱出外，无鼠，但箱中已为鼠窠，东西弄乱，包纸咬碎。重新清洁整理一番，收衣，开火，六时多吃面。石来坐闲谈。下午接殷信，饭后细读，写帆信，与早早玩，八时廿分火不行，即封。饮茶多杯，十时睡。

---

[1] 刘赜，字博平，武汉大学中文系五老之一，当时同事都尊称他为博老、刘博老。沈祖棻车祸去世后，他曾以86岁高龄冒酷暑亲自来程家慰问。

10月20日（九月十六日）星期一　多云

早起火熄生火，早餐，择洗菜，接小佳信，加班不能来。威克买墨鱼回烧肉，肉已烧好板栗。午餐大吃菜。午睡至三时未睡醒，小佳因只加了半班，故仍带瑾瑾来了。倦强起，闲谈，做饭菜，幸尚有馀。木生六时过下班始来，晚餐饮酒，送囡买裤料一半给小佳过三十岁生日，正及时。瑾瑾生得好，又文静。她们八时半走。收拾一切睡。早早与我玩甚欢，威克取来帆包裹，发帆信。

10月21日（九月十七日）星期二　晴

早囡回厂打假条，我推早早至湖边，清早风寒，未过桥，至铁疗前路，不久即回，又至铁疗内玩稍久，回家门口玩一刻，家中玩一会，天晴暖，又至湖边，带一小木椅，本拟在湖边坐玩，早早不停要推车。有一小女孩来推车，帮拿木椅，早早又哭吵不让，故我带椅不停推车甚累，九时多回家，威克已买肉来，我稍息，即蒸饭、烧肉，让威克抱早早至湖边玩。囡快十二时始回，即午饭。午睡一小时即醒，睡不着了。三时许起床看烧肉已好，取下。仍上床闭目休息，想睡未成。三时起，切洗萝卜，洗葱姜重熬囡前拿来之蒿[1]了的猪肉，多熬一刻，葱姜尚香，蒿味较减，又烧萝卜，蒸剩饭。六时晚餐。8时封火，九时半上床。中午见一大鼠已在棉花箱畔死去。夜安静好睡。晚毛来带回蜜饯。

1　吴方言，指高油脂食物在长期存放过程中产生的异味。

10月22日（九月十八日）星期三　晴

早起早早先醒，大家起，火已熄，重生，蒸包子早餐。陪早早玩。午饭吃剩饭。午睡一时至三时，切南瓜烧，下面，烧热墨鱼肉，留小平[1]明日来吃，多的汤下面。三人均吃甚多。又热剩汤，煮剩汤饭，洗锅碗弄清，和早早玩，乱吃东西不已，又吐出，送至囡处，囡在早秀处玩。我躺藤椅休息一阵写日记，囡、早回，早早要抱玩，时写时停。早早一直要抱向书架找糖，甚累。

10月23日（九月十九日）星期四　阴

早起烧牛奶早早吃，剩面及剩面汤合热当早餐，威克回，吃汤饭。切豆干辣椒及南瓜，蒸饭做菜，十一时饭已好，烧菜，热墨鱼肉，威克端餐馆菜回，等小平夫妇久不至，肚极饿，等至一时过不至，始与囡午饭，饭已不热，菜多油荤，又肚饿过久，吃后极不舒服。小平二时来，又未能午睡，一上午忙甚累，又未能睡，故甚不支，泻后卧床，竟熟睡一切不知，五时半被早早唤醒，囡与小平等下面吃后陪至湖边一转始回。小平即去，我腹痛睡着未能做饭，时晏，亦不能留饭矣。晚饭不想吃，囡亦不想吃，囡煮白汤饭吃，我亦吃了一小碗，荤菜大家未吃。饭后早早玩甚好，稍后看报，发现顾信，未及细看，与早早玩至八时半过，早早九时睡后，始看信及附寄考证李商隐诗题一文。复信日期为21日，恰我寄诗一月正也。当将信、文转寄帆阅。十时封火，收拾吃点睡。

---

[1] 饶小平，程丽则初中同学兼好友。

10月24日（九月二十日）星期五　雨　起吃蜂乳

早起囡去厂，我带早早甚乖。早早几日来，一早醒来即喊家家不已，并爬至我这头被中来睡，玩笑极欢。今早囡冲烧早早与我二人之牛奶，早早一人喝光，故连屙尿，湿二裤，天雨难洗晒，即用烘笼烤，又要看早早，一时早早呼喊有跌倒或其它危险性，即走开一刻，火大，将卫生裤烘焦一块。里花裤用小火手烘，未干透即不烘吹晾，故未焦黄。同时烘火看人，早早又不停调皮，十分紧张狼狈，九时三刻给其吃饭甚多甚香甚乖，十一时多囡、威克同回，带早早，我又做饭，甚累。午睡一时过，未即睡，刚要睡着又泻，故至二时过始睡着，又被威克闹钟闹醒，早早与我玩，又常要抱，甚累。四时给早早吃面，不好好吃，吃小平送糖不已。晚饭亦未好好吃。火不好，将就烧热晚饭过久，终于熄了。晚餐后囡为我改裤，早早一直与我玩，又时要抱，甚累。下午泻多次。早早八时三刻睡，洗脚脸，饮茶写日记，九时半上床。翔如约来，因天雨未来。囡仍开三天休息。

10月25日（九月廿一日）星期六　雨

早餐吃馒头油条，囡抱早早买炼乳及酱油，二蛋糕早早吃一。威克回，临时开火烧饭，早早不停要吃糖，哭闹不休，午饭也不好好［吃］，后睡上床立刻睡着，盖半因帆寄来荔枝罐头及小平来带来多糖及橄榄鱼皮花生等，吃零食多成习惯，不时要吃及昨夜咳嗽未睡好要睡之故也。十二时至三时，起来即吃一满碗汤饭，甚乖，甚乐欢笑，但不久即又吃半个蛋糕，大了食量增加，乃好事也。接帆信，并短五古五首，嘱转寄施。前函云已至闲季，故有空做诗。得空当写信附诗寄施，并复顾一简信，将其文寄帆嘱直复。并写吴一信，彼寄诗词来，久未复也。今日仍泻坠，须注意少劳。我一时半上床，复起加火封火，二时多始入睡，三时威克走又醒，不久早早又醒，起开火为其煮饭，喂之吃甚乖，后因抱其至邻家，我即开火烧粥。同时写日记。粥稍烧焦。五时许晚餐，早早又自吃冷饭数匙，吃粥半碗，后又在我和囡处各吃粥数口，晚餐前后并吃蛋糕大半个。八时又吃桃酥半个，吃得甚多，吃饱自玩甚乖，惟仍要吃糖。八时即上床睡着。我洗脚铺床，并写定给翔如诗，并查日记翔如来汉日期，诗排列前后等为时甚久，又写日记，已九时半过。肚饿吃饼干及花生，收拾一切，十时半封火睡。

10月26日（九月廿二日）星期日 阴雨

早煮汤饭早餐，早早吃蛋糕牛奶，囡带其出去，我为之烤裤，至十一时廿分，只能烧粥吃。午睡，我一时多睡未着，又起泻，至二时多始睡着，三时醒又肚痛泻，开火蒸饭，极勉强，因囡厂明日加班无假，需今下午回厂，天阴雨黑早，须早晚餐回厂。四时半后即吃，我肚痛泻不想吃，早早吃甚多，我卧床，她特端来要我喂吃，大口快吃，欢笑极乖，吃后囡等稍善后，并二人洗脚，五时多走。我善后一切，然后才卧床休息一刻，七时后烧出南瓜免干坏可惜，烧好后烤面包二片连早早剩一片，吃当晚餐，并开一袋肉松，吃了一点。洗玻瓶数只，饮烫浓茶数杯，卧床点蚊香，重看帆近来数信所说之事，及顾文论点，均拟复书也。吃糖二粒。看《读雪》五律，心情不属，看不进，读过而已。时想早早。休息肚痛渐好，未再泻，腰痛人累亦稍好，较舒适。十时加煤封火，洗脸盥口，收拾一切十时半睡。

10月27日（九月廿三日）星期一　阴雨

天将亮闻小儿哭，睡梦中以为早早，早醒不闻早早叫唤声，不见早早，极为想念不置！起后也随时一直想早早，她的声音笑貌如在目前！常如听到她说的话。昨晚休息，今天肚痛泻已好。早餐两片面包，中午两片及粥碗半，惟吃后不大舒适，吃酵母片，尚好。午睡二时多。晚餐一碗又大半碗粥，吃后亦稍胀气。藿香丸仍遍觅不得，拟临睡吃香连丸。晚餐后即洗脚，七时略休息，看报半小时，看诗不进。八时半写一信给陈孝章。本想写帆信，倦懒不想写了。上午写了一信给顾，下午写一信给施，附寄帆诗也。八时三刻休息至九时，看诗一刻钟，吃银耳汤大半碗，因不饿而肚不空舒，故仅饮汤而已。收拾一切，十时封火睡。下午及夜晚尤想早早。以为囡今天上午回，未回，恐已销假上班了，又念其伤指不已。天已甚冷。

10月28日（九月廿四日）星期二　雨

早起写帆信，与陈信一起送放沈老[1]处，沈老留坐，又来一广东疗养员，闲谈甚久，归复倒痰盂，收拾，方拟烧粥，十时囡回，因今早开假复回也。买花布二做早早裤。临时蒸饭，但无菜，囡吃猪油盐拌饭，我吃南瓜花生米。饭后弄清一时，我午睡久始睡着，囡裁裤未睡。我三时半醒，四时起，开火蒸饭，开一鲱鱼罐，淡无味，又有一点怪味，囡吃恶心，饭也吃不了。我吃尚可，但太无一点味不好吃，不能下饭。晚饭后囡缝裤，令我扫边，躺椅闲谈，未看书，为久所未有，可谓完全休息，闲吃点糖和鱼皮花

1　当是铁疗门房工作人员，偶尔留信在其处待交邮递员。

生，九时半上床，又闲谈甚久，十一时始睡，十一时半睡着。囡拟明早去汉口，睡前为准备好一切东西。终日至晚雨甚大，不知明天如何？

10月29日（九月廿五日）星期三 晴

早六时半醒，见天晴，唤醒囡，囡七时半至汉口，午未回，午饭吃粥二碗半，炒腌菜。囡二时半回，买回烧卖点心饼干干果等，代帆买到不退墨水。我三时始睡着，四时三刻醒，起开火，弄霉豆渣四块二碗，吃七个烧卖，大半碗粥，夜休息闲话，八时半火已不好，即加封，明早有熄之危险。今天仍腹泻，夜饭后肚较适。十时睡。

10月30日（九月廿六日）星期四 晴

起稍晏，因昨临睡又添一煤，故放心。火好。收拾一切，洗泡花生米，晒棉尿片，早餐，冲开水，开火烧水，洗衣晒出，淘米蒸饭，泡洗红苕，已十一时，甚累稍息，洗净红苕蒸上。加过煤，开时底火太坏，已脱下，再加一煤，故十一时半尚未上大气，即将烧卖蒸上，囡买叉烧肉一汽[1]，热豆渣，又加工罐鱼，即吃午餐，晚再续蒸饭苕。近觉劳累皆因做家务事太慢费时长，费力多之故。烧卖蒸好，饭也快好了，即热了一下豆渣，又将饭蒸上，吃完午饭拿下，弄清一时半上床，看《参考》，快二时才睡着。四时醒，仍倦思睡，因未加煤，起看火仍好，五时过开火蒸剩饭，囡等已回，威克先吃饭至其姊家，并借一百元送去。我洗

---

[1] 犹言蒸。

八块霉豆渣，饭好又加煤，等火起烧豆渣，已甚累。饭后又洗收一切，更累。弄清又囡出外，早早玩，一刻不停，累不支。后早早已要睡，囡又带其出外看电影，回来大哭闹觉，小便、洗脚睡，即着。十时半又稍哭，未把尿，尿在床上，褥被均湿，囡大怒打骂之，又大哭不已，并已受凉咳嗽，又脱衣裤打被，更受凉，哭甚久，又可怜。脾气甚大，不要人哄，打被不盖。至囡慢慢收拾一切，又洗脚睡下才慢慢睡着，已十一时过。九时半封火，洗脚，看《参考》，吃一个半芝麻酥饼，十一时半睡。接王信。

10月31日（九月廿七日）星期五 晴

早起火尚好，仍加煤，起大火，我热剩粥，囡煮汤饭，早早仍吃四大铁匙汤饭。拣银耳，煮开封火煮。汤饭多，囡可够午饭，我去小店买四面包当午饭，二糖饼、二棒糖则均早早喜吃也。稍息又洗青菜。晒出尿湿被褥及褥单，花生米，午饭，我吃四片面包，囡、早吃汤饭，威克临时回，下面吃，早早又吃点面。午睡，被早早叫醒，不能再睡，也不早了，翔如来。晚饭做青菜红苕干粥，一大铁锅，守熬。饭后极累，躺床，早早屡次也要上床玩，但吃糖手粘，只好起床二次，后早早上床与玩，尚不太累。早早八时十分即睡下，翔如、囡八时半上床，早早尚未睡着，随即睡着，翔如、囡仍讲话。我等九时过封火，吃点，收拾一切睡。

11月1日（九月廿八日）星期六 多云

早起威克洗衣被，早早吃牛奶，更热菜粥吃，之后热多菜粥，威克与囡均吃了，翔如无早餐，又另下面，早早又吃点面。早餐后，囡与翔如带早早到湖边，午饭始回。威克与囡擦饭缸未半，又倒了粉，我又用力费事擦好，接着蒸饭烧菜甚累，一时多午睡至三时醒，三时半起，烧开水，蒸饭，五时晚餐，翔如午餐后已走。因等晚餐后走。我善后事尚不多，因走前做了一些。我后吃饭，烤面包四片。饭后甚饱胀。抄诗数首拟寄吴，即卧床休息看诗，烧冲开水，洗脚，卧床不想动，铺床后已十时，封火，收拾一切，十时半始上床。上午接帆、施信，施仍退休。云明年可大做诗。

11月2日（九月廿九日）星期日 晴 起吃白木耳

昨晚晚饭后肚饱胀，连吃清茶多杯，即舒畅。早起晒出昨未干透之衣被，并洗头，毕已七时四十分，做一切早事清洁，加煤煮咖啡早餐，因翔如买来白面包及长蛋糕也。已八时一刻矣。天又转多云阴暗。上午拟休息不做饭菜，仍吃面包及咖啡牛奶，而上午写帆、吴二信，又将咖啡烧焦可惜！但仍饮之，不觉焦异。午睡起泻，后亦睡不着，或饮二满碗咖啡之故。三时半起，拣洗扁豆菠菜，四时半开火烧水下面，炸花生，烧二菜，五时四十分晚餐，肚饿，吃一菜碗满堆碗面，又添半碗，绿豆色碗大半扁豆吃完，炸泡晒过大花生极好，吃十来粒，菠菜粉条太咸，吃少许，剩明天做汤，吃后饱适，似尚可吃，不敢再吃了。饭后大洗油锅碗，及前之烧卖食盒，甚费时力，稍累。因吃饭多劳动也。烧冲开水，加煤通灰，洗脚，似又想吃物，弄清七时一刻，看报及文学副刊，帆、吴信下午发出。夜又泻二次，幸铁门尚开，及倒痰盂。重用水洗脚洗脸，热银耳一碗吃，已九时过。焚香缓缓吃毕，甚舒适。复吃新炸花生廿馀粒，收拾一切，十时封火后睡。

11月3日（十月初一日）星期一　多云　起早晚蜂乳二次

早事毕写沪信三页，未完，甚累，休息，又至湖边湾处来回，回后开火，做菜下面。早餐牛奶用蜜，盖紧请早秀打开，故未盖紧，扁豆加糖，错拿蜜翻倒，桌、凳、纱罩、站椅及地下，到处都是，洗、抹、冲、扫要许多遍，极麻烦，费事费时，又在烧菜，面放久又冷，一时忙乱不堪，十分疲累。吃二号大碗一满堆碗，扁豆，开云腿罐，吃二三小块瘦的，甚适。弄清，地灰尚未扫，已一时半过，肚泻，上床二时睡着，三刻即醒，又硬睡着至四时，即看火将熄，因饭后未加煤，半天始起，不及烧粥，即蒸面包红苕当晚餐，面包夹三块大半肥火腿。剩汤加水仍油重，吃得不舒服，又太油腻，后半个面包改烤黄吃，又饮剩焦咖啡一碗，炸花生还潮，重炸焦糊，吃数粒。好些，仍不甚舒，比午吃大碗面之舒适差多了。还是要吃正式粥、饭、面，杂食当饭不行。油锅碗多，洗毕加火烧水，洗面，毕已八时，休息。看诗，吃花生，吃药，收拾，十时封火，吃蜂乳睡。晚饭后弄清已迟，又稍疲，未写沪信。明日再续。

11月4日（十月初二日）星期二　多云

早起早操，至湖边。续写沪信甚多。中午下面。先至小店买酱油，遇梅爹在地里，即买回三斤萝卜，二斤青菜，青菜下面。萝卜切好未烧，吃二号碗一堆满碗，甚适。午后近二时睡着至四时三刻，五时过开火，仍下面，烧萝卜甚久不烂，吃已六时廿分。弄清，孙嫂走近九时，休息看诗，准备明早出汇款买物各钱票、东西，吃一苹果，十一时睡。夜孙嫂来坐谈。

11月5日（十月初三日）星期三　雨

早起中雨不停，未能出外。早操，今早醒起较迟，幸火未熄，加又起大，早餐四片厚面包，一碗发鲜开火[1]冲牛奶可可，吃甚饱，复封火。本想烧糯米粥，补剩面一浅菜碗，陈老师来坐，时晏，又饱，故即吃面算了，下午再烧。今日上午本拟写明、曹信，乃觉甚软倦（并不累）不想做事，又陪陈，倦懒躺藤椅随便翻看《主客图》，精神心情亦不甚有兴得劲，想天气阴沉闷人故也。十一时开火热面、菜，弄清一时午睡，三时醒，仍泻多次，人倦，四时起，开火，加煤。洗青菜，吹干作盐齑。烧糯米粥，热菜，吃二碗半。想写明信，仍倦不思动，躺椅休息，看报，拣洗银耳。看《主客图》，作诗二首未能定稿，写出待改。洗脚，烧冲开水，煮白木耳。九时即封火，因人倦也。饮茶，吃黄连丸，收拾，稍等吃蜂乳，十时睡。

11月6日（十月初四日）星期四　晴多云

早起稍晏，早操，弄清一切已八时三刻，拟出，适威克回，囡星期一过汉，要小佳地址。云早早叫家家不已，更想念之。即附自行车到邮局，汇出帆款，百元；晴款，15元。到财务科取帆工资，云学校全校学习不办公，未能取，系中亦然，遂不再去了。买肉，只有大蒜，无菜，未买；遇徐鸿知无恙，大喜欢呼数语而别，因其队排买菜已到也。买烧饼馒头等，至粮店买四筒面。至赵家，留条请其代取工资，并约星期六至其家取。回来累不能动，先卧床廿分钟始看火，幸甚好，即开火烘一烧饼，夹火腿二块并

1　原文如此，疑指新烧开的水。

肉松，冲酱麻油汤，吃极饱适。饭后将晾干之青菜切碎盐腌，一时半睡，但不到一小时而醒，未能再睡着，又泻三次，人又极倦。躺久始起，切肉甚累，肉不好，半碗只能熬油不多。少许烧肉片炖萝卜，只烧开。瘦肉带肥炒浅碗肉酱，酱稍多，又咸。晚餐已六时多，吃烤炕饼二，夹酱并火腿半块，火腿油少许，吃甚适。夜拟吃银耳，饱不思食，就不敢吃了。九时半封火，收拾一切，吃一苹果，十时半睡。接章、刘信。

11月7日（十月初五日）星期五 阴

早操，七时至九时弄饭菜，九时写帆信。十时半洗锅做饭菜，停水，至一时半始午餐，吃一馒头，有火腿、肉酱、盐齑、腌萝卜丝，萝卜肉片汤，烧素鸡多菜。时晏，未炒青菜了。弄清已二时半，不准备睡了，后倦，仍睡至四时半醒，犹极想睡，快五时起，看火加煤，六时多吃面一三号碗拌酱，留吃银耳及免胀气耳，并烧一青菜。夜抄章词及自赠答章诗[1]附寄千帆，毕已九时半，烧银耳吃，十时封火，收拾一切睡。

11月8日（十月初六日）星期六 阴雨

早起雨，误以为星期日，不能[去]赵处，九时半过，雨停，拟去，舒弟送煤，帮调整，去已十时多，极累卧床，陈老师又来，去已十一时，不能再去，即午饭，吃一馒头剩极小一块。十二时半上床，至二时半始睡着，至四时醒，又想睡，朦胧四时半，仍欲睡，起看火尚甚好，饭后并未加煤也。至屋外略坐，五时半开

---

1 参见《涉江诗稿》卷三《答冀苏集宋词作〈浣溪沙〉见怀》四首。

火，蒸半个炕饼及极小一块馒头。尚未吃，囡带早早回，见早早极喜。囡送蟹四只回。我吃饭，早早吃一蛋糕，又吃一口馒及菜，萝卜及汤，我不够，又吃萝卜汤。饭后和早早玩，极乖欢笑，8时让其睡，到床上仍极欢喜玩笑不已，后熄灯睡，仍大叫家家不已。至近九时始睡着，我与囡各蒸一蟹吃，饮酒一杯，惟均觉不足，但夜不敢多也。吃完弄清已九时三刻，算账，囡十时半睡。我十一时封火，洗脚，吃蜂乳，收拾一切，十二时睡。

11月9日（十月初七日）星期天 阴雨

囡五点半起床回厂，我六时多起床。早操才毕，早早醒，叫"来"，我去看她，起先有点呆笃笃，望床头痰盂处看，我哄其笑了，又即爬起，但仍向床头看了看，均找囡，但后即和我疯笑。为她穿好棉袄，未及穿裤，即说要屙，立把其坐上痰盂，一面穿裤及鞋袜，说笑很乖，同时先吃二饼干，后吃牛奶，剩一口不吃了。即起身玩锅，我给大铜瓢假吃，令其作喂我吃状，又自假吃，极其欢笑，玩半天。又煮面她吃，后又起来要坐车椅内吃，吃了半碗，不吃了。自己又揩鼻涕，洗脸洗手几次，都极乖，又吃茶。二个多钟头一直玩笑极乖，从未哭一声，吵闹一下。正玩得好，威克来了。我给她穿外衣，戴帽子，平常一戴帽子就要出外，今天也一点不要出去。早起后未要过开门出外，还骗她出去坐车车，才自己推坐车要出去，后威克抱她还大哭不肯。早早起后，我善后整理一小时，已十时半，躺床十分懒动，至十一时始开火，加煤蒸蟹，吃已十二时，吃毕一时过。弄清，又煮红糖姜汤，烧一瓶开水，已二时。二时半睡着，四时醒，起烧粥，切青菜做咸菜，切豆干、酱瓜、姜米炒，先分炒不好，又合炒，晚餐已七时，弄清已8时。粥烧太薄，不饱，又吃剩一小碗，饭后心中甚雾，又吃了三个桃酥，才觉好过。人甚累，疲倦不想写信，一无精神，躺椅休息，看诗也看不进，威克从赵处代取工资回。烧水洗脚脸，烧吃银耳大半碗，十时一刻封火，洗脸漱口洗袜，十时三刻上床。

11月10日（十月初八日）星期一　雨

早起见雨天，想囡去不成汉口了，后雨止，想或去？起火熄，因昨加新买煤湿故。未即生，至何家热剩粥各少许作早餐，也有二碗。何要借《参考》，理清大小报，及其各种水浒评论，文学、史学副刊，已十一时多，才生火，廖为带二馒头回，火微起，即烤一馒头热酱吃午餐，饭后烧开水一瓶，加煤封火。午睡一时上床，一时半睡至四时，起后摘菠菜，五时半开火，炒菠菜下面，六时廿分吃一二号大满碗面，并炒少许花生，较好，稍嫌焦，夜灯下看不出颜色，尚无苦味，稍焦者亦少数。晚饭后弄清已七时多，稍息，写明侄信，为车事稍用心写，极疲累不支。加熬红糖姜汤，因吃后这两天只泻一次，腹中亦较适。加煤未起火，回房忘记，写帆信告明信事，忘去看，闻焦味急去，已大焦，连锅焦了，又加水重烧，仍吃了。又加水烧锅去焦，似尚好，仍有焦印，明天看能擦去不。吃一桃酥，又花生米二三十粒，新茶三杯。十时封火，看报饮茶，收拾，十一时睡。

11月11日（十月初九日）星期二　雨

早操，加火封盖，清洁毕，已8时多，不一刻囡回，蒸带回包子早餐，舒婆来，即大烧水洗衣，后仍星期六来。舒用水洗衣被毕已十一时多，加煤起火，炒菠菜下面，各吃二号碗一大满碗，囡更堆些，我也吃完，已一时半，囡乘小晏车去广埠屯至厂，我弄清二时午睡至四时，仍倦极思睡，因午饭后未加煤，恐熄急起看，已半熄，急加煤又起，仍封盖，收衣被倒痰盂渣子等一切事毕，五时半开火蒸馒包，六时廿分吃三个肉包，略吃一点点菜（因太咸）。甚饱，但不胀。现食量大增，惜无好物滋补也。洗锅碗，洗脚，烧开水冲瓶，拣烧白木耳，开后盖火蒸，已七时半。写曹、帆信，稍累不想写，勉强写之。中间又拣熬白木耳，坐守熬一阵，十时十分写毕二信，封火，吃银耳，收拾一切，十一时睡。

11月12日（十月初十日）星期三 晴立转阴

早仍七时半醒，火未熄，太阳很大，晒出未干透衣裤被单，又晒棉被，因冷；晒早早洗澡用了未晒透之毛巾被，不料一下转阴，真气人！八时半开火加煤，九时烤馒头牛奶早餐。九时一刻看章寄宋词选题意见稿，送出曹、帆信待发。午餐吃一个半包子半个馒头，饱适。一时半午睡至三时四十，起看火，立加煤，待起又封盖，收扫衣被，五时半过开火，六时晚餐，吃一个半包子，一片馒头，觉不饱，不久即饿，后吃大半片桃酥，九时吃银耳一碗，又花生二三十粒，九时半封，幸十时又看，煤湿灰多，恐不燃，又调整一下，十时一刻收拾后睡。接帆二信附晴信，亦接晴信。宋词选努力看完。

11月13日（十月十一日）星期四 阴

早操翻查词书，提完意见写好，又写章信，毕，邮递员已送过信走了。接帆信及诗留稿，云我寄章诗佳，须改二字，即改一字，一字以为可不改，一时也想不出。即抄寄附章信，并又写了一页信，未毕，饭后续成。午餐未弄萝卜，即吃一大碗拌面。午睡一时半至三时四十分。续写章信。因打电话要我明天八时去，下午看电影，我想也许买到蟹？三天较好，本想继续休息，但又想她们，想去；又想或有蟹？又想玩散一下，拟去，又恐再发病。晚餐用火腿油拌面，又想明天出去，故少吃，又换吃一半白面，油拌面及咸菜等及半个馒头都给了余婆婆。晚饭后写好寄游白木耳包裹及寄帆章词选稿，写日记，七时一刻，洗头，毕已八时，因太脏用二次肥皂，洗三次也。洗脚，梳发，卷发，拣煮银耳，甚饿，吃二次麻条饼干，烧水灌热水袋，吃花生米，十时封火，饮茶收拾睡。晚饭后下雨，一直至今未停，不知明早如何。故未准备。

11月14日（十月十二日）星期五 阴

早六时，见不雨，急准备一切，因临时准备，又搬换衣数次，出门已八时，造房一带多车让路，至去广埠屯马路口已廿五分钟，而路口至广埠屯仅十六七分钟，排队［买］油饼去廿五分钟，添照拍照又去廿分，至厂快到又忘路（宿舍），多转一下，至囡处已十时差几分，车站买了扁豆。囡睡，我去醒，我车上冷，又盖棉被躺。囡起，烧菜蒸包子后去接早早回，忽不认识我，认生，又对父母及回屋一直呆笃笃，不知是否人不大舒服，威克说是要睡，又不知为何？初以为不识，回来想之，又恐生病甚念之。饭后倦思睡，躺而睡不着，后就慢走去，已快到时间，看电影尚好，出于意外。看后三时半，即趁车回，四时至广埠屯，但到餐馆排队买菜一小时多，吃面后出馆已五时一刻，因站立一小时很累，回来路上走了一小半即腿酸重走不动，慢慢努力一直回家，幸天转晴未黑，到家已六时矣。躺床一刻，看火居然尚有几眼，立加火，但渐黑，恐不能起了。剩菜收拾，连饮茶三大杯，幸尚浓有味，盖一天未吃水也。写日记，已七时三刻，躺床休息。火渐熄，八时半又渐起，至十时始可起有望，疲极而睡，开闹钟至十一时起封火。又睡。

11月15日（十月十三日）星期六　晴

舒婆来洗衣被，拆被，起即加火，早餐，烧开水烧洗衣水多壶，至十一时过洗毕，始蒸花卷、端菜、烧一扁豆，吃二花卷即饱，因餐馆荤菜，又油多也。午睡一时一刻至三时半，前后又泻四次，仍卧床，四时欠十分起看火，已熄，因非饭后加煤。即不生。晚用煤油炉，菜油汁及肉、扁豆，下面一大半缸食盒，吃完正好，甚饱适。傍晚收扫衣被，倒痰盂，詹送《参考》，云已订过，托小晏订，亦恐已过，皆云或尚可订。前一阵曾记起，后又忘了。晚饭后天黑，见早秀未回，即代收片子衣裤极多。晚饭后烧开水，半壶灌一瓶，一瓶重沸一下，多点洗脚面，又多一点留吃。毕七时半，写日记，看《参考》，缝寄游包裹，填写包裹单，吃花生米，九时拌鼠药，一刻睡床略看诗，睡。

11月16日（十月十四日）星期日　晴

早醒已七时，起晒出衣被共四绳，已八时，方梳洗，已累，即卧床休息，想托人买馒头不做饭，未成。做清洁，休息卧床看诗，十时生火，十时四十淘米烧粥，看粥开，又进房略卧休息，萝卜削切见已坏，即倒去。疲甚未能早操，看午睡能否补操？精神极差，拟吃红参、党参等，但舌苔仍腻，未能吃。卧床不久，

1975年　427

晴佳来，带来蟹十只，红苔一大篮，未吃早饭，粥快好，一好，即下面作午餐，她吃二菜碗，我吃二饭碗。收拾毕，又至铁疗打电话叫小佳来吃蟹，不来，回家略谈，至二时半晴佳走，我回收拾清已三时，加火，封盖，三时半睡未着，闭目养神至四时即起，收叠一切衣被棉胎零物，毕，已五时过，开火等起，蒸蟹，吃已六时，蟹不充实，吃一雌二雄，一雌黄甚多而太硬，一雄油肉全空，一较好，有些油，但油不好。均不如晴佳春天带来五小蟹，亦不如囡买者。先走失一蟹，遍寻不得，吃蟹后，孙嫂来坐，忽见一蟹在饭桌下爬，捉住捆好，甚喜慰。吃姜汤半碗，又热糯米粥一碗吃了，觉甚不饱，也懒再热了。后又热银耳大半碗吃了，吃花生只剩几粒了。蟹绳松了乱爬，又加捆好，被钳了一口，幸不厉害。烧开水洗脚，收拾盖好蟹，已十时，写日记，十时半上床。

11月17日 星期一 晴

囡等早回，买来阉鸡及肉，肥肉炖鸡，瘦肉干子炒酱。午饭早做，饭后吃蟹，午睡迟，早早又不肯睡，玩笑不已。快四时睡至快五时，三人均不想吃，吃一口饭，又不舒服。

11月18日 星期二 阴雨

写帆信，接施信，转帆。腹轻痛，吃饭胃口饭量均不及前一阵。

11月19日 星期三 阴雨

早送帆信至铁疗。下午理信、理诗、抄诗，午睡三小时多，精神仍不大好。余婆来坐。夜写施信。两顿吃面如常，量不及前。腹轻痛。

11月20日 星期四 多云
上午添写施信一页。下午仅睡一小时多，因两次被外面吵醒，未能再睡，即起看火，有点昏昏然。做胡萝卜、炸花生，休息。上午抄写向阳院代余婆婆申请报告。威克送小白菜来，取车回厂。两顿饭均吃得少，中等二号碗大半碗面，夜晚小半碗，还是带汤浅碗，比前大减。自17日晚起，食量减少，仅昨晚仍吃一大碗面，馀均少。今下午及晚餐后，且感饱胀。夜晚完全休息，闷甚略翻诗而已。夜饮多茶，胸腹较舒，吃花生极少，未炸脆，因潮未晒干之故。头稍昏痛。

11月21日 星期五 晴
威克送草回，晒草。中午吃蒸红苕及剩面，午睡不着，看诗能看进，做诗四首，精神反好。晚餐吃红苕馒头，饭后大胀气。即吃藿香丸酵母片，又做诗一首，抄诗，反精神大好，胀气亦渐好。九时过即封火上床，精神好，不想睡，又做诗一首而睡。

11月22日 星期六 晴即转阴，大风暴
早起火快熄，居然起大，烧水，舒来洗衣，晒出后起大风，至外极冷，风入胃腹，收已不及，已满黄沙。风愈来愈大，破窗纸糊不住，费极大事多次勉强钉住。晒衣一度至外加夹并扣钮，帆衬衫仍吹落，收进又晒出，反正脏，等其干好放，馀衣亦然，比不洗还脏。幸毛巾被拿出未洗。帆衬衫汗衫不脏，多馀洗的。

中晚餐各二花卷，剩酱肉松、剩汤小半碗分吃之。大风极冷，幸后冒险关上气窗。一切大好。但窗纸仍鼓风，外间气窗亦冷。夜又比傍晚风更大。气候凄凉，心情亦然。幸抄诗写信稍好。写帆信，接章信。

11月23日 星期日 晴

早起风冷未去找赵、蒋，将昨衣沾灰尘者洗了内衣裤，略抖洗，共搓二三处，威克尚帮半次，已甚累不好，迅速晒好完全休息，威克送囡信约明日至汉口中山公园赏菊，故今天更须休息好。夜晚甚好如前，已八天未泻，六天全好矣。必须慎保，以期病全好恢复。两顿均未做饭菜，蒸花卷开熏鱼肉松吃之。午三个，夜二个，甚饱适。昨夜上床成诗二首，今下午做一首，下午夜晚抄稿，并抄寄帆，又添写信一页。看报。烧开水，冲瓶、灌汤壶，洗脚，准备明天出行事物，封火，上床。

1976年（1月1日至12月31日）

1976年1月1日 元旦 晴暖 星期四
早上到小店买食品，只有五分钱一个的冰糖屑饼，买两个早早吃。稍好的水果糖类，每人限买两角钱，仅十颗或十二颗。
何翔如一早走。
接逸峰代买糖果包裹单。接施信。
下午梁世平来。威克、丽则、早早晚饭后走，天已黑。

1月2日 晴暖 星期五
晒被褥，调整床铺稻草。
烧鱼、菜，等小佳未来。洗头。
接曹、明、帆信。

1月3日 晴暖 星期六
舒来洗衣，买包斤半。
下午洗澡，下午晚上钉被。
接淡芳信。
今天全天吃三餐五包，久所未有了。肠胃或可好转？惟二日来做家务杂事多，未休息，又泻二次。

1月4日 大风 星期日
上午打电话给囡与小佳，均不通。
下午睡起迟。孙嫂代买米30斤。夜饭后已将七时，风止，囡等回，临时蒸包下面，弄清已迟，即睡。每餐一两。

1月5日 晴暖 星期一
早九时过江至汉口，在冠生园西餐，人各一汤一饭，共吃一炸猪排。饭后至商场布店略看，即至小佳处，早早睡甚久，起吃面，四时过走，五时半即到家。甚累。晚饭各吃一包。囡、早早八时过睡。我封火吃药，九时半睡。威克午饭后即自回厂。见帆给小佳信知已批准。

1月6日 淡日稍凉 星期二
上午囡带早早去二区取逸峰包裹，不料乃木匣甚重，大小极累。囡不能再抱早早，即自去厂。初以为早早要哭吵，尤其夜睡、午睡要妈妈。不料极乖，仅问妈妈呢？并不哭要，睡前后亦极乖而高兴！仅自洗脸打破脸盆。日夜均未尿湿。下午仍二老送工资来，问之，非街道，亦武大退休老人。坠泻二次，腹时痛。二餐两许。

1月7日 星期三 阴稍冷
早早醒起甚乖，吃甚多。囡十一时回，早早反哭吵。饭后一时带早早去厂。弄清甚迟，不拟睡，仍睡着大半小时，尚好。晚孙嫂来坐。三餐各一两。痛泻二次。

下午接仁英信。

1月8日 星期四 晴
今日（旁注：误记）生辰，亦未下面，吃剩饭菜汤饭。晴晒二箱衣收后归纳整理。晚李运挥[1]来，出游，九时一刻取车走。

接帆信，发施信。

1月9日 晴北风稍冷 星期五
上午至卫生科看中西医。胃连日摸似有一块硬，经高医检查无他，云系肌肉。返已中午。下午肚痛，共泻三次。夜围炉，补破衣至十一时。

1月10日 晴暖 星期六
上午舒来。接小佳信，知有便人至沪可带回自行车，嘱交给上海信为凭。即写小佳信及明侄二信，未毕，晴佳、凯凯来，接洽腌肉事，即先以晴带之糯米作粑，后临时烧饭，吃完已二时多，未午睡。三餐吃甚多，倍于平日。

1月11日 星期日 晴
早餐吃面豆绿碗一堆碗。凯凯扫地很细到。晴佳、凯凯去买肉及其他。我在家烧水做饭。又生炉，咸鱼红烧肉，火大烧焦，幸吃无焦味，味甚鲜美。晴佳三时走，又未午睡，稍疲，中餐吃

---

[1] 李运挥，程丽则武汉关山汽标厂同事。

二包多菜，精神尚可。下午洗头。中饭已二时，晚不思食。小李来，云明日上午囡在红山餐馆相等，因连日疲累，腰痛腹泻，不想去了。至九时半烤一包吃。

上午发小佳及明侄信。

托李带信商腌肉家具及收购粮证先买米等供应事。

结算多时收支账。

1月12日 晴 星期一

昨夜睡甚倦甚沉，早醒已七时半。头皮仍痒，早起清热水洗一道。火将熄一眼有火苗，久仍熄，重生。中午吃二号碗大半碗面。饭后囡回。晚吃一包半馒。

下午坠痛连泻三四次，较甚。未午睡。夜尚好。清理针线抽屉。

囡写仁英、娘娘二信。接萧诗信。写帆信未完。

1月13日 晴 星期二

因早闹钟未醒，上班误点，即拟关山医院看病半日假。先去买米年货，人多时不及，即去厂。

多休息痛坠转好，晚更好些。威克回，商仍腾米缸泡肉为好，可临时抹。

发娘娘、仁英、帆来信，写明信。

1月14日 星期三 晴

威克早买30斤好米及花生回，白筒面二斤，糯米糍粑已完待来。吃豆丝一大碗回厂。

清理两个月大小报刊及副刊。

浸晒绒布，煎中药。

写曹、明、晴佳、小佳、淡芳信。

仍泻二次。

1月15日　星期四　晴暖

早送信五封至铁疗待发。洗酱油、油瓶，吃西、中药。煎中药。至小码头打针。大洗各种油锅及大木盖各种油瓶糖瓶等，甚费事费时费力。尚未觉太累。发殷信。两餐吃咸鱼肉汤下面，晚餐较少。夜腿抽筋。

1月16日　星期五　阴转晴又阴甚暖

准备瓶，至小店仍无酱油。打针。

下午未痛泻，至夜八时半，忽思泻，忍后渐好。写好晴、帆信，错过邮递。

1月17日　星期六　晴暖

生火，舒来洗衣，打针。交舒做衣。

发晴、帆信。接帆信，春节或不能回，请假不知准否？交舒转缝绒布裤。

补小棉袄。孙嫂来坐谈。

至小店问仍无酱油，孙嫂言将发票买，托其打听确实，以便写信告晴佳买带肉当改变。

月超[1]午来，吃二包而去。

1　张月超，武汉大学外文系教授，"文革"后与程千帆同时调入南京大学中文系。

中午吃二包，晚吃二碗粥，甚适。

夜腿抽筋。

1月18日 阴，上午一阵细雨点，仍暖

上午完全做家务饭菜，未休息。晚威克送糯米糍粑回，吃晚饭即回厂，因明日加班不回。亦听说53号票买酱油，夜问孙嫂，待至十时未回，不及写信给晴佳，只好明天写了。补好小棉袄。打针。

接何信、施信（76年1号），发何信。

1月19日 阴小雨 星期一

上午至卫生科归时二区买物，回家已一时廿分，极累。幸火未熄，午饭尚适。午睡起又洗锅缸瓶等。

夜饭仍一个半包子，饭后小孩送鳊鱼来，剖毕挂吹。

问陈嫂，酱确要凭票，下午写信给晴佳少买肉，邮递员未来送报，不能发出。夜仍觉较疲累。

接帆信，云拟22日返，已信令木生、威克、囡去接，且希望我与早早到汉口小佳处。天气转冷不宜，且时间太匆促。

夜整理信件。风雨稍转冷。

1月20日 星期二 小雨大雪阵阵，转冷

上午囡回蒸饭蒸鱼，饭后稍休，囡回厂，午睡一小时。因托人要票可买酱油。上午刚发一信给晴，又写一信仍照旧，囡带出发。夜写萧、小佳、施信。整理藤架。

下午接淡芳信及书法，寅侄[1]信。

夜八时半后围炉仍冷。

1月21日 阵大雪，冷。星期三
上午发萧、施、小佳、淡芳信。

威克取晴佳买肉回，并带回酱油一塑料壶。我下一大铁锅面，威克吃二号碗较干大堆碗又大半碗，我吃带汤一菜碗。威克洗切肉及猪肉，毕将三时，回厂接早早。我今天体力精神甚不支。烧肉骨汤，加煤，烧开水，打针，未午睡，疲病欲死，灌汤壶、热水袋、热水瓶，已五时半，实不能支，睡至六时半，又躺一刻，起稍好，一锅蒸面和包子作晚饭。八时始吃。

下午打针。

晚饭后弄清已八时半过，即洗锅，烧热水洗油，因有气味了。洗缸灌装油，洗葱姜。两种油，又多，气味有大小，分两锅熬，第一锅熬好，觉已累。熬第二锅已将十时，疲累极不支。进房休息饮茶吃零食，稍坐，稍好一点，勉强支持熬好，疲极困顿。甚久以来，无如此疲累支不住矣。一点不能做事，可叹！腰痛尤甚，站坐不支。熬油毕已十一时半，尚须烧水冲汤壶、热水瓶一个，洗脚洗脸，已疲惫极矣。十二时五十分始上床，尚未洗脚。又吃药，一时上床。疲极矣！

1月22日 星期四 阴
夜睡好，早醒已8时，九时半加火烧水，早餐。人仍疲软。

---

[1] 寅侄，沈祖棻堂兄沈祖模五子沈寅宪。

接帆信，知定如期返。错过邮递员，孝章、文才信未能发出，打针关门，均待下午矣。帆云晚六七时，做肉麻烦了。

中午下面，忘做腰子，后记起亦疲倦懒弄了。

下午打针，晚餐做炒腰子及干菜肉末，早做仍六时吃面，甚累。弄清已七时过，才坐休息，木生挑物来，小佳随后伴帆归家，收拾东西，十一时过始睡。极累，未能剖鱼。

1月23日 星期五 阴转晴

上午起生火后做早餐，甚累，不能剖鱼。沈雄来。帆去打酱油。做饭菜甚累，又肚痛泻。午饭甚晏。三时半睡至五时，烧晚饭，亦较晚吃。夜剖鱼甚累。十一时多睡。孙嫂又送酱油票二张。

下午帆将广东腊肉全部泡好。

连日左腰腿神经痛甚。今日未打针。接仁英包裹咖啡可可。

1月24日 星期六 晴转阴

舒来洗衣。帆打电话因请假回。午饭较晚，二时半因、帆陪沈雄过江吃汤包。我在家带早早。晚威克回，未做饭，早早又哭要妈妈，匆匆吃稀饭回厂。早早吃饭后甚乖。雄等近8时回，连稀饭亦未吃。接垠宝[1]包裹。

1月25日 星期日 雨

沈雄早过江买船票。因饭后回厂，早早留在家甚乖，与沈雄玩甚好。我极感疲累，晚饭后稍好。

---

1 垠宝，沈祖棻堂兄沈祖楸之女沈垠宪，沈寅宪之妻。

1月26日　星期一　阴

因陪沈雄游东湖，早早大哭要同去，帆抱至小店，近九区即不哭，后一直很乖。因等二时回，稍息即回厂上班，早早仍留家。夜陪雄闲话。

接顾来信，云寄白糖腊肉。

1月27日　星期二　雨

沈雄黎明冒雨过江乘船。

上午接顾包裹单。下午接章信。

帆出外买物理发。我极疲累。

1月28日　星期三　阴

下午因等回。我甚疲累。

1月29日　星期四　阴　得吴信及诗刘信及药包裹

上午毛来，闲谈还款。帆、因出外买物，威克至小佳处取回帆馀物。

下午帆错取毒鼠米喂鸡，因至广埠屯买回鼠药一袋，看明仿单，经小晏取得解药，夜灌鸡药。煎鱼久。

1月30日　星期五　阴转晴　农历除夕

早起鸡吃药未死，大家甚喜。晒腊肉。做熏鱼。早吃炸糍粑。下午夜晚因忙做年菜及请客菜，大家睡较迟。全家吃年夜饭。

1976年

1月31日 星期六 晴 农历元旦

早早夜疲困，早醒迟，致尿床。

上午耀老来。至梅爹爹处，送其花生一斤，送回大白菜一颗，一些菠菜。午吃简单饭。晚先喂早早吃，后饮酒吃夜饭。

2月1日 星期日 晴 正月初二 暖热

上午连生、晴佳及三孩来，囡厂中同事张全梅及小张[1]来午饭，共六盆八菜一汤，尚象样丰富。接德济信，因娘娘弄成误会而误会，阅之不快。夜囡复一信。

2月2日 星期一 晴 正月初三 暖热

囡等到青山小袁家吃饭，晴佳等欲出外未去。连生先回黄陂。帆出外至耀老处并买物。我和晴携孩至桥对面湖边一转，回已十一时多，吃简单午饭。午睡二小时精神较好。夜同晴佳做饭菜。囡等回共吃。早早玩乐，夜又稍尿床。腹泻二次。

2月3日 星期二 晴暖热 年初四

上午李运挥、木生、小佳、瑾瑾来，共午餐。接逸峰［信］及照片。下午威克一旧同学来，共吃晚餐，菜已不多，勉强不象样。饭后囡等回厂，小佳等亦走，李及客亦同走。收拾等水，封火，补写四天日记，十一时睡。未午睡，且做夜饭菜，精神较好，未感疲倦。舒来洗衣。

---

1 张全梅、小张（张传武），皆为程丽则夫妇武汉关山汽标厂车间工友。

2月4日 星期三 晴
上午洗头，午睡起已近五时，洗一澡，仍不冷。晚肚微痛，泻四五次。

2月5日 晴 星期四
鸡病，杀二鸡炖。写顾、杨德济信。帆感冒不适，改睡大床，夜起不便。

2月6日 星期五 阴
午饭一顿吃掉鸡汤海带。下午睡迟起迟。余婆来托写信，并送三蛋。夜写君惠、石斋信。大黑鸡又病，帆拟均杀而食之或腌之，晴佳建议用腊肉法泡之。

2月7日 星期六 晴
上午舒来洗衣，生二大炉，一做饭菜。下午晴佳走。发刘师、顾、萧、陈、刘、殷、杨德济、高信。晚饭我生日二人小酌吃鸡汤面，夜闲谈甚迟睡。

2月8日 星期日 晴暖
上午到湖边闲步。中饭简单。晚闲步至九区过去接早早，回家后囡等始回。杀黑鸡炖汤，蒸饭，夜早睡。
接挥、刘彦邦、王文才、施信。

2月9日 星期一 阴暖
中午到洪山庙素餐。回家已累，午睡较久好，起后稍恢复，夜吃粥。

接辰侄包裹单，寅、斌侄信。韩德培[1]信。买皮鞋与玩具虎送早早生日。帆成送孝章一诗，连日抄诗写信。写给郭绍虞[2]。威克下午早晚餐鸡汤豆丝后返厂。囡与早早留家。

2月10日 星期二 阴暖
上午帆与囡同至二区买菜未得，取回沈雄寄党参香烟照相胶卷包裹。下午囡带早早回厂。夜写淡芳信。
发郭、施信。

2月11日 星期三 阴暖
发淡芳信，接照照信。
中晚二顿皆吃简单饭菜。张婆婆送油菜。下午泻三次。吃六一散。

2月12日 星期四 阴暖
早起伤风感冒。打电话给威克取沙洋车带回物。中午取回，即回厂。下午泻四五次，甚疲。肚亦时痛及不适。晚饭少吃。吃六一散。
写斌侄、寅侄、沈雄、照照信，发斌信。

---

1 韩德培，武汉大学法律系教授，时为"右派"，被称为"山中宰相"。
2 郭绍虞，时为复旦大学中文系教授。

2月13日 星期五 夜大雷雨早阴雨

上午写明侄信，十时翔如来，甚喜。接自罿来信。中午蒸一凤鸡，鸡骨粉条汤。午睡一刻钟。翔如四时去。杨翊强来晚餐。詹来取去花生。帆寄出孙花生包裹，二人共写孙信，我写明侄信。夜结算上海各处前后账款。昨今伤风流涕头胀痛。服银翘片未愈。等九时封炉睡。鸡生一蛋。

2月14日 星期六 阴

上午舒婆来洗衣，代买煤油五份欠其票三张待还。

回孙信，发小佳信、明侄信。

下午清药大箱柜及五斗橱抽屉，书桌及报纸。帆清两藤架。

夜雨。

2月15日 星期日 全日雨

上午清报纸各副刊。午餐二人吃豆丝。下午又泻，腹微痛短时，焐热水袋午睡未着。起清理信件，接孝章信，自罿巧格力糖包裹，价5.5。寄费.55。吃六一散，连日吃银翘片，喉痛解毒丸，APC各二三次，伤风流涕喉干痛仍未愈。头痛吃一次止痛见好，未续吃，今下午风雨阴湿，又未午睡，复昏痛不适。晚有剩豆丝，不想吃，吃包子。鸡二生二蛋。帆粗清六屉。

2月16日 星期一 雨寒

因等未回中午吃面。帆写施信寄铜墨拓片三。晚帆做油酥饼，我未吃。夜写游信。九时睡，半时入睡。麻鸡生一蛋。吃各种感冒喉痛咳嗽药及蛋白酶。

2月17日 星期二 雨更冷

早起加火，换皮袄，加毛线裤（二条），火起提入房中，关气窗。中午吃一个半包子，太饱。午睡至四时，一直不饿。晚餐帆吃油炸包及油饼稀粥，炸花生。我饱未吃。大黑鸡生一蛋。中午蒸蛋三，只吃了一大半。帆写政工组信，我写萧信。夜写拱贵信。夜至睡未进食。又有胀气状况，吃蛋白酶、酵母片均无效。

2月18日 星期三 阴晴不定微寒

早起较迟，仍饱闷不思食。修缮组来修屋漏，已一年零五月矣。帆至小店买邮票炼乳。威克送大花卷、葱油饼回，与帆搭高床[1]，吃午饭后回。送回五花咸肉一块，取去瘦湖南腊肉六小块。午吃一个半包，午睡三小时半，晚吃小半个花卷，薄粥一满碗，今天吃稍好。晚孙嫂来看信，闲谈至八时，未觉饱闷，因睡多精神亦好。麻鸡生蛋。

2月19日 星期四 阴雨

昨夜大咳一阵，早微咳。尚不饱闷，早餐吃囡送回之葱油饼，极佳，但不敢再多吃，吃后甚好。抹桌洗抹布。帆出买物。共听广播文章。天气预报：今日三四度，明日零度。

上午写刘彦邦信。帆取回孙寄巧格力包裹，向水电组交费，家具仍悬而未决。买药发信：张拱贵、萧印塘、游介眉。十一时后觉饿思食，为近日少有。但下午又泻二次。咳嗽喉痛仍甚，头

---

1 因詹伯慧将一张单人床暂时借放程家，家中遂将二床叠放，成为所谓"高床"。《早早诗》中"爷爷睡高床，小心翻身堕"即指是床。

亦痛。

黑鸡麻鸡各生一蛋，又买十大蛋，每个一角。

上午写彦邦信，帆下午成一诗相赠。欲写文才信，来信遍寻不得。

中午吃二葱油饼，烤干硬不如昨。晚吃一饼，帆烤极好，不够，又吃大半花卷，吃时吃后均舒适。又咳嗽甚剧，服咳必清。夜咳含巧格力糖，止咳。

2月20日 星期五 早出红日即阴

上午觉畏寒不适，早餐做蛋饼不佳，食之不适，又头痛。十时半火起大，提入房，做饭围炉，稍好。

帆出外买菜发信（千帆补注：政工科及施拓片两挂号信），买麦乳精一袋，忘取，回家又去取回。我蒸饭好，因吃蛋饼后不适，另烧粥，帆回亦好，共烧菜午餐。吃粥二碗。午睡三小时，人疲，心慌头昏，幸睡多恢复。晚接文才信，晚餐吃粥二碗，甚舒。吃咳必清二次。

2月21日 星期六 阴

舒来洗衣，写文才信。中餐吃一包一粥四块肉二块鱼，尚不觉太油腻。午睡一小时多。晚餐蒸包热粥。写吴信。威克带早早回，临时下面。早早吃半碗面，一块咸鱼。玩一会，早上床，又玩，吃三片饼干，喝一点而睡。三鸡各生一蛋。剥花生炸。

下午接沈雄信，上午接介眉太古糖与淡菜包裹单。

2月22日 星期日 晴

上午威克出外买物取回包裹,我带早早桥上看放风筝,早吃午饭回厂。早早和我午睡,醒后甚乖,先吃晚饭,囡回吃饭。帆早睡,我亦早上床,早早睡外房,囡做衣和我谈话,我九时半睡。伤风略好。

2月23日 星期一 晴转阴

上午和早早到湖边,囡洗被。午后未睡着,连泻四次。三时多与帆共推早早坐车,至广埠屯,囡、早早回厂,我们一转百货公司,买蜂乳、茶叶及挦毛夹而回,已六时,晚餐吃一包一蛋,今日又不想吃,不能进一点油。晚餐尚无不适。黑麻鸡各生一蛋。夜算结账。

2月24日 星期二 多云

早点炸糍粑,湖堤一转。中午吃一烤包,晚餐吃烧饼半个,咖啡一碗。人泻多甚疲。发沈雄、小佳信。帆发现外房一黄鼠狼,即赶走,将鸡笼加固。连日腹泻甚,心中不愉快。感冒渐渐好,帆又感冒。

上午补破毛线裤。夜看近年照片。

2月25日 星期三 多云

上午洗抹布做清洁中午煮粥吃。午后又泻四五次,午睡时甚少。木生来,即起做饭,张来,又添做。晚饭后木生闲谈一会去,张先去。煮茶杯饭碗。晚餐吃一豆沙包,一碗半粥,八时过饿,烤一叉烧包吃,未饱,九时又吃一豆沙包。黑麻二鸡生蛋。帆感冒较甚，我尚好，但比昨反稍甚，又流涕及咳嗽。早起畏寒，即好。夜睡迟。

2月26日 雨 星期四 接施信

上午到小店买炼乳麦乳精面包盐等，回见帆卖书报破烂。发现有小鼠，收理食物。接萧信，即复，未能寄出，因无航空邮票，彼等回信代买椅也。中午吃包子。下午舒送油条来。晚餐吃油条二根。吃糊饭汤。淘米做酒。黑黄二鸡各生一蛋。夜放鼠药。走五百步。

2月27日 星期五 雨

早六时醒，胸腹饱闷，略躺即起，渐好。收拾鼠药，二处动过，不知吃未？

上午做酒。下午做茶蛋及稀饭。帆欲出买肉寄书信，因雨不果。中午吃三豆沙包。晚餐吃一碗米粥。中甚饿思食，晚饱不甚思食。吃粥后微饱闷。

上午接刘涤源[1]信，下午接刘君惠信。晚放鼠药。晚饭后走五百步，麻鸡生蛋。

帆即复刘涤源信，未发。午睡近三时。萧信仍未能发出。

2月28日 星期六 阴

上午舒来洗衣，帆出寄书、信及买肉、菜及药。我换褥单，将垫草铺平，先后六次，铺极平。甚费时费力。除做早饭吃外，

---

[1] 刘涤源，武汉大学经济系教授，时为"右派"，在沙洋劳动。

铺好，已十时矣。略做清洁。看《参考》。（千帆补注：三鸡各生一蛋。）

下午五时多因带早早回，囡吃油条当晚餐。早早吃茶蛋、油条。早早夜玩极欢。我与囡谈睡少迟。蒸好粉蒸肉。

2月29日 星期日 阴转晴

早七时多早早起，三人吃牛奶油条。囡睡至九时多始起，未吃早餐。早早玩甚乖。中午蒸饭，吃粉蒸肉茶蛋青菜等。下午睡二时多。晚餐威克未回。早早下午吃冲粉很多，又吃花生，又吃不少饭蛋菜，消化很好。我仍泻四次，稍心厌意烦。但与早早玩，早早极欢乐大笑，又与爷爷疯。夜威克回，带早早睡，囡与我睡，与帆谈笑甚久，我先睡了。（千帆补注：黑鸡生蛋。）

接韩德培寄油粮票及借款挂，下午发韩信。

3月1日 星期一 晴

囡洗被褥，大家吃炸糍粑，吃完帆以绳滑青蛙，挂猫、猪、虎与早早玩，极喜。又共摘菜苔，早早极乖。午睡二小时，起后不久早早醒，极笑乐，与穿衣起，吃糖屑饼，后与帆坐推车至小店买小坨饼干及炼乳。晚饭帆及威克吃蛋炒饭及粥，早早吃蒸饭半碗粥半碗，我吃粥两碗半。中午吃饭亦较多。

接王淡芳、小佳、老虎、何翔如信，施抄丁[1]词。囡中饭后至翔如厂，即直接回厂。威克、早早留家住。麻黄二鸡生蛋。晒腊鱼肉。午后泻一次，不甚。

---

1 即女词人丁宁。参见致施蛰存书之十四、十五。

3月2日 星期二 晴
早早早饭后九时即走。中午吃面一浅菜碗。午睡上床又泻三次，未能入睡，腹痛，人甚疲，吃麦精一碗。晚餐吃面半菜碗，后又吃酒蛋稀汤一碗。舌苔极厚腻为向来少有。心绪不佳。接夕佳信。黑麻二鸡生蛋。

3月3日 星期三 晴
早到卫生科，已八时半过，居然挂到中医号。又看西医逢高医病人少，打针，并拿到痔疮膏给帆。姜医言灵芝可试服，可借药房工具研末。回走二区，买菜及豆腐，辣椒炸；面包、烧饼。提到新起屋处，右臂肘处酸痛不堪，左肘亦酸痛；到小店已不支，至九区坐于石上暂歇，极其努力勉强提至家。去时上山坡腿微酸累，回尚不觉。打针遇十五六岁小伢实习，嬉笑如戏，甚不放心。拟天天去打针，兼作爬山走路锻炼，同时坚持医药营养，看能病转好，身体较好否？回家木生已来，带来廿五个包子，甚佳。好收音机。中饭后去。午睡一小时半，舌苔仍腻厚。回后吃一包，中饭又吃二包，并腊肉四五片，久不吃矣。大白菜豆腐汤一碗，午睡起，吃咖啡一碗。湖边一转，回后算账。煎中药吃。因带早早回。晚餐吃一包。夜吃酒蛋一碗。因讲翔如事，早早玩极高兴，又洗澡，九时多才睡。帆、囡十时睡，我写日记，弄清才睡。夜忘吃二道药。黄鸡生蛋。

3月4日 星期四 晴
囡五时多起去厂，早早四时半醒一次，喊家家，我即未再睡着。六时多即起，吃药清洁，早事粗毕，七时多早早醒，我在内

1976年 449

房，早早睡在床喊家家，甚乖，睡玩一下，要起床，即为穿衣起，吃牛乳，后又上床坐玩吃叉烧包，但仅仅吃叉烧而不吃包。我吃早早剩包皮，酒蛋一碗。威克回，又去杨家湾办早早添粮事，未成。我九时去卫生科打针，腿甚酸痛。回已十一时。中午蒸一水蛋，早早吃蛋拌饭甚多。我吃豆沙、叉烧包各一。午睡二小时半，早早已先起。晚五时半威克先吃饭。早早下午吃银耳大半碗说好吃，后又吃蛋拌饭多半碗，已用新买洋瓷碗。六时威克带早早回厂，因约翔如同来家，未来。七时我们晚餐，帆吃一个半烧饼，我吃半个烧饼，一碗银耳。今日吃二三道药二次，舌苔已大退。姜药甚效。下午天似将变，起风转冷。黑麻二鸡生蛋。夜看报，十时后始上床。夜腿酸痛及胸闷较甚。

3月5日 阴转晴

早同去二区理发，本拟去打针，忘带针条，不成，买少物而回。接政工科信，写居委会报告，请出我病需人照料，帆续假证明。回家后火不好，至二时半始吃包子两个当午饭。下午未睡，三时去打针，五时回，疲极，连泻三次，人极疲，吃中药，六时吃银耳一碗，酒蛋一碗，七时即睡，睡极酣，早五时醒，未能再睡，六时半起。麻黄二鸡生蛋，舒弟送煤来。舌苔微。

3月6日 阴晴不定 星期六 下午雨

早舒来洗衣被。早餐面包一片，银耳一碗，去打针，仅走半小时，腿毫不酸痛，回时亦尚好，回后略酸痛。休息，吃中药。午餐吃饭多半小缸，吃风鸡，太淡；顾腊肉，太咸。饭因舒洗衣晚，二时午睡至三时半，四时起。泡银耳。热吃中药。居委不肯出证明。晚餐7时，吃二包，浓茶一碗，凤鸡辣炸各少许。稍觉不甚饱，未再吃。夜钉被未完，已腰痛人疲，即停。觉微饿，恐夜、早胸闷，未吃食物。九时三刻上床。三鸡生蛋。舌苔大好。

3月7日 星期日 雨

早六时醒，火熄，帆重生，因加蜂煤，起迟。二次找陈延中对报告作证明，已批证。上午钉被。中午吃二包。午后泻一次，午睡一时多至五时多。起吃中药及一茶叶蛋。囡等回，早早饿，先吃一蛋及大半面包。七时吃饭，早早吃半碗又添半碗，未吃完。我吃半缸略剩一口。给早早吃孙巧格力数块。黑鸡生蛋。傍晚因回时雨停。夜因午睡多而醒迟，又吃浓茶，至一二点钟始入睡。

3月8日 星期一 阴雨

早去卫生科打针，归途遇小雨，回家已止。囡去居委办证明不成。威克办早早粮食，帆、早早拣菜。囡钉帆被，我做午饭菜，囡打电话给翔如。午吃饭一小碗多。因囡在大床钉被，午睡略等。帆先睡，威克带早早睡，我一时三刻睡，四时醒，尚未起，翔如来谈其与余事。晚餐菜尚多，腊肉咸鱼及蔬菜三四，囡云緻[1]鱼有毒素，腌咸又油炸想无妨。但晚饭后忽胀气，愈来愈厉害，至不可忍，焐热水袋，好一阵始转好，人疲睡，已近十一时矣。

（千帆补注：黄麻生蛋。）

---

1 原文如此。

3月9日 星期二 雨

翔如五时起，去厂。我亦未睡，近六时即起，又渐胀，甩手做体操，亦未好，幸时甚时轻，亦不很甚。开火。七时欠五分出门至卫生科看姜医生，至近九区大水流穿马路开了河，漫过套鞋，路两旁均漫流水，其势甚猛，不能去了。遂反。为早早弄早餐，与之玩，时阵阵胀气，吃豆蔻及中药第三道，幸不甚，且渐轻减。午餐吃粥一碗。早早同我午睡，玩吵不睡，至二时半过始睡着，四时醒，不久早早亦醒。五时三刻早早饿吃晚餐，饭拌蒸蛋大半碗，又吃白菜很多，饭后云尚未吃饱，又吃饼干一二片。玩耍至八时洗脚上床。我十时睡。下午微胀一阵即好，吃中药二道。又有舌苔，但比前大好。

三鸡生蛋。因午睡后回厂，带帆给政工科请假信到关山发。

我夜因吃中药第三道，又隔半时吃蜂乳，故至近十时始睡。帆、早早均先睡。

3月10日 星期三 雨

早起给早早穿衣早餐毕，去卫生科看姜医及打针，中间取帆工资，因路逢积水泥泞，十分难行，回时走二区，买大蒜给早早吃，适遇豆腐，即买二份，初出多水，未带器具，极难拿，归途极累。回时囡已回家，共吃午饭。我吃半缸饭。午睡一时三刻至三时，肚痛，又极疲，卧床至五时半始起，晚餐吃蛋蒸面包少许。肚仍胀痛不适。囡三时回厂，早早仍留家。黑麻二鸡生蛋。

3月11日 星期四 雨大风

上午因一夜大雨，半日不停，又风大，冷，未去打针及看西医开打针及酵母片等。早早上午甚乖。我早吃冲蛋花及极薄米粉水。中午吃一烧饼，囡仍回，帆、囡吃炒面，我先因火不空，又饿，先吃小碗半碗面，后又吃烧饼，吃后尚未觉胀闷。饭晚，午睡上床已二时，又看《隋唐史》，二时三刻睡至三时一刻，因早早醒，遂未睡，伴早早在床玩，囡与帆包饺，不久威克回同包，最后我亦包少许。早早仅吃四个。我吃约二十，吃后亦尚好。肚仍微有胀硬，但无感觉耳。仍吃中药二次。麻黄二鸡生蛋。今日舌苔又较好。

3月12日 星期五 阴

上午打针，看中医。囡、帆包韭菜饺。我回已十二时，囡和早早已上床。早早不吃饺，未饱。我吃囡自擀面条一浅菜碗拌面。睡迟未着，早早二时过即醒，起玩一刻，三时多母女同回厂。晚吃大花卷大半个。夜看《隋唐史》。麻黑二鸡生蛋。

3月13日 多云转阴雨

早舒来洗衣，早餐烤馒头二片，打针，看西医开针药。遇耀老知念田、念祥[1]三四日内连死亡。接淡芳、德培信。中午吃大半馒头，一时半睡至三时半，醒后胸腹大胀闷，吃昨二道中药，未能进晚餐。夜写淡芳信。九时半后稍好，微有饿意，吃面包二小片，麦乳精大半碗。精神甚好，不想睡。补袜，十时半上床。麻鸡生蛋。因夜晚连吃五六杯浓茶，至十二时多始入睡。

---

1 黄念田、黄念祥，黄侃之子。

3月14日 星期日 阴

早醒仍觉胸腹胀闷，起后仍未好。吃蜂乳后，稍隔一阵，又吃中药。舌苔靠里又渐厚腻。上午同到徐处送黄豆，帆到二区寄王淡芳汉砖砚，我至李、石处，帆后至，闲谈不觉已十二时半，回家火将熄，添火待稍起，烘葱油饼当午餐，吃稍大多半个，甚小一个，面包一片，咖啡一碗，未知适否？吃毕已二时，略和衣闭目养神。但仍睡着一小时多。下午晒、收衣被，熬中药，晚、夜写王淡芳、施信，晚餐吃一葱油饼、三片面包，一碗咖啡。熬中药，吃药，封火，睡较迟。下午微泻一二次。两餐饭后未胀闷，晚饭吃稍多，尤较适。

三鸡生蛋。月色甚好，想可转晴。

3月15日 星期一 阴雨

上午因下雨且阴寒，未去打针，因等亦未回。早起舌苔甚厚腻，夜更甚，不思食。小孩送二草鱼来，拣菜剖鱼，中午吃鱼、菜苔及面包三片，晚餐同。吃中药二道，吃蛋白酶。午睡二小时半。下午发淡芳、施信。看《隋唐史》。夜熬二道中药，已近十时。中间仍看《隋唐史》。

黑麻二鸡生蛋。下午初醒胸胀闷。

3月16日 星期二 阴雨

早火熄，早事毕九时小雨至卫生科，打针，中医停诊。回买烧饼无，买二油饼给帆，二区小店苹果广柑各三四，巧格力（上海）二块。因雨久积水，来去皆走二区。中午吃面一菜碗，午睡二小时，下午湖堤与帆同散步。下午帆去小店买得面包，晚餐吃面包炒蛋及剩鱼。中午因未进早餐，又奔走，甚饿，似未吃饱。晚又觉饱微有胀闷，不觉饿。吃中药二道。看《隋唐史》。晚餐吃一面包，二炒蛋，似尚不甚饱，且吃时颇有味。饭后饮一杯葡萄糖、麦乳精、炼乳少许。饮后不久，觉胸腹不适，后吃一广柑，又好。舌苔大退。鸡生三蛋。

3月17日 星期三 阴，夜雨

上午出打针，仍由二区回。极累。中午吃一整烧饼。早起仍有苔舌，下午较好，甚薄。午睡二小时。夜晚吃大半面包，五杯茶，饭后两极短时之胃微痛，或吃稍多咸菜所致？煎两道药。下午吃一道昨日之二道药。临睡吃一次新药。鸡均无蛋。接沈雄信。夜舌苔基本全退（几乎无）。昨吃二橘甚好，今买已多坏烂无好者，未买。九时胃仍有小阵痛。睡后好。但因夜吃五杯多茶，至二时多始睡着。

3月18日 星期四 大风

昨晚发现小鼠，三处药饵已吃二处。火极好，蒸蛋作早餐。风太大，不能去卫生科。舌苔极薄一层。看《参考》连载文章。《隋唐史》上册看毕。中饭吃一面包，菜均冷的，吃热茶。午睡二小时，徐仲年[1]忽来一信，不知详址，不知为何人见到送来，匆匆投书而去。与徐已近四十年不通音问，且久不消息矣。下午即写一回信。晚餐吃一面包如中午。吃未毕，翔如来。闲谈，十时睡。

---

1 徐仲年，时为上海外国语学院法语教授。曾任南京中央大学教授，系沈祖棻《微波辞》（独立出版社1940年版）序言作者。

舌苔大好。三鸡生蛋。腹微痛，即好。

3月19日 阴多云 星期五

天亮胸胀闷，起后渐好，又有舌苔，尚不厚腻。早餐面包二片，牛奶麦精一碗。至李婆婆处买菜四斤。帆及翔如吃豆丝作早餐。翔如陪至卫生科打针，后见姜医处人少有号，即挂号待诊，先与翔如至二区买物，又回至卫生科看病取药，翔如先回，我由山路回，已十二时半矣。中餐吃一面包，仍觉未饱。午睡一小时半，因博老来醒，起。晚餐吃粥二碗半，仍未饱。翔如午饭后走，带发徐信。吃中药二道，舌苔又转好，但仍有点。夜思复刘信，又懒，看《隋唐史》下册。麻鸡生蛋。

3月20日 星期六 晴

早舒来洗衣。我去卫生科打针，山路来去，时间稍快，十时四十分回。中午吃一个半包。午睡已二时，四时醒，因带早早回。早早早想回，回来大喜，笑不止。已饿，吃兰花根[1]，巧格力及半个包子。晚餐早早吃饭，我吃一包及粥碗半。仍煎服中药二道。今日胃口较差，有薄舌苔。昨今走路心跳气急，今上午回亦然，又饿，即吃蒸好之红参汤五匙，昨亦吃四匙。夜八时二十早早睡，因去看电影，我吃中药洗脚上床，看《隋唐史》，睡。三鸡均生蛋。

早早上床即睡着，极安静，因看电影至十二时一刻始回。我与帆均迟睡。

---

1 兰花根为一种糯米所制的油炸甜食小吃，以重庆铜梁产最著名。

3月21日 星期日 晴转阴雨

早胸腹又胀闷，六时醒，一刻即坐起，稍坐即起。早早七时醒，极乖，欢笑极高兴。舌苔又厚腻，不思食，仅吃咖啡牛奶一碗。帆推车带早早到小店买炼乳二瓶。午饭吃牛奶鸡蛋蒸面包屑，半饭碗，早餐未吃，晚仍不饿，舌苔厚之故也。早早十二时过即睡，至二时始睡着，我因此未能睡，才拟睡，逸峰小儿出差过武汉来访，坐谈一小时多，因事忙走，带来糖一大袋。给糯米与花生给其带回。早早四时多起。做囡等菜饭。舌苔更厚腻。未明其故。囡回晚饭。晚饭吃二包又小半，粥汤一碗。麻黑二鸡生蛋。接施信。

3月22日 星期一 阴

早七时早早起至我床玩一时多始下床。囡去二区买肉，我去打针。威克三嫂及姊夫小孩等，本说来晚饭，但上午即来，幸帆提早做菜，又临时生三火炉，一时前能午餐，吃肉类。下午未睡。姊夫饭后即去，三嫂小孩等四时走。早早二时睡至四时，威克晚饭后走。晚餐吃大半烧饼，大半中碗海带排骨汤，腊肉二三片。囡晚去看电影。早早在家玩吃，帆感极累。我算账记日记亦未能安。夜舌苔略好。早早九时上床，一下即睡着。鸡均未生蛋。

3月23日 星期二 阴晚小雨

上午打针，回买面包。囡、帆亦去八区游散，囡回又擀面做饺，大家合。馅少仅包四十七个。中午饭迟，已饿，吃十饺加二片面包，立即一时半大家睡。囡三时半带早早回厂，大家均已醒，特疲累，躺看书至五时起。舌苔仍厚腻，比昨较好，晚不思食，至七时吃面包四片。熬药，夜吃一通。黑麻二鸡生蛋。

帆写张信。早早一走，大觉冷静。熬二道药，八时多即上床。在床看《隋唐史》。腹不适。大雨。

3月24日 星期三 晴暖

早五时多即醒，六时多起，天已转晴。洗头，拟到小佳处，车时帆记错，我未看钟，临时又匆忙，错过，拟搭下班十时十分车到汉阳门，先去冠生园买包吃饭，即到小佳处。十时十分车仍不来，其时始到磨山，车班时间已改，恐八时十分车亦非错过，亦因时间班次已改也。两次等车均未去成，回家休息。中午吃大半个烧饼，腊肉三片，二小半块瘦的剩红烧肉，面筋数块，尚未觉腻。十二时三刻上床午睡，二时欠五分入睡，五时四十始醒，泻后腹痛，用热水袋焐即好，睡极好。又躺至六时过始起，极渴，不思食，饮茶数杯，九时一刻吃干点一。舌苔早起甚厚腻，午饭后稍好。夜几乎全退。觉饿不吃饭即好，但常不吃也不行。麻黑二鸡生蛋。夜写囡、小佳各一信。十时又甚饿，吃兰花根十馀根。

3月25日 星期四 多云

早起又有舌苔，惟仅后半。看西医开针药。因发信，仍走二区回，买淡菜一包。午餐与帆同吃蛋面饼，我吃一个又一碗多薄粥，夜饿吃半个干点，两把兰花根。写曹逸峰长信。接小佳、刘师信。夜舌苔大退，惟最后靠左及左边一条尚有稀疏。下午泻二次。麻鸡生蛋。下午又雨。夜看《隋唐史》，毕。

3月26日 阴 星期五

上午打针，山路来回，回家稍早，饿，吃面包二片，牛奶可可一碗。中午吃面一满菜碗。饭后饮浓咖啡大半碗，睡不大着。午睡朦胧一刻，前后又稀泻二次。帆炸花生米。

接徐信，帆与我均立复。附诗数首。（千帆补注：三鸡生蛋。）

夜餐吃面一满碗，未觉甚饱。夜写刘信。舌苔后小半一薄层，左边稍多。吃花生米少许。吃中药后睡，已十时半矣。觉饿，吃干点半个。

3月27日 阴

早去打针，从二区买烧饼、面筋泡、辣椒炸回，发刘、徐信。舒来洗衣。十时回吃牛奶葡萄糖一浅小碗。囡回，带回油酥饼七个。中午帆做虾子蘑菇小白菜，甚鲜美。又做菠菜、粉丝加鸡蛋。囡买冠生园卤猪舌猪肚，淡而极鲜美，远胜他店卤菜。我吃一个又小半个油饼，半碗粥，甚多菜，吃饱未胀。囡吃胀。饭后吃咖啡大半碗助消化。午睡仅一小时多，囡三时回厂，天雨。晚餐吃烧饼半个粥一碗，接孙、霍信。夜写游信，算账。今天暂停中药。续吃蛋白酶。

3月28日 星期日 早晴即转阴雨

上午至广埠屯端菜，拟乘36路车，久等不至，复走去，到十一点廿分，好菜已均卖完，端红烧肉、黄焖圆子、炒肉片而未吃饭回。午吃油酥饼一个，烧饼半个。午睡已二时半，四时起。威克带早早雨中回。早早手冻冰冷，一直玩甚欢乐。

在广埠屯发游、明、何及夕佳托带物人信。晚餐吃一油酥饼，稀粥一碗。舌苔最里有甚薄层，左稍腻。

买无锡苏州蜂乳。黑黄二鸡生蛋。添印我、帆、威克相片，帆底片霉坏不行了。我、威克各印二张，每张0.5。

夜写湛侄[1]信，十时封火睡。吃半个干点。

3月29日 星期一 雨

上午威克通沟，早早虽乖，但顽皮愈甚。给吃荠菜水预防脑炎，不爱吃，玩倒得一身透湿。又几次弄得一背面灰。为她忙不了。后给一棒糖，稍得安静。早餐我吃一油酥饼，一碗可可。早早吃早秀给面窝，帆、威吃蛋炒饭。威克通沟，帆做饭菜，我带早早玩。中餐吃一碗多饭，早早同我午睡，很早睡着，约十二时半。我后睡迟睡着，约一小时，早早二时过即醒，三时不到起，三时才过即回厂。因未回家。晚餐吃小半碗饭，半个馒头。上下午写殷、孙昌信。下午泻三次。舌苔尚薄，里左稍厚腻。夜写雄雄信。黑鸡生蛋。接王信。腿酸痛。

3月30日 星期二 阴转晴

早起晒出衣服，即至卫生科，到才八时二十分，姜医已尚有二十余病人，故也不问有无号挂，即打针而回，吃早餐面包二片，咖啡牛奶一碗。舌苔又厚腻。午餐吃大半缸饭。午睡二小时半，前后泻三次。帆写顾信，发沈雄、殷、孙昌信。晚饭吃小半缸，又帆饭一匙，仍稍欠，八时许又吃面包二片，早早回家，吃一片多。因洗澡，又烧开水，至十时始封火。早早被臭虫咬包抓破发

---

1 湛侄，堂侄沈燮宪，沈祖棻堂兄沈祖楸二子。

炎，睡后又痒又痛，屡次大哭不止，要擦药药。可怜！黄麻二鸡生蛋。因饿，帆又为煮面同吃，我未吃，大家十二时始睡。夜腿酸痛。

3月31日 星期三 阴

因早六时起去三医院看鼻病，帆伴往。我六时半过起，未穿毕，早早已醒唤，在床上玩一会，极欢乐大笑。起后亦乖。吃牛奶半碗，烧饼半个，糖一块。但照管甚累。十时多做饭，看早早至十一时后，极疲累。中午吃大半缸饭，帆、囡回，至二时始睡，二时半即醒，泻二次，腹痛稍久，四时起，翔如来谈，稀饭烧焦。晚餐吃三烧卖，一小块豆皮，碗半粥。饭后与翔如、囡、早早同散步铁疗湖边。本卷思早睡，仍等封火，先煎药服药毕，九时半，封火上床，已十时。麻黑二鸡生蛋。

接陆现雄（夕佳同事）、徐信。

4月1日 星期四 晴时阴

上午和翔如带早早去新教室学生宿舍一带看樱花，盛开，并拍一照。来回二区菜场均无菜，买酱油面包烧饼而回。午餐吃饭一碗。午睡二小时，早早睡四小时。晚餐吃饭一碗。早早睡多不甚想吃。囡回，晚饭后带早早回厂，翔如送至车站而回。下午翔如洗澡后睡，我午睡起洗头。夜看屠格涅夫小说集。三鸡均生蛋。

发帆给顾信。接刘涤源、孙昌前信，知郭安仁[1]已于十年前脑

---

[1] 郭安仁，别号丽尼，著名诗人，曾任武汉大学教授。1949年后到广州工作，任暨南大学教授。1968年8月殁于广州。

充血病亡。

4月2日 星期五 雨

一早至卫生科看姜医，由二区买物返，尚未到十时。早餐吃一小块烧饼、一酥饼，看小说。中饭吃一满碗饭，看小说至一时半，翔如取书走。午睡一小时，被帆大喷嚏惊醒，又泻二次，焐热水袋止痛。晚餐吃菜碗大半碗剩焦粥，甚适，惟少欠，亦未再吃他物。八时半吃面包二片，咖啡牛奶少许一碗。即封火。九时三刻又吃花生米少许，睡。

黑黄二鸡生蛋。

舌苔后半甚厚腻。但胃口甚好，吃得下，又易饿，吃后常觉不甚饱，亦未敢多吃。一周来多如此。自看董医开二瓶蛋白酶药水吃后即大开胃吃得下，惟先不敢多吃。又仍腹泻。舌苔仍厚。现决不去管它，吃得下就吃。夜看《世说》至十一时半，肚先饿，未吃东西。

4月3日 星期六 阴转晴旋时阴时晴

上午舒来洗衣，先阴，未换褥单，不料转晴。舒弟送煤来。早餐包子一个。舌苔仍后半厚腻。去打针，拣许多松枝回，又到二区买广柑，闻不搭梨，但仍每斤搭一个烂的，然不很烂，买二斤。回饮牛奶可可大半碗，发现武汉所买可可中混有咖啡，即筛出，反上算。中午一锅饭、包子、豆丝、腊肉、党参等。舒婆后又洗了褥单。中餐吃一包及剩豆丝一点。二时午睡至五时。晚餐吃烧饼五分之一，粥二碗。晚饭后湖边散步，归途微凉。回吃广柑二个。理信及照片，看《世说》。九时半封火。吃小豆沙卷五块，十时过上床。舌苔转薄。

4月4日 星期日 先晴后阴

昨夜因腿微抽筋，酸痛，睡迟醒早，后又睡二觉，至七时半醒，仍未够。八时始起。晒衣被。中午吃一包，因菜、包均不好吃，吃较前数日少，同时亦因早餐吃一包已近十时。饭后洗早早口罩、手巾、绷带及抹布，睡已一时半过，睡至二时半醒，又泻痛，焐热袋，又睡着至三时半，仍痛，躺至五时始起，收衣。囡等近七时始回。我未吃晚饭，早早画图甚乖。我九时吃五小豆沙卷，苏打饼干一片。十时睡。舌苔薄稀，靠里仍腻。三鸡均生蛋。夜看《世说》。觉饱闷。

4月5日 星期一 晴立转阴

昨夜早早睡不安数哭，不知系食多不消化，或仍腿块痒痛，我亦少睡，仅四小时。早起，开火蒸早餐及为早早料理一切。胸腹胀闷不思食，熬午时茶，服后反心中不适，作恶，久久不舒。帆、囡、威、早早出去看花、照相、吃饭，我不适不能出，在家躺藤椅看《世说》，多饮清茶。舌苔仍后半稍厚腻，前亦有稀薄苔。午吃五六杯茶，苏打饼干一片，十二时睡，未着，囡等回，一时半过睡着，三时半醒，四时过起。晚餐吃水饺十八个。舌苔稍退。威克回厂，囡、早早未回。晚疲倦，早上床。

接湝侄、娘娘信，黑、麻鸡生蛋。

4月6日 星期二 阴转晴暖

昨夜十二时半醒，起小解，胸腹甚胀闷，后睡着。今早六时醒，尚好。

九时后吃水饺七个。十时帆送囡、早早回厂，买面粉回。我写湛侄复信。舌苔较稀薄。午睡二小时半，起泻一次。胸腹又小闷胀，晚好。晚饭包昨剩面饺，七时吃十二三个。夜写娘娘信。饿吃豆沙卷数个，苏打饼干一片半。囡因胃病休假二日，晚饭后回，早早未回，甚想之。十时过始睡。黑麻二鸡生蛋。

4月7日 星期三 阴晚雨

八时廿分钟36路车过江，至广东餐馆买卤菜豆沙包，十一时进餐。餐毕始买得包子，又至商店及六渡桥百货公司买物，买白的确凉料四尺，待做长袖衬衫。随后至小佳处，木生休假，小佳上中班，因看电影早去，未会见。三时半吃面后回，遇雨，幸赶上36路，五时多回家，一切尚好，七八时又小酌一杯，吃蒸昨剩饺三个。鸡等回家始生蛋，三鸡生蛋。帆接王永芬[1]信，带出湛信未发。夜听广播，报道反革命政治事件［……］

4月8日 星期四 极阴沉，雨转晴

五时半醒，未再睡着。六时一刻起床，初醒胸腹闷胀，舌苔亦大退几乎全好，仅极薄淡微带白色。看火，放鸡，扫鸡屎，洗手巾、围涎、抹布等。毕早事，帆、囡尚未起。写霍信。中午吃带回剩烙饭大半，豆沙包一个半。囡走。午睡一小时，又泻二次。人倦。晚餐吃二包及一口烙饭。夜写章信。

接明侄信，因带发霍、刘（沙洋）、湛、王永芬信。接刘涤源

---

1 王永芬，程千帆金陵中学好友。金陵大学历史系毕业，后在金陵中学任教。

信。黄鸡生蛋。

4月9日 星期五 阴，雨

早起恢复早操。帆去二区寄明侄白木耳二包，包二元九角。发刘、章信。中午吃二个半包，牛奶咖啡一碗。下午睡一小时半。晚餐吃豆沙包二个半。傍晚写淡芳信，夜早睡。下午毛来谈甚久，吴来借伞即还。黑麻二鸡生蛋。接游信拓片。

4月10日 星期六 阴

舒早来洗衣，早操，早餐一包。写上海诸侄信，未毕。中餐吃饭大半缸多，因囡回蒸饭。并吃咖喱烧罐头牛肉多块。吃后尚好。午睡仅一小时。下午囡回厂。续写沪信，小佳信。晚餐吃半缸饭，觉饱。饮咖啡一碗，写施信至十时多。下午接顾复帆信，专论校勘白集事。吃橘、封火、洗脚脸，吃果仁月饼一角，吃药，睡已十一时矣。夜喉微痛，恐多吃重咖喱烧鱼及牛肉之故？黑麻二鸡生蛋。

4月11日 阴 星期日 晚雨甚大

早操，吃六一散，心潮，吃二小豆沙卷，稍息吃蜂乳，早餐吃一包。近中午囡回。中餐吃面包三四片。午睡二小时。晚威克带早早回，晚餐吃豆沙包二个。囡、早早同我睡。黄麻鸡生蛋。腹阵微痛，吃午时茶、糊米汤而愈。

4月12日 星期一 雨

夜早早睡不安哭。把尿吵醒，益睡，又被褥暖。早起甚倦。

1976年　465

早餐同吃油炸糯粑，我吃一个。中午吃二豆沙包。饭后威克姊夫来坐谈一时多。走后包饺，四时多吃饺，因等五时多走，未午睡。此回饺子一切较好，我吃廿四个。黄麻鸡生蛋。夜抹桌、洗布、看照、算账。早睡。发施、小信、上海共信。

4月13日 星期二 雨（停蜂乳）

早操早餐吃六饺。看系唐诗选。中午吃大半缸饭。睡三小时多，四时过起。接张信，帆即复，并附给政张信。上午并吃灵芝熬水冲蛋一浅小碗，以看后效。看唐诗选稿。晚餐吃四分之一缸剩饭，先吃半个果仁饼，饭后不够，又吃一角，不适，吃剩午时茶与糊米汤合一碗后，转适，仍看稿，十时睡。信交邮递员发。麻黄二鸡生蛋。甚想早早。

4月14日 星期三

早操，蜂乳蛋白酶中药皆先已暂停，专服灵芝。早即吃灵芝水冲蛋花。昨下午起伤风流涕咳嗽，今上午渐剧，并头痛鼻胀酸，九时半后，人甚不适。略看唐诗选稿即停，煮海带汤。帆出买菜理发。十时服银翘片，已无。人极不适。帆逢木生送自行车来同返。即淘米蒸饭。本以为不想吃，而吃一满小碗（半缸），且吃肉圆中青菜，及排骨汤海带，亦不觉油，且吃半碗汤，吃后胃腹亦适。惟头痛不适，吃APC一片，后又吃安乃近一片，先服咳必清，午睡。木生取黄豆二十斤乘36路车一时四十分而归。晚饭前吃一角果仁饼，吃一碗饭，似尚不大饱。略散步一刻，人较适，夜休息，吃咳必清，安乃近，睡前仍吃一片APC。舌苔前半极稀薄，后半厚腻。九时睡上床。感冒从未能想吃，恐系灵芝之效乎？夜睡，感冒不适，又咳嗽，数醒不熟，又热。

4月15日 星期四 阴晴不定，转暖
起仍勉强早操，吃药。早餐果排一大半，可可一碗。人仍不适，头昏痛不清爽。帆出打车证、取衣、买物。仍有舌苔，前薄后腻厚。昨夜作二绝寄孙。洗腌菜坛，斩腌菜，中午吃面包半个。午睡不安，人更不适，起泻一次。晚餐吃糊粥一碗又小半碗。翔如来，接小佳信，即转翔如。闲谈大笑。吃午时茶和焦米汤。吃银翘片睡。人稍好，但仍头昏痛不清，咳嗽。黑黄二鸡生，夜小雨。舌苔略转好。上床看何带来小说，近十二点，帆胃痛，又起倒水吃药及冲热水袋，不久好转。又闻响声似水管爆炸，起到屋外前后巡视未见水，始入睡，已十二时半。

4月16日 星期五 阴晴不定
早醒胸腹闷胀，感冒仍不适。起早操，吃焦米汤午时茶。本想过汉口，翔如要抄文件，遂作罢。我早餐吃剩糊粥一碗，晒皮、棉衣。帆和翔如出外端菜买物，我在家蒸饭。接沈雄信，看小说，头更昏痛。上午至湖桥二次。吃咳嗽药及银翘片。感冒不思饮食，且口中无味。中餐本不甚想吃，先吃了蛋白酶三粒。吃时因端来三菜甚好，细腌酸菜亦有味，吃来有味，吃了四分之三缸烂饭，约一两多。午睡前看小说，睡二时多，四时起，翔如走，托汇沈雄款十元，晴佳买油款廿元。收衣，看小说，晚餐吃小半缸饭。夜本想洗澡，后开向阳院会。回来帆买小孩七斤重大鲤鱼。人不适，尤其心中难过，当系胃不适，想今天两顿吃餐馆端菜太油及中午吃饭多，晚又吃饭之故。勉强二人弄鱼至十一时三刻，后清理洗脚封火至十二时过始睡，又看小说至十二点四十分。仍极久睡不着，人又不适。睡前吃焦米汤午时茶不见效。三鸡生蛋。

4月17日 雨 星期六
早起胸腹闷胀不适。舒来洗衣。吃焦米汤午时茶，又吃灵芝水冲蛋，人仍不适，舌苔后半更厚腻。烧稀饭，共弄鱼，一半红烧，一半泡做熏鱼。中午煎好红烧鱼，只烧了一半，吃一碗多粥，胃口不好。午睡三小时，泻二次，胸闷稍好。煎烧鱼头，合炒鱼子，胸渐胀闷加甚，至七时犹一点不想吃。二次吃蛋白酶亦无效。闷胀不适。多饮茶亦无用。舌苔稍退，仍闷胀。接曹信。未吃晚餐。算结账。今天看完唐诗选稿。看小说二篇。二鸡生蛋。

4月18日 星期日 阴多云
夜睡不好，感冒不适，胸腹闷胀，早醒尤甚，迟起后又躺卧，极不适，早、中餐均完全未吃，清咖啡一碗亦吃不完。头胀痛甚。舌苔全部极厚腻，食物不知味。茶水亦不想吃。胃亦偶阵胀痛。因扭伤腰病假三时即回。晚餐吃鱼一块，鱼头一二筷，未吃主食。威克、早早回吃晚饭。夜与早早玩。夜睡一夜不适，腹胸胀闷，头痛腿酸痛，仍咳。黄麻二鸡生蛋。

4月19日 星期一 阴晴不定转雨
早早六时过即醒，在床玩甚久。起早操，弄给早早早餐。因等带早早同熊爱武[1]带小玉在家出发与厂中同事游东湖。我起后觉

---

[1] 熊爱武，程丽则的武汉关山汽标厂同事，其女小玉是早早的玩伴。

今日稍适，惟极疲软。帆出外汇垦宝买肉松款等。我在家休息。十一时煎熏鱼至十二时，又热红烧鱼。中餐吃一块半烧熏鱼，一小块红烧鱼，大半碗粥，粥不薄不热，吃后不适。后胸腹又闷胀不舒，仅睡半小时，甚不适，躺至四时，早早等回，与早早玩，又泻一次后，渐舒适。晚餐吃烧鱼一小块、熏鱼一小块、拌莴笋一二片，薄粥汤一碗多，吃后甚适。威克、早早因雷雨未回厂。与早早玩，吃糖一块、何买小坨松饼干一个。睡前吃蜂乳，忘吃银翘片、止咳药。补袜写日记，十时过睡，无不适。三鸡生蛋。咳甚剧。

4月20日 星期二 多云
早早夜哭不安，早醒被全打掉，浑身冰冷，即抱至我被中抱而焐暖，玩一刻起，吃牛奶鸡蛋甚乖。因晏起，去关山医院诊腰，威克早去厂上班，早早在家甚乖，惟玩水湿衣。中饭吃一碗粥，尚不饱胀。午带早早睡，二小时半，先后醒即起，帆出外取衣，因未回。我午睡又头痛胀不适，胸闷胀不舒。起后与早早端椅凳坐门外看行人鸡犬车辆野景甚久，稍适，早早极乖，一点未乱动乱跑，瞎动瞎搞。直到帆与囡先后回。晚餐吃粥二碗，分三次添，因初饱不欲吃，后渐思食也。吃后仍饱，后又渐饱胀。接章信附词。麻鸡生蛋。夜仍多吃一支蜂乳，上午吃葡糖可可，因食少无营养也。咳甚剧，临睡吃咳必清及银翘片。头又胀痛，胸腹仍饱胀不舒畅。

4月21日 星期三 晴
早六时不到醒，夜睡较前几夜稍适，但仍易醒不太安适，腹仍微胀。起后吃蜂乳,早早早餐牛奶鸡蛋。我未吃。帆、囡过江接洽旅馆返沙洋事,早早留家,一点不吵要跟出,画鱼,玩药瓶。舌苔仍厚腻,仅剩舌尖一点点稍好。下午又更不好。后推车带早早至湖边湾处,并坐石堤看水掷石,早早先由我拣石掷,后自拣自掷,共三十五分钟,始坐车推返。早早吃炒蛋焖饭甚多,说好吃。我未吃饭,仅饮葡糖麦精一碗,后觉尚好,吃饼干三片,又甚饱。午睡燥热闷胀,又头痛不适,仅不足一小时,即醒不能睡,遂起。烧开水,添火,三时帆即回,腾理各种食品。早早亦醒。早早午饭后肚痛,要吃药,冲午时茶,又不肯吃。睡起又玩水湿衣湿地。吃水甚多。吃二片饼干,后坐门外玩尚乖。晚餐早早吃剩蛋饭及酪饭小半碗,豆沙包一个,粥一口。剩粥冷给狗吃了,大哭,后在早秀家玩即好。回洗脚上床,点眼药,均乖,卧床不动,久渐入睡。我想写曹信,又头胀痛甚,胸腹胀闷甚难过,遂未写。算结账。麻黄二鸡生蛋。舌苔临睡十时半较转好些。头仍痛。

4月22日 多云阴 星期四 晚大雷雨

　　昨夜一夜燥热人不好过,又照管早早打被及大哭,一夜未睡好。二时把早早尿后始睡至四时,二人加被又睡至五时,醒后又未睡着,六时过早早即醒,大欢笑。人甚不适,未能早操,头痛、大咳、胸腹饱闷,未能早餐。牛奶、可可、饼干等均不思食。未大便,饮盐开水大半碗,后与早早坐门外,头痛稍好。中餐仍一点不想吃,勉吃豆沙包,食时略引食欲,吃一个又大半个,吃后尚好,未觉特别饱闷。早早午睡甚乖,早入睡。我写毕曹信,梁世平送买威克衣及代做早早衣来。晚餐吃焦糊糊一碗,吃后亦适。

上午吃了麻仁丸，拟再少吃一次。夜威克回，已托人为帆买好去沙洋票，明日早车走。不久，翔如亦来，大家与早早玩，帆清箱物，威克吃物早睡。早早八时半过上床睡。吃麻仁丸、蜂乳、咳嗽糖浆，同翔如睡。三鸡生蛋。

4月23日 星期五 多云

帆四时即起，四时半过与威克出门趁头班车转车新华门搭客车去沙洋。我六时半起生火，做一切清洁洗抹布。早早八时差二分始醒，起不思食，牛奶、饼干均未吃。囡九时回，与翔如同吃豆丝做早餐，早早吃了不少。十时我将早早剩的牛奶泡饼干加些葡糖麦精，勉强吃掉。囡、何带早早至二区，我在家做饭蒸蛋。睡少头昏，胸腹仍饱胀，舌苔较厚腻。吃麻仁丸。饭蛋好，囡等未回，蒸锅水少，取下等。极想留早早在家，稍慰寂寞，又恐管不下，吃不消。中餐吃一个豆沙包。不想吃强食，但食亦未加饱及觉不适。午睡要跟我睡哭，即与同睡，玩闹不睡，因早八时始醒，无瞌睡也。我亦未睡觉，忽忆及饭后火已不好，未加即睡，因帆久管火我遂不记。急起加煤，旧煤已破裂成灰，居然不久即燃起，大幸。早早在床上大叫家家，弄火未应，及至房，云要大便，亦未深信，以为不肯安睡之藉口。及其急呼，赶快把之，幸在枕巾上仅粘二处，即用肥皂多抹泡沤。我与早早及囡，均未睡成。囡本带早早回厂，我因大家一时尽走，帆乍去，又病甚，不免有凄寂之感。因留早早再住家两天，虽知其调皮劳神也。囡走后与之坐屋外，又略走动，看猪及到早秀处，吃兰花根、饼干，尚甚乖，惟玩水湿衣。晚餐本给早早吃蒸蛋拌饭，她原甚喜，极急欲吃，因拌了豆干及菜，不要吃了，为之细细拣出不要，仍剩蛋饭，也大发脾气，不要吃了。因其未午睡，故亦未十分责之，再三哄吃，后又加热蛋，不听，乃不给其吃，且不睬之，任其哭，我自吃二包并一口蒸蛋加水。她又自开锅要吃豆沙包，先吃前剩小半个，后又吃半个。我又续将剩包均蒸一次，蒸好晾出，她又吃半个。饭后在外散步，又至孙嫂、早秀处玩，均乖。一刻回家，在我去倒药罐时，她将肥皂泡水之湿枕巾放在我摊吹打开之棉被上，已湿透两大滩，幸棉花仅潮而尚未浸湿透，即赶忙拆，她又在旁拉摘棉花胎。未拆完，又吵要睡。拆被后即铺床，为之洗脚，即上床自己睡倒，又为之点眼药，亦未哭，未爬起玩，十馀分钟就睡着，才八时。因其怕热打被，盖较薄被，近九时恐其或冷，摸其手足极暖热，但忽又惊起大哭，恐其肚痛，即揉按并哄拍又睡着，中醒睁眼，问之亦不明其故。自游东湖归来，每夜必惊哭，或多次或一次，或大哭久哭，或小哭暂哭，而逐夜较轻减，恐游湖时受惊所致。早早睡后，我洗枕巾及她罩衣头二遍，烧开水，烧午时茶吃，写日记，收拾一切，封火洗脚脸，吃药，算账，十一时始上床，至一时多始睡着。舌苔较好不少，但仍腻。晚餐吃二包，吃时想吃，吃后不觉饱，胃中甚适。头痛亦大好，白天并未大咳嗽。因及翔如三时走。黑麻二鸡生蛋。下午晚夜未泻，胸腹较适。体力精神亦尚好。不知帆一路如何？到后情况，甚挂念。夜又泻一次。

4月24日 星期六 转晴风大

早起开火换煤，很好，仍盖住，七时打开，一刻水开，仍盖住。舒八时来洗衣被。中火灭我又生一次。早早七时醒极乖，为之换衣洗。起吃三块饼干，大半碗牛奶。设法与之各种玩及做事。

均乖，大笑乐。我早餐吃葡糖麦精牛奶一碗，早早又吃少许。舌苔仍又厚腻，较前昨稍减，又仍不思食。中餐吃豆沙包一个半，蒸蛋大半个。早早吃小半包小半碗饭，蒸蛋一个多。自又用豆干汤拌剩饭，亦未食。午睡早早不乖，既不睡而完全不盖被起来玩，一盖被就打掉并掀腾。说之毫不听，恐其咳嗽肚痛，喊之不已，哄骗威吓均不听，打四下，亦只哭一阵仍照旧。说鸡鸡懂睡觉乖，她反不懂，则哭得大伤心，反复争说她懂鸡鸡不懂，她比鸡鸡懂不已哭很久，等说她懂才罢，略好一下，就仍旧，又小便，三次说未完，恐其反受凉，索兴让她穿衣起来。起后翻乱东西玩，吃饼干二片，很乖，依人亲热说笑不闹。晚餐早早吃小半碗蒸蛋拌饭，大半个包子。但饭前我开火时，她在门口玩，我时看之，忽一下奔向马路中飞跑，喊之不听，追之不及，等追到隔马路喊其回来，虽听而停止前奔，但欲过马路遇三次自行车，幸喊其站住不动听话，一次险被撞。饭后则喊牵其去玩，亦不如以前之胆小怕车。后问其何以敢在马路中飞跑，则云跟大哥哥跑的。又爬铁门。此间儿童均大胆顽野，多住必受影响，可忧虑也。因之烦闷不乐。夜散步归七时过，即无缘无由哭吵闹觉，急要洗脚上床，又无故哭半小时，打被，后哭着睡着。本想多留她住几天，但一来有危险；二来对健康不好，吃饭不太好，睡觉大受凉；三来习惯恐弄坏；四来性情变坏。故只好等囡或威克来时即让他们领回厂，多过托儿所集体生活，有规律并安全为好。为之一叹！早早七时五十分上床，八时廿分睡着。我折收衣被，写日记。洗脚封火，收拾上床已十时二刻，临睡吃午时茶。黄麻二鸡生蛋。接施信。舌苔夜微好。夜心情不佳。不思睡。感冒似已好。惟夜多动仍咳。

4月25日 星期日 晴

早早昨睡早，而今早至七时半始醒。我在厨房加火，她在房哭了。但后来即大高兴，在床玩半天。起吃牛奶及饼干三片。甚乖。后带其至小店买面包，无有，买莴苣二角钱回，一手提菜，一手推车，甚累。回家热累躺藤椅，早早来坐睡亲热玩笑说话喜乐。稍息煮稀饭，切腌莴苣，早早玩水捣乱。午饭不好好吃，后又吃了小半碗甚好，约共吃一浅碗，及莴苣甚多。午睡不好好睡，任其闹半小时，自动倒下即睡着。因天热不脱衣，任其起卧，不致受凉。我睡着一小时半，早早睡二小时半多。醒后又小哭，后大笑乐，在床玩至五时多始起，一面吃水及二片饼干。威克回，早早又不好好吃，不管她，后又吃了点粥，亦有小半碗饭，一匙粥及很多菜。饭后威克带她在外去玩，回天黑，画画玩，洗脚即睡，八时多，仍吵哭又要与我睡，哭很久又睡着了。我封火写日记，十时睡。黄麻二鸡生蛋。刘涤源来信，告帆沙洋车改道，不知能知悉不致多走路否？念念！早早将走，甚不舍得。好在四五天即回，休息一下也好。今天大暖热，本拟洗头、澡，因早早不能离人，只得作罢。想给她洗，又恐甚捣乱。中餐吃一浅碗略薄粥，凉拌莴苣不少，似前几天稍好。晚餐吃一碗半粥，莴苣叶甚多。吃后均尚适。不知能有渐好之希望否？临睡胃腹似觉微空思食，吃葡糖可可加牛奶少许一碗，苏打饼干一片。

4月26日 星期一 晴不稳

早早六时即醒，六时半到我床玩很久亲热笑乐。起吃饼干二片，牛奶半碗，后威克吃面又吃小半碗，又小哭数次。八时半回厂。我晒棉胎少数（大半威克晒了）及棉衣棉片，又将花生装入小菜篮挂晒，绳断又大捡费事。床下掉的花生也都拨扫出，恐引鼠。又洗锅、缸、瓶，打破一瓶。早起一点不想吃，做事一阵，头昏心跳，仍一点无饿感。想冲葡萄糖可可牛奶一碗吃，亦实在不想吃。煎午时茶大半碗吃，又吃蛋白酶二片。早早走后，颇有凄然之感。病不好，更心烦。三鸡生蛋。中餐一包，可可葡糖一碗加牛奶。午睡未着，心烦，有凄感，写沪共信，收衣被晾开，切腌莴苣，接斌侄信。上午写小佳信，下午发出。晚餐一碗粥，拌莴苣少许，一点点炒腌莴苣吃完，洗碗，洗食盒。写沪信，煎糊焦饭渣及午时茶，十时煎好吃。收拾封火睡，仍凄寂。下午穿单，夜仍薄棉。九时半始想吃东西。开咸核桃吃数小块。上床记挂帆，想念早早，久始入睡。稍觉饿。

4月27日 星期二 晴热

早起觉疲倦，头昏心跳，仍勉做早操。早早在家已停数日。火极好。未加，早秀和我先后烧牛奶，又煮熟蛋，始加火煮茶叶蛋。舌苔前半大好，后半亦稀薄。早餐吃葡糖牛奶可可一满碗，饼干一片又大半片，吃后又稍饱胀不甚适，吃一片就好了。牵绳晒棉胎一床，棉毯一床，帆、我棉衣裤及党参花生、旧大衣。太阳好，惜树阴多遮住。煮蛋做莴苣。做事微累心跳，但稍歇即可继续活动。昨夜及今早做别帆[1]一诗。中餐吃剩粥一碗，蛋一个，莴苣一些。以后注意日食蛋，张婆婆日食蛋二枚。午饭前记起热吃午时茶。饭后吃蛋白酶三。吃药稍有转好之意。预计帆当有信。上午未来，沪信亦未寄出，下午看。吃药后过半时中饭，薄

---

[1] 参见《涉江诗稿》卷四《余既与千帆同获休致，而小聚复别，赋此寄之》四首。

粥后已一时过，弄清睡，仅睡半小时即醒，又泻一次，泻后腹微痛，压卧即好，但睡不着了。中午又成别帆诗一首。三时起，换晒衣，洗锅，写日记。吃核桃数粒。仍觉微饿，未再吃物，留吃晚饭。大洗痰盂。四时半收衣物，中间又泻一次，腹微阵痛，不久愈。吃饼干一片多。看诗写成诗，复做一首未完篇，开火蒸包。邮递员未送报来，沪信未能寄出。饭前吃蛋白酶二片。五时天变。晚餐吃一个半豆沙包，一个茶叶蛋，一点莴苣。蛋淡，又加盐煮。晚七时前下雨。晾吹冷所晒衣，折衣，搬箱，收箱。棉被装入塑料包。中间雷雨熄灯，幸不久即亮，装好二箱一包，而将吹晾在外间之帆棉袄裤忘装入，又重搬箱装。因添入帆给威克之皮大衣，我棉裤未放下，并多早早一小斗篷。故我棉裤及早早二斗篷均只好暂放橱内。橱中仍挤。清理毕已九时，幸火未熄，打开烧一壶水，已不足二瓶，又烧大半壶，洗脚抹身，用瓶中剩水少许。吃饼干一片及一坨，吃后似又饱胀，但即好。最后一诗重做好冲开水封火，毕已十时三刻。大雷雨不久止。三鸡生蛋。帆无信来，不知何故？甚盼念，亦想早早。肘忽剧痛，不知何处用力扭伤，贴伤湿膏，不能拿物。舌苔转好，但尚有中间两条及最后面较厚腻。十一时睡。又饿，吃核桃仁不少，一夜至晓均适。

4月28日 阴 星期三

早五时半即醒，胸不闷胀，肘仍动作剧痛。仍勉早操。火甚好，后加。人疲倦，觉饿，早餐牛奶等一碗，豆沙包一个。仍有舌苔，前半稀薄，后半腻。两日来头昏心跳，眼睑睡起微肿。搞莴苣，看诗，接帆信，施、金百咏一册。烧粥。开烤麸。中餐吃甚薄粥一浅碗，拌莴苣及烤麸，卤蛋一个，茶叶蛋小半个。饭后尚适，吃蛋白酶三粒 B1 二粒 C 一粒，已一时过，午睡勉强几次睡二小时半，醒稍闷胀，解后胸腹舒畅。洗头后更好。晚餐思食，本想吃粥二碗，节制吃一碗半，半个蛋，莴苣烤麸，吃后八分饱，甚适。誊定诗稿，冲水，洗脚，九时半封火，微觉饿，思食，吃饼干一片，巧格力二小块，核桃仁数小粒。十时上床。上下午三鸡均未生蛋，甚怪。晚餐后吃蛋白酶二片。未敢吃午时茶。舌苔全好，仅最里舌根处有一点苔。肘痛上午到赤脚医生处一看，云系扭伤筋，多揉，贴伤湿膏可。即多揉按，下午重贴膏，痛大减。十一时过始睡。

4月29日 星期四 阴雨转多云夜小雨

早操后，一切早事毕，去东湖村向阳院买菜，回路遇舒婆同回洗衣被。张婆婆来谈甚久，未早餐极饿，二人走后十时吃牛奶等一杯，包子大半个，仍不饱。吃后又饱，不思食，至十二时半又觉饿，一时吃粥一碗半，仍未饱，二时睡着［至］三时，威克回敲门，醒不复能睡，四时起做饭，因等又大做菜，至七时多始晚餐，早早先吃，我亦随便吃了一点包子心，一个蛋。后与因等同吃一点菜。与早早玩，无精神。下午泻一次，稍乏力，因等回后吵乱，人不大适。黄麻二鸡生蛋。舌苔大好，可算正常了。接沈雄信及摘译二册，十时睡。早早仍要跟我睡，先睡。早早发风块痒痛，三人一夜未能安睡。麻黄二鸡生蛋。

4月30日 晴 星期五

我与早早醒极早，床上玩笑一阵，起看火好。早操为早早打断。因等吃烫饭早餐，我未吃，八时因等过江。我善后收拾至九时，休息看书，九时三刻吃牛奶等一碗，饼干一片。先已晒出衣被。上午削二条莴苣，凉拌，中餐吃厚粥一碗半。午睡近二小时，又泻二次，遂不能睡，肚痛人疲，躺一刻勉强起做饭弄菜，因囡等至汉口同事家。正一切弄好，囡等回，下锅二菜，晚餐，我吃一碗半粥，各菜较多，后又吃一茶叶蛋，吃后正好九分饱，并无不适。走步，与早早玩。接帆信及虾米淡菜包裹单。三鸡生蛋。改定诗，并抄寄帆。十时半封火，洗脸收拾上床睡。三鸡生蛋。舌苔转好。前半全好，后半薄苔。

5月1日 阴雨 星期六

早早一夜疱痒不能安睡。早五时多又醒。早起添火，唐墨林[1]来，吃面与汤饭，后小袁来亦吃，九时李运挥始来，囡等带早早共去游湖心亭磨山，正抄诗写信给帆，晴佳忽带同事四老师同来，即欲做饭，时晏锅小又无菜，遂教晴佳去端菜五元，又加炒她带来之蒜苗及莴苣二大碗。我吃粥一碗带一口。午餐将毕，囡等即回，已开始下雨，渐大，唐、李、袁走。晴等乘三点廿分36路走，大雨。三时半车子未过，遂冒大雨至桥边看之，共在大雨中同等汽车至四时始来，看车开走而回。人甚疲倦，又泻一次。添写帆信，晚餐吃一二匙烂饭，夜吃荸荠及汤，饼干一片，早睡。黄鸡生蛋。舌苔前半极好，后半及左仍较厚腻。

5月2日 阴 星期日

早早夜十一时半痒痛哭吵至约二时，始稍安睡。早五时左右

---

[1] 唐墨林，程丽则夫妇武汉关山汽标厂车间工友。

又痒一阵，后我睡至六时半起，早早睡至七时半，早操为早早扰断。我未吃早餐，因等出外办事买物，早早在家甚乖。中午大家吃面，我吃大号饭碗，嫌太油，熬咖啡吃。早早洗头洗澡，午睡四小时安睡。我仅睡着半小时。晚餐吃烂饭一小碗。饭后因等走。我洗碗大抹桌并洗食盒玻璃罐等，收拾杂物及清洁，收晒衣等，共费二小时，孙嫂来略坐谈，陈来借铺，又至陈处，回饮咖啡一碗，何来搬床。已九时廿分。炖洗脚水，看诗略休息。十时封火，洗脚脸，略息上床。上午吃剩焦米午时茶半碗。下午菊花金银花茶多杯。下午泻二次，腹微痛，即好。黄鸡生蛋。接王淡芳信。上床心绪不佳，看诗至十二时。

5月3日 多云 星期一

早起倒渣，至何家小坐，因陈父母来。回后正欲弄菜，陈弟因其母姊出外，来小坐，余婆亦来，早秀来热牛奶，徐鸿又来，一时座上客满。待各散后，弄菜，切腌莴苣，洗切青菜，又煮咸蛋，蒸昨破咸蛋及鸡蛋，因咸蛋太淡，日久已霉，须速吃也。又热昨排骨汤，下面，拌莴苣，热剩菜，一时忙乱。接小佳信及瑾瑾照片，忙乱忘记，将照片角上撕破一条，怅惜久之。中午吃大饭碗一碗汤面，菜不少。吃完弄清，又吃清咖啡大半碗，睡已二时，不放心晒出衣药，起看，有点太阳，睡约一小时，被鸡大叫醒。遂起。五时开火煎党参桂圆。今日早餐曾吃二片苏打饼干，咖啡牛奶一碗。傍晚天转阴。晚餐吃剩面条大饭碗一碗，并先排骨汤一大匙半，海带数块，吃面时又吃排骨一块，惟面中排骨汤未吃了。吃一些各种菜。吃后弄清即觉微饿。饮咖啡半碗，更饿。饮可可一小碗，饼干一片。写小佳信。另加火烧水，等冲开水及洗脚，再加煤封火。三鸡生蛋。舌苔仍未大好，前右半好。很记挂早早，不知看后怎样？昨夜能安睡否？今日转好否？小孩真可怜。又想念其好玩。看诗等水火睡，想翻箱懒动。明早速找布、衣样去做。十时半上床。心绪不佳，十二时入睡。

5月4日 阴 冷有风星期二 起吃党参

早五时即醒未能再睡。早操，做诗，清洁，吃蜂乳，稍等，热党参桂圆汤吃。排骨汤尚有不少，不吃又糟蹋了。党参也煎好，不吃亦坏。姜医言党参无妨，一切再看情形。今天因不知是否去看病，会回否？早早不知好了没有？甚念！千帆户口问题不知近能办好否？因回，早弄饭，甚忙稍累，因去取包裹。十一时午餐，吃因带回新鲜蚕豆极佳。我吃烂饭一碗多，一平缸仅剩不多。又吃蚕豆甚多，吃后甚好，不胀闷，且不甚饱。因铲地皮泥甚多，回厂。我午睡一小时半，连泻三次，人极疲，躺至四时始勉强起看火，中饭后未加，已将熄，思挽救，至六时十分又重生火，又熄，再生，至六时三刻始着，人极疲，着后躺藤椅休息稍好。烧开水冲二瓶，然后下面，吃二号碗无多汤面大半碗，排骨二小块，剩蛋与剩豆。吃后甚适，并不太饱。稍隔，仍思食物，未吃，饮咖啡一碗。吃胎胞片，已十时。泡银耳。至十时三刻热党参桂圆汤吃，十一时封火，收拾睡。接辰侄信，发小佳信。麻黄二鸡生蛋。十一时十分上床。吃胎胞片，维生素，蛋白酶。舌苔后半厚腻。后半夜睡甚安熟。

5月5日 多云 星期三 起吃银耳胎胞片

早睡甚佳，六时三十五分始最后醒。看火好，早操。舌苔薄腻，后较厚。搬箱取衣样，休息，抄诗一页，弄莴苣，重弄卤干子，加火待起，热汤，炒菜，下面。中饭吃中菜碗浅半碗面，排骨二小块，剩饭一匙多。洗碗找衬裤样，吃淡咖啡半碗，已一时半，即上床午睡。午睡二小时。找裤样，拣洗银耳，烧开，洗油瓶，做晚餐。吃面一饭碗，菜亦少，多吃一咸鸭蛋，则因今日立夏也。今天吃饭不觉饿，吃后微饱，八时稍胀闷不甚舒适。早餐吃党参汤半碗。夜熬银耳。今日看帆给威克信，知户口办理尚有困难，亦烦闷。夜写因信，想买包子。九时半封火，吃银耳多汤少耳一小碗。黑麻二鸡生蛋。十时一刻上床。关窗时代收春荣忘收衣。

5月6日 多云转晴 星期四

早醒即起，恐春荣疑丢衣，果方开窗即闻春荣云失衣，即告之。早操毕吃蜂乳，清洁早事，8时半吃党参汤。张婆来写信甚久。十时半饿，吃牛奶等及银耳各半碗，九时半、十时半各一次。十一时廿分开火，热菜热面，三刻吃面大半饭碗，排骨一块，汤肉毕完。咸鸡蛋一个。吃汤肉觉油，饭后煮咖啡。送张婆厂买银耳一袋。洗碗，收晒党参及花生，淡菜挂树未收，吃咖啡，午睡一小时即醒，又泻二次，即起，写施信抄给孙诗。晚餐吃二号碗半碗拌面，将毕觉很差欠，吃后亦尚可，过后又不饱，亦未再吃。熬党参残馀，坐外边一阵，回躺椅休息。已七时四十分。写孙信。九时熬热银耳吃，九时封火，吃银耳一碗又小半，九时半睡。黄麻黑鸡生三蛋。早发因信。

5月7日 晴 星期五 转阴 起吃鹿精

夜睡较酣适。临睡吃碗多银耳，十二时起小解，微饱闷，又睡着即好，四时再醒已全好，又睡至六时四十分醒，亦未饱闷。起仍似未睡足，因看火即起，火已熄。人甚疲软，无力早操，至张婆处请带信水电组修水管滴水，闲谈甚久。回做清洁，挂晒淡菜。舌苔厚腻。囡回，弄菜、鱼，我生火蒸饭，菜全未管，犹疲躺感累。吃饭甚好，一满饭碗，犹未饱，未添，多吃菜，吃蚕豆豆干甚多，莴苣少许，鱼一些，汤咸不多。吃后亦胀饱，近午找出鹿茸精起吃，又吃胎胞丸。剩淡党参汤又加水一蒸，尚好。午睡未着，连泻三次，人甚疲。起拣银耳，囡走。蒸党参汤吃，开火熬银耳。未午睡又泻，头昏人不适。晚饭一锅蒸剩饭，热菜，吃一满碗饭，仍未饱，未再吃，吃点菜，即亦觉已可。想夜可吃银耳也。下午及晚饭前吃胎胞片、鹿茸精、蛋白酶。晚饭后算四月份总账结清，收五月份账。时看熬党桂汤及银耳。九时半吃党汤半，又吃银耳一碗。十时一刻封火，收拾，吃鹿精，十时四十分上床。黄麻二鸡生蛋。接帆信，发施、孙信。

5月8日 阴 星期六

夜睡仍多醒，但醒后仍睡着。早五时醒又朦胧至五十分，又再睡至六时廿分，尚好。起疲倦比昨稍好，勉做早操，惟须扶桌及心跳。昨今又时感腰痛，吃鹿精或好。早操清洁后，七时半至湖边一转，回八时，火尚好，热党参汤吃半碗，又熬昨银耳，因有的不烂，九时吃一满碗毕，加火煤已散碎，不知能起否？火熄。写帆信，剥蚕豆，生火，柴干而细，煤潮而大，不易生着。至近一时始起，吃烫饭一满菜碗之半。麻鸡生蛋。一时廿分上床午睡。

四十分睡着，至四时醒，天热闷，头甚痛，又正雨泥泞，故早秀约去裁衣，缓至明后日，未去。午睡前方欲睡着，小孩送鱼来，二中白鱼，一斤四两，起后即剖洗晾干，加火起迟，六时半吃烫饭一碗，不甚饱。饭后甚疲，想再添写帆信及翔如信，躺藤疲不思动，看《读雪》亦神不属，过目而已。烧开水，九时过腌鱼。因头痛下午未吃鹿精，仅吃胎胞片，饭前吃蛋白酶二。九时冲开水冲麦精葡糖可可一碗，因银耳记错忘泡，下午始泡，不及熬吃也。并吃饼干一片，十时封火上床。接翔如信，临睡头痛先已好，仍吃鹿精一次。舌苔好多。接帆寄水浒评论。

5月9日 阴 星期日

早操，热党参汤吃半碗，饼干二片。托牛儿买烧饼馒头。写帆信又一页，九时半封，适看火，邮递员来送晴佳信，错过未发出。人甚疲倦，昨夜眠亦多醒少睡，早睡尚好。拣银耳，加火久始起，放熬火上。切修莴苣。牛儿来坐谈甚久，至十一时四十分始开始开火下面热菜拌菜，十二时半吃二号碗收汤干面半碗，剩鲫鱼及一口汤吃完。豆干尚剩一点，夜可吃完。吃一煎蛋，饭后吃咖啡大半碗。午睡一小时半。起喂鸡米及看火。晚餐吃菜碗浅碗干面，剩豆干吃掉，两顿吃完小半碗拌莴苣，晚吃一咸蛋。欲拌鼠药，找不见药。冲开水，洗脚，熬银耳后，写复翔如信。麻黄二鸡生蛋。八时三刻封火，囡等三人回。

5月10日 大雨 星期一

昨夜睡迟，又不思睡，后早早风块痒，后我又腹微痛，一夜无眠，五时起加火，六时半起放鸡，又躺，仍睡不着，又起，精神尚好。八时半囧、早早亦醒起，早早精神亦甚好。大雨，囡等未至汉口。威克早起下面吃，后囡复下吃。我未吃早餐，与早早玩，做午饭，小袁来午饭。我吃一饭碗饭。午睡二小时，起后较适。洗一澡，水少微冷，不甚干净，但已舒服多了。威克蒸上晚饭，向阳院买小白菜，买油、肥皂等回。威克为洗出换衣。晚饭后三人回厂，雨止转晴。晚餐吃大半碗饭，不饱，因威克蒸少了。烧开水，热水，盖火。吃银耳一碗多，看《读雪》，九时半封火，收拾吃胎胞片、鹿精上床。因昨夜失读，白天鹿精二次均未吃。麻鸡生蛋。发帆、何信。舌苔前半较转好，后半仍厚腻。十时上床，心情仍不佳。上床看雄寄译摘，稍好。麻鸡生蛋。

5月11日 晴 星期二

昨夜睡甚沉酣。临睡曾吃鹿精，可见亦非此提神也。早六时廿分始醒，尚疲倦思睡，七时始起。热党参汤吃，换火，晒出衣巾，大浴巾二块黑黄印仍在，又搓洗拧干晒出，太阳一照，见尚有另数处黄污，亦无力再洗了，即晒出，又挂树晒沙洋淡菜，又将囡买的，及党参挂于衣绳上晒，虾米尚未晒，无地方，已甚累。檐下窗边已无太阳，被浓阴遮了。休息一阵，甚闷，又起抄近诗二页，复休息吃药。早餐吃可可麦精一碗，苏打饼干三片。舌苔仍前薄后甚腻。十时三刻又趁日光在窗下晒出虾米。小孩送来柴鱼一条，初不欲要，因思营养关系，买之，已十一时半，人甚倦，未弄，开火下面，拌面，晴小麻油已走气全无香味，后见其瓶盖已破裂缝之故。二号碗小半碗，颇不够，吃后一下，又尚不觉饿。甚倦思睡，因早秀约做衣，故只得等其饭后带去。我吃毕弄清才十二时一刻。等早秀共去裁缝处，回睡已近二时，睡着一刻醒，因回，理收汉口买各物，甚疲累，又开火下面囡吃。后极疲，睡床未着，程明北京带物来，囡做柴鱼下面给他吃，我亦吃一饭碗，极鲜美，后又陪其湖边一转，复送其至九区而回，收拾一切，收藏各物及晒之衣，极累，连碗也只冲掉头道油，饭也不想吃了。将鱼头挂晾起，中段一块及尾腌了。本想用鱼头尾做汤下面作晚餐，太累，又不觉饿，不做了。吃二个蜜枣，一包豆酥糖分二次吃，就算了。九时休息至九时三刻，封火，十时洗脸，吃一半酥糖，吃药吃茶上床。麻黑二鸡生蛋。觉饿，吃小片苏打饼干二片。十时半上床。仍勉力洗完油碗锅，极疲。

5月12日 阴 星期三

夜睡尚沉酣，惟多乱梦不记。早起仍疲倦，又大清理鸡笼，彻底将灰换过。张婆婆来叫写家属纪念五·一六文，再三推辞不掉。8时一刻弄清，休息，等火起，拣银耳，火九时半后始渐起，烧开银耳，即煮鱼头汤，至十一时半，煮面，十二时多午餐，吃鱼头汤下面二号碗多汤半浅碗，实则小半碗，吃鱼头，烤馍。一日头痛。午饭后并煎好鱼一块及鱼尾、鱼子等，睡已二时差十分矣。午睡起又将睡时收入虾米党参等晒出。一早曾热吃党参汤半碗，因头痛腹胀，鹿精未吃。午睡起头痛更甚。饭前又肚痛。收一切晒物。徐鸿来坐谈一会，开火，烧开银耳，热鱼头汤，红烧暴腌鱼一块及鱼尾、鱼子，下面，张婆婆、春荣来，张婆婆因我病，转叫春荣写稿，极好。又托春荣买瓶盖及牛乳、盐等。将淡菜、虾米均已收瓶，先挪他盖及用塑料纸铁盖。晚餐吃大半碗二号碗面，及烧鱼鱼头鱼子等，吃后甚适，精神亦大好，不大饱，一直还有点想吃东西。肚也不痛了。弄清，熬银耳，洗脚后，已近九时。九时烧开水一瓶，九时半封火。九时后抄诗二页，九时半火已熄。九时五十分抄诗毕，稍休息，收拾准备一切，十时略吃零食，漱口铺床，十时半睡。麻黑或黄黑二鸡生蛋，麻鸡孵鸡。肚较适，舌苔较转好。

5月13日 晴 星期四

夜睡尚好，五时半醒，只记夜封火时将尽，忘却后已熄，即起看加，见已熄，再睡不着，六时半起，生火毕，小孩送鱼来。即刻剖鱼吹晾，洗一切，早事一切毕，已八时半，冲开水，热党参汤吃之。加煤蒸包作早餐。九时腹微痛。九时过吃包子二个，肚好。洗晒装淡菜虾米之筲箕甚久，晒出，已九时四十分矣。想翔如不知今晚来否？有鱼可吃。但无蔬菜。通火出灰添煤，收拾清洁，等火起，切鱼洗葱，做成残诗数首。午饭烧鱼下面热菜共一小时，又收检，十二时多吃干面大号蓝边粗碗大半碗多，红烧鱼一块，大鱼头大半多吃完。吃半碗时似已饱，后菜有味又吃完，吃后甚适，并不觉饱胀，怕吃多，又热咖啡大半碗吃，又加煤封火，结算账，已一时四十分矣，即午睡。约一小时半，连朦胧近二小时，起看火仍好。麻鸡似孵，捉赶出盆，后又伏，蛋取出，四面找，后见人飞跑出，喂米时仍抢吃，又不似，不知究竟。张婆婆给蚕豆，头痛，即坐外边帮其摘豆。后找出前卫生科给补血药送之。五时十分开火烧开水。冲瓶二，蒸豆沙包全部，已有细霉点，蒸上大气一开锅似微有酸馊味，细闻及食时尚无。吃三包剩一块，鱼一块，鱼子一些，甚饱适，饮咖啡一碗。翔如来，吃小半烧饼及鱼。烧水冲瓶洗脚，八时半火不大好，即封火。十时睡。舌苔全部较转好。黄鸡生蛋。

5月14日 多云 星期五 夜起风小雨

早起加火蒸包子作早餐，我吃二包，吃后与翔如至湖边闲步小坐，后至东湖村买蔬菜，各处均无。回后蒸饭，做张婆婆所送蚕豆。我吃二包子剩一块。十二时半午睡至三时半，甚疲适。起火将熄，仅剩一眼，仍加一煤。用煤油炉做烫饭，翔如五时吃毕走，托其汇晴佳百元。火至六时全起，又加一煤，至六时三刻起，蒸包子，七时廿分吃包子一个，本留肚吃银耳，后仍不想吃。九时多吃饼干四片，咖啡一碗。临睡装核桃，吃数粒。十时热银耳不食，封火睡。黑鸡生蛋。麻鸡仍伏盆，拟与翔如用绳系脚，系于树上，照张婆婆之说，后其自动走出，未缚。但进笼时又不进笼而伏盆，捉入笼中。因盆中引蛋均取出，则其伏于树下于盆中似亦无大区别。随时留意捉出可矣。接帆、小佳、垠宝信。舌苔稍好。人仍疲倦。

5月15日 阴 星期六

夜睡甚酣，早六时醒，又睡至七时廿分醒，仍疲软。起放鸡。看火极好，吃各药，后热银耳吃，后又熬咖啡，均未出满灰及移火眼，均烧开甚大，九时半又封盖。人甚疲软，想写信仍休息。舌苔转好，但仍有薄苔，后半亦薄了。十一时开火，因一时不上，即小火先烤多半烧饼及可可牛奶一碗吃之，又热鱼一尾巴吃掉，烤麸二块。蒸包好已吃不下了，即晾之，不蒸亦恐坏也。十二时午餐，吃弄毕十二时三刻，即午睡，今日半天均悠忽休息，除略整瓶子，及将空瓶检归外。多泻疲倦想休息，已过十三天，今第十四日始得完全悠忽，下午仍当继续。睡一小时半，燥热醒，头痛不甚适，闻鸡叫起看，又躺至四时起。睡床成一绝，尚欲做未做成觉不佳，又略用思即头昏，遂罢。起洗脸饮茶，仍头昏不清爽，不如昨下午睡三小时后起来之精神饱满身体舒适也。喂鸡米，坐门外透空气休息脑筋身体。未出，又想起将新作抄于已抄好之近作诸诗之后，即封寄于章、吴，待邮递员送报来发出，然后坐门外，不料今天未来报纸。五时半开火蒸包子，又将烤麸加咸重烧，煎二蛋，六时多吃晚餐，二个半包子，两蛋。烧半壶开水，泡茶冲瓶，加火，烧半壶水，仍坐门外甚久，近八时始入内。今日全日悠忽，甚适。睡起头昏痛，经搽清凉油及坐外休息透空气，回房时已好，在内又稍昏胀。思做事仍倦懒。复烧开水半壶，冲满三水瓶，因时早火好也。觉饿，吃核桃装瓶多两块及饼干二片。翻看《读雪》过目不用思想，仍感头昏痛。九时多封火毕九时四十，收拾上床。黄鸡生蛋。

5月16日 多云 星期日

早六时半醒，仍倦，又六时三刻睡着至七时四十分，起看火尚可，仍盖，梳洗毕，热党参及银耳吃，加火仍盖封。打扫鸡笼，扫地。忽叠煤倒甚多，一一放堆好，跌破三个。又重新大扫地，又甚累。吃银耳等尚热，又吃小苏打饼干二片，即当早餐，已近九时矣。舌苔仍厚腻，人仍疲倦。又拣熬银耳。火不起渐熄，又弄扫。中午十一时一刻开火蒸包子及面包，吃二个半包子吃完，一蛋，大半块烤麸及汁，吃完饭后饮牛奶咖啡一碗。饭前整理了食物及晒物，尚不甚累。十二时半上床午睡，略看帆寄之水浒评论。接施信及垠宝包裹单，忘发章、吴诗函。一时睡着，二时半即醒，三时起，取帐竿竹，极不易，又洗抹吹晒，卷褥上床掸抹帐竹，稍累。赶忙躺椅稍休息，即又蒸饭后，又休息，适威克回，告知明天加班不回，带回苋菜，即拣，我要他去邮局取包裹，我洗菜做菜，他回即吃饭，我只吃半个面包不到，一蛋。饭后威克闲谈一刻回厂，云下周假日亦加班。两周不能与早早玩，甚怅。明日小佳来，他们不在家也不能弄菜，甚不便。或小佳她们也加班？威克走后，我又将一点剩苋菜热开。至外小坐，七时半回屋，看水浒评，八时多稍饿，略吃零食点点心。火不大好，但8时及8时半看二次，均尚可不急加，九时封火。洗脚，加水大抹身，后洗脸水多而热，又抹上身，甚闷热，又开窗吹风出汗，并扇扇，稍休，不能即睡，看《水浒》，至十时稍凉爽十时半上床。黄鸡生蛋。上床看水浒评论至十一时睡。

5月17日 星期一 晴

早起吃银耳作早餐，清鸡笼，加火，打扫厨房，并清理桌子换纸清瓶洗瓶，到东湖村向阳院买菜，只剩蚕豆四斤多给予，又至小店买一牛肉罐头，想买糖果招待瑾瑾，全无。回甚累，擦晒玻瓶装肉松，晒觉参，稍歇看水浒评。十时半开火蒸饭，剥蚕豆，十一时多小佳等三人来，续剥豆，蒸蛋，饭好加火，忽碎散，慢起，火好烧菜吃饭已一时多，我吃二豆沙包，小佳带来15个。饭后弄清二时，午睡，瑾瑾再三要跟我睡，一点未吵，惟反侧起坐不安，朦胧至三时起，即开火蒸饭，做豆米蛋汤做包菜，亦至五时始吃，我仍吃二包。弄清六时小佳等走，我烧开水冲瓶，洗一澡，水仍不多，仍不甚干净，但已大为舒服。换圆领衫，半短薄衬衫，后加衬衫。洗各种毛巾，休息，缝补衬衫。已八时半，看水浒评论。至九时半，收拾一切，吃药，关窗，铺床，漱口等，看毕水浒评论。九时三刻封火，十时上床。黄鸡生蛋。

5月18日 阴转晴 星期二

早起火好，洗头，补衣，剥豆，十时半开火加煤。休息，头痛。腰微痛，或剥豆米太久之故，亦颇厌烦。舌苔仍厚腻。想写信，甚倦懒，未写。火起迟，又烧水，复蒸包，午餐已一时过，吃包子一个半。弄清上床已二时，看《参考》至二时半。睡一小时半，腹痛，且时有泻，直至夜未全好，宜谨。或昨日菜多油及觉疲累，未能悠忽之故与？晚餐胃口亦不好，吃一包亦尚剩一块。八时半吃小苏打饼干二块，可可半碗。洗脚抹身烧水，九时封火，吃核桃，看理及足成近诗，十时上床。麻鸡生蛋。舌尖苔退，心绪不佳。看清绝句选至十一时睡。

5月19日 多云 星期三

早六时一刻醒，甚倦软，三刻起。火好，先收拾清洁，并擦痰盂，泡洗小糖瓶毕，热银耳，烤半个剩包作早餐，后始加换煤，封盖，找出帆信细看，找出所需丝袜及凉鞋，又将凉鞋洗净吹晾出，拟写信，微倦，先休息一阵，足成诗及看诗，头昏倦，遂罢，出外闲坐休息。舒弟来送煤，十时四十分开火，一半冷水煮咸鸡蛋，写帆信，五十五分加热水蒸包子及党参馀汤。十二时多吃午饭，吃一包，勉强又吃半个，十二时半上床午睡，三时被吵闹及燥热醒，三时半起，喂鸡米，毛来谈，火将熄，幸稍等起大火，蒸包剥豆米，做汤，晚餐六时，吃半包，汤一碗，一咸一酱油蛋，弄清将七时，坐外透气休息，春荣来闲谈早早及我病与寂寞，近一小时，各归屋，微凉，喷嚏。洗脚，冲开水，暂封盖火，已八时一刻，续写帆信。黄鸡生蛋。舌苔前半转好，后半仍不好。十时封火，洗脸、点蚊香，上床。

5月20日 晴 星期四

早睡好，起较迟，火好。至张婆婆处问能否补交煤卡，答已向金荣说，会来取。坐门外等其买菜回，久不至，而余婆来坐甚久，早事皆未做，甚急。先吃了银耳半碗，后吃一烤包。余走后匆匆做早事毕，添写帆信，囡回，蒸饭。想打煤油，又说小店无打的了。要等小晏回问，知有打，须二时后，吃午餐，吃半缸烂饭，及汽水肉，甚饱适。而金荣又来收卡，待打煤油，约二时后再来收。一时上床睡，开闹钟至二时，未闹即起，而金已来，即匆匆同其共至小店打煤油后，交卡由其带去补交。因太匆忙着急，又快走路，直去直回，稍累，须注意少劳动勿再泻。未能再睡，人甚昏倦，看火喂鸡，囡三时多走。吃药，坐门外休息。透空气，因头昏痛也，并待邮递员来发帆信。五时开火煮咸蛋，蒸包。帆信已发。煤卡换了送来，粮卡不换。人昏疲不清爽。晚餐吃囡剩小半缸饭做烫饭，加剩一点汽水肉及不少苋菜。饭吃掉，剩苋菜未吃完，恐不消化。又烤一包吃，更饮咖啡大半碗。甚适。户外闲坐一阵，进房躺椅看书，下午、夜饭后分二次写淡芳［信］一页，附前抄好之诗二页同寄，并拟寄与水浒评论资料。因代帆买回泡沫拖鞋，信问要否同鞋袜寄去，等回信来寄，王资料可同时去邮局寄。拣银耳熬，十时封火，收拣一切吃药等十时半上床。黑黄二鸡生蛋。舌苔前半大好，后半亦见好。今天打破一蓝花小饭碗，甚惋恨，四者缺一，尤可惜。因拿出拟倒咖啡，适黑狗跑入，以手挥驱之，失手抛碎碗。又夜小火煮银耳，不开，将底盖开一些，忘记，几烧焦，沸掉一些汁，又巴粘底少数薄液，幸尚及时发现，即换锅加水熬开，将一点水刮出粘液，并加一二，共食之，尚好。馀加水熬开很好。今天做事不妥，亦精力疲劳不集中故。

5月21日 阴 星期五

早五时半过即醒，误以为已不早，未再睡，六时起。一切毕，热银耳当早餐，又微沸溢，此次不大好，以后仍要注意。泡银耳，洗瓶，盖火。拣苋菜，闲躺坐，洗菜，开火，已碎将熄，又加火待起。仍十二时才过始吃，未做蛋，仅吃咸蛋及苋菜少许，咸蛋又已太咸。吃二豆沙包子，太干不好吃，蒸后又烤吃，尚可。吃后饮咖啡半碗。一时睡至三时，仍为燥热醒。头痛，外坐，天气燥热不舒，而腿筋复痛。水开冲不下，天燥，即换下开水洗澡，而要加煤封火毕，才洗，水仍不能烫而多，天渐晚，仍微凉，洗亦不冷。水仍脏，身已洗净，惟不能用多热水冲耳。洗毕弄清，共半小时，已五点一刻，坐外乘凉，五时三刻，通灰开火，待起下面。仍头痛，坐外看报。六时五十分吃面二号碗少汤大半碗多，酱油糖喷蛋二个多。剩苋菜下面。弄清七时廿分，又用水洗脚、洗脸，甚适。拣银耳熬，大抹饭桌及大洗抹布，毕七时三刻，躺椅看书报休息。时看管银耳，未沸溢及一直开，看四篇报纸论文。已九时，吃药，铺床，漱口，记事等毕，九时三刻上床。麻鸡生蛋。夜饭后始觉饿，先吃核桃数枚，后吃苏打饼干二片，后又吃蜜枣二个，直到临睡一直觉饿思食，惟程度吃后逐渐减，亦思多饮茶等。夜舌苔大好，头亦未痛，精神气力亦似觉好。

5月22日 晴 星期六

早起仍疲倦，眼亦涩。火极好，早事，吃药，热银耳当早餐。想念早早，盼其归。舌苔薄，仍有，后小半仍略厚腻。七时三刻腹微痛。稍息，至李婆处买十斤土豆，回后又至小店买牛肉罐，回稍息十时即开火，三刻蒸饭及土豆，看义山诗，拣泡苋菜，十一时半剥切洋芋，开罐，烧土豆牛肉加咖喱，土豆淡而牛肉咸，咖喱又全不香辣，不甚好吃，因土豆虽鲜大而非粉质。吃间又污衣裤，即洗琢[1]晒出，幸饭菜烫，吃半缸饭及不少菜，甚饱适，又饮咖啡大半碗。收入晒的党参及肥皂，洗锅碗盖封火，一切毕已一时，午睡，至三时醒，起看火，尚可，即换煤重封，看李诗，晒肥皂，清理外房藤架瓶罐，五时半开火，加咸烧罐剩牛肉，烧苋菜，热土豆牛肉及素鸡，烧苋菜。晚餐六时半，吃一面包，土豆牛肉，土豆吃完，牛肉剩二小块。苋菜中白碗大半碗吃完，汤冲水喝完，甚饱适。弄清七时半，坐外看报，回屋洗脚。冲水毕已八时多，看李诗稍息，拣银耳熬，时看管。九时理旧诗稿至九时半，饮茶休息，收拾一切，吃药，十时封火，上床。舌苔大好。麻鸡生蛋。完全未泻。

5月23日 晴 星期日

临睡吃新浓茶，又心绪不佳，久久不能入睡，后又燥热，早转凉，未能安睡，早五时醒又睡至六时过，复沉睡至七时半，较好。火甚好，起即洗抹三道帐竿竹二床，吹晾出，热吃银耳，复小火再熬。舌苔全部微薄，后半薄，久所未有了。牛儿来坐一小时多，借10元买上海衣。牛儿去刚要做饭，余婆又来，想写信未给她写，因已写过同样的无数信，皆无用。后做饭菜甚匆忙，疲累极。饭将好，土豆及蛋制好，早秀来借火做烫饭，即先做土

---

1 方言，指专洗某一处污渍。日记中亦作"涿"。

豆牛肉少许一人先吃，馀均未做。咸蛋咸极又老僵了，吃饭后太咸不舒，又吃二糖拌土豆，略好，仍不舒服，想饮咖啡，太累，即封火，收晒肥皂，午睡，饮浓茶一杯，稍适。中饭吃小碗一满碗，即满半缸。即一两零。十二时吃，弄清一时上床，午睡二小时，略躺，三时半起，燥热，移竹竿，看火好，头昏痛，洗脸休息仍不舒适。结15日以后账，结清，仅差.12。多日未结，算好的。四时半开火，烧开水蒸饭，切洗包菜。五时半烧包菜，烧牛肉土豆，烧汤，忘做鸡蛋，威克带早早回，适饭菜［好］，煮汤，喂早早先吃，仍焐一蛋再热饭吃掉。吃小半碗饭，吃牛肉土豆，又另吃二大蒸土豆。我吃半缸饭，土豆牛肉汤拌之，并吃土豆。甚饭适。饭后去床稻草，威克挂二床帐子，扫地，各铺床。早早、威克睡，我洗脚大抹身，甚热，坐息扇扇，铺床，收拾一切。火先将熄，九时始加一火待起。十时过封火，十时廿分上床。下午过后即不思泻，完全未泻。夜微饿，吃饼干二片。黄鸡生蛋。麻黑鸡二日来均大叫等盆，后又伏而不生，甚怪。

5月24日　星期一　大晴

早起我与早早吃牛奶面包早餐，弄清一切，开加好火，让威克煮烫饭，我推早早至湖边，只走大半，未到转湾处，坐堤边看玩一刻，又采野花草，缓缓推车回，微疲倦，又弄火，淘米，即觉累，勉强蒸上饭和土豆，甚累不想动，适囡回，我即躺藤椅休息，早早跟威克摘菜，我并嘱威克让她择菜，弄坏一点不要紧。囡亦在外房洗提包。不一刻，忽闻东西倒塌声甚重响，接着早早哭，大惊奔出，初以为小凳跌倒，不知被小晏自行车倒跌压在身上，小晏扶车，我和囡扶抱早早，哭了一下，说腿痛，后即止哭，一刻即走动说不痛了。我又细按其各关节筋骨处，均说不痛，惟左肩处微痛。后走动正常，但似无平时自然迅速。十二时午餐。早早、囡、我一时上床午睡，但早早不想睡，这头到那头，已二时多，后囡和早早睡着，我又腹痛，完全未睡了。三时起看火，即开火烧水，后煮烫饭。早早醒，哭吵不欢，我又按问其各处不痛，后行走玩笑，又对我说左肩处痛，按之乃在下边，但一下又不痛了。后再三按问不痛，更后走快且跑了。想无大碍，再三叮嘱囡与威克，回厂抱其请医务员仔细检查一遍，不知听从否？甚忧急不放心！威克上下午晒收床上稻草及棉被褥等，并打包收检，我亦帮助。晚饭吃烫饭，因忙收草捆扎，烧糊，又做饼，我又勉强到李婆买菜。晚饭后囡等回，七时我又洗头，再烧一壶半开水后，又烧水洗澡，洗澡前收检我床铺，洗抹饭桌及抹布瓶盒等。洗澡后已十时，极热又疲累，躺藤凉快休息及吃药饮茶等至十时三刻，始封火，又洗脸。大整理帆床，及收检二床衣被等，十二时始上床睡，又劳累心烦，情绪不佳，睡不安熟，又热燥，幸已取去稻草，否则不堪设想。舌苔仍薄腻。麻黄二鸡生蛋。上午我匆忙缝写好寄帆鞋袜包裹，下午威克寄出。夜成五律一首。

5月25日 星期二 晴

早起连泻，中午因人累倦恐泻，即吃一碗又大半碗剩糊米粥，咸蛋、肉松，未做菜饭，躺藤椅休息。疲倦头昏。早吃午饭，毕才十一时半，而连泻连倒洗痰盂及坐，至一时始睡，幸即睡着至四时一刻过，舒适而倦软，四时半起，喂鸡米，大抹澡及洗脚及休息，六时开火烧水冲瓶，煮面，近七时吃二号碗大半碗拌面，煎蛋一及肉松，甚适，但吃后不大饱。人较好。坐外看小说乘凉，近八时回屋，吃蜜枣及核桃，仍思食物，补写昨天日记及今天的。八时三刻又想吃饼干二片。舌苔仍前半好后半腻，饼干遂不吃了。九时封火廿分上床。三鸡均未生蛋。想写帆信不果，但仍晒了各种毛巾及党参酒药肥皂等。连三日发风块，两腿殊甚，两臂无。两日停鹿精。蜂乳一盒完，亦暂停。今日太疲累，亦未能熬银耳。仍服胎胞片。

5月26日 阴 星期三 晚雨

夜睡本甚好，十时即睡着，但因冷热不调，不盖稍凉，盖毛毯又热，以致时醒，半夜醒又胸腹闷胀，久所未有了。幸后又好。早醒已六时三刻，睡时较久，但又多乱梦。七时起。看火好，但中已些松白，恐复烧散碎不好拈，即加煤，但因无早餐煮，即仍封盖，并下面仍塞满灰，大概煤已不好，底灰多，上不来，休息至八时，吃饼干六片当早餐，想冲可可牛奶，因牛奶系炼乳开多日，拟一烧，看火已熄，八时半又重生，九时着起来未大。想写帆信，又倦懒，并怕多劳易泻，仍休息看小说。十时起火，烧开热水，冲瓶，用温冷水蒸饭、土豆、鸡蛋、咸鸭蛋，一刻过上气。择苋菜，水洗浸，已干，水浸即展。饭好，因剥土豆捏泥，剥切蛋，临时切葱等，又加火延迟做菜，吃饭已近一时，吃一碗又小半碗。饭后弄清，因又洗瓶锅及铁罐，上床已二时，又看小说至二时半，睡到三时一刻即醒，至四时一刻喂鸡米，看小说，至五时开火，接孙信，拣银耳，蒸现饭同蒸，六时吃大半碗剩饭，不够，将芋泥吃完，尚可。洗脚抹澡，外边稍坐一刻即回躺椅看小说，冲开水，熬银耳。写帆信至九时廿分，吃银耳。火将熄，先加煤在上，未即封，待稍起封。九时三刻封火，吃药，看小说，十时半上床睡。舌苔前半好，后半亦极薄腻，近根处厚而甚腻。黄黑二鸡生蛋。

5月27日 雨

五时许被门外唤声惊醒，后无响声，但睡不着了。因昨夜底火不好，六时起看，已熄，起先放鸡，又大清鸡笼，倒掉，已雨大，厨房二处漏。七时过始生火，先切碎大煤，拣出煤球，始生火，七时半着，待起做早餐。清洁，吃药。八时半吃菜碗一碗汤面做早餐，将一部分土豆挂袋吹，留囡回做色拉。三刻写帆信。开火做饭菜，中饭改用白饭碗吃一满碗又小半碗饭，一煎一咸蛋及芋泥。午睡近二小时，但中醒二次，微泻二次。添写帆信数句，抄近诗一页附寄，已近五时，稍息开火。看小说。两日日夜夜与午睡前后，极想念早早。五时一刻开火，六时晚餐吃蓝花饭碗一碗又小半碗，一煎蛋，半剩咸蛋，肉松，芋泥剩一点点，又热一次。弄清外坐，等鸡进笼，点蚊香放蚊，看小说，冲开水一壶，洗脚，七时四十分，再烧半壶开水，看小说，八时后写施信，三刻火已熄。又抄诗寄施附信中，毕已十时，收拾吃药上床。黑黄二鸡生蛋。舌苔前好后薄腻。

76年5月28日 晴 星期五

早睡二觉甚好，七时多才醒，火熄。生二次。早餐吃饼干，后将银耳、党参汤均热开免坏。略看小说，十一时即肚饿，即下面，十一时半，吃拌面二号碗大半碗，稍硬稍多，吃十分饱。开烤麸罐。午睡仅三刻钟即醒。看小说，五时始开火烧甚薄二饭碗，因午饭后一直饱不思食也。炸土豆，不脆，烧一点剩苋菜。

1976年 497

吃粥时思食甚适。孙嫂来略坐。接君惠信，告孝章中风，甚为惊忧感叹。夜抄近诗，看完小说。因陈奊病，感慨万端，以李诗排遣。九时即封火上床，十二时始入睡。舌薄苔。黄鸡生蛋。发帆、施信。

5月29日 星期六 晴

早睡二觉至七时四十分始醒，起看火熄一半，急加起大火。早事毕已八时半，热党参汤吃。腮热疮喉痛，鹿茸精复停，连日风块又小发。九时热银耳半碗作早餐，甚饱不想吃。补写昨天日记。因昨天上下午两次至小店始买到绿豆糕，又择苋菜刮土豆晒肥皂烧粥等无多空，又忙看小说，夜因心绪不佳，未记也。洗土豆鸡蛋蒸锅下面煮，咸鸡蛋上蒸，并再蒸党参汤免坏。本可一锅蒸饭，但饱不思食，昨吃粥甚好，仍拟烧粥吃两顿。晒面、晒包面塑料袋，又刷洗晒葡萄糖袋，晒党参，晒菜篮花生，包挂粉条，毕已十时廿分，甚累。休息十分钟，又淘米烧粥。剥土豆，剁切蛋，已极累，才躺，陈又来借报纸，稀饭又水少火大烧微焦，就在厨房时加水看烧，甚勉强，又烧菜，吃两碗厚粥。吃菜甚好，土豆做多了。粥不好，因先水少烧焦，不融。吃后又因树阴转移，大搬晒物，仍至十二时三刻始上床午睡。睡一时三刻，起头痛，移晒物，头愈来愈痛，收晒物，擦万金油，吃人丹，仍不适。搬藤椅至窗下躺息，不想吃饭。至六时过始开火加水煮薄粥，因带早早回。早早一眼就看银耳锅要吃，还剩半碗，热给她吃了。我吃薄粥二碗，舀厚的半碗早早吃，因下面吃。我洗内衣，八时半火不好，即封。洗脚毕已九时半。吃绿豆糕一块睡。三鸡均未生蛋。完全未泻，舌苔仍旧。

5月30日 晴 星期日

夜睡早早风块痒痛哭吵，睡着迟又屡醒少睡。五时过起看火甚好，一时不用加，又睡仍不能入睡，囡五时多起，早早六时过亦醒，遂不睡。早早又到一头同睡，玩笑甚久，即起，同吃稀饭各大半碗，又饼干各一二片，早早又吃绿豆糕一块，吃毕早早玩甚乖，又吃冰棒一根，至九时过始推车至小店打油，买绿豆糕，炼乳，居然还有绿豆糕，又买了囡等二份。六时多早起，小店来回推车提物甚累，又即做饭菜。蒸上饭稍休息，躺藤椅，早早亦坐椅边玩算盘及各种动物，又吃绿豆糕，甚乖。饭前带早早剥土豆，早早连吃三个土豆，我吃一个，其馀做菜。中饭早早因刚吃三土豆及先吃绿豆糕一块，故未多吃饭，仅吃土豆泥及蛋一个。我吃一碗饭，蛋一个及土豆泥，烤麸少许。弄清一切，一时半始午睡，而早早不睡，闹至三时半，故我感疲累。起四时半火已熄，喂鸡，又生火。早早醒哭，又颈下胸上发风块痒，腰背亦有。替她搽花露水，又痛，扇好久，稍好，起来洗澡，后又去买一冰棒。当我起大解未倒，她醒后我去倒一下时间，不料她取过锰酸钾瓶全倒翻床上，我急抱出为其大冲洗手，再三问之，又再三看查其唇舌，知的确未入口，始放心。又取褥单小心抖去药，幸未沾染，又铺床大费力，又为之洗澡，蒸饭，甚累，未再泻为幸。蒸好饭菜，先喂早早，添二次，共吃大半碗，一个又小半个蛋，不少土豆泥。我亦三分之二满缸饭，并吃早早剩二小匙，约有一满碗又大半碗饭，蛋大半个，咸蛋大半个，不少土豆泥。尚不觉甚饱。夜饭未毕，囡等又回。我饭后弄清，囡洗澡，毕又烧水，囡洗衣，后同乘凉闲话。水热我洗澡，后乘凉，九时半封火，热又洗脸抹身乘凉。春荣来谈，十时过回房，又饮茶吃绿豆糕一块，写日记，毕已十一时欠五分，饮茶吃药，收拾睡。麻黄二鸡生蛋。舌苔前三分之一好，中淡薄，后薄腻。

5月31日 晴 星期一
夜失眠，睡着极迟，又数醒，幸早睡尚好。早早近七时始醒，与我玩欢笑不已。威克早买排骨及肉回。我与早早吃烤馒头及牛奶后，即去湖边，仅过桥不多远，即坐玩采花，至九时半回。后大家包水饺吃。午餐，早早素不爱吃饺，等于未吃。幸先吃了些绿豆糕及饼干。我吃了十七个饺。午睡早早不睡至三时半，复先醒，我睡至四时半，即起泻一次，以后幸未再泻。早吃晚餐，仍吃剩饺，早早问邻要半碗饭蛋炒吃了。威克带早早回厂，囡留住。我吃七饺，后稍饿，吃饼干二片，绿豆糕一块。接萧信，仍因病缓期。夜与囡闲话甚久，十时半封火睡，又半小时始入睡。麻黄二鸡生蛋。囡发觉帆床下层有小鼠，即以绿豆糕少许放其处。舌苔仍薄后腻。晚雨。接萧信。

6月1日 早雨甚大，后小雨转阴 星期二
夜睡甚安，早醒将七时，稍睡始起。囡七时三刻始醒，始加火下鱼面做早餐，早事毕后，即煮土豆，囡削烫黄瓜，切土豆，开午餐肉及番茄酱做萨拉。詹送花生油极清，搅蛋白不粘稠，拌吃稍差。中饭十一时多，囡吃鱼面一碗剩一口，我吃大半馒头，萨拉小饭碗一碗半，囡吃两碗半，带给威克、早早一满小饭缸。午睡一时至二时半，盖多天转热，热燥醒，头甚闷痛，坐外风凉坐好，囡三时起，回厂，我三时三刻，头稍好，人渐适，天又凉，回房补写两天日记。今天儿童节，尤念早早，又念孝章、印唐病，及君惠友情。洗瓶，喂鸡，开小火发水泡茶，熬银耳，抄近诗寄君惠，热党参汤，重炒肉丝，烤馒头，热面，晚餐吃碗半萨拉，一口鱼面太咸冲做汤。烤馒头未吃，觉胃中甚冷，热烫咖啡一碗吃。洗清一切，外坐，洗脚，休息，八时许，写君惠信，八时半吃完萨拉一浅小碟，仍觉冷，又吃鲜开水冲可可一碗。续写刘信至十时廿分，吃银耳，封火，吃药，收拾睡。三鸡均未生蛋。舌苔大好，根及左一条亦均甚稀薄矣。今日精神甚好，肠胃亦适。临睡前复用大木盆水冰各种食物，上床已十一时矣。仍不思睡，约十二时半始睡着。

6月2日 端午 晴 星期三

早至六时四十分始醒，又睡着一小时，醒又朦胧一刻，起看火尚好，菜食冰了亦未馊。弄清热党参汤，并将做萨拉剩之蛋黄及威克多之面粉，及装不下袋之糯米粉各一点点，做成一茶杯口大之饼吃之。泡洗洋芋，切洗泡菜，揉面粉做馒头，因孙嫂昨晚赠发头也。加煤已一半完全散碎，加后仍起，又封盖。一切弄清小休，已十时四十分矣。遍寻托人代买咸鸭蛋，聊点节物，亦不可得。善华言春荣亦要去买物，下午散学回时可带。近十二时面发好，揉做蒸上，忘在下面煮土豆。切一点剩干菜炒肉丝，昨有馊味，加工炒过，冰水未变味。本拟做包菜土豆番茄酱汤，时晏又馒头蒸好，不及，只好下午做了。十二时半后吃馒头一个，剩排骨一块，海带及一口汤，尚留点汤夜做包菜汤。弄清上床午睡。人忙事甚疲累。十二时后腹胀。弄清及移阴晒收物毕，已一时半上床午睡。三时醒。五时开火，煮土豆包菜番茄酱加一口剩排骨海带汤。吃一馒，二饭碗汤连菜吃掉。惟剩好几块海带。几片午餐肉吃掉。干菜肉丝仍有，甚咸，或不致坏。弄清七时多，外坐看报，回房洗脚，八时开灯，写陈大嫂[1]信附刘信中。毕九时半。接刘彦邦信，仅三天即到。下午至夜，一直头痛。十时吃银耳稀多汤一碗，床添铺晒收未能放箱之破旧苏四斤棉胎，拌放鼠药，已十一时，略收拾睡。麻鸡生蛋。连日胃口甚好，昨日多吃冷萨拉亦尚好。惟舌仍薄苔。

6月3日 晴 星期四

早六时醒又朦胧睡至七时过。火极好，胸腹饱不思早餐，仍封盖。至梅处买土豆及其它不得，小店绿豆糕云七日傍晚或八日一早可买得不要票者。归见有爆米泡者，即剩面粉筒及吹晾糯米，又将要爆的拣净，用干净布搽净，将锅、筒均抹净吹晒，已十时矣。火尚好。早起即头痛未好，仍不觉饿。十一时半开火一锅蒸，十二时多午餐吃一馒头，大半咸蛋，春荣代买凭票节蛋，极佳，一口干菜肉丝。爆了米泡，因其火生不好，工具又坏了，跑守多时，似亦不脆。饭后收糯米等，一时多午睡，一时半睡至三时，起又搬出糯及锅等吹晾，帆床下层找出帆糯米，拟明天吹晾。头痛外坐，五时多收装糯米，五时半过，未全开火，即烤小半个小馒头，及前剩一片做晚餐，因饱不大想吃。尚剩半片，剩咸蛋及肉丝吃完，洗碗弄清，翔如来，待鸡归笼，同至湖边闲步小坐，暮色苍茫，归已入夜，湖上灯火夜景极佳，回屋已八时矣。闲谈看报，九时热银耳多汤一碗吃，适觉饿。九时三刻抹身换内衣，

---

[1] 陈大嫂，即陈志宪妻。其时陈志宪中风，沈祖棻致信慰问。后陈志宪于1976年6月10日去世。

翔如洗澡，可代同洗衣也。十时半翔如浴毕，封火睡。黄鸡生蛋。发君惠、萧信。舌苔转好，惟略稀疏甚薄苔。接王信。

6月4日 阴 星期五

早起火极好。同翔如至向阳院买竹叶菜，小店买面包而回，择菜，休息，因带早早九时五分即回。与早早略玩，开火做饭。学校来换纱窗，我因做饭，未能监视，内房既未能换深绿而换了浅黄绿较差纱，而外房二窗则一深一浅更难看。因斩肉做菜，十二时多吃午饭，我吃一碗多饭，汽水肉，竹叶菜梗不少。早早一回即吃面包，又吃米泡，后又定要吃饼干一片，故吃饭少，但极高兴。我午饭后及午睡起共泻三次，泻后仍腹痛卧床不思动。因及早早走，我强起装米泡一袋给早早带去，早早抱我腿再三为我揉肚，告别走出又跑回我前，要和我亲亲。因等及翔如同走后，我略躺十分钟即起，挂窗帘，收拾东西，清理桌椅，扫地，极累。已五时过，即开火待起，一锅蒸。李、石来坐谈半小时，六时半晚餐，吃小半缸饭及小半个馒头，炒竹叶菜白中饭碗大半碗，一口包菜，均吃掉，并吃一咸蛋。烧开水二壶，又冲牛奶可可一碗吃，孙嫂来坐谈半小时，灌开水，坐水洗脚，热党参汤吃半碗，十时封火，写日记，收拾一切，十时三刻上床。黄鸡生蛋。拌鼠药，接吴诗信，上午接帆信，寄淡芳资料，因用《参考》包，不能寄。

6月5日 晴 星期六 夜雷雨

早醒将起，即泻，不及污裤。起后洗裤袜，晒出，又吹晾昨未吹好之糯米，并晒锅及党参等，始洗脸，看火，极好仍封盖。

囡回，共吃烫饭早餐，未加煤，仍烧焦。早餐后择菜，囡又为我烧焦馒头汤，烧好始蒸饭，故仍十二时半后吃饭，我吃大半缸饭，一咸蛋，四季豆炒肉竹叶菜各少许。饭后一时上床午睡。囡代至九区取工资后回厂。我略躺即起，喂鸡米，仍休息。五时收米衣等，开火烧四季豆，熬葱油，热竹叶菜，烤五分之四面包当晚餐。菜极咸，均未能吃完，后剩大半片面包不能吃菜，冲牛奶可可一碗，吃后稍适。吃时吃后似尚不饱，过后觉太饱稍胀，后即好。六时晚餐，六半洗碗毕，三刻装收米毕，略外坐看报，七时后洗脚，坐水，抹身，七时半毕，放蚊等鸡，天黑略躺藤，已近八时，八时一刻后算结本月账，及收点数款，至九时廿分始毕，写日记，本想写帆信亦未成。口甚渴，菜咸之故，连饮三杯茶，记毕又饮一杯。三鸡均未生蛋。黑麻二鸡空伏甚久，仍未生。近二鸡常如此，黑鸡更久更甚。舌苔大好转，仅近根及左一条有极疏极薄之苔。十时封火，十半上床。下午起头痛，至睡未好。读吴重逢俞五诗，亦感作一绝[1]。临睡复饮茶一杯。本思早睡不写信，仍为结账延迟。

6月6日 晴 星期日 晚大雨一夜

早六时醒，稍躺起即水泻。又卧，觉饿。七时起，舌苔仍前薄后腻。火已灭大半，即加换待起，早事毕已近八时。人软无力。早餐待火起。夜又成三绝共四首。即写出初稿。九时过囡回，九时半即做饭，蒸上，写帆信并抄诗附，又附刘、萧二信。十一时半吃饭小半缸，胃口不大好，或早餐吃四片面包稍多不饿，或

---

[1] 参见《涉江诗稿》卷四《读白匋喜逢俞五诗，有感听歌旧事》。

菜无味，又不敢多竹叶菜及梗，恐不消化之故。十二时即睡，因亦回厂。上床一下即睡着，中虽二次仍睡，至三时一刻始醒。恐再泻，卧至四时廿分始起，喂鸡，添写帆信，封寄。五时开火，又头痛。六时吃饭，洗多锅碗弄清才六时半，坐外一刻钟即下雨，不久大雨，鸡早进屋，关窗门。写吴信及抄诗附寄，又抄一页，拟寄及写信。冲开水毕，八时半，休息懒写信，至九时一刻。吃饼干二片，茶数杯。仍写了章信，毕已十时。看火已熄，甚冤枉。明天重生，又费事。饮茶吃药收拾铺床十时半上床睡。黄鸡生蛋。

6月7日 雨 星期一

早起写曹信，十时生火，十一时煮蛋蒸饭，十二时廿分吃饭半缸，咸蛋一个，蛋未做，开鱼罐吃数块及竹叶菜梗少许，洋葱洋豆均未拣做。十二时半吃毕，热糊汤，待稍冷吃，冷水浸过蛋放好。一时午睡。早秀代取做衣，皆大不称体，不照样子，针线亦不平正。裤脚边做弧形。只好算了。幸棉袄裤及的确良衣均未交做。午睡一时至三时，被大雨惊醒，恐再泻，睡床至四时起，洗浸泡锅碗等，又先洗脚，因水即开无瓶灌也。喂鸡米，二鸡尚未来吃。待五时后不雨至小店买绿豆糕，故不能烧粥。如有卖面包，即做晚餐，否则下面。五时半抵达小店，仍不卖绿豆糕，云要明天开始，买四个面包回，吃稍多半个——四稍厚片作晚餐，吃罐鱼及咸蛋，三个酱油糖喷小鸡蛋一次吃完，吃了一点竹叶菜梗，下面已馊，即未吃，一点倒了。六时一刻吃，弄清六半，又加咸烧罐鱼，才完，孙嫂来少坐，又洗锅碗，放蚊，抹澡，重用水洗脚，柜顶取火柴及糖，拣银耳，冲灌开水，毕已八时三刻，写日记。想写信已迟，休息，收检一切，九时半封火三刻上床，略看唐宋诗睡。舌苔夜稀薄。黄麻二鸡生蛋。下午发吴、章诗信，曹信刚发，同时接来信。若非早秀先接过予健健玩，我信可迟拆添几句就好了。

6月8日 多云转晴 星期二 重起吃蜂乳

早六时一刻醒，半点起。放鸡，看火好，梳洗毕，洗手杖凉鞋，七时一刻出门，拟到小店等开门买绿豆糕，走不几步，即遇人买两包，同时梅爹爹代为排队买得一包，因昨相遇知我欲买，即随众排队代买，只限人一包，未开门即已卖完了。回屋吃蜂乳，已停二周了，开火上盖烤面包二片，冲麦精葡糖一浅碗，作早餐，拣银耳，欲熬，因雨后水黄，拟略等。已八时半矣。发现厨房及帆床下层又有鼠粪。烦甚。看《参考》。改定一诗及写一诗初稿，因等回，又未去小平处或汉口了。与早早玩，打米蒸饭，看管早早，十二时吃饭小半碗及一块面包，鳝鱼咸蛋。十二时半弄早早洗脚上床，又被她弄翻水。一时睡至三时醒，三时半起，腹胃不舒，但未泻。洗银耳，开火熬。因等至向阳院买菜，小店买物，带去早早。开火熬银耳，蒸现饭面包，6时烧热菜六半晚餐，吃大半个面包，鳝鱼，半个咸蛋。饭后威克带早早去湖边，我外坐稍凉，为早早送衣去，同玩一刻，先回，开火烧开水，已八时，一刻早早回，吃兰花根。近九时睡，在床玩，又起吃米泡，九时半始上床，冲开水，烧热水洗脚，十时封火睡。今天未泻。三鸡均未生蛋。

6月9日 阴 星期三

早起吃鳝鱼面。推车与早早湖边玩一时多，九时多回做饭，小李来，助威克通沟。我回已累，看管早早出进，极累不支。午饭吃小半碗饭，一小块面包，肉二块。早早吃饭菜亦颇多。但午睡不睡，玩至二时半后，我极疲累思睡，屡次被其笑玩及囡打哭吵清醒。后囡索兴将其抱起出玩，我睡了一时一刻，稍好。又与囡共推车带早早至小店买炼乳及吃汽水。六时晚餐吃一面包剩一块。饭后与囡及早早至湖边小坐，八时归，早早睡，我们等水热，我大抹身洗脚封火九时半睡。今日仍未泻。舌仍有稀薄苔。黄鸡生蛋。

6月10日 晴 星期四

早六时半起，烧鼠药，看火，早早起，给其吃面包冲牛奶，加火起大，因等本要下面吃后走，忽又不吃即走，水开勉强冲一瓶，无用，仍盖火。善后清理房间床铺桌椅，收检东西，洗茶盘茶杯手巾碗布，毕已八时半，吃蜂乳，热银耳作早餐，稍休息，又将床上加垫的棉胎牵绳取出晒，换褥单铺床，甚累，已九时半。修水管来，云或取坏，要换弯头，不能这跑回取来，不修。后看孙嫂处漏水大，亦同样不修，说只怪此处太远，今日不是到铁疗顺便，亦不会来。回屋发现黄黑二鸡在新换干净褥单上满床乱跑，到处脚灰印，气极，幸印轻刷掉不显，但终于干净的变成有过灰污了。铺得平整干净，费力费事，终可气。幸尚未脏耳。本想睡两周干净舒适的，无故意外鸡来乱搞，水管又未修，真是倒霉。已将十一时矣，人累，心情不舒，饭菜均尚未做。想早吃早睡，又不成。一切不顺。十一时十分热肉下面，四十分吃大蓝花粗大半碗干硬面，正好。肉与咸鱼各三块，仅吃肉二鱼一。洗好锅碗，加煤已碎散，拼凑加上，封火盖，下灰不满，吃茶、药，十二时半午睡。收进棉胎，好晾凉收箱，箱盖须威克开，不宜过夜不关，且此胎本晒好，因无法开箱放，又值天凉未能钉被，故暂垫数日，略见阳光即可也。午睡二小时又三刻，醒后起仍泻一次，腹阵痛二三次，四时三刻始起床，收衣绳，洗脚，冲开水，蒸面包，折衣，棉胎放箱，热肉，煎蛋。六时五分晚餐大半面包，肉三小块鱼二小块，咸蛋剩黄一点，茶二杯。弄清六时半，放蚊，折衣。人倦躺椅，点香熏蚊，七时三刻始黑，关门窗开灯写日记，已八时过。想写帆信，觉倦又懒写。心情不佳。颇念早早。抄出最近诗初稿，毕八时三刻，吃茶休息，看宋诗绝句。九时廿分看火，已熄，馀二三好眼，即加一煤试之，至十时十分起，封火，不知烧得到明早否？放几处不拌药鼠饵，试尚有鼠否？十时半上床。麻鸡生蛋。睡前头痛，饱不饿。亦不思多吃茶。舌苔转好。昨与早早折夹竹桃二小枝，野草花三茎，松枝二小枝，插瓶，灯光下极美好有致，坐对久之。心情转舒适。临睡又喉痛，恐天热鹿茸精不宜吃，因仍时停时服也。即停。

6月11日 星期五 晴

夜睡甚好，一时被狗大叫吵醒，又睡，至早六时半始醒，三刻即起，恐火熄，居然极好。早事早餐一切毕，八时。自来水自昨看而不修，反滴水急成条，常二条，且作声。一叹！抄近诗二页，拟附信寄介眉。抄毕九时，看火，晒党参，写请申条由孙嫂交修缮组。火仍好。已九时四十分矣。择豆，写游信，十时三刻蒸饭菜，十一时半吃饭半缸，肉二块半，鱼一块，豆一些。一时至二时半，午睡被鸡大叫并进屋吵醒不能再睡，连泻二次，五时后止。腹又一直痛，有时较甚，并五时后好。来修自来水管，换新弯头。威克送昨至汉口因买不要票绿豆糕三斤回，仍给威克、早早带回十块，因说回家时吃。立刻蒸饭，火好，菜少而现成，六时少过亦吃饭，咸鱼烧肉，咸鸡蛋及一点四季豆。饭后威克回厂。我放蚊待天黑，八时回屋看宋清诗，饭前已洗脚抹身。九时吃绿豆糕一块，胃口不佳。但晚饭仍吃了小半缸饭，菜极少吃，因泻多或吃肉鱼油故。九时半封火，收拾一切，十时上床。麻黄二鸡生蛋。舌苔近好。病日甚不愈，心绪更不佳。夜晚成诗三首。抄出初稿。

6月12日 晴 星期六

早六时半醒，仍倦，又睡至七时半，醒仍疲软，八时始起。因昨日火封时仅三四无火苗及大火光之眼，以为必熄，故一醒未即看，不料八时仍有数眼火，即上对眼加一煤，底下去空灰，渐着，意外大省事，极佳。厨房打扫清，房中简单收拾，即仍躺椅休息。九时半火起，热党参汤银耳吃，仍密封，躺椅休息，随意翻书，成诗一绝。十时一刻开火，淘米，火起蒸饭，并三次蒸绿豆糕，一次蒸久最好，最后一次未蒸好，夜重蒸。蒸后甚好，否则即将霉酵了。十二时午餐，先吃二块半绿豆糕，饭时吃大半碗饭，瘦肉咸鱼各块半，咸鸡蛋大半个，无蔬菜，未出买，且吃不了一口，天干热易枯坏。弄清十二时多，又抹身洗脚大封火，十二时三刻午睡。一时至二时，被儿童在窗下大声吵醒，未再能入睡，四时起，喂鸡，成诗五首，又足成改定二首，抄及重抄数首，痛泻均好。五时开火，蒸剩饭及三次绿豆糕。东湖村来卖土豆，十五斤七两全买下，蒸饭煮六个，又完全忘记吃。六时半晚餐半缸饭，吃一个及剩馀咸鸡蛋，一块半咸鱼，土豆忘记，先吃了蒸好有汽水烂的绿豆糕二块。弄清七时，放蚊，抄诗数首，关门窗已八时多，抹澡洗脚冲开水，热咸鱼肉，已九时一刻，写日记后，九时四十分，收拾，十时封火上床。舌苔转厚腻。晚餐后腹胃较适。接帆信。三鸡均未生蛋。里房又发现小鼠粪。拌鼠药后睡。

6月13日 晴 星期日

早不到六点一点就被劈柴声吵醒，六时一刻起。检查鼠药均未吃，亦无鼠粪及其它迹象，收拾烧毁，毕已七时过。加火封盖，八时吃牛奶可可及绿豆糕两块。早秀告有湖北特产麻糕出售，即至小店买，并打油及煤油肥皂。回开火蒸饭。十二时吃绿豆糕一块半，饭半缸，咸鸡蛋一个，咸鱼二块，肉一小块。弄清一时上床，午睡一时半至三时，腹痛，睡至四时廿分起，转好。理藤架书归入书箱，又腹痛，开火极好，时早等因还，又密封费一道事。发王资料，写日记，已六时，囡尚未回，坐外等待，至六时三刻未回，始回屋开火蒸现饭菜，七时一刻晚餐吃绿豆糕二块，饭半缸，咸鲜蛋各一，洋芋二，鱼肉为午餐。弄清8时，抹澡洗脚冲开水毕，八时三刻，重看一遍一年多以来所作诗，并清除废稿，不觉九时三刻，看火即将熄，试救恐难起，并时迟不及久等，只好明早重生，冤枉。吃二个剩洋芋，尚昨晚煮的，恐坏了可惜。趁此稍待火。今天上午及昨夜睡后，共作及改定足成诗三首。十时廿分封火，本似可有起意，取出时碎熄，必熄无疑，但仍加煤上封，下空灰不盖尽，留作万一侥幸之望，大概不行。黄鸡生蛋。舌苔全天不好。十时四十分上床。

6月14日 星期一 阴晚小雨

早六时醒，火熄，洗脸梳头毕即去向阳院买豆角，辣椒请商三次，始买一斤，小店买二面包。张婆婆托带辣腐三块，我亦三块。回八时，找前添印我及威克相片或取单及理证件，写账算账结账，已八时半过。未早餐，亦不饿，吃蜂乳及胎胞片。九时择菜掐豆刮土豆拣切辣椒丝土豆丝，九时半饿，吃面包二片，牛奶可可一碗，十时一刻生火，起加蜂煤，十一时一刻煮豇豆拌，炒辣椒土豆丝，蒸面包咸蛋，十二时一刻午餐，吃三片面包，多吃菜，极细嚼土豆丝，至三刻始吃毕，弄清一时过，午睡一时一刻至三时一刻。午饭后及便后均觉舒适，久未有了。开箱找《唐宋诗举要》未见，放回《世说》及《隋唐史》等，取出《心史丛刊》闲看至做夜饭，饭后仍少看。晚餐吃两片面包，多吃菜，豆角吃完，土豆剩一点，尚因恐不消化及咸故也。又吃绿豆糕二块，切丝多的土豆三个。吃后甚适。今日未泻。晚饭后等放蚊关门窗已八时，略看《心史》，八时半冲水，写日记，已九时，想写帆信亦懒。舌苔稍好，三鸡均未生蛋。九时半封火十时上床。初以为囡明晚回，预报明天中雨，不会回了。下午洗头，并用上海人要的铝梳卷发，烫了一下颈子。先二三次太不烫了，无甚用。最后一次又烫了颈。实因久不理发，囡又无暇代剪，发太长之故，非为沪人之学时髦也。夹竹桃开放后，仍淡红似桃花，所见皆未开放，但似已蔫枯了。叶在灯光下，亦似较鲜嫩。

6月15日 星期二 阴

早起一切毕，八时半［拟］吃面包二片，因已回，炒豆丝作早餐，邀同吃，故只吃一片，而炒豆丝硬，尝而未吃。九时半即

1976年　511

加煤，而半已散熄，起稍慢，蒸糯米饭，因后放绿豆糕及蜜枣桂圆在缸上面，缸小，饭不易好，又去掉再蒸，后又腾碗，故时费，又不如以前大碗蒸之好，又饭多一碗水放不下也。又油嫌少，则因腹易泻不宜荤油也。但午餐亦只十二时，并炒了辣椒加剩土豆丝，烧洋四季豆，甚烂易消化，又拌豆角，吃饭，尚无不适。一时多睡至二时半，囡起去厂，我睡床看《心史》至三刻起，开火上盖熬咖啡，喂鸡，写日记至四时三刻，拟休息至五时过开火蒸剩糯米饭及热菜吃晚餐，并烧开豆角明午做汤。五时五十分晚餐，弄清放蚊，外坐看《心史丛刊》，将黑进屋，烧冲开水，已八时过，烧热水洗脚，晚吃糯米，刚够吃饱，又吃完四季豆，豆角吃不完了。咸蛋两蒸未吃，油流可惜。吃后腹胃甚适，并无饱闷及转动不舒。抄诗一纸拟寄帆，八时五十分封火，洗脚脸，小抹身，漱口毕，九时廿五分，九时半上床。舌苔后半及左边仍不好。黄鸡生蛋。

6月16日 阴雨 星期三

早起已七时，七时半去买菜，辣椒已卖完，买一较小瓠子，一小包菜，一面包而回，即拣洗切辣椒、四季豆、土豆，毕已九时半，十时开火蒸饭，中间略简收拾。腹部中伤口处忽时扯痛，前两日右下腹接肠处忽时痛，幸不多，不甚，两日后全好。因十时后回，切肉丝，先出外办车证未成，订了报，又买回肉切丝。腹伤处痛渐数渐甚，不动较好，颇可虑，因与平常满腹阴阴痛或较痛均不同也。一动即扯痛，一处痛。勉烧一二菜，后由囡炒二菜，吃饭菜有味，两顿的饭一顿吃掉，共一浅缸，极久以来，未有此矣。下午刚睡着一下，又翻动扯痛醒。下午益频数，故多卧少动，仍未好。腹痛一二阵，又腹中心仍时时扯痛刺痛，夜亦频仍。看《心史》，晚餐吃大半面包，剩四季豆、一点辣椒肉丝，一咸蛋及豆绿饭碗大半碗豆角土豆汤，豆角由孙嫂代送给余婆了。夜烧开水冲瓶，洗脚，看《心史》，九时封火。腹仍伤口处时时扯痛，刺痛未愈，似比做晚饭时少动稍稀减。舌苔比早少好，仍后半及左腻，稍薄，靠前已好。心绪极恶。三鸡均未生蛋。下午囡带伞走，无端又将伞送回。后大雨又接大雷雨多阵，夜犹大雨，不知曾淋病得感冒否？极念！明日不知能回否？脸肿，或多睡躺之故，病愈来愈甚，帆又一时难回，又不能休养，不能动也要动。一切不顺，甚烦闷。九时半上床。吃四分之一绿豆糕，饮茶二杯，封火，冲水，铺床铺褥，腹均未痛，不知会好否？入睡一夜未痛，翻动亦未扯痛了。

6月17日 阴 星期四

早醒动未扯痛，看火尚可稍待，即倒盂梳洗清洁，吃蜂乳，再看火五六眼将熄，仍发开水一碗冲麦精，烤面包二块，只剩四眼，即通灰加一煤在上，可起，但极慢，幸尚只七时一刻也。肠疾或不致严重，但不能稍劳动，要多休息卧床椅不动，但条件又不许可。奈何？昨晚饭[后]一直躺椅看书未动，故又渐好转。只有注意尽可能少动多息，一切从简也。但饮食不好又不大想吃。好则能多吃得下，但又须多劳，矛盾不能解决。九时廿分起刷洗土豆，淘米蒸饭，又另蒸一碗糯米，那天不十分好，让囡吃次好的。但又较多费事，用大碗蒸，又用缸照旧量好米水。十时廿分过一锅蒸上，劳动一小时，腹又有些短阵微痛两次，即睡躺看小说又好。囡如能早回帮忙做菜就好。但她要进城买物转商店看，回不会早,又累,也难做了。十一时五分取出土豆冷水泡制,囡也已回。十二时饭好,火将熄,将就热咸鱼肉,炒土豆泥,甚慢,近一时始吃,又等火起封,一时三刻始午睡,三时五十分醒。五时半囡起蒸现饭,囡头痛甚,我亦头微痛,天气阴郁不好。六时一刻晚餐,吃糯米饭小半碗,饭半碗,土豆泥带汤,咸蛋半个,咸鱼一块。放蚊,8时回屋。随意翻书,九时冲水后即封,盖将熄矣。十时睡。三鸡均未生蛋。舌苔前后腻,尚不厚。得川大函,孝章于6月10日下午三时半逝世,可悲可叹!心情沉重伤悲。得萧函和诗。

6月18日 星期五 阴转晴

早起囡蒸糯米饭,我吃一点面包作早餐。囡洗衣,我买辣椒没有,买洋豆回,囡仍临时匆匆去汉口,方走,翔如来。我择豆,翔如刨切瓠子,我蒸饭及土豆,剥土豆,翔如做菜,十二时午餐,我吃半缸剩饭。翔如等囡一时半未回,始睡。我二时后始睡着。三时囡回叫门,即未睡了。人疲倦。晚饭吃囡带回之豆沙包三个。饭后至湖边散步,风太大太冷,三人均受不了,采野[花]归,插瓶,仍美好。看小说,心情不快。九时半封火,十时廿分上床。囡与翔如睡卧外房。舌苔稍转好。黄鸡生蛋。

6月19日 阴 星期六

翔如一早走,囡买菜无。早下面吃。中午蒸饭,吃土豆牛肉,洋葱,四季豆,我吃半缸饭及菜。下午洗头,囡去买辣椒已完。晚吃剩饭菜。我午睡二小时,囡四时始醒起。全天空即看小说,夜至十时半上床。火省加一煤,已熄。黄鸡生蛋。囡头痛。

6月20日 晴 星期日

早等太阳出定，吹晒坛中饭米，党参。因吃烫饭，我吃一个半包子，均九时多始吃，因重生火待起也。而十时四十分又下好面当午饭，剩菜。因太早尚不想吃，我等至十一时，吃一菜碗干拌面，咸蛋一个。因至十二时始吃，十二时半午睡至二时半。因三时多回厂，我翻移晒米及坛子数次，收衣，收米，药毕，五时一刻开火蒸洋芋包子，烧洋芋，六时半吃两个又大半个包子，大半碗红烧洋芋。弄清七时多，放蚊关窗门已八时半，烧一壶水抹身洗脚，看小说看完。写二天日记毕已九时过，又烧半壶开水冲瓶。火好，暂封，稍迟封过夜，恐烧过也。麻鸡生蛋。舌苔稀薄，靠前更好。天气甚热。帆来信。洗脸扇扇，算结账，看《心史丛刊》，十时五分封火，十时半上床。

6月21日 阴雨 星期一

早六时醒，又朦胧至七时，从容起。早事及理瓶花毕，已八时，火好，不甚想吃早餐，稍待再烤包饮牛奶。天气郁闷潮热，早起即穿圆领衫短裤，尚扇扇，暑热要来了。写帆详信，十时加火待起，洗包菜、土豆。即吃饭不吃早餐了。十二时廿分午餐，吃包子一个半，土豆泥包菜汤二号碗大半碗，土豆小半三号碗，肉松，腐乳，吃后甚饱，都有点饱胀，后渐好。一切吃完（汤烫）弄清一时零五分，甚热，扇坐片刻午睡。一时半至三时半热醒，不能睡，即起。火将熄，幸还有三四眼，即于上加煤，通灰出。张爹来送填水电表，代填，忽记不清张名，遍寻帆所记不得，写好后又找，至四时半，看火已大起，即速上下盖住，等五时过再开做晚餐，因均现包、菜也。口渴至此始大连饮茶，出汗，扇

1976年 515

坐。待邮递员至，发帆信。小说已看完，《心史丛刊》亦看完，无书可消遣。得刘信告陈死讯，悲怆不已！看报，五时一刻开火蒸包子及烧土豆，后蒸绿豆糕。听天气预告，将大雷雨，至廿四日均阴雨，烦闷。厨房大雨将漏。五时五十分，饭菜全好，太烫，稍等吃，对钟表。六时一刻吃一包子，大半碗烧土豆，已饱，至三十五分又将菜碗一满碗土豆泥包菜汤吃完，剩几片包菜叶未吃。弄清六时五十分，因先已洗了一部分锅碗及烧开水也。放蚊，想散步又需等鸡进蚊出，且热一身汗，亦不好穿衣裤。吃太多饱，不走动亦不好。走三百步，八时关窗门洗澡，乘凉回屋弄清冲开水毕已九时，饮茶，本想写君惠信，以时晏天热须扇作罢，再烧开半壶水，九时半封火。十时上床。麻鸡生蛋。接到信。火不好，九时即拌鼠药至九时三刻，渴甚，连饮茶，出汗，扇凉。十时上床，不久雷将雨，起关窗。雷雨，又起至厨房视漏搬物进外房，愈大，又起至厨房接满，安睡已十二时廿分。

6月22日 阴雨 星期二

早五时起看火甚好，又睡不着觉至八时始起，火熄。收拾鼠药，喂鸡，已八时半，生火，清扫厨房及鸡笼，生着火，已九时过，早事毕，已九时四十分矣。火加好，浸土豆。舌苔前尚稀薄，后腻。夜睡少，幸早睡好，精神尚好。又雨。大雨，关窗，抹桌，洗抹布，冲开水一瓶，洗蒸土豆及党参，蒸上气，已十时一刻矣。吃蜂乳，未早餐。将午餐，做土豆汤时，已后面进水，做好渐大，将进鸡笼，已进煤池，地面亦不能下脚，即用粪箕臽出五箕至大门沟中，灰已倒掉，邻舍皆无煤灰，只能多积浸流用箕倒去。甚累，腹又阵痛。午餐吃一个多包子，大半菜碗土豆汤。蒸饭时写刘信，未毕。吃饭又扫水，再蒸未烂土豆，弄清十二时三刻，即午睡，心烦极。一时半睡至三时半，四时起。喂鸡，添火，写囡信，发出，五时一刻开火，蒸包，听预报今夜仍有大雷雨，明日有中雨，请牛儿暂修理后沟，以免大进水。惟据牛儿言，乃地下泉眼冒出者，不知是否。清铲一下，不知有用否？心绪极恶！六时半始吃饭，一包，大半碗红烧土豆，一碗土豆泥汤。八时进屋洗脚抹身。烧开水，写刘信，毕已九时四十分，写日记。十时封火，吃多剩土豆三四。十时半上床。三鸡均未生蛋。心绪极恶！

6月23日 雨 星期三

早睡至七时，火尚好，至八时半换加。不思早餐。写给陈大嫂信，附刘信寄去，毕已九时。舌苔不好，故早不思食。泡土豆，洗净，中雨不止，看书不进，情绪甚恶。十时开火煮土豆，洗瓶罐。厨房地漏雨尽湿。十一时半午餐，一包及土豆。大洗铁锅，被漏及鸡弄污。弄清整咖啡，因炼乳久恐坏。吃毕弄清，加封火，十二时三十五分上床，午睡一时至二时，被大雨及小孩奔叫声惊醒，起关窗，再睡，未着，至三时仍泻一次，腹微痛，稍躺即起，木生来送代买苏州蜂乳，四时过走。房中见大鼠。五时开火下面。邮递员送报已走，写好萧信，与刘信均未能发出。五时半面拌好，以烫略等，威克回，于厨后沟又弄一回，并厨门口原来小沟略修整。但大沟经雨污泥沙复满，未动，一时尚不致壅塞，但上次弄的亦近白费。另下面吃了走，买来苦瓜，带去一半，并带些土豆去。放蚊拌鼠药抹身洗脚毕，已八时廿分，尚全未冲开水。略坐扇休息。心绪不佳。八时三刻冲开水，火已将熄，尚有三四眼，即封对眼，又换湿煤，将熄，即将上下打开，惟已塞灰，懒再重弄，换稍干煤，不知能起否？起后再封，又不知能[到]明早否？生火亦易，但今煤湿柴潮，地又水湿，重生麻烦。稍待看情况。九时廿分火已熄，收拾一切毕，九时四十分上床。黄鸡生蛋。

6月24日 星期四 晴

夜睡较早而甚好，但六时不到即醒，未能睡二觉。听天气预报。收拾鼠药，拟烧而火柴及纸均潮湿点不着。六时三刻去向阳菜场，拟买辣椒，春荣言已去二次买不到；有番茄早排长队，现必已卖完，遂不去。清洁收拾完，无事可做。写孟伦信，至八时廿分，择菜，张婆婆送苋菜。舌苔又大坏，亦不思早餐。洗切苦瓜，洗苋菜，八时三刻觉饿，吃饼干夹肉松三片半，纯麦精半碗，弄菜毕九时廿分，休息十分钟生火。甚累，拟下面，暂缓生火。张婆婆来说，有卖辣椒、番茄，陈老师说的，她已叫平平、红红排两个队，我去可接一个。不知急急跑去，皆无。且已过时关门。白跑一趟，回来更累，又生火，纸、火柴、煤柴均潮，极费事生着，起亦慢，十一时多才炒菜下面，十二时半吃大粗蓝花菜碗一大碗少带汤，剩两筷子。弄清上床已一时半，午睡一时三刻至四时，尚倦能睡，因午后未加煤，恐火熄强起，火尚好，即亦未再睡，喂鸡，大阵雨关窗门，四时半加煤仍封。躺椅休息，择苋菜，切腌苋菜梗。五时一刻开火，未即起，六时多始又吃面一大碗。弄清七时，又蒸党参汤与绿豆糕，烧壶半开水冲瓶，熬咖啡，放蚊关窗门，洗脚，一切毕八时半。饮咖啡少许休息。写给威克姐夫信起草，毕已十时十分，收拾一切，微饿，开麻酥吃，十时半封火，三刻抹身十一时上床。黄鸡生蛋。接帆信，刘、萧、殷三信，因出外买菜错过，未能发出。

6月25日 星期五 晴

夜听里房老鼠响，又起收好东西，未能很好睡足，早六时不到醒，即早起买菜，六时十分出门，排队近一小时，临到番茄卖完，洋豆已老未买，买两块腐乳而回，又拣砖一块，有点重。已七时过，甚累。又勉力誊改写好威克姐夫信，更疲累，已九时半过，稍息即要蒸饭了。好菜总不要想买到。如帆回，早、午睡均起早，又有车，或可买到。不知何时才能回。拟写一信告给胡信事，实太疲累，还要蒸饭，看夜间及明日精力如何？早秀劝晒衣要晒，霉了。张婆婆亦劝收箱，橱屉不能放，但实无馀力了。十时半开火蒸糯米饭。接王文才信，王俐给囡汇款单。发出刘、萧、殷、胡信。十一时一刻饭好，十一时半吃饭。菜场回后又腹时阵痛，不能多走急走久站劳累，又不能疲累勉强做事也。又想吃得好些，矛盾不能解决。午餐吃二号碗大半碗之一半糯米饭，绿豆糕已不好吃，尚剩二三匙。饭后又煮咖啡饮一碗，十二时一刻睡，十二时半睡至二时，醒即起至东湖村买辣椒，又营业员开会去关门，仍未买得，反未多睡。回来二时半，仍倦欲睡，即再睡，又睡不着了，先闭目静卧，后看诗，至四时始起。孙嫂来借面粉，发现装面粉面条之大纸盒及塑料袋、面条、粉均被咬破了。一切食物无处放，如何是好？要想办法，取出取进也麻烦！写帆信，甚昏倦疲累，写好五时四十分，才开火蒸饭，临时收米、面、洗盆缸等，至六时始开火蒸饭，六时一刻始开始上气。六时四十吃糯米饭一半多约剩小饭碗半碗，很饱很适。放蚊冲水洗脚毕，八时十分。又添写帆信一页，检旧信，拌鼠药，已九时廿分。九时半封火，收拾一切睡。今日未泻。黄鸡生蛋。算结账，九时三刻临睡忽肠腹大胀气痛，久所未有，想糯米饭放油多些之故。以后对荤油必须有戒心。惟望不致从此又胀气不能进饮食才好。明天饮食特别注意。

6月26日 星期六 阴午转晴

早起又写帆信二页。写毕信至湖堤采花回插瓶,邮递员来,帆又有信,劝看后下午再发。仍旧话重提,即添简单大字一页封入待寄,又写给威克、囡二纸,告胡、爸事。待寄。已过十一时,开火下面拌吃,二顿一起做,中午加吃剩糯米饭塌一较大粑,面渭水碗半碗,又洗二大油腻碗,焦巴铁锅,熬二道咖啡,吃后十二时四十分。午睡。中午出太阳,又晒、移大黄豆,已霉可惜!午睡一时半后睡至二时半,三时起,添写帆、囡信,四时多躺不动,恐仍再泻。信发出,看报,收晒豆、药,洗面锅,五时三刻吃剩凉拌面,弄清,开火烧开水。冲瓶,放蚊等鸡拌药,天黑关窗,抹澡洗脚,已八时一刻。躺藤椅,看诗不进,冲开水,热党参汤,找书,九时半封火,四十分吃党参汤,又吃饼干二片,看翻数诗,十时上床。三鸡均未生蛋。

6月27日 多云转晴又转多云 星期日

昨夜很迟才睡着,心绪烦乱不佳,又想念早早,想为她写一诗。早六时半醒,七时起床,鼠药未动,又收拾烧掉,加火,大扫鸡笼及厨房,早秀告有番茄卖,即去,已剩烂的,检得十多个较好的买回,二角二分,三斤不到点,八分一斤。回来已累极,出太阳,又勉力晒出五斗橱屉帆我现不穿之单衣,我在上的回潮,帆在下的已霉黄,两条新买绒布裤可惜,共晒三绳,又张婆婆半绳,其他绳一件。蒸饭蒸土豆,洗抹番茄,剥土豆,切苦瓜,切番茄，烧苦瓜，烧土豆泥未加水，火已即将熄，即未再做汤，吃番茄烧苦瓜及一点土豆泥，并想吃点荤，即佐以肉松，吃一碗半饭。弄清已一时一刻，加封火，疲极午睡，一时半至四时。洗脸梳头饮茶，已五时过，始开火，未上大［火］，即烧土豆汤。因疲累又进房休息，写日记，忘记，水少，已煮成一片锅巴，幸二顿土豆多，即将上面泥盛起，锅巴铲起吃掉，又洗锅，热苦瓜，烧好一点包菜，加入汤中，先和番茄共煮一下，加土豆煮。六时廿分晚餐，大半碗饭，二号碗浅碗包菜番茄土豆泥汤，及土豆泥大半小盘。弄清放蚊，头痛，人极倦，不舒。收衣，关窗进房已八时多，抹澡冲水毕，八时半，极疲不适，稍躺椅，仍极勉力，折好晒衣，分二次，中休息，折毕略息，极困倦，仍努力站凳清箱收检整理，毕已九时五十分，去封火，已全熄，只好明天重生，先封火再收箱就好了。极累，但不想睡，躺椅看诗休息，至十一时半始睡。黄鸡生蛋。舌苔转好，仍略有稀薄苔。

6月28日 星期一 阴

昨夜睡迟，饮茶多，过累，上床未睡着，又想早早，为之作诗，更兴奋不能入睡，至一二时始睡着，仍不沉着，幸早五时多和六时多醒二次又入睡，至七时廿分始醒，尚好，七时半后起。早事毕已八时半过，尚未生火出灰扫地清鸡笼，亦未早餐，写出《早早诗》前一部分，待续。九时半生火，蒸上饭已十一时矣。因剥土豆泥做汤，十二时廿分始吃，又太烫，稍等，吃半满缸，即一满碗饭，一浅二号碗汤略剩，弄清已一时多，又热土豆汤，适因看过牙痛返，即吃留的夜饭，又加点她买的面包，吃剩的土豆汤和苦瓜，吃完又洗碗，讲话，上床讲话，又起泻一次，再睡未着，张婆婆送泡菜，已三时半，遂不再睡。开火淘米蒸饭，已四时矣。略清理废信去之。五时蒸饭做菜，极倦极累，囡六时一刻始起，又择做韭菜，七时始吃饭，洗锅碗等极累，囡出外，躺椅看书，大抹身洗脚，休息。囡九时半回，十时封火，吃番茄，十时半上床，倦累极，时有欲泻意。苔后半仍腻。黄鸡生蛋。

6月29日 星期二 阴

昨夜疲极十时半上床即睡着，一夜酣睡，早七时半醒仍疲倦，仍躺床，后囡醒起，喂放鸡，看火极好。我八时过起。梳洗即八时半。囡下面同吃。腊肉大霉，奋勇洗切肉后洗锅砧，共费一小时，累极，休息略躺，又淘米蒸饭，囡弄土豆后去二区，取王俐汇款及游才到之所寄松子茶叶包裹。我写日记。思续做《早早诗》，思已不属，奈何！囡回做菜吃午饭，我吃一碗饭，又熬咖啡，因吃腊肉四片也。十二时三刻同睡，一时四十分睡至二时半过，连泻三次，甚急，囡劝卧床不动，囡三时冒雨回厂，我睡五时起，吃晚饭一碗，肉二片，送张婆婆腊肉二大块，仍剩二大块，及盘中切的一些。与张婆、孙嫂闲话，八时回，收拾洗脚已八时半，烧开水，冲水瓶。接沈雄信。早秀言成都地震，不知确否？甚忧念。接、取游包裹。晚饭后一阵精神甚好，或今昨又吃鹿茸精之故？八时半后，仍有欲泻之意，注意不多动。读《遥夜闺思引》，未解其意旨，文词亦不知所指。后日问帆，不知其知否？九时半封火，吃番茄，收拾一切，十时一刻睡。舌苔仍未大好。三鸡均未生蛋。

6月30日 星期三 晴

早五时三刻醒，又睡，不着，六时半起。加火封，厨房清整，七时半去买菜，买茄子二斤，土豆五斤，很大好土豆，又便宜，惜提不动，未能多买为憾。归八时多，开火待起，八时三十五分吃早餐面包二小片，牛奶咖啡一碗。九时开火弄饭菜，十二时廿分吃大馒头一个剩汤元一小坨，腊肉三大片四五小片，茄子。弄清后茶二杯。十二时三刻弄清，一时睡。做饭菜前滤熬二种甚霉之酱油，洗锅碗，又买菜走路提重，故甚累，饭后又转好。并复文才信。午睡一时至二时半，起喂鸡整理，闻张爹言菜场才到苦瓜，即去买苦瓜六斤，极佳；又买土豆五斤，番茄斤馀，因半提篮半背袋，力尚可胜，走至材料处，觉稍累。此次大好。回家已即五时，稍息开火蒸馒头腊肉，炒苦瓜，热茄子，六时一刻吃饭，因临时吃蛋白酶，又等到六时半才吃，吃午剩小坨及半个馒头，二大片腊肉及二小片。弄清关窗洗脚毕，已八时一刻，休息，写日记。想写帆信，又懒写，体力精神均已困倦。又躺藤椅休息，苦无书消遣，只好翻翻百看之书，神倦更看不进。十时封火，吃番茄，大抹澡，十时四十分上床。黄鸡生蛋。舌苔舌尖好，前半薄，后半及左条腻。

7月1日 星期四 晴风较大

早五时半，勉强几次睡到六时廿分醒，稍躺起，早事及大洗沟毕，已八时，甚累。休息，写帆信，十时开火蒸半个馒头半个月饼，只吃了馒头，昨烧苦瓜油多，又加一条，因腌炒太过，甚少一点，油仍嫌多。吃了一片腊肉，所切好的只剩下肥的了。只好留炒菜。酱油装瓶，封火，洗一切，弄好十二时半过，即上床，

1976年 523

睡至二时四十分醒。添写帆信，煮咸蛋土豆，煮糯米粥，烧番茄土豆，六时半做好，停一刻钟吃蓝松饭碗二碗半粥，恰吃完，豆绿碗半碗土豆亦吃完，及一些苦瓜。洗毕弄清，又加煤烧开水，才六时三十五分。帆信发出，附图证明，文才信忘发。放蚊，今日尤多，扑面成幛。点六盘蚊香久熏之，始多数飞出，关窗门开灯，已八时廿分。写淡芳信，九时十分吃月饼一角，饮茶，头痛稍转好，夜更较凉。九时三刻封火，收拾睡。黄鸡生蛋。

7月2日 星期五 晴、风、凉

早七时起，火好。早事毕，洗三霉酱油瓶及黄泥网袋二三次，仍浸泡。八时半半开火蒸干硬面包半个，热咖啡，八时三刻早餐。写复沈雄信。洗切茄子，熬二道咖啡。十时拟开火，帆来信。胡来回音，坐谈大半小时，令帆出证明请假回。胡去看火，将熄，重加煤待起，十一时多初起，即煮糯米粥，十二时亦好，烧茄子，吃粥二碗，虽适但肠腹更易转动，易泻，亦不宜。弄清，续完帆信，一时上床，三时醒。火只剩四五眼，加上煤，只一眼红了。不知会起否？起亦极慢，先吃一角月饼，吃二种胞、鹿药。信发出，二王沈雄及帆信共四封，休息等火起热粥菜晚餐。择洗银耳，洗拖鞋，坐外看《宋诗精华录》。近思看小说解闷不可得，读放翁"异书浑似借荆州"之句，不觉莞尔。七时火终熄，亦煤潮之故。用煤油炉热粥，吃二碗，茄子即冷吃，热水洗脚脸，坐看《宋诗录》，吃药，月饼一角。三鸡均未生蛋。舌苔后仍厚腻。但时觉饿，又觉刮肠思荤及甜食。改定抄录《早早诗》一节，收检一切，九时三刻睡。

7月3日 多云 星期六

早六时半醒，又躺至七时欠十分起，收拾清生火，一刻即着起，但久始起仍不旺，八时廿分加一蜂煤待起。早事毕八时半。即补破长裤穿在内，共三条，二厚一中，上亦穿三件衣一极厚雨布衣。因天气有风甚凉也。免再加外感。浸土豆，九时早餐，月饼半个，牛乳咖啡大半碗，吃后甜腻不适，又头痛，脱衣。淘米蒸饭及洗蒸土豆，洗酱油瓶，又浸。翻检诗韵。接帆蛋白酶包裹单。蒸饭土豆，中餐吃一满碗饭，剩苦瓜，土豆泥汤。饭后一时睡，后连泻二次。未睡着，躺至四时半起，头昏晕，人不适，勉强做苦瓜及番茄土豆，六时半晚餐一碗饭，饭后头昏精神转好，八时半后改《早早诗》，查字及韵，至十一时始上床，吃饼干四片。黄鸡生蛋。八时多即封火，服香连丸。

7月4日 阴 星期日

早六时半醒，看火甚好。去看张爹爹病，已由医院至儿处。与牛儿闲话，回又丽华来问买甲鱼，与早秀闲话，后送鱼来。八时过吃早餐饼干三片，牛奶一点咖啡大半碗，吹晾糯米，一切早事毕，加煤封火，八时二十分，补写昨半天日记及今早的，毕八时三十五分，略休息，三刻起，改定抄写《早早诗》。午饭一碗，土豆汤，烧茄子。一时半睡至二时半，甚酣适，忽被小晏叫醒，借五元，仍疲倦，昏昏不适。五时开火蒸现饭菜，将食囡等回，即将饭与早早共食，囡下面吃。晚饭吃弄清较迟，早早闹睡。水热与之洗澡毕睡，一刻即睡着，已九时过矣。我与囡又各洗澡，囡又翻布裁衣，睡已十一时矣。黄鸡生蛋。

1976年 525

7月5日 阴雨 星期一

早起火未燃，重生火。囡去买菜，茄子瓠瓜。早早吃牛奶麻酥，火一时不起，我与囡亦吃牛奶可可饼干作早餐。即早弄菜饭，十时毕后，推车至湖边与早早看水采花。早早似精神倦欲睡，不起劲，我即怕疲，不远即采花回，归途她又要出车堤边坐，十分钟不到又坐车回了。十一时过即午饭，吃烧茄子、苦瓜，瓠子汤。甲鱼囡不会弄，说养到下周威克回再弄，也好，省得更忙，又帆或回更好。午睡甚早，早早不想睡，玩很久，被打始睡。大概一时多睡至三时多，起喂鸡开火弄饭，囡与早早睡至五时多。六时晚餐一碗半饭。早早吃四五蒸大土豆，一口饭。囡至陈老师处缝送王俐小孩衣，六时半回吃饭后，匆匆与牛儿同路返，我善后收检甚多甚累，清已九时，抄改《早早诗》毕。十时封火睡。黄鸡生蛋。

7月6日 阴雨 星期二

七时半弄清，觉肚饿，八时吃稀银耳一碗月饼一角。弄菜蒸饭，写游信。沈送工资来，忘留药，又为送去。十二时午饭一碗，土豆汤二号碗半碗，一点茄子苦瓜。午睡一时至三时半，醒欲泻，再躺至四时起，剥土豆，五时开火蒸现饭。补写前一天半日记及今天的。五时三刻做菜。错过邮递员，游及囡写沈雄信，均未能发出。六时一刻泻一次，晚餐半缸饭，大半菜碗烧土豆，半二号碗土豆泥汤，一点茄子，大半个土豆，甚饱，亦适。吃了烧土豆二片腊肉，亦尚好。八时归屋，烧开水，写日记。烧一壶半开水，熬银耳。写淡芳、君惠信，烧土豆糖水，即剩食之一个多点，过夜会馊，故煮热食之，已十时矣。食后封火，收拾睡，黄鸡生蛋。

舌苔略好。沉睡及夜，小泻二次。

7月7日 阴 星期三

早醒已七时过，即起，看火已七时半，尚甚好，惟中间松灰，恐多烧换时会散，即换加仍密封。早事毕已八点一刻。尚未吃药及早餐。熬银耳，不烂，九时吃牛奶可可、饼干作早餐，写复印塘信，接帆信。淘米洗土豆蒸饭，十时一刻，十一时半剥捣土豆，烧菜，十二时吃午饭一碗多，炒土豆泥，剩肥腊肉烧茄子尚不觉油腻，土豆泥油亦多了。弄清十二时四十分，上床午睡。一时多睡，至四时三刻，仍思睡。急起看火，尚好。喂鸡。五时一刻开火，按土豆泥，蒸现饭。做甜土豆泥菜碗少半碗，剩土豆泥冲一菜碗，剩茄子，吃后不想吃饭了。茄子剩一点，连腊肉大半碗给余婆了。下雨，七时半回屋洗脚，冲开水，八时火不好，即封了。看《参考》，近九时，肚饿，吃银耳一浅碗，孙嫂来坐谈至十时过始去，收拾一切，十时四十分上床。三鸡均未生蛋。舌苔前薄后腻，夜稍好。

7月8日 星期四 阴雨

早起稍迟，买菜，仅番茄，并已将完，买了有点近烂及青的回。午饭吃糯米饭加糖小半缸，土豆泥。火熄懒生，用煤油炉热土豆泥，并用番茄炒焖剩饭，烧热水开。仍十时多睡。写刘信复淡芳信。黄鸡生蛋。

7月9日 星期五 晴

起迟人倦，未生火，吃饼干冲牛奶当早餐。写游信、萧信。

1976年

午用煤油炉下二大碗面拌作二餐，并煸昨下午买辣椒几个作菜。午后一时半至三时连泻四五次，思去看，人倦不支头昏，思打电话叫囡回，时间来不及，并不想走动打电话。幸夜间好转未泻。晚餐仍吃大碗面，夜并番茄，均甚适。人反不想睡，迟睡，又睡不着，成绝句十首寄游，后入睡。黄鸡生蛋。

7月10日 星期六 晴
　　早起晒床铺被褥，买菜。晒米，洗头。生火蒸饭。午饭一碗，午睡三小时，起泻一次。改抄诗，并足成改定陈诗。晚饭一碗，弄清洗澡。收拾封火，吃饼干，九时半上床，因午睡多睡着甚迟。接孝章女瑞白信，甚悲感，又念介眉。舒弟送煤。

7月11日 星期日 晴
　　起早买菜，买茄子、毛豆、韭菜、盐。休息，写定抄诗，翻查书。洗衣。中午吃一大面包，辣椒、肉松，饭后吃咖啡牛奶。早起弄饭菜，而午后虽加煤而忘塞灰，将熄，加煤等起已五时半，蒸饭，菜俱备好。囡等六时一刻回，六时半晚餐，饭后三人洗澡，人倦早睡。但早早因前数夜睡席受凉，一夜咳嗽不停，未睡好。

7月12日 星期一 晴
　　早睡甚倦，火好，威克已开下面，故在床与早早玩一阵，三人均吃饼干麻酥作早餐。威克杀甲鱼，我九时半即开火蒸饭，上大气蒸鱼，廿多分钟即好。大家剥毛豆择韭菜等。十一时过即吃饭，我吃一碗多饭，甲鱼六块，及咸菜毛豆少许。十二时即午睡，但早早不睡，大小便吃茶，囡又打骂之，至一时半她们睡着，我又一下才睡着，二时半过又醒。因我合蒸做夜饭，五时半吃，天转热，吃不大下，吃大半碗饭。因等近七时走，我放蚊点香收衣被等，八时过进屋洗澡，又洗衣烧冲水，毕已九时半。补写五天日记。吃麻酥、可可牛奶，十时封火，十一时上床。黄鸡生蛋。舌苔大好转，仅根薄苔。

7月13日 阴晚雨

早起过清衣裤，重洗沾污衣，吹出。写帆信，做二菜，下面，十二时一刻吃大半碗二号碗拌面，炒烧茄子及土豆，腌菜。一切弄清一时一刻。午睡一时半至四时三十五分，仍似不足。五时三十五分开火，火仍极好，剩面菜分蒸。晚餐吃不大下，仅吃渭水碗半碗，菜吃完，仅馀腌菜未动。面又重蒸，并蒸月饼半个备吃。下雨时大时止，开关窗放蚊甚烦。待黑关窗洗澡。烧开水换冲瓶。七时五十分洗澡，因不热无甚汗，少水少皂快洗快洗洗毕冲好水，仅八时五分。写复淡芳信，因问慰地震预报事。毕，看书不进。今日午睡多仍精神不好，或晚饭未能多吃之故，夜亦不饿，惟多饮茶，或停一切消化及补药之故。蜂乳乃连日早吃早餐未及吃，胎胞片未找到存药，已为吃完，已停周馀，蜂乳则二三日，蛋白酶及维生素则有意停了四五日，有时吃太多太饱则偶吃B1，蛋白酶亦间或吃过两次。舌苔尚好。黄鸡生蛋。八九时大雨一阵，甚忧，刻已停为幸。九时半封火，写日记，饮茶，十时上床。大雨，十一时到厨房接漏，雨暂止，又更大，复起看，又另二处漏，盆接，而地复一时流水多而速，宜桌下屋外由墙浸水，幸不久雨小。后门外檐水亦往里滴流，用铲挖铲斜一些，十二时四十分始上床，又一刻才入睡。

7月14日 阴转阵晴 星期三

早起复至后门铲小堤坡近门处一二尺成斜坡,稍近原样。又将靠里面处,用手按泥填高。靠右三分之二亦堆泥无法尽弄。甚累,回房躺椅不想动,勉强简单早事毕,火熄即不想再生。肚肝稍有阵痛。吃蜂乳、鹿精、胎胞丸,二片饼干。昨剩拌面半碗,大蒸未动,尚未坏。十一时用煤油炉温水蒸热,并蒸月饼留夜饿吃。十一时半后午餐,毕,午睡。晒煤,复煮炼乳冲可可,吃饼干三片,十二时上床。十二时半睡至二时,再睡不着,又昨夜睡少及今早劳累,心绪恶劣,人倦不舒,又怕多泻,故躺至近四时起,孙嫂送来发面头甚多,云即发起快。本不想生火了,又重生火,看面粉已生虫,又找筛子,筛面粉,和面,待发已五时,不料六时过即起,又加煤待大火,一面加面粉揉做,六时一刻蒸上,气不太大,六时三刻好,尚发甚大,开花,但仍较实而不稀松,微一点酸,但仍比买的好吃,吃一个半,似不饱,看大小近二两,不敢再多吃,后仍空口吃一点,约共一个又大半个,复冲麦乳精大半碗,因时晏人累未弄菜,仅吃咸菜与肉松也。吃毕一切弄清已八时三刻。休息随意看书。九时半封火,吃番茄,十时四十分上床。舌苔好。黄鸡生蛋。

7月15日 星期四 阴雨

早起看火尚好。拟去买菜,准备,已下雨不去,囡亦不会回,也不必多买也。加火,因下面铁条板卡住,久始拔出,加火仍有一半眼,但火不旺,天太潮湿,加煤后不起,久之渐熄,只好重生,柴霉皆潮,柴多加,又扇,总算着起,上复加蜂煤,蜂煤亦无较干者了。九时半大起,先浸洗好土豆,又剥了毛豆,即一锅温水蒸，稍等则蒸馒头，恐嫌早了。或半时后，先封盖，等十一时后再蒸馒头烧菜吃午饭。十时十分封盖火，剥切土豆，洗切番茄及辣椒，土豆一半按泥，毕十一时，拟蒸馒头炒菜，火已不行，又加煤球在中间，待起稍快。等火结账。烧菜等一切弄好，吃饭亦十二时五分矣。吃一个馒头多一点，半碗二号土豆泥汤，大半菜碗土豆、毛豆、番茄、辣椒合炒，色极好，味亦甚佳，吃一半，及一点腌菜、毛豆与肉松。饭后将馒头秤了，每个恰二两半，则今天仍吃不少，甚饱。昨晚则竟吃了三两八，也未胀闷，还似不大够饱。或吃得迟，又未多吃菜之故？饿而新蒸出馒头好吃。弄清已一时，上床午睡。一时廿五分睡至四时醒，廿五分起，忘看火，结多日未记账，尚不错，结清，看火，已将熄，剩几眼，试加待。今日午饭后未加煤，尚算烧久，醒起即加就好了。五时三刻，报尚未来，大概今天不送了。帆尚无消息，王信亦三天未寄出。亦无他信来。火居然起，待大通灰，蒸上馒头，已六时半，尚未上气，须七时多吃晚饭了。七时晚餐吃一馒头半二号碗土豆泥汤，炒土豆吃完，并吃一煎蛋。总不记吃蛋。一切弄毕已八时半，尚未洗铁锅，烧冲开水。抄写寄游诗，并写信。九时半封火，写毕信十时，收拾一切，十时半上床。黄鸡生蛋。舌苔尚好。今天完全未泻。

7月16日 星期五 晴

早起买菜，只一点茄子，买回老烂不好吃。加煤，早事毕，早餐吃半馒头，抄诗，囡回，弄菜，蒸土豆馒头，囡带回二白馒，故共吃馒头土豆泥汤，托春买了二斤辣椒，辣椒烧茄子，煸辣椒。我吃一个又小半个馒头，囡亦只吃一个半。午睡一时至三时半，惟中间时醒欲泻，忍过。午睡躺至四时起，头痛不适，流涕，或午睡未盖毛巾毯之故，但亦未觉凉。洗脸饮茶吃银翘片，去痛片，头仍昏痛。腹解后无不适。囡三时去厂上班。发出游诗信、王信。接施信。五时三十五开火，馒菜一锅蒸，六时十分吃晚餐，吃大半个馒头，小半碗汤，三个土豆，一点辣椒，一切无剩，一碗茄子全送孙嫂，因头痛流涕，胃口较差，吃银翘片去痛片后渐好。夜写施信未毕，下午写了李信一页，附游诗。火因煤松散，甚好即碎，遂熄。明天又要重生，麻烦。幸烧了两瓶开水。十时一刻上床。黄鸡生蛋。舌苔好，惟近根中间微有薄苔。头痛不适亦转好。

7月17日 星期六 晴

早五时三刻即醒，再睡不着，六时过即起。梳洗毕简单清洁，六时三十五去买菜，买茄子二斤回。已七时，收拾房物。生火，一切潮湿，小枝已无干者，又借不到，后想起很久前牛儿代买油片柴，踏断一些生火，又检劈柴稍小及干者，及前两天所晒碎蜂煤，仍甚潮烟，很久生起半炉碎煤，烤半馒三片吃二片，煮炼乳加可可一碗，晒出前未干透雨打湿褥单衣裤及毛巾毯浴巾，我、早早洗脚巾，前晒过又霉味之棉袄裤，毛线裤等三绳，毕已九时。党参因下雨及忘记三五日未吹晒，已生虫。灵芝更大蛀，可惜。均晒出。十二时午饭，一锅蒸，馒头大半个，凉拌茄子及烂辣椒，油炸茄拖二饼。午睡一时至三时廿分，午前泻二次。午睡起移、收晒物，添、封施信。天转热，日下收物，脸红烫。饮茶三杯。帆一直无信，其事不知如何？甚念！看今天下午有信否？送报来发出章、施信。4时半去买苦瓜6斤，丝瓜二根，甜椒一斤，白面包4个，炼乳一瓶，邮票5个。五时半开火蒸馒，泡洗丝瓜半根，番茄小半个，蛋花一个做汤。五时五十分好，烫，等6时十分吃。先收了衣物。帆仍无信来，甚为忧念。晚餐大半个馒头，一满二号碗汤，剩拌茄、辣椒吃完，咸蛋一个，吃极饱而极适。弄清放蚊毕洗澡乘凉，吃多杯茶，又出汗，又抹身，又乘凉，九时后回屋折收衣被，火又早熄，此次煤太坏。写日记。想写帆信无精神且时晏，作罢。九时三刻上床。舌苔好。三鸡均未生蛋。

7月18日 星期日 晴
晒出各种衣物。生火，做菜，中午烧茄子及丝瓜汤，吃近一个烤面包。午睡一时半至三时半，又躺至四时起，移物就太阳。做苦瓜辣椒，烧粥，六时晚餐，吃近三碗糯米粥，渭水碗半碗辣椒茄子，一点苦瓜，一个煎蛋。弄清正拟洗澡，威克带早早回，已吃过晚餐。威克带早早至湖边，我洗澡。后威克去游泳，带洗澡，早早哭，后吃米泡乘凉甚乖，威克回，共吃西瓜，我亦吃好几块，尚甜，仍不太熟。吃后早早又吵闹，九时多睡。封火，甚热，又抹身坐扇一阵，已十时多，写日记，十时半，仍热不思睡。又稍有舌苔，左及根薄腻。麻鸡生蛋。接帆信，知安好甚慰，唯事仍搁置。接拱贵信，其家人孩子均不安顺，读之甚为忧叹。拟即复未成。十一时上床睡。甚热，扇甚久。

7月19日 星期一 多云转晴大热
早起收拾一切，七时早早醒，甚乖，给她洗脸洗牙抹身，吃面包牛奶，看管与之玩，仅先坐屋外与屋内玩纸盒共安静半小时，各种调皮捣乱。十时囡回，稍息。九时半已淘米蒸饭。午饭菜好等凉吃，吃一碗半饭，十二时过即午睡，甚倦思睡，将着屡次被早早玩吵及囡打骂吵醒，至二时半始睡一小时，幸威克已开火烧了开水，泻后本仍拟睡，而床又被囡横占了。即躺藤未睡着，勉强打米，叫威克淘蒸，菜亦他弄了。休息渐转好。吃西瓜甚多。五时多晚餐，吃一烧饼，汤少许，苦瓜太辣，略尝而已。因等六时多即回厂，我七时多洗澡，毕，在外略坐乘凉，人倦疲甚，至坐不住，进房躺藤椅，中冲开水一次，至十时，想写信亦不行，睡太热且封火太早，故至十时始开始准备睡，写日记，封火，十时半上床。险忘收囡换洗衣裤，幸记起收入。麻鸡生蛋。胡来问帆事，坐谈十馀分钟即去。舌仍有薄苔，比昨略好。夜睡仍热。

7月20日 星期二 晴热

早六时五分即醒，不久即起。六时半开火蒸面包月饼，洗衣打肥皂热水烫。七时半早事毕，吃早餐早早剩烤面包小半块，月饼一角，蒸面包四分之一，牛奶一碗。餐毕甚热，休息一刻，洗清衣服及各种早早及家用毛巾，晒出，已八时半，累而热，躺藤椅扇息至九时，尚适。写张信一页，未毕。十时起做菜下面，至一时始吃，甚累，吃二号碗一浅碗拌面，煸拌甜大辣椒，苦瓜辣椒煸好，火已将熄，即加火不炒了。饭后弄清已二时。午睡至三时多，又泻一次。四时过起床，大饮茶。五时开火，五时半炒苦瓜，六时晚餐，吃午拌面二号碗一浅碗剩一些，拌辣小半碗，苦瓜一点点。洗碗，点香，即洗澡，然后放蚊乘凉，八时入屋，躺椅扇，八时半写张信至九时半，写日记。三鸡均未生蛋。晚饭后大饮茶，现又连饮茶，大概吃拌面口渴之故。十时封火，十时半上床。舌苔夜微好一点。接沈雄、君惠信。又拌鼠药，复连饮茶数杯，出大汗抹扇，十一时始上床。

7月21日 星期三 晴热

早六时即醒廿分起，晒出棉胎垫毯帆帽及食药品，一切早事毕，尚未通灰加煤收拾厨房，已七时半。累热坐扇。舌苔日愈趋厚腻，不知何故？手腕酸痛渐甚，两天贴伤痛膏无效。衣亦未洗，早餐未吃。八时开火熬咖啡，好后想烤面包，火已不行，急加在上面，数眼已不红了。只好吃三片干面包蘸咖啡牛奶吃，八时休息至九时，写张信。剥洗辣椒，火仍起，煮糯米粥，吃午餐已一时，吃二碗半粥，苦瓜，拌辣椒。结束张信，二时上床，午睡至四时。收衣被。六时晚餐，两满碗及一口粥，苦瓜，辣椒及肉松。弄清，拌鼠药，等鸡回，放蚊毕，洗澡乘凉，洗衣数间断出外乘凉，夜较热，又二日衣。洗好大汗，抹身乘凉扇，回屋已十一时一刻。饮茶又扇，稍饿，吃一角多月饼，饮茶，又吃松子十粒，已十二时欠十分，稍凉。收拾漱口，十二时一刻上床。黄鸡生蛋。仍有舌苔，比早上稍好一点点。

7月22日 星期四 晴热

夜热睡迟又多醒，早至七时过始醒。晒衣加火早事毕，已八时半，开火热咖啡，蒸干面包，九时早餐。发老面头，来迟，又忙于写帆信，中午不及蒸馒头，午吃拌面，又等凉，吃一二号碗浅碗剩一筷子，弄清，面来，又筛面粉，加粉再发。二时睡至三时半，四时过开火，烧冲一壶开水，等面发欲蒸，威克送西瓜回，即回厂。面又发太过，再加粉未揉透，蒸出不松软，比上次还略差，更结硬些。又蒸土豆发面稀糊，亦不好，因未尽成泥，多小块，且不甚发，但土豆有糖油尚好吃，但微酸。晚餐吃半个馒头，一筷子面，一些土豆糕。大洗油、面锅碗，热苦瓜，弄清较迟，八时多才洗澡，毕乘凉，进屋已九时一刻，写日记，想添写帆信亦累懒。火因钳出时破散，已熄。躺椅扇息，大饮茶，热不能即睡。晚饭前后疲累，浴后乘凉又好。仍有舌苔。黄鸡生蛋。看报论，十时上床。通宵热甚不停扇，未能安睡。

7月23日 星期五 晴

早六时过醒，洗晒衣及早事毕，已近八时，尚未吃蜂乳、早点及生火，已稍累不想多动，躺椅休息半小时，吃药写日记，已八时半，添写帆信。又抄诗，生火迟，起加煤，又待起，十一时半始蒸馒头等。邮递员错过，信未发出。肚饿，不想吃杂物，等吃午饭，馒头恐坏也。昨今两眼昏糊干涩。舌苔又大不好。午餐吃一小包，一小方块土豆薄糕，半个馒头。饭后热咖啡牛奶一碗。午睡一时半至三时。肚痛两阵，又睡着一下。晚餐吃大半个馒头，辣椒未热，吃一点。弄清稍简稍早，先洗澡，后等鸡放蚊，乘凉，入屋洗衣，外房灯出毛病，半暗中洗好。闪电起大风，心忧暴雨，后停，仍时有风，外凉多坐，入屋已十时欠十分，吃西瓜，极生而不好，吃小瓜半个的一半，明天不知会坏否？想做菜吃，又无肉类。吃毕十时二十分。略坐扇凉，收拾一切。十一时睡。三鸡无蛋。舌苔转好。想再添写帆信，以时晚作罢。

7月24日 星期六 晴

早醒已六时半，夜凉睡甚适也。生火晒衣一切早事毕，已八时半，添写帆信一页。九时十分冲开水，蒸馒头，吃药，热咖啡，煮牛奶，十时吃小半个馒头，一角月饼，咖啡一浅碗，已甚饱，胃口不如前了。十一时开火，不料已不行了。这两次煤均甚坏，松散极不经烧。加煤待起稍久，用生坏西瓜加虾米煮汤，发明创造也。洗晒几遍黄花菜晒出，本拟放少许，临时仍忘了。蒸馒头及剩洋芋丁，十二时四十吃午饭。帆信上午发出。一时上床午睡，一时半睡至二时一刻，又泻二次。收衣物，躺椅少动。五时半开火蒸馒头土豆丁，六时吃一馒头，土豆丁吃完。洗澡，热极乘凉，洗衣分三次，每次抹身出外乘凉。九时半吃三片饼干，饮茶多次，每次二三杯。十时入屋，挖西瓜入碗，以糖腌之，丢掉皮、子，收拾一切，十时四十吃西瓜。十一时上床。夜八九时仍肚痛一阵，舌苔转好，稀少薄苔，根略厚腻。仍热甚。太热不能睡，十一时五十分始上床睡。

7月25日 星期日 晴极热

早六时欠五分醒，因昨夜热扇少睡，甚倦，拟起买菜，又睡着至六时半，醒仍倦，家中安排好已七时半，始去买苦瓜四斤、韭菜一角钱回。回仍肚痛人倦，躺椅休息，衣裤尽汗，卧扇，看报，吃药，九时切苦瓜一小根，辣椒三个，又躺休息，早餐未吃。舌苔又不好，后半甚厚腻。午餐开铁罐烤麸下面带少汤一浅碗，剩一口，午睡一时至三时。收衣物，开火加煤，拟早做好饭菜，威克回，言太热早早，因不回了。幸回早一步，而火又不好，否则已淘米做菜了。威克开那天送回的另一瓜，则甚甜熟。我适渴热，就吃了不少，留一点夜吃。拟等下再下一点面吃算了。天极热。六点做好，等凉六时半吃大半碗面，七时洗澡乘凉，洗衣烧水，乘凉，十时进屋，吃西瓜，收拾一切，看报文学副刊调公、浩然二文，十一时上床，试点蚊香不放帐，如陈老师、张婆婆，看如何？三鸡均无蛋。舌苔前半较好，后半仍稍厚腻，根较甚。今天吃二次蛋白酶。

7月26日 星期一 晴

一夜未放帐，尚未能安睡。挥扇不停。早起火欲熄救不起，洗头，耀老来送杭州龙井茶叶，谈半小时，生活甚困难。弄苦瓜辣椒，吃饼干麻酥各二片当早餐。生火，九时半至十时始小起半炉。拟待大火做菜下面。晒药物。躺扇看诗休息。张婆婆力劝合买小虾，拖面粉炸吃，本不想多弄，因其人情，买下。火起又煸辣椒、苦瓜，合炒，又弄面炸虾，又做虾子烧土豆，虾子土豆汤，还剩一半虾子，用盐腌了，因不及做，又吃不了。下菜碗浅碗面，吃了一小半，多吃点菜，也不多，汤后做亦未吃。多吃两块烤麸，恐坏可惜也。炸七寸洋磁盘一半盘虾子，吃了一半。吃完弄清已二时。午睡二时半至四时半，起泻。午餐迟，不饿，一点不想吃。六时半始开火做饭菜，分一菜汤送张爹，吃剩面菜碗浅半碗，多块烤麸，仍有点未吃完，仍水冰，底下浸油中，想可不坏。一点剩炸虾，一半生虾微腥臭，用少油炒出不腥尚好，明天坏了再倒。不坏用以做菜。七时始吃，毕七时廿分，弄清八时，甚累，又等烧热水，躺椅看书，八时半洗澡，乘凉，进房弄清，饮茶，又乘凉。九时半封火，又抹身乘凉，十时过进屋，写日记。今天晚转阴凉，未汗湿衣。十时廿五分躺椅稍凉息。连饮茶，十一时一刻上床。上午耀老来。黄鸡生蛋。舌苔夜大好。牛儿代买茶叶及墨水。夜泡耀老茶甚好，但也要开水冲吃，游茶亦然。凉吃不觉其味，反不如二角多的了。

7月27日 星期二　阴转多云

早六时一刻醒，犹倦，卅五分起。早事毕已近八时，熬咖啡，八时吃饼干五片，牛奶咖啡，火仅馀小半有眼，即加于上，而忘看，八时半看，已下底燃，露火苗，急封盖。洗衣晒出。看唐宋诗选。九时半腹微痛。写日记，休息。舌薄苔后半厚腻。十二时吃午餐面二号碗大半碗，剩炸面虾加面粉重塌一下，吃掉，炒虾用小半炒咸菜，放糖稍甜。苦瓜未动，上面稍干白。吃一些。烤麸上面霉一小块丢掉，下面一些小块及配鲜都浸油中，未霉，以为不会坏，仍酸馊了，待晚重烧看如何，晚夜空口吃掉好了，误以为油浸水冰不会坏。午饭后大洗铁锅厚油腻多遍及一切油碗。加水熬咖啡，吃清咖啡一碗午睡一时多点至三时。下雨，张婆婆唤收衣，急起收，洗脸饮茶，天反闷热不适，躺椅观诗。大雨一阵后，稍凉。躺椅休息，胸腹饱闷，一点不想吃晚饭，六时用面粉和虾共半饭碗炸食。烤麸已大酸馊，只好倒了。可惜之极，昨夜空口吃掉好了。幸不多了。土豆加多水，仍咸不可吃，虽未坏，亦太陈了，也倒掉。未吃主食。饭后吃牛奶咖啡一碗。饭后较适。九时半后，微觉饿，亦无可吃之物。苏打饼干僵硬不松，麻酥皮软了，都不想吃。晚饭后洗澡乘凉，八时洗衣复乘凉，八时五十分封火，大抹身，再乘凉，九时半入屋，躺椅看《唐宋诗举要》，已不热，无汗，至十时半，写日记，拟吃几块麻酥饼干，饮茶，收拾，十时三刻上床睡。鸡未生蛋。舌苔稀薄，后根稍甚。不吃饼干了。接淡芳信。

7月28日 星期三　晴烈日

后半夜凉醒，穿长衣裤，胸饱闷不适，久未有了。早起晒衣加火一切早事毕，复晒食、药品，大洗很多瓶罐，毕八时半，烤饼干六片，咖啡牛奶一浅碗，作早餐。写囡信毕九时半。午吃拌面大蓝粗菜碗小半碗，面粉炸剩虾，吃一二口，凉收瓶。早及饭前晒出米、面、糯粉块、蛋面、鱼面、木耳、茶叶、瓶塞、藤箱、玉兰片、党参灵芝等。午睡前又大洗装晒物的瓶罐。午睡一时至二时，热醒不能再睡，起泻一次，移翻晒物，躺椅扇凉，火饭后忘加，已全熄久，幸已做好拌面吃凉面，又苦瓜咸菜均凉吃，有水，可不生火吃饭菜，但菜吃不完，不热恐难留到明天。看能借早秀火一热否？四时半后收物，但未冷不能收装，天热难冷，未能早收早吃饭洗澡。帆又久无信来。想写，天太热，亦无甚事。五时五十分吃晚餐，面二号碗大半碗，苦瓜咸菜各一点。洗碗，洗澡，乘凉，头胀痛，人不适，吃人丹，乘凉头痛愈甚，洗衣，益胀痛，又吃人丹四粒，止痛片一。九时入屋，收装晒物，大汗，又抹身，躺椅扇凉看诗，头稍好。至十时半，头又转胀痛，收拾，饮茶扇凉，十时半睡。黄鸡生蛋。舌苔夜大好，惟最后根处有苔。头痛甚，心中亦难过，似潮，又心跳，是否食少之故？已漱口，不想再吃物，亦无好吃之物。上床不适不能睡，看诗至疲睡。幸夜不甚热。生活心情均觉无聊，身体心绪不佳。黄蛋。

7月29日 星期四 大晴大热

早凉醒迟，已七时三刻，因夜头痛胀及胸腹闷胀也。晒衣及各种食物，早事毕已八时三刻，稍息，亦不饿，即稍迟生接弄午餐。尚有糯米粉等，昨外看似一点无霉蛀，等下细看，或仍一晒收可不坏。想晒淡菜，恐哄苍蝇。花生看了，面上甚干燥，难翻底下，太阳太烈，亦不宜晒。十时生火蒸饭及土豆、茄子，晒糯米粉后又晒芝麻，均未霉蛀。芝麻午睡前二时即收入。午饭本一点不想吃，吃时菜尚有味，半缸饭仍吃完。剩菜苦瓜咸菜各少许，土豆泥吃完（四个土豆先做），茄子一半。起火迟，饭后又烧开水及熬咖啡，收、翻晒物等，二时始午睡，四时醒，仍倦，起收部分晒物。胸腹有一点饱闷，不思食。躺椅扇凉看诗，五时半过开火，六时晚餐煮泡饭，等冷六时半吃，陆续收物，凉物，饭后收物毕已八时一刻。洗澡乘凉复收物，火熄，幸一壶水已烧开，冲瓶乘凉，孙嫂来坐谈，各归屋已十一时矣。躺椅略息，收拾一切，十一时半上床。黄鸡生蛋。舌苔大致好。

7月30日 星期五 晴大热

早起至东湖村买菜，因何告囡与翔如将来。买到辣椒苦瓜和冬瓜。因一夜热又发过敏胸闷，未能安睡，回甚累倦，即息至九时始洗菜生火，等囡近十时确回，即蒸饭和土豆，囡弄冬瓜、苦瓜，十一时多弄好，十二时吃。午睡已一时过，我与翔如二时即醒，热不能睡。起泻一次。囡至三时多闹钟醒，即去厂，翔如为买米面绿豆等。五时弄饭，吃后翔如六时半走。我七时半等鸡回后洗澡，乘凉，电灯线坏，点煤油灯，大热，洗两夜换衣，早累未洗也。时洗时停乘凉，大饮茶，一人晚饭后共饮一大白缸及二杯水，又添二杯。屡出大汗，抹身数次，十二时始上床，鸡未生蛋。

7月31日 星期六 晴热

五时四十即醒，不能再睡，已日红甚热，六时起。昨头痛，今起尚好，惟饱不思食。火好，晒出洗衣及毯二。忽闻收音机不

1976年

开作杂音响，甚急，后观察打开取出电池，恐坏也。六时多在屋外尚凉，七时后在屋已甚热矣。因要翔如买来带回之苦瓜，已黄，即弄其尚可者。写帆信，邮递员送报发出，读报，唐山地震波及北京，须写信向刘师、曹、顾慰问。十一时三刻吃烧饼大半个，绿豆汤一碗，尚未甚烂，饭后又续加水熬开，本想封火炖，已甚烂，即不熬了。十二时半洗碗，封火，收衣，翻晒，吃药一切弄清，十二时廿分，又吃绿豆汤一碗，午睡，极热，但时醒仍又睡着，十二时半至三时三刻始醒，四时起。收毯、枕、面粉、药各种物，饮茶，又饮绿豆汤，躺椅扇凉，弄辣椒苦瓜，五时一刻开火甚好，而一拈即碎散，煤太松坏之故。本煸炒辣椒及苦瓜，烤烧饼即可，现须等火起矣。日时阴，天仍极热，挥汗不止，午睡起头痛渐好，皆太热之故。六时吃大半烧饼，煸辣椒，炒苦瓜，一碗绿豆汤。饭前后收晾折毯毛巾被等，七时四十分洗澡，仍无电，乘凉，未洗衣。共饮三四杯茶，二次吃四碗绿豆汤，甚适，但恐不消化耳。十时半进屋，火已封又看，仅一眼，故又通掉些灰，因又洗抹脸手脚，吃绿豆汤，转风凉，十一时半睡。黄鸡生蛋。舌苔好，惟根终腻。

8月1日 星期日 晴

早事毕，七时去买菜，未开门，至梅爹处同去割菜，菜场菜又到，等到冬瓜二斤，竹叶菜价未定，未卖。回逢梅等，与丝瓜辣椒，又多加茄子，回已八时多，既热且累，张婆婆又送竹叶菜半把，菜太多了，惜因等不回。躺椅，稍好，又洗沟，复热累更甚，又休息。回时饿，吃饼干三片。九时洗衣。十时生火，择洗菜，十一时做菜下面，十二时一刻吃面二号碗大半碗，冬瓜汤与丝瓜汤各大碗大半碗，一些竹叶菜，饭后洗锅碗，封火，收衣，一时上床午睡即入睡至三时半，起看火，收物，加火，补衣。四时三刻火起，冲开水一瓶泡耀老茶叶一杯。五时过淘煮绿豆。好后吃一碗。接淡芳信。取出绸短裤，穿带。甚念早早及囡。六时晚餐吃剩二小筷头拌面，一大碗冬瓜汤，一点竹叶菜。一碗绿豆汤。饭后又吃一碗。弄清补衣，擦灯罩，等进鸡放蚊，天黑关窗门后，八时半洗澡，乘凉，吃绿豆汤二碗，又乘凉，洗衣头道。十时进屋，洗完衣，又吃绿豆汤二碗，风止复热，屋外甚凉，又外立一刻，十一时一刻入屋，点蚊香，收拾米、菜，写日记，十一时半上床。黄鸡生蛋，舌苔前半好，后半仍腻。火又熄。仍热。

8月2日 星期一 晴

昨半夜后甚凉，臂、腿均觉凉，盖裹厚长衣裤又均汗热，只好受凉。早起擦姜酒及穿长衣长绸裤正好。作一切事七时后转热。擦绿豆锅，洗碗匙，晒衣，惟未即生火。已七时半矣。写顾信一页。十时生火蒸饭及绿豆，炸面拖虾，又洗虾及筛面粉，较累。馀虾亦炸炒出，又刨丝瓜，切冬瓜，做汤。午吃稍浅半缸饭，炸虾及冬瓜汤。午睡一时半至四时，五时半开火煮绿豆。丝瓜汤泡剩饭二匙，添炸面虾，剩苦瓜及大碗多半碗丝瓜汤吃完。绿豆汤一碗。大洗油锅碗，已不及先洗澡，等鸡回蚊出，全黑关窗门，又收拾作无灯准备，八时半洗澡，乘凉，十时进屋洗衣，吃绿豆汤二碗。封火，又大抹澡，扇凉，吃绿豆汤一碗，十二时睡。黄鸡生蛋。邮递员未来送报，顾信未发出。今日完全未泻。

8月3日 星期二 晴

早五时多被外边讲话吵醒，又睡至六时半。晒出洗衣及早早尿棉片，旧大衣及姜裹腿[1]等。一切事毕已七时三刻，补写昨天日记毕，已八时矣。写曹信，开火蒸饭，弄辣椒，并以其子擦二腿及手指、臂肘，夜受凉酸痛，擦狠，辣痛发热殊甚，几妨午睡。午睡一时至三时，热醒，将晒物移动，热极，洗脸，饮茶，扇凉。擂碎蒸的绿豆。开火煮，洗浸的面粉、饭碗。胸腹甚饱，不思吃，一满缸饭，中午吃一碗又小半碗，晚不思吃饭，想多吃绿豆，恐吃不下坏，二者去一，饭可给鸡吃也。太热，头昏痛，眼昏糊，人不清爽。今比昨、前更热了。昨日七夕。四时半开火熬绿豆，五时炸面虾，热虾，铁锅满蚂蚁，大冲洗。五时一刻菜好，留半碗饭泡开水吃，馀给鸡吃了。吃时不想吃，后又想吃。略欠，又吃绿豆汤一碗。洗澡乘凉，放蚊，洗衣，乘凉，九时半入屋，电灯已来，吃绿豆汤一碗。热稍好，未出汗，惟无一点风。写日记，扇凉。火乘凉已熄。无用，但明早又要生。写小佳、淡芳、刘师信。顾、曹、小佳信中午（十一时）发出，刘、王未发。鸡未生蛋。舌苔前好后稍腻。今天完全未泻。十时又吃绿豆二碗，十时半睡。

8月4日 星期三 晴

昨夜一直热出汗，时醒扇，不能安睡。早五时五十分醒。起后喂鸡毕，七时一刻去买菜打酱、菜油，回已八时，热极，衣裤皆汗透，亦累，躺椅扇凉一下，又算账，写日记，已八时半，热

---

[1] 当时游寿得知沈祖棻有风湿，特地根据民间方子，用生姜取汁，浸透棉花，晒干寄给沈祖棻，祖棻用布外套后缝制成裹腿，并称之为"姜裹腿"。

累倦饿，恨火熄了重生麻烦。近十时方弄菜生火，胡家小孩忽来询威克回未？云写信给其父手指断了。闻之惊慌忧急，问之亦不知其详。欲去厂探视，则已烈日大热，买菜回已昏热不适，且不知关山已通车否，又肚痛不止。恐路上病痛不支，又无车空跑，拟先打一电话询问，而打廿馀次大半点钟未得通。不想弄菜吃饭了。火已生着，封盖。写一信给囡。至一时多，勉强吃小半碗拌面，未弄菜，冬瓜丝瓜愈烂坏，亦任之。拟下午再打电话。吃过弄清二时过，略睡，心烦难入睡。后倦累极，略睡一小觉，即起拟去打电话，适早秀又来买邮票寄信，后复肚痛较甚，久不止，未能去打电话。坐小椅门外等邮递员，以手按腹，痛不止。未来送报，后托牛儿代发。未弄吃晚饭，未开火，亦不饿。后腹痛间歇阵痛，且减轻。八时半洗澡，乘凉洗衣，热极，分二三次洗毕，乘凉十一时四十分始进屋，服香连丸睡。一直忧念威克、囡、早早不已。傍晚写一信给翔如，约其明晚下班后来星期五一清早陪同去厂看威克，晚带早早回住三数日，虽有很大困难，可稍减轻囡之困苦也。想住厂两天帮囡，又有鸡为累。十二时睡。黄鸡生蛋。托牛儿发刘师、淡芳、囡、翔如及早秀信。晚仍无电灯不便。几将灯打翻，幸玻罩落地未坏，大慰。

8月5日 星期四 晴

早起先放鸡加火。昨夜上床腹痛较久，后半夜睡着好，早解后又阴痛不止。晒衣，早事毕，已七时四十分，补写昨日日记及今一早事，至此已八时过矣。早又服香连丸一瓶。七时已热甚，又肚痛，未能去打电话，稍可勉强即再去试打。太热肚痛，又弄饭菜，并拟明早即去，就未打电话了。午饭蒸二缸饭，做冬瓜丝瓜二汤，留晚餐翔如吃。午吃一碗饭，一大碗冬瓜汤，剩炸面虾少许。午睡太热，二时半即醒睡不着，三时起，泻一次，肚仍痛。等翔如至七时多晚饭，二匙剩饭，冬瓜汤半碗，炸面虾一大盒心薄稀展。八时半洗澡，洗衣，十一时过睡，热极，扇不停挥，汗出不止，未能好睡，但早五时闹钟未醒，醒已五时半过矣。黄鸡生蛋。

8月6日 星期五 晴

五时未闻闹钟，五时三十五分醒起，倒盂，放鸡，梳洗，取包放带物，取钱，关窗，六时五分出门去厂，一路肚痛呻吟，幸太阳未大出，有风，尚不甚热，等车不久，人空稀不挤，上车亦只二人，上即有人让座，车行风甚大，不闷热，坐不累，肚痛亦渐止。七时到关山，一刻至厂，在门口传达处坐等上班，后刘玉英[1]进厂见问，由其领至囡住处，见威克在家甚好，但断指未接，为之忧闷。威克乐观，谈笑一切如旧，渐觉宽慰。囡亦未烦燥，给假在家照顾，安心做事。早早在幼儿园一天，中午不接吃饭，较减烦搅。我吃绿豆粥一碗，后又吃冰棒，谈话卧床。始知出事在27日，囡和翔如回家时已伤，未告。伤经过甚好，未感染。不幸为拇指，但幸是左手，且仅一节未至关节。非工作搬运或机器所伤，乃因庆祝建军节装炮所压断，更属意外之事。午吃馒头半个，绿豆粥一碗半。午睡至二时即热醒不能睡。早早上午接回一小时，已对我认生躲避。四时三刻吃拌面少许，不想吃。又吃冰

---

1 刘玉英，程丽则华师二附中半工半读中专班同学，毕业后一同分入武汉关山汽标厂。其下，张其娣，程丽则汽标厂紧邻。

棒二根，西瓜一片。四时过同囡去接早早，哭吵不要家家不已。同看张其娣，并与张全梅楼下谈。回吃晚餐面，吃后早早洗澡，已稍好，对我笑，并叫家家吃冰棒，浴后并要家家抱，但不如以前亲热了。早早浴后即同至车站，问之，并说要跟家家回了。车更极空，风凉，至广埠屯下，太阳也不大，并偏斜了。走不热，肚未痛了。快到家遇翔如回厂，盖收到信迟，十一时始来，等至傍晚，自取筒面在牛儿处下吃。又同回坐谈十馀分钟即走。我放蚊坐外休息，八时洗澡，累未洗衣，并搬藤坐椅小椅点蚊香在外坐，甚疲倦，九时多即进房，补写昨日记，十时欠十分即上床熄灯睡。幸电灯经牛儿修好大便。

8月7日 晴 星期六

夜睡有微风稍凉，尚好。六时醒，仍疲倦，六时半起。早事毕七时廿分，洗衣毕八时，人极疲累不想动。一早醒即想威克断指闷闷不乐，又念囡及早早，一上午心情凄苦，有欲哭之意。休息至九时生火，十时过始起大火，熬绿豆，淘甚久，煮烂，加米加多水煮粥，弄辣椒。得帆、小、施三信，心情仍闷闷。写囡信，不多时中间起看粥，已焦，幸尚可吃，惟焦味不好吃，待冷，仍写信，十二时过始吃二碗半，洗碗，写毕信。已近二时，午睡至三时，热不能睡，起泻，腹痛，又卧床，热甚，稍好起，注意休息，惟太热不适。服黄连丸一瓶。发现黑鸡似病，找土霉素剥蒜瓣，拟晚令春荣捉三鸡喂之。五时未开火先温热剩粥，再开火一沸，因加冷水也。拟早吃早洗澡早睡休息惟天太热。种种烦闷，心情身体均不舒。五时一刻已小开，又加水煮五分钟，大沸，取下待冷，封盖火。下午发现碗橱下面，竹棚傍，外房床脚头一死鼠，一扫，数十大蛆蠕动，即扫出倒南头坑中，并用灰泥掩盖了。所以连日无鼠。即前几天用面虾拌药，饭桌吃去一滩致死的。可暂无鼠患甚好，但恐清除后又来也。六时晚餐焦绿豆粥一碗半。黑鸡早进笼。七时春荣来捉鸡喂药，麻黄二鸡方入笼，尚未黑，不能捉。等至七时三刻未再来，恐已去看电影，即叫牛儿来捉喂了。八时冲开水，洗澡，乘凉，九时饿，吃绿豆汤一碗。未出汗，有风凉，因七时又泻一次，共泻四次，连早五次，人疲累，未洗衣。乘凉坐靠藤椅休息，又凉，吃绿豆汤甚适。人身体心情渐稍舒畅，仍记挂想到囡等三人，但已较减悲忧凄楚之情。十时入屋，仍热，外边风凉多了。写日记，吃绿豆汤一碗，十时半睡。黄鸡生蛋。舌苔前稀薄后腻。服黄连丸一瓶。接帆、小、施信。今日下午五时三十九分立秋。入三伏。乘凉甚适，忘看火，又熄，明天又多事。且不能早餐，久未早餐，恐亦不宜。

8月8日 星期日 晴

早起生火，看牛儿锯一排树整枝，我树高大，去得多，又左边原牛儿树及斜对面铁疗，因无所属，更去多了。太阳晒到门口和屋内，热气很大，无前阴凉了。十年树木，好不容易长大成阴遮凉，去掉多，又多大粗枝，不知何年再长起了。屋中又象前热了。整枝去太多，又大枝，尤其上次孙嫂去的横大枝，不该去的。连牛儿也说不该去。我屋二间，靠自家及现铁疗二树完全遮阴变凉，今三树均去多，太阳晒到桌椅，放菜，洗衣，躺椅扇凉休息，均被晒受热了。且去枝时间太早，要过夏天才好。写囡信。见黑鸡不行了，又去打电话，一打就通，但囡还未上班，记错了。回又找春荣来捉鸡灌药，不知能救否？要死，无人杀，烧了又不能拿给他们，我又吃得少，天热易坏。黑鸡又极肥大，糟了可惜！心中很急。洗衣甚累，后又洗锅碗，淘绿豆及米，开火，又不好了，加煤等起。十一时半才上气。因信发出，不知何时收到。又洗咖啡袋及锅。今天很累，因昨泻多，今又事多，且出外，天又太热之故。饭因中途加水，又稍多，蒸了一小时多，十二时三刻始吃满碗白饭碗饭，用糖拌的，因用糯米加绿豆也。看黑鸡不行，只在外房伏倒，屙稀，随时又扫地，故驱之门外，又伏船下，恐午睡时死在外边，抓进厨房，忽跑出，恐其走远死，在烈日沿沟追之，不及，见从前出沟，从前门沿路寻之不见，甚急，恐要死回不来。遍找，后在张婆婆门前沟中找到，在一枯树根下，吃根须。躺在根下。麻鸡在一处，故任之。回已一时三刻，午睡至四时，即出外看鸡，在门前沟中不动，冠偏头缩眼闭，早秀、张婆婆均劝速杀，杀了囡等不回、带，我又吃不完，天热也不想吃。天太热，请人杀也为难。我昨泻累甚，今又累，从去厂疲劳未复，又连累，天又热，弄烧也不行了。洒点米，倒吃了一点，不象早午一粒不吃了。或万一转好？又见陈家鸡两只亦不好。下午五时开门喂米，亦进吃少许，但先不吃又出去，其他二鸡吃米如前，但亦少吃出去。因鸡事，五时过看火已全熄，又重生，用力扇生蜂煤，稍红即上再加一个，因言拔火。六时火起，先煮绿豆汤。绿豆、饭缸均爬了蚂蚁，到处有，真不得了，又细检后烧，多费事。天极热，衣裤均湿，又疲累，觉不支。畚箕坏掉板，牛儿钉好。出外看鸡似稍好，随众到处走动，不一个伏在一处不动了。黑麻二鸡均大吃水。六时半吃蛋炒饭，盐是一大硬块，弄不碎，用匙刮少许，反放多太咸，半缸吃了大半，饮三杯茶，小半太咸吃不进，倒了狗吃。口中仍咸，心中亦不舒，又怕影响肾脏，又吃六一散一碗，心中不适，欲翻呕，后渐好。黑鸡进房大吃米，或可望好。麻鸡先一个独吃甚多。黄鸡看了不吃，并屙稀，恐亦有病了。进笼后，关门，牛儿来喂药。八时冲开水二瓶，洗澡，乘凉，今天累极支不住，洗澡后乘凉息下转好一些，故不洗澡，又烧一壶水，泡茶，吃绿豆汤一碗，乘凉，十时倦欲睡，进房，仍热，写日记。黄鸡生蛋。舌苔前稀薄后腻。十时半吃绿豆汤二碗，封火，抹身，十一时一刻上床。

8月9日 星期一 晴

昨夜上床后即肚阵痛，早起喂鸡均不吃米，但精神行动尚好。洗衣及各种巾，早事毕七时半至胡处取工资，八时返，点少二元。以后要点。屋外树大根高枝叶砍去，两房均晒太阳一上午，甚热，不象以前阴凉了。且坐、躺椅均晒到太阳，无处坐躺休息了。又热气大，温度增高，人更不适。去枝时间太早了。盖牛儿家要用此搭肥料棚也。此点对生活、身体亦甚有影响，心情为之不舒。九时因躺息不凉适，无事可做，因太累及热，洗头，毕休息，十时加煤，未去灰，任其缓起，下面，因无菜，疲累热甚懒买做也。十一时半吃面。出看三鸡与陈鸡均躺船下，尚好。十二时上床午睡。至四时差十分始醒，仍倦思睡，因饭后未添火，倦不想动，躺五分钟即起，看火尚好，但亦不能太久，因天热生火热累脏，即添煤仍旧密封。看三鸡均在前门口等，即等，即开门喂米。三鸡皆进。黄麻二鸡仍吃米如常，惟不太多。黄鸡早不吃米，现吃了。惟黑鸡看而不吃，一个在门口内，吃毕走出。黄鸡已神气，惟似仍屙稀。黑鸡仍较萎靡，麻鸡亦不如前。昨亲见及张婆婆说，陈鸡亦病，今小孩告，彼家亦病不吃米，喂大蒜后，现已吃米好了。想仍是瘟病也。黑鸡现是拖状,不知能转好否?叫囡回杀之威克吃,但天热出大汗不能吸收营养,又易坏,黑鸡肥,可惜了。不知能吃药转好等秋凉杀吃不?起弄火、鸡毕,饮茶写日记。不做饭菜,无事可做,外衣裤汗透前即须洗,但又倦累不想洗。连日疲累不支,因下午午睡多渐稍恢复,当多休息恢复,惟睡多不好再躺,枯坐亦觉闷闷。百读数本诗集,亦渐厌矣。近又无诗兴。写信亦太热汗沾纸,眼昏汗流,不想写。恨无小说或新书看也。刻四时半,仍拟坐息。不知威克拆线情况,甚念!又想到囡、早早、帆均热忙痱子等。出看三鸡,黄鸡神气快走,到处啄食及啄枯叶为戏。黑麻二鸡在沟内,黑鸡亦立而未伏倒。麻鸡起出走,黑鸡亦缓步逐二鸡,立尚直,走而不伏了。但不吃不神气。又屙稀,内似有小半粒土霉素状物。但还是前夜喂二鸡的整土霉素半粒,昨早晚吃二次均用水化的,其他二鸡晚吃一粒,亦然。均加大蒜瓣各二瓣。今晚再喂,但土霉素今晚即完,大蒜亦不多了。现五时差十分,出外坐小椅透气休息。见二鸡走动,麻鸡不见,后见在铁疗门内垃圾堆随他鸡啄食。黑麻二鸡及陈家二鸡又到我门前沟内吃水,闲立整毛。黑鸡久立欲伏,仍起立,惟仍有些缩头竖毛,委顿,陈家一浅黄鸡亦然。不久麻鸡亦来,五鸡惟我黄鸡精神最好,毫无病况了。想早吃饭洗澡,但胸腹饱不思食。后又稍腹闷。五时廿五分吃蛋白酶二粒,五时半益胀闷不甚适。等五时三刻看,或吃中午凉水拌盐油之凉面,极现成。或不食先洗澡洗衣,夜晚饿了随时可吃。还要喂鸡药,又多一事。缝补衣钮,六时毕,收晒物米袋等,抹皮毯,六时半洗澡,七时毕,乘凉。喂鸡药,搬藤坐椅乘凉,今晚风凉,可不用扇。月色甚佳。惟胸闷胀不甚舒适。九时冲开水,吃胃舒平二粒,复出乘凉。进屋微有汗，亦白天日晒无阴之故。早秀刻也说今天房中顿然热多了。可见并无心理。此事妨碍生活，实令人不快。要多受热月馀，很冤枉。九时一刻即进屋，仍饱胀一点东西不想吃，闷稍好。收拾一切，封火，九时半，洗衣头道烫泡，抹身，十时上床。胸仍闷顶，记起午睡时肋背胸胃阵胀痛，以为睡硬痛，又疑胀气，实胀气串胀痛。舌苔全白，前轻后重。

8月10日 星期二 晴

早起放鸡，黑鸡已吃米，而黄鸡不吃。火尚好。出买菜，仅丝瓜，已较老，辣椒家尚有，买丝瓜三条。芝麻蛋元饼干半斤，归当早餐。早事毕，加火仍封。接顾、帆信。弄丝瓜，淘米和绿豆，蒸之。切腌菜。十时半蒸好，又淘糯半缸先煮，将好和蒸绿豆煮，将好，火欲熄，不能做菜，又饿，即吃肉松佐饭，吃一满碗。火起，煮好粥，即封火睡。午睡仅一小时，醒未能再睡。下午喂鸡，均吃甚多，黑鸡吃得很凶。但后来仍有时伏，而站起比较有神气了。发长热，不便，请牛儿剪之。五时半开火烧绿豆汤，五时三刻火又不好，将就炒一腌菜，煎一蛋，已将熄，即上面加火，吃冷绿豆粥，有点嫌冷，因又冷水冰了，不冰正好，因日来蚂蚁猖狂，无物不爬满，只好放在水中央也。后加糖吃，冷的反极好吃。吃两碗多点，甚舒适。洗澡，乘凉，吃绿豆汤一碗，乘凉，洗衣搓肥皂烫洗，乘凉，九时进屋，洗衣头道，吃绿豆汤一碗，写日记，已十时半，封火，收拾一切，又吃绿豆汤二碗，已十一时。今晚外甚风凉，而屋尚热，又不停动作，大汗，外边人仍甚多，且谈话，故再出外小坐，并小抹身出外。十一时廿五分回屋，十一时半上床。黄鸡生蛋。仍有舌苔。今日乃中元，月色甚明。

8月11日 星期三 晴转阴晚有大风及短阵雨，即转阴，稍凉

早事毕，洗衣，早餐吃四片饼干一麻酥，四个蛋元饼干。加煤，淘米、豆，九时半即蒸饭、豆，临时洗土豆三个同蒸。十时半煮丝瓜汤，烧辣椒土豆，十一时好，洗锅封火，等凉，十一时四十分吃一满碗饭，大半碗汤，大半菜碗土豆吃一半，腌菜，弄清十二时过，上床午睡，十二时半至二时欠十分，睡不着了。休息防再泻。后写顾信，索兴写完，已五时四十分，开火将熄，将就煮开绿豆汤及丝瓜汤，土豆，即用剩三分之一碗泡热汤吃之，不够，又吃绿豆汤一碗。下午喂鸡，三鸡均吃米连啄急速如常，想病已好。本想再喂药、蒜，因无灯，春荣又忙看电影，就只好算了，也不要紧。天黑洗澡后立即洗衣，然后乘凉，至九时半吃绿豆汤一碗，十时进屋，收拾一切，封火，记全天日记，毕已十时三刻，又吃绿豆汤一碗，十一时睡。黄鸡生蛋。舌苔仍有。今日吃二顿饭菜均甚舒适。上午接曹、殷、帆信。有多的大半脸盆烫水，又大抹身，一刻睡。

8月12日 星期四 阴

早起稍凉，后半夜（黎明）穿长裤、圆领衫后亦觉冷。晒衣出，一切早事毕，看顾信一遍封好，已七时半过，即烘饼干吃。咳嗽，恐系夜受凉。想写帆信，拟待取物事办妥。洗锅，洗外长衣裤，甚累，中间歇二次，才毕晒好，忘加火，已三眼，急添待起。因等三人回，火终熄，用煤油炉下面，我累极，均因弄，吃面渭水碗一满碗，午睡一时多至三时多，起生火，淘绿豆，糯米，费事费时，因均沙石稗谷小虫也。淘冲洗多次至净，先煮绿豆，少水，时看加。后加米煮粥，火大时看守，六时半始好，囡等又炸花生做菜，吃已天将黑。吃绿豆粥二碗半。人极疲累，洗澡，略乘凉，天雨进屋，即卧床，囡又在床为我裁裤，起写日记，十二时睡。今日囡带早早回，早早又与我很亲热玩笑了。鸡未生蛋，病似已好，黑鸡精神稍差。顾信上午发出，帆寄物下午牛儿取回。威克手指拆线经过良好。拟开假回安徽养病，便与囡游沪杭。看假多少日而定。囡劝我同游。

8月13日 星期五 雨

早起加火，囡买菜，我带早早，威克剥花生。早早吃饼干廿来块。囡回，我吃烧饼大半个，早早吃半个，囡吃一个。威克吃下糯米粉坨。蒸饭绿豆，淘洗甚累，写帆信，包扎粉条，午吃半缸多饭。共吃汽水肉，冬瓜汤，炒冬瓜皮。午睡二时至四时。早早起杂事，开火，大冲淘有细虫糯米，煮稀饭。睡醒仍倦，头极痛，后渐好。看守煮粥。添写帆信，写日记。晚饭吃三碗绿豆粥，不少炸花生米。洗碗抹桌，给早早擦痱粉，添写帆信。已九时矣。洗脚，闲谈，十时睡。黄鸡生蛋。

8月14日 阴雨 星期六

早起威克至厂换药开假，早早醒，又到里房床上睡玩一阵。囡去买菜，我与早早吃烧饼早餐，后早早又吃饼干。玩甚好。囡又出至早秀家为我做睡裤。我淘绿豆、米，九时半蒸饭，早早玩皮捣乱。十时半好，火不行了，又添煤待起。囡回，十一时多始烧菜。午饭吃一满碗饭。午睡一时至二时多，早早即醒，大家就未睡着了。三时半起开火，又细淘糯米，看守煮粥，五时好。小孩来买四白鱼。已累极，因到梁家未回，想等回杀，久未归。威克回，六时我先杀一条，又烧好，与威克先吃，炒饭毕，因回。我吃三满碗多一点绿豆粥。晚饭后因杀弄另三条鱼。我又铁锅碰破皮，早早洗澡后，给其擦痱子粉，甚乖，一下就睡了。我洗脚，九时封火，写日记，九时半腌鱼，抹身，收拾一切，十时睡。鸡未生蛋。发帆信，又接其来信，将回，信可不发也。舌苔前半全好，后半稍薄。

8月15日 星期日 多云

夜睡与因均吃粥起多睡少，睡迟，早醒已六时半，起快七时，火尚可，即加一煤，因早、因等要用。因出买烧饼作早餐，火起热剩绿豆粥，我与威克各吃大半碗，早早吃小半碗。因九时始回，我吃烧饼一角。蒸饭，又蒸白鱼，忽张婆婆又分卖小虾斤许，又洗弄虾。饭好炸面虾，甚累，吃饭一碗又小半，午睡一时许，至三时被早早在外房大哭醒，仍甚倦，但已睡不着，火甚好，且剩饭，如早早吃不多，我吃烧饼，即可不烧饭了。不然很好多午睡一刻。天气甚凉。起与早早玩，因忽叫说爸爸回来了。帆即到门，早早呆看半天，令其叫不叫。后讲话回房，坐书桌前藤圈椅上，早早注视一刻，忽自动叫爷爷，已想起认出了。大概因前常要帆抱在桌前椅上玩，又常在椅前与爷爷玩，故易记起也。即亲近不认生。又煮粥帆吃。夜饭仍吃蒸白鱼，又炸面虾。我吃一点饭，半个烧饼。闲谈，十时睡。黄鸡生蛋。全日未泻。

1976年 555

8月16日 星期一 晴

早起威克过江修收音机及买汤包面包。大家吃烧饼作早餐。囡杀黑鸡。小孩来卖白鱼，我与囡各弄一半。我蒸饭，炸白鱼，甚热甚累。吃一满碗多点饭，鸡汤一饭碗多点。炸鱼。早早先吃先睡，我们弄好快二时，天气又转极热，席下垫褥已热不可忍，早早热醒，又发痱子痒，又小便，为取出褥垫，仍热，睡不着了。为之扇凉，搽痱子粉，甚适，虽不睡，甚高兴，一直唱歌兴高采烈，但我和帆均未能午睡了。当时尚好，惟甚疲。威克三时多始回，一事无成。晚饭，热鸡汤，蒸剩饭，帆下面，均帆做。我与早早玩及休息。晚饭吃一浅碗剩饭，二浅饭碗鸡汤，一块炸鱼及苦瓜。未管饭及火，头昏痛神倦在屋外坐，火熄了。囡等回厂。将就温水洗澡，屋外甚凉，未出甚汗。九时半进屋，写日记，十时廿分睡。黄鸡生蛋。未泻。下午因结算多日账，未问晚饭及火。

8月17日 星期二 晴

早起清理房内外摊乱东西，早事毕，近九时始吃烧饼作早餐，洗晒衣，晒书箱顶糯米，又被猪拱翻。晒党参、灵芝、花生。蒸饭、绿豆。小孩送白鱼，只买一斤。弄鱼，甚累。饭好，热剩鸡汤，下粉丝。帆炸鱼，较昨佳。我检脏米。一时吃饭半缸，绿豆一匙，又打破一饭碗。续检米一部分毕，近二时睡，近四时醒，热极起至外房坐扇，看帆检米闲话，余婆来坐一会。与帆闲谈至五时五分，理报至五时三刻。六时晚餐吃半烧饼，二块炸鱼，一些鸡汤。外坐乘凉，点香放蚊。八时洗澡乘凉吃绿豆汤一碗。乘凉，无风，尚不太热。九时复吃二碗绿豆汤，乘凉，帆讲小说。十时入屋收拾睡，出大汗甚热，写毕日记，坐扇一刻，吃茶，十时半睡。黄鸡生蛋。全天未泻。舌苔前好后薄腻。

8月18日 星期三 晴

早事毕,帆出交房租买物。我出买菜遇停业,空手而去。写君惠、淡芳、文才信,慰问成都因松潘地震波及。买小虾及白鱼,即都弄好,甚累。帆做炸鱼虾,火未起,甚迟,十一时一刻我即吃大半多烧饼夹肉松作午饭,十一时半午睡到二时半热醒,再睡不着,近三时起,三时半洗衣,四时三刻烧粥。五时半好,帆检筛翻倒脏米及虫米,做菜,六时吃粥二碗,汤一碗,饭前写国武信。饭后乘凉,洗澡,乘凉,外面甚凉,屋内热。但疲甚,九时半即进屋,甚热,收拾睡,热睡不着。鸡未生蛋。未泻。

8月19日 星期四 晴

早事毕,写翔如信,九时吃烧饼半个,洗衣,淘米、绿豆煮稀饭,因回,午饭吃粥二碗半,改用旧白碗。午睡一时半至三时,起看小说,胸胃胀闷,天极热不舒,吃胃舒平,人丹,擦清凉油,不想吃晚饭。近七时始吃糖粥一碗。洗澡乘凉,十时进屋。夜极热,汗不止,九时半后渐凉。吃饼干三片,写日记,收拾一切,十时半睡。黄鸡生蛋。发二王、三刘、翔如信,帆写发施信。未泻。

8月20日 星期五 多云

早起买菜,无有。回早事毕,洗衣,闷热,休息,看小说,帆出外取物未到,回亦累,中午即炒辣椒咸小白菜,吃烧饼及绿豆汤当午饭。午睡至三时,又泻二次,即仍躺少动。晚本拟吃馒

1976年 557

头，太干硬了，火又不好，重添，与帆同吃面，已较迟。八时一刻洗澡，乘凉至近十时进屋，收拾封火，十时半睡。热极未能安睡。晚餐后威克回告，天将大暴雨，并有冰雹，自明日起连续至九月十五日，全排屋人均紧张，我家尤甚，即商量挖沟防水计划，威克已约小袁来帮忙。牛儿除共同防御外，并另为我家厨房后门进水措施帮忙。心甚烦忧！

8月21日 晴 星期六

早起帆去买米，明日始有粳稻，又回。我作久雨潮湿准备，大晒褥毯，复洗衣，甚累。小袁八时来，与牛儿同治理厨房西北二面墙浸水挖填土，帆又去买肉菜回，复封闭填塞厨房。帆倒水递水和土，又冰开水及烧开水。我休息一阵淘米蒸饭，帆炖冬瓜肉汤。十二时十分午饭，吃糯米饭一碗。因无米了。午睡只半小时，被鸡叫醒，因后门封闭，起开前门，未能再睡着。四时五十分开火，五时半火起蒸上饭，威克仍未回。晚饭吃一碗糯米饭，饭后因等三人同回，已吃过饭。大家洗澡乘凉。早早夜睡痱痒不安，我亦未能好睡。

8月22日 星期日 多云

早起帆出买米，又二次买物，午饭吃饭一浅碗。午睡一时多至三时半。六时晚餐，饭后因等走，留下早早甚乖，八时半早早上床。我写日记，早早尽叫家家来睡，三刻即上床，早早甚乖，睡不闹，九时即睡着。后被收音机吵醒，又浑身发痒烦躁，脚上有疱最痒，为之擦清凉油，并一直到处抚摩，又睡着，一夜安睡，亦未屙尿。早七时醒，即要尿，一泡极大尿。黄鸡生蛋。未泻。

8月23日 星期一 晴

早醒甚凉，想到囡等早出冷，江边风大，又想到初秋午凉，早出游玩，易受风寒，怕发气管炎，忘告其注意。六时即起，放鸡，看火，洗衣晒出，共吃面包早点，帆择菜，早早旁看甚乖，后吃一糖，又吃饼干二块。在床上玩甚乖。十时半吃冰棒二根。十一时半吃午饭。早早先喂吃半碗饭，七八块萝卜，二匙半萝卜秧，三四块烤麸，几个虾米，吃饱，只喝了一点汤。我吃饭一碗多。饭后，为早早洗脸抹身洗脚，擦痱子粉，先睡，玩一下，我上床后她玩不睡，我外向睡不理她，一下大家都睡着了。午睡一时至二时半热醒，仍想睡，窗外劈柴声吵，未睡着，早早醒抓痒，即为之抚摩，又擦痱子粉，又为之轻扇，又睡至四时才醒，起吃水数次，二片饼干，看鸡，自玩，与我们说笑玩，甚欢而乖，又很听话。五时帆弄饭，只热一下而已。我写日记，看小说，为早早洗一衣，收衣。五时一刻喂早早饭，半碗未吃完，吃菜甚多，亦可了。五时半吃饭半缸，菜不少。开一烤麸罐，三人两顿吃剩一大块。饭后玩一下，给早早洗澡，早早浴后坐屋藤椅极久，甚乖。我洗澡毕乘凉，早早随帆进屋又玩笑一阵，我八时进屋，早早一刻上床玩，八时半放帐睡，甚乖，但叫家家快来睡觉不已，只好漱口入帐。今晚外面很风凉，乘凉颇适，亦由早早不停唤入，房中热不少，但坐扇尚可，又被连唤入帐，甚可惜晚凉。黄鸡生蛋。因托而周[1]带条回，写忘嘱数事。晚饭一碗。饭后与早早玩，早早八时半上床，连唤我睡，三刻上床，九时即大家睡着。

---

1 李而周，李格非之子。

8月24日 星期二 晴，夜雨转凉

早起帆出买菜，早事毕，大家早餐，洗衣，早早亦洗玩，帆归与早早玩，我做饭，小孩来买小虾，帆做菜。午饭吃一碗，小虾无前二次新鲜好吃。早早不吃虾，十二时抹身搽粉搽药上床，又唤我不止，十二时半上床，又一刻睡着。至二时半醒。早早起玩极乖，帆买早早新凉鞋、毛巾、积木、万花筒归。早早注意在食品，无卖，对毛巾最有兴趣，鞋次之。积木不大会玩，亦无多兴趣，万花筒不会看，且怕。七姑娘[1]来电云南京预报地震，阻因等勿去，但彼等已于昨日上船矣。为之不安。早早玩积木。晚饭早早三次吃一碗多，蒸蛋竹叶菜甚多。又泡烤麸汤及虾米。饭后洗澡搽粉、药，玩积木，八时半过上床，又催我睡，五十分上床。但均至九时半始睡。半夜早早忽哭，说痱子痒，抚摩仍哭，疑吃多肚不适，为之抚摩肚，后即睡着。五时五十分起尿，先玩笑，后仍令其复睡。

8月25日 星期三 阴、凉

早五时五十分醒后未能再睡，六时一刻起，补写昨天日记毕，已三刻，梳洗早事，七时半过早早睡早觉醒起，帆外出，我们蒸面包吃早餐，帆带回烧饼，早早又吃半个多。我洗衣。帆切肉割手。我蒸饭，又为帆洗衣。早早玩甚乖。午饭吃一碗饭，早早吃饭半碗肉三块。饭后为早早抹身洗脚搽粉药上床。午睡二时半醒，被小孩吵醒，复睡未着。早早又睡着至四时多醒，起吃果露，不久，先吃饭肉菜甚多，饭后玩一刻洗澡，浴后与帆玩积木及剪纸

---

[1] 七姑娘，沈祖荣堂兄沈祖模之女沈辛宪。

熊猫，大笑极欢，我从容洗澡，八时过早早自要睡，但唤我睡不已。我要写信给三妹[1]及囡，未睡，她久未睡着，但亦未吵，后先睡着了，极乖。我亦晚饭吃一碗半饭。黄鸡生蛋。三妹来信。小佳、君惠亦同时有信。九时半睡。

8月26日 星期四

上午推早早同至小商店买牛奶及甘蔗汁罐头，喜极。午饭吃干菜蒸肉之剩干菜，冬瓜汤。饭后午睡，早早起吃橘罐头，甚喜。玩甚乖，晚饭后乘凉。我写了七姑娘及上海信。

27日

写吴、孙、张、金、唐、徐共信。晚早早先睡甚乖，黄鸡生蛋。

8月28日 星期六 晴

早早起自玩甚乖。我写柳、黄[2]信，毕，已累，接囡上海信，又回，未毕，晴、小佳、瑾瑾来，略谈，又续写信毕，极累。帆添做饭菜，亦累。午饭后，一切弄清及谈话，睡已三时，四时半起，帆做晚餐。小佳晚饭后回，代发信。我泻二次，又腹痛坠，休息，由晴佳代早早洗澡及洗衣。二孩玩，吃蔗罐，九时馀始睡，睡着已十时。黄鸡生蛋。我疲累又睡不着，复头痛不适，十一时半始睡。

---

1 三妹，梁明漪，沈祖棻娘家表妹，居住苏州。
2 即黄果西。

8月29日 星期日 多云

早早五时多醒起尿，即未再睡，玩至六时多，梳洗甚乖，自玩不吵，瑾瑾起，即共玩，吃物知让。帆做糯米粑做早餐，早早吃一中一小，我吃二中。晴佳上午走，给其四元小孩买物。中午三人将就吃剩饭菜，初恐不够，后正好。早早十二时三刻上床，一时零五分睡着。我亦同时睡着，至三时多早早醒，自在床玩，一点不吵我，我睡至四时。晚饭吃面及萝卜汤。下午四时半买菜，剩少许苦瓜及黄瓜四条。二人俱疲，帆又胃不适，故未弄菜。晚洗澡乘凉，八时半早早即自要进房上床睡，我洗衣。早早九时始睡着，但一点未吵。我与千帆觉饿，吃兰花根少许，牛奶可可一碗，帆上床，我补写三天日记，肚仍觉饿，又吃饼干二片，十时半睡。黄鸡生蛋。

8月30日 阴转晴

早起帆拟进城，临时再三要我们同去，乘八时半36路车进城，至司门口，因无站略停，太慢未及下车，遂至江边，因又过江至汉口，天变大风，三人均冷，先买一枕巾给早早，又晴暖不用。帆买药毕，十时廿分即至广东餐馆等十一时买票进餐，人甚多。十一时半刻餐毕，又在楼下等买包子一时许，先在隔壁商店买了面包蛋糕。均排长队挤等。一时半在等船，等次班船，休息。过江至36路车站一时五十分，等二时三刻车未来，恐停班，改乘15路返，早早又睡着，帆抱至家，极累。而36路车亦来，再等十分钟至一刻钟即省力多矣。我走路及提物尚不觉甚累，回家后觉脚痛手酸，卧床稍息，又觉人极倦累不能动。幸火尚好，即蒸包晚餐，食后稍恢，替早早洗澡搽药、粉，睡。二人轮流洗澡陪早早玩，极欢笑。十时睡。鸡未生蛋。接顾信。

8月31日 晴

早起大洗内外及早早两日在家出外衣，甚累。早早玩尚乖，午餐吃包子。午睡早早从十二时四十分玩至二时后始睡着。我三时后即醒泻二次，卧床不起。王文生[1]来，起略谈，晚饭因迟，七时吃包。早早至八时始吃完晚餐，即为洗澡，自洗澡毕，已九时，写两天日记，已九时半，收拾上床，看小说，黄鸡生蛋。接萧信。

9月1日 晴 星期三

早早五时起尿，又睡至七时过才醒，我亦近七时醒。二人在床上玩半小时始起，早早梳洗甚乖，早〔事〕毕，三人共吃面包抹囡前留家果酱。早早吃小半，我吃大半，帆吃一个，各吃牛奶可可咖啡等。帆十时外出，早早玩极乖，我写印唐、君惠信，未毕，午饭吃帆端回面、菜，饭后续写信毕，早早饭后上床久玩不睡，各至二时许始入睡，帆未睡。我三时半醒起。收衣等事，早早睡至五时半始醒，翔如来。晚餐吃包子、稀饭、炸花生黄豆，早早甚乖，惟半个包子未吃完，吃菜甚多。我吃二包一碗薄粥。弄清，给早早洗澡，自洗，翔如洗，封火毕，已十时，写日记。黄鸡生蛋。接囡信、王信。早早甚乖。

9月2日 星期四 多云转阵雨

早餐吃面包牛奶。翔如、我、早早同到湖边，转湾甚远，又

---

1 王文生，时为武汉大学中文系教师。

坐很久闲谈，早早半走半抱，丢石子，极乖。回遇雨，休息一刻，翔如洗全部衣，午餐，我吃一碗饭。午睡早早跟翔如睡。一时多至三时醒，朦胧至三时半。翔如四时起，早早近五时起，又跟翔如出玩，回晚餐，吃鱼面及稀饭，炒小黄瓜，糖醋藕，大家喜吃。我吃一碗半鱼面，一碗粥。天凉，除帆外，大家未洗澡，早早八时即要睡，为之抹身洗脚，小有哭吵，八时半上床，也还是到九时才睡。一天半以来极乖，翔如惊赞不已！黄鸡生蛋。早早夜二时尿床。

9月3日 星期五 晴

早起洗半夜漂泡的尿衣裤，大毛巾被帆帮洗，晒出。早餐后，一切早事毕，早早睡至八时半起，自玩甚乖，我又将席子洗晾，床单尿处涿洗，晒出，棉褥晒出。做杂事，缝补裤，午餐吃鱼面及粥。早早吃半碗鱼面。饭后为抹身洗脚搽粉上床，又移晒衣被。补写昨天日记。给早早吃咳嗽药，一时午睡，一时四十分至二时四十分，三时起。早早亦醒。收棉褥床单衣裤席等。早早吃咳嗽药。临时煮粥晚餐，吃二碗半。饭后为早早洗澡上床玩，八时许即睡着，但时咳嗽。我洗澡，乘凉，洗衣，闲坐，十时写日记，十时一刻睡。黄鸡生蛋。接施信，帆即复，我附言。早早一夜咳嗽较甚，又惊哭叫大水水，下雨了。遇雨受寒致咳嗽甚，复恐急不安也。

9月4日 阴雨 星期六

早早七时半始醒，甚欢乖，大家早点早事毕，带早早至小码头赤脚医生处治疗，先自吵得带我去看病，打针不哭，极乖。回又吃药，不会吞，化水苦，仍吃了。帆出外端菜，我淘米蒸饭，早早自玩积木甚久。又吃药水，不苦更乖。吵买吃冰棒，告其有病不能吃，即算了。十二时帆回午饭，适杨来，共午饭。饭后一时午睡，早早玩皮至二时半，任其玩，又不停弄醒我，再三说之不听，打三五记始哭而睡。三时多帆又抱去打针，回又吃二种药。亦未再睡着。晚帆重蒸饭热菜，早早吃张婆婆给之绿豆粥多半碗，又吃早秀给炸馒头一片，唐学敏给馒头半个，饭后洗澡吃二种药甚乖，在床玩。我本拟写沪及囡信，以神疲，八时半即上床。晚夜雨。鸡未生蛋。接国武信，刘涤源致帆信。

9月5日 晴 星期日 黄鸡生蛋

早事毕，早早自在屋外坐，看车、牛玩，极乖，我写上海共信及囡信，未毕，善华等以下雨吓早早，急哭叫我，遂要人陪坐，后入屋吃几根兰花根，自搭积木，我又续写信。七时半及八时，早早吃两次药，甚乖，帆买油饼回共吃早餐，我吃二个，早早吃一整个，极喜吃。我洗三人衣，帆做午饭。洗毕甚累。午饭吃一碗半，早早吃大半碗，洗碗毕，为早早洗脚吃药，一时欠十分睡。早早起卧玩闹不睡，我约二时半睡着，早早尚起卧不停，后睡着。我三时半过，为帆大声说话吵醒。起看火，洗锅，喝茶，早早未醒，大咳一阵，仍睡着。我亦咳一下。写日记，算结账。帆卖瓶回。我五时开火，五时一刻蒸上剩饭。早早五时半过才醒，起在屋外玩。六时吃饭，早早吃大半碗，我吃一碗半。洗碗毕，为早早洗脚洗澡，即在床上玩。我洗二人衣毕，洗澡，略乘凉，被早早催唤入房，给其吃药吃水，玩，又催睡，八时三刻陪其睡。至十时半尚未睡着。后方睡着，又被帆梦魇叫醒，又睡不着。十一时廿分起，早早又大咳，至一时三刻始止安睡，我二时始睡。四时半早早又咳一阵，起尿。六时又咳，后又同睡着。

9月6日 星期一 晴 下午阵雨夜大风

我七时醒，早早醒要尿，后未睡着，即起梳洗。我倒擦冲洗二痰盂，早事，早早自从饭桌纱罩内取冷油饼半个吃。我写日记。八时一刻，帆尚未回。帆回，共吃油饺早餐。早早吃大半个油饼，小半个油饺。我吃二油饺。收、算结账。我亦咳，吃糖浆一匙。早早仍至赤脚医生处，无甚大效，聊胜于无。无力至卫生科也。赤脚医生处关门。午饭大家吃蒸热干面。我吃三小饭碗，早早只吃半碗。一时欠十分上床午睡，早早又玩至一时三刻，始各睡着，又咳嗽甚剧。我二时三刻醒，尚欲朦胧，三时小佳三人来，遂起。人仍倦困不支，后坐谈渐好，四时三刻淘米蒸饭。六时晚饭，我吃一口剩面，一浅碗饭。饭后瑾瑾洗澡，早早洗头洗澡，上床玩，吃药，我洗澡，写日记，九时上床。黄鸡生蛋。接柳、吴信。因月饼单。黄鸡蛋。

9月7日 星期二 阴雨大风

早四时早早尿后，我即未睡着。六时起。早早亦醒。早事毕，烘油饺饼牛奶咖啡早餐。洗衣，舒弟送煤来，早早又到门口看，吹风，叫入屋不听，又不好关门。帆出外取沙洋行李、囡寄月饼及打煤油。我洗衣毕，带早早去赤脚医生处看，取药而回。吃药。帆取物回。午餐早早吃剩蛋炒饭大半碗，囡买鸡三鲜罐鸡一块多（共二块）。我吃一浅碗饭。先三人共吃二个月饼剩小半块。午睡一时，早早仍至二时后，比我犹后睡着，我三时半被帆吵醒，泻一次。躺床。早早咳后又睡，被翔如及其妹和同事吵醒，彼等不久出游回去，早早未睡醒，吃药吐，又哭闹。帆回哄玩甚欢。晚餐早早吃大半碗饭，三个半端肉圆。饭后吃二次药均极乖，八时半洗脚上床，临睡又吃药。我亦咳嗽头喉痛人不适，不思晚餐，后仍吃大半碗饭。晚算结账。九时半睡。又起写囡信，十一时睡。接顾、黄信，彦邦信。

9月8日 星期三 多云晴

今天是中秋。早起晒昨未干衣被单，又晒棉被。早事毕，稍迟，三人略吃月饼作早餐。早早昨天咳嗽转好不少，即不去卫生科，又仍至赤脚医生处取药，我亦咳而头痛，亦取了药。又至小店买月饼无有，早先即各处无卖，今日复无。幸囡寄来上海椰蓉月饼，过节甚佳。今天虾米冬瓜汤本甚清美，帆加入罐头剩汤，甜微酸不好吃。淡菜烧肉甚好，有剩苦瓜。上午我仍努力将小佳送之榨菜分丝、丁、整三种用油炒出免坏。吃剩饭稍欠不饱，也算了。早早吃八七块大冬瓜，四块肉，两个半肉圆，小半碗饭。饭后各吃药睡，一时不到，早早睡上床，直玩闹至二时过我睡着后仍未睡。我四时被送报吵醒，头更痛，五时起。早早睡不肯盖被，盖了打掉，恐又受凉。五时半始醒，有点瞎哭闹，帆下好面，即喂之吃，即大笑乐，或饿了。吃后玩乐。我自下一浅碗面未吃完，人仍不适，咳嗽流涕头痛人疲，感冒了。但帆又胃痛不适。勉强做各事，早早又调皮捣乱，甚疲倦不支。早早九时睡，我封火收拾写日记，十时半吃药睡。八时半与早早共吃一月饼。月色先多云，后渐清亮，惜人病事多心乱，无闲情赏月矣。发出囡信。黄鸡生蛋。十时后月又全被阴云遮蔽，天阴欲雨。

9月9日 星期四 晴

早六时半早早醒,我也醒。帆出买早点。早早与我在床上玩一刻起,早事毕,帆回共吃早餐油条。上午各吃药。午餐早早吃冬瓜汤泡剩面半碗。我吃端热干面大白饭碗一碗多。饭后一时多午睡,早早至二时半仍不睡,帆抱其外房玩,我二时后睡至三时多。不见早早,起看,再睡不着。帆胃痛,我喂早早药,做晚餐,头痛咳嗽不适。晚饭吃面豆绿碗大半碗。翔如来,买梨给早早,即以冰糖蒸好。饭后七时半后,与早早各吃银耳半碗,早早早上已吃小半碗,因其润肺止咳也。翔如吃冬瓜汤大半碗,带一椰蓉月饼与榨菜数块去。八时早早吃药,八时半吃蒸梨,洗脚漱口睡。我吃药,吃半个月饼,洗脚封火收拾一切,结账,睡。黄鸡生蛋。九时半吃药上床。睡着甚迟,早早咳嗽及三次尿,又打被、身痒等,时醒睡不安,又乱梦,早起甚倦。

9月10日 多云转晴 星期五

早早与我吃油条牛奶作早餐。早早上午自玩极乖。我睡少神疲,早事毕即休息,朦胧欲睡。午饭吃剩热干面一浅菜碗,早早吃半碗二肉圆二块肉。一时午睡,早早至二时欠十分始睡,我亦入睡。我三时半醒,帆已出外买黑布,我起早早尚睡着,急洗一澡换衣。洗毕帆即返,缝黑纱三块。早早五时半醒,身痒发烦燥瞎哭,即为之抹身搽粉换衣后,舒适。晚餐吃大半碗面,二肉圆,四块肉,几粒花生,很多大蒜荄头。饭后帆抱看牛甚高兴,归亦笑玩大起劲。八时半吃银耳半碗,洗脚上床,九时多睡着,一人先睡未起立坐玩吵。我吃银耳大半碗,九时过复饿,吃月饼一小角,仍饿。夜洗多衣。甚热,又抹身洗脚脸,封火。写日记。十时半睡。下午起一直头痛未愈。黄鸡生蛋。

9月11日 星期六 晴

早起准备开会。八时三刻随张婆婆至居委会排队至小操［场］绕场二周，行礼追悼伟大的毛主席，散会归来，累极。休息饮茶，十二时吃二个又大半个花卷，一碗多萝卜汤，红烧萝卜及淡菜。十二时四十分上床午睡。一时多至三时多，四时起。早早四时三刻醒起。六时晚餐，早早吃半碗，很多菜，八时左右又吃一个多花卷，小半碗冰糖梨。八时半漱口洗脚睡，仍在床玩至睡。我感冒转甚，人不适，未吃晚餐，八时拟吃小花卷，又被早早吃去小半。补衣，折衣，补缝衣，写日记，吃药，封火，收拾一切九时半睡。黄鸡生蛋。

9月12日 星期日 晴

夜睡少，感冒转甚，不想起，早早亦七时始醒，帆亦病疲，二人均强起，只早早甚精神，起即吃烧饼，并要夹肉松，吃后自玩尚乖，二人得稍休后，我做菜饭，帆洗衣，威克回，又蒸新饭。午饭吃一浅碗，早早吃甚多。午睡早早跟威克，我一时过上床即睡着。后早早又要到我床上，二时多即将我弄醒，又玩一阵才睡着，我人更不适。起泻一次，后即起，殊不适，看《参考》，晚餐亦不思吃，吃半个剩小花卷，一点白萝卜汤，银耳多汤小半碗，一小角月饼。饭后仍不适，头更胀痛。外坐透空气乘凉，仍不适。七时半吃银翘片及去痛片，先上床卧八时吃咳必清，放帐睡。黄鸡生蛋。接囡返沪信。夜剧咳。

9月13日 星期一 晴

夜咳嗽甚剧。早早自威克回，反不乖易哭闹。午前威克去端菜，肉片腰花各一。午饭我饭二碗，早早亦吃甚多，一时睡，咳甚不停，未能睡，卧亦咳甚，遂起。晚饭吃一碗。早早跟威克睡，后又哭叫要到我床睡，未听，哄之。张婆婆来叫写墙报文写至十一时过始睡。黄鸡生蛋。夜咳甚。

9月14日 星期二 晴

早起咳甚，不适。帆出买油饼归早餐。早早玩积木极乖，后吃饼干三片半。威克出买枇杷膏，端菜：红烧肉腰花各一。午饭早早因吃饼干迟而多，吃饭较少。我吃三号菜碗一碗面。午睡十二时半至三时半。早早跟威克睡，玩甚迟。我睡较好。四时半我与早早同吃枇杷膏。三人剥花生。早早极乖。五时帆回，威克又去买豆干粉条。开火蒸饭。威克因未带粮票空回。晚饭吃剩热干面旧豆绿缺口饭碗一碗。夜吃白木耳一浅碗，早早吃小半碗。二人均吃二次枇杷膏。九时半吃甘草片，收拾一切，剧咳不止，含甘草片，亦未止。一天头痛，晚夜更甚。惟咳已有痰。九时三十五分上床。鸡未生蛋。接囡、萧信，结算账，十时上床。

9月15日 晴 星期三

早起帆出买早点油饼，回吃早餐。威克出买菜端菜，早早洗萝卜甚乖。午饭我吃半个馒头。上午及中午均剧咳，午睡一时至三时。惟头甚痛，人极不适，一下午至夜睡均头痛甚，心中作恶不舒，难受，头又胀，晚餐只吃二小片馒头。吃各种药。早早下午洗澡，一直甚乖，欢笑玩乐未哭如旧。八时吃药睡上床。我洗脚吃药封火九时多睡上床。仍咳、头痛、心中难受，人不适甚。黄鸡生蛋。

9月16日 星期四 晴

早餐吃昨油饼。我一个，早早小半个。威克九时去洪山庙端菜，十二时回。早早十时吃饼干三片，剥花生，甚乖。我十时开火蒸饭。十二时午饭，吃半缸饭。午睡一时至三时，腹微痛，半时后又泻，腹微痛即好。五时烧糯米粥，后蒸剩饭菜，帆复做白菜及苦瓜，六时一刻晚餐，吃二小碗又大半碗粥，甚适。今天咳及头痛、人不适转好。夜复与早早共吃梨汤及银耳。为早早抹身洗脚八时半上床，至九时犹未睡着，我抹身洗脚写日记，九时一刻，吃二三次药，十时三刻睡。黄鸡未生蛋。夜早早发现大门边一大蜈蚣，约六寸多长，半寸多宽，二三分厚，从未见过如此大老蜈蚣，用火钳夹烧死。如不发现，被咬，其痛毒不堪设想矣。明天囡返，思之甚喜。

9月17日 星期五 晴

威克早去汉口接囡，我五时半为帆开灯惊醒，未能再睡，即起。早餐吃粥，与早早搭积木玩，后共坐门口等囡，中间做饭。做好饭菜，等至十二时半未归，我先喂早早，亦与帆共吃，只吃一碗饭。午睡至一时多，与早早才要入睡，囡返，遂均未睡，一刻，翔如亦来。晚饭只吃一浅碗饭，饭后翔如走，九时三刻睡。咳嗽大转好，但未痊愈，感冒亦然，仍吃各种药。黄鸡生蛋。接唐信、刘信。沈雄糖包裹单。

1976年　571

9月18日　星期六　阴

早起吃囡带面包点心作早餐，威克等吃蛋炒饭。十时蒸饭。帆弄菜。推早早车出玩，才出有阵小雨点，即回，剥花生玩。午饭只吃一浅碗，早早亦少吃。午睡一至三时。下午代囡算账。晚餐不想吃，强吃粥小碗半碗，吃后又胃微胀痛，后吃午时茶一碗，较好，九时半后又胀痛。吃感冒咳嗽药二三次。早早晚饭吃极多粥饭及菜，饭后与帆疯玩大笑高兴。九时始睡。我等吃三种药，十时半睡。夜仍与囡共算账甚久，囡九时多上床立睡。帆接刘涤源信。腹稍胀气。

9月19日　星期日　阴雨

早醒未起，早早来床玩很久，起帆做糯米粑作早餐，我吃一小个及一干点。早早搭积木，共看动物图。淘米蒸饭，休息看诗，囡带早早出外玩。午饭吃一个极小面包。饭后早早玩一刻，一时过即睡着。我亦睡着。三时过醒。晚餐吃粥半碗，日来又不思食，胃口亦差。夜十时睡。早早亦在床玩甚久。黄鸡生蛋。下午李姐来谈坐少时即去。

9月20日　星期一　阴微阵雨

早起威克去厂，早餐后八时半帆、囡去汉口，早早要帆抱同去，在屋哭一阵，吃花生，搭积木玩。张全梅来，带其去厂，留之，愿跟去，即抱走。我大做清洁二小时。面包全霉，即去外边蒸吃当饭，约二极小个。才睡，威克回，起开门，又睡，约一时多睡着，三时醒，微雨点收衣，又出太阳，复晒出，威克起，我烧粥，择洗菜，做好粥，炒饭，炒菜，五时一刻帆、囡回，即晚餐，我吃一葱油饼，半碗粥，胃口较转好，亦未多吃。饭后囡等走。我理药屉，算结账，日记，吃药，又吃半个月饼，二十颗花生。洗脚脸，十时睡。早早走，很难过欲涕，感觉凄凉冷静，念之不已，到夜睡一直想念不止。鸡未生蛋。

9月21日 星期二 先阴后晴 起蜂乳

早睡至七时半始醒，大煮洗各种毛巾晒出，又将未干衣裤晒出。帆复将罩衣布下水，脱色甚。闲卧看旧词，始发现施夹入信及词。午饭吃葱油饼及粥。午睡上床续看词至二时廿分，睡至三时半，复睡至五时，起似仍未睡够，头稍昏，又不思食。晚餐吃粥一碗，坐屋透空气，天黑入屋，尚好。细读自强信、诗，复将《早早诗》示帆，写日记。烤吃半个月饼，吃药，九时半上床。黄鸡生蛋。感冒咳嗽均已好转。

9月22日 星期三 阴多云

早五时廿分起看火，甚好，又睡着至六时廿分。三刻起床。早事早餐毕，帆洗衣及褥单，我炒糯米粉，后又一面烧粥，一面洗裤袜。午饭吃粥二碗半午睡至三时，腹微痛，过一刻即好，但已睡不着，躺一阵起，饭后忘加煤，火熄，又生，甚顺利而好。帆做油饼，我吃粥二碗。洗碗无油甚快洗毕，至九区散步来回，又坐看诗及闲话。八时写日记。洗淘泡糯米明日做酒。甚想早早。等至九时封火后，洗脚洗脸吃茶睡。九时四十分。黄鸡生蛋。

9月23日 晴 星期四

早六时五分醒三十五分起床，早事毕，去买菜及小店买物，均关门，回加火做酒，毕烧粥，午吃粥二碗，准备洗澡烧水，冲二瓶开水，又烧一壶热水，先洗肥皂头道衣裤，因洗澡因循，着久甚脏，多抹肥皂多搓烫。洗澡水稍多、热，洗后甚适，吃一角多月饼。晚饭时似饿想吃，特做面饼吃，又吃粥半碗，吃时及后均不舒适。洗衣裤，头昏人倦。坐水洗脚，八时上床卧，看《参考》等，九时睡。鸡未生蛋。时想念早早。

9月24日 星期五 多云时晴
夜盖晒毯热出汗，半夜掀去不盖，睡熟天亮时较凉，早起胃微胀痛不舒。起早事毕，即用热水袋焐卧，九时起吃薄干点心饼一个，可可大半碗，甚淡，均不香。吃后又卧焐热水袋。一早晒出洗衣。午饭吃拌面二号碗半碗，略欠，甚舒适。焐袋午睡一时至三时半，起泻一次，胃转好，头又昏痛。缝补内衣，晚餐吃大豆排骨汤一菜碗，甚适，饭后坐门外甚久，头昏痛好。入屋坐一阵，头又昏痛，胃亦稍不舒。想念早早，想到她必喜吃大豆排骨汤，惜无法给她吃，也不知她此周回不回。饮茶闲坐至八时，洗脚脸，饮茶，上床。开外门，甚久，昏痛转好，后又微痛。黄鸡生蛋。

9月25日 星期六 阴
早醒与帆卧床闲话，七时始起，早事毕，已八时，熬咖啡，烤月饼，吃半个作早餐。十时囡回，即蒸饭。午饭吃半个馒头，一饭碗多汤。十二时半多睡至二时半醒，三时起，囡回厂上班，帆外出。看酒已好，吃少许，极未有之甜腻，因略无酒味，仍放棉中！惜告囡仍忘吃。写施信，五时蒸剩饭、菜、馒头，吃四横片馒头，饭后闲坐，后续写施信，至八时半，又与帆共吃酒酿。甜已稍减，有酒味。下午不放棉中就好了。尚甚佳。含久细辨，已微有苦味，不能多放矣。故吃甚多，帆吃甚少，加颇多冷开水，冲淡酒味，令不再浓，不知明日如何？又恐甜味亦冲淡。黄鸡生蛋。九时半上床。

9月26日 星期日 晴

早起梳洗盥漱毕，即吃酒冲蛋一蓝松小碗多。生吃已微苦，冲吃不觉，仍甜香，故速多吃。弄清已九时，与帆同出访黄，归道看李，对书。走至九区过，怕威克回，又忘带豆类票，遂复回，又不去了。开火熬萝卜，火不起，久不开。看报，缝补裤，无事做。甚想早早。中餐吃半个面包，一满饭碗酒冲蛋，大半菜碗萝卜汤。午睡十二时半至三时。冲开水泡茶，等帆三时四十分出门，至黄耀老处略坐，归路五时多至李、石处，帆抄对材料，六时回，晚餐吃半个面包，大半饭碗酒蛋，大半豆绿饭碗萝卜汤。饭后洗碗大抹桌，拌鼠药甚久，略息，等九时一刻封火，洗脚脸，吃酒汤，十时睡。黄鸡生蛋。

9月27日 星期一 晴（起做腹按摩）

早事毕，吃月饼一角，面包一片，咖啡一碗早餐，威克回，出买米面，我淘米蒸饭，又晒旧米。威克买米回，又出买肉、蛋、油等，回斩肉作汽水肉及肉圆，我洗刨切萝卜丝瓜，做丝瓜粉条肉圆汤。十二时半午饭吃一碗又小半碗饭，威克饭后回厂，我弄清一时午睡至二时，被鸡尽叫吵醒，未能再睡，人甚疲倦昏昏，似病，收晒米及面粉，又装坛、锅，休息，人益昏倦不支，又一点不想吃。晚餐未吃，即洗脚卧床。下午帆发杨翊强信。黄鸡生蛋。早早在厂日哭不肯上幼儿园，吵要回家，益怜念之。带些汽水肉和花生给她吃。

9月28日 星期二 晴

早事毕，吃半个面包作早餐。炒米泡及米粉，威克回，蒸饭，煮、剥蛋，威克买节物，午饭吃一碗多一点饭，午睡十二时至二时半，洗头。晚餐吃一小碗多菜多叶之汤饭及豆干一块。晚饮茶甚多，写上海共信，记日记，已九时，饮茶休息，洗脚做酒后上床。黄鸡生蛋。十时半睡。

9月29日 星期三 多云夜雨渐甚大

早起事毕，帆买油饼早餐，我吃一个半。威克回，买来鱼及蔬菜，鱼活。我做酒，因过久，做甚久，做好已将近十一时，即蒸饭，帆剖鱼。午饭吃五分之四馒头。饭后炸出鱼，二时睡至四时，帆炖鱼头。晚饭吃小半个馒头，二号碗半碗多萝卜丝鱼头汤，半边鱼头。饭后洗碗弄清七时过，休息，吃一苹果，等水洗脚，九时上床。帆写给小佳信，与上海信上午同时发出。黄鸡生蛋。

9月30日 星期四 晴

早事早餐毕，九时威克即回，斩肉杀鸭，我、帆剥栗与莲子，我淘泡糯米，淘米蒸饭，翔如来。帆做午饭菜，我拔鸭毛、洗鸭去脏。午饭吃一碗饭稍剩，吃糯米饭一些。饭后二时午睡至四时。剥莲子，做晚饭，做肉圆下好，一部分加粉条做汤晚吃。帆下午做好鸭汤、红烧肉，不动。晚饭吃半个馒头及一点糯米饭。饭后大洗碗弄清，稍累，稍息又做八宝鸭，九时弄好待煮，火又熄，帆重生火，十时煮，廿分开，又煮至十一时十分封火，铁锅多水鸭放火上，收拾一切，洗脚，十一时五十分睡。接虎侄信，寄毛线裤来，适翔如亦结好带来。黄鸡生蛋。又尝酒苦加水。

10月1日 星期五 晴

早起帆坚欲做酒冲蛋当早餐，即做大瓷缸大半缸，加三满匙及一大坨糖，火又不好，久煮，吃时微带酸苦，仍不甚甜。翔如觉甚好，说仍有酒味亦甜，胜店中者，实不好。早餐后翔如八时一刻出门到桥等36路车，未及转湾车已开来，呼车，因加班后有来不停。翔如即至武大车站乘车去。上午做饭菜，我和威克洗泡萝卜、藕做丸子。中午吃卤干子及部分先炸丸子，肉圆汤等。午饭毕洗碗弄清，二时睡至四时。五时囡、早早回。晚餐吃八宝鸭、栗子红烧肉、卤干子蛋、辣椒扁豆、炒干子、肉圆汤等。早早玩至九时睡，快十时始睡，在汉口玩太热闹，夜睡不甚安。我睡甚好。下午曾洗一澡。酒下午又变极甜。黄鸡未生蛋。

10月2日 星期六 晴 黄鸡生蛋

早早早醒，在床玩一阵，起吃牛奶冲米粉，不甚喜吃。小佳三人十一时来，饭菜均已做现，热吃，帆甚忙累，午饭吃二盘：卤肉与卤蛋干子拼盘，红烧肉、红烧鱼、炸排骨、肉圆汤、炸藕丸、辣椒扁豆、鸭子汤。洗碗弄清，午睡二时至四时，睡藤椅上，醒后精神尚好。晚餐热做菜。除已吃完藕丸及扁豆外，馀仍旧，又加新烧炒豆干子辣椒肉片，及腌小白菜煮芋头。晚餐我完全未吃，仅喝小饭碗小半碗肉圆清汤，及几个芋头。晚早睡，九时半即睡着。早早与威克早睡，囡清物十时三刻睡，我中醒二次，十一时后睡至一时小解，后即沉睡至早六时，亦不饿。酒夜晚又有苦味，加水，夜变甜。

10月3日 星期日 晴

早起早早在外房大声唤爷爷说话，帆躺我大床与囡谈话，即抱早早来里房大床，与爷爷疯玩极欢笑，良久始各起，致火将熄，幸救而久起，威克七时起吃开水泡饭及菜，后帆做蛋冲酒加饼干当早餐，我加水吃大半碗稀的。久煮已稍酸矣。午饭吃各种剩菜及新鲜白菜芋头及面拖小虾。我只吃一口饭及芋头小虾少许。午睡一时上床，早早玩至二时，始各入睡。我四时醒即起，精神尚好。晚餐胃口稍可，吃半碗饭，干子一块，栗子一二个，虾子和芋头一些。囡等六时半回厂。我清理钮扣分类为理，帆洗澡，孙嫂转让白米，即腾出，归还包及钱票，坐谈少时而返。又理钮及钉坐垫锦套按扣，复热炒剩虾及酒蛋，又补写三天日记。帆八时三刻封火，我至九时三刻始写完日记，洗脚，抹身，饮茶、吃药，十时半睡上床。黄鸡生蛋。我连多日，自感冒咳嗽后，胃口不好，饭量、消化不好。连日大概因少吃些油腻糯米，更不好，常常晚饭不吃，夜也胸腹偶胀闷，舌苔极厚腻为从来未有之甚，幸只左边大半。今夜稍转好。接斌侄致囡信及施信。临睡复做清洁，十一时睡。

10月4日 星期一 阴

早起因昨夜吃新熬咖啡一碗，至一时左右始入睡。成诗一律。早起稍倦，起后精神尚好，大洗抹油污椅凳，洗茶杯茶盘，洗抹布，吃二片面包，一碗咖啡牛奶，舌苔仍左大半厚腻，吃胃舒平二片。写出律诗腹稿二首。一首改定未完成。接斌包裹单，寄我毛线裤及囡鞋。又出太阳，晒棉毯及毛巾毯，破棉大衣等，洗烫抹布，蒸剩饭菜，火小，一时午餐，吃较少的小半碗饭。二时五分睡着至四时十分，睡甚沉。午睡又泻。洗澡洗将毕，帆出外取包裹送洗床单，买卤肉回。洗头道肥皂衣裤，晚餐吃面包二片半，薄汤饭汤一碗，卤肉五极小薄片及芋头酱瓜干子等。洗碗，理看友人照片，写日记，七时四十分，洗衣裤浴巾，因肥皂多难过清，又水管漏水，时有盆满之患，至八时四十分始洗毕晾好弄清。人已极累，躺椅休息。九时半吃午时茶，十时睡。

10月5日 星期二 晴

早事毕晒出衣裤，大洗各人各种毛巾晒出。早餐二片面包，牛奶咖啡一碗，改诗，大择苋菜，稍息，搅面粉作面疙瘩作午饭，吃连汤一浅菜碗。热午时茶，翻衣、巾，写日记，吃午时茶，过糖，饮茶，十二时四十分午睡。一时廿分睡至三时。洗澡，洗衣、巾，做晚餐，吃汤面二号碗稍多半碗。熬午时茶，写日记，闲坐休息，看诗，热午时茶吃，洗脚脸，收拾一切，放鼠食，十时半睡。黄鸡生蛋，舌苔大转好，仅左边后半小边了。

10月6日 星期三 阴夜雨

早事毕，吃面包早餐。刨切萝卜，均内坏丢去十来个，白费时间，又削切茭白，亦丢一半，剥切辣椒毛豆，帆买排骨回，又洗炖并欲刨削藕炖汤，已迟不及，先烧开排骨汤，即同吃面包当饭而午睡已一时半矣。睡至三时半，尚倦欲睡，勉起刨削藕开火炖汤，下面，晚餐已八时，饭后复热菜，烧午时茶，火已熄，温热吃下，洗脚写日记，十一时始睡。舌苔大好，惟左边后小半尚有中间稀疏苔。晚餐吃小半菜碗面，但吃排骨汤一菜碗，排骨二块，藕三四块，一些茭白炒辣椒，大胜前数日矣。夜泻二次。

10月7日 星期四 阴雨
早卧床起较迟，早事毕已八时，火熄。早事毕，帆生火，九时早餐吃炒米粉大半碗，咖啡一碗，写小佳、沈雄二信，一时午餐，吃一小满碗饭，排骨汤一碗，排骨二块，一时睡至二时半。三时多睡不着起。五时钉棉被，晚餐吃小半碗，继续钉被，腹胀痛，帆亦胃痛，疑晚剩饭硬故。钉好被已八时三刻，熬午时茶吃，洗脚脸，吃午时茶后吃糖过，甜，又吃五香花生米，细嚼良久，十时收拾一切后睡。黄鸡生蛋。

10月8日 星期五 阴转晴
早起在床做腹部按摩及运动。梳洗毕已八时，早餐二小糯米粑，早事毕来人修水管，写准备找夏房租事不遇留信，未毕囡回，遂不去。做饭剥毛豆，囡洗头洗澡洗衣，换煤等做菜，甚饿，一时多午餐吃一碗半饭及很多芋头，五六大片卤肉，藕汤、茭白。甚饱。写小佳信，二时半睡至四时。胸腹胀饱，不思[食]。五时三刻晚餐吃大半个面包，少菜，咖啡牛奶一碗。晚共算结账，失记钱，忆算多时。今晚闰中秋，有月，多云虽未遮，但光甚昏暗。外坐小木椅相对甚久，颇有寒意，添衣而坐，后被帆唤入又重算账，仍有误。九时半睡。黄鸡生蛋。舌苔好。

10月9日 星期六 晴

早起牵绳晒被褥毯等。早餐面包可可牛奶。与帆共出交房租，未遇夏，留信而回。二区买烧饼四个而回，他无物可买。百货店买四针一扎信封。回腿酸人累，休息，算账，补写昨半天日记。做中饭，吃烧饼一整个，卤肉三四大片，藕汤大半碗，涂安庆辣豆酱。十二时廿分上床午睡，胃腹胀饱，热午时茶吃毕，睡至二时廿分醒，胸腹稍胀闷，未能再睡着，腹胀微痛，稍躺即起，晒垫褥、毯，移翻先晒褥被等。稍息，复间歇收所晒被褥毯单被包单等，晾、折、将外房因床之棉胎单被等打包，免鼠钻也。将我床垫毯帆旧二斤半棉胎收晾，再收棉褥，床单，再收囡四斤棉被，晾、折，再收我床棉垫褥床单，然后铺好。帆出买豆干，我弄好一切床被，五时五分，休息半小时，饮茶，吃药，帆热饭菜，六时晚餐吃烧饼半个稍小，藕汤加水酱油一菜碗，饭后略息，看《参考》，八时半熬午时茶，吃半碗，洗脚，九时上床。腹饿，吃四分之一发饼。仍带微饿。连日早夜均按摩及腹部运动，拟继续不断。舌苔全好。

10月10日 星期日 多云晴

早起洗头卷发，九时吃面包早餐。囡回，吃剩面，帆出买豆干不到，买铁甚久始回，我做饭、菜，十二时午饭，吃粥二碗。十二时半午睡，二时半为苍蝇扰醒，看《参考》，六时晚餐二碗粥及一些芋头。人倦疲。躺看《参考》。八时熬午时茶，八时半吃，洗脚睡。黄鸡生蛋。娘娘来信，德济汇五十元，帆取回。听天气预报有小雨大风，明天公园看熊猫之行恐不成了。舌苔大好正常，但午、夜睡中仍时胸腹闷胀，不知何故。饮食又少而无油荤，又注意不吃不易消化物，且不吃够饱。九时上床即睡。

10月11日 星期一 阴天风雨

早起未雨，但大北风，八时半左右风渐小，复小雨，后雨渐大。汉口去不成。腹痛焐热水袋，九时择洗菜，十时毕。帆打破一上海带回蓝边小饭碗。雨止。不知囡等赴汉未？甚想早早。中午吃拌面二号碗小半碗，不饱。十二时半午睡，仍闷胀。晚吃二号半碗面，仍未够饱。夜休息看诗拌鼠药，八时半上床睡。鸡未生蛋。舌苔仍好，惟中段在边中间有一小条苔。夜雨大，稍冷。娘娘来信未复。将欲上床未上，痛泻二次，找出白木耳泡，饮茶，收拾一切，人疲累，十时半上床。二时始睡着，睡后甚沉，未觉闷胀。

10月12日 星期二 多云转阴雨

早睡至七时半始醒，八时起，早事毕，择洗扁豆辣椒，威克送蟹回。带卤干回厂，带发饼与早早。知昨日囡仍带早早去汉口，适中山公园休息学习，即逛商场至小佳处午饭早回。休息至近十二时，始起。洗蟹，炒豆干，换添火，火起蒸蟹，二时始共吃，甚饿，我先吃小半个馒头，蟹小而极空不好，无黄油，肉松少而不紧实，各吃三枚不觉。我疲倦，即午睡已三时半，帆善后未睡，亦疲。我睡至六时始醒，精神已好，人亦舒适，起连吃二大杯热浓茶，极适。接到刘师信，老病心情不佳，看后极感叹远念，拟复慰之。七时半帆热各种剩菜，我又烤半个馒头，吃少许扁豆及豆干，又吃烫茶一大杯。写日记，已八时半，遂不写信，洗脚，九时封火上床，虽未必能入睡，可多休息也。黄鸡生蛋。略有舌苔，仅在外一短条及中段中间稀疏薄苔。写囡信，十时上床。

10月13日 星期三 阴有风

早六时醒，七时半始起床，早事毕已八时四十分，火熄重生未起，待做早餐。我信作复，帆做葱姜碎虾米糯米粑作早餐，九时十分吃四小块。略息，写老虎侄信。午饭吃半个馒头。因火熄又重生，吃毕已一时半，午睡一时三刻至四时三刻，五时起，大饮茶。烧开水，洗油沙锅。晚餐吃半个馒头。洗碗弄清已七时三刻。熬白木耳，写娘娘信，写毕已十时廿分，十一时睡。发囡、斌信。黄鸡生蛋。未泻。

10月14日 星期四 转晴

早五时半即为帆开灯惊醒，误恐忘关，一加注意及询问，遂不能复睡。六时半起。早事毕七时一刻，写德济信，毕，七时三刻，等火吃早餐。早餐吃半个面包一碗咖啡牛奶，牵五绳大晒五斗橱屉及帆布箱中单衣，择洗扁豆，微有泻意，即休息，但仍时翻换晒衣。午饭吃二号碗多大半碗拌面，甚饱未胀，洗锅碗一时三刻，午睡至四时，移换晒衣。帆出外买物无得而返。稍息，帆热饭菜，我收衣。六时半吃晚餐，五时多吃银耳一碗，晚餐一小花卷，微欠算了。晚餐后洗清七时半，理折衣分别装屉装箱，时作时歇，并慢慢做，至十时始清毕。休息，洗脚脸，放鼠饵，微饿，吃二片饼干，收拾一切毕，复饿，又吃一片，饮半碗橘汁，写日记，漱口，十一时睡。黄鸡生蛋。发娘娘及杨德济信。黄鸡生蛋。

10月15日 星期五 多云转晴

早事早餐毕，做腌小白菜，写刘师信，蒸花卷、菜，午餐吃一个半小花卷，十二时饭毕弄清，续写信至一时，睡至三时半，受热头痛，出外坐稍好。火熄未生，帆煤油炉下面，我借早秀火烤半个烧饼，涂安庆辣酱吃当晚餐。银耳一碗。下午趁热水洗了脚。夜另附写刘信一页答所问诸友近况[1]。写日记，头仍少痛，休息。微饿，吃糖及糖豆瓣少许。改添《早早诗》二句。舌复有苔。看书不进。十时半睡。未泻。黄鸡生蛋。

10月16日 星期六 晴

两日来夜、午睡中均感胸腹闷胀，昨夜尤甚。早餐吃半个烧饼。早事毕，与千帆商改《早早诗》，由帆抄寄刘师。午餐吃小花卷一个半，无菜。开烤麸吃。饭后弄清十一时四十分，上床午睡至四时廿分。烧粥，晚餐吃半个薄软葱面饼，三小碗糯米粥。夜抄旧作诗至九时多，写日记。十时洗脚，十时半睡。又大搞鼠药饵，十一时始上床。舌苔转好不少。晚餐吃多仍甚舒适，未闷胀及太饱，不知夜如何？

10月17日 星期日 晴

晴，早起晒出外房褥被床单及早早尿片等。外出买菜，回吃早餐，很累，休息，洗青菜。午饭吃半个面包，半碗粥。十二时三刻弄清上床看《参考》，一时睡至三时半，四时起，收褥被衣裤。蒸晚饭，因等六时多回，晚餐吃一个大面包，且夹数块卤肉，亦

---

[1] 参见《涉江诗稿》卷四《衡如师来书问讯诸故人，有作》。

未闷胀,才吃毕觉较饱即好。后与早早合吃一大杯橘汁。十时睡。舌苔反转好。接顾、明、小佳信。

10月18日 星期一 多云

一夜燥热,三人又挤,未睡安。腿又酸痛。早四时半起小解,后只朦胧时睡一阵,六时全醒,腹按摩及运动后即起。帆买油饼回当早餐,我吃一个半,胃口较好,可吃两个,未吃。八时半威克、囡、早早、帆同骑自行车去湖心亭一路玩及野餐[1],威克半途回头车来接我再去。即整理一切乱丢之衣物,并做清洁,等威克,不一刻,威克来,坐车后至湖心亭,至小半,囡、早早在途中等休息。一路风景绝佳。歇一阵,威克骑车带囡、早先去,我、帆步行一段,威克又车来接,至湖心亭,先坐石桌凳休息,后至餐馆,吃一大全鱼,排骨汤二碗及自带卤菜,我吃几口橘酒,四五小块卤干子,一个又大半个卤蛋,卤肉数块,后又吃鱼数大块,未吃排骨汤,吃一小角面包。餐后坐外面石凳观览,又登湖光阁一览全景。吃苹果,一时廿分由威克车送至磨山车站,等36路至近两点钟,乘至家,帆亦乘车,到家二时零五分。威克与囡、早早亦即归。我与囡、早早即午睡,但早早玩至三时多始睡,我睡至四时醒。未睡够,甚疲倦。起近五时。帆未午睡,做稀饭等,数人先后进食,威克先吃回厂,我不甚想吃,最后吃,亦不到七时。饭后早早玩至九时多始睡,我们亦睡。接斌信,黄鸡生蛋。

---

[1] 参见《涉江诗稿》卷四《威克、丽则夫妇携雏侍余及千帆游湖心亭》,并见1976年11月10日日记诗成。

10月19日　星期二　晴

早起看火，梳洗毕，开火下面当早餐，我吃银耳一碗，早早吃小半碗面后又吃一浅碗银耳，甚喜。因、早早九时多回厂，帆同出买菜回。我忽极疲累神倦，又如前之从心中累出，精神极不支，心情又极不好，无故悲感亦身体之影响。忽有孤寂凄冷之感。晒、熬党参，帆回，即吃面包当饭，十二时即午睡，但二时又醒，再睡至二时三刻。睡息至四时多始起，帆又外出买菜物，我冲开水，洗脚未好，耀老来坐，一刻即去，再洗脚，帆回，晚餐仍吃面包大半个，芹菜炒端肉丝，甚老，拣吃肉丝，及冲剩肉丝汤半碗，人仍疲倦，八时半写日记，算结账，九时半睡。舌苔又不大好。因多泻之故。

10月20日　星期三　晴

早事早餐毕，即洗衣，中休息，至十时始毕，共两衣两裤且两长者。中饭吃肉丝汤面半二号碗。十二时睡，窗外小儿玩大声叫吵，未能入睡，久始睡着，二时半又醒泻。未能再睡，起烧水洗澡，又洗换衣裤浴巾等，收衣裤折好，又放收入箱，同时取出半长短布内裤，因天转热也。晚餐吃半碗面。饭后休息，折纸工消遣。八时写淡芳信，九时毕，写日记。看报，九时半睡。舌极稀疏薄苔。

10月21日　星期四　晴热

早起与帆乘八时半36路车至司门口，不停，至江边回走，走过水饺店有供应，想先到同兴吃烧卖少量当点心，并买带回，再去排队吃水饺当午餐。不料无烧卖，肉包麻团排极长，恐水饺卖完，即回吃水饺，买一斤，拟半带回，不料全生且多破，二人只各吃数只，破皮未吃完，整的带回，重到同兴，已只有油香[1]，肚饿，排长队买二个，我吃一个，帆未吃。在曹祥泰买饼干点心，皆不好。药店买银耳三包，二送刘师。复乘车至大中华拟买卤菜及隔壁甜食店买包子馒头，皆无，隔壁已并入，只早晚有点心。二楼菜饭已坐满，至少须等二小时，我倦欲归，遂乘十二路车回，天极热，又累又饿，人殊不适，回至汽车站餐馆吃面菜，虽饿而不思食，吃面两许，两筷菜，胃腹吃得不舒。走回极倦，一时到家，又因出汗且热，即洗头洗澡。晚餐吃三十水饺（蒸熟），未吃油荤菜，吃后胃腹极舒，精神亦较好。夜看报，复洗脚，洗衣裤头道，泡入盆内，明早清，洗毕写日记，已九时多，收拾十时睡。舌苔如昨。又吃四片小饼干（等于一般的二片）。

10月22日 星期五 雨

早事毕，洗衣，中间吃面包半个作早餐，复洗衣，毕，增删改定《早早诗》。午饭吃一满碗饭，五个水饺。菜甚多。弄清一时，复改诗。又泻一次，雨中出倒痰盂，洗套鞋，倒毕二时，复睡，三时入睡，五时半醒，起吃晚餐，半碗饭、半个面包。饮茶，抄诗至九时廿分，写日记，准备收拾，十时半睡。舌又有薄苔。洗脚、商诗，十一时睡。

---

[1] 油香，湖北的油炸面食小吃。

10月23日　星期六　雨冷

早事早餐毕，抄《早早诗》，改抄地震诗寄王[1]，午饭吃剩饭一满碗，小半个面包。帆出端肉丝肉片，炒红椒，太辣，炒腌菜，较酸。午饭弄清一时三刻，二时午睡至四时，腹微阵痛，略睡即好。起抄诗拟寄萧，晚餐吃帆做葱软面饼二个，菠菜肉片汤太油，未吃。夜抄毕《早早诗》清稿一份，抄近诗三页清稿，已九时，写日记，算结账，饮茶，洗脚，十时一刻睡。黄鸡生蛋，舌稀薄苔，比白天转好。发淡芳信，寄刘师银耳。接斌寄囡鞋包裹单。添褥铺床，书桌清洁，看《诗词例话》，十时三刻睡。

10月24日　星期日　阴雨

早点吃葱面饼。翻寻一词。蒸做饭菜，吃大半缸饭，清毕一时多，二时睡至三时。起又蒸做菜饭，六时后好，以为囡等不回，又回，共吃晚饭，吃一满碗饭。夜九时过睡，极倦欲入睡，早早玩笑，至十时过始入睡。

10月25日　星期一　阴

早五时左右早早即醒，大声玩笑不睡，亦被吵不能睡，玩至七时起，吃油饼作早餐。早事毕，择菜，又吃牛奶可可一碗。人甚疲倦。包饺，午饭吃廿八饺，午睡上床一时半，又看《参考》至二时多，睡至三时多起。晚餐吃饺十多个。囡等饭后回厂。看《参考》。抄诗写萧信，洗脚脸，九时三刻睡。黄鸡生蛋。舌薄苔。

1　参见1976年10月23日致王淡芳信附诗。原二首，《涉江诗稿》卷四一首，题为《地震》，信中附为第二首。

10月26日 星期二 多云

早餐吃半油饼饮党参汤。早事毕，大洗茶杯盘及抹布，晒出衣裤。午饭吃剩饺五个及半面包，午睡一时至三时半。看《诗词例话》。晚餐吃大面包四分之三，咖啡加牛奶一碗。夜写介眉信。十时睡。舌苔稀疏薄。接晴佳汇还因代买物款。威克上午买回帆叫买回养之小母鸡二个，牵门外树上，夜关笼。初乱叫，不久即睡。黄鸡生蛋。

10月27日 星期三 阴下午转晴

早事毕，帆煮粥，做诗一首，不要了。至十时始一小广饼作早餐，甚饿，重生火。十一时吃芹菜肉丝干汤面半碗，煎面拌洋芋，帆吃粥。午睡一时至四时过，仍极倦，不思食，未吃晚饭，后吃一洋芋面饼。八时又吃半个小广饼。看书报，洗脚，看书，九时半睡。舌后半有苔，黄鸡生蛋。接淡芳信，帆接韩、刘信。

10月28日 晴 星期四

早五时多即睡醒，胸腹又微闷，久无此情况，想因吃油炸洋芋面饼故。六时即起，胸腹已适。帆轻感冒，我做一切。中午炒藕，帆吃粥及炸芋面饼。我吃一点剩面及二洋芋饼，尚略欠不大饱。午睡十二时至二时即醒，起泻，躺床三时起。写墙报文。晚蒸饭及芋头，我吃一满碗，帆吃面。夜抄诗，十时封火，收拾洗盥睡。舌苔大好，发游信，帆发韩信。

10月29日 星期五 晴

早事毕吃银耳一浅碗洋芋饼一作早餐。帆出买菜，后又出取

1976年　589

汇款端菜，我做菜饭。帆十一时半过回，午餐，我吃一碗半饭。午睡一时至三时为徐鸿唤醒，后略坐即去，因至铁疗看病未遇医也。晚饭前同帆至湖边散步，晚饭吃一碗饭，一满饭碗面。饭后弄清，折衣略息，喂鸡药，看《蒹葭楼诗》，封火，洗脚，九时上床，续看诗，十时睡。舌全无苔，甚光红。黄鸡生蛋。

10月30日 星期六 晴
早起生火，做菜饭，帆出买早点。回吃早餐，我吃二油饼。看、做诗。中午吃热干面二号碗多半碗。二人吃剩菜。午睡一时至二时半。到湖边散步，至桥风大而返。烧粥炒菜，晚餐吃面及粥各一满饭碗半。饭后饮咖啡半碗。做诗改诗洗脚，看火将熄，等看起否？至十时看火已起，即重封，收拾一切，十时半睡。黄鸡生蛋，新鸡已自回家进笼。舌苔好。

10月31日 多云 星期日 今日重九
早事毕，出买花菜面包回，吃一油饼作早餐，做诗做剩饭菜，午餐吃一个又大半蒸剩油饼，帆剩炒热干面一口。午睡一时三刻至四时半，仍倦思睡，因囡等回，帆感冒，强起蒸做新饭菜，至六时半全毕，囡等未回，七时吃晚餐，一碗半饭。饭后稍疲息，看诗，八时洗脚熬银耳。九时封火，躺床看书报，十时半睡。舌苔正常。

11月1日 星期一 晴
早醒未起，威克回约至中山公园，早早、囡直接由厂去，即起。威克又先去通知小佳。即准备好一切，又等至八时十分出门

590 书札拾零 子苾日记

至桥边，八时半乘36路车至大东门，挤车不上，又坐倒车至车站〔坐〕车，等车五部，始停得上。到公园十时，威克在等，即先至茶座，十时半囡、早早来，近十一时小佳、瑾瑾来，帆与威克已先至餐馆买票排队，即午餐，后又吃茶一刻，同到动物园，二孩极高兴。三时后出公园乘车至大东门，趁四时四十分36路车，至站等半小时，返家已五时过，火熄，大家极累，帆又做饭菜更累，饭后大家早睡，囡写二信睡。早早在床与我玩很久，九时稍前入睡，我亦入睡，后又被囡一度说话醒，九时四十睡。未泻。

11月2日 晴 星期二
夜睡浑身筋骨酸，背痛，左腿又风湿痛，人殊不适，后半夜又胸腹微闷胀，幸醒后即好。又头痛喉痛。四时一刻即醒，睡不着，半时后起看火，加火，后仍熄。起吃喉痛片转好，后仍躺至天亮起。六时多早早睡醒，又在床玩笑一阵，起大家吃面包早餐，囡洗衣毕，即同早早返厂。我蒸粉蒸肉芋头，又烧粥蒸包，午餐吃一包一碗粥，毕已一时过，看小说至二时半，睡至三时四十分。洗头，梳头发，收衣，晚餐吃一包一粥，折衣，看小说，写日记二天，洗脚，等烧一壶大半壶开水，又热开银耳，等火燃，九时半封火，上床看小说。十时半睡。舌微稀疏薄苔。未泻。黄鸡生蛋。

11月3日 星期三 多云转阴雨
出买菜未开门，买面包炼乳回，烧开水凉，准备做酒一切。囡买螃蟹回，即先蒸米做酒，蟹爬走一个，共二次，均捉回。第二次躲入靠厨房墙书箱后壁，费大事搬碗橱，瓶箱，长凳始找出

1976年 591

夹出，蒸时未发现，蒸饭时又重蒸。囡、我各吃三只，雄均空，一雌甚好。帆仅吃鳖脚。饭后囡回厂。午睡仅朦胧不到一小时，起泻，躺床不动，过后转好，卧床看小说。晚餐吃一面包涂果酱，饮牛奶咖啡一碗，腹胃甚适，看小说，洗脚，铺换床单边。写日记，等封火，吃花生米，舌苔好。九时封火，煤碎，很久封好，又等半小时看，四眼已上红，但底火已渐暗，开下门一细缝。收拾十时上床。做成九日诗[1]一律。

11月4日 星期四 阴雨

早五时即起，看火加火，复等起，又躺一刻，火仍熄，又生火。中午下面。中餐吃拌面二号碗大半碗，午睡十二时三刻至二时半，囡回说话醒，三时泻稀一次，卧少动。做晚饭，蒸饭炒菜，翔如来，六时晚餐，我吃一面包。饭后陈老师来闲谈。八时半洗脚，火已熄。九时写日记，大家闲谈，十时睡。舌薄苔。接萧诗信。

1976年11月5日 星期五 阴雨下午转晴

早睡至六时醒，又睡着至七时廿五分，仍倦，略躺起。早事毕，帆炸糯粑作早餐，囡与翔如亦起食。我吃四小块。做饭菜，烧开水后蒸饭，一时始吃。我吃大半缸饭。饭后闲谈一刻，囡等走，午睡二点至三时，腹痛，卧床焐热水袋。晚饭吃糯米粑极小八块。卧看诗话，微饿，未敢再吃。做九日诗又一首。舌后半有苔。黄鸡生蛋。帆感冒及胃病仍未愈。九时半上床，看诗话，做

---

1 参见《涉江诗稿》卷四《九日》。

诗，做按摩及腹部运动如前，十时半睡。

11月6日 星期六 阴转多云

早起买菜，买面包不得。回来做菜蒸饭。午餐吃饭大半缸。午睡一时半至三时半，腿冷痛，焐热水袋，至五时起，做现晚饭菜，吃大半饭碗饭。帆两顿吃粥。午后张婆婆发现余婆婆已死，可叹！夜看报烧水熬党参，八时半封火，洗脚看报，收拾一切，十时睡。舌后半有苔薄。

11月7日 星期日 晴 今日立冬

早起买蔬菜面包，回做早事，泡刷芋头，洗切白菜，帆切洗花菜，蒸饭芋。十二时半吃午饭，我吃半缸饭，帆吃面。午睡一时一刻至四时三刻。牛儿来熬胶。五时半做饭下面，晚饭吃二号碗大半碗拌面，芋头花菜。弄清已七时过。夜写信抄诗给孟伦，毕已九时半，封火洗脚脸，写日记，十时半上床。腹未痛。舌仍后半微薄苔。

11月8日 星期一 阴

早事毕，发面，早餐。做菜，炸藕夹，与帆各吃十馀片，及面包半个作午餐。下午加面发蒸馒二锅，未睡。五时半吃馒头一个半当晚餐。夜剥花生，早睡。黄鸡生蛋。帆剪去二新鸡翅膀，因吃张婆婆菜园。囡等洗被未回。

11月9日 星期二 晴

烘面包做蛋酒作早餐。抄诗一页拟寄施，泡刷洗芋头藕，补写昨日记。舌苔大坏,不知何故?或昨吃炸藕不消化。洗芋头与馒头同蒸,作午饭。吃二大馒头,午睡未着,做寄萧诗一律。舌苔大转好,或系吃喉片等苦凉药所致?抄诗,至桥边看人钓螃蟹,回晚吃一个半馒头,未大吃菜。饮茶二杯半。夜抄诗,拟附信寄印唐与君惠。至九时,写日记,洗脚,收拾,十时上床。帆写刘、瑞、小佳信。连日极想早早。

11月10日 星期三 阴雨大风寒

早起写萧信附诗[1]。午餐吃一个半馒头。帆吃酒酿至小醉卧。此次酒药稍多(因蛀添多)而天冷时日太久,故酒味浓而微苦辣也。午睡十二时半至三时半。写刘信。晚餐吃一个半馒头。夜写施信,吃酒蛋一薄碗,亦有酒意。封火,拌鼠药,写日记,九时半上床看书,十时半睡。舌后半有薄苔,前半左亦有一条。时时想早早。昨夜睡后又做诗一首,纪湖心亭之游。

11月11日 星期四 阴大风

生火早餐毕,帆已买鱼蛋面点回,发六信。弄鱼,威克回,又临时添煤蒸饭,做鱼菜,吃饭已快二时,吃热干面一满三号菜碗。带鱼及淡菜卤干给囡和早早。威克回厂。午睡二时半至五时三刻。晚餐吃半菜碗面。夜写淡芳信并抄诗同寄,毕已九时半,写日记、洗脚,十时廿分上床。威克带回一小猫。

---

[1] 诸诗参见1976年11月11日致萧印唐书信。

11月12日 星期五 阴雨大风冷

吃一油饼一碗薄蛋酒作早餐。揉面发馒头，抄诗寄刘师，做午饭，吃剩面一口油饼半个，粥一碗，甚不适，幸肠胃仍好。午睡一时至二时三刻，被动醒。再添发面。续抄诗。六时半蒸馒头，七时晚餐吃二大馒头。夜心情恶劣悲愤，因与千帆因买麻糖引起他事不快，看书不进。后看《参考》，天冷，冲汤壶，九时半上床看报。发王淡芳信。舌苔转好，仅后半极稀疏薄一点。

11月13日 星期六 阴大风冷

早起帆出外买面烧饼牛奶并麻糖。上午写刘师信。午吃热干面一菜碗半。午睡二时至三时半。下午接淡芳诗卷，晚餐吃二号碗半碗面。饭后帆熬排骨汤及烧海带，杀鸡，烧开。我写淡芳信。十时上床。舌苔薄。黄鸡生蛋。发刘师信。

11月14日 星期日 阴冷转多云

早起帆炖鸡买排骨蔬菜回，同做菜饭，炖鸡排骨海带汤，红烧带，炖药鸡。我午饭吃一个半馒头，午睡一时半至四时。起开火蒸饭，帆炖三菜未午睡，均大半做好。我吃药鸡汤半碗。晚饭好，囡、早早回。晚饭吃大半缸饭。饭后与早早玩，早早更乖、更会说、更有趣。晚大家九时睡。黄鸡生蛋。舌有苔。

11月15日 星期一 阴冷

早起与早早在床玩一阵。起早餐早早吃烧饼夹肉松甚好，又吃牛奶。玩积木甚乖。帆做饭菜，炖好药鸡，我吃一碗汤带鸡，鲜而苦，仅用小鸡四分之一，皆多骨及头，汤尚甚鲜，惜苦，又不宜放盐。午饭吃一碗大半碗饭，鸡排骨汤一菜碗。帆与囡饭后去造船厂取上海带来钢丝，两处车站均挤不上车而回，已三时，我和早早睡午觉，早早不久亦醒。夜饭吃一碗半。饭后早早玩玻璃珠甚久，玩后自装好睡甚早，一天吃点饭及饼干糖等甚多，甚乖。舌苔甚厚，午睡夜睡胸腹胀闷，幸时短，按摩转好。黄鸡生蛋。晚水管坏。

11月16日 星期二 多云阵晴无风冷

早起与早早在床上玩笑甚久。七时半起床。八时半乘36路至江边。等车桥边风仍大，甚冷。囡回家为取风雪帽，戴后较好。由江边走回彭刘杨路武昌餐馆，沿路买药品、食物、车钢丝等物甚多，耽搁甚久。未吃早餐觉饿，与早早各吃一牛耳朵。囡去造船厂取上海带来车钢丝。早早冷饿委缩不起劲，九时四十分至餐馆，先买二盆肉包，店中人暖热，早早立刻活泼起来，歌唱甚欢，又吃一个半肉包。我吃半个。坐到二号桌九时五十分。十时五十分买票，十一时廿分吃饭，菜样少而一般，较三年前大差。我因饭硬，仅吃二匙。又因无匙不卖汤，饭又冷，后吃开水一大碗，甚好。早早吃菜甚多而吃饭少。十二时五分吃完，囡、早早回厂，早早不愿，不肯与爷爷家家再会。我、帆乘12路车回校，等车人虽多而车空，一部车即上了，又皆有坐，极顺利。回家一时，午睡未着。晚吃二肉包。八时即上床，十时睡着。水管坏。夜睡好，未闷。稍腹胀，按摩好。

11月17日 星期三 晴稍转暖

早起帆去提水，我做早事。大家多休息，中午吃肉包一个，面包小半个。午睡一至四时，中醒一阵。16日晚接孙、施、王信及孙《李贺诗选注》。晚饭帆吃饭我吃面。早上床休息。看书至十一时一刻睡。舌苔稍好。夜未胸腹胀闷。上午洗头。

11月18日 星期四 晴转暖

起晏，梳洗早事毕已八时半，早餐吃糖苔半碗，后梳卷发至九时一刻。十时加煤，十一时蒸饭，一时吃午饭，吃一碗饭，剩面小半碗，午睡二时至三时，起后生炉加煤，二炉火大旺，洗澡，一点不冷，细洗毕，至外吸新鲜空气，坐外休息。开窗门换气后，帆又洗澡，洗毕，帆吃炒剩饭，我吃剩汤饭，饭前后各多饮茶，我共七八杯。饭后休息，卧床看《聊斋》，九时半上床。上午写明侄信，九时吃银耳一小浅碗。舌苔后半及左边一条又厚腻，但胃口仍好。

11月19日 星期五 晴

早起稍迟，解后上床做腹部按摩及运动。无早餐食物，我吃银耳一浅小碗，久剩小月饼一个，帆乘36路车到大东门补蒸锅和买新锅，出去吃早餐。张婆婆来告停水，洗盆锅净，接水，写胡杭生[1]信，烧粥，洗切辣椒。故意迟弄至近一时好，帆尚未回，怕冷，即先吃二小蓝松饭碗二碗半粥，刚吃完，帆回，已吃过，不吃粥了。写账算账，至二时半始午睡，至四时，近五时起，头昏痛。五时一刻晚餐，吃水饺廿三个，粥一碗。夜写大字报文，写

---

1 胡杭生，程千帆大妹程夕佳丈夫。时胡杭生、程夕佳在长春的吉林省良种繁育场子弟学校工作。

日记，九时封火，上床看小说。未泻，但后半舌苔厚腻，惟胃口仍好，亦吃得下。接殷、徐仲年信，发明侄信。

11月20日 星期六 晴（舒婆来洗衣）

上午舒婆来洗衣，我写雄雄信，帆洗切萝卜包菜。舒婆洗毕走，已十二时多，烧水，蒸水饺吃，我吃廿四个。午睡迟，又看报文，已三时过，遂不睡。泻稀一次，卧床歇。晚餐吃饭一浅碗。看小说。九时上床。舌后半及左一条仍厚苔，比前稍稀薄。接游、瑞信，发胡杭生、雄雄、小佳信。

11月21日 星期日 晴稍暖

早起，帆出外，我晒被毯棉片衣等，火将熄，加煤救起，等至十时多，又加一煤，十一时过始起，帆买排骨回，我先洗切好包菜大白菜，又洗炖排骨。午饭已一时多，吃一烧饼，一菜碗多萝卜排骨汤及包菜。弄清，火又将熄，等火起午睡已三时，本拟卧焐热水袋看小说休息，后倦仍睡一小时。因等五时多即回，煮饭，六时晚餐，饭后因去厂上夜班，威克送，早早玩珠丸及积木极乖，威克回，八时半带其睡。我洗脚弄火，九时上床，看小说十时睡。舌苔仍旧，惟略薄而不甚腻。

11月22日 多云 星期一

烤烧饼早早作早餐，煮汤饭威克作早餐，加大半个烧饼，我吃小半个烧饼。早早自玩甚乖，后又玩布娃娃甚久，饭后即随威克去厂。午饭迟，弄清已迟，又火不好尚不致熄，等封盖始睡已二时三刻，又半小时，朦胧一刻，即起看火，但尚好。卧床五时起，帆又感冒不适，吃汤面半二号碗，我因午饭吃一碗半，尚饱不饿，即以一碗饭煮菜汤饭二浅碗，尚剩大半碗。夜看小说，抄寄孙诗，封火，八时上床。舌苔仍后半左条，但较前已稀薄。得晴佳信，帆写孙信。

11月23日 星期二 晴
早又睡着二觉，醒已八时，又做腹部按摩及运动。早事早餐毕，已十时。十一时做一腌菜炒肉末，帆吃面，我吃剩加未做的汤菜饭菜碗大半碗，清毕已一时。睡醒后又泻二次，多卧。睡近二小时。四时起床，喂鸡坐水。帆出看病打针，回五时吃面包咖啡当晚餐，我后炒包菜，热菜，亦烤吃一个面包，大白菜小半二号碗及小半菜碗包菜。夜写日记及孙信。九时半上床。舌苔大转好。

11月24日 星期三 晴
早起帆出打针买热干面，我洗切包菜，大做清洁，本拟热菜面当午饭，十一时木生送小佳做帆罩衫来，临时做饭，加洗做包菜，一时午餐，我吃一碗半饭。弄清一时半，木生去看大字报直回。小猫不见，帆说已找不到，意其会回，已疲倦，即午睡，因找报看报，已二时廿分。帆回，起猫仍未回。我四时一刻醒。喂鸡，找猫多次，至小码头问，均不见。张婆婆、早秀均言中午尚至其家，张婆婆尚喂其馒头吃。帆未遍找，又言找过，以此耽误。托早秀与陈师傅向小码头问，因强强[1]家小胖言见猫转湾跑去也。

1　强强，小码头村民。

晚饭吃热干面,早秀来言,似闻猫叫,即撤面用电筒照寻呼唤遍找不见。回吃面二号碗大半碗。饭后又似闻猫叫,遍呼寻仍不见。开门久待亦未可,看明天回不?此猫甚驯良,丢之实太可惜。下午帆又去打针,想端菜未开门。回感冒稍好,晚餐吃面。夜因猫丢甚惋惜烦闷,看书报,猫不回,恐无望,甚伤感不快。九时冲汤壶,封火,收拾一切,十时上床,看报,十一时半睡。舌苔稀较薄。猫夜未回,怅怅。

11月25日 星期四 晴

早起后即去小码头每弄寻问小猫,均不知见。大概失了。回已八时,始吃蜂乳,做清洁。吃早餐,甚怅怅。坐屋外晒太阳,帆九时半去看病。我写晴佳信。午吃热干面二号碗一浅碗。午睡一时半至二时三刻,三时起,火将熄,上加一煤,待燃,写晴佳信,忘看,已将烧完。晚饭煮白汤饭,续写信迟看底焦。晚吃小白饭碗二碗汤饭。煤不行了,又加煤起,帆下发散面。夜清理屉中信件。八时三刻洗脚,冲开水及汤壶,因火好,等至九时半封,收拾一切十时上床。舌稀薄苔。今天不胸闷腹胀,仍吃得下,且吃得多。接淡芳信,猫未回,已丢失了。怅怅!完全未泻。

11月26日 晴 星期五

早睡二觉,醒已八时,做腹部按摩运动后起。弄清九时多,又闲行寻猫,不见。切萝卜丝,炒、拌萝卜丝,帆吃剩汤,我吃剩热干面一粗兰花大碗一浅碗当午饭。午睡一时半至四时过。起洗头,烧粥,夜饭吃二满白小饭碗。夜看书报,洗脚冲汤壶,十时上床。舌苔更稀薄。发晴佳信,完全未泻。

11月27日 星期六 多云风

早起换床单衣服，早餐无食物，吃牛奶冲炒米泡。舒婆来洗衣床单，闲话。毕已十二时，帆做面饼当午餐，我吃四个。午二时廿分睡至四时十分。起切萝卜丝，烧粥，晚炒辣椒、萝卜丝，吃粥三白小饭碗，面包一厚片半。饭后五百步，疲倦休息。九时上床。舌苔后半薄。完全未泻。

11月28日 阴转晴多云 星期日

早餐清洁毕，威克回，切洗包菜，帆洗芋头，即煮，好后煮饭，十二时吃午饭，我吃小白碗一碗半。午睡一时半至三时半，帆出买菜，我喂鸡，看火，收折晒衣被，卷发，开火，帆五时四十分回，做面饼汤饭，我吃面包大半多个。夜看书报。九时半上床，未泻。

11月29日 星期一

九时多翔如来，做菜、饭。午吃一碗饭，午睡一时，卧床未能入睡，四时起，晚煮烫饭热菜，我吃四片面包，未吃菜及牛奶等，吃热清茶四五杯，本头昏痛，心胃甚不适，饮茶后渐好至全适。夜共帆及翔如剥花生甚多，听广播歌曲，九时半上床，先又饮茶二三杯，久久不能入睡，后又二次醒甚久，睡甚少，五时三十分醒后不再睡矣。泻二次。

11月30日 星期二 阴

早醒做按摩运动后即起，帆与翔如进城取修补饭锅及买菜。我做清洁，早餐毕，补写昨日记，已九时矣。煮盐花生，切萝卜

1976年

丝红白各一满堆二号碗。费时二小时多，煮盐水花生四小时，犹不烂。十二时煮白汤饭，拌小蓝边碗半碗萝卜丝，花生米廿粒左右，吃稀汤饭一碗多。断水，饭后重烧剩开水，水来又洗各种用具，冲开水一瓶又大半瓶，泡茶二杯。又烧热水半壶冲热水袋，加煤封火，毕已一时十分，帆等回，算账，一时半过，上床休息。三时半起。蒸饭做菜，晚吃一碗多饭。帆客来取花生未到，稍坐走，与早早玩，八时三刻上床。

12月1日 星期三 晴暖无风

早起早早在外房大叫，穿衣起玩，烤面包早餐，我吃四片，早早吃二片，帆又煮汤饭烤豆皮大家吃，我又吃豆皮二块，汤饭汤小半碗。早早吃豆皮一块。我与因、翔如、早早至湖，走至转湾又再转湾向磨山路口始觉累，回路捡柴不少。归后甚累，帆洗蒸各种菜及红苕，大家大吃红苕，我又吃一个红苕，早早吃一个多，帆吃半个，均极甜好。午饭早早吃一点，我完全未吃。我同早早午睡，我睡一时多，早早睡三小时。淘米蒸饭，威克已先吃炒剩饭回厂。因与翔如翻做棉袄。冲开水，先洗了脚。晚餐吃一碗多饭，与早早玩，早早吃大半个红苕，剩一半我吃了。夜与早早玩及缝补坐垫里子，九时与早早同上床。接君惠信。

12月2日 晴 星期四 暖

早起与早早玩共吃面包早餐。蒸饭。正吃午饭南京孙原安[1]工厂同事来带自强赠巧格力，待客未吃饭。同至桥边拍照，客去游

---

1 孙原安，孙望次子。

东湖，囡与早早及翔如各回厂。我与帆回重蒸饭吃，饿甚，饭不大软烫，吃一浅碗，不甚适，已二时半，午睡至四时半起，买鱼蟹，不思晚餐，吃四片面包，一碗可可，剖鱼腌，夜睡胃腹不适，愈来愈甚，胃翻作呕，腹胃胀痛，渐剧。十一时后，呕吐二三次，均水及可可，吐后稍好，腹仍胀痛，仍焐热水袋，渐减人倦，入睡转好，后半夜醒，腹仍觉胀，按摩后转好，复入睡。

12月3日 星期五 晴暖
早起卧床焐热水袋休息。帆打电话叫囡回吃蟹。十时起床，剖洗鱼头二，煸煮汤，加萝卜丝，十二时煮好鱼汤，汤后加鱼杂变苦，端下吃时尚可进口。午餐因未回，我吃大半个鱼头，一小碗汤，未吃主食。午后二时睡至四时。起洗蟹后，仍卧。帆蒸好蟹，仅吃一点钳脚，吃大半大菜包当晚餐，我完全未吃。夜至八时过，二人均微思食，热咖啡，各烤二片面包，火未起，至近九时始吃，吃前腹又觉胀不适。九时半上床。下午水泻一次。

12月4日 星期六 晴
早醒腹仍微胀痛，多按摩后转好，卧未即起。舒婆来洗衣。九时半囡回，共吃面包五块，我二她三。舒洗毕走后，蒸蟹，我被囡劝吃一只，又共剥蟹黄肉给帆吃，腿带给早早吃。又烧大白菜红苕稀饭，临时加煤，一时过始吃弄清，又谈话至二时午睡，囡三时起回厂，我睡至四时廿分，起又稀泻少许。接文才诗信。五时三刻吃菜粥一满小白饭碗，看信写日记。张婆婆来登记煤及送毒鼠药饭。晚餐后腹微胀痛一阵，几分钟即好，写出诗腹稿。十时睡着。

1976年　603

12月5日 星期日 阴雨，做风鸡

早餐面包二片，腹仍微胀，又卧床，做诗改。午饭吃面一菜碗，即胀饱不思食。午睡一时半至二时十分，因等因下午看电影未看早回，说话即醒。卧床一刻，又泻一次。卧久始起，淘米蒸饭。五时半吃剩面一口及白菜、洋芋汤半碗。饭后与早早玩，早早七时三刻上床，我微饿，亦即冲水袋上床。后半舌苔较厚腻。下午帆做风鸡一只。

12月6日 星期一 阴

吃银耳一碗当早餐，早早半碗全泼翻，又分给她一些。后又与早早共吃囡做细碎面粒糊一满碗。沈送工资，仍错少一元。午餐做二顿饭，我吃汤面一菜碗。午睡一时半至三时半，起，帆蒸剩饭热菜，我炸烧腌鱼，因等四时三刻吃饭，五时半回厂。我加煤洗碗弄清六时，看报，等火起蒸面包，七时晚餐吃一面包多一点点，四块腌鱼，甚适。一整天腹未胀痛，胸胃亦不饱闷。晚餐迟，甚饿，多吃后亦不胀。晚餐后看报，烧水冲瓶，洗脚，再等热水冲袋。十时半封火上床。舌苔大转好，仅最后中间一条有稀苔，左边一条极淡薄，馀皆红。一天未泻未胀。夜腿痛。

12月7日 星期二 晴暖 黄鸡重生蛋

起较迟，帆出买物理发。我晒衣洗巾、布淘米蒸饭，做清洁，洗切萝卜丝，洗拣蒸党参，发银耳。十二时吃半个红荅，一碗多饭，鱼二块及拌萝卜丝，弄清十二时一刻，写日记，发开水泡茶冲水袋，一时午睡至五时。起即晚餐，剩饭蒸不十分透，硬，半缸未吃完，又吃半个红荅，鱼二块，仍不大饱。夜拣黄豆，九时后吃党参汤及麻糖四片,十时二刻上床。舌有苔。

12月8日 星期三 大风阴转晴

早餐吃糯米粉与面粉合炸之小粑。我吃四个。餐后与帆一直做饭菜到午餐,吃一碗饭。午睡十二时半至四时。起收折衣。五时半晚餐吃一个整馒头。前所未有,惟菜不热,吃极少。晚饭休息弄清,拣黄豆八时,饮茶吃糖,写日记。抄近日作寄二王诗清稿。九时上床。有舌苔,未泻。

12月9日 星期四 晴冷有风

早餐馒头二片。晒被褥。蒸饭蒸鱼。午饭吃一碗半饭。午睡一时至四时,但中因腿酸痛甚醒二次,睡亦不熟。起喂鸡,铺褥。晚餐吃大半个馒头,铺床单,整理内外房两床被褥。休息洗脚,写日记,算结账,抄诗,九时半将上床,腹微胀,又等水冲汤壶,又想起发馒头揉面,十时三十五始上床。舌仍有苔。

12月10日 星期五 晴转阴

早餐吃面半碗,十时半帆出买菜,我已晒出腌鱼,抄诗写信给文才。面一直不发,未能蒸馒头作午餐。帆亦排队至一时始回,幸白萝卜汤及胡萝卜烧肉已炖好热好,回后下剩面,炸洋芋面粑八个。我吃六个当饭,帆吃浅菜碗面及二粑,二时多始午睡至四时,晚面仍不发,吃面菜碗半碗,下午腹痛,焐水袋即好,饱不思食,不甚适。九时饮咖啡一碗,稍适,十时仍微胀不适。发面九时四十分忽来,只好重加面揉稍待蒸出。炉火恰才封,只好用煤油炉蒸。又转错灯心落下,点不燃,煤炉底火未大,封灰太满，开视将熄，即打开，一时不能起，又点燃煤油炉，烧蒸锅水，又见炉底煤稍红起，即在炉底塞入煤灰封盖。为时稍久，煤油炉水已大开，即忙洗湿纱布，揉高做好已瘫扁之馒头蒸入，已十时五十分。因煤油炉火小气小，故每次蒸半小时，两锅蒸好已十二时，收拾睡，已十二时半始上床。

12月11日　星期六　晴

舒婆来洗衣洗帆被。十时后威克取晴佳代买肉回。我写淡芳信未毕，等舒用开水毕，换煤蒸饭，午饭吃一碗多点。弄清已二时。腹不适。未午睡，看帆做腊肉，又发现肉有病坏处，恐系囡厂之米猪有毒，全部弃埋，打电话问囡，不通，问张婆婆知道，认为决非米猪，乃猪颈淋巴腺病，割去病处即可，始放心安心，均做好。收晒衣被，折好，头甚昏，人倦欲睡，腹仍不适。晚餐吃馒头二。饭前写好淡芳诗信，与王文才信同发。饭后熬猪油二次至九时半，冲汤壶，收拾一切十时上床。舌苔白腻。

12月12日　星期天　阴寒

早起生火，看报，写大字报文。帆斩肉弄菜，我助一切。午饭吃二馒头，一浅菜碗排骨汤。午睡一时至四时。烧开水，热汤，换煤烧水。下面，六时三刻囡、早早未回，先吃，吃毕七时半囡、早早回，已吃过面，又吃排骨汤一碗，早早吃肉甚多。弄清已八时半。早早九时上床，十时才睡着。我九时半上床，十时半睡。

12月13日　星期一　晴

早醒六时已过，做按摩毕，早早醒入我被中，又睡着，我即起，弄清，早早醒，为其穿衣梳洗吃早餐，甚乖。写好大字报。威克十时半回，帆早揉好面，大家包饺子。中午吃饺子三十七八个。吃后散步一阵，洗多碗，毕已二时，与早早同午睡至四时，起改抄文，早早已醒，为其穿衣，与玩，抄好文。晚餐不思吃，未吃，人疲累似病，休息静坐，后稍好，写日记，早上床，九时三刻睡。

12月14日 星期二 晴

早醒等早早醒后同起。帆、囡、早早早餐吃面，我吃银耳一碗又分与早早。帆、囡过汉口，我与早早玩，极乖，我洗头卷发。午餐早早吃二圆坨饼，一片烤馒头，三个水饺皮。我吃面一满菜碗。弄清一切，一时二人上床，早早玩至二时四十分始睡。刚欲入睡，帆、囡回，未买东西。早早醒大失望。晚餐吃剩面一菜碗。晚八时半与早早上床，看报至九时半睡。

12月15日 星期三 阴多云 杀做三风鸡

早餐大家吃面，九时半帆送囡、早早至汽车站回厂，十时半回。我在做清洁，大洗锅碗，淘米蒸饭，写孙信。早秀送前失去之猫来，仍留，二猫相处甚和。午餐吃半缸多一点饭，洗碗收拾清一时，煮咖啡，煮好吃一小碗，一时四十分睡，睡不着，后忽腹胀气痛。起做杂事，又揉面思发馒头，似宜软而易消化之主食较多要饱，不宜油荤，尤不宜重油。面五时廿分揉好少许，用二热水袋、破线大衣裹大菜汤碗加洋磁盆待发。下午发孙信。晚吃一匙剩饭两块炸鱼。晚饭后帆做三风鸡，我略帮忙，极紧张。收拾清后八时三刻，揉面粉，蒸三个小馒头。九时半吃一个半小馒头。十时半上床。舌苔仍白腻，尚较薄。

12月16日 晴 星期四
早餐吃一个半小馒头。帆出外办事，我蒸饭热菜，写徐信。午餐吃一碗半饭。饭后又吃咖啡一碗，已一时，又写徐信封，一时半睡至二时三刻。腹微痛，焐水袋卧，即好，五时始起床，做晚饭，吃二馒头，晚饭后帆杀小麻鸡，因其也病不吃米了。我观看并帮做杂事。帆弄好鸡，我善后清理，八时半洗脚，十时冲水袋上床。舌苔转好。发徐信。

12月17日 晴 星期五
早事毕，烤一馒头作早餐。小馒头，吃后甚饱，下面帆吃，炖鸡汤。近日天亮迟，又早寒，且做按摩，起较迟，杂事又多，早上弄清，已近十时，稍息即做饭。帆尚先弄菜。淘米蒸饭，换煤等起火，写好沈雄信。午饭吃一碗饭，大半菜碗鸡汤、鸡肝二块，十二时三刻午睡至二时一刻，再睡半小时不着，起做杂事，烧开水泡茶。帆去小店买菜物。晚餐吃大半碗饭，大半个小馒头，鸡汤一小饭碗。晚饭前写国武、彦邦信。饭后写刘师信，九时洗澡至九时半，甚干净暖和，洗后浑身发暖，甚适，十一时上床。

12月18日 阴
早火熄重生，无柴小枝生着又熄。因早回，舒婆亦早来，带来油饼作早餐。帆临时劈数柴生泥炉大火，烧水洗衣。十一时蒸饭，因吃甚多，我仅吃小半碗饭，一口馒头，但吃了小碗一碗半鸡汤，炸鱼二三块。一时半午睡，二时三刻囡起亦醒，倦而未能重入睡，四时起。接曹信。晚餐吃一浅碗饭。饭后拣黄豆，改校大字报稿，折衣，理箱，甚疲，九时半上床。舌苔已大好。

12月19日 星期日 阴雨

早餐一个半油饼，早事毕，洗头，牛儿为理发。午饭吃一个油饼三片面包，一菜碗半萝卜肉片汤。午睡十二时三刻至四时一刻。晚餐前写殷信一页。晚餐吃一个油饼，半个蒸面包，一菜碗多萝卜汤。舌苔全好，甚红。夜写曹信，吃麻糖三片。九时上床。接吴诗信。发雄、三刘信。

12月20日 星期一 晴暖

因等加班不回，帆出端热干面，买油饼。大做清洁，洗切菜，帆回，吃一个半油饼作早餐，晒衣，棉被，单鞋。午餐吃面大菜碗大半碗，萝卜肉片汤一菜碗多，炒胡萝卜少许。午睡一时一刻至三时。翻棉被。后收。晚餐吃一个半油饼。舌苔早薄白满，夜稍好。人极疲倦。八时十分上床睡。发曹信。

12月21日 星期二 晴暖

因恐煤熄，4时三刻即醒起看，已熄，复睡不着，等天亮六时半起。生火做清洁，帆出排煤队，写顾信，午餐吃剩热干面一堆满三号菜碗。洗碗弄清一时，散步五百，吃茶，一时一刻午睡至二时十分。傍晚头昏心跳，晚餐吃一个油饼半个面包。饭后稍好，七时向阳院开会，八时三刻回，稍息洗脚饮茶九时半上床。舌苔转好，有极薄稀疏苔。

12月22日 冬至 星期三 多云有风 起吃归芪蜂乳

帆早餐，我起吃归芪蜂乳，饮党参汤大半小碗，吃面包早餐，火不好，又加煤拨火，甚饿，等至九时五十分始吃，吃毕已十时矣。吃两长片面包，淡咖啡冲两匙牛奶一浅小碗，甚适。又吃炸花生数粒。午饭吃剩热干面一菜碗，午睡一时至三时，解后腹痛稍甚，又卧床焐热水袋，渐好。牛儿来闲谈，火熄，帆又重生。睡至五时五十分起，饮热茶数杯。帆做夜饭，七时吃，三大长片面包，蹄髈四小块大白菜甚多，白萝卜汤半碗，饭后剩极淡二道咖啡半小碗。五百步走，做煮咖啡袋。党参碎末袋各一，毕九时半。洗脚，十时封火，洗脸饮茶吃药，十时半上床。舌苔大好。今日冬至，起吃胎胞片。吃生白萝卜免喉病。发顾、垠宝信（布票）。吃一小萝卜，洗切吃毕已十一时一刻，收拾吃喉药，重咳嗽。十一时半上床。

12月23日 星期四 阴雨

早起吃药后吃早餐，已九时多。蒸饭做菜，午饭吃剩热干面一菜碗不到，蹄髈两块，白菜不大熟，未吃。午睡一时至四时。晚餐吃大半个面包，蹄髈二小块，花生米十来粒。夜熬党参，拣银耳，洗脚，毕九时，等九时半封火，收拾十时睡。舌苔大好，全红，仅根微白。接徐、济侄信，刘师糖包裹单，复济侄，发出。

12月24日 星期五 雨

早事毕。做大纱布袋煮党参碎末。早餐吃一油饼。帆出买菜，午饭吃蹄汤下面二号碗多大半碗，帆吃蒸饭。弄清已二时，帆先吃饭去排煤队，即回。午睡二时过至四时。晚饭白水汤面连汤一菜碗，花生十馀粒，休息，帆补地下洞。钉衣钮，八时斩肉，毕八时廿分，火将熄，加煤拨火，吃药，九时上床，腹微胀痛。舌苔好如昨。连日极想早早，家事忙，亦无暇去探望。今日解泻四次，又坠痛胀痛，上午太疲累，觉甚累又蒸饭洗切萝卜，甚勉强。又蹄汤下面或多油，虽则小半碗汤加水。明天注意休息及吃清淡而饱之主食及菜。

12月25日 星期六 阴雨大风飘阵雪
上午舒婆来洗衣床单。午饭吃面一菜碗半，弄清已二时半。午睡至四时，起写复刘师信。接国武信及曲。上午接刘师信。在床吃面一菜碗多。腹转好。天大冷，八时起洗脚脸漱口，八时半复上床，九时换汤壶睡。早起舌苔满白，夜全好。

12月26日 星期日 大风阴多云冷
早迟起吃药，十时吃牛奶咖啡一碗。晒被单衣裤，做饭。午餐吃饭半缸多。午睡腹痛，卧床。帆下午出外端菜买馒头，起热菜蒸饭，帆回，六时吃馒头一个。大结算账，复卧床。起收拾一切，吃药，吃午时茶，腹仍微痛，九时睡，睡不着，做诗一首，十时多入睡。半夜热醒，腹又微痛，约历一小时，又入睡。

12月27日 星期一 风飘小阵雪即止冷
早六时醒，腹痛卧床不起，又做诗一首。八时多起吃药，早餐半馒头又吃午时茶，腹一直微痛，天太冷焐水袋卧，仍不好。午饭吃大半个馒头，一碗白菜汤，弄清一时一刻，午睡一时四十分至三时一刻。晚餐吃一个半馒头。仍未起床。腹仍痛。下午帆

1976年 611

沙洋行李到，夜清理。起弄一切，腹一直痛，十时三刻睡下。做诗数首。

12月28日　星期二　大冷

早迟起，帆煮黄豆，生二炉提至里房。帆煮好二锅，又出外，我起看煮，饭后续煮，未午睡。午晚二顿均在床上各吃一馒头。夜八时多即睡。做诗数首。

12月29日　星期三　晴冷

早起晒被。写国武信及抄附诗君惠信。午饭吃馒头大半个。午睡二至四时，晚餐吃一馒头，腹时痛胀不适。夜早卧床，九时半睡。

12月30日　星期四　晴转阴冷

早起，大晒被褥垫毯，后又拆帐，掸帐灰，稍累，午饭吃一烧饼，午睡躺藤椅一刻未睡着。下午转阴，收被褥铺床，甚累。毕早做饭，因等早回，换煤火不好，吃饭仍不早。晚吃一碗饭。接顾信。晚八时半即睡。

12月31日　晴转阴　星期五　冷

韩健[1]来取花生留午饭，临时济侄亦来，我们下面吃烧饼。威克买回鱼肉蛋，做了鱼头萝卜汤，斩肉蒸蛋。济侄带来糖点食物甚多，早早大高兴，不停吃。晚闲谈与早早玩，十时睡。

1　韩健，韩德培长子。

1977年（1月1日至4月24日）

77年1月1日 阴 星期六 接王、章信

早起吃烧饼当早餐，帆囡陪济侄过江，我留家等舒婆及带早早。早早极乖，舒婆洗衣及帆沙洋带回小褥单，洗毕十一时过，晒出一刻，即大雪，适做饭，又火将熄要加煤，抢收衣褥，又要照顾早早吃饭，又急加煤，一时十分狼狈。先收放盆中，加煤，我先一烧饼吃当午饭，早早吃毕，我吃完弄清，又晾衣被，外房绳不够，又晾里房，又先站高抹净绳子，一二件一晾，然后安排早早午睡，又烧好四瓶开水亦二时三刻，想帆等如趁二时半车，三时可到家，即不午睡，免即须起开门。帆等果三时即回。带回豆皮及豆沙包，夜烧粥，吃豆皮及包子。晚闲谈，八时半即睡。

1月2日 星期日 阴风冷

因火已夜熄，大家迟起，我起急于生火。早早醒后及起后均极欢乐，大声唱歌。早吃剩豆沙包及粥。帆杀鸡，我生起大火后，又分一炉炖鸡，午仍不及吃。午饭吃腊肉炸鱼。饭后弄清及稍谈，二时与早早同睡，略睡，威克买船票回，谈话即醒，遂起。早吃晚餐，并大家少饮葡萄酒。饭后因等匆忙回厂。与济侄闲谈较久，饮茶数杯。九时济侄睡，帆亦洗脚封火睡。我补写五天及今日六天日记，至十时三刻，饮茶吃药，收拾一切，十一时半睡。

1月3日 阴 星期一 大风冷

帆、济吃豆皮早餐，我吃银耳。济侄去二区游览，十一时归。午餐蒸饭，火将熄，较迟，我吃饭一浅碗，因已不大热。饭后休息闲谈，陪济侄至湖边一转，到向磨山路转湾一段而回。去时风极大而冷，回时稍好。下午更阴冷。帆汇威克哥哥款40元，发沙洋韩、刘信。接殷、程之[1]信。晚饭前后与济侄闲谈，九时半睡。写殷信。

1月4日 星期二 阴冷

早五时起，济侄乘船返川，帆用自行车推送行李至广埠屯，七时多即返，汽车顺利。我送帆稿请唐学敏订，下午即订好送来。天冷，愈坐愈冷，提炉进房烤火。写七姑娘信。午饭吃三包子。午睡一时半睡至四时半，腿冷怕起，帆已弄饭，即在床上吃剩面一碗，帆冲热水袋给我焐，未转紧浸湿被褥各一大片，临时起用汤壶焐，大费事，又大烧水，不能焐床，且反不能早睡。因棉裤絮太旧，三年未能做成。今虽穿二条旧棉裤（一条帆旧的）均多年旧絮，仍不暖觉冷。上身穿新丝绵小袄及羊皮袄，尚好。今年早冷，且特别冷，而人又久病体更弱，年更老故也。昨囡、早早走，今济侄走，顿觉凄冷。今发殷及七姑娘信。夜烤焐被褥，至十时铺被褥，发开水，换汤壶，封火，火将熄，恐不起，待至十时半，

---

1 程之，程千帆堂弟，著名演员，程颂万嫡孙。

稍旺，封火睡。舌苔大好正常。十时三刻上床。全日未泻。

1月5日 星期三 晴夜冷

早较迟起，帆出，我大晒被褥。早事皆毕，弄菜蒸饭，帆买物端菜回，午饭吃一碗半饭，午睡一时半至四时，注意不多动，未泻。晚餐吃二豆沙包一肉包稍大，白菜汤。接施信，想回，夜冷而倦，懒写。等至八时半，冲汤壶，封火，上床。

1月6日 星期四 晴转阴

早餐一豆沙包，已九时半，晒被，写施信。午饭吃三肉包，咖啡一碗。已迟，又冷，未午睡。冲汤壶卧床。接刘涤源、晴佳信，帆已写复。晚餐前又泻一次，坠痛，遂卧床不起，在床吃二肉包。九时起洗脚换汤壶水，吃药，十时睡。今日因腊八豆未大霉，开始取放炉旁加热。做诗。

1月7日 星期五 阴

早起事毕，早餐吃一包，牛奶咖啡一碗，补帐子，做饭。午餐吃饭一碗半，无甚菜。饭后等烧开水冲汤壶，今日生红泥炉煤球大火，掏灰加煤盖火，午睡二时至四时，帆已出洗帐取钉鞋等各事。帆回，开火蒸饭包，帆下面。我吃饭一浅碗，一个包子，一碗萝卜汤。饭后弄清已七时多，火熄重生，久起，烧开水二大壶一小壶，冲四瓶开水，冲汤壶，删改诗。等水开全冲好，已十一时半，又加蜂煤等上再封，封好十二时十五分，洗脸手，十二时半上床。做诗。

1月8日 星期六 晴稍转暖

早起拆被，舒婆来洗衣被。删改诗，舒婆来迟，洗衣至一时多始毕，烤烧饼半个、包子两个当午饭。午睡一时三刻至五时三刻。帆做菜蒸饭，毫无想吃之意，仍饱，但毫不觉胀闷不适及过饱，未吃晚餐，遂不起床，焙热水袋，因午睡时无热水，睡冷腿痛故也。八时半起洗脚，想冲汤壶，火已熄，加不能起，吃药，复上床焙热水袋。因午睡多，不想睡，随便看书，至九时三刻，肚微饿，吃蛋卷三根。十一时起铺床，用瓶水冲汤壶睡。成诗二首。十一时半上床，做诗一首，十一时三刻睡。

1月9日 星期日 多云

早醒头痛，起后头更痛，心中复作呕，躺藤椅不动，心胃稍好，吃二根蛋卷，甚淡之咖啡牛奶大半小碗，吃时尚适，稍后心中又不适，头痛更甚。复睡椅上，因带早早，因出水痘，大小请了三日假，今日早归。早早甚好，人也高兴如旧，水痘小粒已蔫。帆已吃过午饭，我不适又未吃饭，囡回重蒸饭热菜吃。早早也胃口不好，未吃饭，后吃蛋卷二根，我吃一根。早早午睡已二时，我卧床未睡。早早睡至四时三刻，五时多同起。晚餐威克未回，帆做腊肉糯米饭，我吃小碗浅半碗，仍想吃未饱，因油糯不吃，后仍有一点不舒，又饮咖啡少牛奶一碗，即好。晚理针线抽屉。十时睡。昨至今四顿只吃半碗饭，亦不饿，但亦不胀闷或痛泻。

1月10日 星期一 晴

威克九时回，斩肉揉面杀鸡，帆切鸡肉菜。大家包饺，至二时始吃，我吃二十八个饺子，午睡未着。晚餐吃十八饺子，鸡汤一点不想吃，威克早吃先回厂，囡、早早留。我八时上床，十时睡。早早咳嗽，哭，一夜均未睡好。

1月11日 星期二 阴

早起生火。以剩饺作锅饺贴大家吃，又与早早吃银耳。烧开水泡茶。帆出排米煤，取款交房租。掏灰加煤烧饭。早早仍咳嗽不适。午饭吃饭浅碗，汤一碗。午睡二时一刻至五时三刻。晚餐吃一浅碗饭一碗汤。铺旧棉裤，帆做腊八豆，早早仍咳嗽不欢。夜观囡厂学习资料至十一时半睡。接萧信。早早仍夜咳。

1月12日 星期三 稍晴即阴

昨夜今晨均时阴阴腹痛。早早初醒甚欢，一刻又不适哭吵。囡等吃汤饭作早餐，吃毕九时半，即回厂，帆推车送及买物。我大做清洁整理至十时半，中吃二根蛋卷及牛奶可可一碗，腹仍微痛。午饭吃汤面二号碗大半碗，午睡未着，起烧水冲瓶，改诗，晚餐吃大半碗汤面，洗做腊八豆霉旧衣，翻棉裤，洗头，待干，九时，写日记，饮茶吃药收拾，十时睡。舌大半白薄苔，根稍腻。记挂早早咳嗽不适。

1月13日 星期四 晴转阴

早餐吃可可牛奶一碗，蛋卷二根。清洁，晒被，误重翻棉裤，又翻回，绗棉裤。午饭吃大白饭碗大半碗饭。午睡一时三刻至三时三刻。晚饭吃小半碗饭，因太硬之故，吃萝卜汤半碗。夜绗棉裤至八时半，烧水冲热水瓶、汤壶，洗脚脸，饮茶，弄清九时半，写日记，吃药收拾，十时半睡。舌苔转好，但根仍稍白腻。记挂早早病。

1月14日 星期五 多云
早起吃药，清洁，早餐吃炸糯米粑四块，在张婆婆处谈话，归十一时，已将小锅烧极焦。午餐吃干拌面一满三号菜碗，弄清一时三刻，等二时半开会学习，略躺未睡，去无人开，回后三时一刻睡至五时三刻，起晚餐吃薄面饼三张。绗棉裤，休息，收拾吃药，封火，洗脚脸，十时半上床。舌苔根仍略白腻。记挂早早病。午睡醒迟，无倦睡意，成寄顾诗四律而后入睡。

1月15日 星期六 晴
帆出排煤队，舒婆九时后来洗衣被。中间甚饿，与舒婆共吃饼干，彼五我二，仍饿。帆回未取到煤条，亦未买到烧饼，买五面包，舒婆洗毕已一时半过，二时吃四块糯米坨，半菜碗面当午饭，饭后略缓步，已二时半过，午睡三时至五时。上午略绗棉裤，下午夜间均未做。晚餐吃一面包，咖啡牛奶一碗，夜休息，查辞书，九时半冲开水汤壶，十时洗脚脸，吃药收拾，十时半上床。舌苔转好，根仍不大净。记挂早早，想打电话又懒去，不知好否？明天回否？

1月16日 星期日 阴
早迟起，帆出买煤及烧饼，张婆婆来告农场售木柴。早餐吃大半面包，帆归又出买柴，我收拾，炖排骨大豆汤，豆不烂，未能蒸饭。十二时半各吃烧饼当午饭，我吃一个剩一口，一碗半菜碗汤，甚饱，弄清二时，上床午睡，威克回与帆同去领柴。午睡三时至四时，帆等运柴回，威克回厂。我起蒸饭弄菜，六时半晚餐，吃小碗少小半碗饭，因午吃过饱也。一饭碗汤。昨夜做打油诗二首，今早醒又做二首，夜改定抄清，十时半上床。舌中有白苔。下午夜晚腹胀，尚无不适。接月超信。

1月17日 星期一 阵雪

早餐吃大半面包，早事毕寻梅爹不遇，小店亦无炼乳。回休息，午饭吃一碗饭。午睡一时半至三时半，四时起，抄诗清稿。晚餐吃二匙剩饭，半个烧饼，抄诗，生旺火提入房中，烤火烤橘，极苦，勉吃大半个。绗棉裤，删改诗，熬银耳，洗脚脸，十时半上床。舌苔转好。接殷红枣包裹单。

1月18日 阴 星期二

上午稍绗棉裤，午餐吃一碗多饭。午睡二时至四时，写章信。晚餐吃一碗饭。八时半睡。

1月19日 星期三 阴

早起看章稿。午餐吃小半碗剩饭，半个烧饼，大抹饭桌，洗碗洗抹布，弄清迟，因开会，未睡，腹痛，卧床，痛泻止，在床焐水袋，晚餐亦未起，但为章看稿。晚餐吃一烧饼。七时三刻起，人稍好，洗脚冲汤壶，翻查书，饮茶数次，吃药，写二天日记，九时半又上床。舌苔转好，全红，惟右边一二三分宽小薄白条。甚念早早不已。

1977年 619

1月20日　星期四　晴转阴

早起晒被。帆出，我做饭菜。午饭吃一碗多饭。午睡一时半至三时半。晚饭吃一点饭半个馒头。夜绗棉裤完功，十一时睡。翔如夜饭后来，谈甚久。写复孙信。白猫病。

1月21日　星期五　雨

帆早起出买菜，我亦起加火。帆空回。我烤烧饼早餐吃大半个。翔如近十时起，亦吃半个，出外端菜，我做菜，火迟起，一时半始吃午餐，我吃一碗半饭，弄清二时，略躺未午睡。翔如走，我四时起，抄诗写施信。晚饭吃小半碗剩饭，半个馒头，夜写吴信抄附寄诗，烧开水、热水，等九时半封火，十时睡。接萧信。舌苔稀白。白猫死，可怜！

1月22日　星期六　阴

早起舒婆来洗衣，吃半个烧饼当早餐，午饭吃一个带一小块馒头。午睡一时至三时。抄寄顾诗。晚餐吃一馒，重加盐酒做腊八豆，善后清洁，烧水冲瓶，又烧冲汤壶，未到八时太早，取下热银耳，吃一浅碗，又熬红枣大豆，八时一刻端下，重热开水，火已不行，但烧开了。八时半冲汤壶，已吃银耳及红枣汤一碗，甚饱，故未即睡。舌苔好。九时上床。

1月23日　星期日　晴

早事毕，帆出外买煤空回，我管火，写顾信。午饭吃面包一个。午睡未睡因弄清迟，写完信，李赞钧[1]来闲谈，做晚饭。因带

---

[1] 李赞钧，武汉大学地理系教授邓启东夫人，时邓启东已去世。

早早回，晚饭吃一碗半饭，夜与早早玩，早早八时半睡，即睡着。电灯熄，九时半睡，三人夜话，十时多睡着。

1月24日 星期一 晴

早早五时多即醒，我亦吵醒。后早早又睡六时多天亮，二人玩笑，七八时先后起。吃药吃面包大半个早餐。威克回，九时半去洪山庙端素菜，十时多因亦去，二人在彼吃饭，带菜回。早早在家玩甚乖。补写昨天日记。午饭吃大半个面包夹咸肉。午睡与早早一时至三时，醒后稍玩起，早早吃半碗银耳，后吃一小块面包，因肚痛中午完全未吃饭也。晚五时吃饭，因早不饿，吃半碗饭，菜稍多。与帆共洗锅碗，六时已清。因等饭后即回厂。完全枯坐休息一小时，正洗脚，小孩送鲢子鱼来，洗脚毕遂剖鱼，后看《谈艺录》，九时冲汤壶睡。又吃枣豆汤一浅碗，灭盖火，九时半上床。看《谈艺录》，十时半睡。

1月25日 星期二 多云

早起腹未痛胀。吃药，早餐半个面包。帆算账，斩鱼头，腌鱼，炖鱼头。午饭吃剩饭半缸，鱼汤粉丝一碗，素杂烩一些，鱼头大半个。吃后过饱胀不适，胃亦不舒，吃稍过多，又饭未烫和热透，因恐汤菜［坏］，早取吃故也。午睡一时半至三时半，腹短阵痛，卧床不起。晚饭仍饱不思食，故不强进。坐床做棉裤，灯暗不行，看《谈艺录》，至七时半起洗脚，吃胃舒二片，饮茶，又卧，九时起冲汤壶，又吃面包二小片，咖啡一碗。面包涂济侄在二区买赠之椰子酱，烤热吃，极佳。胃腹已好，吃浓咖啡，一时不想睡，十时半在台灯下缝棉裤廿分钟，提炉入厨房，收拾一切，

1977年　621

吃药饮茶，十一时一刻上床，仍略看书然后睡。舌苔后半白，根微厚。夜大风小雪。

1月26日 星期三 阴
四时一刻忽闻响声甚大，开灯起视无事，不能复睡。五时三刻起，坐床缝棉裤，九时起，吃药，未吃早餐，拟早午并一顿。舌苔全白，后半厚腻。午餐吃面包二片，涂济侄椰子酱极佳，咖啡一碗，吃后尚适。午睡一时至三时半，焐床五时半起。晚餐吃一馒头，庙素菜稍多，亦饱。饭后做棉裤，七时半做成，休息，看《谈艺录》，烧水冲汤壶，八时半冲，洗脚，吃药，收拾，九时上床。舌苔较转好。

1月27日 星期四 中雪大冷最高零度
早餐吃面包二片咖啡一碗，穿新做好一斤厚之厚棉裤，围炉，有时加旧短棉大衣，不冷。午餐吃二小馒头（一两一个）夹腊肉，素烩，又吃小半个鱼头及一点汤和粉条，已甚饱，未胀不适。午睡一时半至三时半，腿酸痛，在床擦姜酒，近五时起，看章词选稿注，不饿，至七时吃面包半个，咖啡一碗。饭后看书。通火添煤，做清洁，烧开水冲汤壶，洗脚。九时冲汤壶，九时半上床。舌苔转好，后半靠根中间有白薄苔。接国武诗札。

1月28日 星期五 阵雪大冷零下一度，比昨更冷
早五时醒，又睡着至六时半，太冷，至八时半始起，火已生起，稍待即提至房中，泥炉旺火，围炉尚不冷。开窗望一片积雪甚厚，惜未能在雪中摄一风景照。与囡共有此愿数年不成。今年

因又在厂未返，且无照相机，而照相馆久已不肯出门照摄矣。可惜可惜！早餐吃薄银耳一浅碗，仍甚饱。25吃过饱后，至今胃口未恢复前一阵之好。吃毕已九时半，看章稿。午餐吃素烩下面一菜碗，剩一二首稿看毕，添煤等燃，一时一刻上床，午睡一时三刻至二时三刻即醒，未再睡着。又冷，故卧不起，后起坐钉裤钮。至晚餐前起床，晚仍吃面一菜碗，但多汤，又剩一口。夜未再泻。帆为抄《早早诗》及近作十一首，有多纸又抄二首，寄国武。帆炒面吃后甚迟，通火烧水冲汤壶，又烧热水洗脚，十时上床。舌苔转好，后半又薄疏苔。

1月29日 星期六 大雪大冷最高零下三度

早六时一刻醒，七时半起，大雪，积雪更厚而满，生火，不一刻起一炉大旺火提入房。清洁，吃药，热熬参须汤，早餐半面包。烤火，添煤，收拾，已十时矣。舌苔后黄腻，前左亦有一条白薄。中午吃剩面小半菜碗。洗锅碗毕，一时过，走五百步，冲热水袋午睡。饭前写曹信交发，又接曹、萧信，萧已到南京。午睡一时一刻上床，被太冷，腹微胀痛坠不适，等开水冲汤壶，换水袋睡下渐好，二时睡至四时，复又睡着至四点四十分。太冷，复卧，至五时半起，吃药，晚餐吃一小馒头带一坨，饭后吃咖啡一浅碗。夜写萧、章、殷三信毕，九时一刻，稍休息，冲汤壶，吃药，十时睡。

1月30日 星期日 晴冷零下二度

早餐大半面包。十时舒婆来洗衣。十一时半囡等三人回，因太冷，送早早回家住几天。午饭无菜，早早吃小半个馒头，我吃一小馒头带一坨。和早早午睡，二时至三时三刻，焐床玩，四时多起。衣均冰冻。晚餐早早在床上吃，我吃大半个馒头，早早吃小半馒头，一点饭。晚起玩。夜各吃糖藕二三片。早早九时睡，我九时一刻睡。胃仍不太舒适，吃胃舒平二片。舌苔后半白微腻。写殷、章、萧信。

1月31日 星期一 阴
　　早早六时一刻小便，未再睡着，玩笑至八时起。早早早餐吃泡饭及银耳四分之一碗，我吃一浅碗。帆锯柴，早早玩甚乖，我做各种杂碎事。午饭吃一碗大半碗饭，早早吃半个馒头半碗饭，很多鱼菜。午睡早早十二时三刻至三时三刻，我刚朦胧着，威克买菜回醒，后仅二三次似略朦胧均未睡着，三时起，仍陪早早。早早在床吃大半个馒及肉松腊八豆，后起，又吃一小块馒头，很多鱼。我晚餐吃一个又半片馒头，四个藕圆及各菜。饭后清一切，陪早早搭积木玩，忽头甚痛，人不适，胃亦不甚舒，服去痛片及胃舒平后好一阵，不久又痛，洗脚，早早放积木吃核桃，八时半睡，收拾九时睡。仍有舌苔，后半稍厚腻。仍头痛不适。

2月1日 星期二 晴化雪，稍转暖
　　我六时半醒，早早七时醒，八时同起，早餐吃半个多大馒头。午饭吃半个馒头半碗饭，早早肚痛一下，吃早餐面一点，咳嗽吐衣上及被当头上，午饭少吃。吐出酸味，吃胃舒平一片，午睡一至三时，肚已好，晚餐吃大半大馒头，小半碗饭，唱歌仍欢。我写二王及刘共信，早早玩积木。晚九时睡。

2月2日 星期三 晴化雪转暖

早早七时醒，八时同起，早早未肚痛，吃一个多大馒头，玩毛毛[1]。午饭吃大半碗饭，半片馒头。我吃一碗饭，半片馒头。上午囡回。午睡一时至三时。早早饭前始起，五时多吃晚饭，早早吃半个馒头半碗饭。我吃一碗饭半个馒头。饭后早早与爷爷玩，囡、威克回厂，我洗碗锅食盆毕，补写两天日记。与早早搭积木，为其吃药刷牙洗脚上床，八时半，自吃药洗脚冲汤壶毕，九时，写介眉信，九时半收拾一切，十时睡。舌微苔。又写孙信。

2月3日 星期四 多云

早起早早在床上玩。吃一个半油饼，我也同样，当早餐。我抄杂咏[2]六律寄孙。早早起玩甚乖，我续抄诗毕。午饭早早吃腊味多半碗，馒头一片。我吃馒头一小片，饭小半碗亦勉强吃完。但吃腊肉五片，圆子四个。饭后洗大油锅二个及碗，毕十二时半，午睡一时至二时三刻，被早早弄醒。下午和早早玩，做杂事。晚饭早早吃半碗饭，一块馒，我吃一松浅碗饭，胃口仍不大好，饱不甚觉饿。饭后因在书桌吃饭，打翻油汤，大清洗。早早与帆玩，我写拱贵一信，毕七时，又陪早早玩。早早八时多睡上床，九时多始睡着。我九时上床，与早早同时睡。

2月4日 星期五 晴稍暖

早觉饿，与早早各吃一个半油饼早餐。帆出外买物，车坏而

---

1 毛毛，湖北方言，此处指洋娃娃。
2 参见《涉江诗稿》卷四《漫成》六首。

返。午饭早早先吃四分之一碗饭，后又与帆吃小半碗，我一点不饿，不想吃，即完全未吃。一时多午睡，头痛，又与帆谈过春节凭票买物事，未睡着，三时即起。早早亦二时睡至三时即醒，不久亦起。威克送馒头食堂菜生肉一块来，挑煤回，即吃饭回厂。晚餐大家吃面。我吃二号碗大半碗汤面。吃时甚饿，吃后一阵又饱不适。饭后大洗锅碗。帆炖开排骨，又熬肉油。早早里外跑玩看，但很乖。凭票物资十馀种，排队购买提回为难，思之发愁。睡已十一时半矣。想吃点东西，又无好的点心饼干，只好算了。炉砖扭痛腿。

2月5日 星期六 晴转暖

早醒换衣，舒婆来洗衣。早早自玩甚乖，共吃一馒头当早点，帆出买春节凭票物资一部分，豆腐要下午，回近午。舒走近十二时，吃馒当午饭，早早与我各吃大半大馒头，早早吃腊肉肉松多，我吃食堂萝卜多。吃毕未洗碗盒，睡已二时，我睡至三时三刻醒，即起，早早四时亦醒。早早起玩。肚痛先吃馒头小半个，不思吃菜，吃未毕又肚痛。后帆吃面又吃一些，吃毕又肚痛。我折衣理床、屉、杂物。帆与早早玩。我晚餐吃小半个馒头涂椰酱，未吃菜，饮淡清咖啡一浅碗。八点半，早早吃婴儿素漱口，洗脚毕先上床，我等封火，冲汤壶。早早至九时半始睡着，我复淡芳信未毕，十时冲汤壶，封火，吃药，吃花生，一切毕，十时四十分，又续写王信毕，十一时三十五分睡。

2月6日 星期日 阴

早早六时半醒小便，二人八时始起，因天又阴冷也。早早吃半个馒头，我只吃半片当早餐。帆外出买物，至午未归。午餐早早吃一碗，我吃小半碗。早早一时午睡至四时，帆三时始返，未吃午饭。四时起，威克、囡回，做晚饭，七时吃大半个馒头。夜替早早改缝衣袖，十时睡。夜未吃药。腿贴伤湿膏。

2月7日 星期一 阴

早早四时过小便，我未再入睡。囡、威克五时多过江乘船至安徽过年。我等天亮起，而六时多又睡着至七时早早醒，八时起，与早早共吃大半碗稀银耳。早早还吃了大半个大馒头，我吃一片。中午帆和早早共吃汤饭，我吃一满菜碗青菜下糍粑，早早吃小碗半碗。肖老来送帆沙洋春节供应。因火不好，午饭已一时，吃完洗锅碗，弄清上床已二时，早早又半小时始睡着，我已先欲睡着，被共动说所扰。我四时过醒，复朦胧至近五时，早早醒，起做晚饭，接萧、月超信。帆和早早吃汤饭，我吃剩糍粑菜碗大半碗较稀。大洗碗锅，大洗油抹布，抹油桌，整床铺，料理早早一切毕让她睡上床，八时半，加煤起火烧开水灌三瓶，冲汤壶，为早早钉裤钮，洗脚补袜，洗沙洋装物口袋，冲水，封火，一切毕已十一时，收拾一切，写日记，十一时一刻上床。有舌苔，又扭腿擦酒揉，十一时半睡上床。

2月8日 星期二 大雪又冷 蜂鹿暂停

夜到天亮大冷。早八时起床，帆出外买物，早早吃近一个大馒头，我只吃一小薄片。早吃灵仙跌打丸，用盐水送，特吃多盐水，以利大便。我吃切大葱豆干，早早自玩甚乖。一早生火，在床亦然。午饭前帆回，早早又吃一小块油饼。午饭吃大半个馒头，三四块肉。我吃大半个馒,六七块肉。午睡二时至四时。吃蜜水一碗。晚餐帆和早早吃面,我不思食,剖切九个腰子去白。夜炒肉末豆干细丁。稍引起食欲,吃烤馒头大半片,早早又吃一片饼干,一点烤馒头。但今日又曾腹极短时小痛二次。早早九时始上床,十时尚未睡。我吃灵芝精二次,又用蜜水吃麻仁丸。洗脚,吃跌打丸,十一时睡。舌苔近全部,惟尚稀薄不腻。

2月9日 星期三 阴化雪

早早早醒二人共又睡着,帆已出外,我们八时醒,八时廿分起,帆已返,共吃油饼早餐,早早吃一个半,我吃一个。昨夜吃麻仁丸,尚馀少数一次,早仍服之。晾面,拣葱。通火加煤,帆回,大算结账。已十一时半,未及切肉丝,(已洗出)即做饭矣。帆和早早吃饭。我吃剩青菜下糍粑一满菜碗。午睡一时至四时,尚欲睡甚倦,柀早早叫醒,起切腰花,炒腰吃晚饭,帆吃饭甚多,早早吃大半馒头复吃一些饭,我吃大半个馒头。饭后又切肉丝一大碗,添切腰花半碗,弄早早睡,稍息,已近九时,复切肉丝至九时半,弄清近十时,冲汤壶吃药,等水洗脚十一时睡。仍满舌苔。帆写施信未发,接月超信。

2月10日 星期四 阴

早起仅吃牛奶可可一碗。早早玩极乖,我弄火做饭。中午吃大半馒头,午睡二时至四时。晚餐吃剩糍粑多汤半碗。夜钉被当头。十时睡。晚餐炒腰花。饭后复炒肉丝,鱼头汤。

2月11日 晴暖 星期五

帆炸糍粑当早餐，我因消化不好，仅吃二小块。帆出外，我洗头，极脏洗净。又洗衣巾晒出。早早甚乖，不捣乱。共晒太阳晞发。帆回车坏。午餐帆吃剩饭及馒头，早早亦然。我吃大半个馒头。饭后弄清已二时过，午睡早早与我均睡着，三时半起，又生一火，拟洗澡，刚起大火，不料原炉又将熄，帆重生，五时一刻洗澡，因房中无火，临时提一炉入，脱衣甚冷，后因火旺水热，不冷。因太久不洗，抹二冷肥皂，淋清二次，尚干净，五时五十七分洗好穿衣毕，甚暖而舒适。夜饭早早六时先烤三小薄片馒头吃，七时晚餐，又吃四分之一碗饭，半个馒头。我吃半个馒头，多吃菜、汤。饭后弄清，又熄灯，等电灯重来，已八时半，即为早早刷牙洗脚睡，拆暂缝之早早穿衬衣，休息，吃花生，十时半睡。舌苔渐转好。接夕佳信。

2月12日 星期六 晴暖

早起舒婆来洗衣，帆出外修车。早早自玩乖，又共坐晒太阳。今日早早阳历生日，本拟去拍照及家中吃面，因舒来及车坏，早早又不想吃面，均未成。只好等天暖拍照，过阴历生日。午饭帆和早早吃蛋炒饭，早早又吃馒头。我吃半个馒头。午睡十二时半至一时半，牛儿来理发，即起理发，后二次脱衣抖短发，幸未受凉。与早早大门外玩。晚餐大家吃新蒸饭，下午剖腌帆鱼，拟煮鱼头豆腐汤，时晏及累未煮。人极疲，八时即睡。

2月13日 阴大风大冷 星期日

起稍早。早餐大家吃油饼，做一条大鱼，鱼头稍多及鱼尾煮豆腐汤，水多了，无上次鲜美。吃饭小半缸。时晚已二时过，又天太冷，脱穿麻烦，且想写完上海信，未午睡，写信至四时，帆又出取我分的鱼回，做晚饭，烧帆大鱼，红烧甚好吃。吃半缸饭。一块馒头。早早吃饭，后又吃馒头及很多鱼，大家吃很多鱼，已剩很少了。今天早早又肚痛二三次极轻短。常肚痛总有点毛病，又无法抱她去看。夜饭后火熄，帆疲早睡，我又大剖洗鱼，幸早早自玩或看剖鱼极乖，故得剖洗好鱼，又点煤油炉烧水冲汤壶，然后为她洗脚刷牙睡，已十时，幸她下午睡到快六点才醒起，但上床较快睡着了。我疲不思睡，又补写昨天及今天日记，吃点花生，十一时才睡。接小佳生女[1]信，殷约去住同游信。

2月14日　星期一　晴

早餐猪油塌糍粑。帆出买物，早早自玩搭物，我写金简信。午不思饭，完全未吃，炸好鱼未烧。接萧来汉信。发上海信。未午睡，烧好鱼，又煮好鱼头汤。晚餐仍不思食，大家吃剩鱼汤下面，勉吃菜大半碗，食时尚有味。饭后人倦，早早九时多睡，我三刻睡。

2月15日　晴　星期二

早餐早早吃一个多油饼，我吃一个不到。帆出外买菜物。上午洗早早裤巾，做饭。剥桂圆枣肉，帆做八宝，待萧年夜吃。午餐吃一小满碗饭，六七小薄片腊肉。弄清午睡已二时，未睡着，木生送张[2]风鸡、晴糍粑来。遂起，下面木生吃后回。收晒衣被及

1　即程小佳次女任蕙出生。
2　即张月超。程千帆最早即在沙洋跟其学做风鸡。

腌鱼。晚餐仅吃半碗饭，吃后胃胀痛，吃胃舒平二片，仍不好。写夕佳信。接君惠诗札。夜待至十时封火，复君惠至十一时一刻吃酥糖水，收拾，十一时三刻睡。

2月16日 阴冷 星期三

早四时早早小便，我即未睡着，帆五时起，六时出门过江接印塘。我六时三刻起，看火。早早八时起，各吃油饼早餐。十时三刻蒸饭，十一时半好，尽等，火热菜将熄，印塘、囡、帆一时回，重热饭，简单菜吃饭，已二时饭后早早睡。收拾印塘带来及自强送之与囡带回食物，谈话，做夜饭，晚饭闲谈，九时半睡。共写发君惠信。

2月17日 星期四 晴 农历除夕

大家吃猪油年糕早餐。午饭随意吃数菜，吃鱼头豆腐。下午谈话，晚餐吃年夜饭，四盆吃酒，红烧鱼、八宝饭、腊肉、风鸡、卤蛋、腊八豆等。吃饭，饭后饮茶畅谈，十时半睡。接淡芳、逸峰信，下午与印塘湖边散步，胃不甚适，连服胃舒平。

2月18日 星期五 晴暖 农历年初一

早早醒后肚痛小阵。帆与印塘、囡、早早、我吃猪油年糕早餐，等三十六路，路过不停，帆、印至广埠屯乘车，我们又等一刻钟，未有加班，回家，又出等十时廿分车，又过而不停，帆、印约买票后至小佳处相会，我们未去成。我烤二南京小烧饼当饭，即午睡，囡与早早在牛儿家吃玩，后回，吃白汤饭后，早早亦即睡，二人即睡着。才十二时。二时张婆婆送藕圆来吵醒，吃藕圆极好吃，连吃四五，因亦多吃，拟趁热吃完，早早定要留给爷爷、萧爷爷，自只吃一个，遂留四五夜饭吃。三时起添火做夜饭，因带早早去二区买画书未得，买气球回，又去三区买纱巾二条，一给早早，一送威克侄女。印塘、帆五时回，买票顺利，在小佳处吃午饭。五时半吃晚餐。饭后闲谈早睡。写孙、章信。

2月19日 星期六 阴大风冷
早起拟待晴暖去东湖不成，共吃汤元早餐。帆早出至耀先处及买肉，印塘在家作书，写给我们二条幅。帆迟回，未买到肉，仍腌腊菜吃饭，印塘不喜食及腌腊，亦无办法，胡乱吃午饭。饭后闲谈未睡，因带早早去小玉家，未遇而回。晚餐，饭后火忽熄，帆重生不起，用煤油炉烧水，并炒腊八豆，切腊肉，装辣肉酱及卤豆干四瓶为印塘作路菜。九时半睡。写曹信。

2月20日 星期日 雨冷
五时闹钟醒，起穿衣梳洗送印塘上船，不料印塘避送先走。我与帆六时欠十分追往，乘十二路车及渡船均巧而顺利，至候船找到印塘，帆与之去早餐，我守行李，帆带回油香我吃二个当早餐。送印塘上船，我无票混入。待其寻到舱位安放好行李后，稍坐即下船，恐拥挤走慢匆忙也。下船后又在候船室小坐约半小时，等上海船看威克未至，到小佳处，雨稍大，又无三轮车，走去也不近，买二盒饼干给瑾瑾。去到坐定，因带早早亦来。小佳身体精神颇好，女孩甚大，似已数月者，但不胖，因无奶已瘦也。帆等吃面，我未吃，帆、因出外，我睡一阵。午饭吃酒大半有把白杯，菜甚多，饭半碗，吃后颇有酒意，头微昏，又略躺，早早因吃瓜子多，不思吃饭菜了。三时廿分出，走至江边过渡等三十六路车晚十分钟，五时来二辆，故得上，回家均极疲，惟早早精神好，欢乐玩笑。帆勉力煮稀饭，我帮看，各吃稀饭晚餐。夜早睡。我腿酸痛。囡脚破皮发炎痛肿，帆伤脚忽又红肿疼痛。

2月21日 星期一 多云

早起水泻。早餐吃二小烧饼，早早吃油饼后，又吃半个。因早出接威克，帆休息。李运挥来，准备四盆四碗给威克吃，正好待客，因接威克未到，一时后吃午餐，饮酒，吃一碗饭。晚餐煮剩饭作汤饭，帆、囡各吃少许，早早大睡至五时因晚餐始叫醒，吃汤甚多。我完全未吃晚餐。早早与囡回厂。晚休息，八时多吃核桃糕数片，牛奶可可一浅碗。休息，十时封火，上床看笔记书，十一时睡，甚想早早。

2月22日 星期二 晴

夜睡甚酣，早起舒婆来洗衣被。吃桂花糕四条作早餐。补写16日起六天半日记。帆分二炉蒸饭，舒洗毕又为帆钉被，威克一时零□回。午饭吃半杯葡萄酒，以饭前洗晒生霉点之安徽豆干丁拌花生米过酒，吃半碗饭，一些八宝糯米饭。饭毕弄清已近三时，威克先回厂，我们均未午睡，毛即来，谈至五时半始去。二人均不支不适。帆即睡倒，我勉强做汤饭，切豆干，热菜，倦欲睡。七时吃饭，弄清八时十分。我吃二小烧饼，一碗白汤饭。等烧二壶开水，又冲汤壶，等至十时一刻封火，十时三刻上床。

1977年　633

2月23日 星期三 晴

早餐吃剩桂花糕大半条猪油年糕四片。蒸剩油饼，因已太干硬了。晒未干衣。折衣（因昨晚太疲倦）。写明侄信。午餐吃糯米饭。午睡一时半至三时一刻，四时起。做清洁。折衣。晚餐一堆满菜碗白面，吃后一直甚适。饭后走步（严寒新春停），休息看笔记书，写孟伦信，等烧水冲瓶冲汤壶，十时封火，一切收拾，洗脚脸，吃小桃酥，饮茶，十一时睡。

2月24日 星期四 晴

早醒六时半，床上按摩运动，又略休息，七时一刻起。早餐吃猪油年糕四五片。洗蒸豆干，午饭吃糯米饭半碗白汤饭半碗，不饱。午睡一时至三时半，四时起。五时开火，晚餐吃蛋皮煮油饼，太硬未吃，太饿，已盖火，复烤小糍粑大半个吃，仍不甚饱。看笔记书，烧开水，热水，等至十时封火，收拾睡。接萧、章诗札。帆写发叶石荪[1]信及殷、明侄信。

2月25日 星期五 雨 农历初八

早餐吃剩糯米饭一口及剩猪油年糕三薄片。切洗胡萝卜、煮油饼当午饭，帆吃煮稀饭。午睡一时多至二时不到，被陈婆婆送卖红菜苔及蛋吵醒。三时起。拣菜苔，晚餐下面，因生日。吃二号碗大半碗拌面，吃菜苔甚多，及一些胡萝卜，微胀，走步，吃咖啡一碗消食。连日整天人极疲倦怕动，精神极差。接萧戚刘信寄烟，晴佳信。上午写复晴佳信。夜抄章转萧诗，抄新本地址，

---

[1] 叶石荪，心理学家，教育学家，诗人。

烧开水，等封火，洗脚，九时半封火，收拾睡。连日舌苔好。连日想早早尤甚，临睡、早午觉醒、吃饭、闲时更想念之。

2月26日 星期六 阴雨

早餐吃猪油年糕六片。舒婆未来。拣菜苔，午饭吃菜苔炒年糕，火不起，年糕硬不烫，各吃几片，未敢吃。帆午睡，我烤蔡[1]糍粑三分之一吃，午睡一时半至三时，起泻，腹痛，焐热水袋好。四时许起，开火换煤等火起，炒菜苔，炒热剩年糕，共吃二号碗一浅碗剩少许。熄电复亮，看笔记九时封火，洗脚脸。记日记，收拾饮茶，十时上床。舌稀白苔。发夕、晴信，接殷牡丹年历。

2月27日 星期日 大晴

早餐猪油年糕。囡回带菜苔。午饭炒年糕。囡回厂，明天在厂买米洗被不回，甚想早早。午睡一至三时。晒收帆皮背心裤。接孙、张信。晚餐帆做。帆亦感冒病疲。

2月28日 晴大风 星期一

早五时三刻即为帆咳嗽醒，做按摩，六时三刻起。早餐塌糍粑，仍嫌油多皮焦硬，吃大半。看诗，缝寄稿袋。午饭吃小碗一碗半粥。午睡十二时半至三刻才欲入睡，为帆盆声惊醒，未能入睡，二时过起，重澄定六一散，洗碗倒盂，写前作未定稿清稿，免久而忘记。首两句仍做不好。晚餐吃菜碗大半碗，炒囡买回菜苔。写孟伦信。下午刘博老来坐谈半小时。接游信。夜写信毕八

---

[1] 即邻居小蔡夫妇。

时半，休息看诗，坐水。十时睡。舌苔后白稍厚。

3月1日 阴雨 星期二

早餐猪油年糕六片，咖啡半碗。舒婆来洗衣，未能洗被褥，因阴雨也。而整天好太阳，衣绝大部分全干，惜不早知。午饭吃菜苔年糕及粥。年糕硬，仅吃少许。午睡二时至三时。切肉，折衣，炒年糕，热粥。年糕放多油，各吃少许。我吃一碗又小半碗粥。人疲，休息，看笔记书，小坐水，洗脚，九时半睡。后半有舌苔。接萧戚刘烟包裹单。帆下午买米，打小麻油。

3月2日 星期三 阴大风

早餐吃青菜煮糍粑二号碗半碗，吃后很饱，写游信未毕，蒸饭烧菜。吃一浅碗饭。一时一刻午睡。写何信。晚餐吃饭一浅碗。饭后开会研究二月用电至184度，多年来总在13度左右，突高十馀倍事。上午水电组查电表决未坏，多开及大泡亦决不至此，断定有人偷用电炉所致。晚开会仅检查各家用电瓦数及灯数，封不点灯头。可谓拣了芝麻，丢了西瓜也。夜火熄，节约用水。九时半睡。下午写游信及何信，舌后半右边白腻。

3月3日 星期四 多云

早起清洁。早餐吃塌糍粑大半个。清抽屉。午饭吃白汤饭一碗半，吃后过饱。一时弄清，补袜，看报至二时，睡不着，四时起。拣煤球，做饭，晚吃青菜煮糍粑二号碗大半碗。翔如来。九时睡。

3月4日 星期五 晴和

早餐青菜下糍粑，翔如代帆钉被，闲谈至宁沪事，做饭菜，门口晒太阳。帆取回沙洋物资七种。午饭吃一浅碗，风鸡炖汤，肉汤均不好吃。翔如饭后略谈即走，午睡一时半至四时半。晚餐吃一浅碗饭。近来减食，胃口亦不如前好。火即将熄，抢救起，两度加煤，起，烧开水、热水、坐水、写日记。等封火，十一时睡。因睡前吃一碗咖啡，又下午睡多，不能入睡，于枕上成和章诗二律[1]，仍睡不着，至三时半始睡着。

3月5日 星期六 晴多风 洗头

早七时半醒，做按摩，稍卧，八时起。早餐吃猪油年糕极薄六片，写出诗及改诗。午餐吃剩饭小半碗，风鸡粉条一稀碗，已甚饱。午睡十二时三刻至二时一刻。下午大洗头，后抄诗拟寄诸友。晚餐吃青菜下糍粑一菜碗，吃后稍饱胀，坐门外休息，七时回屋，发水泡茶，续抄诗。胃腹胀痛加甚，吃胃舒平后，一刻即好。共抄诗四首，五份，写日记，八时，洗脚，收拾，九时睡。

3月6日 星期日 晴

早餐吃猪油年糕五薄小片。写吴信。午餐未吃大晒被褥，未午睡，躺藤椅稍休，月超来，四时半开火烧水蒸饭，月超走，六时多囡、早早、威克回，晚饭我仍不饿未吃，但坐桌吃了些菜及土豆泥。夜晚亦不饿。与早早玩，早早不肯睡，九时半始睡。我十时上床。左边仍有舌苔。接淡芳诗信。发游、章信。

---

[1] 参见《涉江诗稿》卷四《奉和莫苏新诗，兼答石臞来书，因寄白匋、止罿》二首。

3月7日 星期一 晴 洗澡

威克六时前起出买排骨、肉，共三份买完。早餐吃猪油及桂花年糕。包饺子，午餐吃饺，我吃三十，白面粉，惜未煮好，反硬。午睡二时半至四时，起与早早玩，晒太阳，洗澡，晚餐已七时，我吃剩饺重下，反好，白而软，吃二十个。弄清已八时半，安排早早睡，我不久亦睡，仍疲即睡着，亦近十时矣。帆、囡睡较迟。发孙、吴信。威克代写三八墙报文。下午威克去青山，送花生二三斤。接杨汇款单，俱清。

3月8日 星期二 多云

帆、囡、早早吃菠菜藕汤下面，我未吃早餐，十时饿，吃跃进糕一块，樊凡[1]来问帆课文及闲谈问候。舒婆来洗衣被褥，我陪樊闲座谈，拆被，铺床，钉被。午饭吃剩面及下糍粑，我吃糍粑二号碗半碗多一点，复吃藕四块，汤小半菜碗。饭后囡带物回厂，早早留，已二时过，我与早早午睡，三时半醒，四时起，一刻早早亦醒，钉被，收衣，折衣，晚餐吃小碗半碗剩糍粑，半碗粥。早早近两天吃甚少，又咳嗽流涕。饭后早早玩甚乖，我钉被毕及当头。后与早早玩，八时为其洗脚，八时过上床，一刻即睡着，我九时过洗脚，洗早早袜，补写昨、今日记毕已九时半过，稍休息看《宋人轶事》[2]，十时睡。取回杨汇还借款，俱清。舌苔转好，惟左边一狭条白。

---

1 樊凡，时为武汉大学中文系教师。
2 即《宋人轶事汇编》，日记中时简称为"宋人轶事"、"轶事"。

3月9日 星期三 多云大风

早早昨夜半咳嗽哭，起为之找药不得，只有润喉片，使之含两块冰糖及一药片后，始安睡至天亮，又微咳自含一药片，至六时多醒，欢笑如常，七时多起，大家吃炸年糕。帆出买药，早早自玩甚乖，我蒸饭菜，接小佳信。午饭我吃大半碗饭，半碗汤，五块藕。早早吃稍好。午睡一时上床，二人均一时半先后睡着，我三时醒，起泻。饮茶休息，帆做晚饭。肚微痛，早醒后亦痛一阵。收巾袜，晚餐一浅碗饭，一菜碗汤，五六块藕。饭后冲水，为早早及自己洗脚，甚累，下午起头痛流涕咳嗽，不甚适，似微感冒，休息稍好。看《轶事》。八时后为早早吃药安排睡。又醒撒尿，九时又睡着。舌苔仍左边一细条。吃咳药及止头痛片，十时睡。

3月10日 星期四 阴雨

早早夜十二时甚咳，六时又稍咳，七时醒。起生火，帆出外，火大后正拟早餐，囡回，同吃炸年糕糍粑后，又共吃四个煎荷包蛋，帆回与早早玩，午餐大家吃面，饭后囡带早早回关山看电影。我午睡未着，卧床肚痛，睡二时至三时半，卧床休息，木生来，即起蒸饭、肉，做菜，晚只吃一碗饭。弄清七时半，休息至三刻，写日记，极念早早。饮茶看书，十时睡。仍后半及左边舌有白苔。夜想早早不已。接曹寄红军长征组歌本。上床又看《轶事》一小时半，眼昏人倦而睡。

3月11日 星期五 阴雨

早起清洁，擦洗两水壶，吃牛奶可可一碗，夜睡及夜午早醒均想念早早。九时半饿，加火待起，炸四薄猪油年糕吃。至桥边稍散步，午饭吃剩饭一松浅碗。午睡一时半至三时，起泻，卧床四时起。晚餐吃炸糍粑四小条，白水面多汤少面大半菜碗。饭后至湖边散步到再转湾处，尚不累，返至近桥处觉累。一路拣树枝回，七时，卧床看《轶事》眼昏累，又看《读雪》杜律，至八时三刻，写日记，洗脚，吃少许花生为食，复看书十时半睡。舌苔转好。

3月12日 星期六 雨 起吃普蜂

早睡至七时始醒，又睡一觉至八时，即起，八时廿分始下床，早餐吃一碗牛奶可可，一蛋。写淡芳信。午饭吃一鸡油饼，半碗粥。午睡一时过至三时。肚痛，焐热水袋即好，躺至近五时起。晚饭吃一个半饼，一碗粥。洗脚，抄诗寄王，孙嫂来坐谈稍久，去后续抄诗，更附一页信，写日记，八时半过，饮茶看书，九时上床。左条有稀薄舌苔。

3月13日 星期日 阴转多云 洗头

早餐猪油年糕三厚片吃一半，因炸焦硬，吃桂花糕一小条半。洗头始毕，梁百先来闲谈至十二时。午饭吃蛋软面饼二个半。午睡未着，三时起，头微昏，疲倦不适。四时至小店买菠菜一角一堆，回四时半开火蒸饭。五时半威克、早早即回，因搭厂车也。接刘师、文才信诗词。晚餐吃大半碗饭。饭后拔风鸡毛。洗脚，吃糕三片，九时半上床。后半左边又有舌苔。

3月14日 星期一 多云转阴

早起出房，早早同威克睡已醒。生火，早早急烤蛋饼小半，火起，帆炸糍粑、年糕，早早又吃很多，我吃四短条。蒸凤鸡，帆、威克做清洁，拆卸纱窗刷后装，擦窗框、玻璃，去蛛网。火熄，我又重生，幸起快而火大，一时吃饭。我吃一浅碗饭，威克等均饮酒，早早亦吵吃了些，我独未饮。午睡一时多至三时。起开火淘米蒸饭，火又熄，帆重生久不起，起后又熄，又生煤油炉吃晚饭，我吃一碗饭，大半碗汤。洗碗，囡等去已迟。烧水二人洗澡毕，已九时，烧水冲瓶，九时半过封火，冲一碗牛奶可可吃，饮茶，洗脸漱口，写日记，十时半始上床。中后部仍有舌苔。下午写施信。

3月15日 星期二 雨 吃灵芝精

早起舒婆来洗衣褥。帆出外买粉条未得。早餐吃炸糍粑三条。写印塘信，抄附诗。雨渐大。午饭吃下面二号碗大半碗，午睡二时至三时。下午人烦闷不适。晚饭吃一浅碗饭。两顿皆未吃甚菜。下午夜晚饮茶甚多。抄近诗稿，看《轶事》，九时半上床。舌苔左及后大半灰腻，右前半黑。未知何故？

3月16日 星期三 阴雨转多云 吃灵芝精

早餐蒸半块猪油年糕（五薄小片）。舌苔后大半及左半均灰黄厚腻，右前灰色。中午吃大半碗饭，煎蛋二。午睡一时三刻至三时三刻，起饱闷不甚舒适。未吃晚饭，走至湖桥湾处，腿已酸痛疲累，回休息，看《轶事》，洗脚，八时吃一碗牛奶可可，并一点不想吃。写日记，十时上床。发萧信。甚想早早。上午做酒。

3月17日 星期四 雨 停灵芝精

早起大做各种清洁，毕方八时。舌苔转好，拟今日全天吃流质及半流质。帆生火，我看章稿，煮赤豆粥，腹知饿，一时吃两碗（小蓝松碗）半，吃后又甚胀不舒，胃又不适，有翻呕感，腹又胀，吃胃舒平二片，走四百步，午睡，舌苔又转大厚腻甚。卧床靠枕看书，又泻一次，再睡，胃翻腹胀渐转好，二时廿分睡下即着。至五时廿分全醒，惟中间因被冷腿冰加被衣醒两次即睡着耳。醒后六时起，已全不难过，惟仍饱不思食，腹时微胀耳。即洗脚，不吃晚餐。舌苔稍好一点。腹渐觉胀，复吃胃舒平两片。六时许走五百步，坐门外，晚寒而入，夜看章稿，九时上床。复吃胃舒平二片。

3月18日 星期五 雨

早餐吃二蛋冲蛋花加牛奶，未吃完。看章稿，午饭吃一碗豆粥加一口。午睡一时至二时一刻。腹微痛，焐热水袋，四时起。看章稿检查书。晚餐吃汤面一稀浅菜碗，五百步走。休息，写日记，看章稿，冲汤壶，九时上床。舌苔仍厚腻。接刘诗信。

3月19日 星期六 多云

帆出买油条，未生火。我做清洁，并掸、抹三处纱、玻璃窗，毕已九时。舌苔愈厚腻甚，前半亦将满。看章稿、火熄，未午餐。一时半睡至二时半，未睡着，即起，生火，四时吃青菜糍粑一菜碗（蔡糍粑一个外加切碎半条），吃后胃腹一直甚适。傍晚坐屋外，进房钉被当头。看章稿，一刻，九时停，十时睡。舌苔仍厚白腻，惟前小半转好。接小佳信，约星期三来。帆早出一小时半站队仅

642　书札拾零　子荗日记

买到油条五条，下午又去未买到。

3月20日 星期日 阴冷

早五时半即醒，未再睡着。帆六时半即出外买油条，我六时三刻起，早事毕，有人来借气筒打气，守门外，甚冷，毕归看章稿，感冷，又换穿丝绵小袄，如严冬矣。舌苔仍白腻，但较前昨转好些。帆八时三刻未回，觉饿。因未生火，只能等油条吃。章稿告一段落先寄，馀多半稍息续看。九时半吃油条一根半，午饭吃一根油条，蛋汤蘸亦未多喝。吃后饱不舒。十二时午睡至二时，胸腹饱闷醒，杨翊强来，闲谈，留晚餐，威克、早早回，因明天到汉口后回。晚餐本不想吃，后吃小半碗饭，尚吃菜较多，吃后反舒适一些。夜与早早玩，她九时睡，我看《主客图》至十时半。写日记，饮茶睡。腹又微胀，今天全天未大便，舌苔夜又转坏。

3月21日 星期一 雨冷

早六时一刻醒，做腹部按摩。复睡床等早早七时醒同起，吃烤油条牛奶可可，我吃一根，炼猪油。烧开水，泡茶。煮赤豆，蒸剩饭、咸鱼肉，及杨送豆腐大丸子。午饭吃大半碗饭，早早一时睡至四时过，我二时睡至近四时。我先起，早早起后仍在床上玩毛毛。五时囡回，买回豆沙包六个，白面包二个，中等饼干半斤，橘饼数个，中药三包及宝塔糖十粒。晚饭我吃一个烤豆沙包。早早吃大半个，之后又吃白饭少许。夜晚早早玩，我略看《主客图》。闲话，为早早钉衣扣，吃浮浑酒冲水一稀碗。十时睡。舌苔仍满白，惟稀薄。接湉侄信，发章稿。

3月22日 星期二 阴转晴

早起，早早在床吃宝塔糖，点眼药。早起帆做菜，舒婆来洗衣，囡、早早买菜未来菜。早餐大家吃烤油条，蛋冲酒，我吃小半条油条，一碗稀蛋汤，写曹信。午饭吃大半面包咸肉多片。午睡十二时半至二时半。起看守早早在外玩，收折衣，晚餐吃大半豆沙包，豆粥一碗。未大便，但甚适，舌苔大好，已红色。但临睡又白，但尚稀疏不厚。九时睡。

3月23日 星期三 大风阴冷

早起收拾整理房间，拣菜，囡等十时回，冲酒蛋给威克、徐客及吾等共吃。帆忙饭菜，小佳等近十二时始来，共饮酒午饭，我吃小半碗饭。饭后客及威克、囡同回厂，闲谈，早早、瑾瑾二时半睡，至四时多起。我、帆均未睡，闲谈精神尚好。五时晚餐，我吃大半碗饭。早早吃甚少饭，夜又吃小半面包（我后亦吃一块面包）。小佳等饭后即走。九时半上床，不想睡，看《主客图》至十一时。

3月24日 星期四 阴转晴，风冷

早餐吃小块猪油年糕半块。早早吃豆粥大半碗，白粥小半碗，后随帆至小店，回又吃麻饼一个，久未吃如此多了。玩甚乖。我补写日记，张婆请代写申请书。饮茶休息，晒衣，写湅信。午饭吃半碗饭，一豆沙包。与早早午睡一至三时。威克回取柴卡及接早早回厂，五时吃晚饭走，我们再吃晚饭，我吃半碗饭。看《主客图》，九时半上床。甚想早早，凄寂不乐。舌苔转好，惟少许极疏淡薄苔。睡前又写凌[1]信,十时半睡。凄然思早早。

3月25日 星期五 晴

早起拣韭菜,帆出外转存。午饭吃二包,小半碗饭。午睡十二时半至二时半。门前堆船,走路倒痰盂晒衣不便,小孩上船折树,又日夜喧闹不已。接何信,不能来看屋[2]。威克买柴回,即返。下午写信给何。与帆商带早早去宁、沪,囡白班回守屋,中班威克与何分担,盖威克近调民兵小队,只做中班及夜班。五日一休息,而何则每周要加四个夜班也。不知能否去宁、沪?夜餐仅吃一小块面包,四分之一馒头,牛奶可可一碗,未吃菜。吃后甚适,亦不觉饿。算写囡做白、中班及阴阳历节气表,附何信转囡。洗脚,十时半上床。舌苔极稀疏微薄白。想早早。

3月26日 星期六 大晴

早起牵绳晒被及皮袄。早餐吃小块条糍粑一条,馒头半小片,蛋花牛奶一碗。午睡十二时半,一时睡至三时。五时觉甚饿,吃小饼干三片,糕二片,犹饿。做饭菜,煮干丝,炒加豆干及黄花菜之肉酱,吃饭已七时过。吃一整馒头,淡咖啡一碗,成寄淡芳诗七律一首,淡芳来信。酱太多而咸。诗成写日记,已八时廿分过矣。九时半睡。

---

1 指凌景埏夫人。凌景埏,又名敬言,与沈祖棻系江苏师范学院、南京师范学院同事,已于1959年去世。
2 下九区仅一排民房,在珞珈山下,面临东湖,离小码头亦有距离,比较偏僻。是以程沈夫妇考虑去南京上海的这段时间内需要安排人员夜宿看屋。

3月27日 星期日 大晴暖

早起大晒皮棉衣，囡回。赞同去宁沪办法。中饭吃小半缸饭，酱加一菜碗豆干、黄花、木耳，不咸了。又炒黄花木耳荸荠。带给早早咸肉七薄片，炒素多荸荠，腊八豆，共一小饭盒，带给囡张炒酱一小玻瓶。午睡一时半至二时半。中午至梅爹处，取回借款。接晴信，即复，附工分五份。收衣一部分。写淡芳信及抄寄诗七律一首，复收衣。晚餐吃四分之三馒头，淡二道咖啡牛奶一碗，坐户外看报，七时入屋，七时半洗脚，倒盂。收衣理箱，至十时一刻始毕，饮茶休息，又开箱取毛线衣裤及夹衣，因热穿不住薄棉衣裤了。舌苔全无，全舌通红，十一时睡。

3月28日 雨 星期一

早餐大半个烧饼。写垠宝信，午饭吃大半个烧饼一碗薄粥。午睡一时至三时半。但夜不甚饿思食，晚餐吃一小条烧饼，一碗多一口薄粥。走步，看小说，洗脚抹身。与帆闲话比较二区与此间安全程度，争吵甚气不适，费时一小时多，不肯停止，甚无聊，耽误时间，损害身体，可气之至！九时睡，微淡薄稀苔。发王、顾信。

3月29日 雨 星期二 阴冷

午餐吃大半碗汤面，三片饼干。晚餐吃一个烧饼剩一小坨，咖啡一碗。整天看囡借小说。接章、孙信。晚八时即上床，看小说后睡。舌苔又后大半白腻。

3月30日 星期三 晴多云

早起牵绳晒衣。早餐吃饼干三片,牛奶可可一碗。帆去汉口。写章长信,附去萧信,附注殷信。看小说开火烧粥,午饭吃粥二碗,炸腊八豆好。午睡看小说至一时三刻,三时醒起,通火加煤,烧开水,写孙信,收衣。帆回,开火热稀饭,烤烧饼包子,晚餐吃一糖包多一口白粥。夜吃一梨二片饼干,微饱,又吃橘饼两小块。看小说,洗脚,十时上床,续看小说。舌苔较疏稀。

3月31日 星期四 多云

早餐吃面包半个,牛奶可可一浅碗,看章稿。午饭吃一个糖包,半碗粥。午睡一时至二时半。下午翔如来。晚餐临时蒸饭。我吃二包。十时睡。

4月1日 星期五 多云

早餐大家吃面包可可牛奶。一起先去买麻酥已卖完。菜亦无。九时多又与何同游湖边。回做午饭,何又独游山。午饭吃二包。午睡一时半至二时半,三时起抄诗写柳信。晚餐吃稀饭一碗半。翔如走。九时半上床。临睡腹微痛。舌苔大转好,仅左后大半甚细一条白色,靠后更稀薄。

4月2日 星期六 晴多云

早起生火二次始着,因湿煤。甚疲,早本觉未睡醒。烧粥,午餐吃一碗半,洗抹布晒。午睡一时半至三时半。四时起。饮茶,休息。写日记,上下午均看章稿,舌后大半有白苔,左较厚腻。到湖堤走步一小时,六时回,仍不思食,七时烤一包子,吃前并不思食，吃时尚好，吃后似饿，又烤面包一厚长片，吃后正好，又熬神曲山楂麦芽橘皮汤吃大半碗。看报。看稿，吃橘饼三小块。查对材料，翻书，十时睡。一刻入睡。

4月3日 星期日 雨

八时半始醒，睡较好。早餐半个烧饼，樊凡来送借的小说，闲谈甚久。午饭吃一个包子，一片面包，午睡一时至三时。肚痛，卧床焐热水袋，久渐好，六时始起床，晚餐吃一包子，一碗稀粥，囡、早早回。与早早玩，九时上床，帆十一时始关灯睡，我十二时始睡着。舌苔仍白腻。傍晚稀泻二次。

4月4日 星期一 雨

早餐吃一包，威克买肉菜回，帆与威克做菜。帆出买菜物，我拣洗菜，做饭烧菜。午饭吃半缸饭。午睡二时多至四时，醒即起看火通加。晚餐吃一个半包子。夜吃神曲橘山楂水。十时半上床。舌苔稍好。

4月5日 星期二 整天中雨 舒病未来

早餐帆做蛋面软饼，我吃一个大半，早早吃一个小半。烧水做饭，午饭吃大半碗，早早不好好吃，要罚她两天不吃饭及零食，不敢吵，闷闷乖乖睡午觉。我午睡一时至三时，醒肚痛稍久甚，四时半起渐好。五时半晚餐吃半个多一口烧饼，三片饼干，后又吃一碗咖啡。早早乖吃半碗汤饭及半个烧饼，始活泼笑乐。早早睡后看章稿。夜十时睡。舌苔大好，仅左边一条及中后小半一短条白。

4月6日 晴 星期三

早餐我与早早吃剩粉做软饼干，她一大，我一小。上午看章稿及与早早玩，做午饭菜，中餐吃剩小半缸饭。午睡泻二次，肚痛，二时开居民会至三时半，四时至小店买面包炼乳，失落网袋，手捧而回，中途遇邮递员，交报纸及二信，由早早拿回。失落一信，疑似章信。一为殷信。立时又返找，二件俱不得，甚气。晚餐吃一个面包，一碗咖啡，写章信。看小说，洗脚，十时睡。舌苔大好。

4月7日 星期四 阴雨

早餐吃半个面包。三人去小店，未买到菜，买饼干一斤，炼乳一瓶，中午吃罐头牛肉下面。午睡一至三时。早早在床上玩甚久，我写黄果西信。接王淡芳信，爱人病。晚饭帆吃粥，早早吃面，我吃面包。早早三餐吃甚多而乖，夜自玩，八时三刻睡，至近十时始睡着。我看小说至十一时。一天胃肚极舒适。

4月8日 星期五 雨

早被早早叫醒。早早一早又肚痛一小阵，本已好，5号在承承家吃硬豆后又天天痛一阵。我早醒一直胃不适。早早起后跟帆吃一糖饼，一片饼干，甚乖。帆出外买肉菜，她定要同去，帆又要带她，几次下雨不去了，后八点半雨一停又去。我做清洁，胃一直很不适，吃胃舒平仍未好，躺藤椅一刻，起看加火，见雨较大一点又下很久，地湿烂，恐早雨淋湿无衣鞋换，又走不回来，甚耽忧。淘米，开火，蒸饭。胃更翻，因恐系饿，吃半个面包，一碗牛奶咖啡。作恶稍好，仍一直甚不舒，蒸上饭，帆与早早回，

1977年　649

未买到肉。早早两袖微湿，衣前后尚不湿，鞋袜甚湿污。回来又玩弄水，翻将棉袄胸前打湿。穿上罩衫，更弄成透湿大片，幸而罩了。又无鞋袜换，只好等午睡烘烤。蒸二个水蛋，给早早与帆吃。早早吃饭菜不少，二蛋差不多一人吃完。午睡肚痛泻二次，未能入睡，早早三时醒，先起，又玩弄湿，我起，晚餐热加水薄粥一小碗，早早仍吃不少，夜各吃一橘。早早洗脚先睡，我看小说十时半睡。一天胃腹不适，夜稍好。舌有薄苔。

4月9日 星期六 晴

早早醒在床上玩，因帆出外她要同去，故让她多在床上一刻。早早与我同起弄好生火已迟，早早九时半始吃一大烧饼夹肉，囡回，午餐吃软饼，饭后因带早早回厂，甚不舍。但趁此看完章稿，及两日来甚不适，多休息亦好。下午看小说未睡，又肚微痛二次泻二次。晚餐全不思食，未吃，坐屋外透空，天黑回屋。接孟伦信、柳信、帆妹信，夜看理照片，写殷信。八时半微有饿感，吃饼干数片，牛奶可可一碗。看小说，十时睡。舌苔转好。千帆今日接沙洋来信通知，可迁户口及退休，惟须立办手续，不可过期。

4月10日 星期日 多云

未进早餐。晒衣，洗抹布，写完章信，择洗青菜，午饭吃半个烧饼，午睡起泻二次。二时睡着至四时多。看小说完，坐屋外，晚餐吃一碗半稀汤粥，湖边散步回七时半，写萧信未毕，洗脚，八时半来卖鱼五条，二大小鲫，三大滚子鱼，共四斤半，合算8分一斤。剖鱼毕，已十时，吃饼干三四片，稍息，十一时睡。舌苔白。

4月11日 星期一 阴

早起帆即出办户口等事，做清洁，写萧信，九时半威克回，即生火，威克劈柴，带一条鱼回，我等火生起，烧水冲瓶，十一时后烧鱼，红烧一条滚子鱼，煮汤大鲫鱼，燀马兰头，炒青菜，一时吃二小片面包，一块红烧鱼，半个鲫鱼带三分之一汤。吃完弄清，已二时，仍睡至三时过，帆回，开火，热粥，烧已煸好之小鲫鱼，及鱼杂，热菜。仍不思食，故大鲫鱼汤未热，未吃主食，仅吃一条红烧小鲫鱼，后吃剩红枣汤一浅碗，烂皮枣一些。洗碗弄清，又将一条大滚子鱼切片用盐酱油泡好，已八时过，烧开水二壶，冲瓶多，洗脚抹身毕九时，吃橘子二个，十时睡。舌苔后大半白微腻，夜稍好。接孙信。

4月12日 星期二 晴

早餐九时半始吃饼干二片，牛奶可可一碗。舒婆仍未来，看章词稿毕，蒸饭时蒸红枣。午饭吃面包二片，鱼及鱼杂，午睡十二时三刻至二时三刻，起头痛胃翻不适，坐躺户外，未吃晚餐，饮神曲麦芽等，仍不适。夜晚稍适，吃橘子。后微有似饿感，九时半吃面包三片，十时上床，看书十一时入睡。晚餐时间后，做诗一首半。舌苔转厚。接辰侄信，发萧信。

4月13日 星期三 阴

夜睡胸腹胀闷不适，早起仍不舒。饮葡萄糖水一杯。人疲休息。威克八时即来，出外代帆办户口手续。午仍不思食，本拟完全不吃，经帆和威克劝吃，吃一些炒菠菜和拌马兰头及小半之三分之一面包，咖啡牛奶一碗。十二时半睡至三时，腹微痛，卧一

1977年　651

刻稍好，即起，本拟去小店买面包饼干，藉以走动，因雨未去。腹仍微胀痛不舒，胸胃比昨舒适。晚吃小半之三分之二面包，枣子八七汤一碗。看《读雪》。十时吃葡萄糖冲可可牛奶一碗，B1二粒睡。舌苔转较好。大雨闪电。腹胃较舒，人仍疲软。

4月14日 星期四

半夜雨点大起，厨房接雨跌一跤，幸未稍伤损，仅擦皮碰痛而已。早起胸腹仍胀闷，连葡萄糖水亦不能进。清洁，帆出外办户口未了手续，我在家写施信，微疲。午餐勉强吃薄粥一碗。午睡不到一小时即胀闷醒，泻二次，仍不适甚。晚餐经帆劝勉强吃半个烧饼，排骨汤大半菜碗，凉拌莴苣少许，吃后尚好，至湖边散步，七时回，稍适，勉强写孙信，且抄诗三首，眼昏花，想因少食人弱之故。舌苔后半稍黄腻，较早略好。九时半睡上床。

4月15日 晴 星期五 洗头洗浴

早餐吃半个烧饼，甚适。上午择菠菜拌莴苣，午餐吃半个烧饼一浅碗菠菜排骨炖汤。帆一时从汉口回。午睡未着。洗头，洗澡，吃蛋糕半片甚适，又吃半片，稍饱，吃葡糖水一浅碗，又微觉饱闷胀，幸渐好转。晚餐不甚想吃，吃时尚有胃口，吃半个烧饼，大半碗汤。又吃帆带回烩猪排数条。吃后尚适。走数百步。舌苔后大半白黄稍腻。吃琥珀核桃约十细粒，临睡保和丸一瓶，三分之一片蛋糕，胃腹甚适。十时三刻入睡。发施信。

4月16日 星期六 晴

早餐面包二片。威克回取下橱顶箱，洗衣，十时半吃二花卷作点心，回厂。午餐吃烤花卷，之前，今日始觉饿，先吃糕二片。吃一个花卷，猪牛肉共数块，午睡一时至三时。切腌莴苣，收衣。晚餐吃小半个烧饼。叠衣，看诗，人疲。吃枣子汤一碗，睡前吃保和丸一瓶，糖核桃，十时半睡。舌苔稍好。发孙信。今天未泻。胃口亦开，胃腹甚适，惟下午晚间头痛。下午写淡芳信，早发孙信。

4月17日 星期日 晴

上午做改抄诗，午餐前甚饿吃一片饼干一点核桃，午饭吃半个花卷，不饱。凉拌莴苣稍多。午睡一时至三时。抄寄萧诗。晚餐吃一个花卷，不饱，开箱取衣，九时甚饿，又吃小半个面包，半碗葡糖可可。吃保和丸核桃仁。晚餐前威克回来告明日厂游东湖，不约小佳去公园带二婴看动物，下豆丝吃后回厂。帆全天烫衣带宁沪穿。舌苔大好，微剩一点薄疏残馀。十时半睡。

4月18日 星期一 多云阴天

早起稍早，气候转冷，换毛衣后又重换丝绵袄及新厚毛线裤。改诗写定，吃药，吃三分之一面包。乘36路过江，至小佳处，不料至桥边等车时，北风甚大，阴沉寒冷殊甚，二人遂废然而返。改抄萧诗，换衣收拾，生火，帆外出。舌又有薄白苔。午饭吃大半个烧饼，两小块咸肉。午睡未着，囡等返，说玩一刻，大家午睡，一时三刻至三时三刻。做菜，晚餐大家甚忙，菜稍多，有最后之风鸡，淡菜红烧肉，拌莴苣马兰头等。吃一个半花卷。吃完已八时多。囡、帆占桌，我卧床休息。早早也九时半始睡。舌苔又转好。接沅妹信，发何、小佳、萧款、辛、月超信。

4月19日 星期二 晴

早餐吃面包二片半，早早吃一个花卷，半片面包，各吃牛奶蛋花大半碗，早早又吃一点豆丝。帆、囡各吃豆丝，大晒衣，囡、早早十时回厂，帆、我看守衣及添晒翻移。午饭吃半个花卷，一片面包。饭后守衣翻衣至帆睡起，二时午睡未着，起又翻衣、看衣、收衣、折衣，晚餐吃一个花卷。清理四箱，收衣，因忘记及装不满，二大箱共装三次，甚累。九时半后始告暂结束，洗脚饮茶，十时半上床。舌苔大好，甚红，惟左边一极狭短细条及中后一点稀疏微白。

4月20日 星期三 晴

早起晒衣。看守翻衣，写徐复[1]、杨德济信。午饭吃大半个烧饼，看衣未午睡，收拾带宁箱，二时多开会学习，帆饭出外买物。收衣，理药屉，晚餐吃一个花卷，一天无菜。晚餐后理药写明药名至九时一刻，送买鲜鱼一条，二人合搞剖腹去鳞撑挂起，明天吃。休息，九时三刻收衣放箱，十时半睡。舌苔如昨。接小佳信。发小佳、德济、徐复、王学奇、夕佳信。

4月21日 星期四

早餐半个烧饼。威克回。午饭红烧鱼，带三分之一给囡，饭后威克回厂。午睡一至三时，起理衣箱，王文生来送郭[2]物。傍晚蔡出外未归，无灯，晚饭帆煮汤饭后，火熄，我吃四片面包，发

---

1 徐复，字士复，章太炎和黄侃的弟子，时在南京师范学院任教。
2 王文生曾师从郭绍虞先生，此时程沈夫妇即将东游，王文生应为请托送物给郭先生。

现鼠吃物咬物，帆收理食物，拌鼠药，我等灯开后续理衣箱，又写章信。十时睡。舌苔好。夜吃麻糕五块。

4月22日 星期五 阴雨转多云

早起威克来，与帆带箱过江先送小佳处。翔如来，我生火，囡、早亦回，火起下面，我吃一浅稀菜碗，早早在厂早餐过，又吃面半碗。烧开水，人疲倦。囡嘱带物各事，与早早玩。蒸饭，十二时好，大家不饿不吃，等帆带菜，一时车过帆未回，翔如、囡搞莴苣，炒后吃饭，已二时。上午修水管人来修好。囡将裤改好带回，又给早早洗澡换衣洗，为我洗内长裤带走。吃饭仅莴苣及拌腊八豆。午后已二时半过，大家上床即睡着，我至三刻多刚要着，被早早梦中发声惊醒，又睡不着，三时帆回，即起，翔如亦醒，后囡亦醒，起回厂，早早四时醒。晚饭有莴苣炒肉片，酱瓜炒肉末，古老肉，小佳送晴佳之腌猪舌，拌腊八豆，炒莴苣叶，极丰富，待翔如也。我吃小半缸饭，早早吃菜甚多，吃饭少，后喝水多，又吃牛奶可可半碗，九时上床。我写日记，开送礼单，十时上床，舌后半微薄苔。全天吃茶甚多。接辛宪、萧信。夜点蚊香。天气甚热，在屋内夜晚亦仅穿二罩。早早穿毛衣忘脱，一身汗，八时为其大抹身换衣，洗衣，临睡又清药带药，整理带物，清理旅行包，十一时廿分始上床。

4月23日 星期六 阴转多云夜阵雷雨

早早及帆先吃饼干可可牛奶，我吃蜂乳参须汤，后吃早餐三片饼干一片面包。帆、早早出外买菜没有，采野菜已老，我生火蒸饭，早早洗菜，午饭吃一浅碗饭。午睡一时半至四时一刻，六时半晚餐吃大半碗饭，饭后三人共吃红枣及汤。早早自玩甚乖，为之抹身洗脚，换衣洗衣，较累，写日记。威克、囡今日均未回，不知已买得船票否？天气甚热，到宁沪出游洗澡已不便矣。写复七姑娘信，未发出。九时半睡。舌苔后小半微薄白。

4月24日 多云 星期日

早起帆和早早吃汤饭，我吃药，帆带早早出二区买菜物，我洗早早衣裤，烧开水，至九时半始吃饼干五片，牛奶咖啡一碗。威克、囡十时半后回，蒸饭做菜，午饭吃一碗。午睡未着，又晒帆、我毛衣，因天热不带也。三时不到即起，翻晒毛衣。票已买到。明天中午开船较从容。发辛宪信。

后记

这是沈祖棻一九七五年三月二十一日至一九七七年四月二十四日的日记,二十馀万字,经过整理,第一次公开出版。

作者此时已经退休,日记以日常琐碎为主,其意义约略可体现在三个方面:

一是还原了一位老知识分子在特殊年代的日常生活:一方面是柴米油盐的物质困境,一方面仍闪现着诗人与学者至老不衰的意气。

二是展开了二十世纪七十年代武汉的城市风俗画卷:物资供应、人际往还、交通餐饮等,而今可能已随着时代变迁淡出世人视野。

三是提供了涉江诗、书信等的对参资料,具有学术价值。如其代表作《早早诗》的创作轨迹、情感积淀和酝酿过程即在日记中得以保存。

日记中的早早、小鸡与小猫,东湖的山光水色、野径花草,都曾作为生命中的情趣与生机,伴随着沈祖棻度过了最后的珞珈生活,成为彼时暗隅中温情脉脉的灯火。

张春晓
于杭州之江浙大高研院
二〇二三年五月

沈祖棻简明年谱

1909年1月29日，生于苏州大石头巷，为家中长孙女。原籍浙江海盐。

1918年至1924年，在苏州家中私塾读书。

约1925年至1926年8月，军阀混战，避乱上海。入读上海坤范女子中学附小五年级，小学肄业后，就读于上海坤范女子中学初中，未毕业即回苏州。

约1926年9月至1927年，在苏州女子职业中学读高中。学校停办后，投考振华女中未取，在家自学。

1928年至1930年夏，在上海南洋女子中学高中，于1929年发表《夏的黄昏》。

1930年秋，在上海就读中央大学商学院。11月，作新诗《一棵无名的小草》。

1931年8月，作小说《暮春之夜》（次年获《新时代月刊》征文银盾奖）。秋，转入南京中央大学中国文学系。

1932年春，以《浣溪沙》（芳草年年记胜游）受知于汪东。秋，与同学结梅社。

1934年夏，毕业于中央大学。秋，就读金陵大学国学研究班。

与程千帆等人组织"土星笔会"并创办《诗帆》。是年，黄侃为取子苾为字。

1935年春，发表历史小说《辩才禅师》。数度与诸同学至吴梅家学曲。

1936年8月，毕业于金陵大学国学研究班。9月，任《南京朝报》馆《妇女与家庭周刊》编辑，兼任南京汇文女子中学校刊编辑。是年发表小说《茂陵的雨夜》、《崖山的风浪》、《马嵬驿》等。

1937年2月，在国立戏剧学校代课，发表小说《苏丞相的悲哀》。7月，任《文艺月刊》助理编辑。9月，日寇轰炸南京，和程千帆避难屯溪，即在屯溪结婚，共同任教于屯溪安徽中学。冬，避难武汉、长沙。

1938年春，和程千帆辗转益阳、长沙。5月，在重庆贸易局任科员。秋，任教于巴县界石场蒙藏学校。

1939年秋，因病离校，程千帆本拟接往西康休养，途经雅安暂留养病。

1940年2月，自编新诗集《微波辞》出版，词集《渐江小稿》（非卖品）已于此前印行。4月至6月，两度在成都四圣祠医院手术。7月，随程千帆往乐山养病。

1941年3月，到成都治病，复返乐山。

1942年7月，于重庆《国民公报》副刊发表词作，五年间陆续登载六十七期，共计一百四十首。秋，与程千帆同任成都金陵大学副教授。在中文系开词选课。

1943年夏，胞妹沈祖芳在沪病逝。冬，任学生社团正声诗词社导师。

1944年1月，正声诗词社编印发行《正声》诗词月刊。6月，作《风雨同声集》序。因与程千帆反对学校当局贪污教师口粮同被金陵大学解聘。秋，改任成都华西协合大学中文系教职。

1945年春，父亲在沪逝世。

1946年1月，《雝园词钞》出版，其中收有《涉江词》。4月24日至次年1月15日，《西南新闻》副刊《正声》刊出三十三期，期间担任稿件审定工作。8月，因病辞职，赴沪省亲。11月，随程千帆前往武汉大学。

1947年12月10日，生女丽则，分娩时发生严重医疗事故。

1948年，在汉口、上海中美医院动手术。

1949年春，在上海治病，将四十岁前词作手订为《涉江词稿》五卷。5月出院，下旬亲历上海解放。夏秋，返武昌养病，后因伤口发炎再度往来武汉、上海手术。

1951年1月，任武汉大学妇女工作团小组长。

1952年秋，任教于苏州江苏师范学院。

1954年7月，与程千帆合著《古典诗歌论丛》出版。

1955年9月，调至南京师范学院中文系。

1956年夏，与程千帆避暑庐山。秋，调任武汉大学中文系副教授。是年，开始与程千帆选注《古诗今选》。

1957年春，开宋词赏析课。秋，开唐人七绝研究课。12月，因旧病复发住院，作新诗《给女儿》三首。是年，程千帆被错划为右派。

1958年5月，程千帆被下放劳动。

1961年春，讲宋元明清文学史。

1963年春，担任湖北省观摩教学课主讲人，讲李清照词。6月，汪东逝世，受汪师母委托，于暑假和殷孟伦到苏州汪宅整理遗稿。

1965年，暑假到南京、苏州、上海。是年，编写唐代文学史教材。

1966年秋，全家从武汉大学特二区迁居至下九区简陋平房。

1969年冬，程千帆开始长期在沙洋农场劳动。是年，参加文科大队留守班。

1972年1月下旬，程千帆因骨折返武昌治疗。春节，女儿丽则出嫁。是年起，承担《中国古代文学作品选》选注任务。

1973年8月，到宁沪见亲友。冬，始作《岁暮怀人并序》。

1974年2月，外孙女早早（张春晓）出生。7月，程千帆摘掉右派帽子。

1975年6月，已退休。

1976年6月底7月初，作《早早诗》，10月增删改定。8月中旬，程千帆从沙洋返家。

1977年春，作最后一首词《鹧鸪天·丁巳春，为人题桃花画册》。程千帆户口从沙洋迁回。4月25日，与程千帆、早早赴宁沪。6月27日，在返家途中遭遇车祸逝世，逾月，葬于武昌石门峰武大公墓。